ROBERT SHEA

Die Konkubine des Kaisers

Buch

Guei Fei aus der altadeligen Familie Yang ist eine Schönheit, und Kaiser Longji hat sie zur Ehefrau seines Thronerben, des Prinzen Su Chi, ausersehen. Doch zu Longjis Überraschung verliebt sich das junge Mädchen nicht in ihren Verlobten, sondern in ihn selbst, den zukünftigen Schwiegervater. Der beträchtliche Altersunterschied – sie ist sechzehn, der Kaiser an die Fünfzig – hindert sie nicht, ihm zu erklären, daß sie ihn »haben« will. Longji ist überrascht und gerührt; er erkennt in Guei Fei eine Geistesverwandte, die wie er Reformen, Gerechtigkeit und Freiheit für die unterdrückten Untertanen wünscht. Doch die tatsächliche Macht im »Reich der Mitte« üben Longjis Minister aus, und diese sind fast alle Verwandte der skrupellosen, tyrannischen Kaiserin Fu.

Fu sucht mit allen Mitteln zu verhindern, daß die Familie Yang durch die nunmehr mit Su Chi verheiratete Guei Fei zu Einfluß kommt, und schikaniert und demütigt »Dame Yang«, wo sie nur kann. Als sie ihr mit Beihilfe Su Chis gar einen Mord in die Schuhe schiebt, rafft sich der Kaiser zu entschlossenem Vorgehen gegen die Übeltäter auf: Er erklärt Fu als seine Hauptfrau und Kaiserin für abgesetzt, Su Chi für von Guei Fei geschieden und diese zu seiner Hauptfrau. Von nun an führen Longji und Guei Fei die glücklichste Liebesehe und suchen ihre Reformideen zu verwirklichen. Doch Fu sammelt alle Unzufriedenen um sich. Bald geht im Volk das Gerücht um, die junge Kaiserin habe Longji mit ihrer Schönheit verhext; sie sei das Verderben des Landes...

Autor

Robert Shea wurde 1933 in New York geboren. Nach dem Besuch der Schule studierte er Englisch und Literaturgeschichte und arbeitete anschließend als Redakteur bei verschiedenen Zeitschriften und als freier Schriftsteller. Er starb 1994 in Glencoe (Illinois). Von seinen Romanen liegen als Goldmann-Taschenbücher vor:

Der Sarazene. I: Die Ungläubigen (43198)
Der Sarazene. II: Der Heilige Krieg (43199)
Der weiße Schamane (42423)

ROBERT SHEA

Die Konkubine des Kaisers

Roman

Aus dem Amerikanischen
von Hans-Joachim Maass

GOLDMANN

Deutsche Erstveröffentlichung

Originaltitel: Lady Yang

Umwelthinweis:
Alle bedruckten Materialien
dieses Taschenbuches sind chlorfrei
und umweltschonend.

Der Goldmann Verlag
ist ein Unternehmen der Verlagsgruppe Bertelsmann

Genehmigte Taschenbuchausgabe 2/97

Umschlagentwurf: Design Team, München
Umschlagfoto: Archiv für Kunst und Geschichte, Berlin
Satz: Uhl + Massopust, Aalen
Druck: Graphischer Großbetrieb Pößneck GmbH
Verlagsnummer: 41591
Redaktion: Angela Kupper
MV · Herstellung: Stefan Hansen
Made in Germany
ISBN 3-442-41591-8

1 3 5 7 9 10 8 6 4 2

1

Die Höhle des Bodhidharma

3841, Jahr des Widders (743 n. Chr.)

Li Longji, der siebte Kaiser der Tang-Dynastie, war wegen der beispiellosen Pracht seiner Herrschaft als Strahlender Kaiser bekannt. In seinem fünfzigsten Jahr begegnete dieser reichste, mächtigste und zivilisierteste aller Herrscher der Welt dem fünfzehnjährigen Mädchen Yang Guei Fei, das er mit seinem Sohn und Erben verlobt hatte, dem Prinzen Su Chi. Die Folgen hätte man nie vorhersehen können.

Aus der »Geheimen Geschichte der Tang« von Yang Kaizhi

Yang Guei Fei und Prinz Su Chi ritten zwischen graublauen Felsen. Die verschneite Straße vor ihnen schlängelte sich am Li-Fluß entlang und war so breit, daß man zu dritt nebeneinander reiten konnte. Doch mit Ausnahme von Dame Yang und dem Prinzen trabten die Reiter jeweils allein am Flußufer entlang. Über ihnen bewegten sich kaiserliche Gardesoldaten zu Fuß über die steilen Abhänge, scharlachrote Punkte inmitten der grauen Kiefern und der braunen Bambushaine.

Die Stunde der Schlange war längst überschritten, und die Sonne stand fast senkrecht am Himmel. Trotz der Kühle strahlte sie hell und stark. Yang Guei Fei dankte im stillen den Wolken, die sich um die Bergkuppen versammelt hatten, weil sie sie vor der Sonne beschirmten. Die Reitkappe aus gestärkter Spitze, die sie auf Drängen ihrer Mutter trug, bot wenig Schutz. Nach einer schlaflosen Nacht brannten ihr die Augen, wann immer Sonnenschein sie traf. Ich muß wie ein hungriger Geist aussehen, dachte sie, und nicht wie die künftige Frau des Kaiserlichen Thronfolgers.

Der Kaiserliche Thronfolger. Sogar jetzt ritt er neben ihr her, der

Grund für ihre Schlaflosigkeit. Die Begegnung mit dem künftigen Ehemann hätte jedes Mädchen wachen lassen. Die Zusammenkunft mit dem Mann, der Kaiser werden und sie zur Kaiserin machen würde, hatte Guei Fei bis in das feuchte Grau vor Tagesanbruch schlaflos gelassen, während sie sich fragte, wie sie sich Prinz Su Chi am besten vorstellen sollte.

Seit der frühesten Kindheit hatte Guei Fei gehört, daß Frauen dazu geboren seien, Männern zu gefallen. Sie wußte, daß die meisten Frauen vorgaben, weder eigene Ideen noch Meinungen zu haben, und nur die ihrer Ehemänner wiedergaben. Ihr Vater hatte sie jedoch ermutigt, etwas zu lernen, und ihr Bruder Enger war immer begierig gewesen, ihre Gedanken zu hören. Männer verlangten nicht wirklich, wie Guei Fei wußte, daß Frauen stumm oder albern sind. Es gab Männer, die den Geist einer Frau respektierten, wenn er ebenso gut war wie der eines Mannes.

Und würde der Kaiserliche Thronfolger nicht einer dieser Männer sein? Sein Erfolg hing davon ab, daß er jede Begabung für sich nutzte, die für ihn verfügbar war. Würde sein Platz in der Geschichte mit ihrer Unterstützung nicht stärker werden? Würden ihre Gedanken seinem Ruf nicht zugute kommen? Nur er konnte die große Veränderung bewirken, die allen Schichten Wohlstand bringen würde, so daß man ihn für immer als den letzten der Weisen Kaiser kannte.

So hatte sich Guei Fei am vergangenen Abend, als sie sich vorstellte, wie sie ihrem künftigen Mann begegnete, entschlossen, nicht einmal einen Nachmittag lang so zu tun, als wäre sie weniger, als sie war. Sie würden schon bald verheiratet sein. Sie würde eines Tages seine Kaiserin sein. Warum sollte sie sich klein machen und heucheln? Sie beschloß, daß er sie von Anfang an wirklich so kennen sollte, wie sie war.

Sie hatte jedoch noch keine Gelegenheit gehabt, sich zu offenbaren. Su Chi, der neben ihr ritt, hatte sie noch nicht befragt. Stattdessen sprach er mit seiner belegten Stimme über die von seinen Barbarenfreunden im Norden veranstalteten Jagden.

»Khan Qutlugh ließ mich neben sich reiten. Er ist mein Jugendfreund. Jeder von uns war mit einer langen Lanze bewaffnet, fünf kürzeren Wurfspeeren, drei Köchern voller Pfeile sowie zwei dieser feinen Bogen aus Horn und Holz, die sie auf den Steppen herstellen und die so weit schießen können, wie das Auge reicht. Alle Uyghuren-Krieger bildeten einen Kreis aus Reitern, der so groß war, daß es fünf Tage gedauert hätte, ihn zu Pferd zu umrunden. Die Frauen, Kinder und Sklaven rückten innerhalb des Kreises vor, kreischten und sangen und trieben die Tiere vor sich her.«

Guei Fei ließ den Blick die Straße hinaufwandern, wo Su Chis Vater, der Sohn des Himmels, allein und aufrecht auf einem gewaltigen weißen Hengst ritt. Seine leuchtend gelbe Reitjacke und die Hose zeichneten sich vor der eintönigen Landschaft ab. Als sie am Morgen zu diesem Ritt die Pferde bestiegen hatten, war Guei Fei aufgefallen, wie prachtvoll der Kaiser gekleidet war. Seine grünen, vorn spitz zulaufenden Stiefel paßten zu der zartgrünen Stickerei auf seinen Gewändern. Er hatte das Bein mühelos über den mächtigen Pferderumpf geschwungen. Alles an ihm – nicht nur das Kaiserliche Gelb, das er als einziger tragen durfte, sondern auch seine Eleganz, seine selbstverständliche Autorität und sein durchdringender Blick – unterschied ihn von seinen Höflingen.

Sein Sohn sah weniger kaiserlich aus, doch das würde sich später ändern. Su Chi kleidete sich wie einer seiner Barbarenfreunde und trug eine pelzbesetzte Mütze, eine gesteppte Jacke und Lederstiefel. Er besaß jedoch eine eigene Art von Eleganz: Wenn man genau hinsah, konnte man die funkelnden Kristalle der Mütze sehen und den Rand aus Hermelinfell, die Goldstickerei der Jacke und das Schuppenmuster der Stiefel, die aus der kostbaren Haut eines Sumpfdrachen aus dem Süden gemacht waren.

Su Chi schien wenig Ähnlichkeit mit seinem Vater zu haben. Er hatte zwar die langen Augen und die vorstehende Nase der Familie Li, der Gründer der Tang-Dynastie. Die Li-Nase verlieh Su Chis Vater das Aussehen von Macht. Wenn Su Chis schmales Gesicht im Lauf der Jahre kräftiger werden würde, würden seine Li-Züge dann nicht auch mächtig erscheinen und nicht nur grob wie jetzt?

Dem Prinzen fielen kaum noch Dinge ein, die er über seine Barbarenfreunde erzählen konnte. Ein guter Zeitpunkt, dachte Guei Fei, seine Aufmerksamkeit auf ihre Gedanken zu lenken.

»Uyghuren-Frauen jagen gern«, sagte der Prinz gerade. »Sie können mit Bogen und Pfeilen schießen und sogar im Krieg kämpfen, wenn man sie dazu auffordert.«

Guei Fei sagte sanft: »Anders als die Uyghuren-Frauen würde ich lieber lesen statt jagen.«

Der Kaiserliche Thronfolger funkelte sie an. »Lesen ist etwas für Eunuchen.«

Guei Fei empfand kaltes Entsetzen. Diese Bemerkung kam ihr wie Gotteslästerung vor. Sie blickte nach vorn zu Su Chis sonnenhell leuchtendem Vater. Der Sohn des Himmels ist der größte Schirmherr von Poesie und Gelehrsamkeit in der Welt, dachte sie. Sein Sohn muß einen Scherz gemacht haben.

Sie sagte: »Aber wird das Reich denn nicht durch Lesen und Schreiben regiert?«

Su Chi schüttelte den Kopf. »Qutlugh braucht keinen einzigen Pinselstrich zu tun. Er ist Khan, oberster Herrscher über ein Gebiet so groß wie drei Provinzen. Und er verteidigt es nicht gegen die Türken und die Khitan, indem er ihnen Gedichte schickt.«

»Aber woher soll sein Volk dann die Gesetze kennen?«

»Sein Wille ist ihr Gesetz. Seine Herolde tragen seine Befehle zu den Menschen. Sie schreiben nichts auf. Sie behalten alles im Kopf. Qutlugh lebt in keinem Palast. Er reist durch seine Lande, damit alle seine Untertanen ihn kennenlernen. Ich gäbe alles dafür her, wenn ich meine Zeit so frei wie Qutlugh verbringen und immer durch die offene Steppe reiten könnte.« Er sah sie an und runzelte die Stirn. »Aber ich nehme an, daß es dir Spaß machen wird, im Päonienblütenpalast eingesperrt zu sein.«

Sie riß unabsichtlich an den Zügeln. Wie wenig er sie kannte! Die Aussicht, den Rest ihres Lebens nur in dem Palast in Changan zu verbringen, machte sie krank. Aber schließlich kennt er nur Frauen vom Hof, sagte sich Guei Fei. Er geht wohl davon aus, daß ich genauso bin wie die.

»Mir gefällt Gefangenschaft genausowenig wie dir, Prinz«, sagte sie ruhig. »Ich möchte gern jeden Teil des Reiches besuchen. Doch mein größtes Abenteuer war es bisher, meinen Geist die großen Bücher erforschen zu lassen.«

»Die großen Bücher! Was kannst du aus den großen Büchern schon darüber lernen, wie du mir eine passende Gemahlin sein kannst?« schnaubte Su Chi.

Guei Fei erhob sich ein wenig im Sattel. »Ich habe die Vier Bücher und die Fünf Klassiker gelesen und eigene Kommentare dazu geschrieben. Mein Bruder Yang Enger sagt, meine Aufsätze seien gut genug, mir bei den Beamtenprüfungen gute Noten zu sichern, wenn es Frauen erlaubt wäre, sie abzulegen. Ich habe sogar einige meiner Gedanken aufgeschrieben. Ich hoffe, daß du als Kaiserlicher Thronfolger einige davon berücksichtigst.« Vor allem, wie sie insgeheim hoffte, ihre Gedanken über Erziehung.

»Deine literarischen Leistungen interessieren mich nicht«, schimpfte er.

»Ich bin auch in den höfischen Künsten ausgebildet«, fuhr Guei Fei fort. »Ich habe Gesang studiert und gelernt, fünf Musikinstrumente zu spielen. Ich tanze und habe mehr als zweihundert Gedichte auswendig gelernt.«

Er lachte. »Das ist ja schön und gut, aber was weißt du über die Kopfkissenkünste?«

Es überlief sie heiß, als wäre plötzlich eine Flamme vor ihr aufgetaucht, und obwohl ihr Herz heftig schlug, sprach sie ruhig: »Prinz, ich bin noch Jungfrau.«

»Das möchte ich dir auch geraten haben. Du solltest jedoch lieber kein unwissendes und jammerndes Kind sein, wenn du in mein Bett kommst.« Er zog die Zügel an. »Weißt du, was der alte Mann eines Mannes ist?«

Ihre teure Freundin Chingchin, die im Armenviertel von Guilin aufgewachsen war, kannte den Ausdruck und hatte ihn ihr mit einem Kichern ins Ohr geflüstert. Jetzt flüsterte Guei Fei auch und erstickte fast vor Verlegenheit. »Ja.«

»Weißt du, wie man einen alten Mann in der Hand hält und ihn streichelt, damit er groß und steif wird, so daß du ihn bei dir einführen kannst?«

Sie wandte sich von ihm ab und errötete tief. »Ich habe es dir doch gesagt. Ich bin noch Jungfrau.«

Seine Hand packte sie am Handgelenk. Seine Finger waren hart und grob. »Viele der Konkubinen meines Vaters haben bei älteren Männern gelernt, bei Lehrern, die am eigenen Leib zeigen, was eine Frau tun muß, um einen Mann zu erfreuen. Solche Lehrer machen mit den Frauen nie Wolken und Regen – du weißt, was Wolken und Regen bedeutet?«

»Die Paarung von Mann und Frau«, sagte Guei Fei weich und fixierte den festgetretenen Schnee vor ihnen.

Su Chi sagte: »Diese Lehrer machen alles, nur das nicht. Sie lehren das gesamte Vorspiel. Eine Frau sollte mit dem Wissen ins Ehebett gehen, was geschehen wird; sie sollte es wollen, damit ihr Jadetor schlüpfrig und heiß wird und ihr Mann mit ihr schnell Wolken und Regen machen kann, und zwar glücklich und oft.«

»Ich möchte nicht über diese Dinge sprechen, Prinz.« Guei Fei hielt den Blick auf den Pfad gesenkt.

»Weißt du, ich kann dir nur raten, sie tun zu wollen. Ich werde meinem Vater sagen, er soll deiner Familie einen dieser Lehrer schicken, damit du anfangen kannst, all das zu lernen, was du wissen mußt.«

Sie biß die Zähne zusammen. »Ich bin doch keine Prostituierte.«

Er lachte. »Jede Frau ist eine Prostituierte, Yang Guei Fei. Ihr verdient euren Lebensunterhalt alle dadurch, daß ihr Männer erfreut. Es wäre also nur klug, wenn du dich hinlegst und es genießt. Wenn du aber böse mit mir bist und mit mir kämpfen willst, um so besser. Es wird mir Spaß machen, dich zuzureiten.«

»Oh!« Guei Fei reckte das Kinn in die Höhe.

Sie sah mit brennenden Augen auf die Straße und entdeckte, daß der Kaiser sie warm und freundlich anlächelte.

Der Kaiser hatte sein Pferd zum Stehen gebracht und blickte die Straße zurück. Mehrere Mitglieder der Gruppe ritten zwischen Guei Fei und dem Kaiser, doch sie zweifelte nicht daran, daß er sie ansah. Sie gab ihrem Pferd die Sporen.

»Unsere Unterhaltung hat mir Vergnügen bereitet, Prinz«, sagte sie über die Schulter zu ihm. »Doch ich sehe, daß dein Vater, der Sohn des Himmels, mich zu sprechen wünscht. Daher verabschiede ich mich jetzt von dir.«

»Ich habe nicht gesehen, daß mein Vater dich gerufen hat«,

sprudelte Su Chi hervor. »Und du hast nicht meine Erlaubnis zu gehen.«

»Ich danke dir sehr«, sprach sie in die Luft, als sie auf den Kaiser zuritt.

Als Kaiser Li Longji zum ersten Mal davon hörte, daß die Familie Yang ein Mädchen im richtigen Alter für Su Chi hatte, sah er sofort den politischen Vorteil dieser Verbindung. Ihr Vater, Yang Shan, war Gouverneur der Provinz Lingnan tief im Süden. Andere Verwandte, Onkel und Vettern, hielten wichtige Posten in Lingnan und anderen Provinzen. Eine Verbindung mit einer so talentierten Familie konnte die Dynastie nur stärken.

Wichtiger noch, Yang Guei Fei war kein Mitglied der Familie Fu. Seine Kaiserin, Fu Zhou, hätte es natürlich lieber gesehen, daß eine ihrer Verwandten ihren Stiefsohn heiratete. In den vielen Jahren auf dem Thron hatte Dame Fu die Büros der Kaiserstadt mit Hunderten ihrer Verwandten gefüllt und die Provinzverwaltungen im ganzen Reich mit weiteren tausend. Es gab keine andere Familie mit vergleichbarer Macht. Aus seiner Familie konnte Longji niemanden in ein hohes Amt berufen. Eine zu große Nähe zur Macht unter Menschen mit blutmäßig bedingten Ansprüchen auf den Thron führte nur allzu leicht zu Palastrevolten wie denen, die er als Junge miterlebt hatte. Doch Longji brauchte jemanden, der die Fu in ihre Schranken wies, denn sie waren nur noch sich selbst gegenüber loyal sowie der Kaiserin, aber nicht dem Thron. Durch die Gründung einer neuen Familie, dachte Longji, konnte er den Einfluß der Fu schmälern und die Sicherheit des Reiches steigern.

Mit dem Arrangement dieser Heirat hatte er sich zum ersten Mal seit vielen Jahren direkt in die Verwaltung eingemischt. Zu Beginn seiner Herrschaft hatte er sich voller Visionen und Elan an die Arbeit gemacht. Er hatte davon geträumt, Länder im Westen zu erobern und die Grenzen des Reiches zu erweitern. Er hatte von neuen Gesetzen geträumt, die dem Reich mehr Wohlstand bringen sollten. Doch der Tod der ersten Kaiserin Pang Yuen und die unaufhörliche sanfte Obstruktion seiner Minister – die zunehmend von Mitgliedern der Familie Fu gestellt wurden – hatten ihn allmählich zermürbt. Jetzt füllte er seine Tage und Jahre mit Musik, Poesie, Malerei und Sport. Und das, dachte er mit schmerzlicher Scham, ist der Grund, weshalb sie mich den Strahlenden Kaiser nennen.

Nicht, weil ich gut regiere.

Krieg, Politik, Kunst. Er hatte nie Gelegenheit gefunden, einen Krieg vom Zaun zu brechen, und die Politik hatte ihn wegen ihrer Doppelzüngigkeit in Wut gebracht, doch in der Kunst glänzte er. Das machte ihn zu einem Strahlenden Kaiser, aber machte es ihn auch zu einem großen?

Vielleicht hätte er nie ein großer Herrscher sein können, ein Mann, der das Territorium des Reichs der Mitte erweiterte und alle seine Untertanen reicher und glücklicher machte. Er wußte nicht, wieviel davon auf die Machenschaften der Fu zurückzuführen gewesen wäre und wieviel auf das Fehlen von Stärke und Visionen bei ihm selbst.

Vielleicht blieb immer noch Zeit, diese bohrende Frage zu beantworten.

Bei der Vorbereitung dieser familiären Verbindung hatte er die Yang nur als Gegengewicht gegen die Fu gesehen. Er hatte nicht gedacht, wie außergewöhnlich anziehend sich die junge Yang Guei Fei erweisen würde. Er sah, wie sie stetig auf ihn zuritt, als hätte er sie gerufen. Sie war so geschmeidig wie ihr graues Pony. Ihr Blick war heiter und offen. Su Chi konnte sich glücklich schätzen!

In dem Moment, in dem ihre Blicke sich begegnet waren, war sie losgeritten. Sie hatte seinen Blick offenbar mißverstanden, als er sich nach dem verlobten Paar umsah, um festzustellen, wie sie miteinander auskamen. Er würde sie jedoch nicht gleich zu Su Chi zurückschicken. Er war neugierig auf sie. Er würde mit ihr sprechen, damit er sie kennenlernte.

Sie brachte ihr Pferd neben ihm zum Stehen und verbeugte sich leicht. »Wie kann ich Euch dienen, Strahlender Kaiser? Vielleicht darf ich Euch ein paar interessante Dinge auf unserem Weg zeigen?«

»Das würde mir gefallen, Dame Yang.«

Sie wies mit der Hand auf einen Turm aus blauem Felsgestein, der vor ihnen in den Himmel ragte. Die Kuppe war in graue Wolken gehüllt. »Nun gut, Kaiserlicher Vater, seht mal dort. Es heißt, daß es in einer Höhle auf diesem Hügel eine seltene und wundervolle Statue gibt.«

Longji lächelte. »Ich habe gehört, daß diese Hügel voller herrlicher Höhlen sind.« Er zuckte bei dem Doppelsinn zusammen. Jade-Kaiser! Er hatte nicht die Absicht gehabt, sie zu beleidigen. Doch sie schien es ihm nicht übelzunehmen.

»Wie es heißt«, fuhr sie fort, »soll der große buddhistische Mönch Bodhidharma drei Jahre in dieser Höhle gelebt haben. Dann verließ er sie, weil diese Hügel es ihm schwer machten zu meditieren.«

»Ja, die Schönheit dieser Gegend hat ihn bestimmt abgelenkt.« Schon wieder! Was ist nur in mich gefahren?

Yang Guei Fei fuhr fort, ohne den Doppelsinn zu bemerken. »Während er hier war, schnitzte Bodhidharma aus einem einzigen Stück Holz die Statue eines sitzenden Buddha«, sagte sie. »Sie ist immer noch in dieser Höhle und wird sehr verehrt.«

»Der Weg des Buddha hat mich schon immer interessiert«, sagte Longji. Über Yang Guei Feis Schulter hinweg sah er, wie General Darius Parviz auf dem schneeweißen Pfad näher kam. Sie drehte sich um und folgte seinem Blick.

»Woher kommt dieser Offizier?« fragte sie. Darius hatte runde Augen und eine Hakennase. Sein schwarzer Bart fiel nicht gerade herunter wie der eines Mannes, der im Reich der Mitte geboren war, sondern bestand aus vielen Löckchen, die hier und da mit Goldschmuck verziert waren. Darius ritt näher, wie es schien, um Longji im Auge zu behalten, blieb jedoch höflich außer Hörweite.

»Als Persien an die Araber fiel, lud mein kaiserlicher Großvater den abgesetzten König und dessen Familie ein, herzukommen und an diesem Hof zu leben. Darius ist der Enkel dieses Königs. Wißt Ihr, wo Persien liegt?«

»Ja, Strahlender Kaiser. Es liegt westlich von uns zwischen unserem Reich und dem Land der Byzantiner. Und nördlich von Arabien.«

»Ihr kennt Euch in Geographie besser aus als die meisten Frauen, Dame Yang«, sagte Longji bewundernd.

»Und jetzt bedrohen die Araber uns«, fuhr sie fort, ohne auf das Kompliment zu reagieren. Diese Frau interessierte sich sichtlich für solche Dinge. »Sie beherrschen die gesamte Seidenstraße jenseits von Soghdiana und verlangen von unseren Händlern gewaltigen Tribut.«

Die Wendung der Unterhaltung verursachte ihm Unbehagen. Er sah das strenge Gesicht seines Urgroßvaters Li Shih Min vor sich, des Gründers der Dynastie und Eroberers des fernen Westens. Er hatte ein Porträt seines Ahnen in einem besonderen Raum im Palast. Dort hatte er sich in den frühen Tagen seiner Herrschaft mit seinen Beratern getroffen und sich vorgestellt, daß Li Shih Min ihm wohlwollend zusah.

Doch er hatte längst aufgehört, sich mit seinen Beratern in diesem Raum zu treffen. Würde der große Ahn ihn heute vorwurfsvoll ansehen? Die Westgrenze war in Gefahr, doch Longjis Minister sagten ihm, er könne nichts dagegen tun. War ihr Rat aufrichtig, wenn sie ihm vom Zustand des Reiches erzählten, oder beraubten die Fu die kaiserliche Schatulle, um sich zu bereichern?

Er bemühte sich, seiner Stimme einen gleichmütigen Klang zu geben, als er sagte: »Ich habe diplomatische Missionen an den Kaiser von Byzanz geschickt, um ihn nach Möglichkeit zu überreden, Krieg gegen die Araber zu führen. Vielleicht kennt Ihr das alte Sprichwort: ›Benutze die Fernen gegen die Nahen‹? Die Byzantiner glauben jedoch, nicht stark genug zu sein, um gegen die Araber vorgehen zu können. Und wir sind es auch nicht.«

»Wirklich nicht?« fragte sie. »Man kann selbst mit einer kleinen Streitmacht einen schmerzhaften und entmutigenden Schlag führen. Ein Reich sollte wissen, was es will, und dann alles Nötige tun, es zu erreichen.«

Longji sah sie überrascht an. Diese junge Frau, noch keine sechzehn Jahre alt, widersprach ihm, wenn auch milde. Er war solche Offenheit von niemandem gewohnt, nicht von seinen Ministern – obwohl sie es immer wieder schafften, ihn zu frustrieren –, geschweige denn von den Hofdamen. Dame Yang faszinierte ihn.

»Aber wir haben weit mehr Männer als die Araber«, fuhr Yang Guei Fei fort. »Wir können doch sicher eine große Armee gegen sie losschicken und sie dorthin zurücktreiben, woher sie gekommen sind.«

Wie sehr sie ihn an die Dinge erinnerte, von denen er als junger Mann geträumt hatte! Er hatte eine große Armee führen wollen, wie der große Ahn Tang es getan hatte, und die Grenze weiter nach Westen verschieben und noch mehr von der Seidenstraße sichern wollen. Doch seine Minister hatten ihn in Argumente eingesponnen, die so anschmiegsam und zart wie Seide waren, und ihn umgestimmt. Jetzt verwendete er die gleichen Argumente bei der jungen Yang Guei Fei.

»General Fu Wenxius Armee an der Westgrenze ist zwar groß genug, um unsere Grenzen zu verteidigen, jedoch nicht groß genug für einen Angriffsfeldzug. Wir wagen es nicht, Truppen von unseren anderen Grenzen abzuziehen. Wir sind auf allen Seiten von Barbaren umgeben – Türken, Mongolen, Khitan –, die nach einer schwachen Stelle suchen, die sie durchstoßen können. Wir müßten mindestens hunderttausend neue Soldaten rekrutieren und ausbilden. Das bedeutet, daß wir viele junge Männer von den Bauernhöfen holen müßten, was die innere Stärke des Reiches vergeuden würde. Höhere Steuern wären die Folge, doch die Menschen können nicht mehr Steuern tragen.«

Yang Guei Fei schwieg nachdenklich.

»Die meisten Frauen finden diese Angelegenheiten langweilig«, sagte Longji.

Yang Guei Fei schüttelte den Kopf. »Wie können Staatsangelegenheiten langweilig sein?« fragte sie. »Aber ich stimme mit Euch darin überein, daß ein Krieg Vergeudung ist. Mir scheint, daß ein so zivilisiertes Volk wie unseres eine bessere Möglichkeit finden könnte, Streitigkeiten mit den Nationen jenseits unserer Grenzen beizulegen. Doch mein Wissen ist begrenzt. Ich weiß nicht, wie so eine Lösung aussehen könnte.«

»Dann«, sagte Longji impulsiv, »möchte ich der alten Statue, von der Ihr gesprochen habt, gern meine Ehrerbietung erweisen. Bringt mich hin, wenn Ihr wollt.«

Sie lächelte schwach und lenkte ihr Pferd den Hügel hinauf.

Dämonen von Ahriman! dachte Darius Parviz. Warum muß der Sohn des Himmels auf eigene Faust losreiten?

Er trat seinem Pferd in die Flanken und folgte dem Kaiser und Dame Yang. Ihm war kalt unter seinem Brustharnisch aus Leder und Stahl, als er an die hundert Gefahren dachte, denen ein Kaiser in einem kurzen Augenblick begegnen konnte. Als er in die Richtung blickte, in die das Paar verschwunden war, konnte Darius inmitten der Kiefern auf dem Abhang kaum die gelbe Jacke und die gelben Hosen des Sohnes des Himmels erkennen und das leuchtend blaue Reitkostüm von Dame Yang.

Sonnenlicht blitzte auf Metall, jedoch viel weiter oben auf dem Hügel.

Metall? Darius' Herz blieb stehen. Wer war das? Die Wachen mußten weiter unten sein, näher beim Kaiser.

Er atmete zweimal tief durch, damit er einen klaren Kopf bekam und seinen Körper bereit machen konnte.

»Gefahr! Gefahr für den Kaiser!« rief er und trieb sein Pferd den Hang hinauf. Das Pferd rutschte aus und stolperte in den festgestampften Kiefernnadeln, doch die Baumstämme waren weit genug auseinander, um Pferd und Reiter durchzulassen. Er galoppierte schnell auf das berittene Paar zu.

»Kaiserlicher Vater!« rief er.

Er sah, wie der Kaiser ihm verblüfft das Gesicht zuwandte. Im selben Augenblick erschütterte eine heftige Bewegung das Unterholz oben am Hang.

Der Kaiser warf sich aus dem Sattel und packte Dame Yang an der Schulter. Sie schrie auf und fiel von ihrem Pferd. Beide landeten hart auf dem Waldboden.

Ein Pfeil surrte an dem Mädchen vorbei. Hätte sie aufrecht auf dem Pferd gesessen, hätte er sie in den Rücken getroffen. Ihre spitzenbesetzte Mütze fiel herunter, und eine lange, ebenholzfarbene Haarsträhne löste sich und reichte fast bis auf den Erdboden.

Blitzschnell war Darius abgesessen und stand neben ihnen.

»Er ist oben auf dem Hügel«, keuchte er, als der Kaiser sich bückte, um der jungen Frau zu helfen. »Haltet Euch hinter Euren Pferden.«

Er entdeckte berittene Männer, die zwischen den Kiefern heraufkamen, und seine Hand griff schnell nach seinem Schwert.

Es waren sechs Männer, welche die roten und goldfarbenen Lederkürasse der kaiserlichen Garde trugen. An ihrer Spitze befand sich Hauptmann An Lushan, ein Mongole, der so groß und kräftig war, daß sein Pferd neben ihm wie ein Fohlen wirkte. Sämtliche Männer der Wache hatten Bogen in Schutzhüllen an den Sätteln. Sie hatten Köcher auf dem Rücken, von denen jeder die vorgeschriebenen zwölf Pfeile enthielt.

»Hauptmann An, bringt den Kaiserlichen Vater und Dame Yang an einen sicheren Ort«, befahl Darius. »Ihr übrigen schwärmt aus und durchkämmt den Wald nach Komplizen. Ich werde den Mann verfolgen, der diesen Pfeil abgeschossen hat.«

An saß ab. Die schwarzen Pupillen seiner Schlitzaugen bewegten sich schnell. Sein Gesicht wurde durch eine diagonale Narbe auf seltsame Weise geteilt. Sie verlief von seinem linken Auge quer über die platte Nase bis zum rechten Mundwinkel. Sein Gesicht hatte oberhalb der Narbe den terrakottafarbenen Teint, der für die Barbaren aus dem Norden typisch war. Unterhalb war es ein haarloses rötliches Purpur. Sein Mund war ein Strich, der weder durch Bart noch Schnurrbart weicher gemacht wurde und dort, wo Lippen hätten sein sollen, tiefe Narben aufwies.

Der Mongolenhauptmann verbeugte sich kurz und stellte sich sofort zwischen den Kaiser und den oberen Hang, woher der Pfeil gekommen war. Er scheint fähig genug zu sein, den Kaiser zu schützen, dachte Darius, ein zuverlässiger Mann.

Dame Yang sagte zitternd mit aufgerissenen Augen: »Wir wollten zu einer Höhle, wo der Strahlende Kaiser die berühmte Buddha-Statue sehen wollte. Sie befindet sich gleich da drüben.« Sie hatte Angst, wie Darius sah, sprach aber dennoch mit ruhiger Stimme.

Der Kaiser trat entschlossen vor. »Laßt uns jetzt dorthin gehen. Wir dürfen Dame Yang keiner weiteren Gefahr aussetzen.«

Darius sagte: »Hauptmann An, der Sohn des Himmels und Dame Yang können in dieser Höhle Schutz suchen, nachdem Ihr sie durchsucht habt.« Er suchte den schneebedeckten Kiefernwald ab, da er überall eine Bedrohung witterte.

Nach einer tiefen Verneigung vor dem Kaiser begab sich Darius zu Fuß den steilen Hang hinauf. Es war für ihn riskant, allein zu gehen, doch wenn er wartete, bis weitere Männer zu Hilfe kamen, wäre der Mörder längst entkommen. Er zog sein langes Schwert.

Auf der Hügelkuppe waren keine Bäume, doch überall lagen blaugraue Felsbrocken herum, und er sah immergrünes Gebüsch und eine feine Schneeschicht. Darius drehte sich schnell im Kreis und machte sich auf die Jagd nach dem Feind.

»Herr!«

Darius wirbelte mit gezogenem Schwert herum. Ein Mann in Rot und Gold taumelte aus dem Wald. Die Enden seines langen schwarzen Schnurrbarts baumelten an den Seiten des atemlosen Mundes. Das Visier seines goldbesetzten Lederhelms beschattete seine Augen. Ein in der Gestalt eines Falken gegossenes Medaillon hing an einer Goldkette an seinem Hals, das Zeichen eines Hauptmanns der kaiserlichen Garde. Darius erkannte Fang Fenking, den Anführer der Fußpatrouille. Er spürte, wie der Zorn in ihm hochstieg. Wenn jemand die Schuld daran trug, den Angriff auf den Kaiser zugelassen zu haben, war es dieser Mann.

»Besteht noch Gefahr für den Kaiser, Herr?« fragte Hauptmann Fang. Die einfältige Frage brachte Darius in Wut. Er ballte die Faust und verspürte den Drang, den Mann zu Boden zu schlagen, dessen Unachtsamkeit den Kaiser fast das Leben gekostet hätte.

General Darius Parviz war jedoch nicht nur Befehlshaber der kaiserlichen Garde. Dreißig seiner fünfunddreißig Jahre lang war er Mitglied des Ordens der Qinzha gewesen, einer Gesellschaft von Männern und Frauen, Kriegern in Körper und Geist, deren Ursprünge in die Zeit vor der Gründung des Reichs der Mitte zurückreichten. Er hatte sich zu seiner Position als Befehlshaber der kaiserlichen Garde emporgearbeitet, weil der Orden ihn dort haben wollte. Die Erhaltung der Stabilität des Reiches war eins der langfristigen Ziele des Ordens.

Doch nicht einmal der Kaiser wußte von seiner Mitgliedschaft. Wie bei allen anderen Qinzha war seine Zugehörigkeit zum Orden geheim. Er schätzte sich glücklich, keine Familie mehr zu haben, denn sein Eid hätte ihn verpflichtet, selbst ihr alles zu verschweigen.

Die Qinzha waren ausgebildet, sorgfältig auf Zwischentöne zu achten, so daß das Gerücht ging, sie könnten Gedanken lesen. Jetzt endeckte Darius einen bewußt provokativen Unterton in Fangs Stimme. Zwei Lehren des Ordens fielen ihm ein: *Vor allem Wachsamkeit* und *Reagiere nie wie erwartet.*

Warum sollte Fang ihn wütend machen wollen? Um ihn vom Nachdenken abzuhalten. Dann mußte er sich die Zeit nehmen und denken.

Darius machte eine Pause, bevor er fortfuhr. Ein Verdacht, der sich in den Schatten seines Geistes bildete, trat in das strahlende Licht des Bewußtseins.

Mit lebhafter, trockener Stimme berichtete Darius Fang, was geschehen war. Mit seiner Qinzha-Ausbildung deutete er Fangs Augenbewegungen, dessen Haltung und Handbewegungen so leicht, als wäre der Hauptmann eine Schriftrolle voller großer, einfacher Schriftzeichen. Während Darius sprach, keuchte Fang, starrte ihn an und hob die Hände in die Luft. Die Heftigkeit seiner Reaktion verriet ihre Falschheit.

Fang fiel auf die Knie und preßte den Kopf auf den Erdboden.

»Ich bin schuld, verehrter General. Ich muß den Mann, der auf den Kaiser geschossen hat, durchgelassen haben. Ich habe es an Wachsamkeit fehlen lassen. Bitte bestraft mich, wie Ihr es für angemessen haltet.«

Darius blickte auf den Mann, der vor ihm kauerte. Das Sonnenlicht spiegelte sich in Fangs Helm. Er schloß einen Moment die Augen und vergegenwärtigte sich noch einmal das aufblitzende Licht, das ihn auf die Gefahr aufmerksam gemacht hatte. Es war ebenfalls das Glitzern von Gold gewesen.

Die Pfeile im Köcher auf Fangs Rücken – Darius zählte nur elf.

Darius gab seiner Stimme einen freundlichen Klang. »Bitte, Hauptmann, steht auf.« Er streckte die Arme aus, als wollte er Fang auf die Beine helfen. Fang wandte leicht den Kopf und warf einen Blick auf die Hand, die sich seiner Schulter näherte. Darius fuhr mit zwei Fingern unter Fangs Helm, wo sie einen Druckpunkt an der Schädelbasis erreichten und gerade hart genug zudrückten, um den Mann zu lähmen und bewußtlos zu machen.

Das war etwas, was sie bei der kaiserlichen Garde nicht lernten.

Fang brach mit einem Klirren von Metall zusammen. Er lag mit dem Gesicht nach unten und hatte Arme und Knie unter sich hochgezogen wie eine Kröte, die von einem Wagenrad überfahren worden ist.

Trotz der wärmenden Mittagssonne empfand Darius Kälte.

Ein Angehöriger der kaiserlichen Wache hatte versucht, den Sohn des Himmels zu töten. Wenn ein Mann der Wache gegen den Kaiser eingesetzt werden konnte, konnte jeder in der Nähe des Throns ein Feind sein. Darius spürte das Prickeln von Gefahr.

Er ließ Revue passieren, was er über Fang Fenking wußte, und benutzte dazu den Teil seiner Qinzha-Ausbildung, der es ihm erlaubte, sich eine fast endlose Zahl winziger Einzelheiten augenblicklich ins Gedächtnis zurückzurufen. Fenking war achtundzwanzig Jahre alt und stammte aus einer wohlhabenden Familie – die mit den Fu verwandt war – in der Provinz Shannan Tungtao. Er war vor wenig mehr als fünf Jahren in die kaiserliche Garde aufgenommen worden. Er hatte seinen Dienst tadellos versehen und sich vorbildlich verhalten. Und jetzt dies.

Darius spürte, wie seine Bauchmuskeln sich verkrampften, als er weitreichendere und unheilvollere Möglichkeiten vor seinem geistigen Auge auftauchen sah.

Diese Tat schien nicht die irgendeines Narren zu sein, der Groll hegte. Sie konnte das Werk der Familie Fu sein. Da der Kaiser nicht in der Hauptstadt weilte, konnte dieser Pfeil der Auslöser einer Revolte sein.

Abt Ma Tsu mußte es sofort erfahren.

Die Höhle hätte jedem Mann aus der Steppe das Gefühl gegeben, eingesperrt zu sein und in der Falle zu sitzen. An Lushan spürte das Gewicht des Hügels über sich wie eine Ameise, auf die ein Stiefel niedersaust. Der kühle Frühlingstag ließ es im Höhleninnern kalt sein, doch Lushan schwitzte. Jede Art von Aufregung brachte ihn ins Schwitzen.

Kerzen und Feuerstein gehörten zur Grundausrüstung jedes Offiziers der kaiserlichen Garde. Lushan machte Feuer, zündete eine

Kerze an und hielt sie hoch. Er drehte sich langsam in der Mitte der kleinen Kammer herum, wobei seine Stiefel auf dem feuchten Steinboden ausrutschten. Die glitzernden Stalaktiten wirkten wie Girlanden und verliehen der Höhle ein bedrohliches Aussehen. Doch nicht wie bei einer Bedrohung durch Männer – Lushan fürchtete sich vor keinem Mann –, sondern durch Götter und Dämonen.

Eine vom Alter geschwärzte Buddha-Statue befand sich auf einem natürlichen steinernen Tisch am hinteren Ende der Höhle. Der Buddha schien Lushan anzulächeln. Weiterhin war niemand in der Höhle.

Der einzige Feind des Kaisers in dieser Höhle, dachte Lushan, bin ich.

Was für eine schöne Gelegenheit es wäre, den Kaiser zu töten. Vielleicht die beste, die er je haben würde. Einfach, dachte Lushan. Geh hinaus. Sag, die Höhle sei sicher. Täusche sie mit dem Trick, ihnen zu zeigen, was sie zu sehen erwarten, entwaffne sie mit einer Illusion. Folge dem Kaiser und der edlen Dame hinein.

Und dann erledige ihn mit einem schnellen Schwerthieb.

Die Dame würde er auch töten müssen, damit sie nicht um Hilfe rief. Dann konnte er schnell wegreiten, bevor den Wachen aufging, was geschehen war. Dann würde er, in dunklen Nebel gehüllt, fliehen können.

Die Gier nach Rache überwältigte ihn fast. Er stand schwitzend und leicht zitternd im Schatten wie ein Pferd vor einem Rennen. Doch Lushan widerstand der Versuchung, Rache zu üben. Er spannte die Muskeln an und erinnerte sich daran, daß seine Rache größer sein könnte und weit über das Töten eines einzigen Mannes hinausging, wenn er abwartete und umsichtig und klug vorging. Schließlich war das sogenannte Reich der Mitte sein Feind.

Ein Mann gegen ein Reich. Doch er hatte die Unterstützung des Immerwährenden Blauen Himmels. Und diese Leute wußten nicht, was für ein bemerkenswerter Mann er war.

Ich bin An Lushan, der Sohn des Schamanenhäuptlings An Torjan Khan und der Stammesmutter Houtei. Ich kann bei einem Kopfstand auf dem Rücken eines galoppierenden Pferdes Pfeile in ein Ziel schießen. Mein Volk spricht überall an den Ufern des

Baikalsees über meine Fertigkeiten als Reiter und Bogenschütze. Von meiner Mutter habe ich zwei Gaben bekommen: Jahr und Umstände meines Todes zu kennen und die Herzen von Menschen so für mich einzunehmen, daß sie mir vertrauen und mich lieben. Und meinem Vater gegenüber habe ich eine Verpflichtung: seine Ermordung durch dieses Volk zu rächen, das sich das Reich der Mitte nennt.

Sollte er jetzt zuschlagen? Nein, wenn er abwartete, würde er mehr erreichen. Es ist besser, ein Reich zu ruinieren, als einen Kaiser zu töten.

Außerdem brachte er es nicht über sich, die Dame zu töten.

Sie war so schön. »Eine herrliche Kuh«, würde sein Volk sie nennen. Für die Mongolen war Vieh die höchste Form von Reichtum. Kühe werfen mehr Vieh. Folglich waren Kühe Reichtum, Reichtum wie Frauenschönheit.

Die Dame Yang war die herrlichste Kuh, die er sich vorstellen konnte.

Doch Lushan wußte, wie eine Frau aus dem Reich der Mitte so ein Kompliment aufnehmen würde. Er konnte ihr entrüstetes Lachen fast hören. Eine Kuh, wirklich. Milch und Milchprodukte gehörten nicht zu ihrer Ernährung. Sie verachteten sein Volk und nannten es geringschätzig »Milchtrinker«. Für sie war alles Mongolische verächtlich.

Lushan stellte die Kerze neben der Statue auf den Boden und verneigte sich vor dem Buddha. Es bedeutete Unglück, einer Gottheit keinen Respekt zu erweisen.

Er bückte sich, um durch den niedrigen Eingang zur Höhle zu kommen, und als er draußen auftauchte, berührten seine lederbewehrten Schultern die Seiten. Die drei Männer der Fußpatrouille richteten sich auf. Lushan fiel vor dem Kaiser auf die Knie – er haßte es, das zu tun – und preßte die Stirn in die Kiefernnadeln.

»Höhle kann von Kaiserlichem Vater und edler Dame gefahrlos betreten werden«, sagte er. Er wußte, daß er die Sprache des Reichs der Mitte nur unbeholfen sprach, und verfluchte seine dicke Zunge und seine narbigen Lippen, weil sie ihn vor der wunderschönen Dame Yang in Verlegenheit brachten.

Um die Entwürdigung wiedergutzumachen, setzte er die Gabe ein, die seine Mutter ihm vererbt hatte. Er griff im Geist nach dem Herzen des Kaisers und neigte es in seine Richtung. Er konnte spüren, wie der Sohn des Himmels Zuneigung zu ihm faßte, was ihm Schweißperlen auf die Stirn treten ließ.

Wenn ich sogar den Kaiser für mich gewinnen kann, gibt es dann noch etwas, was ich nicht kann?

»Vielen Dank, Hauptmann«, sagte der Kaiser. Er hatte eine schöne Baritonstimme – für einen Schakal.

Der Kaiser gab Dame Yang ein Zeichen und ging unter dem Felsvorsprung vor ihr in die dunkle runde Öffnung. Lushan drängte sich dicht an ihn und beschirmte den Kaiser so mit seinem Körper, obwohl es eine Dummheit wäre, sich von einem Pfeil treffen zu lassen, der für diesen Mann bestimmt war. Lushan wollte, daß der Kaiser und die edle Dame schnell in die Höhle kamen. Er machte eine ungeduldige Bewegung, wobei seine Hand zufällig die von Dame Yang berührte.

Es war ein Gefühl, als hätte er Feuer berührt. Er sah plötzlich in ihre erschreckten Augen, die großen und braunen Augen eines Rehs. Sie blinzelte und verschwand.

Er blieb keuchend stehen und drehte sich schnell zu den Wachen um. Sie hielten ihre Schwerter bereit und blickten ihn ausdruckslos an.

»Bei den neun Höllen!« brüllte er. »Wißt ihr nicht, was ihr zu tun habt? Bewegt euch, raus! Findet fluchwürdigen Mann, der Pfeil geschossen.« Er befahl ihnen, in verschiedenen Richtungen in dem Kiefernwald zu suchen.

Einer solchen Schönheit so nahe zu kommen, ohne sie jemals zu besitzen – mußte das sein Los sein? Sie wußte nicht, was sie bei Lushan ausgelöst hatte, und wenn sie es wußte, wäre es ihr gleichgültig gewesen. Sie war dazu bestimmt, Kaiserin zu werden.

Jetzt mag es ihr gleichgültig sein, dachte Lushan. Doch vielleicht kommt der Tag, an dem ich sie dazu bringen kann, nicht mehr gleichgültig zu sein, wenn ich erreicht habe, was ich erhoffe.

In der ruhigen Luft der Höhle brannte neben der schwarzen Statue eine hohe gelbe Flamme. Der Barbarensoldat mit dem entstellten Gesicht hatte ihnen eine Kerze dagelassen. Er war gründlich und tüchtig und verdiente eine Empfehlung. Tatsächlich war etwas Liebenswürdiges an ihm, was Vertrauen hervorrief. Longji nahm sich vor, sich nach seinem Namen zu erkundigen.

Longji ging langsam auf die Buddha-Statue zu. Er sah Yang Guei Fei nicht an. Die Tatsache, daß sie beide knapp dem Tod entronnen waren, hatte ein merkwürdiges Band zwischen ihnen geknüpft. Er hatte gesehen, wie der Pfeil sie knapp verfehlte und sich in einen Kiefernstamm bohrte. Es hatte nicht viel gefehlt, dann hätte der Pfeil, der für ihn bestimmt gewesen war, sie verletzt! Er spürte ein leichtes inneres Zittern, obwohl er sich mit größter Willenskraft anstrengte, Hände und Gesicht still zu halten.

Der Buddha saß auf einem etwa hüfthohen flachen Stein. Longji faltete die Hände und verneigte sich tief. Er konnte sehen, daß der Bildhauer absichtlich Meißelspuren im Holz zurückgelassen hatte, womit er zeigen wollte, daß kein menschliches Bemühen den Geist je völlig einfangen kann und daß es in dieser Welt immer nur das Bemühen gibt, jedoch nie Vollkommenheit. Der Buddha zeigte das gleiche schwache Lächeln wie viele seiner Statuen, doch dieser Künstler, angeblich Bodhidharma, hatte es geschafft anzudeuten, daß der Erleuchtete in lautes Gelächter auszubrechen schien.

»Wie kann jemand den Kaiser verwunden wollen?« fragte Yang Guei Fei.

Er drehte sich um und sah sie an. Ihre Haut war im Kerzenlicht glatt wie Elfenbein. Ihre volle, leuchtend rot bemalte Unterlippe zitterte leicht.

»Es gibt immer Menschen, die glauben, durch den Tod des Kaisers etwas zu gewinnen. Und es gibt Menschen, die durch mich viel verloren haben.«

»Dann ist es eine Verschwörung. Wenn sie den Mann finden, der diesen Pfeil abgeschossen hat, laßt ihn foltern, bis er darum bettelt, alles zu berichten. Und wenn Ihr wißt, wer ihn dazu angestachelt hat, vernichtet ihn ohne Gnade. Wie entsetzlich, den Vater von uns allen ermorden zu wollen.«

Ihre Wildheit bezauberte Longji. »Dame Yang, Ihr mögt zwar erst fünfzehn sein, doch Ihr seid eine bemerkenswerte Frau. Ihr seid wohlinformiert, Ihr denkt schnell, Ihr sagt offen, was Ihr meint. In all meinen fünfzig Jahren bin ich noch keiner Frau begegnet, die Euch gleichkäme.«

Eine leichte Röte überzog ihre Wangen so reizvoll, daß er sich freute, offen gesprochen zu haben.

Sie blickte auf den feuchten Boden der Höhle und sagte ernst: »Ein demütiges Mädchen aus der Provinz macht sich mit Recht Sorgen um ihren Strahlenden Kaiser.«

Demütig, wirklich! Longji spürte, wie sich plötzlich Wärme in seinem Körper ausbreitete, und fragte sich, ob sie erriet, welche Wirkung sie auf ihn hatte. Sie mag zwar jung und unerfahren sein, dachte er, doch manche Frauen werden mit der Macht geboren, Männer zu rühren.

Pang Yuen war so eine Frau gewesen. Sie war ebenso bemerkenswert gewesen wie Yang Guei Fei, doch ganz anders. Yang Guei Fei interessierte sich stark für die Welt der Männer, dachte er, doch Pang Yuens Welt war die der Frauen. Sie war am Ende des Tages meine Zuflucht vor Arbeit und Sorgen. Bei ihr vergaß ich, daß ich der Sohn des Himmels bin, und war nur noch Longji. Bei ihr fand ich Heiterkeit und höchstes Vergnügen, die mich für die Arbeit des nächsten Tages stärkten.

Doch wenn er sich an dieses Vergnügen erinnerte, konnte er nie vergessen, wie es endete: Pang Yuens Schreie, die den Singsang der Priester in ihren orangefarbenen Gewändern übertönten. Dann plötzlich nichts mehr. Das Schweigen höchsten Schmerzes. Sie hatten versucht, ihn von ihr fernzuhalten, doch er war der Kaiser und entschlossen, bei seiner geliebten Frau zu sein. Der kaiserliche Arzt hob die Decke, die sie bedeckte, und Longjis Herz wurde zu Eis, als er zwischen ihren Beinen die leuchtend rote Blutlache sah.

Sie konnte nicht sprechen; sie konnte ihn nur mit Augen voller Verzweiflung und einem Flehen um Hilfe ansehen. Wenn er ihrem Schmerz nur ein Ende hätte machen können. Er war zwar Kaiser, doch darüber hatte er keine Macht.

Die Hebamme des kaiserlichen Leibarztes hob den kleinen Jungen in die Höhe. Sein winziger Körper war mit dem Blut Pang Yuens bedeckt. Longji drehte sich um und sah seinen Sohn zum ersten Mal an. Und als er sich wieder zu seiner geliebten Frau umdrehte, waren ihre Augen offen und blinzelten nicht. Ihr weißes Gesicht war reglos.

Wie durch einen Nebel sah er den in Windeln gehüllten Jungen und hörte einen kräftigen Schrei. Er hörte Diener, die den Säugling wegbrachten. Und dann war er allein mit Pang Yuen und strich ihr über die Stirn, als könnte er immer noch etwas tun, um ihr den Schmerz zu nehmen.

Als gäbe es etwas, was er tun könnte, um seinen Schmerz zu lindern. Als seine Hand sich mechanisch über ihr starr werdendes Gesicht bewegte, konnte er nur daran denken, daß der Junge ihr letztes Geschenk für ihn gewesen war. Dort, in diesem Raum von Geburt und Tod, machte er ihr ein Versprechen: ihren Sohn zum Kaiserlichen Thronfolger zu ernennen.

Und wie unkultiviert Su Chi auch sein mag, dachte Longji, ich werde dieses Versprechen nie rückgängig machen.

Dieses Mädchen ist mein Geschenk an Su Chi. Was für eine wunderbare Frau sie ihm sein wird! Vielleicht bringt sie ihm sogar bei, das Regieren zu lieben.

»Ich danke Euch für Eure Besorgnis, Dame Yang. Auch ein Kaiser ist nichts weiter als ein Mann, und ein Mann braucht Hilfe und Unterstützung. Ihr habt mir mit Euren Worten beigestanden. Ich weiß, daß Ihr das gleiche für Su Chi tun werdet, wenn er Kaiser ist.«

Er sah ein Funkeln in Yang Guei Feis großen dunklen Augen, was in ihm eine Welle von Wärme aufsteigen ließ. Sie sagte: »Es gibt nichts, was ich lieber täte, als dem Kaiser bei seiner Arbeit zu helfen.«

Ihre rot bemalten Lippen blieben leicht geöffnet, und ihre Augen waren weit offen und dunkel wie Waldteiche. Longji spürte, wie sein Atem flach wurde.

Worte begannen sich in seinem Kopf zu bilden, doch es waren die falschen Worte, Worte der Wärme und Verführung, zärtliche Worte – Worte, die ihn zwischen Su Chi und Guei Fei stellen würden. Er versuchte, diese Worte zu verdrängen, die in ihm aufstiegen wie Wasser von einem auftauenden Springbrunnen im Frühling. Er widerstand ihrer zunehmenden Kraft.

Yang Guei Fei war keine der zahllosen Hofdamen, die für die Lust des Kaisers zur Verfügung standen. Sie war die Verlobte des Kaiserlichen Thronfolgers. Ich darf mir so etwas nicht erlauben, dachte Longji. Wenn ich zwischen Guei Fei und Su Chi eine Kluft aufreiße, würde das meinen Sohn entehren. Und die schätzenswerte Familie Yang auch.

Selbst wenn er stark genug wäre, einen Moment der Liebelei zu genießen, ohne daß sich weiteres daraus ergab, war sie doch unschuldig, naiv und ganz gewiß nicht so stark wie er. Wenn er dieser wundervollen Frau den Hof machte, würde sie vielleicht etwas tun oder sagen, was sie beide in Verlegenheit brachte. Er mußte sich jetzt vom Pfad der Gefahr abwenden.

Doch in seinem Innern war er nicht älter als das Mädchen. Er liebte die Ungewißheit, das Kribbeln im Magen, die Spannung in den Lenden. In seiner Brust flatterten Kolibris. Er spürte, wie sich um ihn herum Blütenkelche öffneten.

Er spürte, daß seine Zukunft an einem Scheideweg angelangt war. Wenn er stumm blieb, war der vor ihm liegende Weg klar; dann war alles bestimmt. Wenn er sagte, was ihm auf der Seele lag, machte er die ersten Schritte in eine gefährliche Richtung und begab sich auf einen Weg, der in Nebel gehüllt war.

»Kaiserlicher Vater!«

Longji erkannte die tiefe Stimme. Darius' Silhouette füllte den Höhleneingang.

Der Befehlshaber der kaiserlichen Garde war gerade rechtzeitig angekommen.

2

Der Bambuskäfig

Als Yang Guei Fei mit Su Chi verlobt wurde, wußte sie nicht, daß man sie eher wegen ihrer Familie ausgewählt hatte als wegen ihrer selbst. Sie wußte nicht, daß man sie ausgewählt hatte, um ein Gegengewicht gegen die Macht der Fu zu schaffen, ebensowenig, daß die Fu sie nach Kräften bekämpfen würden. Sie wußte auch nicht, daß es noch weitere Feinde gab: ihr Herz und einen Fremden.

Aus der »Geheimen Geschichte der Tang« von Yang Kaizhi

Guei Fei betete stumm zu Guanyin, der Göttin der Gnade, daß der Sohn des Himmels, der hoch über ihr saß, nicht sehen möge, wie ihr die Knie unter dem schwarzen Satingewand zitterten. Sie trat vor und kniete in der vorgeschriebenen Entfernung von zehn Chih vor seinem Staatsstuhl für das Kotau nieder, das Schlagen des Hauptes. Sie sah, wie sich ihr Gesicht in dem polierten schwarzen Marmor spiegelte und ihr einmal, zweimal, neunmal entgegenkam, als sie mit der Stirn auf den Fußboden schlug.

»Kommt näher, Dame Yang.« Der Sohn des Himmels hatte eine Stimme, die wie ein bronzener Tempelgong tönte. Noch vor wenigen Stunden war ihr diese Stimme freundlich und tröstlich erschienen. Jetzt schien es die Stimme eines mächtigen Fremden zu sein.

Sie machte zwanzig kleine Schritte zu dem Podium mit den fünf Treppenstufen, auf dem der Kaiser saß. Ihre Augen erreichten die gleiche Höhe wie die leuchtend gelbe Schärpe, die er sich um die schmale Hüfte geschlungen hatte. Sie blickte höher und sah die Schultern des Kaisers; seine Finger voller Ringe ruhten auf den Armlehnen mit den Drachenköpfen.

Sie hob den Blick noch mehr. Es war ein Verstoß gegen die Hofetikette, dem Kaiser direkt ins Gesicht zu blicken, doch nach dem heutigen Abenteuer mißachtete sie diese Regel. Als sie ihm direkt in die Augen sah, wurde ihr plötzlich warm vor Erleichterung, denn sie entdeckte, daß sie trotz des kaiserlichen Gewands den Mann erkennen konnte, mit dem sie sich am Nachmittag so mühelos unterhalten hatte.

Er schien von innen heraus zu glühen wie die schloßförmigen Lampions, die über seinem Kopf von den roten und goldenen Balken der Empfangshalle des Gouverneurs hingen. Er lächelte. Er freut sich, mich zu sehen, dachte sie entzückt.

»Dame Yang«, sagte er, »nach diesem Tag habe ich keine Zweifel, daß Ihr dem künftigen Kaiser eine gute Frau sein werdet.«

Guei Feis Herz sank, ein Vogel, den eine Steinschleuder getroffen hatte. Su Chi! Wie konnte ein so großartiger Kaiser einen so schwerfälligen Kaiserlichen Thronfolger ernennen? Sie zwang sich, nicht mehr daran zu denken. Der Sohn des Himmels hatte seine Gründe.

Su Chi würde Kaiser werden. Und auch ihr Ehemann.

Guei Feis Vater, Gouverneur Yang Shan, sprach hinter ihr, wo er mit dem Rest ihrer Familie und hundert hohen Beamten der Provinz Lingnan kniete: »Strahlender Kaiser, Ihr ehrt die Familie Yang mehr, als wir es verdienen.«

Guei Fei zog sich höflich vom Kaiser zurück. Als sie neben ihrer Mutter stand, sah sie zu, wie ihre jüngere Schwester Meiling in einem fröhlichen roten Gewand das Kotau machte. Wenn doch nur Meiling an meiner Stelle Su Chi heiraten würde, dachte Guei Fei plötzlich. Sie hatte das unerwartete Gefühl, einen großen Verlust erlitten zu haben.

Dies sollte einer der glücklichsten Tage meines Lebens sein, sagte sie sich. Es ist mein erstes Bankett als Verlobte des Kaiserlichen Thronfolgers. Dieser Gedanke ließ ihr jedoch nicht leichter ums Herz werden.

Ihre Mutter Yang Qen murmelte: »Ich sage trotzdem, daß du nicht Schwarz hättest tragen sollen. Jungfrauen tragen nicht Schwarz.«

»Es läßt mich gelehrter aussehen«, gab Guei Fei zurück. »Außerdem scheint es dem Sohn des Himmels nicht mißfallen zu haben.«

Ich bin stolz auf meine Gelehrsamkeit, dachte sie, und ich möchte, daß man sie erkennt.

Der Kaiser tauschte mit Meiling einige Höflichkeitsfloskeln aus, jedoch so leise, daß Guei Fei nichts hören konnte. Dann sagte Guei Feis Vater, Gouverneur Yang Shan: »Ich bitte den Sohn des Himmels, meine schlichte Tafel zu beehren.«

Vier männliche Diener, deren muskulöse Oberkörper in grüne Seidenwesten gehüllt waren, schoben auf beiden Seiten des kaiserlichen Staatsstuhls Stäbe durch Ringe und hoben ihn vom Podium. Guei Fei kannte sie nicht; sie mußten den Kaiser von der Hauptstadt Changan begleitet haben.

Die bronzene Stimme ließ sich wieder vernehmen: »Dame Yang Guei Fei, geht neben mir.«

Guei Fei stieg Hitze ins Gesicht. Sie flüsterte ihrer Mutter zu: »*Ihm* gefällt mein schwarzes Gewand.« Sie stand auf und meinte über den funkelnden Fußboden zu schweben, als sie dorthin ging, wohin die starke Hand des Kaisers wies, rechts neben seinen Stuhl.

»Ich möchte die Dame besser kennenlernen, die meinen Sohn heiraten wird. Sitzt an diesem Abend neben mir.«

Einen Moment wurde Guei Fei bei dieser Aussicht schwarz vor Augen. Dann holte sie tief Luft, sah in die blitzenden Augen des Kaisers und lächelte. Er erwiderte das Lächeln.

Die Träger trugen den Sohn des Himmels zur dritten und höchsten Ebene der Bankethalle und setzten ihn im Norden ab, wo der Kaiser immer sitzen mußte. Ein Diener hielt einen Stuhl aus Teakholz mit geschnitzten Blumen zur Rechten des Kaisers für Guei Fei bereit.

Sie setzte sich schweigend und überlegte, was sie dem Sohn des Himmels sagen sollte, als führende kaiserliche Beamte und Mitglieder der Familie Yang ihre Plätze an dem langen Tisch einnahmen. Ihr Vater, der Gouverneur, saß zur Linken des Kaisers, und Prinz Su Chi setzte sich zur Linken ihres Vaters. Guei Fei bemerkte mit einem inneren Schaudern, daß Su Chi selbst bei diesem Bankett pelzbesetzte Stiefel und lederne Armbänder trug. Wie konnte der

Kaiserliche Thronfolger den Wunsch haben, mit einem Barbaren verwechselt zu werden? Und warum hatte er wie ein Barbar zu seiner künftigen Braut gesprochen?

Sie empfand so etwas wie Verlegenheit, als stattliche Reihen von Beamten und Damen mit scharlachfarbenen und azurblauen, pfirsichfarbenen und smaragdgrünen Gewändern auf den tieferen Ebenen unter den Tischen herumgingen und ihre Plätze einnahmen, von denen man den Kaiser sehen konnte, wie der Respekt es gebot. Sie saßen auch ihr gegenüber, und alle Menschen sahen sie an. Sie war so viel Aufmerksamkeit von so vielen Menschen nicht gewohnt. Sie wollte unruhig hin und her rutschen, zwang sich jedoch stillzusitzen.

Auf der untersten Ebene der Halle sah Guei Fei, wie ein liebes rundes Gesicht sie anlächelte – Chingchin. Wenn es nach Chingchin gegangen wäre, würde sie jetzt direkt neben ihr sitzen. Doch das war unmöglich. Dem Protokoll nach war Chingchin nur ihre arme Base, eine rangniedere Zofe im Palast ihres Vaters – es spielte keine Rolle, daß sie die besten Freundinnen waren und schriftlich ihre geheimsten Gedanken austauschten. Guei Fei achtete nicht auf die Rangunterschiede des Adels. Und so wußte sie, daß Chingchin heute nacht um die Stunde der Ratte in dem gemeinsamen Schlafzimmer alles erfahren würde, was am Tisch des Kaisers geschehen war.

Kaum hatten alle Gäste Platz genommen, brachten Diener Schüsseln mit geschmorten Schildkröten und Enteneiern, ein Gericht, für das Guilin berühmt war. Guei Fei liebte diese Mahlzeit, weil es sie an Feiern und Feste erinnerte.

Ein Mann mit geschürzten Lippen und geblähten Wangen stand direkt hinter dem Sohn des Himmels. Wenn der Kaiser auf eine bestimmte Schüssel wies, hob dieser Mann sie hoch, damit der Kaiser seine emaillierten und mit Einlegearbeiten aus Gold geschmückten Eßstäbchen hineintauchen konnte. Wie merkwürdig, dachte sie, daß die Ehrerbietung gegenüber dem Kaiser manchmal bedeutet, daß man ihn wie ein Kleinkind behandelt. Der Mann, der ihm die Speisen hinhielt, mußte Gao Lishi sein, der Kaiserliche Haushofmeister, ein Eunuch, von dem es hieß, er habe großen

Einfluß. Sie lächelte ihn an, doch er wandte sich schnell ab und hielt eine weitere Schüssel hoch.

Guei Fei tauchte ihren blauen Porzellanlöffel in das Gericht und kostete die schmackhafte Brühe. Sie beobachtete die Hände des Kaisers und wünschte, er würde eine Hand auf ihre legen. Wann immer er die Arme bewegte, raschelten die brokatbestickten gelben Ärmel leise. Sie dachte, daß es vielleicht eine Last war, kaiserliche Roben zu tragen.

»Sehr schön«, sagte der Kaiser, nachdem er von der geschmorten Schildkröte gekostet hatte. »Euch schmeckt es auch, wie ich sehe.«

Guei Fei flüsterte: »Es ist ein Lieblingsgericht von mir, Kaiserlicher Vater« und schlürfte einen weiteren Löffel davon. Es hatte ihr auf merkwürdige Weise die Sprache verschlagen, obwohl es ihr vorhin recht leicht gefallen war, mit dem Kaiser Konversation zu machen, selbst nachdem der Pfeil sie so erschreckt hatte. Als sie dem Tod gemeinsam ins Auge geblickt hatten, schienen sie auf besondere Weise miteinander verbunden zu sein. Sie fragte sich, ob er es auch so empfand.

Sie saß still neben ihm, als er die Köstlichkeiten der Gegend probierte – Scheiben von schuppigem Ameisenbär sowie Waldratte mit Beilagen aus Bohnenquark. Er kostete und lobte jedes Gericht, das man ihm darbot. Sie hoffte, daß er die Spezialitäten von Guilin genoß, was wie ein Kompliment für sie wäre.

Sie hörte während des Essens fasziniert zu, als der Sohn des Himmels mit jeder Person am Haupttisch mindestens einmal sprach. Er richtete sogar gelegentlich eine Bemerkung an die niedrigeren Tische. Als sie hörte, wie er so leutselig alle Gäste ihres Vaters einschloß, fühlte sich Guei Fei reich beschenkt und zufrieden, als segelte sie in einem goldenen Boot auf einem silbernen Fluß durch eine Landschaft aus kristallenen Bergen und smaragdgrünen Bäumen.

Sie wollte jedoch weder scheu noch stumm erscheinen, daher beschloß sie, den Kaiser nach seiner Hauptstadt Changan zu befragen, in der sie den Rest ihres Lebens verbringen würde.

»Guilin ist die einzige Stadt, die ich bislang kennengelernt habe, Kaiserlicher Vater. Ist Changan ganz anders?«

»Changan wird Euch in Erstaunen versetzen«, sagte der Sohn des Himmels mit einem liebenswürdigen Lächeln. »Es gibt keine andere Stadt, die ihr gleichkommt. Es ist die größte Stadt der Welt. Ihre Mauern bilden ein vollkommenes Rechteck, und ihre Straßen und Alleen verlaufen ebenfalls gerade, von Süden nach Norden, von Westen nach Osten, und kreuzen einander wie Stoffäden. Innerhalb seiner Mauern leben mehr als eine Million Menschen. Tag und Nacht wimmelt es in den Straßen von Stadtbewohnern, von Edelleuten zu Pferde und Beamten in Karren, die von kraftvollen Ochsen gezogen werden. Außer unserem Volk leben noch Tausende von Ausländern in Changan – Türken, Perser, Syrer, Koreaner, Japaner, Tibetaner, Tataren, Araber. Im Norden der Stadt umgibt eine weitere Mauer die Kaiserstadt – den Palast der Ungeheuren Unendlichkeit und die Amtsräume der Verwaltung.« Seine Augen leuchteten. »Ihr werdet das herrliche Changan lieben. Es ist die edelste Stadt unter dem Himmel.«

Wie wundervoll Changan auch sein mochte, Guei Fei bezweifelte, daß sie dort als Gattin von Su Chi ihr Glück finden würde. Vor allem nicht, wenn sie, wie Su Chi es ausgedrückt hatte, »im Päonienblütenpalast eingesperrt« war. Doch der Gedanke war zu schmerzlich. Sie verscheuchte ihn und wandte ihre Aufmerksamkeit denen zu, die den Kaiser hierherbegleitet hatten.

»Der Befehlshaber Eurer Garde sieht in seinen Roben recht zivilisiert aus«, sagte sie und zeigte auf den schwarzbärtigen General Darius, mit dem sich ihre Schwester Meiling am anderen Ende des Tisches gerade unterhielt. Am Nachmittag hatte er eine rote Lederrüstung getragen, an diesem Abend war er in azurblaue Seide gekleidet.

»Ja, er ist recht zivilisiert und auch ein guter Soldat. Wir sind ihm heute abend großen Dank schuldig. Ohne seine rechtzeitige Warnung wären wir vielleicht nicht hier, um dies zu genießen« – der Kaiser blickte auf das ihm am nächsten stehende Gericht –, »Bohnenkuchen mit Pfefferschoten.«

In der Nähe von General Darius saß ein ernst dreinblickender An Lushan, der Häppchen an seinen entstellten Mund führte und kaute und schluckte, nichts sagte und niemanden anblickte. Es war, als wäre er ganz allein in dem großen Saal, dachte Guei Fei, und nicht eingezwängt zwischen Beamte und Angehörige des niedrigen Adels.

Der Kaiser war ihrem Blick gefolgt. »Unsere Soldaten nehmen an solchen Feierlichkeiten meist nicht teil«, sagte er. »Ich habe ihn für den Dienst belohnt, den er uns heute erwiesen hat.«

Er scheint mir aber weniger geehrt als pflichtbewußt zu sein, dachte Guei Fei. Dieser Mongole war ein ungewöhnlicher Mensch, ein Mann, wie sie noch keinem begegnet war.

Als sie links den Tisch entlang blickte, fing Guei Fei den Blick eines stämmigen Mannes auf, dessen rasiertes Haupt im Lampenlicht glänzte. Sein Blick war dunkel und unergründlich, und sie konnte ihre Augen nicht von ihm abwenden. Diese seltsamen Augen schienen ihre innersten Gefühle und Gedanken regelrecht aus ihr herauszuziehen. Ihr Herz flatterte wie das eines in einer Falle gefangenen Vogels.

Dann zwinkerte er ihr zu und erlöste sie damit. Nun fühlte sie sich in der Lage, ihn genauer zu mustern. Sein Gesicht kam ihr vor, als wäre es aus Granit gehauen. Im Gegensatz zu der Kleidung aller anderen im Raum war sein Gewand von so schlechter Qualität, daß es sie schockierte: Er trug eine ungefärbte, aus Hanf gewebte graue Robe, und sein glänzendes Haupt war entblößt. Ein unbedecktes Haupt war ihrer Erfahrung nach immer ein Zeichen von Unhöflichkeit oder äußerster Armut.

Erschüttert durch die stumme Begegnung, wandte sie sich an den Kaiser. »Wie kommt es, daß man diesem Mann dort erlaubt, mit entblößtem Haupt an dem Bankett teilzunehmen?«

»Das ist bei seinem Orden so üblich. Sie tragen ihre absolute Einfachheit wie ein Ehrengewand. Dieser Mönch ist mein Ratgeber ohne Titel, Ma Tsu. Jedes Wort, das er spricht, ist eine Perle.«

»Wieso kein Titel?«

»Sein Orden würde ihm nicht erlauben, einen Titel zu akzeptieren. Er erhält auch kein Gehalt wie alle meine anderen Beamten. Ich bezahle seinen Orden für seine Dienste.«

»Von diesen Mönchen habe ich noch nie gehört«, sagte Guei Fei. Sie fand deren strenge Einfachheit bewundernswert. Sie betrachtete den ärmlich gekleideten Mönch mit neuem Respekt. Sein entblößtes Haupt beleidigte sie nicht mehr. »Sind sie Buddhisten oder Taoisten?«

»Weder das eine noch das andere«, erwiderte der Kaiser. »Sie gehören einem uralten Orden von Kriegermönchen an, den Qinzha. Sie sind sehr verschwiegen, was ihren Glauben angeht, doch sie wissen viele Dinge und praktizieren viele Künste in vollendeter Form, einschließlich der Kampfkunst. Ich habe gesehen, wie dieser kahlköpfige kleine Mönch aus einer Entfernung von zwanzig Schritten nur mit einem Ruf einen Krug zerbrochen hat.«

Guei Fei lachte. »Ich hoffe, er ruft heute abend nicht, denn sonst würde er unser bestes Geschirr zerstören.«

Der Kaiser lachte herzlich.

Ein anderer Mann fiel ihr auf. »Und wer ist das?« fragte sie und zeigte mit ihrem Eßstäbchen auf einen mürrisch dreinblickenden Mann, der am hinteren Ende des Tisches saß. Sie achtete sorgfältig darauf, mit dem stumpfen Ende zu zeigen, denn mit dem spitzen war es unhöflich.

Die Wärme verließ die Stimme des Kaisers. »Das«, sagte er, »ist Fu Sangui, der Innenminister, der jüngste Bruder Ihrer Kaiserlichen Erhabenheit, der Kaiserin Fu Zhou.« Seine Wort klangen trotz des beiläufigen Tons gepreßt.

»Jemand, mit dem Ihr Schwierigkeiten habt?« Palastfehden waren unvermeidlich, wie Guei Fei aus dem Haus ihres Vaters wußte. Sie hatte schon gehört, daß die Familie Fu gefährlich war, und wollte mehr über sie herausfinden.

»Für den Sohn des Himmels gibt es keine Schwierigkeiten.« Der scharfe Tonfall seiner Stimme machte deutlich, daß er das Thema zu beenden wünschte. Guei Fei hütete sich, weiter zu fragen. Sie blickte an dem Kaiser vorbei und bemerkte, daß der Eunuch Gao Lishi sie anfunkelte.

Weswegen ist er so wütend? fragte sie sich voller Unbehagen. War dieser Eunuch ein potentieller Feind? Wenn ja, warum? Warum sollte er gegen sie arbeiten? Sie würde noch lernen müssen, wem sie am kaiserlichen Hof trauen konnte.

Sie blickte um sich auf der Suche nach jemandem, nach dem sie sich erkundigen konnte. Sie sah, wie Su Chi sie von seinem Platz weiter unten am Tisch beobachtete. Mit seinem breiten Mund und den halbgeschlossenen Augen sah er aus wie ein dösender Frosch. Da fielen ihr wieder seine ungehobelten Bemerkungen vom Nachmittag ein. Der Gedanke, den Rest ihres Lebens mit ihm zu verbringen, verursachte ihr Übelkeit. Guei Fei blickte auf ihren Teller, aber sie hatte jeden Appetit verloren.

Sie nippte an ihrem Tee und versuchte ihre Gefühle zu verbergen.

Der Kaiser störte sie in ihrem Kummer. »Ihr habt heute gesagt, wir sollten einen Weg finden, unsere Karawanen und unsere westlichen Städte vor den Arabern und den Türken zu schützen, ohne in den Krieg zu ziehen. Habt Ihr Euch überlegt, wie das zu schaffen ist?«

»Strahlender Kaiser, Ihr habt hoffentlich nicht von mir erwartet, daß mir zwischen heute morgen und jetzt etwas einfällt. Eins weiß ich allerdings – wir sollten Krieg ganz allgemein vermeiden. Aber ein Krieg wird einer Nation manchmal aufgezwungen. Ich habe gehört, daß der Gott der Araber sie dazu ermutigt, alle zu bekämpfen, die ihre Religion nicht annehmen wollen. Gegen eine solche Nation braucht Ihr gewiß eine starke Armee, um die Westgrenze zu schützen.«

Gao Lishi bot dem Kaiser Ziegenblutpudding an, den man Hot Lo und Ho nannte. Als der Sohn des Himmels davon gekostet hatte, sagte er: »In Changan haben sich viele Araber angesiedelt und dort ihre Tempel erbaut. Wir haben ihre heiligen Männer befragt, und sie sagen, ihr Gott billige Krieg nur zur Selbstverteidigung.«

Guei Fei überlegte einen Augenblick. »Die Araber haben sich also auf dem ganzen Weg von ihrer Heimat bis zu unserer Westgrenze nur selbst verteidigt?«

Der Kaiser lachte so herzlich, daß die Konversation im Saal erstarb und alle ihn ansahen. Guei Fei fühlte sich wieder an einen Tempelgong erinnert. Sie hatte gehört, daß er eine schöne Gesangstimme hatte, und glaubte es. Und was für ein Vergnügen es war, mit ihm über ferne Völker und Probleme des Staates zu sprechen. Von ihrem Vater und Enger abgesehen dachte niemand aus ihrer Familie je an einen Ort außerhalb der Provinz Lingnan.

Der Kaiser hörte auf zu lachen und senkte schuldbewußt den

Blick. »Ihr habt recht, die Araber haben in wenig mehr als hundert Jahren ein riesiges Reich erobert. Ich denke, ich könnte genausoviel erreichen. Meine Ratgeber sind jedoch anderer Meinung.«

Guei Fei sprach schnell und eifrig, ohne an die Wirkung ihrer Worte zu denken. »Vielleicht haben Eure Ratgeber recht. Wir sollten weder Männer noch Geld auf Eroberungskriege verschwenden. Das Reich der Mitte ist ohnehin schon so groß, daß es schwer zu regieren ist.«

Kaum waren ihr die Worte über die Lippen gekommen, wurde ihr der Mund trocken. Sie war anderer Meinung als der Sohn des Himmels. Undenkbare Unhöflichkeit! Sie hoffte, daß er sie nicht mißverstanden hatte. Sie hatte nur theoretisch gesprochen, doch es hörte sich an, als hätte sie ihn kritisiert. In Wahrheit glaubte sie glühend daran, daß er allen Anforderungen seines Kaiseramts mühelos genügte. Er schien so weise zu sein, so selbstsicher. Sie setzte zu einer Entschuldigung an.

Doch bevor sie sprechen konnte, lächelte er sie ein wenig traurig an und sagte: »Mein Urgroßvater, der große Ahn Tang, hat viele ruhmreiche Eroberungskriege geführt, die das Reich mächtiger und sicherer werden ließen, als es je gewesen war.«

Sie spürte, daß er es der Leistung seines Ahnen gleichtun wollte.

Doch einen Krieg führen konnte jeder Barbar. Dieser Mann, das spürte sie, war zu weit mehr fähig. Als sie sein empfindsames Gesicht betrachtete und sich seine ausdrucksvollen Hände ansah, sagte sie sich, daß er es wahrlich mit den Leistungen der Weisen Kaiser von früher aufnehmen konnte. Es erregte sie, als ihr aufging, daß ihre Worte ihm vielleicht helfen konnten – wie wenig auch immer –, im erforderlichen Maße zu regieren.

Atemlos vor Wagemut sagte sie: »In der Zeit Eures verehrten Urgroßvaters hatte das Reich eine Ausdehnung wahrscheinlich nötig. Vielleicht könnte sich heute ein Kaiser auf andere Weise auszeichnen. Er könnte ein großer Erzieher sein, ein großer Gesetzgeber, ein Kaiser, unter dem es dem Volk so gut geht wie nie zuvor.«

Er starrte sie mit seinen langen dunklen Augen an, und sein Schweigen ließ sie erstarren. Diesmal hatte sie die Grenze sicher überschritten, indem sie dem Sohn des Himmels sagte, wie er das Land regieren solle.

Er muß mich für eine schreckliche Närrin halten, so wie ich rede.

Er ballte die Hand zur Faust, und sie versteifte sich vor Furcht. Doch er sagte nur in einem traurigen Tonfall: »Wohlstand? Ich raube Euch höchst ungern Eure Illusionen, Dame Yang, aber alles, was ich tun könnte, würde das Volk nur mit weiteren Steuern belasten.«

Sie glaubte ihm keinen Augenblick, daß er nicht tun konnte, was immer er wünschte. Doch es ist ungeheuer kompliziert, über ein Reich zu herrschen, sagte sie sich, und er hat recht, ich verstehe es nicht. Ich habe nur abstrakt gedacht. Er hat es jeden Tag mit der Wirklichkeit der Verwaltung zu tun. Wie freundlich von ihm, mich nicht in aller Öffentlichkeit eine Närrin zu nennen.

Aber vielleicht könnte ich verstehen lernen, was er tut.

Er sieht erschöpft aus, dachte sie. Sie wußte, wie hart ihr Vater arbeitete, und er war nur Gouverneur der Provinz Lingnan. Der Sohn des Himmels herrschte über alle zehn Provinzen des Reichs der Mitte. Sie wünschte plötzlich, sie könnte ihm dabei helfen, seine ungeheure Bürde zu tragen. Er war der Strahlende Kaiser, der Träger des Mandats des Himmels, von den Göttern zur Herrschaft ausersehen. Doch er war auch ein Mann. Sie wurde sich plötzlich des Knotens zwischen seinen Augenbrauen bewußt, der unzähligen kleinen Fältchen unter seinen Augen. Sie wollte ihm die Stirn glätten. Ihre Blicke begegneten sich und ließen einander nicht mehr los.

»Es überrascht mich, daß Ihr so viel wißt und Euch so sehr um diese Dinge Gedanken macht«, sagte er.

»Mein älterer Bruder hat mich damit konfrontiert«, sagte Guei Fei. »Was ich weiß, verdanke ich ihm. Für meine Unwissenheit aber bin nur ich verantwortlich.«

Sie blickte ans andere Ende des Tischs zu Yang Enger, der zwischen ihrer Mutter und Meiling saß. Bei seinem Anblick durchflutete sie Wärme. Er war nicht hochgewachsen und schlank wie sie und Meiling. Doch Guei Fei hielt seinen kleinen, untersetzten Körper für einen tröstlichen Gegensatz zu seinem scharfen Verstand.

Sie hatte sich schon vor langer Zeit eingestanden, daß sie ihren älteren Bruder mehr liebte als sonst jemanden in der Familie. Seit sie ein kleines Mädchen gewesen war, war er ihr Lehrer gewesen, der jeden Tag Stunden mit ihr verbrachte, als sie gemeinsam die Klassiker lasen, die jeder gebildete Mensch kennen mußte – »Das Buch der Wandlungen«, »Das Buch der Geschichte«, »Das Buch der Riten«, »Das Buch der Oden« und »Die Frühlings- und Herbst-Annalen«. Wenn sie nicht lasen und über die großen Bücher sprachen, unterhielten sie sich über Staatsgeschäfte oder über Musik, Poesie, Kunst und Philosophie. Enger hatte sie auf diesen Augenblick vorbereitet, in dem sie sich ohne Beistand mit dem Kaiser unterhalten mußte. Und jetzt, dachte sie, kann ich etwas für Enger tun.

Sie sagte: »Strahlender Kaiser, mein Bruder, Yang Enger, hat mit mir oft über Steuern und andere Angelegenheiten des Volkes gesprochen. Es wäre für unsere Familie eine große Ehre, wenn Ihr Euch seine Gedanken einmal anhörtet.«

Der Kaiser sah zu Enger hin, der mit am Tisch saß. »Ah ja, der bemerkenswerte junge Mann, der bei den kaiserlichen Beamtenprüfungen vor zwei Jahren so gut abgeschnitten hat.« Er hob die Stimme. »Yang Enger, wie kommt es, daß Ihr immer noch hier in der Provinz seid und nicht in der Hauptstadt arbeitet?«

Guei Fei kannte die Antwort auf diese Frage, eine Antwort, die weder sie noch Enger zu äußern wagten: Familie Fu. Wer würde es schon riskieren, die Familie der Kaiserin vor dem Kaiser zu kritisieren? Sie hielt den Atem an, als sie darauf wartete, was Enger sagen würde.

Ihr Bruder bewegte beim Sprechen die Hand anmutig wie ein Tänzer: »Pech, Kaiserlicher Vater. Für mich war keine passende Stellung frei.«

Der Kaiser schüttelte den Kopf. »Für einen Gelehrten mit Eurem Wissen sollte man eine Stelle schaffen. Nun, wie würdet Ihr die Lage des Volkes verbessern, ohne mehr Steuern zu verlangen?«

Guei Fei ballte die Hände in den Ärmeln ihres schwarzen Gewands zu Fäusten. Was für eine Gelegenheit für ihren älteren Bruder!

Enger holte tief Luft und sagte: »Ich würde zunächst die korrupten Beamten beseitigen, die Geld an sich reißen, das dem Reich gehört. Zweitens sollten die Bauern und Handwerker selbst ihre Preise festsetzen, damit sie höhere Steuern zahlen können, ohne ruiniert zu werden. Drittens müßten alle Menschen, wie arm sie auch sind, lesen und schreiben lernen. Kurz, das Reich müßte so regiert werden wie in den Tagen der tugendhaften Weisen Kaiser.«

Guei Fei bemerkte, daß die meisten Menschen in ihrer Nähe verstummt waren, als Enger zu sprechen aufhörte, obwohl er nicht die Stimme erhoben hatte. Auf den Gesichtern einiger Beamter, die mit dem Kaiser gekommen waren, sah sie Blicke offener Mißbilligung.

Eine laute Stimme durchschnitt die Stille. »Sie müssen an der Tafel des Strahlenden Kaisers stärkeren Wein servieren als das minderwertige Gesöff, das wir hier unten bekommen. Ich bin verblüfft, derartigen Unsinn zu hören.«

Guei Fei hörte den Eunuchen Gao Lishi angewidert schnauben. Eine so unhöfliche Unterbrechung schockierte sie. Sie sah zu den niedrigeren Tischen hinunter, weil sie wissen wollte, wer gesprochen hatte. Sie entdeckte einen bärtigen Mann mit dichtem, fettigem Haar und hervorquellenden Augen, dessen runde Mütze ihm schief auf dem Kopf saß.

»Seid still«, sagte der Kaiser, doch seine Stimme war nachsichtig und sein Lächeln breit. »Ihr versteht nichts von Politik oder Ökonomie.«

»Ich weiß mehr als dieser junge Bücherwurm. Erstens: Wie könnt Ihr diebische Beamte loswerden, wenn es keine anderen gibt?«

Das löste brüllendes Gelächter bei einem Mann aus, der in der Nähe des Sprechenden saß. Guei Fei erkannte Wo Gai, Lingnans Minister für Kunst und Handwerk, der allgemein als der korrupteste Beamte der Provinz galt. Sein Gelächter bewies seine Schamlosigkeit.

Der Mann mit den vorquellenden Augen fuhr fort: »Zweitens, wenn es darum geht, die Armen reich zu machen, könntet Ihr genauso versuchen, den Gelben Fluß in umgekehrter Richtung fließen zu lassen.« Guei Fei erkannte, daß er Enger parodierte, indem er seine Argumente dem Kaiser Punkt für Punkt darlegte.

Guei Fei spürte, wie ihr Gesicht vor Zorn heiß wurde. Wer ist das? fragte sie sich. Man sollte ihn auspeitschen, weil er so unhöflich mit dem Sohn des Himmels spricht und sich über meinen Bruder lustig macht.

»Genug, Li Bo«, sagte der Kaiser, diesmal schon barsch.

Li Bo! Das schockierte Guei Fei noch mehr. Konnte dieser ungepflegte Mann derselbe Li Bo sein, dessen Gedichte sie immer wieder gelesen und so hoch geschätzt hatte? Oberhaupt der Acht Unsterblichen des Weinbechers, der größte Dichter im Reich der Mitte?

»Drittens, was die Erziehung des Volkes und die tugendhaften Weisen Kaiser angeht«, fuhr Li Bo anscheinend ungerührt fort, obwohl der Kaiser ihm gerade befohlen hatte, den Mund zu halten, »war das Volk damals glücklich, weil die Weisen Kaiser es so unaufgeklärt hielten wie Pilze. Natürlich wissen wir nur, was die Poeten über diese alte Zeit schreiben. Und alle Dichter sind Lügner.«

»Und manche Dichter trinken einen Krug zuviel«, warf der Kaiser ein. »Aber seid Ihr nicht auch der Meinung, Yang Enger, daß Li Bo auf seine unbesonnene Art den Kern unserer Probleme anspricht?«

Bei Enger begann sich Anspannung bemerkbar zu machen, weil er seine Gedanken vor dem Kaiser äußern mußte. Mit seinen roten runden Wangen wirkte er wie ein kleiner Junge, der zu lange den Atem angehalten hat und gleich losprusten muß. »Ich beuge mich dem überlegenen Gefühl des schätzenswerten Li Bo für das, was schicklich ist.« Guei Fei sah, wie die Augenbrauen des Kaisers zuckten, und erkannte, daß er Engers Sarkasmus verstanden hatte.

Dieser fuhr fort: »Dieses angenehme Bankett ist weder die richtige Zeit noch der richtige Ort, um meine Gedanken im einzelnen zu erörtern. Darf ich mir die Freiheit nehmen, Euch, Kaiserlicher Vater, ein Memorandum vorzulegen, in dem ich meine Vorschläge aufgeführt habe?«

Wie schlau von Enger, dachte Guei Fei. Mit einem schriftlichen Memorandum hatte er weit bessere Aussicht, den Kaiser zu überzeugen, und außerdem konnte er dabei seine wunderschöne Prosa zur Geltung bringen.

»Ihr könnt mir ein Memorandum geben«, sagte der Kaiser. »Ich finde allerdings kein Thema langweilig, wenn Eure schöne Schwester sich an dem Gespräch beteiligt. Ihre Stimme ist so lieblich, sie bewegt sich mit solcher Anmut, und ihre Finger sind so schlank. Spargelspitzenfinger nennen die Poeten sie.«

Guei Feis Blick begegnete dem des Kaisers. In diesem Augenblick fuhr ihr Feuer über die Haut.

Etwas Ungeheures geschah. Sie hatte das Gefühl, als hätte ein Erdbeben den Palast erschüttert.

Sie wußte, was sie fühlte. Sie hatte von Li Bo und anderen viele Verse über die Liebe gelesen. Heute abend erfuhr sie, was sie bedeuteten.

Sie fragte sich: Darf ich zulassen, daß dies mit mir geschieht?

Und antwortete: Wie kann ich es aufhalten?

Plötzlich ertönten Li Bos Zeilen in ihrem Geist:

Verborgen unter den Blättern der Pflaumenblüte
Kreist eine Schlinge um meine Fesseln.
Deine golden funkelnden Augen sind der Köder,
Liebe die Falle, die mich festhält.

Sie hatte sich in den Sohn des Himmels verliebt.

Sie sah dem Kaiser noch immer in die Augen, die so dunkel waren und doch so hell strahlten. Er mußte sehen, wie Liebe ihre Augen glänzen ließ. Sie fühlte sich in den Himmel erhoben.

Doch sie war seinem Sohn versprochen.

Sie saß vollkommen still da, doch der Aufruhr in ihr war wie ein Fluß, der über die Ufer tritt. Poeten mochten von den Lobpreisungen der Liebe singen, doch es war kein Gefühl, das von einer tugendhaften jungen Frau erwartet, geschweige denn ihr zugestanden wurde. Eine tugendhafte junge Frau schuldete ihrer Familie Gehorsam. Liebe hatte mit ihrer Wahl eines Gefährten nichts zu tun. Sie hatte ohnehin keine Wahl zu treffen; das tat ihre Familie für sie.

Während Guei Fei schweigend dasaß, ganz benommen von der Ungeheuerlichkeit dessen, was ihr widerfuhr, gossen die Diener Silberblütentee in Tassen aus eisblauem Porzellan. Sie setzten dem

Sohn des Himmels eine Grapefruit vor, in deren Schale rosig gefärbte Vögel geritzt waren. Nachdem der Kaiser sie bewundert hatte, schnitt der Eunuch Gao Lishi sie geschickt auf und reichte ihm mit Eßstäbchen einzelne Schnitzel.

Als nächstes kamen Platten mit Pyramiden frischer Litchi. Der Kaiser spießte eine der kugelrunden weißen Früchte auf und aß sie genußvoll. Dann spießte er noch eine auf und bot sie Guei Fei an. In ihrem Kopf drehte sich alles, und sie hörte, wie sich das Schweigen auf den Raum senkte. Vom Sohn des Himmels mit eigener Hand bedient zu werden, das war eine unerhörte Ehre. Sie biß in die Frucht, deren aromatischer Saft sich in ihrem Mund ausbreitete.

»Von allen Köstlichkeiten ist mir diese die liebste«, sagte sie.

»Dann könnt Ihr Euch glücklich schätzen«, sagte er, »hier zu leben, wo sie so üppig wachsen.«

Von irgendwo außerhalb des Traums, den sie durchlebte, kam eine Stimme. Zum ersten Mal an diesem Abend vernahm Guei Fei Prinz Su Chi. »Ich habe gehört, daß die Reiher und Kraniche von Lingnan gutes Jagdwild sind. Gouverneur, arrangiert für mich schnell einen Jagdausflug.«

Der Kaiser wandte sich an seinen Sohn. »Das ist eine gute Idee, Prinz. Doch diesmal nicht. Morgen reisen wir wieder nach Changan. Wir werden zehn Tage brauchen, um dorthin zu kommen, und ich bin ohnehin schon viel zu lange weg gewesen. Ich hoffe, du hast die Gelegenheit genossen, deine künftige Braut kennenzulernen.«

Guei Fei war wie ein Drachen in den Himmel gestiegen. Jetzt hatte der Kaiser die Schnur grausam zerrissen.

Sie spürte eher, als daß sie sah, wie Su Chi sie anstarrte. Widerwillig blickte sie zu ihm. Seine Augen sahen aus wie zwei schwach glühende Holzkohlen, die in eine Mauer aus grauem Lehm gedrückt waren. Sein Gesicht verzog sich langsam zu einem Lächeln, in dem nichts Freundliches lag. Guei Fei sah weite dunkle Zwischenräume zwischen seinen Zähnen. Sie war überzeugt, daß er sich gerade vorstellte, mit ihr ins Bett zu gehen, und ihr Herz sagte ihr, daß darin für sie kein Vergnügen liegen würde.

Vielleicht ist dieser Abend, dachte sie, an dem ich mit dem Strahlenden Kaiser gesprochen und aus seiner Hand Litchi gegessen habe, der letzte glückliche Moment in meinem Leben. Sie dachte, einen besseren Augenblick zum Sterben als diesen gebe es nicht. Vor allem, da die vor ihr liegende Straße des Lebens so dunkel aussehe.

Lerne vom Meister, sagte sich Darius. Beobachte und lerne.

Es war die Stunde der Ratte, Mitternacht. Das Bankett war schon vor Stunden zu Ende gegangen, und die Flure im Obergeschoß waren still. Von den drei Männern im Raum schien nur Ma Tsu, Abt des Ordens der Qinzha, ruhig zu sein. Darius war begierig zu erfahren, wie der kahlköpfige Mönch ihren Gefangenen behandeln würde, und spürte ein Flattern in der Magengrube bei dem Gedanken, daß er vielleicht etwas Scheußliches würde mit ansehen müssen.

Und was Fang Fenking betraf – Darius war als Qinzha dazu ausgebildet, die Gefühle eines anderen anhand winziger Hinweise zu erfassen, die den meisten Menschen nie auffielen, und wußte, daß Hauptmann Fang verängstigt war, obwohl er es nicht zeigte. Fang starrte die Elfenbeinschatulle in Ma Tsus Hand an. Er saß auf dem Fußboden einer Zelle, die unter dem Palast von Gouverneur Yang aus dem Kalkstein herausgehauen worden war. Der Gefangene trug die roten Seidenhosen seiner Soldatenuniform sowie eiserne Armbänder, die mit Ketten an der Wand befestigt waren, und eine Miene beleidigter Unschuld. Darius durchschaute die Maske mühelos und sah die unterwürfige Angst dahinter.

Ma Tsu öffnete die Elfenbeinschatulle. Auf einem Samtbett lagen siebenundzwanzig Silbernadeln verschiedener Größe, jede in einer eigenen Vertiefung. Taoistische Ärzte benutzten die Nadeln zur Behandlung von Krankheiten, doch nur die Qinzha wußten, wie man sie dazu benutzte, den Geist von Menschen zu beherrschen.

Darius sah zu, als Ma Tsu jedes einzelne von Fangs neun Zentren des Körperbewußtseins untersuchte und dann eine der vier größeren Nadeln auswählte, die unter dem Namen Herzog von Wu bekannt war. Fang starrte die Nadel an, die so lang war wie Ma Tsus Zeigefinger, und Darius sah, wie Furcht die Maske brüchig werden ließ.

»Was werdet Ihr mit mir tun?« sagte Fang zu Darius. »Bitte, General Darius, ich gebe zu, den Mann nicht gefunden zu haben, der den Kaiser zu töten versuchte. Ich bin aber einer von Euren Männern, General. Bitte laßt nicht zu, daß dieser Mönch mich foltert.«

»Achte auf seinen Tonfall«, sagte Ma Tsu. »Er hat nicht wirklich Angst vor der Folter, sondern davor, daß seine Geheimnisse enthüllt werden könnten. Also hat er Geheimnisse, die er enthüllen kann.«

»Habe ich nicht, frommer Mann, ich schwöre es.«

Darius hörte aus Fang Fenkings Stimme einen hysterischen Unterton heraus, konnte ihm aber nicht so viel entnehmen wie Ma Tsu. Er hatte fünf Jahre unter dem Abt gedient und hielt es für unwahrscheinlich, daß er je die Meisterschaft der Qinzha-Fähigkeiten erreichen würde, die Ma Tsu so leicht trug wie seine einfache graue Robe.

»Erzählt Ihr ihm nicht zuviel?« fragte Darius.

»Wenn dies vorbei ist, wird er sich an nichts mehr erinnern«, erwiderte Ma Tsu. »Du würdest doch nicht wollen, daß er in der ganzen Kaiserstadt herumerzählt, daß General Darius ein Qinzha ist, oder?«

Darius war als letzter vieler Generationen seiner Familie Mitglied des Ordens. Seine Vorfahren, die persischen Sassaniden-Könige, hatten ihm alle angehört; in Persien kannte man ihn als den Kreis des Lichts. Bei Hofe wußte niemand, daß Darius ein Qinzha war. Wenn die Berater des Kaisers es gewußt hätten, hätten sie Darius mit Sicherheit daran gehindert, einen so wichtigen Posten wie den des Befehlshabers der kaiserlichen Garde zu erlangen. Regierungsbeamte brachten dem Orden der Qinzha tiefes Mißtrauen entgegen, den Kriegermönchen, von denen es hieß, sie besäßen ungewöhnliche Kräfte, ließen aber nur wenig über ihren Glauben und ihre Ziele verlauten. Ma Tsu, der sich offen als Qinzha zu erkennen gab, wurde nur deshalb bei Hofe geduldet, weil er weder Titel, Reichtum noch sichtbare politische Macht besaß. Überdies war sein Benehmen unfehlbar sanft und nicht bedrohlich.

So wie jetzt: »Ich werde Euch nicht weh tun, Fang Fenking«,

sagte der Abt und ging ein paar Schritte näher an den sitzenden Hauptmann heran, der mit klirrenden Eisenketten zurückzuckte. »Darius, bitte halte ihn fest.«

Darius stürzte sich auf Fang wie ein Tiger auf ein Reh. Mit einem Arm auf der Kehle und dem zweiten hinter dem Kopf des Mannes hielt er ihn wie in einem Schraubstock fest.

»Wenn Ihr Euch bewegt, Fang, werde ich Euch den Hals brechen«, flüsterte er.

»Um es genauer zu sagen, Hauptmann«, warf Ma Tsu ein, »wenn Ihr Euch bewegt und die Nadel ausrutscht, kann es leicht passieren, daß Ihr Euch im Jenseits wiederfindet.«

Fang zitterte, als Ma Tsu sich ihm mit dem Herzog von Wu näherte, der zwischen Daumen und Zeigefinger glitzerte. Ma Tsu kauerte sich neben Fang hin und hielt ihm die Nadelspitze direkt unter dem rechten Ohrläppchen an den Hals, was Fang erschauern ließ. Darius griff fester zu.

Fang schrie auf. Darius zuckte zusammen und schüttelte den Kopf. Der Schrei dröhnte ihm in den Ohren. Ma Tsu wartete geduldig, bis Fang verstummte.

»Ihr werdet einen winzigen Stich spüren, mehr nicht«, sagte Ma Tsu. Er setzte die Nadelspitze an Fangs Hals an und hielt einen Augenblick inne. Dann preßte er den Zeigefinger gegen das hintere Ende der Nadel und stieß sie hinein.

Fangs Augen weiteten sich. »Es tut nicht weh.«

»Natürlich nicht«, erwiderte Ma Tsu.

Fangs Körper erschlaffte.

»Leg ihn auf den Bauch«, sagte Ma Tsu. »Paß auf, daß der Herzog nicht verrutscht.«

Ma Tsu hockte sich neben den in Trance dasitzenden Mann und setzte eine weitere der großen Nadeln an, den König von Chou, und zwar hinter Fangs linkem Ohr. Dann betastete er die Knochen im Rücken des Gardesoldaten und führte sechs der geringeren Nadeln in bestimmten Abständen am Rückgrat entlang ein.

Darius hockte neben dem vornüber geneigten Gefangenen und sah aufmerksam zu. Er war begierig zu erfahren, was sie aus Fang herausquetschen konnten, und dachte sich, daß er selbst vermutlich jeden Gefangenen aus Versehen töten würde, mit dem er dies zu tun versuchte.

Ma Tsu sagte: »Nun, Fang Fenking, könnt Ihr mich hören?«

»Ich kann Euch hören«, ertönte die hohle Stimme.

»Dann sagt uns, weshalb Ihr versucht habt, den Kaiser zu töten.«

»Ich habe nicht versucht, den Kaiser zu töten.«

Darius brummte überrascht.

»Er kann nicht lügen«, sagte Ma Tsu zu Darius. »Unter den Nadeln reagiert eine Person jedoch auf die genaue Frage, die man ihr stellt, was uns nicht immer die Antwort liefert, die wir hören wollen. Wir dürfen jeweils nur einen kleinen Schritt weitergehen.«

Ma Tsu fragte: »Habt Ihr heute morgen im Wald einen Pfeil abgeschossen, Fang Fenking?«

»Ja.«

»Auf wen habt Ihr den Pfeil gerichtet?«

»Auf Dame Yang.«

Ma Tsu ließ sich auf die Fersen nieder und riß die Augen auf. Er wechselte mit Darius einen Blick. Dieser zog die Augenbrauen hoch. Der Gedanke, jemand könnte versuchen, der schönen und unschuldigen Yang Guei Fei das Leben zu nehmen, empörte ihn. Ein Teil seines Zorns entsprang der Tatsache, daß er sich stark zu ihrer jüngeren Schwester Meiling hingezogen fühlte. Er hatte sich beim Bankett mit ihr unterhalten, und sie hatten sich für morgen sogar zu einem heimlichen Treffen verabredet, bevor der Kaiser mit seinem Gefolge Guilin verließ.

Der Abt wandte sich wieder dem halbnackten Mann zu, der vor ihm auf den Steinfliesen hockte.

»Warum habt Ihr versucht, Dame Yang zu töten?«

Der Mann auf dem Boden antwortete nicht. Darius knirschte frustriert mit den Zähnen.

»Er kann bis zu einem bestimmten Punkt widerstehen«, sagte Ma Tsu, »weil er die Antwort auf diese Frage zweifellos um jeden Preis zurückhalten möchte. Er hat die volle Kraft der Nadeln jedoch noch nicht zu spüren bekommen.«

Wie faszinierend, dachte Darius. Was für eine wundervolle Gelegenheit zu lernen.

Ma Tsu hob die Elfenbeinschatulle auf und entnahm ihr eine dritte, größere Nadel.

»Diese Nadel heißt Kuan Chung«, sagte er. »Sie muß zwischen dem fünften und sechsten Wirbel der Wirbelsäule angesetzt werden. Wenn man dabei einen Fehler macht, wird die betreffende Person für immer gelähmt oder muß sterben.«

Er schien voller Zuversicht zu sein, daß weder das eine noch das andere eintreten würde. »Ah, da ist die Stelle, die ich will.« Er setzte die Nadelspitze, wie Darius sah, eine Knöchelbreite links von der geringeren Nadel an, die er dem Hauptmann schon unter dem fünften Rückenwirbel hineingesteckt hatte. Darius hielt den Atem an, als Ma Tsu Fang die Nadel ins Rückgrat schob.

Nach einer kleinen Weile sagte Ma Tsu: »Hauptmann, warum habt Ihr versucht, Dame Yang zu töten?«

Mit einer Stimme, die noch hohler klang als vorher, antwortete Fang: »Minister Fu Sangui hat es mir befohlen.«

Erstaunlich! Fu Sangui! Der Innenminister, jüngerer Bruder von Dame Fu Zhou, der Kaiserin persönlich. Wie viele andere Mitglieder der Familie Fu, fragte sich Darius, sind noch daran beteiligt?

Ma Tsu wandte sich an Darius. »Darüber werde ich gründlich nachdenken müssen. Was könnte für den Frieden des Reiches gefährlicher sein als die Ermordung einer künftigen Kaisergemahlin?«

Darius fragte: »Warum sollte Fu Sangui wollen, daß Yang Guei Fei ermordet wird?«

»Die Fu haben einen unerbittlichen Ehrgeiz und gehen über Leichen. Würde Prinz Su Chi eine Fu heiraten, blieben die Fu weiterhin an der Macht, wenn Su Chi den Thron besteigt. Und genau das hat der Kaiser vermeiden wollen, indem er seinen Sohn mit Dame Yang verlobte.«

Ma Tsu schürzte die Lippen. »Was für eine brutale Art, eine Heirat verhindern zu wollen – durch Ermordung der künftigen Braut.«

Ma Tsu sagte es zwar nicht, doch Darius vermutete schon seit langem, daß der Abt selbst dem Kaiser die Heirat Su Chis und Dame Yangs vorgeschlagen hatte. Die Qinzha mußten die Fu schwächen, damit sie nicht zum gefährlichen Machtzentrum wurden, und die Familie Yang diente sehr gut als Gegengewicht zu den Fu.

»Kann es denn sein, daß die Fu so verzweifelt sind?« fragte Darius.

»Es ist wohl eher Arroganz als Verzweiflung«, erwiderte Ma Tsu. »Sie halten unter Führung der Kaiserin die Macht schon so lange in der Hand, daß sie glauben, sie könnten mit allem durchkommen.«

»Ich lebe seit mehr als fünfzehn Jahren am Hof«, sagte Darius, »seit ich bei der kaiserlichen Garde bin. Ich habe aber nie verstehen können, wie die Familie der Kaiserin mächtiger werden konnte als die des Kaisers.«

»Im Lauf der Geschichte des Reiches ist es immer wieder passiert. Der Kaiser muß seine Blutsverwandten von Machtpositionen fernhalten«, sagte Ma Tsu. »Da sie einen Anspruch auf den Thron geltend machen können, können sie versuchen ihn zu verdrängen. Die Großmutter des Kaisers, Kaiserin Wu, ließ Hunderte ihrer Verwandten töten, um ihre Machtposition zu schützen.«

»Aber der Kaiser könnte doch die Familie Fu sicher in Schach halten.«

Ma Tsu nickte. »Wenn er wollte, doch hat er nach dem Tod der ersten Kaiserin, Dame Pang Yuen, das Interesse an den Regierungsgeschäften verloren. Sie war Su Chis Mutter, wie du weißt. Seitdem beschäftigt sich der Kaiser mit Musik, Poesie, Kalligraphie und Architektur – mit allem, nur nicht mit Staatsangelegenheiten. Und seine Minister, vor allem diejenigen, die aus der Familie Fu sind, haben ihn überredet, ihnen die Verwaltung des Landes zu überlassen.« Ma Tsu wandte sich wieder dem Gefangenen zu. »Nun, und was für eine Belohnung hat Minister Fu Sangui Euch für das Töten der Dame versprochen?«

»In etwa einem Jahr soll Darius Parviz von seinem Posten entfernt werden, und ich soll ihn als Befehlshaber der kaiserlichen Garde ersetzen.«

Darius brummte überrascht: »Fu Sangui hat Nerven, meinen Posten an diese Kreatur zu vergeben. Dabei hat er noch nicht mal darüber zu befinden.« Es überlief ihn kalt, als ihm aufging, daß »von seinem Posten entfernt werden« wahrscheinlich nicht abgesetzt, sondern ermordet werden bedeutete.

Ma Tsu grinste ihn an, immer ganz der Qinzha, den nichts erschüttern konnte. »Es ist einleuchtend, daß sie hinter dir her sind. Hunderte von Fu-Verwandten besetzen Stellen in der Kaiserstadt. Deine ist eine der wenigen Schlüsselstellungen, die sie nicht innehaben.« Er stand auf und gab Darius ein Zeichen, ihm in eine hintere Ecke des Raums mit den Steinmauern zu folgen.

»Was sollen wir jetzt unternehmen?« sagte Ma Tsu. »Unser Ziel als Qinzha lautet, den Frieden und den geregelten Fortschritt des Reiches aufrechtzuerhalten. Wenn wir dieses Komplott aufdecken, könnte das eine Palastrevolte auslösen – entweder seitens der Fu oder gegen sie, wahrscheinlich beides.«

Darius fühlte sich geschmeichelt, daß Ma Tsu seinen Rat erbat. Er war an einer Entscheidung beteiligt, die über die Zukunft des Reiches bestimmen würde, und sein Herz schlug schneller vor Erregung.

Er sagte: »Wir können Fang laufen lassen, wenn Ihr ihn dazu gebracht habt zu vergessen, was hier geschehen ist, und Yang Guei Fei sorgfältig im Auge behalten.«

Ma Tsu schüttelte den Kopf. »Das wird nicht genügen. Da sie entschlossen sind, sie zu töten, werden sie das auch tun. Wir müssen sie entmutigen. Wir müssen den Fu eine unmißverständliche Warnung zukommen lassen, daß Dame Yang kein Haar gekrümmt werden darf. Ich werde meine Oberen konsultieren, bevor ich aktiv werde, aber ich denke, sie werden zustimmen. Die Warnung, die mir vorschwebt, wird Minister Fu Sangui das Leben kosten.«

Darius spürte einen Stich von Besorgnis in der Brust. Es war das erste Mal, daß er Ma Tsu davon sprechen hörte, einen Menschen zu töten. Natürlich waren die Qinzha dazu ausgebildet, notfalls ohne jedes Zögern zu töten, doch Fu Sangui war ein Beamter höchsten Ranges und der Bruder der Kaiserin. Darius hatte das unbehagliche Gefühl, daß etwas von Fu Sanguis Blut an seinen Händen kleben würde, wenn dieser starb.

Guei Fei sah eine so unglückliche Zukunft vor sich, als wäre sie eine Verbrecherin, dazu verurteilt, in einen Bambuskäfig eingesperrt zu werden. Wurde ich, flehte sie Guanyin an, dazu geboren? Hat man mir dafür das Leben geschenkt – meine rasche Auffassungsgabe, meine großen Ideale, meinen Körper mit seinen Leidenschaften und träumerischen Sehnsüchten –, damit ich diesem Dummkopf mit den schläfrigen Augen in die Hände falle, der sich kleidet wie ein barbarischer Kameltreiber?

Sie saß Seite an Seite mit Meiling und Chingchin auf ihrem Bett in der Nähe des abgeschirmten Fensters in dem großen Zimmer, in dem sie gemeinsam lebten. Die drei jungen Frauen trugen Nachtgewänder aus weißer Seide; ihr langes gelöstes Haar fiel ihnen auf die Schultern. Sie lagen mit den Gesichtern zu der zitronengelben Wand, an der ein Rollenbild des Berggeistes hing, einer in Blumen gekleideten Göttin, die auf einem Leoparden ritt.

Meiling preßte die Hände an die Brust. »Darius Parviz. Was für ein schöner Name!«

Wenn Guei Fei Meiling ansah, hatte sie fast das Gefühl, in einen Spiegel zu blicken. Alle sagten, die beiden sähen sich sehr ähnlich. Guei Fei hoffte, sie wären es wirklich, denn sie fand ihre Schwester schön. Ihr Körper war unter dem weißen Gewand anmutig und schlank, und ihr glänzendes schwarzes Haar umrahmte ihre makellose elfenbeinfarbene Haut. In den braunen Tiefen von Meilings großen Augen mit den langen Wimpern verbarg sich ein warmes Leuchten. Nur ihre Familie wußte, daß diese Augen nicht gesund waren und Meiling schon in einiger Ferne nichts mehr sehen konnte.

Heute abend sieht sie nur sich, dachte Guei Fei. Sie hat keine Ahnung, wie mir zumute ist. Obwohl sie verliebt ist und ich auch. Doch sie kann hoffen, während ich nur Verzweiflung empfinden kann.

Und doch – sie atmete den Duft des Frühlingsabends ein. Welch eine schöne Nacht! Was für ein herrlicher Abend es gewesen war, als sie sich mit dem Kaiser unterhielt! Es verblüffte sie, als trotz ihrer Traurigkeit eine angenehme Wärme in ihr aufstieg. Das bedeutete also Verliebtsein. Sie erinnerte sich an Verse von Li Bo:

Die Welt sieht, wie sie um Liebe weint,
Wenn der Mond über ihrem Fenster dahinsegelt.
Sie allein sieht das Licht in ihrem Herzen.

Ihre Cousine Chingchin lachte. »Darius Parviz? Ein ausgefallener Name. Was bedeutet er?«

»Er ist persisch«, erwiderte Meiling. »Parviz ist sein Familienname. Die Perser sprechen ihre Namen rückwärts – sie stellen den Familiennamen ans Ende.«

Chingchin sagte: »Der Familienname dieses betrunkenen Dichters ist Li, genau wie der des Kaisers. Womöglich sind sie verwandt. Vielleicht ist das der Grund, weshalb der Kaiser ihn erträgt.« Sie sah Guei Fei fragend an.

Wie unhöflich Li Bo auch sein mag, dachte Guei Fei, es stimmt, was der Strahlende Kaiser über ihn gesagt hat. Es ist gleichgültig, wieviel der Dichter trinkt, er geht zu Herzen. Seine Gedichte hatten ihr fast alles über die Liebe erzählt.

Wenn der Kaiser hinter Li Bos ungehobeltem Äußeren das Genie erkennen konnte, sollte er auch in der Lage sein zu erkennen, daß es eine Verschwendung war, Guei Fei mit Su Chi zu verheiraten.

Sie sagte: »Li Longji bewundert Li Bo, weil er wahrscheinlich der beste Dichter ist, der je gelebt hat.« Der Klang des vollen Namens des Strahlenden Kaisers fühlte sich süß auf der Zunge an. Enger hatte ihn ihr vor Monaten gesagt, als er ihr die Geschichte der Tang-Dynastie erzählte.

Meiling wies sie zurecht. »Du darfst den Namen des Kaisers nicht laut aussprechen.«

Guei Fei war es egal. Die Liebe, so schien es, hatte sie unbekümmert gemacht.

»Ich vertraue darauf, daß ihr es niemandem erzählt.«

Meiling versicherte: »Natürlich kannst du uns vertrauen. Wir haben doch immer unsere Geheimnisse bewahrt.« Ihr Blick schloß Chingchin ein. »Und – da ist noch etwas, was ich euch unbedingt erzählen muß. Aber eins müßt ihr mir versprechen – zu niemandem ein Wort. Und ihr dürft auch niemandem heimlich davon schreiben!«

»Versprochen«, sagte Guei Fei, deren Neugier jetzt über ihren Schmerz siegte. Chingchin versprach es ebenfalls.

Meilings große Augen glühten vor Aufregung. »Darius und ich haben uns beim Bankett ein paar Worte zugeflüstert, und wir werden uns morgen auf den Hügeln treffen.«

Guei Fei starrte sie an. »Das darfst du nicht riskieren. Er könnte – er könnte dich ausnutzen.«

Meiling lachte. »Ich kann mich wehren. Zudem hätte ich vielleicht gar nichts dagegen.«

Guei Fei riß den Mund auf. »Wie kannst du nur so sprechen? Deine Jungfräulichkeit ist kostbar.«

Meiling schüttelte den Kopf. »Ich halte ihn für einen ehrenwerten Mann. Ich glaube, daß er etwas für mich empfindet. Ich glaube, er würde Vater seine Vertreter schicken.«

Chingchin schüttelte den Kopf. »Du setzt viel zuviel Vertrauen in einen Mann, den du gerade erst kennengelernt hast.«

Guei Fei hatte das Gefühl, als hätte sie Steine verschluckt. Was für ein Glück Meiling hatte! Der schwarzbärtige Perser war ein gutaussehender Mann, obwohl er nicht so gut aussah wie der Strahlende Kaiser. Außerdem war er von hohem Rang; eine Verbindung zwischen ihm und Meiling lag im Bereich des Möglichen. Sie freute sich für Meiling, war selbst aber um so unglücklicher.

Es lag nicht nur daran, daß sie Su Chi nicht mochte. Noch schmerzlicher war, daß sie dem Mann begegnet war, den sie mehr wollte als irgendeinen anderen Mann auf der Welt, doch ihm konnte sie nie gehören. Wie konnte ihr verweigert werden, was sie sich so sehr wünschte?

Ihre Kehle wurde eng. Sie wiederholte im Geiste die Worte, die Enger ihr zur Beruhigung gesagt hatte: *Der Große Weg ist ein glitzernder Strom.* Doch diesmal halfen sie nicht. Sie spürte, wie sich ihre Augen mit Tränen füllten und überströmten.

Chingchin keuchte: »Guei Fei! Was ist los?«

Guei Fei sah wie durch einen Nebelvorhang, wie Chingchin und Meiling einander anstarrten. Sie fiel aufs Bett und hielt sich den wie mit Steinen gefüllten Bauch. Schluchzer schüttelten sie. Sie schloß die Augen, und Tränen quollen durch die Augenlider.

»Ich möchte Su Chi nicht heiraten«, keuchte sie zwischen Schluchzern.

Meiling streckte die Hand aus. »O Schwester, weine nicht. Weißt du, Bräute fühlen sich oft so. Du wirst dich an ihn gewöhnen.«

»Das werde ich nicht«, stöhnte Guei Fei. »Ich verabscheue ihn.«

Chingchin warf ein: »Ich habe gehört, daß viele Frauen ihre Männer nicht mochten, als sie sie zum ersten Mal sahen.«

Guei Feis Stimme wurde lauter: »Ich werde ihn niemals lieben, nie! Ich liebe einen anderen!«

Bei diesen Worten verstummten Meiling und Chingchin. Sie blickten einander verblüfft an.

Dann bekannte Guei Fei schluchzend: »Ich liebe Li Longji.«

Meiling fragte keuchend: »Den Sohn des Himmels?«

Guei Fei spürte eine leichte Hand auf der Schulter und schlug die Augen auf. Sie sah, wie Chingchin auf sie herunterblickte. Ihr rundes Gesicht wirkte verhärmt vor Kummer.

»Guei Fei!«

»Aber er ist so viel älter als du!« rief Meiling aus. »Selbst wenn du ihn dazu bringen könntest, sich – sich für dich zu interessieren, so ist er doch ein alter Mann.« Sie legte schnell die Hand auf den Mund, als sie beim Gedanken an den Doppelsinn dieser Worte lächeln mußte. Dann wurde sie wieder ernst. »Er ist fünfzig, nicht wahr?«

»Er ist ein starker, gutaussehender Mann.« Guei Fei richtete sich auf und wischte sich über die Augen. »Aber ich liebe nicht nur sein Aussehen, sondern alles an ihm. Ich habe heute gesehen, daß Li Longji Schönheit liebt. Er ist weise und ein guter Herrscher. Und er könnte noch größer sein. Wir haben heute abend von den Weisen Kaisern gesprochen, und er könnte wie sie sein. Wie soll ich ihn da nicht lieben?«

»Er ist schon viele, viele Male verheiratet gewesen. Er hat Hunderte von Frauen und Konkubinen. Was für ein Leben würdest du unter so vielen anderen haben?« wandte Meiling ein.

»Ich könnte ihm etwas bedeuten«, sagte Guei Fei weich, als sie sich erinnerte, wie er ihr zugehört hatte. Selbst wenn sie nur eine der geringsten Konkubinen des Kaisers wäre und ihn nur ein paarmal im Jahr zu sehen bekäme, wäre das immer noch besser als ein Leben mit Su Chi, wie sie glaubte.

»Aber so, wie die Dinge liegen, wirst du die Erste Frau des Kaiserlichen Thronfolgers sein«, sagte Meiling. »Das ist eine ungeheure Ehre. Bedeutet dir das denn gar nichts?«

»Das tat es, bis ich den Kaiserlichen Thronfolger kennenlernte«, sagte Guei Fei mit bleischwerer Stimme.

»Eines Tages wirst du Kaiserin und die Mutter des künftigen Kaisers sein. Du wirst die wichtigste Frau im ganzen Reich sein.«

»Ich werde nur dann Kaiserin sein, wenn der Mann, den ich wirklich liebe, tot ist.«

»Aber du kannst dich nicht weigern, Su Chi zu heiraten«, entgegnete Meiling. »Es könnte unsere Familie zerstören. Der Kaiser würde Vater dafür verantwortlich machen. Wir wären entehrt und würden unsere gesellschaftliche Stellung verlieren.«

»Am Ende wärest du genauso arm wie mein Vater und seine Familie«, sagte Chingchin. »Bitte glaub mir, alles andere wäre besser als das.«

»Ich werde Vater gegenüber niemals ungehorsam sein«, versicherte Guei Fei. »Und ich würde nie zulassen, daß unsere Familie ruiniert wird. Deshalb schmerzt es ja so.« Sie hielt den Bauch umklammert, krümmte sich zusammen und schluchzte.

Heiraten zu wollen, und zwar nicht den Mann, mit dem sie verlobt war, sondern den Vater dieses Mannes, richtete sich gegen alles, was man sie gelehrt hatte. Wenn ihr Vater ihr sagte, die Familie brauche ihren Tod, würde sie sich töten lassen, sich sogar selbst töten. Vor dem Tod hatte sie sich noch nie gefürchtet. Doch ein ganzes Leben aus vergeudeten Jahren war viel schlimmer.

Chingchin sprach plötzlich in drängendem Ton und mit leiser Stimme: »Ich hatte letzte Nacht einen Traum. Ich sah eine riesige Schlange mit gelben Edelsteinen statt Schuppen aus dem Li-Fluß brüllend in unsere Stadt kommen, wo sie uns alle auffraß, einen nach dem anderen. Du warst die erste, Guei Fei, dann kam dein Bruder Enger und dann dein Vater, Gouverneur Yang, und ich als letzte. Ich konnte nicht weglaufen. Ich stand wie eine Holzstatue da, als die Schlange das Maul aufriß und mich verschluckte. Und dann stürzte ich in die Dunkelheit in der Schlange und wachte auf und schwitzte am ganzen Körper.«

Meiling fragte: »Und was passierte mit mir?«

Chingchin schüttelte den Kopf. »Du hattest das Glück, in dem Traum nicht vorzukommen.«

Guei Fei hörte auf zu weinen. Sie lag mit geschlossenen Augen zwischen Meiling und Chingchin und zitterte.

Chingchins Bericht über ihren Traum erschreckte sie. Das konnte eine Warnung aus der Geisterwelt sein. Die Schuppen der Schlange waren gelb, und Gelb war die Farbe, die der Kaiser immer trug. Außerdem kam die Schlange aus dem Li-Fluß – Li war sein Familienname. Konnte es bedeuten, daß ihre Liebe zum Kaiser sie alle vernichten würde?

Sie spürte, wie sich jemand neben sie legte, spürte, wie Arme sie umfingen. Sie schlug die Augen auf und sah Chingchins einfaches, offenes Gesicht dicht an ihrem. Die braunen Augen waren voller Trauer. Sie ließ es zu, daß Chingchin sie umarmte. So fühlte sie sich geborgen und getröstet, trotz des Unglücks, das sie vor sich sah. Ihre Mutter hatte sie so gehalten, als sie klein war und sich verletzt hatte, doch ihrer Mutter hätte sie ihre Gedanken über diese Ehe nie anvertrauen können. Dank Guanyin konnte ihre beste Freundin Chingchin sie trösten.

Wenn ich als Su Chis Braut nach Changan gehe, dachte sie, muß Chingchin mit mir kommen. Sonst werde ich vor Einsamkeit sterben.

Meiling blies die Lampe aus, und Chingchin umarmte Guei Fei ein letztes Mal, bevor sie zu ihrem Bett ging.

Guei Fei lag wach und starrte in die Dunkelheit. Ein einziger blauweißer Lichtstrahl, den der Vollmond durch eine von dem Bambusschirm freigelassene Ecke des Fensters ins Zimmer warf, fiel auf die pinkfarbene Decke von Chingchins Bett. Kurz darauf hörte Guei Fei an den leisen Atemzügen, daß die beiden anderen Mädchen eingeschlafen waren.

Ihr Herz klopfte so hart, daß das Bett zu erbeben schien. Es gab nur einen Menschen, der diese Heirat mit Su Chi verhindern konnte: der Sohn des Himmels selbst, Li Longji. Sie erinnerte sich an die Wärme in seinen Augen, an seine wohlüberlegten Worte.

Die Zeit schleppte sich dahin wie ein alter Bauer, der unter einer Last Feuerholz zum Markt schlurft. Der Finger des Mondscheins bewegte sich vom Kopfende von Chingchins Bett ans Fußende. Guei Fei lag erst auf dem Rücken, dann auf der einen Seite und dann auf der anderen. Sämtliche Muskeln in Armen und Beinen verkrampften sich und wollten sich nicht lockern. Keine Stellung war lange bequem. Immer und immer wieder sprach sie die Worte *Der Große Weg ist ein glitzernder Strom*, doch sie bekam Su Chis Blick voll dumpfer Lust nicht aus dem Kopf.

Selbst in gewöhnlichen Nächten lag Guei Fei oft lange Stunden wach, wenn Gedanken und Bilder ihr unkontrollierbar durch den Kopf schossen. Am Morgen hatte sie dann rote Augen mit tiefen dunklen Ringen darunter, und ihr Kopf, in dem es während der Nacht ein Feuerwerk hell blitzender Gedanken gegeben hatte, bezog sich mit dicken Wolken. Sollte sie ihr weißes Schlafpulver mit etwas Wein mischen und trinken? Vater hatte ihr vor kurzem einen neuen Krug des Pulvers von dem Taoisten-Mönch besorgt, der es zubereitete.

Sie beschloß, nichts von dem Gebräu zu trinken, statt dessen wollte sie wach liegen und denken, falls nötig, die ganze Nacht.

Sie und Enger hatten schon oft über die Reformen gesprochen, die das Reich so dringend nötig hatte: Der Korruption mußte ein Ende gemacht werden, den Bauern und Künstlern mußte geholfen werden, ihre Lage zu verbessern, doch am wichtigsten war es, im ganzen Land Bildung zu verbreiten.

Als Su Chis Kaiserin hatte sie vielleicht die Chance, dem Reich der Mitte einen neuen Tag zu bringen – wenn er ihr eine Chance dazu gab. Li Longji hatte, wie Meiling gesagt hatte, ohnehin schon Hunderte von Frauen. Unter so vielen anderen hatte sie sicher keinerlei Einfluß.

Doch sie würde wenigstens einen Augenblick oder zwei mit dem Mann haben, den sie liebte.

Ihr Rückgrat wurde steif, und sie ballte die Hände zu Fäusten. Sie würde hier liegen und nachdenken und sich eine Zukunft vorstellen, die anders war als in diesem Bambuskäfig. Mochte das ganze Reich der Mitte anordnen, daß sie den Kaiser vergessen und Su Chi heiraten mußte, sie würde nicht so leicht aufgeben.

Sie würde aus dem Käfig ausbrechen. Irgendwie, gelobte sie sich, werde ich den Weg in die Arme des Sohns des Himmels finden.

3

Der bittere Kelch

Es ist nicht bekannt, wann Yang Guei Fei den Kaiser zu lieben begann. Ebensowenig weiß man, wann er sie zu lieben begann. Wir wissen nur, daß das Schicksal sie zusammenbrachte und daß sie gemeinsam ihr Schicksal entdeckten.

Aus der »Geheimen Geschichte der Tang« von Yang Kaizhi

Wenn Li Longji auf Reisen war, suchte er nicht wie andere Menschen Schreine von Guanyin auf. Er murmelte nie: »Guanyin, hab Erbarmen mit mir« in sich hinein, um die Gnädige Göttin darum zu bitten, ihm einen Wunsch zu erfüllen. In Wahrheit waren weder buddhistische noch taoistische Gottheiten für ihn interessant. Sie schienen von den Problemen, denen er sich tagtäglich gegenübersah, weit entfernt zu sein. Wenn es überhaupt eine Gottheit gab, die ihn mehr anzuziehen schien als die anderen, so war es der Jade-Kaiser, der im Himmel regierte, so wie er – Longji, Sohn des Himmels – auf Erden herrschte.

Doch an diesem Morgen, als er zur Stunde des Tigers, bevor die Sonne überhaupt aufgegangen war, aus unruhigem Schlaf erwachte, gab Longji einem Impuls nach, den kleinen Guanyin-Schrein aufzusuchen, der sich an die Außenmauer des Yang Yamen schmiegte, des Gouverneurssitzes. Er winkte ab, als zwei kaiserliche Gardesoldaten, die ihm auf Schritt und Tritt folgen sollten, Anstalten machten mitzukommen. Da er sich auf diesem wohlbewachten Gelände sicher genug fühlte, wollte er zur Abwechslung völlig allein sein, und die Anbetung einer Gottheit schien ihm die Gelegenheit dazu zu bieten. Als die Morgendämmerung silbriges Licht um ihn herum verbreitete, betrat er die kleine Kammer und verbeugte sich rasch vor Guanyins Elfenbeinbild. Die Statuette zeigte sie in ihrem verwandelten Zustand, sie war nicht mehr das kleine Mädchen Miao Shan, sondern die herrliche Bodhisattva, die den Zustand des Buddha-Seins verweigerte, um so immer den Schmerz menschlichen Leidens zu spüren. Sie schwebte in ihren wallenden Roben über einem kleinen Globus.

Plötzlich ertappte sich Longji dabei, daß er betete. O gnädige Göttin, flehte sein Herz. O Göttin, sei gnädig mit mir.

Sein plötzlicher Drang zum Gebet verblüffte ihn, doch der Inhalt des Gebets verwirrte ihn noch mehr. Er war nicht gewohnt, um Gnade zu bitten. Es war nämlich sein Vorrecht, seinen Untertanen im Reich der Mitte Gnade zu erweisen – oder zu verweigern. Doch heute war sein Herz großmütig und sanft. Etwas hatte in ihm ein Verlangen geweckt, das jahrelang, vielleicht jahrzehntelang geschlafen hatte.

Er schloß fest die Augen, als müßte er bei dem gespannten Verlangen, das wie eine Flut in ihm aufstieg, blinzeln. Er stand steif da, als wäre er in dem kleinen Schrein eine zweite Statue.

Ein leichter Windhauch bewegte die stille Luft des Heiligtums. Langsam schlug er die Augen auf und sah die heraufziehende Dämmerung. Langsam und mit einem kleinen Seufzen wandte er sich um und verließ den Schrein der Göttin.

Zu seinem Erstaunen sah Longji die schöne Yang Guei Fei plötzlich hinter sich stehen. In dem Moment, in dem er sie sah, ging ihm auf, daß er beim Beten zu der Göttin an sie gedacht hatte – daß er ohne Worte an all das gedacht hatte, was er an ihr bezaubernd fand. Ihre Intelligenz und ihren unabhängigen Geist. Ihr Interesse an den Herrschaftsproblemen. Und ihre Bereitschaft zu sagen, was sie dachte.

Doch es war nicht nur ihr Geist, der ihn so mächtig anzog. Sie war auch von bezwingender Schönheit. Ihre Haut war so bleich und so durchsichtig wie eine feine Vase. Seine Fingerspitzen brannten vor Verlangen, ihr die Wangen zu liebkosen.

Guei Fei bewegte sich plötzlich auf ihn zu. Mit einer einzigen schnellen Bewegung schlang sie ihre starken jungen Arme um ihn.

Sie preßte den Körper an ihn und hob ihm das Gesicht entgegen. Ihre Augen schienen unter schweren Lidern zu brennen. Er konnte durch einen Hauch von Seide, die ihm plötzlich sehr dünn vorkam, ihren Oberkörper spüren, ihre Hüften, ihre Beine.

Er war zu erschreckt, um zu sprechen. Keine Frau, nicht einmal die kühnste Konkubine, hatte es je gewagt, die Arme um ihn zu legen, ohne dazu aufgefordert worden zu sein.

Sie preßte die Wange an seine und flüsterte: »Eure Person ist heilig. Wenn es Euch gefällt, könnt Ihr mir den Kopf abschlagen lassen.«

Longji stand stocksteif da und ließ die Arme starr herabhängen. Doch in der Mitte seines Körpers spürte er eine mächtige Kraft, die sich wie ein vor kurzem erwachter Drache wand und zuckte.

Plötzlich stellte er sie sich nackt vor. Er sah, wie er sie liebkoste, nicht die Wange, sondern ihre weißen Schenkel, und spürte, wie sich ihre langen Beine eng an seine Hüften preßten. Er spürte, wie sein Jade-Stab sich bewegte und größer wurde.

Beim Tao!

Viele Jahre lang war das Verlangen nach Frauen etwas gewesen, von dem er wußte, daß es irgendwo in ihm lebendig war, ein kleiner glühender Funke. Er gab diesem Funken Nahrung, fast als wäre es eine Pflicht, mit Besuchen von Konkubinen, die Gao Lishi für ihn auswählte. Doch es waren Jahre vergangen, seit eine Frau seinen Körper so sehr zum Leben erweckt hatte.

Als er wieder einen klaren Kopf hatte, kam er zu dem Schluß, daß es katastrophale Folgen haben konnte, wenn er diesen Vorfall zu ernst nahm. »Dame Yang, in Eurem Kopf ist zu viel Weisheit, als daß Ihr Euch so verhalten solltet. Wenn Ihr Eure Hände von mir nehmt und mich weitergehen laßt, werde ich Euren Kopf nicht abschlagen lassen. Ich werde in den Raum zurückgehen, in dem ich geschlafen habe, und mir sagen, daß ich nur in einem wunderschönen Traum von einem strahlenden Edelstein besucht worden bin.«

Er, der Millionen Menschen Befehle erteilte, hörte Unsicherheit in seiner Stimme. Er fragte sich, ob sie es auch tat.

Sie hielt ihm die Lippen dicht ans Ohr und murmelte: »Ich konnte nach dem Bankett gestern abend nicht schlafen, da ich an

Euch gedacht habe. Von meinem Fenster aus kann ich den Eingang zu diesem Schrein sehen. Ich habe gesehen, wie Ihr herkamt.« Sie holte schnell und atemlos Luft. »Ich erbitte nichts von Euch. Laßt mich nur eine von Euren Konkubinen sein – Euer Strahlender Edelstein. Wenn ich nur in Eurer Nähe sein und Euch einmal im Jahr sehen dürfte, wäre es genug. Ich liebe Euch.«

Jetzt machte der Drache in seiner Robe einen Satz. Sein Körper beugte sich plötzlich geschmeidig zu ihr wie ein Bogen, der gespannt wird. Seine Arme umschlangen sie wie von selbst. Sie fühlte sich so schlank an. Seine Fingerspitzen preßten sich in die Furche am unteren Ende ihres Rückens. Er hatte sich nicht mehr so erregt gefühlt, seit er zum ersten Mal – mit dreizehn Jahren – eine nackte Frau in den Armen gehalten hatte.

Ich liebe Euch, hatte sie gesagt. Er konnte ihre Liebe spüren, als er sie in den Armen hielt. Es war eine lebenspendende Wärme, die in seinen Körper einsickerte, Feuer in einer eisigen Nacht. *Und ich liebe Euch*, hätte er am liebsten zurückgeflüstert.

Nein!

Er herrschte seit dreißig Jahren über das Reich der Mitte. Da mußte er sich auch selbst beherrschen können. Er war schon zu weit gegangen. Wenn er ihr jetzt sagte, daß er sie liebte, würde es für beide kein Halten mehr geben. Wenn er seinem Sohn die Braut wegnahm, was trat dann ein? Skandal, Katastrophe, ein möglicher Zusammenbruch der Regierung, das Reich im Chaos.

Eine furchterregende Erinnerung aus seiner Kindheit – Feuer, blitzende Schwerter, Leichen, die überall auf dem Gelände der Kaiserstadt herumlagen, Blutlachen – tauchte in ihm auf wie ein Seeungeheuer. Er schüttelte den Kopf und trieb es wieder in die Tiefen hinunter.

Und mit einer mühsamen Beherrschung der Arme, die Guei Fei hielten, schob er sie sanft von sich.

Das silberne Sonnenlicht fiel schräg auf ihr Porzellangesicht. Longji sah ihre bittere Enttäuschung, als sie erriet, was er gleich sagen würde. Ihr bekümmerter Blick krampfte ihm die Brust zusammen, doch er gab sich einen Ruck.

»Dame Yang, Ihr müßt mir zuhören. Seit gestern und dem gestrigen Abend seid Ihr mir sehr teuer geworden. Ich kann nicht lügen und behaupten, ich wollte Euch nicht. Wenn ich Euch in den Armen halte, gerät mein Blut in Wallung, und mein Herz rast. Ich würde Su Chi jedoch ein unverzeihliches Unrecht antun, wenn ich mich zwischen Euch und ihn stellte.«

Das Sonnenlicht in ihren Augen funkelte heiß. »Er heiratet mich, weil Ihr es wollt. Er macht sich überhaupt nichts aus mir.«

Ist das möglich? fragte er sich. Ihm fiel wieder ein, wie sie gestern beim Ausreiten plötzlich von Su Chi weggaloppiert war. War sein Sohn ihr zu nahe getreten?

»Wenn Ihr seine Frau seid, wird Su Chi Euch liebgewinnen. Er muß einfach all die wundervollen Eigenschaften erkennen, die ich in Euch sehe. Laßt ihm Zeit.«

Ach, wirklich? meldete sich eine Stimme in ihm. Su Chi ist nicht gerade dafür bekannt, die wertvollen Dinge im Leben zu schätzen.

Er brachte diese Stimme zum Schweigen. Guei Fei hat sich mir in die Arme geworfen, sagte er sich, weil sie in Gegenwart des Kaisers wie alle jungen Frauen überwältigt ist. Macht besiegt Frauen. Wenn sie einen Kaiser wünscht, soll sie einen haben, doch einen, der vom Alter her besser zu ihr paßt und einem so lebhaften und begabten Mädchen ein passender Ehemann sein kann. Es ist eine Sache, wenn ich mich mit jungen Konkubinen amüsiere, aber diese edle Dame ist kaum älter als meine Tochter Li Xi. Und Li Xi würde ich niemals einem Mann meines Alters anbieten.

Dann fragte er sich: Verdient sie es nicht, so geliebt zu werden, wie ich Pang Yuen geliebt habe? Ich könnte sie so lieben.

Nein, ich könnte es nicht. Ich war damals achtzehn. Jetzt lassen meine Kräfte allmählich nach. Mein alter Mann ist wahrhaft ein alter Mann. In zehn Jahren werde ich vermutlich tot sein. Dann hätte sie überhaupt keine Zukunft mehr.

Vielleicht wird Su Chi sie nie so lieben wie ich, dachte er, doch er ist wenigstens im richtigen Alter für sie.

Außerdem, redete er sich ein, ist Liebe nicht das, was Männer und Frauen zusammenhält. Familienverantwortung, Staatspflichten – Macht, Besitztümer, Kinder, das sind die Dinge, die Ehen zusammenhalten. Guei Fei würde eine hervorragende Kaiserin sein.

Solange Su Chi lebte, würde sie die mächtigste Frau im Reich der Mitte sein. Und bei ihrer Intelligenz und Gelehrsamkeit würde sie von dieser Stellung guten Gebrauch machen.

Longji sagte: »Ihr dürft nicht zulassen, daß Jugend und Leidenschaft Euch in Versuchung führen, törichte Fehler zu begehen.«

»Es ist nichts Törichtes an dem, was ich für Euch empfinde.«

Er packte sie an den Schultern und hielt sie mit einem festen Griff zur Bekräftigung seiner Worte. »Ihr werdet Kaiserin sein. Ihr werdet Su Chi dabei helfen, so gut zu herrschen, daß spätere Historiker Euch den Strahlenden Edelstein nennen werden. Und Ihr werdet meine Enkelkinder gebären.«

»Ich möchte Eure *Kinder* gebären.«

»Nein. Ihr werdet tun, was ich Euch befehle.«

Er mußte auch sich selbst einen Ruck geben: Ihr zartes Fleisch und die zierlichen Knochen ließen seine Handflächen und Fingerspitzen kribbeln.

Jetzt schluchzte sie.

»Ihr liebt mich. Ich weiß, daß Ihr mich liebt. Ich *muß* Euch haben. Ich *will* Euch haben.«

Er war schockiert und fasziniert zugleich. Woher nahm sie den Mut, dem Sohn des Himmels »muß« und »will« zu sagen?

Er streckte seine Arme aus und schob sie noch weiter von sich, hielt sie aber weiterhin fest.

Er gab sich erneut Mühe, mit strenger Stimme zu sprechen. »Nur eine Närrin oder Verbrecherin würde ihre Familie entehren, indem sie den Ehemann zurückweist, den diese für sie ausgesucht hat.«

»Wenn Ihr mich nicht nehmt, bringe ich mich um«, rief sie aus.

Die Brust schnürte sich ihm zu. Wie konnte sie es wagen, ihn mit einer solchen Drohung bezwingen zu wollen? Gleichzeitig spürte er eine durchdringende Furcht, sie könnte es ernst meinen. Trotz dieses Gefühls verhärtete er die Stimme und sagte, was er sagen mußte.

»Euer Leben gehört Eurer Familie, Eurem Kaiser und den Göttern. Ihr werdet heiraten, wie wir es arrangiert haben. Und Ihr werdet nie wieder davon sprechen, geschweige denn daran denken, Euch umzubringen.«

Sie erschauerte und trat einen Schritt von ihm zurück, als hätte er sie geschlagen. In Sekundenschnelle versiegte ihr Tränenstrom, und sie preßte die Lippen aufeinander. Sie wandte sich ab und nahm einen Schal aus ihrer Schärpe, um sich das Gesicht zu trocknen.

Jetzt haßt sie mich.

Der Gedanke traf ihn schmerzhaft bis ins Mark, als er den Drang niederkämpfte, sie wieder in die Arme zu nehmen. Und er hätte es getan, wäre Guei Fei nicht mit einem unterdrückten Schrei aus dem Schrein hinausgelaufen.

Sonnenstrahlen bündelten sich wie Tränen auf dem Boden in der Nähe von Guanyins Standbild. Lange Zeit stand Longji blind vor dem Abbild der Gnädigen, und in seinem Herzen bildeten sich wortlose Gebete.

Guei Fei saß ihrem Bruder Yang Enger in seinem Arbeitszimmer im Gouverneurspalast gegenüber und betete, er möge noch einmal für sie eintreten. Er hatte sie schon viele Male verteidigt, wenn der Rest der Familie etwas mißbilligte, was sie sich wünschte. Doch diesmal, so fürchtete sie, würde sie die Liebe ihres Bruders stärker als je zuvor auf die Probe stellen.

Enger wirkte so heiter wie seine blaßblaue Robe. Er strahlte wie eine Sommersonne vor Freude, sie zu sehen. Das steigerte ihre Hoffnung, eine mitfühlende Reaktion zu erhalten.

Er blickte sie an und reinigte sorgfältig seinen Pinsel mit dem Porzellanschaft in einer durchsichtigen Jadeschüssel, die wie ein Lotosblatt geformt war.

»Geliebte Schwester. Wie ich höre, bist du gestern abend nach dem Bankett in dein Zimmer gegangen und bis heute nachmittag dort geblieben. Was hat dich so durcheinandergebracht? Dieser Pfeil, der dir in den Hügeln so nahe kam?«

Es fiel Guei Fei schwer zu sprechen. Anscheinend hatte niemand bemerkt, wie sie heute morgen kurz ihr Zimmer verließ. Am Morgen war sie kühn gewesen, kühn genug, die Arme um den Kaiser zu schlingen. Jetzt zögerte sie. Wenn sie überhaupt jemand verstehen würde, dann nur ihr teurer Bruder. Doch selbst er würde ihr Verlangen wahrscheinlich mißbilligen, die Pläne der Familie umzustoßen.

Enger legte die von weiten Seidenärmeln bedeckten Arme auf den Schreibtisch mit der Marmorplatte. Er beugte sich aufmerksam vor. Guei Fei dachte flüchtig, wie sehr ihr der kleine Schnurrbart gefiel, den er sich vor kurzem hatte wachsen lassen. Er ließ ihn mehr wie einen Gelehrten reifen Alters aussehen.

»Erkennst du, wie ich es tue, daß der Pfeil ein Krankheitssymptom war, der Krankheit, die das Reich befallen hat?« fragte er. Sein Tonfall war vertraulich und selbstsicher zugleich. Er sprach in dem sicheren Gefühl, daß seine Lieblingsschwester ihm beipflichten würde. »Den Göttern sei Dank, daß du und ich eines Tages in einer Position sein werden, diese Krankheit zu heilen.«

Eine Position, die sie nicht mehr wünschte. Enger sprach als der ehrgeizige und idealistische Bruder einer Frau, die schon bald den Kaiserlichen Thronfolger heiraten würde. Wenn er so weitermachte, würde sie nie den Mut aufbringen, ihn zu enttäuschen. Sie mußte sich gleich ins kalte Wasser stürzen.

»Lieber Bruder, ich liebe Prinz Su Chi nicht.«

Er zuckte mit keiner Wimper und zeigte sich auch nicht im mindesten überrascht. Statt dessen schenkte er ihr ein breites, zustimmendes Lächeln.

»Ehrbare Männer und Frauen *lieben* einander nicht. Liebe ist etwas für unordentliche Menschen, Leute der Art, über die dieser Trunkenbold Li Bo schreibt.«

Was für eine bedrückende Weltsicht, dachte Guei Fei. Sie wußte, daß die meisten Menschen so wie Enger über das dachten, was zwischen Männern und Frauen vorging. In dieser und in mancherlei Hinsicht dachte sie anders als die meisten Menschen. Doch jetzt war nicht die Zeit, darüber zu debattieren.

»Nein, es ist schlimmer, viel schlimmer. Ich verabscheue den Prinzen. Ihn zu heiraten wäre schrecklich für mich.«

Seine kurzen Finger taten ihren Protest mit einer ärgerlichen Bewegung ab. »Du kennst ihn nicht gut genug, um ihn nicht zu mögen.« Er streckte die Arme über den Marmortisch und umfaßte tröstend ihre Hände.

Guei Fei hatte das Gefühl, im Sumpf zu versinken. Enger würde sie nie verstehen. Wie konnte er auch? Sie wagte nicht, ihm alles zu erzählen. Sie konnte ihm nicht sagen, daß sie die Arme unaufgefordert um den Sohn des Himmels geschlungen hatte. Ihre Zügellosigkeit würde Enger vielleicht so schockieren, daß er nie wieder mit ihr sprach.

Aber vielleicht, wenn sie sich heftig genug gegen Su Chi äußerte ...

»Ich kenne Su Chi«, platzte sie heraus. »Er ist dumm. Er kleidet sich wie ein Barbar, spricht wie ein Barbar, denkt wie ein Barbar.« Ihr fiel wieder sein Grinsen ein, als er davon sprach, ihren Willen zu brechen und sie »zuzureiten«. Das war eine andere Seite der Angelegenheit, über die sie nicht sprechen konnte – Su Chis scheußliches Gerede davon, wie er seinen alten Mann in sie hineinstecken würde. Das war zu peinlich. »Er redet immer nur über die Jagd, bis ich nicht mehr weiß, wo mir der Kopf steht. Aus mir macht er sich überhaupt nichts. Aus meinen Ideen auch nichts – aus unseren Ideen, wie man richtig regieren muß. Ich bitte dich, mein Bruder, befreie mich von dieser Heirat. Bitte Vater, sie abzusagen.«

Enger zog die Hand zurück und ließ ihre auf dem kalten Marmor ruhen.

»Das kann doch nicht dein Ernst sein!«

Er hatte mit scharfer Stimme gesprochen. Engers so plötzlich verwandeltes Verhalten ihr gegenüber erschreckte sie, doch jetzt konnte sie nicht mehr zurück. »Lieber Bruder, ich verabscheue ihn so sehr, wie ich dich anbete.«

»Wie konntest du überhaupt daran denken, Vater bei einer so wichtigen Angelegenheit ungehorsam zu sein? Selbst wenn ich Mitgefühl mit dir hätte – was ich nicht habe –, was könnte ich ihm denn sagen? Soll ich sagen, daß du für ein paar Minuten deinem künftigen Ehemann begegnet bist, dir aber nichts aus ihm machst? Daß du gewillt bist, durch einen Bruch deiner Verlobung den Zorn des Kaisers auf unsere Familie herabzubeschwören? Und das alles, weil Prinz Su Chi gern über die Jagd spricht?«

Er stand auf und schritt hinter seinem Schreibtisch auf und ab. »Hast du überhaupt eine Vorstellung davon, was du Vater damit antun würdest? Oh, er wäre schon traurig, weil du den Prinzen nicht heiraten willst. Aber er würde dich trotzdem zwingen, es zu tun. Er würde es tun müssen. Und dann würde es ihn innerlich zerreißen. Er würde sich hassen, weil er dich in eine unglückliche Ehe getrieben hat. Vaters Not würde die Harmonie der Familie zerstören. Denk mal nach, Guei Fei!« Enger blieb stehen und funkelte sie an.

Guei Feis Augen brannten. Engers Worte trafen sie wie Steine aus einer Schleuder. Daran, wie er den Mund zusammenkniff, erkannte sie seinen Zorn darüber, in eine schwierige Lage gebracht worden zu sein. Er empfand mehr für sie als irgendein anderer Mann auf der Welt, doch im Augenblick war er nur zornig auf sie.

Sie mußte weiter versuchen, sein Verständnis zu wecken. »Ich werde im Frauenpalast in Changan eingesperrt sein, verheiratet mit einem gefühllosen Mann, der nie mit mir spricht, es sei denn, um damit zu prahlen, wie viele Tiere er erlegt hat. Ich werde als Gefangene leben und sterben. Mein ganzes Leben wird vergeudet sein.«

Enger blickte sie finster an. »Dein Leben wird sein – was du daraus machst. All die Zeit, die wir gemeinsam gelesen haben, all diese Stunden, in denen wir diskutiert haben – das war doch nicht nur zum Vergnügen, liebe Schwester. Wenn ein Baum klein ist, bekommt er Wasser und Sonnenschein, Fürsorge und Pflege. Wenn er ausgewachsen ist, belohnt er es, indem er Früchte gibt. Ich erwarte von dir, daß du wundervolle Früchte trägst.«

Guei Fei dachte an diese langen glücklichen Tage mit ihm, an denen sie morgens, nachmittags und abends geduldig die Fünf Klassiker und die Vier Bücher gelesen hatten. Sie erinnerte sich, wie er sie ihr erklärt hatte, Absatz für Absatz, und sie in Dingen unterrichtet hatte wie etwa den Tugenden der Weisen Kaiser Yao und Shun, sie über den Sinn antiker Oden wie etwa »Große Ratte« aufgeklärt hatte, über die Klagen der Bauern über die Steuereinnehmer. Sie spürte erneut ihre Freude am Lernen.

Er sah sie als Kaiserin, die ihre Macht ausübte, um ihre Visionen von einem in Harmonie lebenden Reich Wirklichkeit werden zu lassen. Doch das würde sie für Su Chi nicht sein. Wenn sie ihn heiratete, würde von Idealen der Staatskunst nicht mehr die Rede sein. Es würde in ihrem Leben keine Poesie mehr geben und auch keine Schönheit. Nur Eingesperrtsein und die häßlichen Ansprüche eines anmaßenden Barbaren.

Sie packte den Rand von Engers Schreibtisch. »Was ist, wenn niemand die Früchte will, die dieser Baum trägt?« Sie erschrak über das armselige Jammern, das sich in ihrer Stimme bemerkbar machte.

Ihr Bruder beugte sich über den Tisch und tätschelte ihr die Hand. »Wie kannst du nur so denken? Siehst du denn nicht, daß der Himmel selbst diese Ehe beschlossen haben muß, um das Reich der Mitte zu retten? Liebe Schwester, wie kannst du vergessen, daß das Reich trotz seines Wohlstands Gefahr läuft zusammenzubrechen?« Er begann wieder auf und ab zu gehen und warf ihr alle paar Sekunden durchdringende Blicke zu. Seine Stimme wurde gespannt und besorgt.

»Alles, wovor die Weisen Kaiser gewarnt haben, ist eingetroffen«, erinnerte er sie. »Barbarenarmeen wachsen wie Gewitterwolken. Die großen Ratten vernichten die Bauern und stehlen ihnen ihr Land. Gefahr, Gefahr überall! Und jetzt hast du die Gelegenheit, etwas zu unternehmen – und vielleicht das Reich zu retten, denk daran! Du würdest den Kaiser jeden Tag sehen. Du wärst in der Lage, ihm deine Gedanken einzuflüstern, wenn er am ehesten bereit ist zuzuhören, nämlich in der Verschwiegenheit eures Schlafgemachs, oder wenn er dich am meisten liebt, weil du ihm einen Sohn geschenkt hast.«

Ja, o ja, dachte Guei Fei. Wie wundervoll, dem Kaiser so nahe zu sein. Doch nicht dem, an den Enger dachte.

»Du wirst die mächtigste Frau im Reich der Mitte sein«, sagte Enger. »Und da Su Chis Geist noch nicht voll entwickelt ist, wird er für dich wie weißes Papier sein, auf dem du schreiben kannst.«

»Du sprichst, als wäre ich die einzige, die Su Chi beeinflussen könnte«, sagte sie. Vielleicht bewegte politisches Denken ihren Bruder. »Was kann ich schon gegen seine Ziehmutter ausrichten, Kaiserin Fu Zhou und ihre Familie, all diese Brüder und Onkel und Vettern von Dame Fu, die den Kaiser umgeben? Sie sind korrupt, wie du weißt, und werden nicht so leicht nachgeben.«

Enger nickte nüchtern. »Ja, wir müssen die Fu fürchten. Es kann sehr wohl sein, daß Dame Fu dir das Leben schwermacht. Du mußt also versuchen, sie für dich zu gewinnen, indem du eine demütige und pflichtbewußte Schwiegertochter bist.« Er machte eine Pause und zog die Stirn nachdenklich in Falten. »Wir müssen alles nur Erdenkliche tun, um die Fu davon abzuhalten, uns als Rivalen zu sehen. Jetzt mehr als je zuvor.«

Seine letzte Bemerkung machte Guei Fei neugierig. Sie vergaß vorübergehend ihre Verzweiflung, beugte sich vor und blickte ihrem Bruder prüfend ins Gesicht. »Was meinst du damit, jetzt mehr als je zuvor?«

Er lächelte bescheiden. »Du hattest dich ja versteckt, so daß du die gute Nachricht nicht gehört hast. Der Sohn des Himmels hat mich heute morgen in seine Gemächer gerufen. Er sagte mir, er habe mein Memorandum gelesen und sei so beeindruckt, daß er beschlossen habe, mich zum Kaiserlichen Zensor zu ernennen.«

»O mein Bruder!« Sie riß keuchend den Mund auf. »Kaiserlicher Zensor! Ein so hoher Posten! Wie wunderbar!« Einen Augenblick vergaß sie in ihrer Freude die eigenen Sorgen.

Er ballte die Faust auf dem weißen Marmor. »Ja, das gibt mir die Macht, jeden Beamten irgendwo in den zehn Provinzen genau in Augenschein zu nehmen. Jeder, selbst ein Bettler, kann zu mir kommen und Klage führen, ungerecht behandelt worden zu sein, und ich kann das Unrecht wiedergutmachen. Ich werde Hunderte von Beamten und Tausende von Polizisten unter mir haben. Ich kann dafür arbeiten, die Rechtschaffenheit früherer Zeiten wiederherzustellen. Es ist genau das, worauf ich immer gehofft habe.«

Und das, dachte Guei Fei, liegt daran, daß ich den Sohn des Kaisers heiraten werde. Wenn ich es schaffe, diese Heirat zu verhindern, wird Enger nicht lange Kaiserlicher Zensor bleiben. Ich möchte gern wissen, ob Li Longji daran gedacht hat, als er Enger so hoch zu erheben beschloß. Hat er so sicherstellen wollen, daß ich mich mit seinen Plänen für mich und Su Chi abfinde?

Der Gedanke, daß der Sohn des Himmels sie so entschieden abgewiesen hatte, traf sie wie ein Hammerschlag. »Der Sohn des Himmels hat die bestmögliche Wahl getroffen«, sagte sie weich.

Engers rundes Gesicht strahlte. »Und er hat für Prinz Su Chi die beste nur denkbare Braut gewählt. Jetzt siehst du, wie wichtig deine Heirat für dich und mich ist. Gemeinsam werden wir Wunder bewirken.«

Sie hatte das Gefühl, als hätte er ihr einen Becher mit bitterer Flüssigkeit vorgesetzt, als hätte jedes seiner Worte noch einen weiteren Tropfen hinzugefügt. Sie konnte jedoch nicht die Hoffnungen zerstören, die sie und Enger so viele Jahre geteilt hatten. Und folglich würde sie trinken.

Sie stand mit einem Ruck auf, und Enger fuhr erschreckt zurück.

»Gut, dann werde ich den Prinzen heiraten«, sagte sie und zwang die Worte an dem harten Kloß in ihrer Kehle vorbei. »Doch du kannst nie ermessen, was es mich kosten wird.«

Er saß schweigend da und starrte sie an, als sie zur Tür ging und mühsam die Tränen zurückhielt, die ihr in die Augen traten. In der Tür drehte sie sich noch einmal um und sagte: »Da ist noch etwas, was du vielleicht für mich tun kannst.«

Er breitete die Arme aus. »Alles – wenn ich kann, geliebte Schwester –«

»Wenn ich als Braut des Prinzen nach Changan gehen muß, brauche ich unbedingt Chingchin als Begleitung. Und ich bin fast sicher, daß ihr Vater, der alte Yang Heng, sich dem widersetzen wird. Willst du mit mir zu ihm gehen und mir dabei helfen, ihn zu überreden?«

Er lächelte unsicher. »Das ist etwas, was ich mit Freuden für dich tun werde, liebe Schwester.«

Sie nickte energisch. »Nun gut, dann wünsche ich dir einen guten Tag.« Sie wandte sich schnell von ihm ab, damit er nicht sah, wie die Tränen aus ihren Augen strömten und ihr die Wangen hinabliefen.

Im Schatten unter der kleinen Waldbrücke streckte Meiling die rechte Hand aus und flocht ihre Finger in den schwarzen Bart, der Darius' Brust bedeckte. Das hatte sie schon tun wollen, seit sie den persischen General zum ersten Mal bei dem Bankett gesehen hatte, das ihr Vater für den Kaiser gegeben hatte. Er lächelte sie an. Seine Zähne blitzten inmitten schwarzer Locken.

»Möchtest du eine Locke zur Erinnerung an mich?« Er griff ein gekräuseltes Stück Bart mit Daumen und Zeigefinger und machte Anstalten, einen Dolch aus dem Gürtel zu ziehen.

»Nein, laß mich«, sagte Meiling. Sie tastete mit den Fingern unter den juwelenbesetzten Haarnadeln in dem Chignon, der sich hoch auf ihrem Kopf türmte, zog mit einer schnellen Bewegung heraus, was sie wollte, und hielt es ihm hin, damit er es sehen konnte: Was eine Haarnadel zu sein schien, war in Wahrheit ein Stilett mit einer langen schmalen Klinge.

Er hob seine dichten Augenbrauen. »Die Dame ist gefährlich.«

»Die Dame muß bereit sein, ihre Tugend zu verteidigen.« Sie schnitt eine Strähne seines Barts ab und steckte sie in eine seidene Geldbörse an ihrem Gürtel.

»Ich möchte mit dir gehen«, sagte sie. »Wohin du auch gehst.«

Er lachte. Es war ein dumpfer Laut, der in ihr ein Zittern auslöste. »So sieht also deine Tugend aus, ja?« Doch dann blickte er sie finster an. »Du bist ein Mädchen aus hochangesehener Familie. Deine ältere Schwester wird den Kaiserlichen Thronfolger heiraten. Du bist deiner Familie verpflichtet, so wie ich dem Kaiser.«

Meiling erinnerte sich an Guei Feis Tränen am Abend zuvor, an ihre Proteste, sie verabscheue Prinz Su Chi und liebe den Kaiser. Wenn Guei Fei Su Chi nicht heiratete, würde Meiling Darius vermutlich nie wiedersehen.

Sie preßte sich an ihn. Sie war noch nie so mit einem Mann zusammengewesen, heimlich und voller Verlangen. Sie hatte das Gefühl dahinzuschmelzen. Er trug keine Rüstung, nur ein scharlachrotes Gewand, doch sein Körper fühlte sich hart an und gab an keiner Stelle nach, wie eine Tempelstatue eines himmlischen Generals.

»Ich möchte dich *haben*«, sagte sie. Ihre Kühnheit überraschte sie selbst. Sie erregte sie jedoch ebenso sehr.

Er löste sich aus ihrer Umarmung und trat einen Schritt zurück. »Und ich dich, Meiling. Ich würde dir jedoch ein großes Unrecht antun, wenn ich dich liebte und dann ginge.«

»Dann schick einen Mittelsmann, der mit meinem Vater spricht.« Bei diesen Worten lief ihr ein Schauer der Angst über den

Rücken; es war für eine Jungfrau gegen alle Sitte, einem Mann zu sagen, daß sie ihn heiraten wolle. Sie konnte jedoch nicht schweigen. Sie wollte ihn zu sehr. Sie dachte wieder an Guei Fei, die wegen ihrer hoffnungslosen Liebe geweint hatte. Meine, dachte Meiling, könnte wenigstens eine Liebe mit Zukunft sein.

Darius' blaue Augen sahen besorgt und abwesend aus. Diese wundervollen fremdartigen Augen! Wie Saphire.

»Ich kann jetzt niemanden zu deinem Vater schicken.«

Sie spürte, wie ihr Hitze vom Hals ins Gesicht stieg. »Die Tochter eines Provinzgouverneurs, selbst wenn sie nur die zweite Tochter ist, dürfte doch wohl von so hohem Rang sein, daß sie einen Soldaten heiraten kann, selbst wenn der Soldat die kaiserliche Garde befehligt.«

Er streckte die Hand aus und schüttelte ihr das Kinn. Die Kraft in seinen Fingern machte sie ganz benommen. »Du hast jedes Recht, stolz zu sein, meine kleine Meiling. Doch ich habe nicht selbst über mein Leben zu verfügen. Ich habe – Verpflichtungen. Selbst wenn ich dir das erzähle, sage ich schon zuviel.«

Meilings Mutter, ihre Großmutter, ihre Tanten, alle Frauen, die sie bedienten und unterrichteten, hatten ihr immer und immer wieder eingeschärft, daß Männer Lügner seien. Doch er tat nicht, wovor sie sie gewarnt hatten; er hatte nicht versucht, sie zu nehmen. Dies war etwas anderes. Sie bot sich an, und er lehnte ab.

»Hast du schon eine Familie?«

»Nichts dergleichen. Stell mir keine Fragen mehr.«

Doch sie mußte es. »Werden diese Verpflichtungen uns trennen?«

Seine dichten Augenbrauen zogen sich zusammen. »Ich weiß es nicht. Ich kann es nicht sagen. Bitte.«

Er war größer als sie, aber nicht viel. Sie legte ihm die Hände in den Nacken, zog sein Gesicht zu ihrem herunter und küßte ihn. Als ihre Brüste sich an ihn preßten, erschauerte sie vor Lust.

Er schob sie sanft von sich weg, als sie gerade dachte, sie würden schon im nächsten Augenblick nicht mehr fähig sein, sich des Wolken-und-Regen-Machens zu enthalten, hier gleich unter dieser Brücke.

Sie blieb einen Augenblick stehen, um wieder zu Atem zu kommen. Sie sah, daß er genauso schwer atmete wie sie. Sie hatte den Verdacht, daß sie genau gespürt hätte, wie sein alter Mann sich erhob, um ihr zu begegnen, wenn sie ihm unter das Gewand gegriffen hätte. Ihre Lippen fühlten sich an, als hätte der Kuß ihr die Haut weggebrannt.

»Werde ich dich je wiedersehen?«

Er hielt ihr Gesicht zwischen großen harten Händen. »Ich weiß es nicht. Aber ich werde dich nicht vergessen.«

Er liebte sie, dessen war sie sicher. Sie konnte in diesen himmelfarbenen Augen Verlangen sehen. Was, dachte sie zornig, ist dieses verfluchte Etwas, das zwischen uns getreten ist? Vielleicht eine religiöse Vorschrift aus Persien? Irgendein Familiengeheimnis? Sie trommelte mit der Faust hilflos gegen seine Brust, und er stand da und sah sie schwermütig an.

Ich werde in den Gouverneurspalast zurückgehen, dachte sie, und meine Schwester suchen. Vergangene Nacht hatte Guei Fei allein geweint, während Meilings Herz voller Glück war. Dieser Abend würde anders sein. Meiling würde mit ihrer Schwester weinen – aber nicht um verlorene Liebe, sondern um unbefriedigte.

Die Pferde waren fast zum Aufbruch bereit, wie An Lushan sah, als er aus dem Stall des Yang-Palasts in das helle Sonnenlicht hinaustrat. Er schritt quer über den Hof zu der Stelle, wo Ostwind, sein Mongolenpony, still angepflockt ruhte.

»Wind, Wind«, murmelte er. Das Pferd sah hoch und wieherte vor Wiedersehensfreude. Lushan strich Wind über die Flanke, als er dessen Fell sorgfältig nach Schnitten oder wunden Stellen absuchte, die bei dem zehntägigen Ritt zur Hauptstadt zu Komplikationen führen konnten. Einige dieser Männer aus dem Reich der Mitte, schimpfte er leise vor sich hin, würden ein Pferd lieber sterben lassen, als es zu pflegen.

Von einigen der Fremden ganz zu schweigen. Lushan sah sich auf dem Hof um und betrachtete die Männer, die ihre Pferde sattelten und aufzäumten. Der Strahlende Kaiser, der in seinem eigenen Land nicht mehr genug starke Männer finden konnte, hatte damit begonnen, Söldner aus Ländern im Westen einzustellen. Manche betraute er sogar mit Kommandoposten – wie diesen kraushaarigen Parviz. Er hatte sich am Vorabend wie ein Mädchen angezogen mit seiner blauen Seide und seinen goldenen Bartringen.

Der Kaiser hatte sich für großmütig gehalten, weil er ihn zu dem Staatsbankett eingeladen hatte, und Lushan hatte ihm die Freude gemacht zu erscheinen. Doch die Speisen waren widerlich gewesen – winzige Stücke von seltsamem Fleisch und albernes garniertes Gemüse. Wie sehr hatte es ihn nach dieser Mahlzeit nach einem Krug voll Stutenmilch verlangt!

Schlimmer noch, der Kaiser hatte mit seiner Machtposition geprahlt, indem er seine gesamte Zeit mit der schönen Dame Yang verbrachte. Lushan drehte sich der Magen um, als er daran dachte, wie sie von den Eßstäbchen des Kaisers Litchi gegessen hatte.

Am Rande seines Bewußtseins spürte er vage die Anwesenheit eines Menschen. Jemand beobachtete ihn. Lushans Augen sahen sich flink um, doch er sah niemanden. Seine Schamanensinne sagten ihm, daß ihn jemand im Auge behielt, der kein Freund war.

Lushan bewegte sich langsam um sein Pferd herum und entfernte weiterhin kleine Haarbüschel aus dessen Fell. Er hatte einen Schutzschirm um sich gezogen, durch den nur andere Schamanen sehen konnten. Dennoch beobachtete ihn jemand. Gab es in der Armee des Kaisers noch einen Magier?

Sein Blick bewölkte sich, als er den Hof absuchte. Ein leichter grauer Nebel ließ alles flach erscheinen.

Da!

An der Wand sah er Ma Tsu, diesen eigenartigen Minister und Mönch. Dieser blickte in die andere Richtung, doch Lushan kannte diese Täuschung.

Was wollte der Abt von ihm?

Lushan hob den Futtersack seines Pferdes auf und schlenderte quer über den Hof auf den Kornspeicher zu. Dabei richtete er es ein, daß er direkt an Ma Tsu vorbeikam. Der Abt blickte ihn jedoch weiterhin nicht an, und Lushan wußte, daß der Mann ihn beobachtete. Dann kehrte Lushan mit gefülltem Futtersack zurück und blieb direkt vor dem kleinen Mönch stehen.

»Braucht Ihr Hilfe bei Vorbereiten der Reise?« fragte Lushan in übertrieben gebrochener Syntax. Und er begann, seinen Geist in Gaze zu hüllen, um so für Ma Tsu eine Illusion zu erschaffen.

Ma Tsu bewegte den Kopf nicht einmal andeutungsweise, fuhr jedoch mit den Augen herum und sah Lushan direkt an.

Blauer Himmel! Lushan spürte Eis auf dem Rückgrat und verlor um ein Haar seine Konzentration.

Er erholte sich jedoch in Sekundenschnelle und spürte, wie das Polster seiner Illusion ihn von neuem schützte. Er neigte den Kopf vor dem Abt – er brachte es nicht über sich, sich zu verbeugen – und wiederholte seine Frage.

Ma Tsu antwortete beiläufig: »Es ist alles bereit.« Die Worte schienen mehr anzudeuten als das einfache Packen vor einer Reise.

Lushan nickte wieder und zog sich in gemächlichem Tempo über den Hof zurück. Zum ersten Mal in seinem Leben wußte er, daß er seine Tarnung auch dann aufrechterhalten mußte, wenn er jemandem den Rücken zudrehte. Wer immer dieser Abt zu sein behauptete, er war ein mächtiger Schamane. Und er hatte in Lushan ebenfalls den Schamanen erkannt.

Guei Fei fühlte sich in Yang Hengs Papierwerkstatt nie ganz wohl. Sie war eng, überladen und voller Lärm. Mehr noch, Guei Fei wußte, daß sie Hengs Stolz verletzen und ihn erzürnen würde, wie sehr sie sich auch darauf konzentrierte, Themen zu vermeiden, die seine Wut auslösen konnten.

Allein schon die Tatsache, daß sie mit dem festen Vorsatz zu Heng ging, ihn um etwas zu bitten, was ihn mit Gewißheit aufregen würde, machte Guei Fei nervös und ängstlich. Doch sie mußte Chingchin in Changan einfach bei sich haben und konnte es nicht, ohne deren Vater zu fragen. Briefe, selbst täglich in ihrer Geheimschrift geschriebene Briefe, konnten die liebevolle Gegenwart ihrer Base niemals ersetzen. Um die Gefangenschaft im Päonienblütenpalast zu ertragen, das wußte Guei Fei, mußte sie Chingchin bei sich haben.

Da sie sich jetzt mit der Aussicht abgefunden hatte, Su Chi zu heiraten, war die Hoffnung, daß Chingchin vielleicht mitkam, um ihr Gesellschaft zu leisten, ihr einziger Trost. Doch das Hindernis, das sich dem entgegenstellte, war furchterregend. Guei Fei war so verängstigt, als würde man sie vor Gericht zu einer schweren Strafe verurteilen.

Nur Tageslicht erleuchtete das Innere der kleinen Werkstatt: Onkel Heng konnte sich nicht einmal eine Lampe leisten. Guei Fei und Enger standen vor ihrem Onkel in einem Raum, der mit alten Tischen und Schalen, Wasserkrügen sowie Regalen mit trocknendem Papier überladen war.

Yang Heng ballte auf dem Tisch, an dem er saß, die Hände zu Fäusten und öffnete sie wieder. Guei Fei hatte den Verdacht, daß diese Begegnung ihm genausoviel Kummer machte wie ihr. Dennoch hatte sie schreckliche Angst vor ihm.

Hengs weißes Haar stand unter seiner schmutzigen Mütze in steifen Strähnen vom Kopf ab. Sein langer weißer Bart fiel ihm auf die nackte, knochige Brust. Seine fleckige graue Schürze hatte er sich mit einem Seil um die Taille gebunden. Äußerlich wirkte er wie ein einfacher Arbeiter, doch Guei Fei konnte in der Form seines Gesichts die edlen Gesichtszüge ihres Vaters erkennen.

Guei Fei blickte hilfesuchend zu Chingchin, die in einer schattigen Ecke stand und den schmutzigen Fußboden der Werkstatt anstarrte. Sie war vor zwei Tagen nach Hause zurückgekehrt, um ihren Vater auf diesen Besuch vorzubereiten. Chingchin lächelte. Es war ein kaum spürbares, gespanntes Lächeln. Wenn dieses Gespräch nicht das erhoffte Ergebnis hatte, würde es ihrer beider Leben zerstören.

»Sprich schon, Mädchen«, knurrte Heng Guei Fei an. »Weshalb bist du hier?«

Guei Fei warf einen schnellen Seitenblick auf Enger, weil sie hoffte, er würde an ihrer Stelle antworten. Doch das glatte Gesicht ihres Bruders versprach keinerlei Hilfe. Sie würde selbst sprechen müssen. Sie holte tief Luft und spürte, wie ihr Herz vor Angst einen Satz machte.

Sie faltete die Hände vor sich und sprach mit gesenktem Kopf, den Blick auf den Fußboden geheftet: »Geehrter Onkel Yang Heng.« Sie spürte, wie sich ihr die Luftröhre zuschnürte. »Viele

Jahre lang ist deine Tochter Chingchin meine engste Gefährtin und meine beste Freundin gewesen.« Sie mußte sich räuspern, bevor sie weitersprechen konnte. »Ich bitte dich demütig, sie mit mir nach Changan gehen zu lassen, wo sie als meine Gefährtin leben soll, wenn ich mit Su Chi verheiratet bin.« In Guei Feis Kopf blitzte kurz die Vision eines Lebens in einer fremden Stadt ohne eine einzige Freundin auf, und sie erschauerte leicht.

Heng funkelte seine Tochter wütend an. Er sprach schnell und in einem Ton, der erkennen ließ, daß die Sache für ihn erledigt war. »Ich habe Chingchin gesagt, daß sie nicht gehen darf.«

Guei Fei hatte erwartet, daß Heng ihr Angebot erst ablehnen würde. Dennoch krampfte sich ihr Herz zusammen. Sie schaffte es jedoch, ihre Stimme gleichmütig und ruhig klingen zu lassen. »Ich dachte, ich sollte mit meinem Bruder persönlich zu dir kommen, um dir zu sagen, wieviel es mir bedeutet. Ich hatte gehofft, du hättest dann Mitleid mit mir.«

»Mitleid mit dir? Mädchen, du wirst eines Tages Kaiserin sein. Du bittest um Mitleid?«

Er nannte sie immer noch »Mädchen«. Guei Fei spürte, wie hitzige Wörter in ihr aufstiegen, doch sie schluckte einmal fest und behielt sie für sich. Sie mußte diesen mürrischen alten Mann überzeugen. Er hatte das absolute Recht eines Vaters über seine Tochter. Ohne seine Erlaubnis konnte Chingchin nichts tun.

»Ich werde wahrhaft bemitleidenswert sein, wenn du mich von Chingchin getrennt hältst. Das Leben in der Hauptstadt wird schrecklich traurig und einsam sein, wenn ich in meiner Nähe keine Freundin habe, jemanden, den ich lieben und dem ich mich anvertrauen kann.«

»Traurig und einsam?« Hengs Stimme troff vor Sarkasmus. »Wenn das Reich der Mitte dich mit all seinen Reichtümern überschüttet? Sieh dir an, wie wir hier alle leben, Nichte, wenn du sehen willst, wie traurige Menschen leben. Ich habe die armseligste und schäbigste Werkstatt in der Straße der Papiermacher. Von je zehn Kupfermünzen, die ich mit meiner Arbeit verdiene, werden mir acht von den Steuereinnehmern deines Vaters genommen.«

Guei Fei spürte, wie die Hitze des Zorns sie zu überwältigen drohte. Am liebsten hätte sie gesagt: »Daran bist du selbst schuld, Onkel Heng, daß du so ärmlich lebst.« Wenn er doch nur zu Vater ginge und den Streit mit ihm beendet, dann könnte er für die Provinzverwaltung Papier machen und würde bald reich sein. Vater hatte es schon oft gesagt. Sie wollte aber nicht, daß Heng an diesen alten Streit dachte – worum es dabei auch gehen mochte. Sie mußte sich darauf konzentrieren, ihre Bitte durchzusetzen.

Folglich sagte sie nur: »Du hast etwas Besseres verdient, Onkel. Ich bete zu den Göttern, daß deine Lage sich ändert. Doch warum willst du Chingchin und mich jetzt trennen, wo du ihr erlaubt hast, bei mir im Gouverneurspalast zu wohnen?« Sie gab sich die größte Mühe, den bittenden Tonfall aus ihrer Stimme herauszuhalten, aber sie hörte ihn doch wie ein fernes Heulen des Windes.

Heng brummte erneut. »Das war etwas, was deine Mutter nach dem Tod meiner Frau mit mir besprochen hat. Ich war damit einverstanden, daß meine Tochter an diesem verfluchten Ort nicht mutterlos aufwächst. In der Kaiserstadt zu leben ist aber etwas ganz anderes.«

Guei Fei sah Chingchin an und bemerkte deren Unbehagen, als sie in den kostbaren Seidenroben, die Guei Feis Familie ihr geschenkt hatte, in der schäbigen Werkstatt ihres Vaters stand. Und Guei Fei blickte plötzlich hinter Hengs Strenge und Zorn. Sie sah einen Mann, der viel gelitten und um wenig Lohn sehr hart gearbeitet hatte und sich schämte, daß er seine einzige Tochter nicht besser versorgen konnte. Die unterdrückte Liebe, die sie hinter Hengs Zorn spürte, schmerzte sie.

Ich wünschte, wir könnten etwas für Yang Heng tun, dachte sie. Vielleicht, wenn ich Kaiserin bin.

Sie sagte: »Es ist für die Familie eine große Ehre, daß der Kaiser für die Heirat mit seinem Sohn eine Tochter Yang ausgewählt hat. Chingchin kann an dieser Ehre teilhaben.«

»Ehre?« krächzte Heng mit rauher Stimme. »Für den Preis ihrer Unschuld? Du würdest sie im Frauenpalast mit den Frauen und Konkubinen der kaiserlichen Familie leben lassen. Mit Hof-Eunuchen, die bis über beide Ohren in Korruption stecken.«

»Die Frauen des Kaiserhauses sind nicht liederlich«, beharrte

Guei Fei. Sie hatte sich auf diesen Streit nicht vorbereitet, und eine wirklich überzeugende Antwort war ihr nicht eingefallen. Sie war plötzlich verzweifelt. Vielleicht konnte sie Heng am Ende doch nicht überzeugen.

Dieser schüttelte den Kopf. »Du wirst mit dem Kaiserlichen Thronfolger verheiratet sein und eine gesellschaftliche Stellung innehaben, die über jede Herausforderung erhaben ist. Doch was wird an einem solchen Ort aus meiner unverheirateten Tochter werden?«

Die Bedeutung seiner Worte schockierte sie. Sie sah, wie Chingchins runde Wangen knallrot wurden. Sie erinnerte sich an Meilings Bereitschaft, mit General Darius zu schäkern. Natürlich würde es in der Hauptstadt Versuchungen geben, doch Chingchin war auch nicht annähernd so leichtsinnig wie Meiling.

»Deine Tochter und ich wissen, wie wir tugendhaft bleiben werden«, sagte Guei Fei mit schneidender Überzeugung. Doch ihr selbstbewußter Ton schien Heng nicht zu beeindrucken, denn er winkte abschätzig ab.

»In Changan werdet ihr Lehrer im Laster finden, die einschmeichelnder sind, als ihr euch vorstellen könnt«, sagte Heng. »Wo sich der größte Reichtum und die größte Macht anhäufen, findet man auch das meiste Böse, die größte Gefahr, die teuflischsten Komplotte.«

Guei Fei konnte nicht glauben, daß dies ein wahres Abbild des Lebens am Hof des Mannes war, der sie im Schrein der Guanyin in den Armen gehalten hatte. Der Sohn des Himmels würde es nicht erlauben. Dennoch – da war dieser Pfeil, der aus dem Nichts gekommen war –

Plötzlich ließ sich Engers tiefe Stimme vernehmen. Guei Fei erschrak. »Geehrter Onkel, ich bin vom Sohn des Himmels gebeten worden, in seiner Verwaltung eine Stellung anzunehmen. Ich werde in der Kaiserstadt leben und arbeiten. Ich verspreche dir, über deine Tochter sorgfältig zu wachen wie über meine Schwester, wenn du Chingchin mit Guei Fei gehen läßt.«

Guei Fei war Enger zutiefst dankbar, als Hengs zornige Augen sich auf ihn richteten. »Welche Stellung?«

Enger legte die Hände aneinander, verneigte sich und senkte den Blick. »Eine Stellung, die zu bekleiden ich höchst unwürdig bin, geehrter Onkel. Kaiserlicher Zensor.« Es klang aufrichtig verlegen.

Yang Heng schüttelte den Kopf. »Du erstaunst mich. Unser Zweig der Familie Yang hat es tatsächlich weit gebracht, seit mein Großvater in Loyang eine Seidenfabrik betrieb. Eine künftige Kaiserin und ein Kaiserlicher Zensor!«

Und das alles, dachte Guei Fei zornig, ist den Tugenden meines Vaters zu verdanken, mit dem du dich um keinen Preis versöhnen willst.

Nun, Onkel Heng und ich lieben Chingchin beide. Das darf ich nicht vergessen. Es wird mich diesem unmöglichen Mann näherbringen.

Enger sagte: »Die alten Weisen haben gelehrt, daß die Seele des Volkes in denen lebe, die das erschaffen, was wir alle brauchen, ob nun Nahrung oder Kleidung oder die Häuser, in denen wir leben, oder, wie du es tust, das Papier, auf dem das Wissen festgehalten wird. Wir, die wir regieren, sind nur ein notwendiges Übel, die Wachhunde. Ohne dich, geehrter Yang Heng, und die vielen anderen arbeitenden Menschen gäbe es kein Volk, keinen Bedarf an Kaiserlichen Zensoren und Kaiserinnen. Oder gar an Kaisern.« Liebe zu ihrem Bruder durchströmte Guei Feis Herz.

Selbst Heng schien durch diese idealistischen Worte gerührt zu sein. Er brummte: »Du verstehst die Dinge besser als die meisten Männer deiner Art.«

Enger sagte: »Dennoch ist es eine seltene und wundervolle Erfahrung, am Hof des Strahlenden Kaisers zu leben. In der Kaiserstadt versammeln sich die besten Dichter und Musiker, Maler und Tänzer. Chingchin wird lernen, eine Dame von verfeinertem Geschmack zu werden.«

Heng seufzte und wandte sich an Chingchin. »Tochter, vergiß nicht, daß es auf meine Wünsche ankommt und daß deine vollkommen unwichtig sind. Doch sag mir eins, denn ich bin neugierig: Wie sehr wünschst du dir, mit deiner Base in der Kaiserstadt zu leben?«

Chingchin keuchte. »Oh, sehr, geehrter Vater. Mehr als alles andere auf der Welt, wenn du es mir nur erlaubst.«

Guei Fei wagte es, ein wenig Hoffnung zu schöpfen. Schon die Tatsache, daß Heng Chingchin fragte, wie sie sich fühle, war positiv zu werten.

Heng ging zu der Tür mit dem Vorhang, welche die Werkstatt von der Wohnung der Familie trennte, und gab ein Zeichen. Ein Mann in Engers Alter erschien – Hengs Sohn Ziming, den Guei Fei schon mehrmals gesehen hatte. Er war genauso knochig wie Heng, doch sein Haar war schwarz, und er stand aufrecht und nicht gebückt wie sein Vater.

»Deine Meinung ist für mich ohne jede Bedeutung«, sagte Heng zu seinem Sohn. »Antworte mir aber trotzdem auf eine müßige Frage – was hältst du davon, daß deine Schwester nach Changan gehen soll?«

Ziming zuckte die Achseln. »Geehrter Vater, wenn Chingchin nicht mit Base Guei Fei geht, können wir nicht erwarten, daß die Familie von Onkel Yang Shan sie im Gouverneurspalast bei sich behält. Dann wird sie wieder zu uns kommen müssen, hierher, wo wir kaum uns selbst ernähren können, wo die Lumpen, die wir tragen, dünner sind als das Papier, das wir machen. Und Heiratsaussichten hätte sie nur bei einem Mann, der so arm ist wie wir oder noch ärmer.«

Guei Fei gab sich die größte Mühe, sich ihre Erregung nicht anmerken zu lassen. Sie sah nicht, wie Heng Zimings Argumente zurückweisen konnte.

»Niemand ist ärmer als wir«, sagte Heng. »Aber ist Armut am Ende nicht doch besser für sie als Entehrung?«

»Alles, was wir über den kaiserlichen Hof wissen, kennen wir nur vom Hörensagen, Vater. Entschuldige mich, aber ich glaube, daß dein früherer Bruch mit deinem Bruder, dem Gouverneur, deine Ansichten vom Leben höheren Orts gefärbt hat.«

»Genug!« rief Heng aus. »Sprich nicht davon. Diese Familie nutzt meine Gutmütigkeit zu sehr aus.«

Guei Fei spürte einen kalten Knoten im Magen. Warum mußte Ziming ausgerechnet *das* zur Sprache bringen?

Heng trat schwerfällig an den Tisch in der Mitte des Raums und blieb dort leicht gebeugt stehen. Er fingerte an einem Marmorzylinder herum, mit dem er die Bogen zerstampfter Fasern auswalzte, aus denen später Papier wurde. Als sie Schmerz in der Brust spürte, ging Guei Fei auf, daß sie nicht atmete. Sie ließ die Luft langsam aus den Lungen, und zwar sehr still, um ihren Onkel nicht zu stören.

Heng ging zu Chingchin hinüber, und Guei Fei sah, wie er ihr vorwurfsvoll ins Gesicht sah. Trotz seines zornigen Ausdrucks spürte Guei Fei, daß er seine Tochter liebevoll ansah. »Nun gut, du kannst gehen.« Seine Stimme war heiser, und Guei Fei sah einen Hauch von Feuchtigkeit in seinen Augen aufblitzen.

Einen Augenblick war sich Guei Fei nicht sicher, Heng richtig verstanden zu haben. Chingchin konnte gehen? Ja – das hatte er gesagt! Ein Glücksgefühl durchströmte Guei Fei. Oh, ich danke dir, gnadenreiche Guanyin! frohlockte sie im stillen. Sie preßte die Hände so fest zusammen, daß es weh tat.

Chingchin schlang die Arme um Heng. »Ich danke dir, Vater! Ich danke dir!«

Er schob sie mit einem wilden Blick von sich. »So darf sich eine Tochter nicht benehmen.«

Guei Fei eilte schnell zu Heng und kniete mit gesenktem Kopf vor ihm nieder. Die Hände hatte sie auf dem Schoß gefaltet. »Geehrter Onkel Yang Heng, es bedeutet mir alles, Chingchin bei mir zu haben, wenn ich heirate. Ich glaube nicht, daß ich je in der Lage sein werde, dir das zu vergelten.«

»Sieh mich an, Mädchen«, sagte Heng sanft. Guei Fei hob das Gesicht. »Ich möchte kein Geld von deinem Zweig der Yang. Kümmere dich nur um Chingchin und verheirate sie entweder gut oder schicke sie sicher zu mir zurück.«

Aber ich *will* es dir vergelten. Ich muß es. Es ist nicht recht, daß du und deine Familie so viele Jahre lang so schlecht gelebt habt, während es unserer Familie gut gegangen ist. Und wenn ich in der Kaiserstadt lebe, möchte ich für die Menschen, die ich liebe, wunderbare Dinge tun. Und ich liebe dich, Onkel Heng, weil du Chingchin liebst und weil du sie mit mir gehen läßt.

Da hörte sie Engers Stimme neben sich: »Geehrter Yang Heng,

wenn du materielle Gunstbezeigungen nicht annehmen willst, hoffe ich, daß du wenigstens unsere Gebete für dein künftiges Wohlergehen annimmst.« Wieder einmal bewunderte Guei Fei das Geschick ihres Bruders im Umgang mit schwierigen Menschen.

Trotz des Stolzes in seiner Antwort war Hengs Antwort sanft. »Ich habe die Götter darum gebeten, daß es mir nicht wohl ergehen möge, solange meine Mitbrüder in diesem Handwerk Not leiden.«

»Und *das* Gebet haben die Götter wahrlich erhört«, sagte Ziming säuerlich.

Enger verbeugte sich tief. »Wahrlich, einen Mann wie dich findet man nur selten, Onkel. Einen, der nicht erst an sich und seine Familie denkt, sondern an andere. Ich verehre dich.«

Heng sah verlegen aus und wandte sich ab.

Enger half Guei Fei auf die Beine. Ihre Dankbarkeit und Liebe zu ihrem Bruder trieben ihr einen Kloß in die Kehle und heiße Tränen in die Augen. Wäre Enger nicht bereit gewesen, heute mit ihr zu kommen und mit Heng zu sprechen, hätte Heng sie weggejagt, dessen war sie sicher, und dann wären sie und Chingchin für immer getrennt worden.

Sie verdankte Heng viel, doch ihre Schuld Enger gegenüber war ungeheuer. Und es gab nur eins, was sie für ihren Bruder tun konnte, was ihm etwas bedeuten würde: Wenn sie nach Changan ging und Su Chi heiratete, mußte sie alles tun, um die Vision zu fördern, die Enger an jenen langen glücklichen Nachmittagen in sie eingepflanzt hatte – die Vision von einem wohlhabenden, gebildeten Volk, das vor Barbaren und korrupten Beamten gleichermaßen geschützt war, die Vision vom goldenen Zeitalter der Weisen Kaiser. Wie Onkel Heng würde sie erst an andere denken und erst dann an sich selbst und ihre Familie. Sie würde für alle Menschen im Reich sorgen. Und damit würde sie sowohl bei Onkel Heng als auch bei Enger ihre Dankesschuld abtragen.

4

Hochzeit in Changan

3842, Jahr des Affen (744 n. Chr.)

Das Regierungssystem des Reichs der Mitte vereinte die größte, volkreichste und wohlhabendste Nation auf Erden. Es hatte jedoch eine Schwäche: Ihm fehlte ein verläßliches Thronfolgesystem. Jener größte aller Kaiser, der große Ahn Tang, gab ein schlechtes Beispiel, als er sich nach der Ermordung seiner beiden Brüder zum Kaiser machte. Um solche Konflikte zu vermeiden, hatte der Strahlende Kaiser schon früh einen Sohn zu seinem Erben und Thronfolger ernannt.

Aus der »Geheimen Geschichte der Tang« von Yang Kaizhi

Als er mit energischen Schritten auf der marmornen Promenade entlangging, blickte Darius links und rechts auf die Offiziere der kaiserlichen Garde, die sich auf beiden Seiten der Route des Kaisers aufgestellt hatten. Einer von ihnen war Hauptmann Fang Fenking.

Ihm war innerlich kalt, denn er wußte, was vor ihm lag. Hatte Fu Sangui eine Vorahnung von dem heutigen Totentanz? Hatte der Innenminister vergangene Nacht von Drachen geträumt, die ihn steile Schluchten hinuntertrieben, hatte er davon geträumt, in vergiftete Seen zu stürzen?

Darius blieb manchmal unvermittelt stehen und inspizierte gezogene Schwerter und Dolche. Die Frühlingssonne glitzerte von Brustpanzern aus gehärteter Rhinozerushaut, die rot bemalt und mit Gold abgesetzt war. Wie immer, wenn er kurz davorstand, etwas Unwiderrufliches zu tun, hatte er das Gefühl, sich auf einer Schwertspitze zu drehen. Es war jedoch wichtig, daß er streng und befehlsgewohnt aussah, denn er durfte um keinen Preis besorgt erscheinen – zumindest nicht mehr, als von einem Befehlshaber erwartet wurde, der die Aufgabe hatte, den Kaiser zu schützen.

Den Kaiser zu schützen bedeutete, daß er alles und jeden im Auge behalten mußte. Er war heute Teil einer Verschwörung, doch Darius wußte, daß das keine Garantie dafür war, daß nicht weitere Komplotte geschmiedet wurden.

Er ging zu dem Marmorgeländer, das die Promenade säumte, und wandte sich nach Norden. Er stand vor drei großen Gebäuden mit grünen Ziegeldächern, weißen Mauern und roten Säulen. Im Westen lag der Päonienblütenpalast, in der Mitte der Palast der Ungeheuren Unendlichkeit und im Osten der runde Turm des Tempels der Überströmenden Glückseligkeit. Die Paläste lagen über dem Erdboden weit auseinander, waren jedoch, wie Darius wußte, durch ein kaum benutztes Tunnelnetz miteinander verbunden, das jenseits der Mauern der Kaiserstadt zu verborgenen Fluchtausgängen führte.

Die Kaiser der Sui-Dynastie hatten den Tunnelbau angeordnet, doch das hatte den letzten Sui-Kaiser trotzdem nicht davor bewahrt, von dem Herzog von Tang zur Abdankung gezwungen zu werden.

Darius wandte sich nach Süden. Die Promenade erhob sich über dem Paradeplatz, der jetzt voller Zuschauer war mit dem Privileg, einen Blick auf die Zeremonie der Ersten Furche zu werfen. Auf der anderen Seite des Paradeplatzes standen vier massive, rechteckige Bauwerke den Palästen und dem Tempel gegenüber wie Diener, die auf Befehle ihrer Herren warten. Drei Gebäude beherbergten die drei wichtigsten Ministerien der kaiserlichen Regierung, das Große Sekretariat, die Kanzlei und das Ministerium für Auswärtige Angelegenheiten. Das vierte kam für Darius einem Zuhause noch am nächsten, das Hauptquartier und die Unterkünfte der kaiserlichen Garde.

Lange Seidenwimpel, himmelblau und meergrün, flatterten über den Dächern im Wind. Überall glitzerte frische Farbe. In den letzten zehn Tagen hatten Hunderte von Zimmerleuten und Malern schon vor Tagesanbruch bis nach Anbruch der Dämmerung gesäubert, repariert und gemalt, um die Kaiserstadt für den herannahenden

Frühling und die bevorstehende kaiserliche Hochzeit bereit zu machen.

Die Kaiserstadt stand auf höherem Grund als der Rest von Changan, und so konnte Darius über die Regierungsgebäude hinweg auf einen Teppich aus vielfarbigen Hausdächern blicken, die hier und da von den Türmen zahlreicher Taoisten-Tempel und Buddhisten-Pagoden unterbrochen wurden sowie einigen wenigen Minaretten von Moscheen und Glockentürmen der Kirchen der Nestorianer-Christen. Pappelreihen säumten die breiten Alleen, die schnurgerade von einem Ende der Stadt zum anderen verliefen.

Da er in der Menschenmenge oder in den Gebäuden der Kaiserstadt nichts Verdächtiges sah, setzte Darius seinen Spaziergang auf der Promenade fort.

Auf halbem Weg zwischen Palast und Tempel sah er sich Fang Fenking gegenüber. Er starrte in das dicke, verweichlichte Gesicht, als suchte er es nach einem Geheimnis ab. Auf Fangs Brust hüpfte ein kleiner Lichtkreis, eine Reflexion des Medaillons an Darius' Hals.

Die Enden von Fangs Schnurrbart zitterten kaum spürbar. Darius konnte fast sehen, wie eine nebelhafte Erinnerung sich ins Bewußtsein vorzukämpfen versuchte. Doch in jenem Verlies in Guilin vor mehr als einem Jahr hatte Ma Tsu seine Nadeln und sein Gebräu dazu benutzt, Fangs Erinnerungsvermögen zu verändern. Fang glaubte, nach seinem mißglückten Schuß im Wald irgendwie hingefallen und bewußtlos geworden zu sein, und nahm an, daß General Darius ihn nach Guilin gebracht hatte, um ihn dort behandeln zu lassen. Doch trotz des Schleiers, der über der Vernehmung lag, zeigte Fang Anzeichen von Furcht, wann immer er in Darius' Nähe kam.

»Präsentiert Euer Schwert«, befahl Darius. Er hatte mit Bedacht seinen üblichen Befehlston für seine Soldaten gewählt. Nicht schärfer. Nicht drängender oder aufgeregt.

Als Fang ihm das Breitschwert mit der Spitze nach oben hinhielt, musterte Darius die Damaszenerklinge und den aus Rhinozeroshorn kunstvoll geschnitzten Griff. Seine Qinzha-Ausbildung hatte begonnen, sein Handeln zu bestimmen. Er ließ diese Szene so ablaufen, wie er sie zuvor bis in die kleinste Einzelheit im Geiste zusammengestellt hatte.

Darius' Medaillon spiegelte sich in der stählernen Klinge, als er näher an Fang herantrat. »Hier ist ein Rostfleck, seht.« Seine Fingerspitze schwebte über der Klinge, in gleicher Höhe mit seinem Medaillon.

Fangs Blick wanderte zu der Schwertklinge hinunter und wandte sich dann plötzlich dem einfachen Muster zu, das auf der goldenen Scheibe eingraviert war. Darius trug nicht die Phönix-Insignien eines Generals, sondern das dreiundzwanzigste Hexagramm aus dem »Buch der Wandlungen«, eine durchgezogene Linie über fünf durchbrochenen Linien, das unheilvolle Hexagramm mit der Bezeichnung »Zerbrechen«. Wer immer es betrachtete, wurde vor Chaos gewarnt. Bei den Qinzha war es sehr beliebt. In ihrem Handbuch hieß es: »Chaos ist für den schöpferischen Menschen, was Abtrittsdünger für die Ernte ist.«

Fangs ohnehin steifer Körper wurde noch ein wenig starrer, als er das Hexagramm sah. Darius wartete einen Augenblick, zog dann den Finger von der Klinge und trat zurück. Der Anblick des Hexagramms würde Fang dazu bringen, die tödlichen Anweisungen zu befolgen, die Ma Tsu ihm eingegeben hatte.

Erledigt. Der Tanz konnte losgehen.

Darius steckte das Medaillon wieder in seinen Küraß und setzte seine Inspektion der Gardesoldaten fort. Er blieb hier und da stehen, inspizierte eine Waffe und eine Uniform, bis er zu dem hoch aufragenden Tempel der Überströmenden Glückseligkeit kam, dessen dunkelgrüne Pagodendächer sich über den rauhreifweißen Mauern übereinandertürmten. Auf dem Gelände hinter dem Tor stand eine Reihe von Priestern mit hohem schwarzem Kopfschmuck und wartete auf den Beginn der Zeremonie. Hinter ihnen lag das große Rechteck aus kahler brauner Erde, der Tempelgarten.

Auf einer Seite des Gartens konnte Darius eine Gruppe von Priestern sehen, die um einen riesigen weißen Ochsen standen, ihm die Seiten streichelten und über den Rücken rieben. Man hatte dem Tier einen Kranz aus Frühlingsblumen um den mächtigen Hals gehängt und blaue, grüne und gelbe Bänder ins Geschirr geflochten.

Der Ochse war vor den heiligen Pflug mit den Handgriffen aus Teakholz und der polierten eisernen Pflugschar gespannt. Es war das magische Werkzeug, mit dem der Kaiser, der Mittler zwischen Himmel und Erde, die erste Furche des Jahres pflügen würde, um so für das Reich der Mitte den offiziellen Beginn der Pflanzzeit zu verkünden.

Darius fühlte, wie sich seine Bauchmuskeln strafften. Er konnte nicht einen Moment vergessen, wie die Zeremonie durch die Ereignisse zerstört werden würde, die er in Gang gesetzt hatte, weil er Fang das dreiundzwanzigste Hexagramm gezeigt hatte.

Im Augenblick befand sich der Kaiser wohl noch im Palast der Ungeheuren Unendlichkeit, wo er für das Ritual angekleidet wurde. Darius schritt vom Tempel zum Palast zurück, wobei seine Lederstiefel auf die quadratischen Marmorplatten des Fußwegs knallten. Diesmal vermied er es sorgfältig, Fang Fenking anzusehen, als er an ihm vorbeiging. Er erklomm die Stufen zum Palast und blieb vor den großen Türen stehen. Das Stillstehen machte ihn noch angespannter, doch der Kaiser mußte jeden Augenblick erscheinen.

Es überraschte Darius, wie sich die Dinge entwickelt hatten. Er hatte sich Ma Tsus Plan heftig widersetzt und geglaubt, man werde ihn nicht billigen. Er war tief enttäuscht gewesen, als Ma Tsu ihm erzählte, der Rat der Qinzha-Äbte habe seiner Ansicht zugestimmt, es sei sofortiges Handeln nötig.

Mit einem heiteren Lächeln hatte Ma Tsu gesagt: »Die Familie Fu muß eine einfache und klare Botschaft erhalten. Dies ist die einzige Möglichkeit sicherzustellen, daß sie verstehen. Wenn eins ihrer hochrangigsten Mitglieder von seinem eigenen gedungenen Mörder getötet wird – in Anwesenheit von dreitausend Offizieren der kaiserlichen Garde, wenn der gesamte Hof zusieht –, werden die Fu wissen, daß sie nirgends sicher sind. Dann werden sie keinen neuen Versuch wagen, Dame Yang zu ermorden.«

Darius blieb skeptisch. Das Töten störte ihn nicht. Bei den Qinzha ging es letztlich immer um den Tod. Ob um den eigenen oder den eines anderen, machte keinen Unterschied. Er hatte im Kampf mehr Männer getötet, als er zählen konnte. Doch er zog den offenen Kampf dieser heimtückischen Kampfesweise vor, die

Schlacht, bei der sich die Männer im Vollbesitz ihres Bewußtseins aufeinanderstürzten und bei der es klare, eindeutige Sieger gab.

Als er darauf wartete, daß der Kaiser den Palast der Ungeheuren Unendlichkeit verließ, erinnerte er sich an eine Schlacht, wie sie ihm lieber gewesen wäre. Er sah wieder das Land der Khitan vor sich, das weit im Nordosten lag und dessen Hügel dicht mit Kiefern bewachsen waren. Pfeile flogen aus dieser undurchdringlichen Dunkelheit. Als sein Pferd zusammenbrach und starb, sprang er herunter und landete auf den Füßen.

Ein Hagel von Pfeilen regnete vom Abhang über und unter ihm auf den felsigen Pfad herab, auf den seine hundert Mann starke Patrouille aus Fußsoldaten weitergezogen war. Ein Drittel seiner Männer lagen schon tot oder verwundet da. Er rief den Überlebenden zu, sie sollten ihm bergauf in den Wald folgen.

Wie er gehofft hatte, waren die Khitan nicht auf einen sofortigen Gegenangriff vorbereitet. Sie hatten sich am Rand des Waldes versteckt, um möglichst freies Schußfeld zu erhalten. Darius fiel mit seinen Männern über sie her. Blut strömte Darius durch den Körper wie Lava, als er mit seinem Schwert nach dem ersten pelztragenden Feind hieb, der vor ihm kauerte. Die Klinge durchschnitt die spitze Filzmütze mit den langen Ohrenklappen, wie sie alle Khitan-Männer trugen, und spaltete dem kleinen braunhäutigen Mann den Schädel.

Die erschreckende Kampfesruhe eines geübten Qinzha hatte sich Darius' bemächtigt, und in diesem trancehaften Zustand führte er seine Soldaten an. Sie schlachteten schreiende Khitan hin, bis seine Patrouille den oberen Hügelhang eingenommen hatte. Alle seine Männer trugen Bogen und Pfeile, die sie jetzt gegen den Feind richteten, der weiter unten im Hinterhalt gelegen hatte.

Alle Khitan waren Reiter, wie Darius wußte, und ihre Pferde mußten irgendwo in der Nähe sein. Er ließ seine Männer hügelan gehen, bis sie die Pferde weiter oben angepflockt fanden. Sie hieben die Wachen nieder, bestiegen die Pferde und ritten mit ihnen die Barbaren nieder, die weiter unten wild davonstoben.

Nachdem sie die Feinde in die Flucht geschlagen hatten, töteten die Soldaten diejenigen ihrer Verwundeten, die sich aus eigener

Kraft nicht fortbewegen konnten, damit sie von den Khitan nicht zu Tode gefoltert wurden.

Die Überlebenden führte Darius auf dem Weg zurück, auf dem sie gekommen waren. Die Qinzha-Trance war inzwischen vorbei, und er spürte, wie heftig er zitterte.

Er machte sich bittere Vorwürfe, weil er fast siebzig Männer verloren und die Khitan unterschätzt hatte. Sie mochten zwar Barbaren sein, doch er hatte an jenem Tag gesehen, daß sie fähigere Krieger waren als die kämpfenden Männer des Reichs der Mitte. Für diese Nomaden aus dem Norden war ständiger Krieg die von frühester Kindheit an gewohnte Lebensform. Entbehrungen machten sie hart. Der Kampf gegen sie war wie Kampf gegen eine Naturgewalt, eine Überschwemmung oder einen Steppenbrand.

Die damalige Schlacht war zwar katastrophal gewesen, doch sie hatte etwas Sauberes an sich gehabt. Er hatte offen getötet. Der heutige Tag war zu hinterhältig.

Als er am oberen Ende der langen Treppe vor den zinnoberroten dreiflügeligen Türen des Palasts der Ungeheuren Unendlichkeit stand, atmete er die kühle Luft tief ein, während er darauf wartete, daß der Kaiser mit seinem Gefolge auftauchte. Als der Tanz weiterging, spürte er eine Anspannung, die ihn fast schmerzte. Sein Herz pochte gegen seinen Brustkorb wie die Faust eines Gefangenen.

Aus dem Inneren des Palastes ertönte lautes Dröhnen und metallisches Klirren. Darius richtete sich mit steifen Gliedern auf. Die Türen, die von dreifacher Mannesgröße waren, schwangen nach außen, als das kaiserliche Orchester auftauchte.

Die Männer marschierten zu viert, erst die Trommler, dann die Gongschläger und schließlich die Trompeter. Das uralte Lied »O Götter, gewährt eine reichliche Ernte« betäubte Darius fast, als die Musiker an ihm vorbei die Treppe hinuntergingen. Reihen von Höflingen in bestickten Roben folgten. Sie sahen aus wie ein Feld voller Wildblumen.

Beamte des zweiten und dritten Rangs hatten Diener, die ihnen Staatsschirme über die Köpfe hielten. Dann kamen Minister des ersten Rangs, von denen jeder unter einem von vier Trägern gehaltenen Baldachin ging.

Fu Sangui erschien in der Tür. Er war hochgewachsen, fast so groß wie der Kaiser, und die Enden seines Schnurrbarts hingen ihm bis auf die Brust hinab. Seine Robe und sein Hut waren schwarz und rot und üppig mit Gold bestickt. Er hielt seinen hageren, wölfischen Kopf – eine Familieneigenart der Fu – hochmütig erhoben, blähte die Nasenlöcher und atmete die Frühlingsluft ein.

Atme tief, Fu Sangui. Du tust deinen letzten Atemzug.

Plötzlich spürte Darius so etwas wie Bedauern; er wünschte, dieser Mann müßte nicht so getötet werden. Wie gern wäre er in diesem Moment vorgestürmt, hätte Fu Sangui mit einem Ruf herausgefordert, ihm ein Schwert zugeworfen und ihn im Kampf getötet. Das wäre ein Darius, der Fu Sanguis Anschlag auf Meilings Schwester angemessen rächte. Die hinterhältigen Methoden der Qinzha waren jedoch, wie er sich eingestehen mußte, für kaiserliche Fehden und Palastverschwörungen besser geeignet.

Wegen Fu Sanguis Körpergröße fiel es Darius leicht, der Bewegung von dessen blaßblauem, mit Gold abgesetztem Baldachin über den Reihen der Gardesoldaten und der Menschenmenge dahinter zu folgen. Darius beobachtete, wie der Minister die Stufen zum Palast hinunterschritt und dann auf den Paradeplatz trat. Der Augenblick stand unmittelbar bevor. Darius hielt den Atem an.

Fast wäre er schon die Treppe hinuntergegangen, als ihm gerade noch rechtzeitig einfiel, daß noch nichts geschehen war. Er blickte von Fu Sangui weg und begegnete dem Blick An Lushans. Er hatte den großen Mongolen am oberen Ende der Treppe postiert, weit von der Stelle entfernt, an der die Tat stattfinden sollte. An war die Art von Mann, der schnell reagierte und allein dadurch, daß er seine Pflicht tat, Ma Tsus Plan vereiteln konnte. Doch als er Ans Blick auffing, war Darius erleichtert, denn er war sicher, daß der Mongole sich nicht einmischen würde. Darius blieb jedoch keine Zeit zu ergründen, weshalb er sich so sicher fühlte.

Jetzt verließen die Eunuchen den Palast, die Weihrauchgefäße schwangen und Blütenblätter von Kirsch- und Pfirsichblüten streuten. Dann tauchte der Sohn des Himmels auf, dessen Staatsstuhl von zwölf jungen Mandarinen getragen wurde. Obwohl er acht Jahre dem kaiserlichen Haushalt angehört hatte, spürte Darius immer noch, wie ihm beim Anblick des Kaisers mit der hohen, edelsteinbesetzten Krone aus Gold und Elfenbein, die auf seinem Kopf blitzte, die Haut an den Schultern kribbelte. In Augenblicken wie diesem sah der Kaiser tatsächlich aus, als läge die Hand des Himmels auf ihm.

Plötzlich wurden unten auf der Promenade Rufe laut. Der Tanz näherte sich seinem Finale. Darius konnte nichts weiter tun, als still auf seinem Posten stehenzubleiben.

Die Träger des Kaisers erstarrten auf den Treppenstufen. Darius sah, wie der Sohn des Himmels erbleichte.

Unten auf der Promenade schwankte der blaue Baldachin über Fu Sangui. Darunter wimmelten Männer herum, die wild mit den Armen herumruderten. Darius hörte entsetzte und besorgte Schreie.

»Bewacht den Kaiser!« rief er. Er arbeitete genau nach Plan. Die Macht von Ma Tsus Gestaltung riß ihn mit.

Die Offiziere auf den Treppenstufen bildeten mit gezogenen Schwertern einen Ring um den Kaiser. Sie folgten einem Drill, den sie schon Hunderte von Malen geübt hatten, und bildeten um den Kaiser und dessen Träger ein hohles Viereck aus zwei Reihen. Die Männer der inneren Reihe wandten sich dem Kaiser zu, die der äußeren nach außen. An Lushan stand in einer oberen Ecke des Vierecks und überragte die anderen Soldaten.

Darius wartete so lange, bis er sicher sein konnte, daß die Beschützer des Kaisers alle ihre Plätze eingenommen hatten. Dann rannte er die Treppenstufen hinunter, als Fu Sanguis Baldachin zusammenbrach.

Inzwischen hatten die Gardesoldaten um jeden hochrangigen Minister kleinere Vierecke gebildet. Höflinge und Beamte rannten kopflos zwischen diesen Sicherheitsinseln hin und her – Wellen auf einem stürmischen See.

Darius hörte vor sich schrille, hysterische Schreie, die sich mit den Rufen der Gardeoffiziere vermischten. Er befand sich jetzt fast in der Mitte des Aufruhrs.

»Tretet zur Seite!« rief er und zog sein Schwert.

In dem Moment, in dem das Schwert aus der Scheide und in

seiner Hand war, war ihm nur noch bewußt, was er nach Plan zu tun hatte. Die Qinzha-Disziplin gewann vollständige Gewalt über ihn, so daß er mit fast übermenschlicher Geschwindigkeit und Beweglichkeit vorwärts eilte. Er schlüpfte zwischen den Männern, die ihn umgaben, hindurch, bevor sie ihm überhaupt Platz machen konnten, und hielt sein Schwert so hoch erhoben, daß sie es sehen und ihm ausweichen konnten.

Die letzte Barriere war ein Ring von Gardeoffizieren. Er stürzte sich zwischen zwei von ihnen.

Dann befand er sich auf einer freien Fläche. Zunächst sah er Fang Fenking, dessen Augen und Mund vor Benommenheit rund waren und der seinen Dolch hochhielt. Die Klinge war blutverschmiert. Auf dem Boden vor ihm kauerte einer von Fu Sanguis Baldachinträgern und hielt sich mit der Hand die Schulter. Ein roter Fleck breitete sich auf seiner smaragdgrünen Robe aus.

Fu Sangui lag zu Fang Fenkings Füßen. Seine langen Gliedmaßen waren reglos auf dem weißen Marmor ausgestreckt, und sein schmales Gesicht blickte mit weitoffenen Augen überrascht und ohne zu zwinkern in den Himmel. Darius bemerkte, daß beide Füße Fu Sanguis in pinkfarbenen Satinschuhen nach Süden zeigten.

Darius blickte gerade noch rechtzeitig wieder zu Fang Fenking und sah, wie der Gardehauptmann mit vor Wut brennenden Augen auf ihn zurannte.

Jetzt geht ihm auf, was ich mit ihm gemacht habe. Er weiß, daß er ein toter Mann ist, und will mich mitreißen.

Fang hielt das Schwert in Hüfthöhe, nahm den Dolch in die linke Hand und umkreiste Darius. Die Offiziere um sie herum standen ebenfalls mit gezogenen Schwertern da. Jeder von ihnen hätte Fang hinterrücks töten können. Doch Darius wußte, daß sie Fang ihm überlassen würden, es sei denn, er befahl es anders.

Darius machte einen plötzlichen Satz auf den verwundeten Baldachinträger zu, der aufschrie und zur Seite zu kriechen versuchte. *Tu immer das Unerwartete*, lehrte die Qinzha. Fang würde nicht erwarten, daß Darius einen verwundeten Mann niedertrampelte. Fang wirbelte herum, um sich Darius' Angriff entgegenzustellen, jedoch den Bruchteil einer Sekunde zu spät, als Darius ihn auf der Seite angriff, auf der er den Dolch trug.

Fang zog sich zurück und stolperte über einen der Baldachinpfähle. Er breitete einen Augenblick die Arme aus und versuchte das Gleichgewicht wiederzugewinnen. Darius brauchte jedoch nur diesen kurzen Moment, dann stürmte er wieder vor mit schwingendem Schwert.

Wie das Hackmesser eines Schlachters, der einem Ochsen ein Bein abhackt, durchschnitt Darius' kurze schwere Klinge Fang Fenkings Hals und trennte den Kopf vom Rumpf ab.

Darius hörte einen Chor zustimmender Rufe der Gardesoldaten, die ihn umringten. Er bückte sich und wischte mit Fang Fenkings Umhang das Blut von seinem Schwert ab. Als die Klinge sauber war, steckte er sie in die Scheide. Dann ließ er den Umhang auf den abgetrennten Kopf fallen.

Damit fiel die angestrengte Konzentration von ihm ab, und Darius fühlte sich leer und einsam. Von dem Moment an, in dem Fang den Qinzha in die Hände fiel, hatte er keine Chance mehr gehabt. Mit dem Versuch, Yang Guei Fei zu töten, hatten sowohl Minister Fu als auch Hauptmann Fang sich zum Tode verurteilt, doch Darius hatte es kein Vergnügen gemacht, das Vergeltungsinstrument zu sein.

Wie auch immer: Die Fu hatten ihre Warnung erhalten. Die Botschaft würde noch in den inneren Gemächern von Kaiserin Fu Zhou widerhallen. Der Inhalt der Botschaft war unmißverständlich: Versucht nicht noch einmal, Dame Yang etwas anzutun.

An Lushan stand hinten in der Menge in der Versammlungshalle der Offiziere. Es fiel ihm leicht, über die Köpfe der Männer zu General Darius hinzusehen, der von einem Podium unter verblichenen Bannern längst vergangener kaiserlicher Kriege sprach. Hinter dem Perser reckte eine vierarmige Statue von Guan Yu, dem Kriegsgott, Schwerter in die Höhe und entblößte tigerähnliche Reißzähne. Überall an den Wänden hingen die Schwerter, Schilde und Speere früherer Helden der Garde.

»Wir haben hervorragende Reiter, Bogenschützen, Schwert- und

Lanzenkämpfer unter uns«, sagte Darius. »Weil es dem Kaiser gefällt, viele seiner kaiserlichen Gardesoldaten von jenseits der Grenzen des Reichs der Mitte zu rekrutieren, besitzen einige von uns ungewöhnliche Fähigkeiten, welche die kaiserliche Hochzeitsgesellschaft besonders unterhalten werden.«

Die kaiserliche Hochzeit. Immer wenn er an Dame Yang Guei Fei dachte, spürte Lushan, wie ihm im Magen flau wurde. Den ganzen Winter über hatte er Nacht für Nacht von ihr geträumt. Wenn er zuviel Wein getrunken hatte, strömten ihm Tränen über die Wangen, und wenn die Offiziere, die mit ihm tranken, ihn fragten, weshalb er weine, drohte er, sie zu töten. Wenn er in Changans Bezirk der Betörenden Blüten manchmal in den Armen einer Frau lag, schloß er die Augen und stellte sich vor, wie Yang Guei Feis zarte Gliedmaßen sich um seine schlangen.

Die Frau hat mich verhext, dachte er. Sie muß eine Zauberin sein, so wie mein Vater ein Zauberer war. Wie sonst konnte er so viel für eine Frau empfinden, obwohl er sie nur einen kurzen Moment berührt hatte? Wie das siedende Öl, das diese Uyghuren-Frau auf ihn geschleudert hatte, hatte die Hand Yang Guei Feis ihm für immer Narben zugefügt.

»Da unser Kaiser Pferde liebt, möchten wir ihm besonders schöne Reitkünste darbieten«, sagte Darius. »Ich weiß, daß ihr euch alle für außergewöhnlich gute Reiter haltet. Und das mit Recht, denn die kaiserliche Garde nimmt nur die allerbesten Reiter auf. Doch selbst unter den hervorragenden gibt es noch Vorbilder an Vollkommenheit. Ich werde also einen Wettkampf veranstalten. Es wird acht Wettkämpfe geben – Beherrschung des Pferdes, Bogenschießen zu Pferde, Pferderennen, Springreiten, Reiten auf einem wilden Hengst und so weiter. Die Sieger werden ihre Künste bei der Hochzeitsfeier vorführen.«

»Was ist mit Euch, Herr?« rief ihm jemand aus den vordersten Reihen zu.

Darius' weiße Zähne blitzten in seinem dichten schwarzen Bart auf. »Ich habe von euch schon genug gesehen, um zu wissen, daß ich keine Chance hätte.«

Doch nach dem, was Lushan gehört hatte, besaß der Perser

Fähigkeiten, vor denen man sich fürchten mußte. Man steigt nicht nur durch die Fähigkeit, Befehle zu erteilen, zum Befehlshaber der kaiserlichen Garde auf. Einige Männer sagten, er könne sein zweifaches Gewicht in Eisen hochheben, einen Mann bewußtlos schlagen, indem er ihm die Finger auf eine bestimmte Stelle im Nacken presse, und mit einem einzigen Hieb der offenen Hand auf eine verwundbare Stelle töten. Es gab Gerüchte – und die interessierten Lushan besonders – über unheimliche Fähigkeiten, die das menschliche Vorstellungsvermögen überstiegen. Diesen verrückten Fang Fenking hatte er mit Sicherheit mühelos in Marsch gesetzt.

Ein Wettkampf! Lushan fühlte, wie sein Herz hämmerte. Er würde vor Dame Yang reiten. Sie würde sehen, wie er sein Allerbestes gab.

Natürlich würde es bedeuten, daß er auch den Mann unterhielt, den er in der Welt am meisten haßte. Der Kaiser würde bei der Hochzeit seines Sohnes und Erben natürlich an der Spitze der Privilegienpyramide sein. Doch die Unterhaltung des Feindes war eine Möglichkeit, Aufmerksamkeit auf sich zu ziehen und sich eine Beförderung zu verdienen. Und jeder Schritt, der seinen Status in der kaiserlichen Garde besserte, versetzte ihn in eine günstigere Lage, dem Kaiser die Zerstörung seiner Familie und seines Volkes heimzuzahlen.

An welchem Wettbewerb sollte er teilnehmen? Keine Frage: Bogenschießen zu Pferde. Doch eine Art von Bogenschießen, wie sie nur Mongolen kannten. Er würde den Wettbewerb mit gewöhnlichem Reiten und Schießen gewinnen. Dann würde er sich an die Arbeit machen und insgeheim üben. Niemand, nicht einmal General Darius, würde erraten können, an welcher besonderen Disziplin er teilnehmen würde. An dem Tag, an dem er vor die Hochzeitsgesellschaft hinritt, würde er sie alle in Erstaunen versetzen. Dame Yang würde ihn nie vergessen.

Als Lushan, in seine Träume von Dame Yang versunken, die Versammlungshalle der Offiziere verließ, spürte er, wie sich durch seine Seidenrobe eine harte Hand in seinen Arm grub. Gereizt riß er sich los.

Er drehte sich um und blickte in harte Gesichtszüge, eine dicke

Nase und kleine Augen über einem mit Henna geschmacklos rot gefärbten Bart. Er erkannte Major Bumin, einen Türken, einen Mann aus diesem behaarten, rundäugigen Volk, das schon so lange mit Lushans Volk verfeindet war, daß nicht einmal die Barden wiedergeben konnten, wie ihr Konflikt angefangen hatte.

Von einem Gardesoldaten wurde erwartet, daß er die Feindschaften seiner Heimat hinter sich ließ. Lushan war es schwergefallen, diese Regel zu befolgen, wenn es um Türken ging. Sein Haß auf das Reich der Mitte und dessen Herrscher war stärker. Lushan empfand dennoch einen unauslöschlichen Haß auf Türken.

Bumin, der fünfhundert Mann unter seinem Befehl hatte, nahm einen höheren Rang ein als er, doch Lushan starrte verächtlich auf ihn hinab, als wäre er eine behaarte rote Raupe.

Bumin sagte: »Ich nehme an, daß Ihr Euch als Mongole für einen großen Reiter und Schützen haltet.«

Die Arroganz in Bumins Stimme war so stark, daß Lushan ihn am liebsten gepackt und ihm den Hals umgedreht hätte.

»Und was, wenn fragen darf, das mit Euch zu tun hat, Major Bumin?«

»Dies! Ich, Bumin Ulgann von den Westlichen Türken, werde mich an dem Wettbewerb im Bogenschießen zu Pferde beteiligen. Ich werde Kunststücke vorführen, bei denen ihr Mongolen euch die Unterhosen naß machen werdet wie die feigen Säuglinge, die ihr seid.«

Obwohl diese Worte in der Sprache des Reichs der Mitte gesprochen wurden, war Bumins Ansprache das typische Prahlen eines Wüstenkriegers. Wenn Lushan sich auf einen Streit mit diesem rotbärtigen Aufschneider einließ, würde man ihn vielleicht zur Strafe von dem Wettkampf ausschließen. War es das, was Bumin erhoffte?

Lushan sagte einfach: »Bin beeindruckt.«

Er hat Angst, ich könnte ihn schlagen, dachte Lushan. Sonst würde er sich gar nicht die Mühe machen, vor mir das Großmaul zu spielen. Lushan konzentrierte seine innere Kraft auf Bumin, die Kraft, die er von seiner Schamanenmutter geerbt hatte, die Kraft, die Empfindungen zu ändern, die Menschen für ihn hatten. Seine

Augen blickten jedoch ins Leere, als er sich in Bumins Herz vortastete.

Er sah, daß der Türke ihn so tief verabscheute, daß die Feindschaft nicht in Freundschaft verwandelt werden konnte – was er im Grunde auch gar nicht wollte, nicht bei einem Türken. Er konnte höchstens erreichen, daß sich Bumins Gefühle leicht wandelten, so daß die Verachtung etwas geringer wurde. Doch er sah, daß Bumin ihn auch fürchtete; wie er vermutet hatte, sah dieser in ihm einen gefährlichen Rivalen. Furcht erzeugt Torheit, sagte er sich. Damit würde er arbeiten. Er hauchte seinen Geist in den von Bumin und verstärkte die Furcht.

Als er sich wieder in sich zurückzog, sah er mit Befriedigung, wie angespannt Bumin war; seine Augen waren größer geworden, und er schluckte hart.

Der Türke funkelte Lushan an. »Jeder, der in dem Wettkampf gegen mich antritt, wird es bedauern.« Nach diesen Worten schlenderte er davon, wobei sein scharlachroter Umhang hinter ihm herflatterte. Wie dumm, so etwas zu sagen; Lushans Geist hatte sichtlich seine Wirkung getan.

Er spürte, wie ihm Schweißtropfen an Armen und Schultern herunterperlten. Es war der gleiche Schweiß der Erregung, der bei ihm ausbrach, wenn er die Wettknochen warf und alles, was er besaß, auf ihren Fall setzte.

Gut, sehr gut. Ich werde nicht nur vor Dame Yang reiten und schießen, sondern auch einen Türken töten.

Eine rauhe Stimme, die fast so tief war wie die eines Mannes, sagte: »Steh bitte auf, meine Liebe. Laß mich meine künftige Schwiegertochter besser ansehen.«

Guei Fei schwang auf die Fersen zurück und erhob sich mit einer geschmeidigen Bewegung von dem dicken schwarzweißen Teppich.

»Hm, für ein so hochgewachsenes Mädchen siehst du recht beweglich aus«, sagte Dame Fu. »Ich will um meines Sohnes willen hoffen, daß du es auch im Bett bist. Die Yang sind oft hochgewachsen, nicht wahr? Ich kann mich erinnern, daß dein Vater Yang Shan auch hochgewachsen war. Aber ist dein Bruder, der nach Changan gekommen ist, um diesen niederen Posten zu übernehmen«, fuhr sie fort und machte dabei eine geringschätzige Handbewegung, »nicht klein? Enger heißt er, nicht wahr? Wenigstens hast du die Körpergröße der Familie.«

Als sie auf die Frau hinunterblickte, die in zehn Tagen ihre Schwiegermutter sein würde, unterdrückte Guei Fei beim Anblick des Grinsens in dem wölfischen Gesicht ein Schaudern. Wie sie erwartet hatte, würde diese Frau weder für sie noch für ihre Familie eine Freundin sein. Sei auf der Hut, ermahnte sich Guei Fei. Gib dir den Anschein, als wärst du einverstanden. Gib dir den Anschein des Gehorsams.

Dame Fu hatte sie zu sich in ihr Haus befohlen, das größte auf dem Gelände des Päonienblütenpalastes, in dem alle Frauen der kaiserlichen Familie untergebracht waren. Guei Feis Wohnung im Palast war ein kleines, aber elegantes Haus auf der Ostseite der Anlage, das von einem ummauerten Garten umgeben war. Hier sollte sie mit Chingchin als Gesellschafterin in einem Haushalt leben, um den sich ein Eunuch namens Chu Ling kümmerte.

Sie war erst vor zwei Tagen mit Chingchin in Changan angekommen. Durch die Vorhänge ihrer Kutsche hatte sie nur kleine Blicke auf die riesige kaiserliche Hauptstadt werfen können. Es dauerte Stunden, die ganze Stadt vom Tor der Leuchtenden Tugend in der Südmauer der Stadt über die breite, gerade Allee des Scharlachroten Spatzen zum Tor des Roten Vogels im Norden zu durchqueren, das in die Kaiserstadt führte.

Beim ersten Anblick des Palastes der Ungeheuren Unendlichkeit hatte Guei Feis Herz bis zum Hals geklopft. Dieses überwältigend großartige Bauwerk war das Zuhause *eines* Mannes, des Himmelssohns Li Longji, und von dort aus regierte er das Reich.

»Oh, wenn ich ihn doch nur einen Augenblick sehen könnte«, hatte sie Chingchin mit vor Sehnsucht zugeschnürter Kehle ins Ohr geflüstert. Chingchin hatte ein erschrockenes Gesicht gemacht und Guei Fei einen Finger auf die Lippen gedrückt. Selbst ein langer Winter hatte Guei Feis Leidenschaft für den Kaiser nicht abgekühlt, obwohl sie sich inzwischen damit abgefunden hatte, Su Chi zu heiraten.

Mittlerweile waren sie von der Kutsche in eine gedeckte Sänfte umgestiegen. Ihre Träger waren eine breite Flucht marmorner Treppenstufen hinaufmarschiert, waren dann scharf nach links abgebogen und trugen die Sänfte auf einer Promenade zum Päonienblütenpalast. Sobald sich das Tor dieses Palasts hinter ihr geschlossen hatte, hatte sie die Arme um Chingchin geschlungen und bei dem Gedanken geweint, daß sie soeben nur so viel von der Hauptstadt gesehen hatte wie in vielleicht vielen kommenden Jahren. Von nun an würde der Päonienblütenpalast ihre Welt sein.

Und diese spindeldürre Frau, die jetzt vor ihr lag, ganz in Weiß gewandet und auf einem zerbrechlichen Diwan, würde die Herrscherin in dieser Welt sein.

Als Fu Zhou Guei Fei musterte, waren ihre Augen die einer Fliege. Sie schienen niemals zu blinzeln oder zu zwinkern. Die Finger der Kaiserin ähnelten den Beinen einer Krabbe, als sie nach einem Silberbecher auf einem Ebenholztisch griff. Guei Fei beobachtete, wie die Kaiserin ihre weiße Robe um ihre skeletthaft dünnen Beine zog. Sie konnte nicht glauben, daß der Kaiser diese Frau jemals anziehend genug gefunden hatte, um mit ihr drei Söhne und drei Töchter zu zeugen. Doch das war schon etliche Jahre her.

Außerdem wußte Guei Fei, daß Su Chi, obwohl Fu Zhou ihn ihren Sohn nannte, in Wahrheit der Sohn von Longjis früherer Gemahlin war, der Kaiserin Pang Yuen. Folglich hatte Dame Fu bei der wichtigsten Aufgabe einer Kaiserin versagt: nämlich den Kaiserlichen Thronfolger zu gebären. Ihr ältester Sohn Kuo Ting stand in der Thronfolge an zweiter Stelle, doch es gab Gerüchte, daß er ein Idiot war und daß man ihn enterbt hatte. Dieser Gedanke entzückte Guei Fei insgeheim.

Du mußt versuchen, gefällig zu sein, sagte sich Guei Fei zum wiederholten Male. »Ich werde versuchen, dem Prinzen auf jede nur erdenkliche Weise gefällig zu sein, Kaiserliche Mutter«, murmelte sie, obwohl sie den Gedanken haßte, ihm auch im Bett gefügig zu sein.

Dame Fu sagte kühl: »Du wirst den Prinzen heute abend sehen, wenn du in den Birnengarten gehst, wo Li Bo aus seiner neuen Ode an den Frühling liest.«

»O ja, ich freue mich schon darauf, Li Bo zu hören.« Diesmal brauchte Guei Fei ihr Entzücken nicht zu heucheln.

»Li Bo ist ein schmutziger, betrunkener Herumtreiber, der immer nur über Frauen und Wein schreibt, obwohl er von Frauen überhaupt nichts versteht und von Wein nur zu viel«, giftete Dame Fu. »Ich freue mich aber auch auf heute abend, weil es das erste Hoffest des Jahres unter freiem Himmel sein wird. An Frühlingsabenden fühle ich mich wieder jung. Natürlich ist es nichts, sich jung zu fühlen, wenn man es damit vergleicht, jung zu sein.« Scharfe Zähne blitzten in dem schmallippigen Mund der Kaiserin auf. Guei Fei spürte den Neid unter dem Lächeln und zuckte innerlich zusammen.

»Dieses schwarze Gewand, das du trägst, verrät mir, daß du deine Jugend nicht zu schätzen weißt«, fuhr Dame Fu fort. »Oder liegt es daran, daß du wie eine gelehrte Person erscheinen möchtest? Wie ich höre, hast du literarische Ambitionen. Das ist dumm. Eine Frau sollte eine Frau sein. Überlaß die Gelehrsamkeit den Männern.«

Guei Fei hatte das Gefühl, von kalter Feuchtigkeit umweht zu werden. Dame Fu wußte zuviel über sie; es war fast so, als könnte sie ihre Gedanken lesen.

»Ich finde, daß mir Schwarz gut steht, Kaiserliche Mutter«, sagte sie sanft.

»Es läßt dich wie ein altes Weib aussehen. Wenn ich dich das nächste Mal sehe, wünsche ich dich in einer hübschen Farbe zu sehen. Orchidee vielleicht, oder Hellgrün.«

Sie hat unfehlbar die beiden Farben gewählt, in denen ich am unattraktivsten aussehe, dachte Guei Fei ironisch, als sie sich zum Zeichen ihrer Einwilligung verneigte. Was ist mit ihrem Kleid, warum trägt sie Weiß?

Natürlich: Sie trauerte um ihren Bruder, Fu Sangui, der vor zwanzig Tagen von einem Offizier der kaiserlichen Garde ermordet worden war. Niemand wußte, warum. Als die Nachricht Guilin erreichte, hatte Guei Fei noch mehr gezögert als je zuvor, nach Changan zu fahren. Der Hochzeitstermin war jedoch festgesetzt worden; er ließ sich nicht verschieben. Wenigstens ist Chingchin als

Vertraute und Freundin bei mir, dachte Guei Fei mit einem Anflug von Wärme.

»Wie ich sehe, tragt Ihr Trauer, Kaiserliche Mutter. Darf ich Euch mein Mitgefühl aussprechen?«

Dame Fu starrte sie aus schmalen Augen an. »Du weißt nur zu gut, weshalb ich in Trauer bin.« Ihre Antwort schien seltsam, fast als wollte sie unterstellen, daß Guei Fei etwas mit der Ermordung Fu Sanguis zu tun gehabt hätte.

»Der Wachmann, der den geehrten Innenminister ermordet hat, muß verrückt gewesen sein.«

»Verrückt? Nicht verrückter als du.« Dame Fu spie die Worte aus.

Was, du lieber Himmel, hatte sie damit gemeint? Hier lauerte eine Falle, die Guei Fei nicht verstand. Ihr war unbehaglich zumute. Wir haben kaum miteinander gesprochen, und doch sehe ich, daß sie mich haßt.

Dame Fu wechselte plötzlich zu einem ruhigeren Tonfall über und sagte: »Dies wird eine gute Verbindung sein. Dein Vater wird wegen des Wohlstands sehr bewundert, den er der Provinz Lingnan gebracht hat. Und dein Bruder Enger hat bei den Beamtenprüfungen offenbar gut abgeschnitten. Wie es scheint, hast du eine Familie mit großen Verdiensten.«

Der Grund für Dame Fus Haß war nicht zu verkennen: Wie Enger warnend gesagt hatte, sah sie die Familie Yang als gefährliche Rivalin. Guei Fei wußte, daß sie ihre Worte mit Bedacht wählen mußte. Sie wollte Fu Zhou nicht zur offenen Feindin haben.

»Die Kaiserliche Mutter lobt uns aus Liebenswürdigkeit. Doch das Haus Fu ist so erhaben, daß es unseres daneben als unbedeutend erscheinen läßt.«

»Wir Fu stammen von den Königen von Yen ab, die vor mehr als tausend Jahren herrschten«, sagte die Kaiserin. »Die Tang-Kaiser haben jedoch festgelegt, daß Begabung und nicht Abstammung den Platz bestimmen soll, den jemand in der Welt einnimmt. Folglich sind alle Familien gleichgestellt.«

»Was immer mein Vater und Bruder sein mögen, ich bin der

Meinung, daß ich kaum die Ehre verdiene, Prinz Su Chi zu heiraten«, sagte Guei Fei.

»Es hat dem Sohn des Himmels gefallen, dich aus Tausenden von Mädchen auszuwählen«, ließ sich Dame Fu schnarrend vernehmen. »Wenn er meint, daß du es verdienst, dann verdienst du es.«

Es verdienen? Wie ungerecht! Die unglückselige Ehre war ihr aufgezwungen worden, und sie konnte sie nicht ablehnen, selbst wenn es bedeutete, daß diese monströse Frau versuchen würde, sie zugrunde zu richten.

»Ich kann nur mein Bestes tun, um das Vertrauen des Kaiserlichen Vaters zu rechtfertigen.«

Dame Fu sagte: »Die Frau des Kaiserlichen Thronfolgers zu sein ist eine ebenso schwere Bürde wie die, den Himmel hochzuhalten. Doch ich will alles tun, was in meiner Macht steht, um dir zu helfen.«

Hinter diesen Worten, die mit einer Stimme geäußert wurden, die sich wie eine Säge anhörte, die sich in einen Baumstamm hineinfrißt, hörte Guei Fei: *Ich will alles in meiner Macht Stehende tun, um dich zu vernichten.*

»Vielen Dank, Kaiserliche Mutter«, flüsterte Guei Fei.

»Außerdem mußt du natürlich für deine arme Schwiegermutter alles tun, was dir möglich ist.« Dame Fu ließ ihre scharfen Zähne aufblitzen. »Obwohl wir das Kaiserhaus sind, sind wir genau wie jede andere Familie. Du mußt eine gute Schwiegertochter sein und mir aufwarten.«

Jetzt beginnt sie mit ihrer Arbeit. Sie will erst versuchen, meinen Geist zu brechen, dann meinen Körper. Guei Fei stählte sich für ihre Arbeit – den stummen Widerstand, der sich als Zusammenarbeit tarnte.

»Ich werde glücklich sein, Euch zu dienen, Kaiserliche Mutter.« Sie erstickte fast an diesen Worten.

Dame Fu lächelte. »Gut. Du kannst damit anfangen, daß du das für mich saubermachst.« Sie zeigte auf einen groben blauen Porzellantopf, der rechts von ihrem Diwan stand. Er war mit einem orangefarbenen Fischmuster und goldenen Einlegearbeiten verziert.

Guei Fei näherte sich zögernd dem Topf. Er hatte keine Griffe, doch offenbar wurde von ihr erwartet, daß sie ihn aufhob und aus dem Raum trug. Was konnte es sein?

»Was soll ich damit machen, Kaiserliche Mutter?« fragte sie.

»Jede der Dienerinnen wird dir zeigen, wo du Wasser und Scheuertücher findest. Los, beeil dich, ich möchte ihn sofort hier weghaben.«

Guei Fei ging zu dem Topf hin, bückte sich und hob ihn auf. Ein scheußlicher Geruch stieg ihr in die Nase. Als sie genauer hinsah, erkannte sie, daß es ein Nachttopf war, der benutzt worden war.

Sie hatte ihn nicht sofort erkannt, weil in ihrem Haushalt kein Mensch einen so hübsch dekorierten Topf für diesen Zweck verwenden würde. Als ihr jetzt aufging, was von ihr verlangt wurde, drehte sich ihr der Magen um. Am liebsten hätte sie Dame Fu den Rücken gekehrt und wäre aus dem Zimmer gerannt.

»Nun«, sagte Dame Fu, »warum zögerst du, Mädchen? Von einer Schwiegertochter wird erwartet, daß sie ihrer neuen Mutter selbst die intimsten Dienste erweist, ist das nicht so?«

Der Große Weg ist ein glitzernder Strom.

Sie konnte es Dame Fu nicht offen verweigern. Guei Fei bückte sich, hielt den Atem an, ergriff den Topf mit beiden Händen und hob ihn hoch. Sie vermied es sorgfältig hineinzusehen. Er war schwerer, als sie erwartet hatte. Sie hielt ihn auf Armeslänge von sich und drehte sich um.

»Willst du dich nicht vor deiner Schwiegermutter verbeugen?« fragte Dame Fu in amüsiertem Tonfall.

Guei Fei wandte sich, vor Demütigung innerlich kochend, zu Dame Fu um und verneigte sich. Die Verbeugung brachte ihr Gesicht über den offenen Topf, was Dame Fu natürlich beabsichtigt hatte.

Guei Fei drehte sich um und entdeckte, daß die kreisrunde Mondtür, die aus Dame Fus Schlafzimmer hinausführte, geschlossen war. Und es war keine Dienerin da, die sie öffnen konnte. Sie bewegte sich so schnell, wie sie konnte, ohne jedoch zu laufen, stellte den Topf neben der Tür ab und öffnete sie. Sie hob den Topf wieder auf, da sie wußte, daß sie sich erneut verbeugen und rückwärts hinausgehen sollte, doch inzwischen war sie zu wütend. Es war ihr egal. Sie machte sich nicht einmal die Mühe, die Tür hinter sich zuzumachen.

In der mit einem Marmorfußboden ausgekleideten Empfangshalle sah sie sich nach einer Dienerin um, entdeckte jedoch keine. Dame Fu hatte es ohne Zweifel so eingerichtet. Wohin sollte sie diesen schmutzigen Topf nur bringen?

Irgendwie war ihr bewußt, daß Dienerinnen dies jeden Tag tun mußten. Und einen Moment empfand sie großes Mitgefühl für diese riesige Heerschar fast unsichtbarer Menschen, die das Leben für sie und ihresgleichen so leicht und angenehm machten.

Als sie dastand und überlegte, was zu tun sei, hörte sie durch Dame Fus offene Schlafzimmertür schallendes Gelächter.

Ein Feuer, das in ihr schon glomm, flammte jetzt offen auf. Das war mehr, als sie ertragen konnte. Sie stieß den Topf von sich und ließ ihn los. Er zerbarst auf dem Fußboden, und sein scheußlicher Inhalt verteilte sich über den Marmorboden.

Jetzt – als sie keine Hilfe brauchte – erschienen die Gesichter von Dienerinnen und Eunuchen in ihren purpurfarbenen Jacken in anderen Türen. Einige von ihnen machten erschreckte Gesichter, andere lachten. Guei Fei stürzte zu der Doppeltür der Empfangshalle, die nach draußen führte. Dort stand niemand, der sie hinauslassen konnte. Sie packte einen Türgriff und schaffte es mit Mühe, selbst eine der schweren Türen zu öffnen.

Chu Ling, der hochgewachsene rundköpfige Eunuch, der ihrem Haushalt zugeteilt worden war, stand im Innenhof von Dame Fus Unterkunft. Sein Unterkiefer klappte herunter, und er zeigte seine vorstehenden Schneidezähne.

»Begleite mich zu meinem Haus, Chu Ling«, sagte sie. Ihr ging plötzlich auf, daß ihr fast die Tränen kamen, und sie blieb einen Augenblick reglos stehen und versuchte ihre Selbstbeherrschung zurückzugewinnen.

»Meine Dame ist aufgeregt«, sagte er und machte ein sowohl besorgtes als auch entrüstetes Gesicht.

»Schnell«, sagte sie. Jetzt war nicht die Zeit für Erklärungen.

Und ein Zurück gibt es auch nicht mehr, dachte sie. Sie hatte soeben das erste Scharmützel in einem Krieg hinter sich gebracht, von dem sie nicht wußte, wie sie in ihm kämpfen sollte.

An einem sonnigen Morgen acht Tage vor der kaiserlichen Hochzeit reihten sich sechs Männer zu Pferde, die letzten Teilnehmer des Wettkampfs im Bogenschießen zu Pferde, am Rand einer kurzgeschnittenen Wiese auf dem Militärgelände östlich von Changan auf.

An Lushan strich Ostwind über den Hals. Das braune Pony war fast so viele Jahre sein Lieblingspferd gewesen, wie er in der kaiserlichen Garde gedient hatte. Wie er war auch Ostwind ein verschlepptes Kind der Steppe. Ihn zu reiten gab Lushan mehr als nur Selbstvertrauen: Es verlieh ihm eine tiefe innere Selbstsicherheit.

Er bemerkte, wie Bumin ihn anstarrte. Der Türke trug wie Lushan eine rote Seidentunika und Hosen sowie eine gesteppte Weste und eine runde schwarze Mütze auf dem Kopf. Lushan sah Berechnung in Bumins Augen.

Dieser ritt mit der falben Stute im Schrittempo herüber.

»Tritt jetzt vom Wettkampf zurück«, sagte er mit leiser Stimme. »Stare zwitschern so laut, ich dich nicht hören.«

General Chen Hualung zog ein Blatt Papier aus einem umgedrehten Helm. Er rief den Namen des ersten Reiters, Hauptmann Matsuki, ein Mann aus dem östlichen Inselreich namens Japan.

Bumin spie vor Lushans Pony aus.

Er hat nicht viel Speichel, dachte Lushan, als der Türke wegritt. Er hat Angst vor mir. Mutters Zauber wirkt bei ihm immer noch.

Schweiß strömte ihm unter seiner Tunika am Körper herunter. Er prüfte sein Herz und entdeckte keine Furcht darin, nur die Erregung des bevorstehenden Wettkampfs.

Der japanische Krieger ließ sein Pferd von dem gelbrot gestreiften Startpfosten losstampfen und über die kurzgeschnittene Wiese galoppieren. Lushan hörte das laute Aufflattern von Tausenden winziger Flügel, die sich in der Luft bewegten, und drehte sich um. Er sah eine Wolke kleiner Vögel, die aus einem offenen Käfig flogen.

Als Matsuki an einem gestreiften Pfosten vorbeikam, der die halbe Wegstrecke markierte, zog er seinen Bogen und legte einen Pfeil an, drehte sich im Sattel um und schoß ihn ab. Lushans geübtes Auge folgte dem Pfeil. Ein Fehlschuß.

Ein weiterer Pfeil surrte durch den Himmel. Dieser fand am oberen Ende seines bogenförmigen Flugs einen schwarzen Fleck, den Körper eines Vogels. Lushan sah Federn zu Boden wirbeln.

Der Bogenschütze schoß noch eine Reihe von Pfeilen ab, doch inzwischen waren die meisten Stare aus dem ersten Käfig weggeflogen. Die Gehilfen öffneten einen zweiten Käfig, worauf wieder lautes Flügelflattern und ein ohrenbetäubendes Zwitschern zu hören war. Lushan sah, daß zwei weitere Stare getroffen wurden, doch die meisten Pfeile gingen daneben.

Matsuki befand sich auf der anderen Seite des Feldes. Lushan zählte nur drei Treffer. Andere würden mit Sicherheit mehr schaffen.

Der nächste Wettbewerber war ein Khitan-Tatar aus dem Land nordöstlich des Reichs der Mitte. Der Mann sah fast wie jemand aus Lushans Familie aus: ledrige braune Haut, platte Nase und hohe Wangenknochen. Der Tatar schoß jedoch nicht so gut, wie man es von einem Mongolen hätte erwarten können. Er war kaum besser als der erste Reiter und schoß fünf Vögel ab.

Als nächster kam ein Türke, der bisher beste Bogenschütze. Er schaffte es, zwanzig Pfeile abzuschießen, und holte acht der winzigen Vögel vom Himmel.

Chen entnahm seinem Helm ein weiteres Blatt Papier und rief aus: »Major Bumin!« Einige von Bumins türkischen Landsleuten feuerten ihn an, und er winkte, als er zu dem Pfosten ritt.

Bumin war so schnell, daß man seinen Bewegungen kaum mit den Blicken folgen konnte. Seine Pfeile schienen am Himmel einen einzigen Bogen zu beschreiben. Als Lushan zusah, fand Pfeil um Pfeil mit einem kleinen Wirbel von Federn sein Ziel.

Lushan sah dem hervorragenden Schießen Bumins so gespannt zu, daß er den Pfeil, der sich verirrte, fast nicht bemerkt hätte.

Er flog höher als alle anderen und schwirrte nach links, nicht hinter Bumin. Er verschwand fast und war nur noch ein Fleck in dem blassen Blau des Himmels.

Dann wurde er größer.

Lushan hatte nur den Bruchteil einer Sekunde, um dem Pony die Sporen in die Flanken zu graben. Das Tier machte einen Satz, jedoch zu spät!

Der Pfeil fiel aus dieser ungeheuren Höhe hinab und bohrte sich tief in Ostwinds Rücken, weniger als eine Handbreit von Lushans Bein entfernt. Das kleine Pferd wieherte und rannte los.

Nein, Ostwind, so wirst du dir nur die Muskeln zerreißen.

Lushan zog den Zügel an und brachte das Pferd zum Stehen. Das Pony stand heftig zitternd unter ihm und wieherte laut vor Schmerz.

Lushan saß ab, warf sich gegen Ostwinds Flanke, ergriff den Pfeil mit beiden behandschuhten Händen und zog mit aller Kraft. Er verlor fast den Griff um den vor Blut schlüpfrigen Schaft, doch dann griff er näher an der Wunde zu und zog erneut. Als der Pfeil herauskam, sah Lushan an sich hinunter und entdeckte auf seiner roten Tunika überall Blut.

Das werde ich nicht abwaschen, bis ich dich gerächt habe, Ostwind. Er hielt sich den Pfeil mit zitternder Faust vors Gesicht.

»Unser Feldchirurg wird sich um Euer Pferd kümmern.« Es war die Stimme von General Darius, die vor Zorn bebte. Vor Zorn auf Bumin, wie Lushan sofort erkannte.

Er blickte von dem Pfeil hoch. »Herr, Erlaubnis, Major Bumin herauszufordern?«

Darius verzog das Gesicht. »Ich teile Strafen aus. Ich wünsche, daß mein bester Mann vor dem Kaiser reitet und schießt. Bumin ist bei weitem der Beste.«

»Ich noch nicht angetreten.«

Der Chirurg kam mit seiner Lackschatulle voll medizinischer Geräte und Medikamente herüber.

Darius sagte: »Er hat achtzehn Vögel getroffen.«

»Ich besseres Ergebnis erreichen.« Lushan spürte, wie sein Mund sich zu einem höhnischen Grinsen verzog.

Er ging zu Ostwinds Kopf und hielt ihn fest, während der Chirurg Wein in die Wunde goß, sie auswischte, gemahlene Heilkräuter hineindrückte und einen Verband um den faßförmigen Rumpf wickelte. Das Pony zerrte und bockte, und Lushan mußte seine ganze Kraft aufbieten, um das Tier zu halten. Er strich ihm tröstend über den Kopf.

»Herr, die Wunde ist sehr tief«, sagte der Chirurg. »Das Pony sollte mindestens vierzig Tage lang nicht geritten werden.«

Als Lushan sich gerade fragte, woher er ein Pferd nehmen sollte, spürte er im Atem des Ponys eine Veränderung. Ein plötzliches Erschauern durchzitterte Ostwind. Dann ließ das Pony ein Wiehern hören, das laut begann, jedoch in einem wilden, völlig verängstigten Winseln endete. Lushan spürte, wie ihm Kälte in der Brust aufstieg wie ein Winterwind in der Steppe.

Ostwind fiel auf die Knie und wälzte sich dann schwer auf die Seite. Lushan kniete neben dem Pony nieder und strich ihm über die Stirn. Da war etwas Schlimmeres passiert, etwas Schlimmeres als nur ein Pfeilschuß. Lushan konzentrierte sich vollkommen auf Ostwind. Mein Freund, mein armer Freund, leide nicht. Mein ergebener Freund, bitte hab nicht solche Schmerzen.

Dem kleinen Pferd traten Schaumbläschen vors Maul, und die Augen verdrehten sich in den Höhlen. Der Körper des Tieres zitterte heftig. Der Gestank von heißem Pferdemist stieg auf, als das Pony die Eingeweide entleerte.

»Gift«, sagte der Chirurg tonlos.

Lushan fühlte, wie ihm Tränen aus den Augenwinkeln strömten. Er hatte das Gefühl, in Wind gehüllt zu sein, als stünde er mit seinem sterbenden Pony allein auf einem hohen Plateau. Er wußte, daß andere ihn neugierig anblickten, doch er fühlte sich von ihnen wie durch eine Mauer getrennt.

Ostwind, ich wollte auf deinem Rücken sitzen, wenn ich vor *sie* hinreite, dachte Lushan voller Kummer. Du bist in diesem fremden Reich, das ich hasse, mein einziger wahrer Freund gewesen. Du hättest es verdient, meine Siege zu sehen.

Er hob den Pfeil auf, der Ostwind getroffen hatte, und hielt ihn vor Darius hoch. Dann reichte er ihn an den Chirurgen weiter, der sich ein Seidentuch um die Hand wand, bevor er ihn nahm.

Bumins Stimme drang Lushan in die Ohren: »Was ist hier passiert?«

Lushan sah nicht hoch. Er strich Ostwind über die Flanken, als sie sich zuckend hoben und senkten. Er würde keinen einzigen von Ostwinds letzten Augenblicken auf den Türken verschwenden.

Er hörte Darius sagen: »Bumin, ich weiß genau, was passiert ist. Ich habe Euch Barbaren immer wieder gewarnt und gesagt, daß Eure Blutfehden im Reich der Mitte nichts zu suchen haben.«

»Mein Herr General!« protestierte Bumin. »Wer hat mich beschuldigt?«

»Um das Vergnügen des Kaisers sicherzustellen, werdet Ihr im Wettbewerb bleiben. Doch eines Tages werdet Ihr für das hier bezahlen. Mir ist klar, daß Ihr vorhattet, An Lushan zu töten.«

Um das Vergnügen des Kaisers sicherzustellen – die Worte brannten in Lushan, so wie das Öl der Uyghuren-Frau, das sich ihm vor langer Zeit eingebrannt hatte. Für diesen sogenannten Sohn des Himmels bedeuteten Fairneß und Gerechtigkeit nichts. Wenn Bumin dem Kaiser sehr gefiel, wußte Lushan, würde auch Darius' Versprechen, ihn zu bestrafen, nichts bedeuten.

Macht nichts, General Darius, dachte er. Was auch geschieht, ich werde dafür sorgen, daß Gerechtigkeit geübt wird. An Bumin und dem Kaiser persönlich.

Ein lang anhaltendes Zittern durchlief Ostwinds schweißnassen Körper, und dann lag er reglos da. Lushan ließ die Hand mehrere Augenblicke auf dem Kopf des Ponys ruhen. So etwas wie schierer Rauch entströmte Ostwinds Körper, den nur sein Freund und Herr wahrnahm. Lushan ließ die Hand respektvoll liegen, bis er gewiß war, daß der Geist des Ponys in die Welt geströmt war, in der es geboren war.

Dann stand er langsam auf und drehte sich zu Bumin um. Der Türke saß still und bleich auf seinem Pferd. Obwohl Bumin zu Pferde saß, reichte ihm Lushans Kopf bis an die Schulter.

»Erstens«, sagte Lushan, »töte mehr Vögel als du. Dann töten dich.«

Bumin schürzte die Lippen. »Höchste Zeit, daß die kaiserliche Garde dein abstoßendes Gesicht loswird.«

In Lushans Schädel leuchtete ein Blitz auf und blendete ihn. Seine Finger ballten sich zur Faust und lösten sich wieder, während Hitzeströme ihn durchzuckten.

Als ein anderer Soldat sich zum ersten Mal über sein zernarbtes Gesicht lustig gemacht hatte, hatte er den Mann auf der Stelle erwürgt. Dafür hatte er zur Strafe Prügel und eine Degradierung hinnehmen müssen. Doch dann hatte er gelernt. Bei den nächsten beiden hatte er abgewartet und den Moment gewählt, der ihm paßte. Beide waren jetzt tot, und Lushan hatte sich für keinen der beiden verantworten müssen. Jetzt verhielt er sich still, bis sich sein Körper abgekühlt hatte und er wieder klar denken konnte. Alle um ihn herum schwiegen. Er fixierte Bumin und sah, daß die rot gefärbte Matte, die der Türke Bart nannte, bei jedem Herzschlag leicht zitterte.

Darius sagte: »Bumin, begebt Euch an die Seite des Feldes und wartet dort.«

General Chen kam durch die Menge der Wachsoldaten herbeigeritten, die sich inzwischen versammelt hatten. Ein gutaussehender junger Edelmann mit einem üppigen schwarzen Schnurrbart. Er saß ab und stellte sich vor Lushan. »Wie ich höre, wurde Euer Pferd vergiftet. Ein schmutziger Trick!«

Lushan, dessen Herz vor Kummer um Ostwind noch immer schmerzte, riß sich zusammen und musterte Chen. Sein Blick trübte sich, als er dem jungen General ins Herz sah, wie seine Mutter es ihn gelehrt hatte. Er sah, daß Chen wie aus großer Höhe auf ihn hinunterblickte, zwar freundlich, doch mit der gleichen Art von Freundlichkeit, die er gegenüber einem Lasttier empfinden würde. Dennoch, er war herbeigeritten, um mit Lushan zu sprechen, weil er gerecht und großzügig sein wollte, wie es nach seinem Familienkodex üblich war.

Es wird nicht schwer sein, dachte Lushan, ihn dazu zu bringen, mich zu *mögen*.

Sein Geist wehte durch Chen hindurch wie Wind über Sanddünen, der Formen verändert. Chens Ansicht über Lushan änderte sich. Nicht sehr – das würde mehr Macht erfordern, als seine Mutter ihm verliehen hatte. In Chens Augen war Lushan immer noch ein minderwertiges Wesen. Jedoch eins, das ihm gefiel und dem er helfen wollte.

»Ihr werdet ein Pferd brauchen«, sagte Chen. »Es wäre mir ein

Vergnügen, Euch meins zu leihen.« Er hielt Lushan die Zügel seines schwarzen Hengstes hin.

»Vielen Dank, Herr.« Inmitten seines Schmerzes empfand Lushan einen Anflug von Triumph. Chens Hengst war, wie Lushan wußte, von bestem Geblüt und soviel wert wie ein Palast.

Darius starrte Chen an. »Das ist ungewöhnlich großzügig von Euch.«

Chen machte eine Handbewegung und schien über sich selbst überrascht. »Dieser Mann verdient es.«

Lushan fragte: »Euer Pferd läßt Fremden reiten?«

»Er wird es, wenn ich es ihm sage.« Chen gab Lushan ein Zeichen, sich vor das Pferd zu stellen.

»Legt ihm die Hand auf die Stirn.« Chen legte seine viel kleinere Hand neben die von Lushan auf die breite Stirn des Hengstes. »Schwarzer Drache, dies ist Hauptmann An Lushan. Du sollst ihn aufsitzen und auf dir reiten lassen und ihm in allem gehorchen.«

»Schulde Euch viel, Herr.« Lushan kniete nieder und berührte mit der Stirn den Erdboden.

»Ich werde mit einem der anderen Offiziere auf Euren Sieg wetten«, sagte Chen. »Achtzehn ist die Zahl, die Ihr schlagen müßt. Eintausend Ketten Goldmünzen für jeden Star über achtzehn, den Ihr trefft, oder ich zahle eintausend für jeden darunter. Wenn Ihr gewinnt, verdiene ich Geld, und Ihr könnt das Pferd behalten.«

Wie General Darius gesagt hatte, war die Geste ungewöhnlich großzügig. Das Pferd war weit mehr wert als ein paar tausend Ketten Goldmünzen. Obwohl er wußte, daß er Chen zu diesem Angebot gedrängt hatte, empfand Lushan unwillkürlich Dankbarkeit.

Doch trotz Chens Ansprache an Schwarzer Drache konnte es passieren, daß ein lebhaftes und eigenwilliges Pferd einen fremden Reiter nicht freundlich aufnahm. Mochte Lushan auch ein noch so guter Schütze sein, er würde nichts treffen, wenn Schwarzer Drache ihn nicht willig reiten ließ. Als Lushan seine Bogenhülle und seine drei Köcher hinter dem Sattel von Schwarzer Drache befestigte, sprach er unablässig beruhigend in der Mongolensprache, in der er seit seiner Kindheit mit Pferden gesprochen hatte. Seit dem Entstehen der Erde waren Pferde und Mongolen zusammen erschaffen und als Brüder großgezogen worden, und alle Pferde verstanden die Mongolensprache. Schade nur, daß die Macht, Gefühle zu verändern, bei Tieren nicht wirkte.

Der schwarze Hengst war ein wenig nervös gewesen, als Lushan ihn von Chen wegführte, doch Lushan beruhigte ihn, indem er ständig auf ihn einsprach. Das Pferd hörte auf, unruhig von einem Huf auf den anderen zu treten, und wandte den Kopf um zu seinem neuen Herrn. Schöne Augen, dachte Lushan. Goldbraun wie die Augen einer Gazelle.

Einem Beutel am Gürtel entnahm Lushan eine Handvoll Hafer, den er in Honig getränkt hatte – er hätte nach dem Wettkampf eine Belohnung für Ostwind sein sollen –, und hielt ihn Schwarzer Drache vors Maul. Der Hengst nahm ihn behutsam zwischen die Lippen.

Lushan legte die Wange an den glänzenden schwarzen Hals und flüsterte in der Mongolensprache: »Trag mich heute gut, Schwarzer Drache, und ich werde immer gut zu dir sein.«

Er führte Schwarzer Drache zu dem gestreiften Pfosten, der vor den Käfigen mit den Staren in den Boden gerammt war. Das Pferd stand still, als Lushan einen Stiefel in den Steigbügel steckte und die Arme über den Sattel legte.

Sollte er nicht bocken, wenn ich mich auf ihn setze, könnte alles gut gehen.

Er schwang sich hinauf und setzte sich behutsam, aber fest in den Sattel. Er spürte, wie sich das Pferd unter ihm anspannte.

Würde er bocken? Losgaloppieren?

Schwarzer Drache stand so fest und sicher, wie der Mann auf ihm saß. Lushan frohlockte innerlich.

Er blickte zu Chen an der Seitenlinie hinüber und rief: »Ist großartiges Pferd!«

Er stieß dem Hengst sacht die Absätze in die Seiten und ließ ihn zwischen Feld und Wald im Schritt hin und her gehen, damit er sich an das Gefühl gewöhnen konnte, einen neuen Reiter auf dem Rücken zu haben. Jetzt war es Zeit zu sehen, ob er sich auch ohne

Zügel leiten ließ; Lushan würde beide Hände für seinen Bogen brauchen. Das Pferd reagierte prompt auf das leichte Anstoßen von Absätzen und Knien.

Lushan nahm seine Position am Pfosten ein, zog seinen Bogen aus der Hülle und zupfte an der Sehne. Die Bogensehne aus Rohleder löste sich von seinen behandschuhten Fingerspitzen und ließ einen leisen summenden Ton hören. Er fuhr mit der Handfläche über die glänzende Oberfläche des doppelt geschwungenen Bogens, der aus mehreren Schichten Horn und Holz bestand, und bog ihn ein wenig, um seine Muskeln aufzuwärmen. Er löste die beiden Köcher, von denen jeder zwanzig Pfeile enthielt, zog einen Pfeil und legte ihn ein. Der Pfeil trug seine persönliche Markierung, drei schmale rote Streifen und einen breiten schwarzen. Lushan drehte sich um und beobachtete Chen.

Der General hob die schwarz behandschuhte Hand und ließ sie hinuntersausen.

Lushan bohrte die Absätze tief in die Seiten von Schwarzer Drache. Die großartigen Muskeln zogen sich unter ihm zusammen und streckten sich, und das hohe gelbgrüne Gras raste auf ihn zu. Die Wucht der Hufe von Schwarzer Drache machte sich bis in Lushans Körper bemerkbar.

»Mich nicht im Stich lassen, Schwarzer Drache«, sprach Lushan dem Pferd ins Ohr.

Er warf sich im Sattel zurück, riß die Füße aus den Steigbügeln und hob die Beine hoch in die Luft. Dann wandte er sich auf dem Lendenwirbel herum, machte eine vollständige Drehung, zog blitzschnell die Beine herunter und klammerte sie dem Pferd um die Mitte. Jetzt saß er mit dem Gesicht dem Hinterteil des Pferdes zugewandt.

Er mußte sein ganzes Vertrauen in Schwarzer Drache setzen und hoffen, daß das Pferd seinen Glauben rechtfertigte.

Er hörte verblüffte Schreie und ermunternde Rufe von den Seitenlinien, aber auch Gelächter; immerhin sah seine Reitposition absurd aus.

Die Starenkäfige schienen klein und weit weg zu sein. Eine Tür wurde hochgezogen, und eine dunkle Wolke quoll heraus. Hunderte dunkler Flecke stiegen in den Himmel wie Aschenreste von Feuer aus totem Laub.

Als die ersten Stare sich über den Baumwipfeln befanden, schoß Lushan einen Pfeil ab. Sein Auge hatte ein Ziel ausgewählt, ohne daß er es bewußt registriert hatte. Er zielte hoch über den Vogel, den er treffen wollte. Er folgte dem Flug des Pfeils jedoch nicht mit den Blicken. Sein Auge hatte schon einen zweiten schwarzen Punkt gleich über den Bäumen fixiert, und seine Hand hatte schnell einen zweiten Pfeil eingelegt. Er spannte den Bogen und schoß.

Spannte und schoß. Spannte und schoß.

Es war ihm gleichgültig, wie viele der kleinen Vögel sich am Himmel drängten. Er brauchte nur einen zu treffen. Und wenn der Pfeil den Bogen verlassen hatte, existierte dieser Vogel nicht mehr. Jetzt war der nächste kleine Vogel der einzige, auf den es ankam.

Lushans Blick schoß vor und packte jeden Star, den er auswählte, und zog ihn so nahe zu sich heran, daß er kein kaum wahrnehmbarer schwarzer Fleck mehr war, sondern ein braunschwarzer Körper mit flatternden Flügeln und gelbem Schnabel. Kaum hatten die beiden Finger der rechten Hand die Bogensehne losgelassen, suchte er mit dem Blick schon das nächste Ziel.

Er sah nur wenige Punkte an dem blauen Himmel und an der immer mehr zurückweichenden Baumlinie. Doch einen Augenblick später wimmelte es am Himmel von ihnen. Sie mußten einen neuen Käfig geöffnet haben. Seine Augen suchten weiterhin Ziele, und seine Pfeile folgten seiner Wahl.

Er spürte, wie das Pferd unter ihm langsamer wurde und ein Baldachin aus Laub ihm den Blick auf die Vögel versperrte. Er hatte das Feld überquert. Seine Prüfung war vorüber. Er ließ ein tiefes Seufzen hören und tätschelte Schwarzer Drache die dampfende Flanke. Er ließ das Pferd langsamer gehen. Dann drehte er sich in einer fließenden Bewegung im Sattel um.

Als er aus dem Wald ritt, hatte Lushan keine Ahnung, wie viele Vögel er getroffen hatte. Er hatte nur die glücklichsten Momente seit vielen Jahren hinter sich, und jetzt kam ihm die Welt plötzlich viel dunkler vor.

Aus dieser Dunkelheit vernahm Lushan einen Schlachtruf, der

ihm im Nacken Gänsehaut verursachte. Jemand ritt in scharfem Galopp auf ihn zu. Der Reiter hatte seinen Bogen gespannt und zielte auf ihn.

Lushan zog seinen Säbel. Er hatte dies von Bumin schon erwartet und war bereit. Er stand in den Steigbügeln auf, ließ den Säbel über dem Kopf wirbeln und schleuderte einen wilden Schrei wie eine Lanze auf seinen Feind. Er löste den Fuß aus dem linken Steigbügel und hielt die Augen auf Bumins Bogen gerichtet. Das konnte wieder ein vergifteter Pfeil sein. Er durfte auf keinen Fall davon berührt werden.

Als der Bogen zurückschnellte, warf Lushan sich nach rechts, hielt sich mit dem linken Arm am Hals von Schwarzer Drache fest und schwang das linke Bein über den Rücken des Pferdes. Er hielt den Körper eng an die Seite von Schwarzer Drache gepreßt und richtete den Säbel in der rechten Hand auf Bumin. Der Pfeil zischte durch die Luft und sauste dort vorbei, wo Lushan eben noch gesessen hatte.

Dummer Türke, das ist nicht der Tag, an dem ich sterben soll.

Bumin ritt immer noch in gestrecktem Galopp und legte einen neuen Pfeil ein. Er hatte jedoch nicht mehr die Zeit, den Bogen zu spannen und zu ziehen, bis sie zusammentrafen. Lushan riß sich mit einem Ruck nach oben und schwang die Säbelklinge.

Der Säbel schnitt die untere Hälfte des roten Barts ab, bevor er die Kehle des Türken durchtrennte.

Als er auf die Wachsoldaten zuritt, hörte er, wie sie einen rhythmischen Singsang anstimmten: »An-Lu-shan! An-Lu-shan!«

Ein Schauer der Erregung lief ihm über den Rücken, und er richtete sich noch mehr im Sattel auf.

Ich kann Männer an mich ziehen, dachte er. Und nicht nur einzeln. Männer werden mir folgen.

Die Hochzeitsprozession hielt plötzlich an, und immer mehr Palankins schoben sich zusammen. Mandarine in voluminösen Roben wimmelten umher und riefen Dienern Fragen zu. Höflinge und Eunuchen standen daneben und wunderten sich über die Verzögerung. Wachsoldaten standen reglos da, doch Li Longji konnte ihre zunehmende Anspannung spüren, die gleiche Anspannung, die ihn ergriff.

Was stimmte hier nicht?

Longji warf einen Blick über die Schulter. Er sah den Palankin seiner Tochter Li, die von der Westgrenze zu den Festlichkeiten hergekommen war. Ein japanischer Höfling stand neben der Sänfte und unterhielt sich angeregt mit der Dame, die darin saß. Longjis Lieblingstochter übte schon wieder. Sie beherrschte bereits sechs Sprachen und schien immer begieriger zu sein, noch weitere zu lernen.

Longji sah direkt hinter sich den rotgoldenen Palankin der Kaiserin Fu Zhou. Wie immer wünschte er, sie wäre weiter weg. Hinter Dame Fu folgten die kleineren und weniger reich geschmückten Sänften der vier Verdienstvollen Prinzessinnen, seiner Frauen, die im Rang gleich hinter der Kaiserin kamen. Alle waren Frauen aus edlen Familien, Frauen, die ihm Kinder geboren hatten, die er jedoch seit zwanzig oder mehr Jahren nicht mehr angerührt hatte. Hinter ihnen folgten seine vielen geringeren Frauen, die ihren Platz in der Prozession hatten.

Frauen! dachte er bitter. Für Yang Guei Fei hätte er sie alle hergegeben.

Er hatte die Monate zwischen seiner Rückkehr nach Changan und ihrer Ankunft mit Ritualen gefüllt, mit hart umkämpften Polospielen, mit stundenlangem Üben auf der Mundorgel, einem neuen Instrument, das er erst spielen lernen mußte. Er hatte sich mit Kunst beschäftigt, wodurch er die Erinnerung an ihr wild geflüstertes *Ich will dich haben* zu begraben versuchte. Er hatte mit jungen Konkubinen getändelt, die Gao Lishi ihm ausgesucht hatte, doch sie hatten ihn kaltgelassen und ihn sich alt fühlen lassen.

Als mir aufging, wie sehr ich diesen strahlenden Edelstein von einer Frau liebe, fühlte ich mich wieder jung. Doch es war wie ein falscher Frühling mitten im Winter, wenn verschiedenfarbige Weiden die wärmende Luft küssen, um dann vom zurückkehrenden Frost getötet zu werden. Denn ich muß sie ziehen lassen; ich kann nichts anderes tun. Und ich weiß, daß ich nie wieder so lieben werde.

Die Verzögerung dauerte an. Longji befahl den fünfzig Trägern seines doppelreihigen Palankins, ihn abzusetzen. Was ging da vorne vor?

Die Störung eines so feierlichen und sorgfältig geplanten Ereignisses verhieß nichts Gutes. Ein Mord hatte schon die Zeremonie der Ersten Furche zerstört. Longji spürte, wie ihm Kälte von den Fingerspitzen bis zu den Armen kroch, als er sich an die blutroten Flecken auf Fu Sanguis blaßgrünem Gewand erinnerte sowie daran, wie Darius sich über den kopflosen Leichnam von Hauptmann Fang beugte. Er spürte wieder dieses innere Zittern, diese panikartige Übelkeit, die er empfunden hatte, als er sah, wie das Blut des Mörders sich auf den Marmorplatten ausbreitete.

Und er erinnerte sich an einen Pfeil, der im Wald von Guilin aus dem Nichts gekommen war.

Er nahm an, für die Zuschauer des heutigen Tages gottgleich auszusehen, unverwundbar, wie er hoch über ihnen dasaß, vollkommen reglos in seiner gelben Robe mit den in den Ärmeln verborgenen Händen. Doch er wußte, wie schnell sich dieser gesamte kaiserliche Pomp in Blut und Entsetzen auflösen konnte. Mit elf hatte er eintausend tobende kaiserliche Gardesoldaten gesehen, Anhänger Chung Zongs, wie sie mit ihren Pferden direkt in den Palast der Ungeheuren Unendlichkeit hineinritten und alle Beamten seiner Großmutter, Kaiserin Wu, niedermetzelten, die ihnen über den Weg liefen. Mit dreizehn hatte er miterlebt, wie Kaiser Chung Zong einem anderen Aufstand mit einer Ansprache von einem Wachturm ein Ende machte. Der Kaiser hatte die Rebellen mit Erfolg dazu überredet, sich gegen ihre Anführer zu wenden und diese zu töten. Und nachdem Chung Zong von seiner Frau, Kaiserin Wei, vergiftet worden war, war Longji mit sechzehn aus Changan geflohen. Er hatte sich auf dem Karren eines Händlers in einem Korb versteckt, um einem weiteren Massaker zu entkommen.

Longji selbst hatte mit siebzehn den Thron bestiegen, nachdem er einen Aufstand gegen seine Tante, Kaiserin Wei, angeführt hatte. Er hatte damit geendet, daß man sie mit dem Gesicht in ein Faß mit siedendem Öl stieß. Ein schrecklicher Tod! Er hätte ihr gern einen anderen gegönnt, doch wenn man die Soldateska einmal von der Leine läßt, kann man sie nicht mehr unter Kontrolle halten.

Longji war entschlossen, seinen Thronfolger weder durch Zufall noch durch Gewalt an die Macht kommen zu lassen. Su Chi war seit der Geburt sein designierter Erbe gewesen. Longji würde sich von seiner Wahl nicht abbringen lassen und hatte methodisch, wenn auch auf humane Weise, jeden Prinzen von der Macht entfernt, der für Su Chi hätte zum Rivalen werden können. Fu Zhou hatte mit Longji drei Söhne, die zum Glück jedoch von so auffallender Unfähigkeit waren, daß sie nicht als Bedrohung gelten konnten.

Longji würde nichts tun, um den Thron zu gefährden. Das schließt den Verzicht auf die Frau ein, dachte er traurig, die ich liebe.

Was ging da vorne vor? Es gefiel ihm nicht, nur dazusitzen und darauf zu warten, daß eine Gefahr auf ihn zukam. Das hatte er in den letzten zwanzig Jahren genug getan. Er würde sich ihr lieber offen stellen.

Er rief seinen Haushofmeister, Gao Lishi, der in der Nähe seines Palankins stand.

»Ich will an die Spitze der Prozession. Besorg mir eine Mandarin-Eskorte, die den Weg für mich freimacht.« Gao Lishi verbeugte sich und eilte los.

Der Erste Minister Fu Monzing eilte hinzu und kniete vor Longji nieder.

»Strahlender Kaiser, ich werde die Ursache der Verzögerung herausfinden.«

»Das möchte ich selbst klären«, fauchte Longji.

Fu Monzing stand langsam auf. Er hatte das lange schmale Gesicht der Familie Fu und die gleichen tiefliegenden Augen, die an seiner Nichte, Dame Fu, in ihrer Jugend das anziehendste Merkmal gewesen waren. Seine eingesunkenen Wangen waren vom Alter verbittert und runzlig.

»Der allwissende Sohn des Himmels weiß, daß sein Volk ihn nur selten zu sehen bekommen sollte, und dann auch nur in Situationen unanfechtbarer Würde.«

»Ich will selbst nach dem Rechten sehen.« Longji funkelte Fu

Monzing an, bis der Erste Minister den Blick senkte. Seit Pang Yuens Tod hatten seine Untergebenen versucht, ihn in etwas so Regloses und Machtloses wie eine Statue zu verwandeln. Heute würde das aufhören.

Gao Lishi kehrte mit zwanzig Mandarinen in den purpurnen Roben des dritten Grades zurück, die vor dem Kaiser niederknieten. Longji befahl ihnen, einen Keil zu bilden und ihm durch die dichtgedrängte Menge von Beamten und Höflingen vor ihm einen Weg zu bahnen.

Die acht Träger des oberen Teils des kaiserlichen Palankins hoben ihre Stäbe hoch, marschierten los und ließen die viel größere untere Hälfte zurück.

Die Mandarine, die Longji begleiteten, riefen: »Macht Platz für den Kaiserlichen Vater!« Reihen von Beamten und Höflingen unter pfauenblauen und meergrünen Sonnenschirmen teilten sich vor ihm. Alle, an denen er vorbeikam, mit Ausnahme seiner Schutztruppen, fielen auf die Knie und senkten die Köpfe bis auf den Erdboden.

Er kam an Su Chis rotem Palankin vorbei, der an die Seite getragen worden war, und dann an dem grünen von Yang Guei Fei. Er fragte sich, ob sie hinter diesen grünen Vorhängen Angst hatte, und hätte am liebsten angehalten und sie beruhigt. Doch wenn ein Kaiser kurz vor der Hochzeit mit der künftigen Braut seines Sohnes sprach, würde das nur zu Gerede führen. Unter den Tausenden, die in der Kaiserstadt lebten und arbeiteten, waren viele hellsichtig genug, die Wahrheit zu erraten.

Inzwischen war er fast an der Spitze der Prozession angekommen. Die weihrauchgeschwängerte Luft hallte vom Lärm der Trommeln, Hörner und Gongs wider; ihm taten die Ohren weh. Der Tumult erstarb, als seine Träger ihn an der Treppe vorbeitrugen, die zum Eingang des Palastes der Ungeheuren Unendlichkeit führte.

Eine beharrliche, klagende Stimme erhob sich über das leiser werdende Gemurmel. Als Longji durch die goldbemalten Säulen seines offenen Palankins hinuntersah, konnte er über die Reihen von Bannern und Priestern an der Spitze der Prozession hinwegblikken. Fünf Männer in roten Roben versperrten den Weg, Mandarine zweiten Grades. Der Mann in der Mitte, kleiner als die vier anderen und stämmig, las aus einer Schriftrolle vor. Er trug eine kleine weiße Feder an seinem runden schwarzen Hut, das Kennzeichen des ersten Rangs des zweiten Grades.

Longji spürte, wie sein Gesicht heiß wurde. Im Namen aller Götter am Hof des Jade-Kaisers, wer waren diese Männer, die es wagten, die Hochzeit zu stören, die er so sorgfältig geplant hatte?

Als sie den Palankin des Kaisers ankommen sahen, fielen die Zuschauer und die Menschen in der Prozession auf die Knie. Doch der Mandarin in der roten Robe las unbeirrt weiter.

»Die Familie Fu hat die Verwaltung mit Verwandten gefüllt. In vielen Ämtern muß man ein Fu sein, um überhaupt die Luft atmen zu dürfen. Wenn jemand Dienste braucht, zu der die Verwaltung für jedermann verpflichtet ist, muß er Goldmünzen in Fu-Hände legen. Offiziere können in der Armee nur dann aufsteigen, wenn sie die Fu bezahlt haben. Beamte müssen ebenfalls für eine Beförderung zahlen, es sei denn, sie sind mit den Fu verwandt.«

Alles wahr, gestand sich Longji voller Scham ein. Er hatte zugelassen, daß die Familie der Kaiserin außer Kontrolle geriet. Doch diese Mandarine sagten nicht, was er nicht schon wußte, nichts, was nicht jeder, der die Geschichte kannte, auch schon hätte vermuten können. Es war eine Geschichte, die so alt war wie das Reich der Mitte; die Familien von Kaisergemahlinnen waren immer außer Kontrolle geraten. Dazu brauchte er sich nur seine zwei Vorgängerinnen anzusehen, Kaiserin Wu und Kaiserin Wei. Beide hatten als Erste Gemahlin des Kaisers begonnen und sich dann selbst des Throns bemächtigt.

Genau das war der Grund, weshalb Su Chi eine Yang heiratete – um die Macht der Fu zu mindern. Götter, opferte er nicht schon genug, indem er Yang Guei Fei aus Staatsraison mit Su Chi verheiratete? Wie konnten es diese Mandarine wagen, ihn öffentlich in Verlegenheit zu bringen? Daß ihre Kritik an der Verwaltung den Tatsachen entsprach, erzürnte ihn nur noch mehr.

Longji stützte sich an den Armlehnen seines Stuhls ab, erhob sich und rief: »Ruhe!«

Der stämmige Mandarin verstummte plötzlich, als hätte ihn ein Pfeil getroffen. Longji war sofort besser zumute.

»Kniet vor Eurem Kaiser nieder!«

Die vier Mandarine, die den Sprecher flankierten, lagen sofort auf den Knien und preßten den Kopf auf den Marmor. Der dicke Mandarin rollte behutsam seine Schriftrolle zusammen und steckte sie in seine Robe, worauf er sich wie seine Gefährten zu Boden warf.

Longji blickte prüfend auf die kaiserlichen Soldaten, die auf beiden Seiten der Prozession reglos dastanden, und fand General Darius auf der leeren Straße hinter den fünf Mandarinen. Mit einer ungeduldigen Armbewegung rief er den General zu sich.

»Entfernt diese Männer und bringt sie in das Gefängnis unter dem Palast der Ungeheuren Unendlichkeit.«

»Sofort, Strahlender Kaiser.«

Darius rief zehn Soldaten zu sich und erteilte ihnen Befehle. Sie packten die kauernden Mandarine und zogen sie auf die Knie.

»Kaiserlicher Vater!« rief der dickleibige Sprecher. »Wir haben seit zwei Jahren bei Euch um eine Audienz nachgesucht. Wir sind aus der Provinz Hotung hergekommen, weil wir keine andere Möglichkeit sahen, uns Gehör zu verschaffen. Ich bitte Euch, unsere Petition zu lesen.« Er riß den Arm los, den ein Soldat festhielt, zog die Schriftrolle hervor und hielt sie hoch.

Dieser Narr! Die Impertinenz dieses Mannes machte seine Bemühungen zunichte. Longji hatte die Petition lesen wollen, doch wenn er sie jetzt annahm, würde es aussehen, als gäbe er der Taktik der Mandarine nach.

»General Darius, nehmt diesem Mann die Schriftrolle weg. Noch ein ungehöriges Wort von einem dieser Männer, dann werden alle fünf sofort erdrosselt.«

Die Musiker intonierten wieder ihren Marsch. Longji zupfte die Ärmel sorgfältig über den Händen zurecht und machte es sich auf seinem Staatsstuhl bequem.

Hotung, dachte er, ist immer eine der wohlhabenden und stabilen Provinzen gewesen. Im letzten Frühjahr jedoch sind die Flüsse aus dem Norden über die Ufer getreten und haben noch im fünften und sechsten Monat alles überschwemmt. Das muß für Hotung einen harten Winter bedeutet haben. Er konnte sich aber nicht erinnern, entsprechende Berichte seiner Minister erhalten zu haben.

Nach scheinbar endlosem Warten setzte sich die Prozession wieder in Bewegung. Sie bewegte sich auf eine Zeremonie zu, wie Longji mit einem Stich des Bedauerns einfiel, die er am liebsten gar nicht miterleben würde.

Eine Mauer aus gelben Ziegelsteinen umgab den Tempel der Überströmenden Glückseligkeit. Die kaiserliche Sänfte wurde durch ihr reichgeschmücktes, hochaufragendes Tor getragen. Zwölf hohe Priester in dunkelgrünen Roben am oberen Ende der Tempeltreppe verneigten sich und begrüßten den Kaiser.

Im Tempel erhellten Hunderte von Öllampen aus Kristall, Jade, Elfenbein und Schmiedeeisen die Haupthalle. Das Licht spiegelte sich in mehr als eintausend gemalten und vergoldeten Abbildern von Göttern und Göttinnen, die in Nischen und auf Altären standen. Hoch oben an der Wand gegenüber dem Eingang hing die große Scheibe des Tao, die von einer Schlangenlinie geteilt wurde; die obere rote Yang-Hälfte war mit einem grünen Punkt markiert, die untere grüne Yin-Hälfte mit einem roten. Yin und Yang hielten alle Gegensätze im Gleichgewicht.

Longji sah sich in der Halle um, die schon mit den wichtigsten Männern und Frauen des Reiches gefüllt war. Bei seinem Eintreten waren sie auf die Knie gesunken und hatten die Stirn auf den Marmorfußboden gepreßt. Manchmal bemerkte er gar nicht mehr die Menschenmengen, die vor ihm das Kotau machten. Weil ihm heute bei dem Gedanken so elend zumute war, was die nächste Stunde bringen würde, nahm er die Demutsgebärde mit einer ironischen Grimasse auf. Es gab so viele Dinge, die nicht einmal er kontrollieren konnte.

Er trat von seinem Palankin auf eine Plattform hinunter, drehte sich um und setzte sich auf den Staatsstuhl des Tempels. Er war so breit, daß vier Kaiser auf ihm hätten sitzen können, und aus einem einzigen Block weißen Marmors gehauen. Auf ihm war ein Gewirr von Drachenleibern und Weinranken und Vögeln und Fischen und anderen Tieren zu sehen. Wie diese von Bildhauern erschaffenen Geschöpfe würde er reglos, aber von Leben innerlich brodelnd auf diesem Stuhl sitzen und zusehen, was er in Gang gesetzt hatte und nicht mehr verhindern konnte, welchen Kummer es ihm auch machte.

Beim Ertönen eines Gongs setzten sich die anderen Hochzeitsgäste wieder auf ihre Kissen.

Longjis Blick begegnete dem von Ma Tsu. Die graue Robe des Qinzha-Abts wirkte inmitten der leuchtenden Farbtöne, all dem Rot, Gelb, Blau, Grün und der glitzernden Stickerei auffällig düster. Ma Tsu kniff mit Wärme die runzligen Augenlider zu und machte mit seinem rasierten Schädel eine kleine beruhigende Verbeugung.

Weswegen sieht er so zufrieden aus?

Braut und Bräutigam knieten Seite an Seite in der Mitte der großen kreisrunden Halle. Schwere perlenbestickte Schleier verbargen ihre Gesichter. Longji wünschte sich verzweifelt, er könnte Guei Feis Schleier hochheben und ihr noch einmal in die Augen blicken, bevor sie ganz Su Chi gehörte.

Das Dröhnen von Trommeln brach die Stille. Oberpriester Bei Yeung, ein uralter Mann, der eine hohe, mit Perlen besetzte goldene Krone trug und eine purpurfarbene Seidenschleppe hinter sich herzog, die so lang war, daß dreißig Tempeldiener sie tragen mußten, näherte sich dem Paar. Er und eine Gruppe von Priestern in blauen Roben begannen den Singsang mit einer Litanei, mit der sie Götter und Göttinnen anriefen, diese Verbindung zu segnen.

Hörner schmetterten. Die Zeit zog sich dahin. Trotz seines tiefen Kummers mußte Longji die Fingernägel in die Handflächen bohren, um nicht einzunicken.

Der Augenblick kam, als Su Chi Guei Feis Schleier hochheben sollte. Er enthüllte ein bleiches, ovales Gesicht, dessen Anblick Longji den Atem stocken ließ.

Sie wandte den Kopf und blickte quer durch den Tempel Longji an. Es schien ihm, als würden in dem großen offenen Raum zwischen ihnen Blitze zucken und krachen.

Sie war zwar weit von ihm entfernt, doch er meinte Tränen in ihren Augen zu sehen, die das Licht von eintausend Lampen und Kerzen widerspiegelten. Wie die geteilte Scheibe an der Tempelwand verkündete, sah er in dem Blick, den sie ihm herüberschickte, eine Mischung aus Liebe und Haß.

Augenblicke später kniete der Kaiserliche Thronfolger vor Longji nieder. Guei Fei folgte drei Schritte dahinter.

»Möge Eure Ehe ein Spiegelbild der ewigen Verbindung von Männlich und Weiblich sein«, rezitierte Longji die rituellen Wörter.

»In tiefster Dankbarkeit präsentiere ich meine Braut und bitte meinen Vater, auch sie zu segnen«, erwiderte Su Chi. Guei Fei trat mit winzigen Trippelschritten vor. Su Chi trat zurück, um ihr Platz zu machen, damit sie vor dem Kaiser niederknien konnte.

Longji spürte, wie sein Herz schneller schlug. Ihr mit weißem Puder bedecktes Gesicht wirkte wie eine Porzellanmaske. Er wünschte, er könnte ihre rot bemalte Unterlippe zwischen die Zähne nehmen. Er erkannte, daß er sein Verlangen nach ihr nicht im mindesten bezähmt hatte.

»Mögest du für deinen Mann ein Strom der Freude sein. Mögest du ihm Glück bringen und ihm viele Söhne gebären.«

»Ich werde mich immer an die Worte meines Kaiserlichen Vaters erinnern«, erwiderte Guei Fei. Ihre Stimme jagte ihm einen Schauer über den Rücken.

Er flüsterte, so daß nur sie ihn hören konnte: »Ich habe alles in meiner Macht Stehende getan, um diesen Tag für dich wunderschön zu machen.«

Sie schlug die Augen nieder. Ihre Antwort war fast unhörbar, selbst für ihn.

»Wenn ich Euch nicht haben kann, ist alles Stroh und Asche.«

Er sah Auflehnung in der Haltung ihres Körpers, als sie sich vor ihm auf den Boden warf. Dann stand sie mit einer einzigen schnellen Bewegung wieder auf wie ein auffliegender Reiher und zog sich mit kleinen Schritten zurück, wobei ihr Gesicht im Schatten lag.

Wie kann sie Su Chi eine gute Ehefrau sein, wenn sie so fühlt? dachte er. Ich habe einen Fehler gemacht, einen schrecklichen Fehler. Ich hätte nie zulassen dürfen, daß diese Heirat stattfindet.

5

Akte der Unterwerfung

Die Familie ist die Wurzel der größten Werke des Reichs der Mitte – und zugleich die Quelle ihrer schlimmsten Schwäche.

Aus der »Geheimen Geschichte der Tang« von Yang Kaizhi

Su Chi kroch mit finsterem Gesicht über das breite Bett auf Guei Fei zu. Der Bettvorhang, der auf einer Seite einen Spaltbreit geöffnet war, ließ das gelbe Licht einer Hängelampe herein. Sie wandte den Blick entschlossen ab, um nicht das dunkle Dickicht zwischen seinen Beinen sehen zu müssen. Sie war überrascht, wie muskulös sein Körper war – breite Schultern, eckige, vorspringende Brustmuskeln, dicke Arme mit Adern, die sich wie blaue Schlangen abzeichneten. Doch sein nackter Körper erregte sie nicht mehr als seine barbarische Pelz- und Lederkleidung.

»Du hast meine Frage nicht beantwortet. Hat es dir Spaß gemacht?«

Sie wollte aufrichtig zu ihm sein und sich nicht verraten, wollte ihn aber auch nicht beleidigen. Ihre Zukunft gehörte diesem Mann, selbst wenn ihr Herz auf ewig einem anderen gehörte.

»Wie mein geschätzter Ehemann weiß, ist das erste Mal schmerzhaft für eine Frau.« Das war ehrlich genug. Ihr Jadetor war geschwollen und wund.

Er schob die Unterlippe vor. »Wenn eine Frau begierig auf Liebe ist, vergißt sie den Schmerz.«

Ja, dachte sie, bei Frauen, die in ihren Partner verliebt sind, ist das wohl so. Doch was hast du getan, mit welchen Zärtlichkeiten hast du mich überschüttet, um mich begierig zu machen?

»Vielleicht bin ich zu zart gebaut.« Sie blickte wie aus Bescheidenheit zur Seite. So brauchte sie wenigstens sein lüsternes Gesicht nicht anzusehen.

Er rutschte näher an sie heran. »Du bist zart gebaut, und du bist schön. Ich bin stolz, eine solche Schönheit zu besitzen.«

Er sprach in demselben Tonfall, in dem sie die Beamten ihres Vaters über ihre guten Polopferde hatte sprechen hören. Sie saß still an einen Haufen seidenbezogener Kissen gelehnt und ließ es geschehen, daß er ihr die Robe von den Schultern zog und an ihren Brüsten herumgrabschte. Sie spürte, wie ihre Brustwarzen sich unter der rauhen Haut seiner Handflächen zusammenzogen.

»Das gefällt dir, nicht wahr?« sagte er.

Ihre Brüste waren ganz wund von seinen groben Griffen, seit sie sich vor Stunden in seine Gemächer im Palast der Ungeheuren Unendlichkeit zurückgezogen hatten. Doch sie widersprach ihm mit keinem Wort. Es war besser, wenn er ihr sagte, was ihr gefiel.

Sie blickte verstohlen hinunter und sah seinen alten Mann anschwellen und stehen. O nein, nicht schon wieder! Bei dem Gedanken, ihn wieder in sich zu haben, drehte sich ihr der Magen um.

Er preßte die Fingerspitzen an ihr Jadetor, und sie wäre um ein Haar zurückgezuckt, doch dann ermahnte sie sich, sich still zu verhalten.

»Du bist vom letzten Mal noch schlüpfrig. Diesmal wird es dir besser gefallen.«

Mit einem inneren Stöhnen machte sie die Beine für ihn breit.

Diesmal tat es nicht so weh, doch es gefiel ihr dennoch nicht besser, weil er länger brauchte, um fertig zu werden. Sie spürte einen scharfen, zuckenden Schmerz in den Hinterbacken, wagte es aber nicht, ihre Stellung zu verändern und sein beharrliches Stoßen zu unterbrechen, mit dem er seine Lust befriedigen wollte. Als er fertig war, wälzte er sich von ihr herunter und rief: »Wein!«

Sie hörte eine gemurmelte Antwort hinter den Bettvorhängen. Ihr Gesicht brannte, als ihr aufging, daß dort die ganze Zeit ein Diener gestanden hatte. Hier im Palast der Ungeheuren Unendlichkeit lauerten immer irgendwo Diener; man war nie allein. Aber sie hatte wenigstens geglaubt, daß in einer kaiserlichen Hochzeitsnacht...

Sie flüchtete an eine Seite des Betts und zog all die Decken hoch, die sie finden konnte, während der Diener einen kleinen Ebenholztisch mit einem Weinkrug und zwei bemalten Porzellanbechern neben die Öffnung in den Bettvorhängen stellte. Su Chi ließ sich davon nicht stören und wischte sich die weißen Tropfen von seinem alten Mann, obwohl der Diener zusah. Es überrascht mich, dachte sie, daß er dem Diener nicht befohlen hat, ihn zu säubern.

Der Diener mußte ein Eunuch sein. Macht es ihn traurig, fragte sie sich, mit anzusehen, wie sein Herr sich Vergnügungen hingibt, die er nie kennenlernen wird?

Sie goß ihrem frischgebackenen Mann Wein ein und dann sich selbst. Der Sang-Lo-Wein aus süßem Reis – offenbar das Lieblingsgetränk bei Hofe, da man ihr seit der Ankunft in Changan kaum etwas anderes angeboten hatte – wärmte ihr den Magen. Sie leerte den Becher mit wenigen Schlucken und goß sich dann noch einmal ein. Wein würde ihr diese Nacht erträglicher machen.

Su Chi saß mit gekreuzten Beinen vor ihr. Nachdem sie ihren zweiten Becher ausgetrunken hatte, sah sie hoch und bemerkte, daß er sie finster ansah. »Du liegst nur da und läßt es mit dir geschehen«, murrte er. »Es scheint dir keinen Spaß zu machen. Ich habe ja gewußt, daß ich dir einen Lehrer nach Guilin hätte schicken müssen. Von deiner Mutter hast du jedenfalls nichts gelernt.«

Sie spürte, wie in ihrem Magen ein Feuer brannte. War Unterwerfung nicht genug? War es nicht genug, daß sie es zuließ, daß er sie benutzte wie einen Nachttopf? Mußte er auch noch ihre Familie beleidigen?

Dies ist mein Mann, der künftige Sohn des Himmels. Ich kann es mir nicht erlauben, ihm seine Beleidigung heimzuzahlen.

Sie zwang sich, mit leiser Stimme zu antworten: »Ich werde mich bemühen, meinem erhabenen Mann zu gefallen.«

Sie rückte näher zu ihm und setzte sich neben ihn. Sie wußte aus vielen Gesprächen mit den Frauen ihrer Familie, daß Wolken und Regen Frauen oft Spaß machte. Und sie wußte aus einsamen Erfahrungen, daß ihr Körper ihr besondere Lust bereiten konnte. Und ein Mann, davon war sie überzeugt, könnte noch mehr für sie tun. Der richtige Mann.

Sie machte einige halbherzige Versuche, sich so zu verhalten, wie sie es sich bei einer erfahrenen Kurtisane vorstellte. Sie fingerte unbeholfen an dem alten Mann des Prinzen herum, strich mit den Fingerspitzen darüber, als er anschwoll und steif wurde, und entrang sich ein breites Lächeln und ein Seufzen vorgetäuschter Lust, als er wieder in sie eindrang.

Als er den Höhepunkt erreichte, sagte sie: »Dreimal in einer Nacht! Das ist wahrlich die Liebe eines Gottes!«

»Na schön, dann gib dir etwas mehr Mühe, wie eine Göttin zu sein«, sagte er verdrießlich. Er legte sich auf den Rücken, verschränkte die Arme auf der Brust, fiel schnell in tiefen Schlaf und schnarchte laut.

Sie hüllte sich in ihr Untergewand, zog sich ein weiteres Gewand an, legte sich ein Kissen unter den Kopf und starrte in die Schatten. Da sie jetzt zum ersten Mal an diesem Abend ihre Umgebung genauer in Augenschein nehmen konnte, hörte sie das sanfte Plätschern von Frühlingsregen, das durchs Schlafzimmerfenster in den Raum drang. Der sanfte Laut und der erfrischende Duft, der ihn begleitete, beruhigten sie.

Wird es jeden Abend so sein? Für den Rest meines Lebens?

Schon jetzt nahm vielleicht tief in ihr der nächste Kaiserliche Thronfolger Gestalt an. Als dessen Mutter konnte sie damit beginnen, die wundervollen Träume, die sie mit Enger teilte, in die Tat umzusetzen. Die Kluft zwischen Reich und Arm würde nicht mehr so tief sein. Bildung für alle würde bedeuten, daß die Tüchtigen aller Klassen aufsteigen konnten. Eine Familie wie die von Chingchins Vater Yang Heng würde endlich ohne Angst vor dem Verhungern leben können. Die Kinder würden so viel lernen können, wie sie überhaupt aufnehmen konnten. Eines Tages würden sie vielleicht genauso belesen sein wie Enger.

Doch wenn sie all das bewirken wollte, mußte sie sich mehr Mühe geben, Su Chi zu gefallen. Sie konnte ihren Körper sicher dazu bringen, das zu tun, was er tun mußte, was ihr der Verstand eingab.

In diesem fremden Bett, noch darunter leidend, wie dieser grobe Mann sie benutzt hatte, würde sie nicht schlafen können, das wußte sie. Sie würde die ganze Nacht daliegen und sich elend fühlen, sich Sorgen machen und sich fragen, wie ihre Zukunft wohl aussah.

Zum Glück hatte sie das erwartet und sich darauf vorbereitet. Sie warf einen Blick durch die Öffnung in den Bettvorhängen und legte sich diese um den Hals. Der schwache Lichtschein der einzigen Lampe fiel auf einen dicken Perserteppich, bemalte seidene Wandbehänge, kunstvoll geschnitzte Tische und Kommoden. In einer Ecke hockte eine kaum wahrnehmbare Gestalt. Das Licht der Lampe glitzerte auf Helm und Brustpanzer. Der Wachposten schien jedoch zu schlafen.

Sie goß sich einen Becher Wein ein und sah sich dann in dem Raum nach dem Gewand aus Brokat um, das sie dort hatte fallen lassen, bevor sie zu dem Prinzen ins Bett stieg. Sie fand es auf einer geschnitzten Ebenholztruhe, von einem der allgegenwärtigen Diener säuberlich zusammengefaltet. Sie zog es hinter den Bettvorhang und duchsuchte es. Aus einer Tasche im Futter nahm sie eine kleine Holzschachtel mit einem festsitzenden Deckel, öffnete sie und gab ein wenig weißes Pulver auf den Deckel. Sie ließ das Pulver in den Wein fallen und rührte mit dem Finger um. Finger wie Spargelspitzen, hatte Longji gesagt. Was für ein wunderschönes Kompliment. Ihr entfuhr ein tiefer Seufzer.

Sie richtete sich auf und trank aus dem Weinbecher, bis er leer war. Dann legte sie sich mit auf der Brust gefalteten Händen neben Su Chi. Eine Zeitlang wirbelten ihr Gedanken im Kopf herum... Wie viele solche Nächte noch mit Su Chi... wie werde ich am besten mit Dame Fu fertig... Li Longji muß noch viele Jahre leben... ich muß ein Kind bekommen, einen Sohn... Enger... Bauern, Mandarine... der alte Yang Heng und seine Enkelkinder... Dame Fu... Su Chi... Longji...

Und dann befand sie sich dicht unterhalb eines Berggipfels und kletterte auf einen weißen Vogel zu, der dort oben hockte und sie mit ruhigem und liebevollem Blick beobachtete.

Am westlichen Ende des mit Kopfsteinpflaster belegten Paradeplatzes galoppierte An Lushan auf das Ziel zu, einen Zylinder aus schwerem Papier, der mit einem leuchtend roten Löwengesicht bemalt war, das ihn aus riesigen Augen anfunkelte. Das Ziel war um einen Strohballen gewickelt. An Lushan riß Schwarzer Drache herum und betrachtete das gegenüberliegende Ziel, einen grünen Löwenkopf. Reglose Papierlöwen waren zwar keine so große Herausforderung wie Stare, aber Darius hatte erklärt, daß das Schießen auf lebende Vögel die Gefühle der strenggläubigen Buddhisten auf dem Hof verletzt hätte.

Lushan zog seinen doppelt geschwungenen Bogen aus Holz und Horn aus der ledernen Schutzhülle am Sattel und hob ihn zur Begrüßung der Zuschauer hoch in die Luft. Er zog die Deckel der beiden Köcher ab, die auf beiden Seiten des Sattels festgebunden waren und von denen jeder zwanzig Pfeile enthielt. Aus seinem Gürtel zog er einen Ring aus zusammengerollter Seide vom Durchmesser seines Kopfes. Er ließ ihn von seinem Sattel herabhängen, so daß er ihn leicht greifen konnte, wenn er ihn später brauchte.

Er warf einen Blick zur Nordseite des Paradeplatzes, wo der Sohn des Himmels und der kaiserliche Haushalt auf Marmorterrassen saßen. Der Kaiser saß in seinen gelben Gewändern hoch über den anderen. Ein violetter Baldachin schützte ihn vor der milden Frühlingssonne, und zwei Diener, die links und rechts von seinem Staatsstuhl standen, fächelten ihm mit Fächern aus Pfauenfedern sanft Kühlung zu. Seine Söhne saßen unter ihm, und darunter die führenden Damen des Hofes. Was für ein hübsches Bild! Doch es würde noch viel hübscher sein, nachdem Lushan Rache geübt hatte.

In Lushans Herzen verbarg sich jedoch mehr als die Sehnsucht nach Rache. So wie er vielleicht einen fernen Vogel am Himmel über der Steppe zu finden suchte, hielt er unter den kaiserlichen Zuschauern nach Dame Yang Ausschau. Da war sie in einer blaßblauen Robe. Selbst auf diese Entfernung hatte er keine Mühe, sie zu erkennen. Er hatte sich ihre Gesichtszüge eingeprägt. Sein Herz machte einen Satz wie ein unruhiges Pferd. An diesem Tag würde er ihr etwas Unvergeßliches vorführen.

Ich widme diesen Tag dir.

Seine Zunge fühlte sich an wie einer der Streifen aus getrocknetem Rindfleisch, die Mongolenhirten auf langen Ritten unter ihren

Sätteln mitführten. Er würde aufhören müssen, an sie zu denken, sonst würde ihm alles mißlingen.

Immerwährender Blauer Himmel, belohne meine Anstrengung bitte mit einem Lächeln. Wenn ich heute Erfolg habe, werde ich dir eine Färse opfern.

Er trieb Schwarzer Drache zu einem scharfen Galopp an. Das grüne Ziel im Osten wurde schnell größer. Auf halbem Weg über das Feld, der kaiserlichen Loge gegenüber, fuhr er im Sattel herum, fixierte das rote Ziel, zog einen Pfeil und schoß ihn ab.

Wenn ein Feind einen in der Schlacht verfolgte, wurde er beim Wegreiten natürlich nicht kleiner und ferner. Folglich war es in Wahrheit leichter, auf einen berittenen Verfolger zu schießen als auf dieses Ziel hier. Aber Lushan würde selbst diese Aufgabe leicht erscheinen lassen. Wie beabsichtigt traf sein Pfeil das linke Auge des roten Drachen. Dann schoß er in rascher Folge neun weitere Pfeile ab.

Da er spürte, daß er sich in der Nähe des östlichen Endes des Paradeplatzes befand, blickte er nach vorn. Er und Schwarzer Drache waren dem grünen Ziel jetzt so nahe, daß die aufgemalten Reißzähne des Löwen sich gleich in ihnen zu verbeißen schienen.

Sein Herz glühte, als er spürte, wie Schwarzer Drache aus dem vollen Galopp in einen leichten verfiel und so elegant einen weiten Bogen beschrieb, daß Lushan kaum die Bewegung spürte. Diese Geschmeidigkeit würde später noch von entscheidender Bedeutung sein.

Er brauchte den Hengst nicht zu führen. Seit er vor acht Tagen den Türken getötet hatte, hatte er jede freie Minute im Park mit Schwarzer Drache geübt, wo die Offiziere um die Plätze bei der Hochzeitsfeier gewetteifert hatten. Auf dem Übungsfeld hatte er Markierungen aufgestellt, die exakt so groß waren wie der Paradeplatz in der Kaiserstadt, und hatte das Pferd gelehrt, ohne den gewohnten Druck seiner Knie zu wenden. Er hatte heimlich geübt, denn er wußte, daß Darius ihm sonst verboten hätte, schwierige Kunststücke einzuüben, bei denen die Gefahr eines Fehlschlags groß war. Folglich hatte Darius keine Ahnung von dem, was er vorhatte.

Acht Tage waren eine sehr kurze Zeit. Er glaubte jedoch, Schwarzer Drache soweit zu haben. Nach dem heutigen Tag würden alle wissen, daß er in der kaiserlichen Garde nicht nur der beste Reiter und Bogenschütze war, sondern auch der beste Pferdetrainer.

Lushan war sehr stolz, als er zu den Terrassen hinüberblickte und ein höfliches Winken geöffneter Fächer sah. Sein edles Publikum amüsierte sich. Doch jetzt würden sie staunen.

Schwarzer Drache war schneller geworden, als er quer übers Feld zurückgaloppierte. Lushan paßte sich dem eleganten Rhythmus der Bewegungen des Pferdes an.

Er band den Bogen am Sattelknopf fest und zog dann die Steigbügel hoch. Er hörte ein erstauntes Murmeln von den Seiten des Paradeplatzes. Er verknotete die Steigbügel, so daß sie an den Seiten des Sattels hingen.

Er drehte sich im Sattel um und schwang die Beine über den Rücken des Hengstes. Jetzt saß er mit dem Gesicht nach hinten im Sattel wie an dem Tag, an dem er Bumin geschlagen hatte. Er nahm den Bogen fest in die rechte Hand, legte die linke flach auf die Hinterpausche des Sattels, um sich abzustützen, hob erst den rechten, dann den linken Fuß und steckte hierauf beide Füße in die Steigbügel.

Er drückte die Knie durch. Jetzt stand er aufrecht auf dem Rükken des galoppierenden Pferdes, das Gesicht dem Hinterteil des Pferdes und dem kleiner werdenden grünen Ziel zugewandt. Über das Stampfen der Hufe von Schwarzer Drache hinweg hörte er die Anfeuerungsrufe der Soldaten, die sich am Südende des Feldes aufgereiht hatten. Mit stolzgeschwellter Brust hielt er den Bogen triumphierend über den Kopf. Was er jetzt tat, sah noch spektakulärer aus, wie er wußte, weil er sehr viel größer und breiter war als die meisten Männer.

Er zielte mit jedem Pfeil ein wenig höher als zuvor, damit er einer geschwungenen Flugbahn folgte und genau im linken Auge des grünen Löwen landete.

Er spürte, wie Schwarzer Drache langsamer wurde, und spannte sich mit aller Kraft für die Drehung an. Jetzt kam alles auf das Pferd an. Wenn Schwarzer Drache zu scharf wendete, würde er den Reiter abwerfen, dessen Schande dann so groß war, daß er vermutlich außer Landes fliehen mußte. Falls man ihn überhaupt am Leben ließ.

Nein, dachte er plötzlich. Sollte ich fallen und all dies ruinieren, warte ich nicht ab, bis man mich bestraft. Ich werde direkt auf *ihn* zureiten, ihn, der sich Sohn des Himmels nennt, und alle Pfeile, die ich dann noch habe, auf ihn abschießen. Ich könnte nie sicher sein, noch einmal so eine Chance zu bekommen.

Schwarzer Drache vollführte mühelos die Drehung, und Lushan neigte sich ein wenig zur Seite, um das Gleichgewicht zu halten. Nun hatte er das rote Ziel vor sich, von dem er sich schnell entfernte.

Jetzt kam das Schwierigste von allem. Einen Moment zögerte er.

Warum die Übung nicht so beenden? Er würde noch zweimal so auf dem Rücken von Schwarzer Drache stehend über das Feld reiten können und dabei seine verbliebenen zwanzig Pfeile abschießen. Wozu jetzt einen Sturz riskieren und alles auslöschen, was er schon erreicht hatte? *Sie* war sicher allein schon durch das beeindruckt, was er bis jetzt gezeigt hatte. Niemand würde erfahren, daß er noch viel mehr hätte tun können.

Ich werde es aber wissen. Und ich werde mich für dieses bißchen Feigheit immer verachten. In meinem Leben gibt es keinen Raum für Feigheit, nur Rache und Verlangen.

Schwarzer Drache lief in gestrecktem Galopp über den Paradeplatz. Lushan hatte keine Zeit mehr nachzudenken.

Er senkte sich zunächst auf die Knie, dann auf die Hände und ließ den Bogen in die Sattelhülle gleiten. Kauernd drehte er sich um, so daß er nach vorn blickte. Er löste den Ring zusammengerollter Seide vom Sattel und legte ihn sorgfältig auf die Sitzfläche. Dann löste er seinen eisernen Helm und schleuderte ihn zur Seite, so daß er klirrend weit weg von der Bahn landete. Der Wind, der ihn umwehte, als der Hengst ihn davontrug, trocknete den Schweiß auf seinem rasierten Schädel.

Er legte den Scheitel in den Seidenring auf dem Sattel und machte auf dem Rücken des galoppierenden Pferdes einen Kopfstand.

Er stützte sich kurz mit beiden Händen an den gekreuzten Steigbügeln ab. Aufmunternde Rufe drangen an sein Ohr; dann konzentrierte er sich voll auf die Stellung seines Körpers, als er den Bogen wieder aus der Hülle zog, einen Pfeil aus dem Köcher nahm, der am Sattel hing, und ihn einlegte.

Er mußte nach unten auf das rechte Auge des kleiner werdenden roten Löwen zielen, da er auf dem Kopf stand, damit der Pfeil in einem Bogen auf das Ziel zuflog. Er hatte es viele Tage lang geübt, erst mit Ostwind, dann mit Schwarzer Drache. Er mußte richtig schießen, ohne im entscheidenden Moment nachzudenken. Er schwitzte heftig, und es war ein merkwürdiges Gefühl, daß der Schweiß auf den Kopf zuströmte statt am Körper herunter.

Das Hufgetrappel von Schwarzer Drache vibrierte durch Lushan von dem auf den Sattel gepreßten Haarboden bis in die Fersen, die durch die Luft pfiffen. Er hielt die Beine auseinander und bewegte sie leicht hin und her, um die Bewegungen seiner Arme auszugleichen.

Doch dann wurde sein Herz zu einem Eisblock, als er fühlte, wie er das Gleichgewicht verlor und nach hinten zu kippen drohte.

Nicht vor ihr!

Mit einer ungeheuren Willensanstrengung und kaum wahrnehmbaren Anpassungsbewegungen seiner Gliedmaßen gewann er das Gleichgewicht zurück und beruhigte sich. Er durfte nichts hören oder sehen, sondern nur das rote Ziel wahrnehmen, das sich mit jedem mächtigen Satz des Pferdes unter ihm mehr entfernte. Keine Worte, keine Bilder schossen ihm durch den Kopf. Er empfand weder Hoffnung, Furcht noch Freude. Er war kein Mann aus Fleisch und Blut. Er war pures Handeln; er war das Balancieren, das Zielen, das Spannen, das Abschießen des Bogens.

Schwarzer Drache erreichte das Ende des Feldes und drehte sich auf der Hinterhand um. Bei Ritten auf den weiten Ebenen in dem Land, in dem er geboren war, hatte Lushan oft das Gefühl gehabt, er und sein Pferd seien ein Tier. Als er jetzt auf dem Rücken seines Pferdes auf dem Kopf balancierte, empfand er das gleiche Gefühl von Einheit.

Die starrenden Augen und das aufgerissene Maul des grünen Löwen, der auf dem Kopf zu stehen schien, kamen in sein Blickfeld. Das linke Auge war voller Pfeile, das rechte leer.

Lushan ließ die Hand zum Köcher hinuntergleiten und zog den ersten von zehn Pfeilen, die ihm noch verblieben waren. Er wartete, bis die Entfernung zwischen ihm und seinem Ziel größer wurde, und schoß dann den ersten ab. Pfeil folgte auf Pfeil.

Und dann griff er mit der Hand noch einmal in den Köcher und fand ihn leer. Im selben Augenblick brachte ihm eine Veränderung im Rhythmus des Hufgetrappels von Schwarzer Drache wieder ins Bewußtsein, daß er auf einem Pferd ritt und nicht auf dem Wind dahinglitt.

Es ist vorbei. Und du hast es geschafft. Du hast es genauso getan, wie du es wolltest.

Schwarzer Drache vollführte die letzte Drehung, und Lushan starrte den auf dem Kopf stehenden roten Löwen an, dessen Augen voller Pfeile steckten. Lushans Augen schmerzten vor Schweiß und Tränen.

Er ließ den Bogen in die Hülle gleiten und ergriff mit beiden Händen die Steigbügel. Er spreizte die Beine weit auseinander und ließ sie nach unten schwingen und hob dabei gleichzeitig Kopf und Oberkörper. Er erwischte Schwarzer Drache mit den Beinen am Hinterteil und stürzte sich nach vorn in den Sattel. Dann zog er die Zügel an und ließ Schwarzer Drache in Schritt verfallen.

Jetzt hörte er die Hochrufe. Von allen Seiten des Feldes, von der Ehrentribüne, von den Reihen der Gardesoldaten und von Hunderten weiterer Zuschauer, einfachen Leuten, die auf dem Zaun, der den Paradeplatz umgab, wie Vögel in Reihen hockten, ertönten staunende und lobende Rufe.

Die Rufe verfielen in einen Rhythmus. Es begann mit den tiefen Stimmen der Gardesoldaten am Südende des Feldes, einem stetigen Rhythmus. Andere fielen ein, und schon bald kamen die Rufe von überall her.

»An-Lu-shan! An-Lu-shan! An-Lu-shan!«

Daß die Menschen ihm vor dem Kaiser persönlich zujubelten – Lushan wußte, daß es gefährlich sein konnte, wenn der Kaiser ein eifersüchtiger Mann war, doch er empfand trotzdem unwillkürlich tiefen Stolz.

Immer noch seinen Namen rufend, ritten die Gardesoldaten los, ihn zu begrüßen. In Windeseile war er von sich drängenden Pferden und Männern umzingelt, die ihm auf den Rücken schlugen, Schwarzer Drache tätschelten und ihm sagten, er sei fabelhaft, sie hätten noch nie so etwas gesehen, und er sei der größte berittene Bogenschütze, der je gelebt habe.

Sein Herz füllte sich mit dem Wein des Triumphs. Er hatte das Gefühl, als hätten ihn seine Schutzgeister in den Himmel gehoben. Er meinte über dem Paradeplatz zu schweben, über der Kaiserstadt, sogar über dem Kaiser. Er fühlte sich einhundert Chih groß.

Er blickte über die Köpfe hinweg, die ihn umringten. Weit weg, jenseits des Paradeplatzes, saß der Kaiser reglos auf seinem hohen Thron, wie es einem Kaiser zukam. Doch Lushans Blick verließ den Kaiser schnell, um ein anderes Augenpaar zu suchen.

Sie stand gerade auf.

Sie war zu weit entfernt, so daß er nicht sagen konnte, ob sie ihm zujubelte. Doch sie war aufgestanden und winkte mit ihrem ausgebreiteten Fächer, und das war eindeutig genug.

Er hatte alles gewonnen, was er wollte, und mehr dazu.

»Genug jetzt! Ruhe! An, kommt her!«

Darius' Stimme war wie ein Donnerschlag. Die lärmenden Hochrufe erstarben, und der Ring von Männern um Lushan teilte sich und gab den Blick auf den Befehlshaber der kaiserlichen Garde frei, der steif auf seinem braunen Hengst saß und Lushan mit funkelnden blauen Augen ansah. Die riesige weiße Feder über dem vergoldeten Helm des Generals schien vor Wut zu beben. Die goldenen Phönixe, Löwen und Drachen, die in die glänzenden Zöpfe seines Bartes geflochten waren, blitzten vor Zorn.

Einen Augenblick war Lushan wie vor den Kopf geschlagen, als er Darius' Wut sah. Dann spürte er, wie auch sein Blut zu kochen begann und dem entsprach, was er im Gesicht des Generals sah. Doch dann ritt er wie befohlen durch die Menge zu Darius hin.

»Wenn Ihr auch nur den kleinsten Fehler gemacht hättet, wäre dem Sohn des Himmels und den kaiserlichen Hochzeitsgästen ein zutiefst lächerliches Schauspiel geboten worden«, wütete Darius. »Um Eures Ruhms willen wart Ihr bereit, dem Kaiser, dem Kaiserlichen Thronfolger und dessen Braut diesen Tag zu ruinieren. Ihr wart bereit, die harte Arbeit Eurer Offiziersbrüder und Männer mit Scheiße zu bewerfen.«

Sich diese Tirade anhören zu müssen, nachdem er die schwierigste Leistung seines Lebens vollbracht hatte, kam An Lushan vor, als hätte er soeben einen breiten Fluß durchschwommen, nur um dann von einem Skorpion gebissen zu werden. Lushan erbebte, als er die Wut zu beherrschen versuchte, die ihn am liebsten auf Darius hätte losstürzen lassen, mochte dieser nun General sein oder nicht.

»Aber habe gewußt, daß...«

Darius hielt die Hand hoch. »Schweigt! Wir lassen den Sohn des Himmels warten. Ihr werdet jetzt mit mir kommen, Hauptmann An. Ich bezweifle, daß wir Euch noch lange Hauptmann nennen werden.«

Der Sohn des Himmels? Würde der Kaiser ihn auch anschreien? Ihn hinrichten lassen?

Das kann nicht sein. Hat Vater denn nicht prophezeit, daß ich vierzig Sommer leben werde?

Darius riß sein Pferd herum und ritt in würdevollem Marschtempo auf die Tribünen zu. Lushan schloß mit Schwarzer Drache neben ihm auf, und zwar auf der linken Seite seines Vorgesetzten, wie es bei Militärparaden üblich war.

Mit leiser Stimme sagte Darius: »Höchstwahrscheinlich werden wir Euch Oberst nennen. Oder gar General.«

Lushan drehte sich um und starrte Darius an, als ihm gerade noch rechtzeitig einfiel, daß er bei einer Parade nach vorn blicken mußte. Er blickte prüfend in Darius' Herz und fand nicht Zorn, sondern widerwillige Bewunderung.

»Was sagen Ihr da?«

»Der Kaiser wünscht Euch zu sehen. Nach einer solchen Vorführung möchte er Euch belohnen. Außerordentliche Fähigkeiten bewundert er mehr als alles andere.«

Lushan sah in Darius' Herz nichts von dem Zorn, den der Perser eben noch gezeigt hatte. Statt dessen fand er dort Bewunderung, die fast widerstrebend aufstieg wie Gras auf einer trockenen Steppe.

Darius sagte: »Ich mußte Euch vor den Männern zurechtweisen. Ich konnte Euch die Mißachtung meiner Autorität nicht einfach durchgehen lassen. Doch bevor ich Euch dem Kaiser vorstelle, möchte ich Euch sagen, daß ich Euch für einen berittenen Bogenschützen halte, der sogar dem König der Hölle Angst einjagen könnte.«

Lushan fühlte, wie ihm Tränen in die Augen schossen. Daß der Befehlshaber der kaiserlichen Garde, ein anerkannt mächtiger Krieger, ihm erst vor seinen Offiziersbrüdern eine Standpauke hielt und ihn jetzt mit Lob überschüttete, war fast mehr, als er ertragen konnte, ohne auf der Stelle zusammenzubrechen. Er biß die Zähne zusammen und hielt seine Gefühle nur mühsam im Zaum. Was für ein Narr er war, sich durch das Lob eines Dieners des Kaisers rühren zu lassen. Doch er konnte nicht anders. Man lebt jahrelang mit Männern, und selbst wenn man ganz genau weiß, daß sie immer noch Feinde sind, bleibt einem nicht gleichgültig, was sie von einem halten.

Mit rauher Stimme murmelte er: »Danke Euch, Herr.«

Danach ritten sie schweigend weiter. Die Pferdehufe trappelten auf den Pflastersteinen. Lushan fühlte sich benommen, verwirrt. Er hörte, wie die berittene Kapelle den Marsch der kaiserlichen Garde anstimmte: »Unser Leben für den Kaiser.«

Lushan blickte prüfend die kaiserlichen Gesichter an, die auf ihn herunterstarrten, und sah *sie* inmitten anderer Damen auf einem Stuhl sitzen. Ihre filigrane Elfenbeinkrone glitzerte in der Mittagssonne, und Edelsteine funkelten an ihrer blaßblauen Robe. Sie hatte weißen Puder aufgelegt, sich die Augen geschwärzt und die Lippen mit roter Farbe bemalt. Sie zeigte keinerlei Gefühlsregung, doch wie er sich erinnerte, hatte er sie aufstehen und mit dem Fächer winken sehen. Er fühlte, wie ihm der Schweiß seine Seidentunika an den Seiten und auf dem Rücken kleben ließ.

Sie hielten wie vorgeschrieben fünfzig Chih von dem Staatsstuhl des Himmelssohnes entfernt an. Dieser sah aus der Höhe eines zweistöckigen Gebäudes auf sie hinab. Lushan saß ab und hielt den Blick gesenkt. Er starrte auf das seidene Banner, das vor der kaiserlichen Tribüne hing, ein grüner Drache, der sich vor einem leuchtend gelben Hintergrund nach oben wand. In der unteren rechten Ecke des Banners sah Lushan zwei aufgestickte purpurfarbene

Schriftzeichen in der Schrift des Reichs der Mitte. Er konnte sie nicht lesen, doch man hatte ihm gesagt, wie sie hießen: »Ming« – Strahlend – und »Huang« – Kaiser.

»Großkhan der Stadtbewohner«, war der Name von Lushans Volk für diesen Kaiser.

»Kotau«, ermahnte ihn Darius leise, worauf er und Lushan auf die Knie fielen. Die Pflastersteine bohrten sich in Lushans Seidenhosen.

Er preßte die Stirn in den Kies. Dann richtete er sich auf, wobei er den Blick respektvoll gesenkt hielt, bückte sich dann und wiederholte widerwillig erneut den Akt der Unterwerfung.

Neunmal.

An einem anderen Tag vor langer Zeit hatte er noch widerwilliger niedergekniet. Wie er sich erinnerte, war es ebenfalls ein sonniger Tag gewesen, jedoch viel kälter, weil es viel weiter nördlich gewesen war. Er war fünf Sommer alt gewesen, und sein Vater sollte getötet werden.

Lushan spürte erneut, wie sein Gesicht von seiner schluchzenden Mutter Houtei in die gefrorene Erde gepreßt wurde, wie sie ihn mit der Hand in seinem Nacken zwang, sich in Ehrerbietung vor dem Mann zu verneigen, der die Hinrichtung seines Vaters befohlen hatte. Er sah das aufgedunsene Gesicht des Beamten des Reichs der Mitte, die kleinen Augen, die hart waren wie Stein. Der Vizegouverneur der Provinz Hupei, Xao Enshih, war in gesteppte Gewänder gehüllt, die sich leuchtend rot und blau vor dem heftigen Wind abzeichneten, der über die Steppe peitschte, und saß in seiner Sänfte und verfolgte das Geschehen von dort aus. Er zeigte mit seinen bleichen dicken Fingern, die in langen Fingernägeln endeten, mal hierhin, mal dorthin.

Ein Diener stand neben dem Stuhl des Vizegouverneurs und hielt ein bestimmten Zeremonien vorbehaltenes Schwert in einer mit Edelsteinen besetzten Scheide. Lushan konnte jedoch sehen, daß dies nicht die Hände eines Mannes waren, der selbst kämpfte. Vermutlich hatte auch Xao Enshih in seinem ganzen Leben noch nie ein Schwert gezogen. Dies war ein Mann, der andere kämpfen ließ, während er sich zurücklehnte und mit diesen weichen Händen seinen Gewinn zählte.

Setze den Barbaren dazu ein, den Barbaren zu fangen: Das war, wie Lushan später herausfand, die Devise, nach der das Reich der Mitte blutige Taten durch andere erledigen ließ. Es war eine Politik, die von diesem Kaiser festgelegt worden war, vor dem er sich jetzt verbeugte. Dieser verabscheuungswürdigen Politik folgend, setzte das Reich der Mitte Türken gegen Lushans Volk ein.

Lushan erinnerte sich an den türkischen Häuptling, der vom Vizegouverneur des Reichs der Mitte Befehle entgegennahm. Er sah das hakennasige Gesicht des Türken unter einem eisernen Helm vor sich, den schwarzen Pelzumhang, der sich im Wind blähte, sah den Mann auf einem großen Fuchs reiten – es war kein Barbarenpony, sondern ein Geschenk des Reiches, dessen Arbeit die Türken an jenem klaren kalten Morgen erledigten.

Lushans Herz war wie ein gefrorener Klumpen in der Kehle, als er sah, wie sein Vater, An Torjan Khan, und acht andere führende Männer der verbündeten Mongolenstämme, die Torjan zu einem Bündnis vereint hatte, mit auf dem Rücken gefesselten Händen in der Mitte des Kreises von Jurten standen, aus denen ihr kleines Dorf bestand. Ein Überraschungsangriff hatte die Mongolenkämpfer zerstreut und die Gefangennahme der meisten ihrer Anführer zur Folge gehabt. Die Türken befahlen den neun verurteilten Männern, sich hinzuknien. Einige der Männer blieben schweigend und unerschütterlich stehen, worauf die Türken ihnen mit Säbeln die Kniesehnen zerschnitten. Sie stürzten zu Boden wie geschlachtetes Vieh.

Lushans Vater bewahrte seine Würde. Er kniete, wandte den Kopf mal hierhin, mal dorthin, bis seine dunklen Augen Lushan entdeckten und ihn fixierten. Mit diesem harten Blick sprach Torjan, wie Lushan wußte, zum letzten Mal zu ihm.

Lushans Mutter Houtei flüsterte ihm zu, still zu sein, doch er war erst fünf Sommer alt und konnte nicht gehorchen. Tränen und Schluchzer entrangen sich ihm wider seinen Willen. Damals wußte er noch nicht, daß sein Vater seine Macht als Schamane dazu benutzt hatte, seine Familie zu retten. Er konnte an Vizegouverneur Xao Enshihs Entschlossenheit, die Männer hinrichten zu lassen, zwar nichts ändern, doch er konnte die innere Landschaft des Beamten verändern, so daß dieser Befehl gab, den Familien den Tod zu ersparen.

Doch war es fast ebenso grausam, Frauen und Kinder Folterung und Tod von Ehemännern und Vätern mit ansehen zu lassen.

Ein Säbel sauste herab, und Torjans Körper war kopflos. Blut spritzte hervor. Ein Blick auf das tote Gesicht, das in den Staub rollte, ließ Lushan sich abwenden. Er übergab sich.

Er hatte jedoch die letzte Botschaft in den Augen seines Vaters verstanden: *Räche mich.*

Im Kopf des Vizegouverneurs des Reichs der Mitte hatten die Berge und Flüsse noch immer etwas von Torjans Macht. Er verkündete leutselig, er und die türkischen Krieger würden noch eine weitere Nacht bleiben und mit den Lebensmittelvorräten der Mongolen feiern. Schließlich gebe es jetzt ja weniger Mongolen, scherzte er. Sie würden nicht viel brauchen.

Er wußte nicht, daß er Torjans letztem Wunsch entsprechend handelte.

In ihrer Jurte, in der Lushan sein ganzes bisheriges Leben mit An Torjan Khan verbracht hatte, briet Mutter Houtei den Schenkelknochen einer Antilope. Der bittere Geruch des brennenden Knochens erfüllte das runde Filzzelt. Sie musterte die rissige Haut. Obwohl sie nicht die Macht ihres Mannes hatte, konnte Houtei in die Zukunft blicken. »Es ist gut«, sagte sie, »du hast die Macht deines Vaters geerbt. Ich wünschte, er hätte noch Zeit gehabt, dir zu zeigen, wie man sie benutzt. Du bist noch so jung.« Sie nahm seine Hände in ihre und sah ihm in die Augen.

Lushan sah sich mit Xao Enshih. Der Vizegouverneur berührte ihn auf verbotene Weise. Ohne zu wissen, was er tat, allein mit Hilfe eines wild entschlossenen Instinkts, begab sich Lushan in den Geist des Vizegouverneurs und veränderte dessen Gedanken, so daß ihm Lushan gefiel, er aber nicht mehr den Wunsch hatte, seinem Körper scheußliche Dinge anzutun.

Seine Mutter beobachtete ihn scharf. »Du hast die Fähigkeiten deines Vaters geerbt.«

»Wann wird dieser Mann so auf mich losgehen?« Er erfuhr erst viel später, welche Fähigkeiten Houtei meinte.

»Er könnte es jederzeit. Du wirst als Sklave mit ihm über die Große Mauer gehen.«

»Nein, Mutter!« Trotz der Hitze des Feuers zitterte er.

Sie schlug ihm leicht ins Gesicht, jedoch nicht um ihn zu bestrafen, sondern um ihn zum Schweigen zu bringen. »Hör zu. Er wollte dich töten lassen, weil du der Sohn deines Vaters bist, doch es ist Torjan gelungen, bei ihm einen Sinneswandel zu bewirken. Du wirst dich ins Reich der Mitte begeben und eines Tages Gelegenheit haben, deinen Vater zu rächen. Warte darauf und arbeite immer dafür.«

Sie wandte ihr breites Gesicht von ihm ab und wieder dem braunen Knochen mit seinem Spinnengewebe schwarzer Risse zu und studierte ihn aufmerksam. Seufzend sagte sie: »Du hast viel Zeit. Der Knochen sagt das gleiche wie dein Vater: daß du ihn überleben wirst. Er hat fünfunddreißig Sommer gelebt. Du wirst vierzig leben. Er wollte dir das jedoch erst sagen, wenn du viel älter bist.«

Lushan wurde plötzlich am ganzen Körper kalt. »Wie werde ich sterben?«

Sie zuckte die Schultern. »Darauf kommt es nicht an, du kannst es doch nicht verhindern.«

»Wie werde ich sterben?«

Sie seufzte erneut. »Es ist nicht möglich, alles zu sehen.« Doch dann wandte sie sich wieder dem verkohlten Knochen zu und musterte ihn erneut. »Ich sehe nur, daß jemand, der dich liebt, dich töten wird.«

»Wirst du das sein, Mutter?«

Sie schüttelte den Kopf. »Ich werde lange vor dir tot sein.«

Und so beschloß Lushan in seinem fünften Sommer, keinem anderen Menschen zu erlauben, ihn zu lieben. Und so würde er ewig leben.

Seit der Zeit, als sein Herr – beeinflußt durch Lushans Neuorientierung seiner inneren Landschaft – ihn mit sechzehn Sommern freiließ und ihm erlaubte, als ausländischer Söldner in die Armee des Reichs der Mitte einzutreten, hatte jede Handlung Lushans bis zu diesem Augenblick, in dem er vor dem Kaiser niederkniete, nur ein Ziel gehabt: Rache an diesem Kaiser und seinem Reich zu üben.

Er hatte immer noch reichlich Zeit. Noch zehn Jahre.

Und wenn er den Kaiser tatsächlich so beeindruckt hatte, wie Darius gesagt hatte, hatte ihn die Leistung des heutigen Tages seinem Ziel einen Schritt näher gebracht. Je höher er in der kaiserlichen Garde aufstieg, um so tiefer konnte er das Reich der Mitte verwunden.

Doch er hatte die heutige Leistung nicht allein um der Rache willen vollbracht.

Er wünschte, er könnte wieder zu *ihr* hochblicken, doch es wurde von ihm erwartet, daß er den Blick gesenkt hielt. Er hatte heute schon gegen genug Regeln verstoßen. Überdies stand er kurz davor, seine eigene Hauptregel zu verletzen: Wenn Dame Yang ihn liebte, würde es ihn gefährden. Daher beherrschte sich Lushan eisern und erlaubte sich nur, sie besitzen zu wollen und sich nicht danach zu sehnen, von ihr geliebt zu werden.

So verbarg sich dieses gefährliche Sehnen in den Wäldern seines Geistes.

Darius und er standen geduldig vor den kaiserlichen Tribünen und warteten auf ein Zeichen des kaiserlichen Wohlwollens. Mit einem Blick durch gesenkte Augenlider konnte Lushan sehen, daß sich der Sohn des Himmels mit einem kleinen blassen Mann beriet, der ein violettes Gewand und die schwarze Mütze eines Beamten trug. Nach kurzer Zeit kam der Beamte die Treppe herunter, die links um das große kaiserliche Banner herumführte, und blieb vor Darius und Lushan stehen. Sie fielen auf die Knie und machten dreimal das Kotau.

»Im Namen seines Sohnes Prinz Su Chi, dessen Hochzeit wir heute hier feiern, geruht der Kaiserliche Vater zu verkünden, daß ihm das kunstvolle Bogenschießen, das uns Hauptmann An Lushan zu Pferde vorgeführt hat, große Freude gemacht hat. Er befiehlt, daß Hauptmann An Lushan in den Rang eines Obersten der kaiserlichen Garde befördert wird.«

Daraufhin absolvierten Lushan und Darius vor dem Kaiser das volle Kotau. Ich werde es noch oft tun, dachte Lushan, wenn ich dem Weg meiner Rache folge. Eines Tages aber wird dieser Mann, der so erhöht dort oben in seinem gelben Gewand sitzt, sich mir unterwerfen.

Der Kaiserliche Thronfolger wird nichts erben, was zu erben sich lohnt. Und ich werde mir *sie* unterwerfen.

Mit auf dem Rücken gefalteten Händen blickte Longji auf das Terrakottamodell des Reichs der Mitte, das sich vor ihm ausbreitete. Jede Provinz war auf einen auf Rädern stehenden Tisch montiert, so daß man jede Provinz einzeln oder alle zusammen betrachten konnte wie jetzt, als sie ein Panorama mit einem Durchmesser von fünfzig Chih bildeten. Kein anderer Herrscher auf Erden konnte sich ein so umfassendes und detailliertes Bild von den ihm unterworfenen Ländern machen. Seen und Flüsse waren blau angemalt, Ackerland und Wälder grün, Hügel braun, und hohe Berge hatten weiße Gipfel. In den Lehm hineingedrückte rote Schnüre markierten die Präfekturgrenzen, und Scheiben aus buntem Glas, die im Lampenschein glitzerten, stellten Städte dar. Doch das wirkliche Ackerland in der Provinz Hotung war gelb, wie er wußte, nicht grün. Hotung war im vergangenen Jahr von Überschwemmungen verwüstet worden. Während des größten Teils dieses Sommers hatte es dort überhaupt keinen Regen gegeben. Und die größeren und kleineren Städte Hotungs brannten.

Gao Lishi stand mit wachsamen Augen neben dem Modell. Bei kritischen Audienzen wie dieser hatte er für die kaiserliche Garde eine Reihe von Signalen vorbereitet, damit Longji mit seinen Beratern so gut wie ungestört sprechen, jedoch nie Attacken ausgesetzt werden konnte.

Der weißbärtige Erste Minister Fu Monzing, der nicht ahnte, wie gut sich Longji auf diese Diskussion vorbereitet hatte, berichtete mit heiterer Stimme von der Lage. Es war ihm sichtlich gleichgültig, wie sehr Hotung litt.

Longji dachte an die Neuigkeit, die ihm Ma Tsu vor einer Stunde unter vier Augen überbracht hatte. Am liebsten hätte er Fu Monzing zu Boden geschlagen und ihn getreten. Um so mehr frustrierte es ihn, daß er als Sohn des Himmels etwas so Würdeloses nicht tun konnte. Er würde jedoch dafür sorgen, daß Fu Monzing für die Überschreitung seiner Kompetenzen angemessen bestraft wurde.

Wie glattzüngig er ist! Er hat keine Ahnung, daß ich weiß, was er getan hat.

Als Antwort auf Longjis letzte Frage sagte Fu Monzing: »Die Getreidereserven, die zur Verteilung hätten verfügbar sein sollen, sind nach den Überschwemmungen des vergangenen Jahres verfault, Strahlender Kaiser.«

Longji sagte: »Die kaiserlichen Kornkammern sollen laut Gesetz auf höherem Boden erbaut werden. Doch lassen wir das mal beiseite: Können wir aus den anderen Provinzen überschüssiges Getreide nach Hotung schicken?«

»Auch diese Provinzen sind von Dürre betroffen, Strahlender Kaiser. Sie brauchen ihre Getreidereserven für ihr eigenes Volk.«

»Die Provinzverwaltung von Hotung hat ihr Volk also im Stich gelassen. Und wir können ebenfalls nichts für sie tun. Was ratet Ihr mir?«

Fu Monzing neigte den Kopf: »Ich fürchte, wir haben keine Wahl, Strahlender Kaiser.« In diesem Augenblick hatte er das verschlagene Aussehen seiner Nichte, Dame Fu. »Selbst wenn die Herrscher von Hotung im Unrecht wären, können wir nicht zulassen, daß Rebellen Erfolg haben. Wir müssen Truppen entsenden.«

Lebensmittel können wir also nicht hinschicken, aber Truppen. Longji ballte die Hände unter seinen langen Ärmeln zu Fäusten. Fu Monzing wirkte so blasiert wie eine Porzellanstatue. Wäre er eine Statue gewesen, hätte Longji ihn gegen eine Wand geschleudert und zerschmettert.

»Dies sind keine Rebellen. Es sind hungrige, zornige Bauern und Stadtbewohner.«

Und jetzt, dachte er, werde ich Fu Monzing bestrafen. Weil ich weiß, was er getan hat, und er nicht weiß, daß ich es weiß.

Longji sagte: »Diese fünf Mandarine, welche die Hochzeitsprozession aufhielten, kamen aus Hotung. Vielleicht könnten sie uns sagen, wie wir diese Situation unter Kontrolle bekommen, ohne gegen unser eigenes Volk Krieg zu führen. Sie könnten uns sagen, mit wem wir in Hotung sprechen müssen. Bringt sie in einer Stunde in die Geringere Audienzkammer.« Da er wußte, wie Fu Monzings Antwort lauten würde, schaffte er es nur mit einiger Anstrengung, seiner Stimme einen ruhigen Klang zu geben; er war sehr mit sich zufrieden, daß er keinerlei Anzeichen des Zorns erkennen ließ, den er empfand.

Der Streifen aus gestärkter schwarzer Seide, der Fu Monzings Amtsmütze schmückte, zitterte leicht, als er den Kopf noch ein wenig tiefer senkte. »Ich bitte um Vergebung, Strahlender Kaiser, doch das wird nicht möglich sein. Die Männer sind tot.«

Longji konnte sehen, daß Fu Monzing trotz seiner äußerlich ehrerbietigen Haltung überzeugt war, daß der Kaiser alles akzeptieren würde, was er zu sagen hatte. Hitze stieg in Longji auf, als wäre er ein mit heißem Öl gefüllter Kochtopf. Er ermahnte sich, daß zwei Dutzend Minister und stellvertretende Minister ihn beobachteten, die in Gruppen unter den vier vergoldeten Torbögen standen, durch die man in die Halle der Zehn Provinzen gelangte. Er würde für sich behalten, daß er schon von dem Tod der fünf Mandarine erfahren hatte. Es fiel ihm jedoch teuflisch schwer, seine Wut zu zügeln.

»Wie sind sie gestorben?«

»Ich habe sie hinrichten lassen, Strahlender Kaiser. Sie wurden kurz vor Tagesanbruch in aller Stille erdrosselt. Ein schneller, leichter Tod.«

Der Onkel meiner Frau. Ich habe ihm diesen Posten gegeben, um ihr einen Gefallen zu tun. Dem hier und hundert weiteren Mitgliedern ihrer Familie, die genauso schlecht sind wie er oder schlimmer.

»Ich habe befohlen, sie einzukerkern und auf weitere Befehle zu warten.« Longji preßte die Worte durch seine eng zugeschnürte Kehle. Abgesehen von seiner Wut auf Fu Monzing war ihm unwohl bei dem Gedanken an die unnötigen Todesfälle. Diese Männer hatten zwar die Hochzeitsprozession gestört, doch das hatte Mut erfordert, und er hatte selbst in dem Augenblick Mitgefühl mit ihnen gehabt, da er wußte, daß sie einfach nur versuchten, das Richtige zu tun, und daß ihre Klagen über die Fu durchaus berechtigt waren.

Er spürte einen Kloß im Hals. Er hätte diese Männer nicht drei Monate lang vernachlässigen dürfen.

»Es waren grobe und aufsässige Männer, der Aufmerksamkeit des Strahlenden Kaisers unwürdig.«

Longji war überzeugt, daß es kein Zufall war, daß Fu Monzing die Hinrichtungen gerade am Vorabend angeordnet hatte, gleich nachdem die Nachricht von dem Bauernaufstand in Hotung die Hauptstadt erreicht hatte. Die Fu waren in Hotung ohne Zweifel in Korruption verwickelt, und der Erste Minister versuchte, das zu vertuschen. Longji fiel wieder ein, daß der Sprecher der fünf Männer ausgerufen hatte, sie hätten schon oft um eine Audienz beim Kaiser gebeten, seien aber immer wieder abgewiesen worden.

Am liebsten hätte er Fu Monzing aus dem Amt und ins Gefängnis werfen, verprügeln oder sogar erdrosseln lassen wie diese anderen Männer. Doch er hielt sich im Zaum.

Die Männer hier in diesem Raum könnten mich wirklich in Gefahr bringen. Ich habe mich bemüht, meinen Blutsverwandten nicht allzuviel Macht zu geben, doch damit habe ich nur für die Fu Platz gemacht. Jetzt halten Hunderte von Männern des Fu-Clans Schlüsselstellungen in der kaiserlichen Verwaltung und in den Provinzverwaltungen. Hunderte von Fu-Frauen sind mit wichtigen Männern verheiratet. Vermutlich sind die Fu sogar in der Lage, einen Bürgerkrieg zu beginnen.

Wie konnte ich das nur zulassen? Ich habe meine Zeit mit den schönen Künsten vertändelt, als ich mich besser um die Verwaltung hätte kümmern sollen. Nach Pang Yuens Tod habe ich mich von Fu Zhou und meinen Ministern überreden lassen, die Regierungsgeschäfte anderen zu überlassen. Ich hätte sehen müssen, wohin das führt.

Er musterte die kleinen Gruppen von Ministern und ihren Stellvertretern, die ihn umringten. Sie standen still und streckten sich leicht in einer Haltung wachsamer Ehrerbietung. Doch hinter den vielfarbigen Roben und den unbeweglichen Gesichtern sah er steifbeinige Wölfe mit entblößten Zähnen. Plötzlich fühlte er sich allein und verwundbar. Er wandte den Blick zu der beruhigenden Gegenwart des riesigen Gao Lishi.

Kaiserliche Minister, die zu mächtig geworden waren und sich verzweifelt an ihre Macht klammerten, waren zu allem fähig. Wenn alle oder die meisten Minister sich zu einer Verschwörung zusammenfanden, würden sie einen Kaiser für krank oder gar verrückt erklären und in seinem eigenen Palast einsperren können. Oder, dachte Longji, der plötzlich das Gefühl hatte, den kalten Atem von etwas Großem und Reptilienhaftem im Nacken zu spüren, man kann einen Herrscher auch durch bestochene Palastwachen niederstechen lassen, wie es bei Kaiserin Wei geschehen war. Oder er kann wie Kaiser Chung Zong zusammenbrechen, nachdem er Wein getrunken hatte, den man mit einem tödlichen Gewürz versetzt hatte.

Welchem dieser Männer konnte er wirklich trauen? Einem mit Gewißheit: dem anspruchslosen Ma Tsu, der ihm vor einigen Stunden in aller Stille über den Tod der Mandarine berichtet hatte und der jetzt in der Halle so weit entfernt stand, daß Longji seinen Gesichtsausdruck nicht erkennen konnte.

Und dann natürlich Yang Enger, diesem brillanten jungen Mann, den er zum Kaiserlichen Zensor ernannt hatte, dem Bruder des strahlenden Edelsteins Yang Guei Fei. Wie weise von Ma Tsu, den Vorschlag zu machen, nach und nach Angehörige der Familie Yang in die Verwaltung aufzunehmen, um ein Gegengewicht gegen die Fu zu schaffen. Doch weder Ma Tsu noch sonst jemand hätte vorhersagen können, wie schmerzlich es für Longji sein würde, Yang Guei Fei zu begegnen.

Fu Monzing sah ihn besorgt an. Longji sah in den Augen des alten Mannes nichts von der Drohung mit einem Staatsstreich. Er mußte jedoch zeigen, daß er sowohl sich als auch die Situation in der Gewalt hatte. »Kniet nieder«, befahl er.

Der Erste Minister brachte sich unter Stöhnen und Seufzen in eine kniende Position. Longji war überzeugt, daß er dabei übertrieb, um bei ihm Schuldgefühle auszulösen, weil er einem alten Mann Unbehagen bereitete.

Einem alten Mann, der fünf unschuldige Mandarine getötet hatte? Es ist nicht sehr wahrscheinlich, daß es mir leid tun wird, ihm ein wenig Reißen in den Kniegelenken verursacht zu haben.

»Es ist nicht üblich, Beamte des zweiten Rangs hinrichten zu lassen, nur weil sie die öffentliche Ordnung gestört haben«, sagte er.

»Die Störung einer kaiserlichen Hochzeit ist keine bloße Unruhestiftung, Strahlender Kaiser«, entgegnete Fu Monzing.

»Ihr hättet mich um Erlaubnis bitten müssen.«

»Wenn ein Sklave im Haus seines Herrn ein Insekt über den Fußboden krabbeln sieht, stört er dann den Herrn, um diesen um Erlaubnis zu bitten, bevor er es zertritt? Kaiserlicher Vater hatte am Tag der Hochzeit vieles zu bedenken und später nichts mehr von diesen gotteslästerlichen Mandarinen gesagt. Vielleicht vergebt Ihr mir, daß ich der Ansicht war, Ihr könntet sie nicht mehr gebrauchen und ich könnte mit ihnen verfahren, wie ich es für richtig hielt.«

Wie plausibel sich das anhört, dachte Longji. Doch nichts davon ist wahr. Er mußte Fu Monzing bestrafen, und zwar streng genug, um allen zu zeigen, daß er immer noch der Kaiser war, jedoch nicht so schwer, daß er die Fu provozierte, sich zu einem Komplott gegen ihn zu verbünden.

Beim Jade-Kaiser! Ich fühle mich in meiner eigenen Hauptstadt nicht mehr sicher, in meinem eigenen Palast. Das darf nicht sein.

»Ich verlange, daß Ihr jeder der fünf Familien, die Ihr ungerechtfertigt ihrer Ernährer beraubt habt, zehntausend Ketten Goldmünzen zahlt. Außerdem müßt Ihr eine ganze Nacht und einen ganzen Tag, vom heutigen Sonnenuntergang bis zum morgigen, am Schrein der Guanyin, der Göttin der Gnade, im Tempel der Überströmenden Glückseligkeit im Gebet verbringen. Ihr dürft Tee zu Euch nehmen, aber weder essen noch schlafen.«

Er sah sich in der Halle der Zehn Provinzen um. Die anderen Minister standen stumm und bleich da. Er sah sich suchend um, bis er Yang Enger in seiner schwarzen Robe mit dem runden goldenen Siegel des Kaiserlichen Zensors entdeckte, das an einer Halskette hing.

»Bevor ich eine Armee nach Hotung schicke, um die Bevölkerung der Provinz hinzuschlachten«, sagte er, »möchte ich herausfinden, was dort geschehen ist. Da Fu Monzing es mir unmöglich gemacht hat, die Bittsteller aus Hotung zu befragen, befehle ich dem würdigen Yang Enger, mit einhundert Mann der kaiserlichen Garde die Unfähigkeit und Korruption der Provinzbeamten zu untersuchen. Die Schuldigen sollen – falls sie nicht durch die Hand zorniger Bauern schon einen wohlverdienten Tod erlitten haben – hierhergebracht und vor Gericht gestellt werden.«

Yang Enger fiel auf die Knie und stieß mit dem Kopf auf den Fußboden. Obwohl er kleinwüchsig und stämmig war, stand er mit einer schnellen, behenden Bewegung auf, die Longji daran erinnerte, wie anmutig sich Yang Guei Fei nach dem Niederknien erhoben hatte. Beim Gedanken an sie krampfte sich in ihm alles zusammen. Ma Tsu zufolge drangen aus dem Päonienblütenpalast Gerüchte, daß die Ehe von Guei Fei und Su Chi nach nur drei Monaten schon unglücklich war, was nichts Gutes verhieß.

Fu Monzing beugte sich vor und legte die Hände flach auf den Boden, dann wuchtete er sich mit einem lauten Stöhnen hoch. Bevor sich ein anderer bewegen konnte, eilte Yang Enger zu ihm und half ihm auf die Beine. Fu Monzing schoß einen Blick auf Enger ab, der so heiß und mörderisch war wie der Atemhauch eines Drachen.

Longji sah, wie der zweitmächtigste Mann des Reichs der Mitte aus der Halle der Zehn Provinzen wankte, um seine Buße zu tun. Der Fu-Clan, dachte er, ist wie ein Baum, der so riesig geworden ist, daß er das Haus zu zertrümmern droht, neben dem er steht. Höchste Zeit, daß der Baum gefällt, weggeschleppt und verbrannt wird. Doch er mußte vorsichtig sein: Ein Sturm würde Baum, Haus, Reich und alles andere hinwegfegen.

»Mein Sohn hat mir erzählt, daß du ihm im Bett kein Vergnügen bereitest«, sagte Fu Zhou, deren Zähne im Lampenschein glitzerten.

Guei Fei fühlte, wie ihr erst kalt und dann heiß wurde. Wie konnte er mit seiner Stiefmutter darüber sprechen? Es war schändlich, ihr so etwas anzuvertrauen.

»Ich habe ihm nichts verweigert«, entgegnete sie. Voller Bitterkeit dachte sie: Ich lasse ihn tun, was er will, wie krank es mich auch macht.

Sie trat auf dem gekachelten Fußboden von einem Fuß auf den

anderen. Es gab keine Stühle im Raum. Auf der Seite des Schlafzimmers, das sich zu dem Sommerabend hin öffnete und nur durch ein Moskitonetz abgeschirmt war, streckte sich die Kaiserin auf demselben Diwan mit den Kissen voller Silberquasten aus, auf denen sie schon bei ihrer letzten Begegnung gelegen hatte.

Zwei Vögel mit leuchtend grünen Federn und roten Flügelspitzen hüpften in einem Drahtkäfig neben Dame Fus Kopf von Stange zu Stange. Ein leichter Windhauch wehte Rosenduft aus dem Garten herein. Guei Fei hörte, wie draußen in der von Lampions erleuchteten Dunkelheit Grillen zirpten.

Dame Fu hob den Kopf von dem Arm, auf den sie ihn gestützt hatte. Ihr schmuckloses Gewand aus schwarzer Moiréseide schimmerte bei dieser Bewegung. Seit der Hochzeit trug sie keine Trauerkleidung mehr. Doch jetzt schien sie Schwarz zu bevorzugen, obwohl es ihre hagere und unattraktive Gestalt betonte. Guei Fei hatte selbst immer gern Schwarz getragen – bis jetzt.

Doch plötzlich fiel Guei Fei etwas ein: Als Dame Fu Weiß trug, versuchte sie mich dazu zu bringen, kein Schwarz mehr zu tragen. Sie sagte mir, Schwarz lasse mich aussehen wie ein altes Weib. Wie hinterhältig sie ist!

»Es genügt nicht, ihm seinen Willen zu lassen«, sagte Dame Fu. »Er möchte wissen , daß er auch dir Freude bereitet. Fällt dir das so schwer?«

Guei Fei erkannte, daß Dame Fu die unmöglichen Forderungen noch steigerte, die Su Chi Nacht für Nacht an sie gestellt hatte.

Nach der Hochzeit hatte er sie zunächst jede Nacht kommen lassen. In Begleitung ihres sanften Eunuchen Chu Ling hatte sie den kurzen Spaziergang auf der Marmorpromenade gemacht, der den Päonienblütenpalast vom Palast der Ungeheuren Unendlichkeit trennte, und Su Chi hatte sie die ganze Nacht bei sich behalten. Sie hatte es nicht genossen, sich mit ihm zu paaren, sich inzwischen aber daran gewöhnt.

Es überlief sie noch immer jedesmal kalt, wenn sie durch die nächtlich stillen Hallen des gewaltigen Gebäudes ging, in dem der Kaiser lebte und arbeitete, wenn sie daran dachte, daß sie vielleicht ganz in seiner Nähe war.

Dann hatte Su Chi begonnen, zu ihr in den Päonienblütenpalast zu kommen. Er erschien urplötzlich in ihren Gemächern, schickte Chingchin, Chu Ling und die Zofen weg und brachte schnell hinter sich, was er von ihr wollte. Jeder Besuch schien eine Art Probe zu sein, die immer damit endete, daß er unzufrieden war und hinauseilte.

In jüngster Zeit hatte er sich angewöhnt, sie wieder kommen zu lassen, als wären ihm die Besuche im Päonienblütenpalast zu mühselig, doch jetzt schickte er sie schon weg, nachdem er nur einmal fertig geworden war. Es ist fast wie bei einem Mann, dachte sie voller Ekel, der sich erleichtert. Sie fühlte sich erniedrigt.

Sie gab sich die größte Mühe, ihm zu gefallen, konnte ihm aber auf Kommando keine Gefühle entgegenbringen und auch ihrem Körper nicht befehlen, anders zu reagieren. Und ohne das, so spürte sie, mußte der ganze Akt für ihn enttäuschend sein. Bei öffentlichen Zeremonien, bei Festen im Palast oder bei privaten Unterhaltungen konnte sie ihm erfolgreich vorheucheln. Aber nicht, wenn sie im Bett waren. Dann brach die wahre Guei Fei in ihr durch.

Und die wahre Guei Fei wußte etwas, was sie nie enthüllen konnte: Sie würde das Zusammensein im Bett mit Su Chi nie genießen können, weil er der falsche Mann war. So einfach und so unlösbar war es. Als er Nacht für Nacht zorniger wurde und immer unwirscher mit ihr umging, ging ihr allmählich auf, daß er sich in Wahrheit nicht um ihre Lust Gedanken machte, sondern um seinen Stolz. Er brauchte ihre Lust als Beweis seiner Männlichkeit und Anziehungskraft. Diese Erkenntnis vertrieb die Möglichkeit einer freudigen Reaktion immer tiefer in die Höhle ihres sich verhärtenden Herzens.

Und die Kaiserin, diese Spinne von einer Frau, sorgte sich um ihre Gefühle kein bißchen mehr als Su Chi.

Guei Fei sagte: »Es demütigt mich zu erfahren, daß er sich bei Euch über das beklagt, was in unserem Schlafzimmer geschieht, Kaiserliche Mutter. Und es ist mir peinlich, daß er von Euch erwartet, daß Ihr Euch wegen solch privater Dinge Gedanken macht.«

Dame Fu füllte einen silbernen Weinbecher auf einem kleinen Rosenholztisch und trank daraus. Es gab nur den einen glitzernden

Krug und den einen Becher. Es war offenkundig, daß Dame Fu ebenso wie beim Fehlen von Stühlen die Ausstattung des Zimmers dazu nutzte, Guei Fei in die Schranken zu weisen.

»Soll er allein mit seiner Not fertig werden und es niemandem erzählen? Wenn du ihm in dieser Angelegenheit nicht gehorchst, an wen sollte er sich denn wenden, wenn nicht an seine Mutter?« sagte sie und zeigte mit einem spindeldürren Finger auf Guei Fei.

Stiefmutter, verbesserte Guei Fei im stillen. Ihre Söhne sollten Idioten sein – schlimmer noch als Su Chi, geistesschwach und pervers. Pang Yuen, die im kaiserlichen Haushalt jetzt eine Legende war, war Su Chis Mutter. Chu Ling hatte ihr von der ersten großen Liebe des Kaisers erzählt. Guei Fei stellte sich vor, daß Pang Yuen eine Frau gewesen war, die ihr sehr ähnlich war und ganz und gar nicht wie Dame Fu.

Sie konnte sich nicht vorstellen, daß Yang Qen, ihre Mutter, mit Engers Frau so eine Unterhaltung führte. Enger wäre ohne Zweifel außer sich vor Zorn, wenn seine Mutter mit seiner Frau über solche Dinge spräche. Doch in der Familie Yang respektierte man einander, wie ihr einfiel. Es tat ihr leid zu sehen, daß die kaiserliche Familie mit der verkommenen Moral durchsetzt war, vor der Onkel Yang Heng sie gewarnt hatte.

»Ich gehorche ihm ja, Kaiserliche Mutter. Ich tue, worum er mich bittet.« Und, fügte Guei Fei im stillen hinzu, sollte Dame Fu nach Beispielen fragen, wäre das zu schlimm.

Dame Fu schwang die Beine auf den Fußboden, so daß der Saum ihres schwarzen Seidengewands ihre Füße bedeckte.

»Ich hätte nicht die Person werden können, die ich heute bin, wenn ich nicht verstanden hätte, einen kaiserlichen Ehemann zufriedenzustellen.«

Sie stand auf. Sie war so dünn, daß keine einzige Kurve den Fall ihres langen schwarzen Gewandes von den Schultern bis zu den Füßen unterbrach, und ihr Kopf, der für den Körper zu groß war, sah aus wie ein Lampion auf einem Pfahl. Ein absurder Gedanke, sich diese Frau mit Longji im Bett vorzustellen.

Himmel, sie ist ja so dürr, daß sie ihn in Stücke schneiden würde!

Einen Augenblick hätte sie am liebsten laut aufgelacht. Doch um die Zeit, als Pang Yuen bei der Geburt von Su Chi starb, dachte sie, muß Fu Zhou eine attraktive Frau gewesen sein. Sie konnte sich nicht vorstellen, daß Longji mit einer reizlosen Frau ins Bett ging.

»Ich bin überzeugt, daß Ihr sehr kenntnisreich seid, Kaiserliche Mutter.«

Dame Fu lächelte zu ihr hoch. Sie war einen Kopf kleiner als Guei Fei.

»Wenn du das anerkennst und dich entschließt, daraus Nutzen zu ziehen, werden wir gut miteinander auskommen«, sagte sie.

Das glaube ich nicht, dachte Guei Fei. Wir werden nie gut miteinander auskommen, egal was ich tue.

Dame Fu drehte sich um und schwebte zu einem goldbemalten Tisch hinüber. Über dem Tisch hing ein Gemälde von fünf toten Bäumen in einer Winterlandschaft. Ein ziemlich düsteres Thema, dachte Guei Fei, vielleicht typisch für Fu Zhous Geschmack. Auf dem Tisch stand eine pfauenblaue Vase mit mehreren Schriftrollen. Dame Fu zog eine dicke Rolle heraus und reichte sie Guei Fei.

»Mach sie auf«, sagte sie. Dann setzte sie sich wieder auf ihren Diwan.

Guei Fei löste das Band und entrollte die Rolle so weit, daß sie den Titel sehen konnte: »Das goldene Buch der Liebelei«. Ein abscheulicher Verdacht stieg in ihr auf, worum es sich dabei handeln könnte. Sie hatte schon von solchen Rollen gehört, obwohl es im Haus ihrer Familie, soviel sie wußte, keine gegeben hatte. Sie versuchte weiterzulesen, doch es war schwieriger, die Rolle im Stehen ohne Tisch als Unterlage auszubreiten.

Sie bemühte sich, die Rolle mit der linken Hand zu entrollen, während sie sie mit der rechten zusammenrollte. Die schwarzen Umrisse von zwei ineinander verschlungenen Beinpaaren wurden sichtbar sowie die Worte: »Vermeidet Tolpatschigkeit, wenn ihr die Stellung wechselt.« Sie fühlte, wie ihre Wangen brannten. Sie hatte richtig geraten; es war ein Kopfkissenbuch. Sie war überzeugt, daß Dame Fu es ihr nur gegeben hatte, um sie damit zu beleidigen und zu zeigen, daß sie als Ehefrau ungenügend war, und ihr mit Gesichtsverlust zu drohen. Ganz gewiß geschah es nicht aus dem Wunsch heraus, ihr Leben glücklicher zu machen.

»Im Stehen kannst du nicht lesen. Wie du jedoch aus diesem Buch lernen wirst, gibt es andere Dinge, die du im Stehen tun kannst. Breite die Rolle auf dem Fußboden aus.« Dame Fu warf ihr vom Diwan aus ein Kissen zu.

Guei Fei verabscheute es, nachgeben zu müssen, sank jedoch gleichwohl mit einem Seufzer auf das Kissen und breitete die Rolle aus. Ich will versuchen, versprach sie sich, meine Wut zu zügeln.

Viele Jungfrauen bekamen solche Bücher kurz vor der Hochzeit, doch bei der Familie Yang galten sie als grob und anstößig. Statt eines Kopfkissenbuches hatte Guei Fei eine lange und offene Erklärung ihrer Mutter erhalten, ein letztes Gespräch in einer ganzen Reihe zum gleichen Thema, die schon begonnen hatten, als sie noch ein kleines Mädchen war. Sie wußte alles, mit Ausnahme dessen, was eine Frau zu tun hat, wenn ihr der Akt kein Vergnügen bereitete. Yang Qen hatte das offenbar nicht als ein Problem erkannt.

Sie zog die Schriftrolle langsam über den Fußboden, wobei sie mit den Blicken den Bildern von rechts nach links folgte und die Spalten mit den Worten überflog. Der Künstler hatte drei Farben benutzt: Schwarz für die Umrisse der Gestalten, Grün für die Kleidungsstücke, welche die Männer und Frauen manchmal zum Teil verhüllten, sowie ein lebhaftes Rosa für ihre Geschlechtsteile. Intim waren die Zeichnungen jedoch nicht, denn jede Einzelheit war mit kühnen Pinselstrichen sorgfältig und gründlich abgebildet. Guei Fei spürte, wie die Hitze in ihrem Gesicht sich im ganzen Körper ausbreitete, und die Stirn wurde ihr feucht. Am liebsten hätte sie sich von den Bildern losgerissen, doch sie hatte noch nie so etwas gesehen und konnte nicht umhin, weiter hinzuschauen. Erst Paare in verschiedenen Stellungen. Dann Dreier und Vierer und Fünfer, wobei die Figuren in mehr Variationen miteinander kombiniert wurden, als Guei Fei überhaupt für möglich gehalten hätte. Jeder Körperteil, der einen anderen penetrieren konnte, wurde mit der gleichen Aufmerksamkeit behandelt. Einige der Menschen schienen trotz des erregten Zustands ihrer alten Männer oder Jadetore unglaublich heiter zu sein, andere lachten, als sie miteinander spielten, und wieder andere hatten Gesichter voll ungezügelter Ekstase.

Guei Fei versuchte nicht, jedes Wort in den Spalten zu lesen, welche die Bilder umgaben, erfaßte jedoch das Wesentliche. Das Buch erklärte, wie Männer und Frauen einander anspornen konnten, um ihre Lust weit über das von der Natur gesetzte Maß hinaus zu steigern. Neugier in Verbindung mit einem neuen Gefühl ließ Guei Fei weiterlesen. Als sie sich immer mehr vertiefte, spürte sie, wie die Wärme der Verlegenheit sich in eine andere Art Hitze verwandelte, in eine Hitze, die sie in Träumen von Longji empfunden hatte, aber nie bei Su Chi.

Dame Fus metallische Stimme riß sie aus ihrer Selbstvergessenheit. »Verstehst du jetzt, wie du bei meinem Sohn empfinden und dich geben solltest?«

Ekel schüttelte Guei Fei. Sie hatte das Gefühl, als wäre die ältere Frau in ihren Körper und in ihre Seele eingedrungen, als krabbelte sie in ihr herum wie ein giftiger Wurm. Sie erkannte, daß die Kaiserin sie mit der Bilderrolle hatte erregen wollen, um sie so zu beschämen und zu erniedrigen. Sie fühlte sich beschmutzt, als hätte diese herrschsüchtige Frau sie mit böser Absicht angerührt. Sie schüttelte sich, wie ein nasser Hund Wasser abschüttelt.

Sie richtete sich auf und ließ die beiden Enden der Rolle zusammenprallen. »Dies sagt mir nichts.«

Dame Fu hob die Augenbrauen. »Nichts? Tatsächlich?« Die Stimme war verschlagen, amüsiert, anzüglich. »Ich habe gesehen, wie deine Wangen rot wurden. Ich habe bemerkt, wie deine Lippen sich öffneten. Ich habe beobachtet, daß du schneller geatmet hast. Ich weiß noch, als ich etwa in deinem Alter oder vielleicht etwas jünger war und zum ersten Mal eine solche Rolle sah, daß ich...«

Mit einem Mal begriff sie, was die Kaiserin zu tun versuchte. Sie wollte nicht, daß Guei Fei eine pflichtbewußte Schwiegertochter war. Diese Rolle war ebenso wie der Nachttopf, den sie hatte hinaustragen müssen, ein Instrument, mit dem Dame Fu sie zu demoralisieren und zu zerstören hoffte.

In Guei Fei brannte eine solche Wut, daß sie sich nicht heiß, sondern eiskalt anfühlte. Sie fuhr hoch. Sie war einige Augenblicke lang nicht auf der Hut gewesen, als sie die Rolle las, doch jetzt würde sie sich keine Blöße mehr geben. Sie würde nicht zulassen, daß diese Frau noch einmal in sie hineinkroch.

»Diese Rolle wäre ein passendes Anleitungsbuch für ein Gesangsmädchen im Bezirk der Betörenden Blüten, aber nicht für die Frau eines Kaisers.«

Dame Fu schnaubte. »Wie interessant, daß du erst kurze Zeit in Changan bist und schon den Namen des Vergnügungsviertels kennst. Anscheinend bist du doch nicht so seriös und gelehrt.«

»Ich kenne den Namen *jedes* wichtigen Bezirks von Changan, Dame Fu. Ich kenne die Regionen des Reiches, die zehn Provinzen, die dreihundert Präfekturen. Ich weiß, wo Wohlstand herrscht und wo Armut und warum. Ich kenne den Namen und die Macht jedes der Barbarenvölker, die uns umzingeln. Das ist die Art von Wissen, das mich geeignet macht, die Erste Frau des Himmelssohns zu sein.«

Dame Fu war wieder aufgestanden und funkelte Guei Fei an wie eine wütende Kobra. Sie trat nahe an sie heran, so daß ihr übelriechender Atem Guei Fei ins Gesicht wehte.

»Du bist ja auch so gescheit«, höhnte sie.

»Ja, und ich bin stolz darauf. Ich habe die Vier Klassiker und die Fünf Bücher gelesen und wieder gelesen. Ich kenne mich im buddhistischen Schrifttum aus. Wenn Su Chi eine Kurtisane will, kann er sich meinetwegen eine Kurtisane nehmen. Er soll sich eine aussuchen, die sich das auf dieser albernen Rolle gezeichnete Leibergewirr gemerkt und geübt hat. Ich entdecke hier nichts von Geist, alles Körper.«

Guei Fei vernahm einen neuen Unterton in ihrer Stimme. Von dem mädchenhaften Neuankömmling in Changan war nur noch wenig zu hören. Sie fühlte sich einen Augenblick größer und gewichtiger.

»Und du bist ganz Geist und nicht Körper«, spie die Kaiserin sie an. »Du bist nichts weiter als ein weiblicher Eunuch.«

»Dame Fu, Ihr widert mich an!«

Das Geiergesicht verdüsterte sich, als wäre es mit Blut bespritzt. »Wie kannst du es wagen, so zur Kaiserlichen Mutter zu sprechen! Ich könnte dich dafür verprügeln lassen.«

»Ihr habt mich schon genug herabgewürdigt und beleidigt. Ich gehe jetzt.« Guei Fei trat einen Schritt von Dame Fu zurück.

Mit einer schlangenhaften schnellen Bewegung versetzte Dame Fus knochige Hand Guei Fei eine Ohrfeige. »Du darfst nicht ohne meine Erlaubnis gehen.«

Trotz Dame Fus spindeldürrem Körper tat der Schlag weh wie ein Wespenstich. Guei Fei preßte die Hand an die Wange. Zorn überflutete sie wie ein Wolkenbruch. Am liebsten hätte sie die Faust in diese grinsenden Lippen gestoßen und die Knochen von Fu Zhous schmalem Kopf mit einem einzigen Hieb des Handrückens zerschmettert. Sie wollte sie packen und schütteln, bis ihr der magere Hals brach.

Guei Fei war noch nie im Leben so wütend gewesen, und die Stärke ihrer Wut erschreckte sie.

Sie hielt sich mit Mühe zurück und sagte warnend: »Schlagt mich nicht noch einmal.«

Dame Fu keuchte vor Zorn und Anstrengung und sagte: »Drohst du mir etwa? Ich habe keine Angst vor deinen Beschützern.«

»Beschützern? Wer? Was meint Ihr?« Guei Fei erinnerte sich dunkel, daß Fu Zhou schon bei ihrer ersten Begegnung etwas Ähnliches gesagt hatte. Hatte sie den Verdacht, daß der Kaiser mehr als väterliche Gefühle für sie empfand?

»Du weißt es. Du hast meiner Familie sehr geschadet, und eines Tages werden wir herausfinden, wer seine schützende Hand über dich hält. Wir werden diese Leute beseitigen, und dann wirst du für das bezahlen, was du getan hast.«

Guei Fei hatte keine Ahnung, was das heißen sollte, doch sie sah, daß Dame Fus Augen funkelten wie rotes Glas, hinter dem eine Kerze brannte. Guei Fei trat langsam zurück.

»Es ist für uns beide am besten, wenn ich Euch verlasse, Dame Fu.«

Sie rannte aus dem Zimmer. Sie hörte, wie Dame Fu etwas hinter ihr herschrie.

Zwei von Dame Fus Eunuchen standen in der Eingangshalle und flankierten den Eingang. Ihre Augen und Münder waren klein, in den runden, haarlosen Gesichtern in Fett begraben. Sie hatten hängende Schultern und Brustkörbe, doch ihre riesigen Bäuche ragten drohend hervor; ihre Arme und Beine waren wie Baumstämme. Kurzschwerter mit breiten Klingen hingen an ihren schwarzen Ledergürteln.

Auf einen Befehl von Dame Fu hin würden sie ihr den Weg versperren und sie zu einer Gefangenen machen. Sie fühlte, wie ihre Beine zitterten, als sie sich ihnen näherte. Sie hielt den Blick auf die Doppeltür fixiert. Zu ihrer Überraschung wandten sich die beiden Eunuchen wie auf Kommando um, als sie den Eingang erreichte, und rissen für sie die Türe auf, doch ihre Augen brannten vor Feindseligkeit. Keuchend stürzte sie hinaus. Sie war frei.

Chu Ling wartete vor Dame Fus Haus im Garten der Rosenbüsche. Wie alle männlichen Wesen, die sich im Päonienblütenpalast aufhalten durften, war er Eunuch. Ausgenommen waren nur die Männer der kaiserlichen Familie. Er war hochgewachsen und schlank, nicht schwer und brutal wie die Diener von Dame Fu. Er hatte einen runden Kopf, und seine oberen Schneidezähne standen leicht vor.

Sie hatte Chu Ling in den Monaten seit ihrer Ankunft in Changan gut genug kennengelernt, um zu wissen, daß sie ihm vertrauen konnte. Sie fand ihn intelligent, witzig und bereit, ihr alles zu erzählen, was sie über die Kaiserstadt wissen wollte.

Schwerer Nieselregen erfüllte die Nachtluft, mehr als Nebel, aber noch nicht ganz Regen. Chu Ling öffnete einen Papierschirm und hielt ihn über sie. Er führte sie durch Dame Fus Tor, durch weitere Gärten unter offenem Himmel und dann durch ein Gewirr von Korridoren mit Marmorböden.

»Hast du gehört, was sie zu mir gesagt hat?« fragte sie.

Er legte einen Finger an die Lippen. »Noch nicht. Wir sind noch auf feindlichem Territorium.«

Sie verstummte. Sie waren nicht nur auf feindlichem Territorium, sondern auch auf unbekanntem. Zumindest unbekannt für sie. Chu Ling kannte jeden Durchgang und jeden Hof. Sie konnte sich darauf verlassen, daß er sie richtig führte.

Sie fragte sich, ob es ihr je gelingen würde, sich in diesem riesigen Komplex miteinander verbundener Gebäude zurechtzufinden, dem

Päonienblütenpalast. Von außen sah er aus wie ein einziges riesiges, eckiges, dreistöckiges Gebäude, doch innerhalb dieser Schale befand sich ein Labyrinth von Gärten, Galerien und größeren und kleineren Häusern. Die Furcht, sich zu verlaufen, hatte sie bisher davon abgehalten, sich auf längere Ausflüge zu begeben.

Das mußte sich ändern. Sie durfte nicht so hilflos sein. Sie sagte: »Morgen, Chu Ling, mußt du mir zeigen, wie ich mich im Päonienblütenpalast zurechtfinden kann.«

»Ich bin auch der Meinung, daß Ihr Euch auskennen solltet, Herrin«, sagte Chu Ling freundlich. »Ihr werdet aber mehr als einen Tag brauchen, um sämtliche Wege und alle Ecken und Winkel dieses Palasts kennenzulernen. Ich werde glücklich sein, morgen damit anzufangen.« Er lächelte sie an und entblößte dabei seine vorstehenden Vorderzähne. »Ich werde Euch sogar die Tunnel zeigen.«

»Welche Tunnel?«

»Als die Sui-Dynastie vor mehr als hundert Jahren Changan wieder aufbaute, grub man Tunnel, die sämtliche Gebäude in der Kaiserstadt miteinander verbinden, und ließ auch Fluchtwege nach draußen anlegen.«

Guei Fei und Chu Ling bogen um eine Ecke, und überraschend lag plötzlich ihr eigener Wohnsitz vor ihr, der Halbmondpalast. Es war ein kleines, elegantes Bauwerk, nur ein Stockwerk hoch, weiß getüncht und von alten Birnen- und Pflaumenbäumen mit mächtigen Stämmen umgeben. Gleich hinter dem schmiedeeisernen Tor plätscherte ein kleiner Springbrunnen auf dem Hof.

Als sie das Tor hinter sich hatten, wandte sich Chu Ling zu ihr um und sah sie mit ernstem Gesicht an.

»Dame Yang, Ihr habt den Stolz und die edle Gesinnung einer Kaiserin«, sagte er.

Überrascht und gerührt erwiderte Guei Fei: »Oh, ich danke dir, Chu Ling.«

Er schüttelte den Kopf. »Es ist mir eine Ehre, Euch zu dienen. Erlaubt mir jedoch ein Wort der Warnung.«

Sie hatte schon gehofft, daß Chu Ling sie beraten würde. Es gab hier sonst niemanden, an den sie sich wenden konnte. Sie hatte zwar

Chingchin, doch ihre Base wußte noch weniger über die Interna des kaiserlichen Haushalts als sie selbst.

»Sag, was du willst.«

»Eine Kaiserin muß mehr haben als nur Stolz und eine edle Gesinnung. Sie muß klug sein. Sie muß wissen, wie sie sich schützt. Sie muß wissen, wie sie ihre Feinde täuschen kann, wenn diese stark sind und sie nicht.« Er verneigte sich und begleitete sie zur Tür ihrer inneren Gemächer.

Chingchin saß in dem kleinen Wohnzimmer neben ihrem Schlafzimmer und wartete auf sie. Guei Fei hatte sich noch nie so darauf gefreut, wieder bei ihrer Freundin zu sein.

»War die Kaiserin schrecklich zu dir?«

Chingchins rundes Gesicht war voller Besorgnis. Ihr Gesichtsausdruck wechselte zu Schmerz und Mitgefühl, als Guei Fei ihre Begegnung mit Dame Fu schilderte.

»Ich hoffe, ich werde keinen Mann wie den Prinzen heiraten und eine solche Schwiegermutter bekommen«, sagte sie, als Guei Fei geendet hatte.

»Es wäre besser für dich, wenn du den jüngsten Sohn des ärmsten Papiermachers in der Straße deines Vaters heiratest«, bestätigte Guei Fei.

»Das ist mein Bruder, und der ist schon verheiratet«, erwiderte Chingchin. Guei Fei lachte jetzt zum ersten Mal an diesem Tag.

»Chingchin, vermißt du dein Zuhause?«

»Jeden Tag«, sagte Chingchin. Ihre Augen trübten sich, und Guei Fei wurde beim Anblick der Traurigkeit ihrer Freundin mutlos.

»Es ist selbstsüchtig von mir, dich hier zu behalten.«

Chingchin riß die Augen auf. »O nein! Es ist hier genauso, wie du und dein geehrter Bruder es gesagt haben. Ich vermisse mein Zuhause tatsächlich, doch das bedeutet nicht, daß ich nicht hier sein will. Ich würde die letzten vier Monate seit unserer Ankunft für nichts hergeben.«

»Ich habe in der Welt sonst niemanden, mit dem ich vertraulich sprechen kann«, sagte Guei Fei. »Ohne dich, Chingchin, würde ich in der Einsamkeit wohl eingehen.«

»Ich werde dich nie verlassen«, sagte Chingchin.

Guei Fei nahm ihre Hand. »Schlaf heute nacht neben mir. Ich bin sicher, daß der Prinz nicht kommen wird. Nicht wenn er gehört hat, was ich zu Dame Fu gesagt habe, und ich bin überzeugt, daß er es erfährt.«

»Ja, herzlich gern«, sagte Chingchin mit einem Lächeln.

Sie lagen Seite an Seite in dem riesigen Himmelbett, in dem Prinz Su Chi mit Guei Fei geschlafen hatte, wenn ihm danach zumute war. Einige Zeit, nachdem sie die Lampe ausgeblasen hatte, weinte Guei Fei leise in der Dunkelheit. Doch die Wärme ihrer Freundin neben ihr tröstete sie, und überdies war sie sehr müde. Der Strom ihrer Tränen versiegte allmählich, und sie schlief ein.

Graues Morgenlicht weckte sie. Es strömte durch das Netz in dem großen kreisrunden Fenster neben ihrem Bett. Eine Zofe, die auf ein Zeichen gewartet haben mußte, daß sie aufwachte, brachte Frühstückstee.

»Was ist dies?« fragte Chingchin und hielt eine dicke Rolle hoch, die mit einem roten Band verschnürt war. Sie hatte zwischen den beiden im Bett gelegen.

Der Anblick der Rolle ließ Guei Fei erschauern. Sie sah nur zu vertraut aus. Sie nahm sie Chingchin aus der Hand, löste das rote Band und begann sie zu entrollen.

»Es ist das Kopfkissenbuch, das Dame Fu mir gestern abend aufzwingen wollte.«

Ihre Hände zitterten. Jemand hatte diese Rolle nachts zwischen sie und Chingchin gelegt. Jemand hatte ihren privatesten Raum betreten, ohne daß jemand versucht hatte, Einwände zu erheben. Jemand, der noch ein weit bedrohlicheres Zeichen hätte hinterlassen können. Doch das Wissen, daß die Fu überall an sie heran konnten, war Bedrohung genug. Das Schlafzimmer schien kalt zu werden, als wäre der Winter zurückgekehrt.

Diese knochigen Finger von Dame Fu reichten bis in die entlegensten Winkel des Päonienblütenpalastes. Guei Fei hatte das Gefühl, als würde eine kalte Schlange über ihren Rücken gleiten.

6

Mord im Päonienblütenpalast

3843, Jahr des Hahns (745 n. Chr.)

> Die Alten lehrten, daß die Autorität des Kaisers ihm vom Himmel in die Hand gegeben wird, doch daß er sie nur so lange hält, wie er mit Rechtschaffenheit regiert. Diese himmlische Genehmigung kennen wir als das Mandat des Himmels. Wenn der Kaiser das Mandat verloren zu haben scheint, werden ehrgeizige Männer mit Gewißheit hören, wie der Himmel sie ruft und auffordert, seinen Platz einzunehmen.
>
> Aus der »Geheimen Geschichte der Tang« von Yang Kaizhi

Die Blüten hingen in sanften Purpurfarben in dem abnehmenden Tageslicht, und ihr Duft lag schwer in der Luft. Es war Frühling, und die Wistarie war gerade aufgeblüht. Longji hatte ein kaltes Abendessen bestellt, damit keine Küchendünste sich mit dem zu Kopf steigenden Duft vermischten.

Der Frühling hatte in diesem Jahr mehr als nur Wistarien gebracht. Er hatte Su Chi von einem sechsmonatigen Aufenthalt in den Uyghuren-Steppen zurückgebracht. Sein Gesicht war bei seiner Rückkehr durch einen dichten Bart verdunkelt, und seine Redeweise war von Barbarenflüchen bestimmt und noch gröber geworden. Er wirkte sehr viel fremder als bei seiner Abreise.

Su Chi ignorierte die Speisen so gut wie ganz und schlürfte geräuschvoll seinen Wein, während er laut über seine Expedition sprach. Die politische Situation in der Steppe, berichtete er, sei die gleiche wie seit vielen Jahren: gefährlich und instabil. Qutlugh, Khan der Uyghuren, sei der zuverlässigste Freund des Reiches nördlich der Großen Mauer, dessen sei er sicher. Woanders herrsche überall Feindschaft. Im Osten seien die Khitan dabei, ihre Frühjahrs- und Sommerüberfälle auf die Ackerbaugebiete vorzutragen, Überfälle, die sich mit jedem Jahr tiefer in das Reich der Mitte ausdehnten. Und im fernen Westen fielen die von ihrer kämpferischen Religion getriebenen Araber an der Seidenstraße über ein Reich nach dem anderen her.

Nachdem er seinen Bericht erstattet hatte, blickte Su Chi finster in seinen silbernen Kelch. Seine Miene war voller Zorn und Ehrgeiz. Sein mächtiger Körper schien sprungbereit zu sein. Er würde den Krieg genießen, dachte Longji nun schon zum hundertsten Mal in einem Jahr. Er war ein Mann, der für die Schlacht geschaffen war. Es lag ihm im Blut wie dem großen Ahnen Tang.

Doch Kriege erforderten mehr als nur Männer, die sie führten. Sie erforderten Geld. Das Reich würde erheblich mehr Geld haben müssen, als es derzeit hatte, um die Khitan und die Araber zurückzuwerfen. Die Bezwingung der Barbaren würde riesige Armeen von Männern erfordern. Und Männer mußten essen. Männer mußten gekleidet und bewaffnet werden. Männer mußten zu fernen Schlachtfeldern transportiert werden.

Krieg, Politik, Kunst. Bei diesen drei Möglichkeiten blieb Su Chi keine Wahl. Nur eins davon war für ihn geschaffen. Su Chi konnte Männer in den Kampf führen. Doch er konnte weder Unterstützung für einen Krieg gewinnen noch eine Kultur wiederaufbauen, die der Krieg verwüstet hatte.

In dieser Hinsicht, dachte Longji und fand darin ein wenig Trost, habe ich selbst das Blut des großen Ahnen Tang in mir: Wenn nötig, kann ich allgemeine Zustimmung für einen Krieg gewinnen, und außerdem kann ich das Reich nach einem Kampf wieder einigen. Im Moment jedoch war weder die eine noch die andere Anstrengung nötig.

Was jedoch nötig war, war die Sicherung der Thronfolge. Es mußte sichergestellt werden, daß Kinder – seine Enkelkinder – die Dynastie fortführten. Und das war, wie er gehört hatte, ein größeres Problem als die Khitan oder die Araber. Die Gerüchte trafen zweifellos zu. Warum brach sein Sohn zu einer Winterexpedition in ein fernes Land auf, und das nur Monate nach seiner Heirat, wenn Su

Chi und Guei Fei glücklich waren? Immerhin hatte er seine junge Frau zurückgelassen.

»Du hättest Guei Fei ins Land der Uyghuren mitnehmen sollen«, begann Longji. »Es ist nicht leicht für eine junge Braut, wenn ihr Mann so kurz nach der Hochzeit auf Reisen geht. Und sie scheint mir die Frau zu sein, die gern etwas Neues erleben würde.«

Er stocherte mit seinen mit silbernen Einlegearbeiten geschmückten Eßstäbchen in seiner Seeforelle mit Zitronensaft herum und wartete mit leichtem Unbehagen auf Su Chis Erwiderung.

Dieser schüttelte heftig den Kopf. »Vater, ich weiß, daß du überall in der Kaiserstadt Augen und Ohren hast. Folglich mußt du wissen, daß diese Frau ungehorsam ist und alles andere als liebevoll zu mir. Zudem legt sie Dame Fu gegenüber ständig Respektlosigkeit an den Tag.«

Longjis Brust wurde bleischwer. Su Chi schien seine junge Frau mehr abzulehnen, als er sich vorgestellt hatte. Sehnsucht verzehrte ihn. Er sah sich in dem herrlichen Garten mit dem kunstvoll geordneten Gewirr von Gehölzen um. Es waren keine Diener zu sehen, doch sie hatten unauffällig Lampions angezündet, die an hohen Stäben hingen und die Mahlzeit erhellten, als die Dunkelheit anbrach. Es war eine außerordentlich schöne Umgebung, so schön wie der Strahlende Edelstein selbst.

»Warum sprichst du so schlecht von deiner Frau? Als ich mit ihr sprach, fand ich sie liebreizend und von guten Manieren. Und hochintelligent.« Und leidenschaftlich, fügte er in Gedanken hinzu.

»Vielleicht zu intelligent. Im Bett ist sie kalt wie dieser Fisch.« Su Chi machte eine wegwerfende Handbewegung zu der köstlichen Mahlzeit.

Longji rutschte auf seinem Stuhl hin und her. Su Chi hatte die so raffiniert gewürzten und mit Kräutern abgeschmeckten Gerichte kaum angerührt, die der Oberkoch des Kaisers sorgfältig ausgewählt hatte. Vielleicht, mußte Longji unwillkürlich denken, ist dein unkultivierter Geschmack das wirkliche Problem zwischen dir und Guei Fei.

Er seufzte leicht. Su Chi aber war eben, was er war: ein Mensch, der Malerei, Poesie, Kalligraphie, Musik, Tanz, all diese Künste, die dem Hof der Tang die Bewunderung der Welt eintrugen, nicht zu schätzen wußte. Su Chi war wie ein Kutschpferd mit Scheuklappen, das blind durchs Leben geht. Longji erinnerte sich an seine Enttäuschung, als Su Chi sechzehn wurde und im Palast der Ungeheuren Unendlichkeit eine eigene, exquisit möblierte Wohnung erhielt. Innerhalb eines Monats hatte der Junge den wunderschönen Garten verwüstet und befohlen, ihm darin eine Jurte zu bauen. Zur tiefen Verlegenheit seines Vaters zog er in das runde Filzzelt, eine Replik der Behausungen seiner Uyghuren-Freunde, und hielt es dort mehr als ein Jahr aus, ohne dessen überdrüssig zu werden.

Guei Fei würde mit einem zivilisierten Mann glücklicher sein.

Nein! Er erstickte diese unbedachten Gedanken. Er durfte nicht die Gründe vergessen, aus denen er Guei Fei für Su Chi gewählt hatte. Sein Sohn hatte den Palast nur als einen Ort von Intrigen, Bespitzelungen und kleinlichen Streitereien kennengelernt. Er hatte noch nie einen Krieg im Palast gesehen: von Pfeilen durchbohrte Leichen, Menschen, die an Gift gestorben waren, blutbedeckte Leichen mit halbzerfetzten Gesichtern und verstümmelten Gliedmaßen.

Die Thronfolge muß unzweifelhaft sein. Guei Fei war Su Chis Frau. Und sie mußte Su Chis Frau bleiben.

Doch mein Sohn lehnt die Speisen ab, die ich ihm vorsetze, beleidigt die Frau, die ich für ihn ausgewählt habe...

Er nahm einen neuen Anlauf. Vielleicht sollte er es auf andere Weise versuchen. »Frauen – zumindest einige Frauen – brauchen Zeit, um die Kräfte und Lüste ihres Körpers kennenzulernen. Sie brauchen einen Mann, der es ihnen geduldig beibringt.«

Su Chi brummte zornig und starrte seine unberührten Teller an. »Vater, ich habe dich heute abend um ein Essen unter vier Augen gebeten, weil ich Yang Guei Fei verstoßen möchte. Ich bitte um deine Erlaubnis, es tun zu dürfen. Ich möchte, daß du sie zu ihrem Vater zurückschickst.«

Longji fielen die Eßstäbchen aus der Hand und auf die Kissen seines Stuhls.

Sein Sohn war immer sehr direkt. Ohne Zweifel war er zu Guei Fei genauso.

»Das kannst du nicht tun!« Es überraschte ihn selbst, wie laut und zornig sich seine Stimme anhörte. Doch so würde er nichts erreichen. Su Chi war noch nie ein guter Befehlsempfänger gewesen. Longji holte tief Luft und sprach etwas ruhiger: »Wenn ich für dich eine Braut auswähle, wähle ich sehr sorgfältig. Ich habe eine Frau ausgesucht, die ich vielleicht selbst gern geheiratet hätte. Ich bin der Meinung, daß du sie sehr interessant finden könntest. Sie ist außerordentlich belesen.«

»Belesen! Was kümmert mich das Lesen! Beim Jade-Kaiser, Vater! Du hast mir die Kindheit verdorben, indem du mich zwangst, jeden Tag mit Mandarinen zu verbringen. Lesen, schreiben, endlose Gespräche über Verwaltung und Steuern und Ackerbau und Handel und so weiter und so weiter. Glaubst du etwa, ich will, daß meine Frau mit mir im Schlafzimmer über die gleichen Dinge spricht?«

Longji fühlte einen vertrauten Stich. Er hatte Su Chis Klagen über dessen Kindheit schon früher gehört, und sie hatten nie aufgehört, ihn zu quälen. Sie bekümmerten ihn auch. Hier sprach ein künftiger Kaiser, der etwas lernen mußte. Doch Su Chi, sagte er sich, ist erst einundzwanzig. Vielleicht reift er noch in all den Jahren der Ausbildung.

Er spürte auch einen neuen stechenden Schmerz, einen schärferen: Es tat ihm weh, sich vorzustellen, daß Su Chi jede Nacht diese Elfenbeinhaut berühren konnte, daß er die Beine um diese starken Schenkel schlingen und in diese tiefen Teiche blicken konnte, Guei Feis Augen – und daß er dieses Juwel so wenig zu schätzen wußte. Doch er mußte diese Gedanken beiseite schieben und zwischen Mann und Frau Frieden stiften. »Rede mit ihr über das, was dich interessiert. Bring ihr die Kopfkissenkünste bei. Ich bin sicher, daß du sie eifrig und gelehrig finden wirst.«

Su Chi entblößte die Zähne. »Dame Fu hat ihr ein Kopfkissenbuch zum Studieren gegeben, und sie wollte es nicht annehmen. Sie war sehr unhöflich. Es ist ihre Pflicht, der Mutter ihres Mannes zu Willen zu sein und zu gehorchen.«

Natürlich ist Zhou nicht mit Guei Fei einverstanden, dachte Longji. Sie wollte, daß Su Chi eine Fu heiratet. Wenn schon Kuo

Ting oder ein anderer ihrer schwachsinnigen Söhne nicht Kaiserlicher Thronfolger werden konnte, war es das Zweitbeste, eine Verwandte zur Kaisergemahlin zu machen.

Er ließ ein bitteres Lachen hören. »So wie es deine Pflicht ist, deinem Vater zu Willen zu sein und zu gehorchen.«

Su Chi starrte finster auf die delikaten Saucen, die auf den Tellern vor ihm langsam erstarrten. Dann blickte er plötzlich auf.

»Warum ist es dir so wichtig, daß von allen Frauen im Reich der Mitte ausgerechnet diese meine Erste Frau sein muß? Es ist doch nicht so, als wären die Yang irgendeine große Familie, die wir nicht vor den Kopf zu stoßen wagen. Es ließe sich doch sicher eine andere Frau finden, die sowohl dich als auch mich zufriedenstellen würde.«

Longji dachte erneut wie schon hundertmal zuvor an den Augenblick, in dem Guei Fei im Schrein der Guanyin die Arme um ihn geschlungen hatte. Wie sehr er sie für sich gewünscht hatte. Wie sehr er sie immer noch wollte. Er fühlte diese Regung tief in sich...

Aber selbst wenn Su Chi sie verstieß, konnte er, der Kaiser, sie dennoch nie haben. Er war zu alt, um der Ehemann zu sein, den sie verdiente. Überdies sollten so eine Intelligenz und so eine Kraft nicht im Konkubinat vergeudet werden. Sie könnte die einflußreichste Kaiserin aller Zeiten sein, dachte er.

Oder sie könnte mit mir unter der süßen Wistarie liegen. Er seufzte innerlich. Ich liebe sie, dachte er. Ich liebe sie seit jenem Tag in Guilin. Doch was ist Liebe im Vergleich mit den Pflichten gegenüber dem Reich? Was ist Liebe im Vergleich mit Geschichte und Familienehre?

Das Beste, worauf ich hoffen kann, ist, Su Chi dazu zu bringen, sie so zu behandeln, wie sie behandelt werden sollte.

Wenn sein Sohn auf seinem Recht beharrte und grob blieb, dann würde er es auch sein. Longji schlug mit der Faust auf den Tisch, so daß die Teller hüpften und klapperten. Seine Stimme war klar und hart. »Du wirst Guei Fei als deine Erste Frau behalten. Du wirst sie mit dem gleichen Respekt und der gleichen Liebenswürdigkeit behandeln, wie ich Dame Fu behandelt habe. Dein Vater befiehlt es dir. Dein Vater befiehlt dir, sie wie einen kostbaren Edelstein zu schätzen.«

Su Chi senkte den Kopf und stützte die Stirn in die Hände. So blieb er lange Zeit sitzen und hielt sich den Kopf, als würde er platzen. Als er hochblickte, sah Longji Zorn und Schmerz, die sich in seinem Gesichtsausdruck mischten.

»Es ist ein schrecklicher Fehler, Vater, mir diese Frau aufzuzwingen. Das wird dir noch einmal leid tun.«

Longji fühlte, wie ein Sturm in ihm aufstieg. Er hatte von Bergen auf den Inseln im östlichen Ozean gehört, die Feuer und Ströme geschmolzenen Felsens spien. Er hatte das Gefühl, als könnte er explodieren wie einer dieser Berge.

Doch was sich seiner Kehle entrang, war ein Flüstern, trockenes Laub in rauhem Wind.

»Geh mir aus den Augen.«

Er war noch nie in diesem Teil des Palasts gewesen. An Lushan ging mit steifen Schritten, wobei er sich der lachenden Augen der Palastdamen bewußt war, ebenso ihres Kicherns, sobald er außer Hörweite war. Donner des Himmels! Ein Krieger war in diesen winzigen Räumen und den mit Seide verhangenen Fluren fehl am Platz. Warum konnte sich dieser Fu-Minister nicht in einem der Häuser des Bezirks der Betörenden Blüten mit ihm treffen? Dort konnte er einen Krug mit vergorener Stutenmilch trinken und an einem vertrauten Tisch sitzen, während er Fu Monzing von den Khitan erzählte.

Lushan konnte dieses dunkelhäutige Mädchen fast vor sich sehen, das Mädchen mit den harten Augen, das sein Glas nachfüllte und neugierig zuhörte, während er mit dem schweigenden Minister über die Grenzüberfälle sprach. Er konnte hören, daß seine Stimme voller Selbstvertrauen war, als er dem geckenhaft herausgeputzten Fu Ratschläge gab. So sollten Männer sich mit Männern treffen.

Aber nein! Der Minister hatte verlangt, daß er das Haus des Feindes betrat, durch die Flure des Feindes ging, um dabei von den Frauen des Feindes beobachtet zu werden. Donner!

Lushan hörte, wie seine schweren Feldstiefel auf dem polierten

Holz knallten. Das spöttische Kichern war überall um ihn herum zu hören wie köstliches Vogelgezwitscher.

Man führte ihn in einen kleinen Raum. Fu Monzing saß allein darin, wandte Lushan den Rücken zu und blickte stumm aus dem Fenster. Er drehte sich nicht um und stand auch nicht auf, als Lushan eintrat. Er blieb einfach sitzen, eine zartgliedrige unscheinbare Gestalt, die aus dem Fenster starrte. Es war still in diesem Zimmer, obwohl sie nur Schritte von einem Flur voller Menschengewimmel entfernt waren.

Lushan nahm vor dem Minister eine korrekte militärische Haltung an. Er verbeugte sich nicht, denn der Minister sah ihn nicht an. »An Lushan, zu Euren Diensten.« Das Jahr in der Hauptstadt hatte die rauhen Kanten seiner Rede ein wenig geglättet, doch Lushan sprach trotzdem immer noch sorgfältig und benutzte nie mehr Worte als nötig. Fu Monzing machte eine beiläufige Handbewegung unter dem dicht geschlossenen Fenster, sagte aber kein Wort. Lushan blieb eine Weile stehen und fühlte, wie ihm unter den Armen und auf der Brust der Schweiß ausbrach. Man hatte ihm gesagt, daß der Minister mit ihm über die Bedrohung durch die Khitan sprechen wolle. Doch er würde das Thema erst anschneiden, wenn man ihn darum bat.

»Ich bin an den Khitan nicht interessiert«, sagte Fu Monzing plötzlich, als läse er An Lushans Gedanken. »Wir wissen über diese Barbaren alles, was wir wissen müssen.« Er drehte sich halb zu Lushan um, sah aber weiterhin aus dem Fenster. »Ich habe mit Euch Dinge von größerer Wichtigkeit zu besprechen.«

Dann wandte er plötzlich den Kopf und starrte Lushan an. Vermutlich hatte er geglaubt, daß dieses unvermittelte und unhöfliche Verhalten seinen Besucher unvorbereitet treffen würde. Doch Lushan war nur neugierig.

»Größer als Barbarenbedrohung?« Es war Gift auf seiner Zunge, ein Volk, das seinem so ähnlich war, Barbaren zu nennen. Aber er konnte Gift trinken, um seine Rache zu bekommen. Und die Rache erforderte, daß er denen nahekommen mußte, die unter seiner Rache leiden sollten – so nahe, daß er zuschlagen konnte.

»Genug von Barbaren.« Wieder die abschätzige Handbewegung.

»Eine einflußreiche Dame hat mich gebeten, mit Euch zu sprechen.«

Einen Moment verschwamm Lushan alles vor den Augen, doch dann entflammte sein Körper. Eine wichtige Dame? Konnte es – sie sein? Erinnerte sie sich an seine Darbietung, hatte sie ihn gerufen? Das konnte einfach nicht sein!

»Ihr ist Eure Darbietung bei der Hochzeitsfeier aufgefallen«, fuhr der Minister fort. »Ihr seid die Art von Mann, die sie kennenzulernen wünscht. Ein Mann, den sie näher kennenlernen möchte.«

Lushan hatte das Gefühl, auf feurigen Wolken zu schweben. Doch er sprach nicht. Er traute seiner Zunge nicht zu, sich um die grobe Sprache des Reichs der Mitte zu winden, wenn ihm das Herz so anschwoll.

Der Minister wandte sich ihm jetzt ganz zu und gab ihm ein Zeichen, sich auf ein riesiges blaues Kissen zu setzen.

Lushan ignorierte ihn. »Palastdame?« fragte er.

»Ja. Die wichtigste Palastdame.«

Wieder dieses Gefühl, auf Feuerwolken zu schweben. Wolken und Regen nannten es die Leute, was er sich mit ihr zu tun vorstellte.

»Was die Dame wünschen?«

Fu Monzing verzog das Gesicht zu einem dünnen Lächeln. »Sie hat gewußt, daß Ihr die Art Soldat seid, dem eine Dame vertrauen kann.« Das Grinsen verschwand. »Natürlich dürft Ihr mit niemandem darüber sprechen.«

Lushan nickte nur einmal, aber gespannt und fest.

»Die Dame möchte eine besondere Arbeit erledigt haben. Sie ist nicht gefährlich, aber schwierig.«

Lushan nickte, wieder nur einmal.

Fu Monzings Stimme war glatt wie die Flanke einer Stute nach einem scharfen Rennen. Lushan fühlte, wie ihm Haß in die Kehle stieg. Dieser Mann spielte mit ihm! Dieser kleine wolfsgesichtige Fu hält mich, den Sohn Houteis, wohl für einen unbedeutenden Barbaren! Doch in diesem Augenblick war Lushans Verlangen größer als sein Stolz. So sagte er: »Bereit, Dame zu dienen.«

»Seid Ihr verschwiegen? Könnt Ihr Euch unsichtbar machen, wenn nötig? Oder könnt Ihr nur mit Eurem großen Schwert große

Hiebe machen?« Der Minister gab sich nicht die geringste Mühe, seinen Abscheu zu verbergen.

»Kann mich unsichtbar machen.« Diesmal war es Lushan, der eine abschätzige Handbewegung machte.

»Dann habe ich etwas für Euch. Die Dame wünscht, daß Ihr Euch heute nacht in den Päonienblütenpalast begebt.« Die Wolken lichteten sich. Die Zukunft öffnete sich vor ihm. Sie hatte ihn gesehen – ihn gesehen.

Fu Monzing wühlte in seinen Ärmeltaschen herum. »Dies werdet Ihr brauchen«, sagte er und zog ein kleines weißes Päckchen heraus. »Die Dame wünscht, daß Ihr Euch heute nacht in das Halbmondhaus begebt.« Das Päckchen war in Reispapier eingewickelt, auf dem Lushan so etwas wie eine Karte sehen konnte. »Hier sind Hinweise, wie Ihr dorthin kommt. Es ist der Ort, an dem diese verräterische Yang Guei Fei und ihre unwürdige Gefährtin leben. Aus diesem Grund wünscht meine Dame, daß Ihr handelt.«

Lushan spürte, wie sich plötzlich alles ganz anders ausnahm. Verräterische Yang Guei Fei? Unwürdige Gefährtin? Welche Dame hatte ihn dann kommen lassen?

»Im Augenblick kann ich nicht mehr sagen«, bemerkte Fu Monzing. »Ihr werdet heute abend direkt von Dame Fu Zhou einen Brief erhalten, in dem Ihr genaue Anweisungen erhaltet, was Ihr zu tun habt.« Er winkte Lushan zu sich, damit er ihm das weiße Päckchen geben konnte.

Doch An Lushan, Sohn von An Torjan Khan, stand unter einem ungeheuren blauen Himmel auf der Steppe. Er breitete die Arme zu den Göttern über ihm aus und rief sie an, sie möchten ihn unsichtbar machen. Er fühlte, wie ihre Macht ihm den Schädel öffnete und sich in seinen Kopf ergoß. Er spürte, wie der Atem des Himmels seine Adern in Brand setzte.

Und er atmete dieses Feuer auf Fu Monzing aus. Er beobachtete, wie der Minister vage und vergeßlich wurde und sich mit einem verwirrten Blick umsah. Fu Monzing betrachtete das weiße Päckchen in seiner Hand mit einer Art verblüfftem Unglauben.

Sein Geist war jetzt leer, wie Lushan wußte. Er war bereit, alles in sich aufzunehmen. So formte Lushan ein Bild von sich und sprach mit Autorität über die Khitan, als diese dunkelhäutige Frau ihm Stutenmilch servierte, und blies sie dem Minister in die Seele. Er brachte den Mann dazu, Wandteppiche in der Farbe von Ocker und Rost zu sehen, auf denen die Khitan saßen, die schweren Bronzekrüge, aus denen sie tranken, den reichverzierten kleinen Spiegel, der auf dem Tisch lag und Lichtmuster an die Decke warf.

Er malte ein Bild von dem Minister, der seinem Vortrag begierig zuhörte. Dann zeigte er dem Minister Fu Monzing persönlich, wie er Lushan ins Vertrauen zog und ihm davon erzählte, wie die Fu Palastwachen in ihre politischen Intrigen hereinlockten, und davon, daß einige von Hunden zerfleischt worden waren, als man sie ertappt hatte. Lushan zeigte, wie sie beide verächtlich über die nichtsahnenden Marionetten in jenem kleinen Raum im Haus der Unmöglichen Vergnügungen lachten. Er gab Fu Monzing, dessen Augen leicht wäßrig waren, die Vision ein, daß solches Vertrauen und solche wahre Freundschaft zwischen Männern wie ihnen sehr selten sei.

Dann blies er sämtliche Wolken aus dem Raum.

Fu Monzing verbarg geschickt sein Entsetzen darüber, in seiner ausgestreckten Hand das weiße Päckchen zu entdecken. Das Gift verschwand blitzschnell in seiner Ärmeltasche, als er sich mehrmals tief verbeugte.

»Ich habe Euch hergerufen«, sagte Fu Monzing, »um Euch für die wertvolle Information zu danken, die Ihr uns gegeben habt.« Er sah sich verzweifelt im Raum um, bis er an der Wand ein kleines Teeschränkchen entdeckte. »Ich habe Euch hergebeten, um Euch dies zu geben« – er ging steif zu dem Schränkchen hinüber und reichte es Lushan –, »und zwar als Zeichen unserer Wertschätzung und unserer Dankbarkeit für Eure Hilfe gegen unseren Feind.«

Diesmal verbeugte sich Lushan tief und ließ sich seinen Triumph nicht anmerken. Er nahm das ihm angebotene Kästchen mit einem breiten Lächeln entgegen. »Ich danke Euch, Minister«, sagte er mit dem stärksten Akzent, den er aufbieten konnte.

Pfirsichblüten, die von einer kühlen Brise von den Bäumen geweht wurden, regneten auf die weißen und blauen Fliesen des Innenhofs herab. Die Sonne in Guei Feis Gesicht versprach einen warmen Tag. Sie seufzte, als sie auf die Platte mit den kleinen braunen, mit Fleisch gefüllten Kuchen blickte, die eine Zofe ihr hingestellt hatte. Sie hatte drei davon gegessen, weil sie hungrig war, doch sie waren nicht das, was sie wollte.

»Oh, wenn ich den Tag nur mit einer köstlichen Schale voll frischer Litchi beginnen könnte.«

Chingchin lachte. Sie hatte ihr Frühstück schon halb beendet. Heute hatte sie beim Koch des Halbmondhauses wieder ihr Lieblingsgericht bestellt – gebratene Eier von Wildgänsen mit Stücken scharfer Pfefferschoten und Schnittlauch auf einem Bett aus kalten Bambussprossen. Ihre elfenbeinernen Eßstäbchen führten ein Stück Ei an ihren Mund.

»Laß Chu Ling loslaufen und dir einen Korb Litchi holen. Es sind nur tausend Li nach Lingnan. Er könnte sie holen und wieder hier sein, bevor ...«

Sie verstummte plötzlich, und ihre Augen weiteten sich. Sie schlug sich mit der Hand auf den Bauch.

Guei Fei beugte sich über den Tisch. »Was ist los?«

Chingchin keuchte. »Es tut weh.«

Sie krümmte sich, und ihre Finger bohrten sich durch ihre Seidenrobe in den Bauch.

Als Guei Fei um den Tisch herumstürzte, versuchte Chingchin aufzustehen, fiel dann aber auf die Knie und stürzte auf die Seite. Ihr Kopf schlug auf den Fliesen auf, und Kämme und Haarnadeln fielen ihr aus dem Haar.

»Chu Ling!« schrie Guei Fei, als sie neben ihrer Freundin niederkniete.

Chingchins Blick begegnete dem von Guei Fei. Er war voller Schmerz und verängstigt. »Mein Magen – brennt.«

Als hätte sich plötzlich der Winter auf den Innenhof gesenkt, wurde Guei Fei von Kälte eingehüllt. Chu Ling kam herbeigerannt, gefolgt von drei Dienerinnen. Sie blieben stehen und starrten auf Guei Fei und Chingchin. Guei Fei hörte, wie eine der Frauen mit vor Entsetzen runden Augen etwas zu den anderen flüsterte. Statt Chingchin zu Hilfe zu eilen, zögerten sie und starrten sie nur an.

Die Kälte ließ Guei Fei das Blut in den Adern gefrieren. Was dachten sie?

Chu Ling kniete über Chingchin. Guei Fei sah, wie unter Chingchins dicht zusammengepreßten Augenlidern Tränen hervorquollen, und sie hatte das Gefühl, als zerkratzten ihr scharfe Krallen das Herz. Chu Ling legte Chingchin eine Hand auf die Stirn.

»Kalt«, murmelte sie.

»Es brennt, es brennt«, stöhnte Chingchin.

Chu Ling schob die Arme unter Chingchin und hob sie auf die Beine.

»Hier, faß sie um die Taille«, befahl er einer der Zofen. »Und du holst den Arzt.«

Es waren zwei Zofen nötig, um Chingchin oben zu halten. Ihre Beine hatten keine Kraft. Hilflos sah Guei Fei zu, wie Chu Ling sie grob vorbeugte und ihr die Finger in den Mund schob. Chingchin würgte und prustete, und ein Strom weißer, mit gelblichen Partikeln gemischter Flüssigkeit floß ihr aus dem Mund.

In Guei Feis Kopf wirbelten Fragen herum, doch sie wollte Chu Ling nicht ablenken. Plötzlich sah sie etwas, was ihr den Magen umdrehte. Der Strom aus Chingchins Mund wurde erst rosa und dann zu einem tiefen, entsetzlichen Rot.

Chu Ling brummte einen Fluch in einem Dialekt, den Guei Fei nicht verstand.

»Helft mir, die Dame ins Haus zu tragen«, sagte er leise zu den Zofen.

Chingchin stöhnte, als Chu Ling sie auf die Arme nahm, wobei eine Zofe ihr den Kopf hielt und die andere die Beine. Guei Feis Herz pochte wild, als sie ihnen ins Haus folgte. Sie drehte sich noch einmal um und sah auf die Pfütze aus Erbrochenem, in die sich auf den blauweißen Fliesen Blut mischte.

»Legt sie in mein Bett«, sagte Guei Fei. Ihre Stimme schien aus großer Ferne zu kommen. »Es ist größer.« Ihr fiel auf, wie töricht diese Bemerkung war. Chingchin war so krank, daß es auf die Größe des Betts nicht ankam.

Nachdem sie Chingchin hingelegt hatten, nahm Chu Ling Guei Fei beim Arm und führte sie in die Haupthalle des Hauses. Seine lange Oberlippe war über seine vorstehenden Schneidezähne gezogen.

»Habt Ihr gefrühstückt?«

»Ein paar Kuchen.« Konnte dieses Gänseei verdorben gewesen sein? Doch dann hätte es schlecht geschmeckt, und Chingchin hätte es nicht gegessen.

»Eßt nichts mehr.«

Die Kälte, die sie eingehüllt hatte, drang ihr jetzt ins Herz. Sie erfaßte sofort, was Chu Ling meinte.

Gift! Chingchin ist vergiftet worden. Sie wird sterben!

Guei Fei wurde es schwarz vor Augen. Sie spürte, wie Chu Lings Hände ihre Arme fest umklammert hielten. Einen Moment später saß sie keuchend in einem Stuhl.

»Ist es Gift?«

Chu Ling sah sie aufmerksam an. »Herrin, es ist schrecklich wichtig, daß Ihr Euch bemüht, einen klaren Kopf zu behalten.«

Sie holte tief Luft und stärkte ihren Geist mit dem Gebet ihres Bruders. *Der Große Weg ist ein glitzernder Strom.*

Sie sagte: »Ich verstehe.«

»Ja, ich glaube, es ist Gift.«

Bei diesen Worten hätte sie am liebsten geschrien. Sie blieb einen Augenblick am ganzen Leib zitternd sitzen. Schließlich flüsterte sie: »Guanyin, gnädige Göttin. Guanyin, sei uns gnädig.«

»Ich werde die Speisen untersuchen, Herrin. Ich hole mir lieber das Essen, bevor es verschwindet. Wollt Ihr einen Augenblick hier sitzen bleiben?«

Guei Fei blieb zitternd sitzen, bis der zweite Eunuch, der hochgewachsene, sie abholte und ins Schlafzimmer führte. Halb setzte sie sich, halb fiel sie auf den Stuhl neben dem Bett. Chingchin stöhnte bei jedem Ausatmen leise auf.

Als der Arzt erschien, stöhnte Chingchin nicht mehr. Sie lag auf dem blauen, gesteppten Überwurf auf Guei Feis Bett. Sie war bleich und hatte ein schweißnasses Gesicht, das Guei Fei immer wieder trocken rieb. Chingchins Gesicht und ihre Hände fühlten sich kalt an, als Guei Fei sie berührte, und doch strömte der Schweiß nur so aus ihr heraus. Guei Fei entdeckte nasse Flecken auf ihrem pinkfarbenen Seidengewand, und auch auf dem Bettüberwurf sah sie kleine dunkle Feuchtigkeitsflecken, welche die Umrisse von Chingchins Körper nachzeichneten.

Der Arzt, ein Eunuch, wie es alle Männer sein mußten, die im Päonienblütenpalast lebten, entkleidete Chingchin. Seine langen weißen Finger fuhren wie Spinnenbeine über ihren vor Schweiß glitzernden Körper.

Schließlich stand er auf, brummte etwas und drehte sich mit Augen zu Guei Fei um, die sie aus schweren Tränensäcken voller feiner Fältchen ansahen.

»Gänseei ist eine Yang-Speise, meine Herrin. Scharfe Pfefferschoten ebenfalls. Falls sie die Gewohnheit gehabt hat, im Lauf vieler Jahre übermäßig viele Yang-Speisen zu sich zu nehmen, hätte dies ihr die Magenscheidewände wegfressen können. Das würde erklären, warum sie Blut gespien hat.«

»Ist sie vergiftet worden?«

»O nein, ich glaube nicht. Wer hat Euch denn das in den Kopf gesetzt?«

Sie wollte gerade sagen, daß es Chu Ling gewesen war, als sie ihn hinter dem Arzt stehen sah. Sein Gesicht war so bemüht ausdruckslos, daß sie wußte, daß sie nichts mehr sagen sollte.

»Niemand hat gesagt, daß man sie vergiftet hat. Nur – es kam so plötzlich. Bitte, Doktor, Ihr könnt sie retten. Ich weiß, daß Ihr es könnt. Tut alles, was nötig ist. Laßt sie nicht sterben.«

Der Arzt biß sich auf die Unterlippe. »Ob sie gesund wird oder nicht, liegt in den Händen der Götter.« Seine Stimme war ohne Überzeugung.

Sie glaubte das, was er sagte, nicht mehr als er. »Ihr müßt etwas tun!«

Seine Augenbrauen zuckten seltsam wie zwei Raupen. »Sie hat innere Blutungen, und wir können kaum etwas tun, um sie zu stoppen. Ich werde die Zofen anweisen, ihr einen Umschlag mit Yin-Kräutern auf den Bauch zu legen. Die Kräuter werden durch die Magenwand eindringen und den Heilungsprozeß fördern.«

Chu Ling begleitete den Arzt aus dem abgedunkelten Schlafzimmer, während Guei Fei sitzen blieb und Chingchin anstarrte. Eine

Zofe zog dieser eine blaßblaue Decke über den Körper, den der Arzt nackt hatte liegen lassen.

Chingchin lag so reglos wie eine Statue da. Ihre Brust hob und senkte sich so langsam, daß Guei Fei es kaum erkennen konnte. Obwohl die Zofen ihr das Gesicht gewaschen hatten, war sie so bleich, als hätte sie Puder aufgelegt.

Als Guei Fei Chingchin anstarrte, als wollte sie sie packen und irgendwie Leben in sie schütteln, hörte sie Chu Ling zurückkommen und sah, wie er sich neben sie stellte.

»Ihr solltet lieber nicht von Gift sprechen«, sagte er sanft. »Solches Gerede könnte den Tod für mich bedeuten. Vielleicht sogar für Euch.«

»Wenn sie stirbt, ist es mir gleichgültig, was mit mir geschieht.«

Chu Ling legte Guei Fei die Hand auf die Schulter und drückte sie sanft. »Ihr müßt am Leben bleiben, Herrin. Für diejenigen, die Euch lieben, und auch um Euer selbst willen.«

Beim Ertönen der Gongs der Zeitnehmer in den Wachtürmen des Päonienblütenpalasts wechselte eine der Zofen den Umschlag, der die bleiche, glatte Rundung von Chingchins Bauch bedeckte, und brachte eine neue Decke.

»Zeig mir, wie man einen solchen Umschlag macht«, befahl Guei Fei. »Ich möchte das für sie tun.«

Als sie während des restlichen Morgens und am frühen Nachmittag bei Chingchin am Bett saß, schluchzte und weinte Guei Fei und ließ die Tränen auf ihrem Gesicht trocknen, so daß deren Salz ihr auf den Augenlidern brannte. Chu Ling und die Zofen saßen bei ihr, doch sie sprach nicht mit ihnen. Sie überlegte, was sie sonst noch für Chingchin tun konnte, doch sie war vor Kummer ganz benommen. Sie wollte Chu Ling befragen, doch schien es ihr in Anwesenheit der Zofen nicht sicher, und sie wollte Chingchin keinen Augenblick allein lassen.

Kurz nachdem sie den Umschlag zum zweiten Mal gewechselt hatte, hörte Guei Fei an der Tür des Halbmondhauses Stimmen. Sie wurden alle von der tiefen und befehlsgewohnten Stimme einer Frau übertönt. Sie erkannte sie sofort und spürte ein Brennen in der Magengrube.

Die Gegenwart der Kaiserin konnte sie jetzt nicht ertragen.

Sie stand auf, lief zur Schlafzimmertür und wollte sie versperren, doch Dame Fu war schon im Raum. Ihre Zähne glitzerten in dem schwachen Licht, das durch die beschirmten Fenster hereinsickerte. Chu Ling und die drei Zofen fielen vor der Kaiserin auf die Knie und preßten die Köpfe auf den Fußboden.

»Wie ich höre, ist deine Zofe gestorben. Ich bin gekommen, um dir mein Beileid auszusprechen.«

Einen Augenblick brachte Guei Fei kein Wort hervor. Dame Fus fast beiläufig klingende Worte trafen sie wie ein Peitschenhieb. Sie sammelte all ihre Kraft und wollte losschreien. Am liebsten hätte sie die Faust in diese grausamen Zähne gestoßen.

Doch dann blitzte ein Gedanke in ihr auf: Sie stand der Mörderin Chingchins von Angesicht zu Angesicht gegenüber.

Sie sah sich wild um.

Irgendwo muß hier ein Messer sein. Wenn ich sie nicht erstechen kann, werde ich sie erdrosseln.

Dann senkte sich etwas in ihrem Kopf wie ein eisernes Tor.

Beherrsch dich.

Der Große Weg ist ein glitzernder Strom.

Durch die Schlafzimmertür sah sie vier Männer in purpurfarbenen Gewändern, die in der Eingangshalle standen. An ihren roten Schärpen hingen Breitschwerter in bestickten Scheiden. Es waren Dame Fus Leibwächter, Eunuchen, die bei der ersten bedrohlichen Bewegung dafür sorgen würden, daß Guei Fei nicht mal in die Nähe ihrer kaiserlichen Herrin kam.

In ihrem Bemühen, sich zurückzuhalten, wurden ihre Arme und Beine so starr, daß sie meinte, ihr Fleisch könnte sich von allein von den Knochen lösen. Wenn sie sich jetzt auf Dame Fu stürzte, würden die Wachen der Kaiserin sie davon abhalten, sie vielleicht sogar töten. Dame Fu würde dafür sorgen, daß sie nie wieder eine Chance bekam, sich zu rächen.

Wie konnte sie sicher sein, daß Dame Fu dies getan hatte? Das letzte Jahr flimmerte vor ihrem inneren Auge an ihr vorüber, das Jahr, das seit der Heirat mit Su Chi vergangen war, das schlimmste Jahr ihres Lebens. Während Su Chi sich im Land der Uyghuren befand, hatte die Kaiserin Guei Fei immer wieder in ihre Gemächer im Herzen des Päonienblütenpalasts befohlen, um sie mit einer Demütigung nach der anderen zu quälen. Guei Fei hatte sich jedoch standhaft geweigert, für Dame Fu persönliche Dienste zu leisten, ob es nun darum ging, ihr die Nägel zu bemalen, die Füße zu waschen oder ihre Exkremente wegzubringen. Außerdem hatte Dame Fu gedroht, Su Chi werde sie nach der Rückkehr von seinem Besuch bei Qutlugh verprügeln und ihr den Titel der Ersten Frau nehmen.

Guei Fei hatte allem widerstanden und darauf vertraut, alles überleben zu können, was Dame Fu ihr antun konnte.

Wie hätte sie mit etwas so Schrecklichem wie dem hier rechnen sollen?

Wenn Dame Fu Chingchin vergiftet hatte, wollte sie sich jetzt nur vergewissern, daß Guei Fei wußte, daß sie hinter der Tat steckte, damit diese ihren Zweck erfüllte.

Und je weniger Mißtrauen ich ihr entgegenbringe, um so mehr wird sie das Gefühl haben, klarstellen zu müssen, daß sie es war. Und damit erhalte ich einen Beweis gegen sie.

Diese Gedanken minderten ein wenig Kummer und Wut bei Guei Fei, und sie fand die Sprache wieder.

Sie verbeugte sich tief und sagte: »Wie gütig von Euch, mir Trost anzubieten, Kaiserliche Mutter. Wie Ihr seht, ist meine Base und teuerste Freundin Chingchin nicht tot, aber dem Tode nahe.«

Dame Fu schwebte über den Fußboden und blieb neben dem Bett stehen, wo sie auf Chingchin niedersah. Sie hielt dabei die knochigen Hände vor dem Bauch gefaltet. »Vielleicht wäre es anders gekommen, wenn du deiner Schwiegermutter den angemessenen Respekt entgegengebracht hättest.« Bei diesen Worten schenkte sie Guei Fei ihr Totenkopfgrinsen.

Trotz ihres Schmerzes hatte Guei Fei das Gefühl, als hätte sich ein Pfeil in ihr plötzlich im Flug auf Beute gestürzt.

In der Hoffnung, Dame Fu dazu zu bringen, ihre Schuld offen einzugestehen, sagte Guei Fei: »Ich weiß nicht, was Ihr meint, Kaiserliche Mutter.«

Dame Fus Augen leuchteten jetzt heller. Sie sahen aus wie zwei silberne Nadeln. »Der Himmel ist gerecht, Dame Yang Guei Fei. Laß dir das eine Warnung sein.«

Das Glühen dieser langen schmalen Augen hielt Guei Fei einen Augenblick fest. Dann wirbelte Dame Fu auf dem Absatz herum und verließ das Zimmer.

Von der Anstrengung erschöpft, sich zu beherrschen, hatte Guei Fei jetzt das Gefühl, daß ihre zitternden Beine sie keine Sekunde länger tragen würden. Sie sank auf den Stuhl, den Chu Ling ihr hinhielt. Ein langes, tiefes Schluchzen entrang sich ihrer Kehle.

Rachepläne schwirrten ihr im Kopf herum. Sie konnte eine tödliche Klinge im Haar verstecken, wie es ihre Schwester Meiling oft tat. Sie konnte zu den Gemächern der Kaiserin gehen, demütig niederknien und dann, wenn Dame Fu nicht damit rechnete, mit einem Dolch auf sie einstechen.

Wenn sie die Kaiserin ermordete, würde sie mit dem Tod bestraft werden, und zwar auf schreckliche Weise. Und sie würde die Yang entehren. Sie mußte einen anderen Weg finden.

Sie erinnerte sich, daß Onkel Heng einmal gesagt hatte: *Wo der größte Reichtum und die größte Macht zu Hause sind, wirst du auch das meiste Böse finden, die größte Gefahr, die teuflischsten Verschwörungen.* Er hatte recht gehabt. Wie sollte sie Heng je wieder unter die Augen treten können, wenn Chingchin starb?

Sie dachte an den Traum, von dem Chingchin ihr in der Nacht nach dem Bankett für den Kaiser in Guilin erzählt hatte – von der gewaltigen gelben Schlange, die aus dem See kam und Guei Fei verschlang, Enger, Vater und zuletzt Chingchin. Hatte der Traum dies prophezeit?

Doch sie waren alle noch am Leben. Chingchin würde als erste sterben, nicht als letzte.

Guei Fei hatte das Gefühl, als wäre ihr Herz von Dornen umschlungen. Gab es denn nichts, was sie tun konnte? War denn niemand da, der ihr helfen oder Rache nehmen konnte?

Ein Gesicht tauchte vor ihrem inneren Auge auf – hohe Stirn, strahlende Augen, schwarzer Bart und Schnurrbart. Wenn in der Kaiserstadt überhaupt Gerechtigkeit zu finden war, würde sie sie bei ihm finden.

Sie mußte mit Chu Ling unter vier Augen sprechen. Selbst wenn es bedeutete, daß sie Chingchin einen Augenblick allein lassen mußte. Sie stand auf und legte ihrer Freundin die Hand auf die Wange. Chingchins Haut war kalt und ein wenig feucht, doch sie schwitzte nicht mehr so heftig wie noch vor Stunden. War das ein gutes oder ein schlechtes Zeichen? Guei Fei wußte es nicht.

Sie machte eine Bewegung zu Chu Ling. »Komm mit.«

Chu Ling folgte ihr auf den Innenhof, wo Chingchin zusammengebrochen war – jetzt schien es schon vor Tagen passiert zu sein, obwohl es erst am Morgen geschehen war. Die Kissen, auf denen sie gesessen hatten, und der kleine Tisch waren verschwunden. In der Mitte der Fliesen unter den Pfirsichbäumen konnte sie sich leise mit Chu Ling unterhalten, so daß niemand mithören konnte.

»Du hast Dame Fu gehört«, sagte Guei Fei. »Kann es überhaupt einen Zweifel geben, was mit Chingchin geschehen ist und wer es getan hat?«

Eine plötzliche neue Furcht ließ ihr das Herz heftig in der Brust schlagen. Konnte sie Chu Ling vertrauen? Ja. Er hatte versucht, Chingchin zu retten, hatte sie dazu gebracht, sich zu übergeben. Und er schien wirklich Angst vor dem zu haben, was mit ihm geschehen konnte, wenn jemand erfuhr, daß er von Gift gesprochen hatte.

Sie sah ihm in das runde Gesicht und entdeckte nichts außer Sorge um sie und daß er ihren Schmerz teilte.

»Für mich gibt es keinerlei Zweifel, Herrin.«

»Wenn sie stirbt, muß sie gerächt werden«, sagte Guei Fei. »Ich muß in ihrem Namen für Gerechtigkeit sorgen. Ich habe Chingchin hierhergebracht.«

Chu Ling schüttelte den Kopf. »Die Gerechtigkeit ist auf der Seite derer, die Rang und Macht besitzen. Was könnt Ihr gegen Dame Fu ausrichten?«

Guei Fei sah wieder das gutaussehende Gesicht von Li Longji vor sich. Wenn sie nicht an ihn glauben konnte, war das Leben nicht mehr lebenswert.

»Wenn Chingchin stirbt, werde ich zum Kaiser gehen und Dame Fu vor dem gesamten Hof beschuldigen.«

Chu Ling riß die Augen auf. »Das könnt Ihr nicht. Ihr könnt den Kaiser bei Hofe nicht ohne Erlaubnis ansprechen, und bis Ihr sie bekommt, verstreichen Monate. Wenn Dame Fu erfährt, daß Ihr ihn aufsuchen wollt, wird sie einen Weg finden, Euch davon abzuhalten. Sie wird Euch vielleicht sogar töten lassen.«

»Das hätte sie schon längst getan, wenn sie es gewagt hätte. Etwas hält sie zurück.«

»Der Kaiser kann Euch nicht erlauben, seine Kaiserin offen zu beschuldigen. Er würde Euch bestrafen müssen.«

Guei Fei dachte an Chingchin, die dem Tod nahe auf dem Bett lag, und sah Dame Fus hämisches Gesicht. Sie mußte dieses Gesicht zerschmettern.

»Ich bin es Chingchin schuldig, sie zu rächen. Wenn ich es nicht einmal versuche, bin ich nichts wert.«

Eine Zofe kam durch das weiß-goldene Tor, das ins Haus führte, und Guei Fei wollte ihr gerade befehlen zu gehen, als sie sah, wie die Frau schluchzte. Die Tränen strömten ihr übers Gesicht. Guei Fei lief ins Haus.

Die Sonne war inzwischen untergegangen, und die Lampen brannten. So konnte sie leicht sehen, daß das einzige kleine Lebenszeichen, die Brust Chingchins, sich nicht mehr hob und senkte.

Sie schrie, bis ihr die Halssehnen zu zerreißen drohten. Sie warf sich aufs Bett und hielt Chingchin mit den Armen umklammert. Als sie versuchte, ihre Freundin hochzuheben, fiel deren Kopf zurück, und der Mund öffnete sich.

»O Chingchin, ich liebe dich«, stöhnte Guei Fei. Sie hörte, wie Chu Ling leise mit den Zofen sprach, und dann fühlte sie Hände auf sich.

Sie halfen ihr wieder auf den Stuhl, auf dem sie den ganzen Tag gesessen hatte.

Sie war von Tränen geblendet, und es war ihr gleichgültig, was mit ihr geschah.

Ma Tsu drängte sich mit einer gebieterischen Geste an Gao Lishi vorbei. Sein kahler Kopf glitzerte unter den hellen Lampen, die das Kalligraphiezimmer des Kaisers erhellten. Der Qinzha-Abt kam nicht oft zu Besuch. Wenn er es tat, wußte Li Longji, daß ihm Ärger bevorstand. Er wappnete sich gegen das Unvermeidliche.

»Ich muß Euch mit traurigen Neuigkeiten stören. Heute ist Chingchin, die Gefährtin von Dame Yang Guei Fei, vergiftet worden. Sie ist kurz nach Sonnenuntergang gestorben.«

Bei der Erwähnung von Guei Feis Namen legte Longji den Pinsel hin, mit dem er die Schriftzeichen eines buddhistischen Sutra auf ein poliertes Rosenholzbrett gemalt hatte. Er spürte, wie sich die Muskeln in Hals und Schultern verkrampften. Er ließ den Kopf gegen den geschnitzten Stuhlrücken fallen. Gift! In Guei Feis Haushalt!

»Woher wißt Ihr, daß es Gift war?«

Der Mönch übertrieb nie und stellte auch nie Vermutungen an. Dennoch bestand vielleicht die Hoffnung, es könnte sich um etwas weniger Unheilvolles handeln.

»Mein Informant hat die Überreste der gebratenen Wildganseier, die das Mädchen gegessen hat, an einen Hund verfüttert. Der Hund starb.«

Longji hörte, wie ihm das Herz in den Ohren pochte. Er fürchtete ständig um Guei Feis Leben. Viele Nächte war er vor Tagesanbruch aufgewacht, unfähig, wieder einzuschlafen, da er immer nur daran dachte, wie er Su Chi und die Kaiserin überreden sollte, Guei Fei zu akzeptieren. Schwierige Staatsgeschäfte, ja selbst Kriege hielten ihn nur selten vom Schlafen ab. Die Thronfolge und Guei Feis Rolle darin gingen ihm jedoch ständig im Kopf herum. Manchmal sagte er sich, es geschehe aus Sorge um die Zukunft des Reiches, doch sein Herz kannte die Wahrheit.

»Wer hat es Eurer Ansicht nach getan?« Das lag natürlich auf der Hand. Aber vielleicht wußte der Mönch von einer neuen Verschwörung, in die die Kaiserin oder ihre Familie nicht direkt verwickelt war.

»Ich glaube, daß die Kaiserin es veranlaßt hat. Sie verabscheut Yang Guei Fei und hält sie für eine Bedrohung der Familie Fu. Außerdem ist sie wütend über die Erhebung von Guei Feis Bruder Enger auf einen wichtigen Posten. Sie fürchtet, der Einfluß der Fu könnte wegen der Familie dieser neuen Gemahlin schwinden.«

Von dem Moment an, in dem Dame Fu erkannte, daß Longji

seinen Sohn nie eine Fu heiraten lassen würde, hatte sie intrigiert und konspiriert, um eine Umkehr dieser Entscheidung zu erzwingen. Sie hätte jedes Mädchen verabscheut, das Su Chi heiratete, doch Guei Feis Stolz und Würde hatten sie vor Verlangen, sie ihrer Stellung zu berauben, fast um den Verstand gebracht.

Zudem mußte sie sie als noch größere Bedrohung empfunden haben, seit Longji Su Chi sagte, er dürfe Guei Fei nicht verstoßen.

Longji wurde übel, als ihm aufging, daß er in einem gewissen Sinn die Ursache von Chingchins Vergiftung war. Er hatte das Mädchen bei offiziellen Anlässen mehrmals gesehen.

Ein unschuldiges junges Mädchen. Ein Gast in meinem Haus. Er wußte, daß er zornig sein sollte. Er sollte über die Kühnheit seiner Kaiserin Wut empfinden. Doch seine Sorge um Guei Feis Sicherheit war eine große kalte Welle, die alles andere überspülte.

»Aber warum Yang Guei Feis Base töten?«

»Um die Dame einzuschüchtern und zu entmutigen.«

Longji schlug mit der Faust auf die Armlehne seines Stuhls. »Diese Närrin! Diese kurzsichtige, habgierige Närrin! Das ist der Grund, weshalb ich der Familie Fu die Macht nehmen muß. Sie haben die Mandarine auf die gleiche Weise getötet. Sie sind grausam, rücksichtslos und dumm. Sollte Dame Yang etwas zustoßen – sollte ihr auch nur ein Haar gekrümmt werden –, wird Dame Fu nicht mehr Kaiserin sein. Und Su Chi wird nicht mehr Kaiserlicher Thronfolger sein.«

Ma Tsu zog die schütteren Augenbrauen hoch. »Unverbrüchlich an einem Kaiserlichen Thronfolger festzuhalten ist immer der Eckstein Eurer Politik gewesen. Wie könnt Ihr das ändern?«

Niemand außer Ma Tsu würde es wagen, ihm eine so unverblümte Frage zu stellen. Doch selbst Ma Tsu konnte nicht wissen, wie Longjis Sehnsucht nach Guei Fei im Lauf des Jahres gewachsen war, in dem sie im Päonienblütenpalast lebte. Obwohl Ma Tsu soviel darüber wußte, was in der Kaiserstadt vorging, war ihm vielleicht nicht aufgefallen, wie wenig Zeit Longji mit seinen Frauen verbracht hatte.

»Ich weiß nicht«, brummte Longji. »Jedenfalls wird es keiner von Dame Fus Söhnen. Das steht fest.«

Er seufzte. Heute nacht würde es keine Frau für ihn geben. Nicht nach dieser Nachricht. Und auch keinen Schlaf.

Longji blickte von einer breiten, mit Teppichen belegten Plattform an der Nordseite der Halle der Höchsten Harmonie auf seinen Hof. Diese Halle war ein riesiger, mit roten und goldenen Säulen gesäumter Raum, der von Reihen großer, filigraner Elfenbeinlampions erleuchtet wurde, die an einer zum Teil durch Weihrauch verdunkelten Decke hingen.

Er saß auf dem Drachenthron, der aus einem einzigen Block weißen Marmors gehauen war. Brüllende Drachen bildeten die Armlehnen und verschlungene Drachenschwänze die Rücklehne. Seine Hände ruhten auf schuppigen Rücken. Sein Körper war mit vielen Schichten heiliger Gewänder aus Seide, Leinen und juwelenbesticktem Brokat bedeckt – begraben wäre ein besseres Wort, dachte er. Seine Finger trugen schwer an Ringen mit Rubinen und Smaragden, mit Topasen und Granaten, Türkisen und Turmalinen. Ein Anhänger aus blassester grüner Jade mit der geschnitzten Figur eines mit ausgebreiteten Flügeln aus den Flammen aufsteigenden Phönix hing an einer schweren Goldkette an seinem Hals. Wie es hieß, sollte schon der erste Kaiser vor tausend Jahren diesen Phönix getragen haben.

Li Longji ließ den Blick über Reihen kniender Männer in rosafarbenen, violetten, blaugrünen und zinnoberroten Gewändern schweifen: seine Minister und ihre obersten Stellvertreter, die Schriftrollen in den Händen hielten; Träger stolzer Titel aus uralten Adelsfamilien; Botschafter von den Japanischen Inseln, aus Pratihara, Nan-Chao, Pyu, Khmer und Champa, von Soghdiana und Ferghana sowie von den westlichen Herrschern in Bagdad und Konstantinopel. Ferner Botschafter aus den gefährlichen, tückischen Barbarenreichen nördlich des Reichs der Mitte – Botschafter der Khitan, der Östlichen und Westlichen Türken, der Tibetaner und Uyghuren.

Der erste vorgesehene Bittsteller, der Gouverneur der Provinz Chiennan, machte vor dem Kaiser das Kotau und nahm dann seinen Platz auf dem langen gemusterten Teppich ein, der in der

Mitte der Halle lag, als eine kräftige und melodische Frauenstimme ertönte.

»Ich appelliere an den Sohn des Himmels um Gerechtigkeit.«

Er erkannte die Stimme sofort, und ein Schauer lief ihm über den Rücken. Er blickte in die Menge und sah eine hochgewachsene Gestalt in einem weißen Gewand mit einer kleinen Elfenbeintiara auf dem Kopf, die auf die Mitte der Halle zuschritt.

Mandarine und Wachen eilten herbei, um Yang Guei Fei aufzuhalten. Longjis Gedanken wirbelten wie ein Tornado. Er wußte, weshalb sie hier war, und hätte sie sofort aus der Halle entfernen sollen. Es war unerhört, daß jemand eine kaiserliche Audienz unterbrach. Sie hätte sicher einen Weg finden können, unauffällig zu ihm zu kommen und ihre Anschuldigungen diskret vorzubringen. Doch dies Verhalten war der Frau so ähnlich, die in dem Schrein in Guilin die Arme um ihn geschlungen hatte. Er war wegen ihrer Direktheit und ihres Freimuts vor Liebe plötzlich wie gelähmt.

Gerade als die Männer, die auf Guei Fei zugingen, sie erreichten, holte Longji tief Luft und befahl: »Laßt die Frau näher treten.«

Die Männer hielten inne und ließen die Arme herabhängen. Guei Fei stand auf dem Bittstellerteppich, sehr gerade und hochgewachsen, den Kopf in den Nacken geworfen.

Longji hob die edelsteinbesetzte Hand von der Armlehne des Throns und gab ihr ein Zeichen, näher zu kommen. Als sie so nahe war, daß er ihre Augen sehen konnte, die voller Furcht und Entschlossenheit zugleich waren, machte er eine kleine Handbewegung, worauf sie stehen blieb und das Kotau machte. Sie wartete mit auf den Teppich gepreßtem Kopf auf seine Befehle. Ihr Haar war zu beiden Seiten der weißen Tiara zu schwarzen Flügeln hochgesteckt.

Zu spät, um den Schaden eines offenen Skandals zu vermeiden, sagte er sich. Sie hatte sich ohnehin schon in tödliche Gefahr begeben. Dame Fu hatte Chingchin rücksichtslos ermorden lassen. Fu Monzing hatte die fünf Mandarine leichtfertig umbringen lassen. Soweit er wußte, konnte auch ein Fu hinter diesem Pfeil in Guilin gestanden haben. Wenn er Guei Fei jetzt vom Sprechen abhielt, würden die Fu mit Sicherheit versuchen, sie zu töten, um sie so zum Schweigen zu bringen. Wenn er sie reden ließ, wäre das der beste Weg, sie zu schützen.

Er mußte jedoch mit Strenge beginnen. Dies war ein ungeheurer Bruch der Hofetikette. Frühere Kaiser hatten Menschen schon für weniger auf der Stelle erdrosseln lassen. Allerdings keine Frauen, die sie liebten.

»Warum seid Ihr unaufgefordert hergekommen, Dame Yang Guei Fei? Warum habt Ihr ohne Erlaubnis gesprochen?«

Sie richtete sich auf die Knie auf, und er holte scharf Luft. In diesem Augenblick, in dem sie sich über die Sitte hinwegsetzte und ihr Leben riskierte, schien sie von innen heraus zu glühen. Obwohl ihr Gesicht wie eine Maske bemalt war, wie es von Hofdamen verlangt wurde, konnte er sehen, daß ihre Augenlider geschwollen waren und das Weiß ihrer Augen gerötet. Sie mußte die ganze Nacht geweint haben.

Ein Hohlraum öffnete sich in ihm, der sich danach sehnte, dadurch gefüllt zu werden, daß er sie umschlang. Er preßte die Fingerspitzen in die Marmorschuppen. Er hoffte, daß sich nichts von dem, was er empfand, auf seinem Gesicht zeigte.

Sie sagte: »Strahlender Kaiser, ein Gast in Eurem Päonienblütenpalast, die Dame Chingchin, ist ermordet worden. Sie war meine Base und Gefährtin. Ich weiß, daß ich gegen die Hofregeln verstoßen habe, weil ich unerlaubt hergekommen bin, doch ich sah keine andere Möglichkeit, Euch davon zu unterrichten. Ich bitte Euch, gnädig zu mir zu sein. Und ich bitte um Gerechtigkeit für Chingchin und ihren Mörder.«

Er dachte: Wie schlau sie mich in die Verantwortung zieht. Chingchin war mein Gast; daher bin ich für sie verantwortlich.

Obwohl am kaiserlichen Hof strenges Stillschweigen befohlen war, wurde überall Gemurmel laut.

»Strahlender Kaiser!« ließ sich die piepsige Stimme von Fu Monzing vernehmen. Longji blickte hoch und sah den alten Minister auf der linken Seite der Halle knien. Seine Augen waren vor Panik aufgerissen, und seine zitternden Hände erhoben sich flehentlich.

Auf Longjis Blick hin sagte Fu Monzing, ohne auf Erlaubnis zu warten: »Das Eindringen dieser Frau ist ein Sakrileg gegen den

Sohn des Himmels und den kaiserlichen Hof. Man sollte ihr nicht erlauben, auch nur einen Augenblick weiterzusprechen.«

Longji spürte, wie ihm das Blut in den Kopf schoß. »Der Sohn des Himmels wird entscheiden, wann der Sitte zu folgen ist und wann nicht. Dame Yang, was könnt Ihr uns sonst noch über diesen Mord berichten?«

Er sah, wie ein Ausdruck tiefer Erleichterung über ihr Gesicht huschte und dann wieder das anrührende Heben ihres Kopfs.

»Dame Fu hat Chingchin vergiften lassen.«

Eine schnarrende Stimme unterbrach sie: »Eine Lüge! Eine böse, verruchte Lüge!«

Longji sah erschrocken hoch. Zwischen zwei spiralförmigen rotgoldenen Säulen trat Dame Fu persönlich hervor, fast als hätte sie darauf gewartet, daß ihr Name fiel. Zwei ihrer Eunuchen folgten ihr. Eunuchen galten im allgemeinen nicht als Kämpfer, doch Dame Fu hatte ein Kontingent furchterregend aussehender haarloser Rohlinge angeworben, die sie in der Kaiserstadt auf Schritt und Tritt begleiteten. An ihren Hüften schwangen Schwerter mit breiten Klingen. Longji fürchtete plötzlich um Guei Fei.

Er öffnete den Mund, um die Eunuchen aus der Halle weisen zu lassen, als er zu seiner Erleichterung sah, wie Darius und zwei von dessen Männern zwischen Dame Fu und deren Begleitung traten. An ihren Gesten konnte Longji erkennen, daß die Wachen die Eunuchen ermahnten, daß im Palast der Ungeheuren Unendlichkeit das Tragen von Schwertern mit Ausnahme der diensthabenden Soldaten jedem verboten sei.

Heute brechen alle die Regeln, dachte er.

Dame Fu ging unbeirrt weiter, bis sie die vorgeschriebene Entfernung von zwanzig Chih zum Fuß des Drachenthrons erreicht hatte, ohne sich darum zu kümmern, was mit ihren Eunuchen geschehen war.

»Ich verlange, daß diese Frau vor dem gesamten Hof ausgepeitscht wird, weil sie gegen die Kaiserin eine falsche Anschuldigung vorgebracht hat!« rief sie.

Longji starrte Dame Fu an. Ihre schmalen Schultern hoben und senkten sich bei ihren heftigen Atemzügen. Er sah ihr an, daß sie sich in aller Hast angezogen hatte; ihr scharfgeschnittenes Gesicht war weiß gepudert, doch sonst hatte sie sich nur die Zeit genommen, die Lippen leuchtend rot anzumalen.

In ein paar Monaten, dachte er, werden der Mikado der Japanischen Inseln, der Kalif von Bagdad und der Kaiser von Konstantinopel darüber lachen, was ihre Botschafter berichten. Sie werden erzählen, wie meine Frau und meine Schwiegertochter sich vor meinem Thron angeschrien haben.

»Ruhe!« brüllte er. »Angelegenheiten der kaiserlichen Familie sollten nicht vor dem gesamten Hof ausgebreitet werden.«

Dame Fu zeigte mit einem Finger auf Guei Fei. »Sie hat es schon getan. Mit Eurer Billigung.«

Longji warf einen Blick auf Guei Fei. Sie stand vollkommen gerade und erhobenen Hauptes da und starrte Dame Fu an. Ihr ganzer Körper schien zu zittern.

Je länger das so weiterging, um so schwieriger würde es sein, seine Autorität durchzusetzen. Und um so gefährlicher die Lage Guei Feis.

»Wir haben genug gehört«, ließ sich Longji vernehmen. »Dieser Hof hat genug gehört«, fügte er nachdrücklich hinzu. »Dame Yang Guei Fei, geht zurück in Eure Gemächer im Päonienblütenpalast.« Er hörte, wie sie Luft holte und protestieren wollte, aber er schickte ihr einen funkelnden Blick zu, und daher schwieg sie.

»Dame Fu, ich befehle Euch, mich sofort in meine Privatgemächer zu begleiten. Dame Yang, Euch werde ich später kommen lassen.«

Wieder machte Guei Fei ein Gesicht, als wollte sie protestieren, doch sie sagte nichts. Würde sie im Päonienblütenpalast sicher sein, fragte er sich, oder würden die Anhänger von Dame Fu versuchen, sie zum Schweigen zu bringen? Nein, sie würden erkennen, daß alles, was Guei Fei jetzt zustieß, ein offenes Eingeständnis ihrer Schuld sein würde.

Guei Fei verneigte sich und ging rückwärts aus der Halle. Sie war allein gekommen und ging allein.

Was für ein Mut!

Eine Stunde später ruhte Longji in seiner Bibliothek auf einem Sofa, während Dame Fu auf einem großen roten Teppich aus der Provinz Shannan Hsitao vor ihm kniete. Er hatte sich inzwischen umgezogen und trug jetzt statt seiner Staatsroben ein bequemes schwarzes Gewand. Regale mit gebundenen Büchern, Bände mit Blättern aus Holz und andere mit Blättern aus feinem Papier füllten die Wand hinter ihm. Hinter Dame Fu hingen Bilder von Han Kan, dem großen Pferdemaler.

»Das Mädchen ist ein Ungeheuer! Seit unserer ersten Begegnung ist sie unhöflich und ungehorsam gewesen. Sie hat mich immer und immer wieder beleidigt.«

»Dann hast du schließlich ihre Gefährtin vergiften lassen, um ihr eine Lektion zu erteilen?« fragte Longji sanft.

»Darf ich mich setzen, Strahlender Kaiser?« Sie lächelte ihn an. Sie hielt das Lächeln vermutlich für liebenswürdig, doch die langen weißen Zähne ließen ihn an eine Ratte denken. Er konnte sich kaum vorstellen, daß er sie noch vor zwanzig Jahren so anziehend gefunden hatte, daß er in den meisten Nächten mit ihr Wolken und Regen gemacht hatte, und das mindestens ganze fünf Jahre lang.

»Natürlich.«

Sie nahm ein großes rotes Kissen und setzte sich darauf.

»Wenn sie für Su Chi etwas taugte, wäre ich zufrieden und würde mich mit ihrer Unhöflichkeit mir gegenüber abfinden. Aber sie läßt ihn Not leiden. Sie ist schrecklich passiv im Bett, und wenn sich ein Mann bei seiner Mutter darüber beklagt, könnt Ihr sicher sein, daß es sehr schlimm darum steht. Ich habe versucht, ihr ein paar Dinge beizubringen, doch sie hat sich geweigert, überhaupt zuzuhören.«

»Und daraufhin hast du ihre Gefährtin ermordet?« fragte er erneut.

Dame Fus dunkle Augen jagten ihm einen Schauer über den Rücken. Sie waren so klar und ruhig und bar jedes Gefühls, zeigten weder Zorn noch Reue.

»Als Su Chi aus dem Norden zurückkam, habt Ihr ihm gesagt, er könne Yang Guei Fei nicht verstoßen. Daraufhin habe ich beschlossen, ihr Benehmen beizubringen, wenn es uns schon nicht gelingt, sie loszuwerden.«

Longji richtete sich auf und starrte auf sie hinunter. Er hatte das Gefühl zu kochen wie ein Topf mit siedendem Öl. Er gab sich jedoch Mühe, in ruhigem Ton zu sprechen und mehr aus ihr herauszulocken.

»So, Yang Guei Fei hat also die Wahrheit gesagt? Du bist es gewesen?«

Sie wagte es, einen spindeldürren Finger auf ihn zu richten. »Du täuschst mich nicht, Longji, mit deiner Aura falscher Heiterkeit. Du bist sehr böse mit der kleinen Zhou. Ich entschuldige mich dafür, daß ich deine innere Harmonie gestört habe, doch diese Sache mußte erledigt werden. Und da sie jetzt erledigt ist, ist es deine allererste Pflicht, die kaiserliche Familie zu schützen.«

Longji sagte sanft: »Und wie soll ich das tun?«

»Es gibt Feinde, Rebellen, Unzufriedene, die Yang Guei Feis Anschuldigung gegen uns verwenden möchten. Sie würden sagen, du hättest das Mandat des Himmels verloren. Du mußt Yang Guei Fei in Gegenwart der höchstrangigen Angehörigen des Hofs wegen Lügens auspeitschen lassen. Dann schick sie weg und suche eine andere Frau für Su Chi.«

Er konnte es nicht mehr ertragen. Wütend über die Art, wie sie ihn in ihr Verbrechen hineinzuziehen versuchte, stand er auf und ging einen Schritt auf sie zu.

»Auf die Knie, Frau!«

Dame Fu starrte zu ihm hoch. Ihr Unterkiefer klappte herunter. Er funkelte sie an, als sie schnell vom Kissen herunterkroch, niederkniete und sich vor ihm verneigte.

»Jetzt hör mir gut zu. Inzwischen weiß der ganze Hof genau, was du getan hast. Was wird aus meinem Himmlischen Mandat, wenn ich diejenige bestrafe, welche die Wahrheit sagt und nach Gerechtigkeit verlangt? Es wäre weit besser für mich, mich von dir scheiden zu lassen und dich dann für den Mord zu bestrafen, von dem jeder weiß, daß du ihn begangen hast.«

Sie blickte zu ihm hoch. Ihre schmalen Augen schienen völlig schwarz zu sein.

»Das würdest du nicht tun.«

Wie kann sie es wagen zu glauben, ich würde es nicht tun? Glaubt sie etwa, ich hätte Angst vor ihr? Ich habe Kaiserin Wei und die Prinzessin von Tairen geschlagen, die beide härter, mächtiger und schlauer waren als Zhou, als ich mich zum Thron emporkämpfte. Ich kann mich jederzeit von Fu Zhou befreien, wenn ich es wünsche.

Aber langsam. Sie hat zwanzig Jahre Zeit gehabt, sich auf das hier vorzubereiten. Meine Verwaltung ist so durchsetzt von ihrer Familie und deren Verbündeten und Helfershelfern, wie die Tunnel unter der Kaiserstadt von Ratten wimmeln. Ich muß behutsam vorgehen.

»Ich würde dich liebend gern für den Mord an diesem unschuldigen Mädchen bestrafen, doch ich werde es nicht tun. In diesem Punkt hast du recht. Ich möchte die Welt nicht unbedingt wissen lassen, daß meine Kaiserin eine Giftmischerin ist. Der kaiserliche Leibarzt wird verkünden, daß Chingchin an einer plötzlichen Krankheit gestorben ist und daß er keinerlei Spur von Gift gefunden hat. Das sollte den guten Ruf der kaiserlichen Familie schützen. Chingchins Familie wird eine großzügige Entschädigung erhalten. Du wirst diese Entschädigung aus deiner persönlichen Schatulle bezahlen, die inzwischen recht wohlgefüllt sein muß.«

Als Dame Fu sprach, kauerte sie sich halb hin wie eine Kobra, die zum Biß ansetzt.

»Aber was ist mit Yang Guei Fei? Wie wirst du mit ihr verfahren?«

»Wie ich es für richtig halte. Deine Verfolgung ihrer Person muß aufhören, und zwar sofort. Hast du verstanden?«

Fu Zhou seufzte, und ihre schmalen Schultern sanken herab.

»Das habe ich, Strahlender Kaiser. Von jetzt an wirst du dir keine Sorgen mehr zu machen brauchen.«

Der Gong vor der Tür zu Longjis Privatgemächern ertönte, und die Stimme eines Dieners rief aus: »Der Berater ohne Titel, Ma Tsu, wartet darauf, beim Strahlenden Kaiser vorgelassen zu werden.«

»Er soll eintreten«, rief Longji.

Ma Tsu trat ein und zog die Tür hinter sich zu. »Strahlender Kaiser. Kaiserliche Mutter.« Er verbeugte sich tief vor Longji, dann vor Dame Fu.

Longji setzte sich wieder auf sein Sofa. »Dame Fu, ihr könnt uns verlassen.«

Als sie hinausging, starrte sie Ma Tsu an. Sie würde ohne Zweifel ihr halbes Vermögen dafür hergeben zu erfahren, was er sagen wollte.

»Es war die Köchin im Halbmondhaus«, sagte Ma Tsu. »Ich mußte ihr ein Getränk geben, das die Zunge löst. Doch sie wollte wirklich gestehen, weil sie Dame Yang Guei Fei liebt und auch Chingchin geliebt hat.«

»Warum hat sie es dann getan, wenn sie sie so liebte?« fragte Longji.

»Ihr Bruder schuldete Dame Fus Vetter, dem Haushofmeister des Päonienblütenpalastes, eine riesige Summe. Spielschulden. Dame Fu hat es so eingerichtet, daß gerade diese Frau für Dame Yang kocht, weil sie sie damit in der Gewalt hatte.«

Longji erschauerte. Dame Fu hatte Guei Fei also schon seit mehr als einem Jahr ein Messer an die Kehle gesetzt. Es war vermutlich eine bloße Laune, daß sie sich dafür entschieden hatte, Guei Fei durch Chingchin anzugreifen. Bei dem Gedanken, daß jetzt sogar Guei Fei tot im Päonienblütenpalast liegen könnte, wenn Dame Fu eine andere Eingebung gehabt hätte, brach ihm am ganzen Körper kalter Schweiß aus.

Die abgedeckten Fenster verdunkelten sich, und die Diener zündeten weitere Lampen an. Kurze Zeit nach Anbruch des Abends ertönte der Gong vor Longjis Privatgemächern, und der Türhüter kündigte eine ungenannte Dame aus dem kaiserlichen Haushalt an. Auf Longjis Ruf hin ging die Tür auf, und Guei Fei betrat den Raum. Sie hielt ihr Gesicht hinter einem schwarzen Schal verborgen. Einen Moment stockte ihm der Atem. Ihr Gewand war nicht in dem Trauerweiß, das sie zuvor getragen hatte, sondern sie trug ein karmesinrotes Kleid mit kunstvoller Goldstickerei.

Sie zog den Schal zurück, und beim Anblick ihres ovalen Gesichts und der riesigen dunklen Augen hielt er den Atem an. Sie ging mit erhobenen Armen auf ihn zu. Er hob eine Hand, um sie davon abzuhalten.

Er hatte lange gezögert, bevor er sie kommen ließ. Ihre Gegenwart in seinen Gemächern bereitete ihm Unbehagen; er fand sie viel zu aufregend und empfand sie als Bedrohung seines Seelenfriedens. Doch darin war nichts Neues; seinen Seelenfrieden hatte sie schon seit dem Augenblick bedroht, in dem er sie zum ersten Mal gesehen hatte. Nun lag Veränderung in der Luft: Tod, Wandel und Möglichkeiten.

Auf seine Handbewegung hin nahm sie ein kreisrundes schwarzes Kissen, legte es etwa zwölf Chih von ihm entfernt hin und sank darauf. Vor dem Kissen schien ihr Gewand die Farbe von Blut zu haben.

Ihm ging plötzlich auf, daß er mit dem Rücken an der Bücherwand stand, so daß sein Sofa zwischen ihr und ihm stand, als versuchte er, sich vor ihr zu schützen. Er ging um das Sofa herum und setzte sich darauf.

Er sagte: »Ich bedaure den Tod Eurer Freundin. Ich habe sie im Stich gelassen. Ich habe Euch im Stich gelassen. Wenn ich geahnt hätte, daß Dame Fu so weit gehen könnte, hätte ich sie davon abgehalten. Es wäre mir aber lieber gewesen, Ihr hättet sie nicht vor dem gesamten Hof beschuldigt. Damit habt Ihr mich in eine schwierige Lage gebracht.«

Ihre Worte sprudelten nur so aus ihr heraus. »Ich habe das einzige getan, was ich tun konnte. Jeder, den ich mit einer Botschaft losgeschickt hätte, hätte einer ihrer Leute sein können. Ich weiß nicht, wem ich trauen kann. Der Arzt wollte nicht einmal zugeben, daß es Gift war. Oh, ich vermisse sie so!« Tränen rollten ihr über die Wangen.

»Ich werde dafür sorgen, daß sie ein schönes Begräbnis bekommt und ein Grab in dem Tal, in dem Angehörige der kaiserlichen Familie ruhen.«

Er beobachtete, wie sie die langen Finger auf dem Schoß krümmte. Sie blickte zu ihm hoch. Ströme von Tränen glitzerten auf ihren Wangen. Er wollte zu ihr gehen, hielt sich aber zurück. Ein Kaiser, dachte er, lernt, wie man stillsitzt.

»Ich weiß nicht, wie ich ihrem Vater je wieder unter die Augen treten soll. Er wollte nicht, daß sie mit mir kommt, und ich habe ihn angefleht, es ihr zu erlauben. Ich würde mich lieber umbringen, als ihm zu erzählen, was geschehen ist.«

Er fühlte, wie er bei der Vorstellung erbleichte, sie könnte sich umbringen.

»Ich habe schon dafür gesorgt, daß ihren Eltern eine ansehnliche Summe mit meiner Entschuldigung geschickt wird.«

»Und Ihr werdet ihre Mörderin bestrafen.«

Er würde es ihr sagen müssen. Doch als er jetzt in Guei Feis Augen sah und erkannte, wie sie von Vertrauen leuchteten, erstickte er fast an den Worten, die er ihr jetzt sagen mußte. Er hatte Männern und Frauen schon oft Dinge gesagt, von denen er wußte, daß sie sie nicht gern hören würden. Doch es war ihm nie so schwer gefallen wie heute abend.

Er überlegte hin und her, wie er es am besten sagen sollte. Er hatte Gedichte geschrieben, die selbst Li Bo lobenswert fand, doch es war weit schwieriger, jetzt die richtigen Worte zu finden. Er blickte an die Decke, wo Vögel und Weinreben aus Blattgold das Lampenlicht reflektierten. Die Stille zwischen ihnen zog sich hin, bis er das Gefühl hatte, daß eine Macht, die sich seiner Kontrolle entzog, die Worte aus ihm herauszwang.

»Ich kann nicht zulassen, daß die ganze Welt die Kaiserliche Mutter für eine Mörderin hält. Das Volk des Reichs der Mitte muß glauben, daß eine weise, gütige und harmonische Familie das Volk führt.«

»Aber sie *ist* eine Mörderin«, sagte Guei Fei mit zusammengebissenen Zähnen.

Er schüttelte den Kopf. »Wenn ich sie öffentlich verurteilte, würden Zweifel aufkommen an meiner Fähigkeit, das Land zu regieren. Der Kaiser regiert das Reich der Mitte nur so lange, wie all diejenigen, die Machtpositionen innehaben, sich darin einig sind, daß er es soll – Mandarine, Gouverneure, Armeekommandeure, die Wohlhabenden und die Grundeigentümer. Und die größte Macht von allen – der schlafende Drache – das Volk.«

Er stand plötzlich auf. »Kommt mit mir.«

Er führte sie in den Raum neben der Bibliothek, die Halle der Zehn Provinzen. Sie lag im Halbdunkel, und ihre Schatten wurden nur von dem Glühen der Bibliothekslampen durchdrungen. Statt einen Bediensteten zu rufen, nahm er eine Wachskerze aus der Bibliothek mit und zog die große Lampe herunter, die an einem Flaschenzug über dem Terrakotta-Modell des Reichs der Mitte hing. Er zündete die zwölf Kerzen in der Lampe an. Als er an der Schnur zog, die sie wieder an die Decke beförderte, breitete sich Licht im Raum aus.

Guei Fei stand neben ihm und blickte auf die Karte. Ihr Gesicht leuchtete vor Faszination. »Das ist wundervoll.«

»Ich möchte, daß Ihr seht, wie das Reich der Mitte für mich aussieht. Eine Person, zwei Menschen, tausend Menschen sind zu wenige. Die können wir nicht erkennen. Vor vier Jahren haben wir gezählt. Ich bin Kaiserlicher Vater für zweiundfünfzig Millionen Menschen.«

Sie stand jetzt weniger als eine Armeslänge von ihm entfernt, und das war alles, was er tun konnte, um seinem Verlangen zu widerstehen, diese Lippen zu kosten, die im Licht der Lampe feucht und unbemalt schimmerten.

Er sagte: »Folglich müßt Ihr Euch der Entscheidung beugen, die ich getroffen habe.«

Sie fuhr zurück, als hätte er eine Hand gehoben und sie bedroht. »Welche Entscheidung?«

Er sprach alles auf einmal unbarmherzig aus. »Ich werde dem Kaiserlichen Leibarzt befehlen zu verkünden, daß Chingchin an einem plötzlichen Fieberanfall gestorben ist. Und Ihr werdet vor dem Hof erklären, daß Ihr Euch in der Annahme geirrt habt, Chingchin sei ermordet worden. Ihr werdet Eure Anschuldigung gegen Dame Fu zurückziehen und Euch öffentlich bei ihr entschuldigen, so wie Ihr sie öffentlich beschuldigt habt.«

Der Schmerz in ihrem Gesicht war so groß, als hätte er sie geschlagen. Sie zog sich von ihm zurück und wandte ihm den Rücken zu. »Ich werde mich nicht bei ihr entschuldigen.«

Am liebsten hätte er die Hand ausgestreckt und sie bei den Schultern gepackt, doch er wagte es nicht, sie anzurühren. Folglich blieb er still stehen und sprach mit seiner gebieterischsten Stimme: »Seht mich an.«

Sie drehte sich um, und als er ihr tief bekümmertes Gesicht sah, wurde der Drang, sie in die Arme zu nehmen, fast übermächtig.

»Ihr werdet es tun«, sagte er. »Ich kenne Euch. Euch liegen diese Millionen von Menschen ebenso am Herzen wie mir. Ich tue dies nicht für mich. Ich tue es, damit ich das Reich in guten Händen zurücklassen kann.«

»In denen von Su Chi? Das sollen gute Hände sein?« Sie riß ungläubig ihre großen Augen auf.

»Nein«, gestand er traurig, »aber Eure sind es. Es sind Eure Hände, in die ich mein Reich legen werde, Dame Yang.«

Sie starrte ihn an. Er sah, daß sie nicht auf seine erklärte Zuneigung reagierte. Er sah, daß sie nicht die Worte fand, um die Fragen zu stellen, die ihr an den Augen abzulesen waren.

»Als ich nach einer Familie suchte, die dem Kaiserlichen Thronfolger eine Erste Frau bieten konnte, entschied ich mich für die Yang, da sie die nötige Tugend und Fähigkeit besitzen. Doch als ich Euch begegnete, ging mir auf, daß meine Hoffnungen weit übertroffen worden waren. An jenem Abend, an dem wir gemeinsam gegessen haben, habe ich erkannt, daß Ihr die Bedürfnisse des Reiches versteht. Ihr werdet eine weit bessere Kaiserin sein als Dame Fu.«

Sie sagte: »Aber wenn Ihr Dame Fu nicht einmal für den Mord an Chingchin bestrafen könnt, erwartet Ihr dann wirklich, daß sie demütig beiseite tritt, um mir Platz zu machen?«

»Ich erwarte, noch viele weitere Jahre zu regieren, und werde die Macht der Fu Monat für Monat beschneiden. Als künftige Kaiserin wird Euer Einfluß nach und nach größer werden.«

»Su Chi verabscheut mich.«

»Er wird sich ändern müssen. Er braucht Euch. Ich sehe sehr wohl, welche Fehler er hat, und sie sind zahlreich und auffallend. Doch er muß mir auf dem Thron nachfolgen. Was das Reich mehr braucht als irgend etwas anderes, ist eine stabile Verwaltung, und das bedeutet, daß außer Frage stehen muß, wer Kaiserlicher Thronfolger ist. Su Chis Versagen muß durch diejenigen ausgeglichen werden, die ihn umgeben. Zuallererst durch Euch. Wenn er die Zügel in der Hand hat und endlich erkennt, daß er gar nicht weiß, was er mit ihnen anfangen soll, wird ihm aufgehen, daß er Euch braucht, um nicht alles zugrunde zu richten. Durch ihn werdet Ihr das Reich der Mitte regieren.«

Jetzt wagte es Longji zum ersten Mal, Guei Fei zu berühren. Ihre Hand ruhte auf dem Rand des Kartentischs, und er streckte den Arm aus und nahm sie.

Während eines köstlichen Augenblicks erwiderte sie den Druck seiner Finger. Dann machte sie sich frei, was ihn erschreckte, und trat zurück. Kummer und Zorn leuchteten in ihren Augen.

»Ich soll mein Leben also an einen Mann gefesselt verbringen, für den ich keine Gefühle empfinde, und Ihr und ich sollen das Glück opfern, das wir gemeinsam erleben könnten.«

Er hatte das Gefühl, als hätte sie ihm mit der Faust in den Magen geschlagen.

Er zog sich von ihr zurück und richtete sich zu voller Größe auf, wobei er sich in seine kaiserliche Würde hüllte, als wäre sie eine Robe.

»Eines Tages werdet Ihr verstehen, wenn Ihr selbst solche Entscheidungen zu treffen habt.«

»Und dann werde ich verraten, was mir am meisten am Herzen liegt, genau wie Ihr?«

Er starrte in ihr verzweifeltes Gesicht und spürte mehr als je den Wunsch, sie in die Arme zu schließen. Im Herzen spürte er einen Schmerz, von dem er wußte, daß er nie weichen würde.

7

Das Ende des Tunnels

Li Longji war zwar der mächtigste Monarch der Welt, doch absolute Macht gibt es nicht. Während seiner Herrschaft durchkreuzten Menschen, die ihm nahestanden, immer wieder seinen Willen. Morde und andere Grausamkeiten kamen in der Kaiserstadt häufig vor, und der Kaiser konnte kaum etwas tun, um sie zu verhindern.

Aus der »Geheimen Geschichte der Tang« von Yang Kaizhi

Lärm riß Guei Fei aus dem Schlaf.

Sie richtete sich im Bett auf. Ein Mann rief etwas. Er schien direkt vor ihrer Schlafzimmertür zu stehen. Als sie ganz wach war, erkannte sie die Stimme von Su Chi. Ihr Herz begann zu hämmern.

Frauen weinten, flehten, schrien. Sie hörte den knarrenden Laut einer Tür, die geöffnet wurde. Dann die Stimme einer weiteren Frau, ein schrilles Krächzen, so durchdringend wie ein Dolch. Guei Fei wurde am ganzen Körper kalt, als sie Dame Fu erkannte.

Dann plötzliche Stille. Was konnte passiert sein? Guei Fei schlüpfte mit zitternden Beinen aus dem Bett. Konnte sie weglaufen? Wohin konnte sie laufen? Wohin –

Ihre Schlafzimmertür wurde mit einem lauten Rumpeln zur Seite geschoben. In dem schwachen Licht der Eingangshalle sah sie die Umrisse von Su Chi, der breitbeinig in der Tür stand.

Seine Stimme war flach und hart. »Raus hier.«

Ihre Knie zitterten so heftig, daß sie kaum stehen konnte. Er war mit zwei Schritten bei ihr und packte sie mit einem Griff, der ihr fast die Handgelenke zerquetschte. Er riß sie mit sich, und sie stolperte und fiel fast hin, als er sie in den Nebenraum schob.

In der hellerleuchteten Eingangshalle verzog sich Su Chis breiter Mund zu einem ärgerlichen Lächeln. Er trug immer noch Reisekleidung aus schwarzem Leder, die mit weißem Pelz besetzt war, und an den Füßen rotgefärbte Reitstiefel aus Leder. Eine kalte Welle überspülte sie beim Anblick einer zusammengerollten Peitsche, die er sich in die rote Schärpe gesteckt hatte.

Es war das erste Mal, daß sie ihn seit mehr als einem Jahr sah. Seit seiner Rückkehr aus dem Land der Uyghuren vor einem Monat hatte er sie nicht einmal besucht. Sie hatte gehört, daß er im Palast der Ungeheuren Unendlichkeit seinen Wohnsitz genommen hatte, und sich zunächst gefragt, wann er wieder mit seinen nächtlichen Forderungen an sie beginnen würde. Doch ihr Kummer um Chingchin hatte ihr sogar ihre Furcht und ihren Ekel ausgetrieben. Sie hatte vergessen, daß er sich überhaupt in Changan aufhielt.

Dame Fu stand mit einem triumphierenden Grinsen in der Eingangshalle, flankiert von zwei ihrer massiven schwerttragenden Eunuchen. Zwei weitere hielten Chu Ling fest, der bis auf einen Lendenschurz nackt war. Er sah in dem Griff der größeren, kräftigeren Eunuchen wie ein Kind aus. Seine Augen quollen hervor, und sein Mund stand offen.

»Sieh mal dort.« Su Chi zeigte in eine Ecke des Raums, wo die drei traurigen kleinen Leichen ihrer Zofen lagen, die im Tod noch kleiner wirkten. Ihre Köpfe waren seltsam verdreht, die Augen noch geöffnet. Neben den Leichen kauerten zwei Eunuchen, die so unbeteiligt dreinblickten, als lägen dort drei Heuballen.

Guei Fei sah blitzartig die Leiche von Chingchin auf ihrem Bett, sah die noch offenen traurigen Augen, das starr werdende Fleisch. Ihre Unfähigkeit, beim Anblick ihrer kleinen Dienerinnen, die gerade erst gestorben waren, etwas zu empfinden, gab ihr das merkwürdige Gefühl, als triebe ihre Seele über ihrem Körper, der sich automatisch zu bewegen und zu sprechen schien. Vielleicht würde sie nie wieder etwas empfinden, es sei denn, wenn Trauer sie durchtoste wie ein Gewitter.

Su Chi sagte: »Es ist deine Schuld, daß sie tot sind.« Der Griff seiner Hand um ihr Handgelenk wurde fester und drehte es, um ihr noch mehr Schmerzen zu bereiten.

»Sie werden gerächt werden«, sagte sie kühl. »Und wenn nicht durch mich, dann durch die Götter. Die Götter, die das Mandat erteilen. Und dir werden sie es nicht geben.« Sie spie es fast hinaus. »Du verdienst es nicht, Kaiser zu sein.«

Dame Fu sagte: »Kaiser und künftige Kaiser sind nicht den gleichen Regeln unterworfen wie gewöhnliche Sterbliche.«

Sie werden mich verletzen, mich vielleicht sogar töten, dachte sie ruhig. Erschöpfung durchfuhr sie. Vielleicht war Chingchin jetzt glücklicher, wo sie nicht mehr in dieser Welt von Grausamkeit und Schmerz weilen mußte. Vielleicht ging es ihr im Jenseits auch besser.

Sie blickte quer durch den Raum auf den getreuen Chu Ling, der im Griff seiner Häscher zitterte. Trauer ergriff sie. Warum sollte er ihretwegen sterben?

»Bitte...«, setzte sie an.

»Bitte?« spottete Su Chi. »Du, der du meine Mutter vor dem Kaiser und dem gesamten Hof des Mordes beschuldigt hast – du wagst es, uns anzuflehen?«

Chu Ling sprach plötzlich in einem unterwürfigen Tonfall. »Prinz, Kaiserliche Mutter, wir erkennen demütig Eure Macht an. Der Strahlende Kaiser hat Euch jedoch ausdrücklich befohlen, Dame Yang nichts anzutun. Um Eures Wohlergehens willen und nicht um unsrer unwürdigen Personen willen flehe ich Euch respektvoll an, ihr nicht weh zu tun.«

Su Chi sagte: »Du verrätst dich, Eunuch. Du weißt, was der Sohn des Himmels zu uns gesagt hat, weil du der Spitzel bist, der dem Sohn des Himmels erzählt, was hier im Frauenpalast vorgeht.«

Dame Fu schaltete sich ein: »Wenn diese schwatzhafte Zunge erst mal zum Schweigen gebracht worden ist, besteht keine Gefahr mehr, daß der Kaiser herausfindet, was heute abend hier passiert ist.«

Chu Ling hing zwischen den beiden Eunuchen, als besäße er überhaupt keine Kraft.

Su Chi winkte mit seiner freien Hand. »Tötet ihn.«

»Nein!« schrie Guei Fei auf.

Einer der Eunuchen packte Chu Lings Arme von vorn. Der zweite zog ein schmales, zusammengerolltes Seil mit Holzgriffen an beiden Enden aus dem Gürtel. Der Eunuch trat hinter Chu Ling und legte ihm eine Schlinge um den Hals.

Chu Lings entsetzter Gesichtsausdruck verwandelte sich sofort in kalte Wachsamkeit. Er bäumte sich zu seiner vollen Größe auf und entriß die Arme dann so mühelos dem Griff des Eunuchen, als hätte dieser ihn gar nicht festgehalten. Er fuhr sich mit nach außen gedrehten Handflächen an die Kehle und ergriff das Seil, trat nach hinten und stemmte sich gegen den Eunuchen, der ihn zu erdrosseln versuchte. Dann krümmte Chu Ling sich blitzschnell. Er hob den Eunuchen vom Fußboden hoch und hätte ihn zu Boden geworfen, wenn er das Seil nicht losgelassen hätte.

Chu Ling wirbelte so schnell herum, daß Guei Fei die Bewegung kaum verfolgen konnte. Dann warf er das Seil über den kahlen Kopf des Eunuchen, der ihn gewürgt hatte, und riß mit einer plötzlichen ungeheuren Anstrengung an den Enden.

Guei Fei glaubte ihren Augen nicht zu trauen, als sie sah, wie sich die Augen des Eunuchen trübten und Blut aus dem kräftigen Hals spritzte, der von dem Seil durchschnitten worden war wie von einem Dolch. Wieviel Kraft hatte Chu Ling in diesen mageren Armen?

Chu Ling trat dem Eunuchen, der ihn festgehalten hatte, mit der Kraft eines Rammbocks in den Unterleib. Der Eunuch schrie auf, fiel zu Boden und hielt sich umklammert.

Obwohl sie kastriert sind, kann man ihnen da unten offenbar immer noch weh tun, dachte Guei Fei überrascht.

Chu Ling war verschwunden.

»Bringt ihn wieder her – tot!« rief Su Chi, und drei der Eunuchen trotteten mit schwerfälligen Schritten aus der Tür und zogen ihre Schwerter.

»Er muß zu einer dieser verfluchten Geheimgesellschaften gehören«, fauchte Dame Fu Su Chi an. »Du hättest vorsichtiger sein sollen.«

Der Eunuch, dessen Kehle durchschnitten worden war, gurgelte und keuchte. Guei Fei blickte auf ihn hinunter und sah, daß Blut seine purpurfarbene Jacke durchtränkte. Sein dicker Körper zitterte noch einmal in seiner ganzen Länge und verharrte dann reglos. Ihr drehte sich der Magen um, doch sie empfand nur kalte Gleichgültigkeit.

Das hatten sie Chu Ling antun wollen.

Su Chi musterte den toten Eunuchen. »Diese Bogensehne hat den Hals fast bis auf den Knochen durchschnitten. Wenn ich es nicht selbst gesehen hätte, hätte ich es nicht für möglich gehalten.«

Guei Fei, die immer noch von Su Chi festgehalten wurde, zitterte so heftig, daß sie kaum denken konnte. Sie erinnerte sich jedoch an die Tunnel, die Chu Ling ihr gezeigt hatte, und fragte sich, ob Su Chi daran gedacht hatte, dort Wachen aufzustellen. Geheimgesellschaften. Dieser kleine Hoffnungsschimmer blieb ihr noch. Vielleicht würde Chu Ling es schaffen, ihr Hilfe zu bringen.

Ein Klopfen an der Tür riß sie aus ihren Gedanken. Su Chi ging zur Tür, machte sie auf und sprach mit leiser Stimme.

Er kam lachend zurück. »Chu Ling ist im Hauptbadehaus. Er sitzt in der Falle. Wollte zum Eingang zu einem dieser Fluchttunnel, und meine Wachen, die dort warteten, hätten ihn fast geschnappt. Er ist jetzt umzingelt. Ich habe ihnen befohlen, ihn in dem großen Becken bei lebendigem Leibe zu kochen.«

Guei Fei legte sich ein Bleigewicht auf die Brust.

Zwei von Dame Fus Eunuchen blieben im Zimmer, derjenige, den Chu Ling getreten hatte, und derjenige, der neben den drei toten Zofen stand. Su Chi gab dem Eunuchen neben den Leichen ein Zeichen.

»Deng«, sagte er. Der Eunuch hob ein zusammengerolltes Seil auf, das auf einer roten Lackkommode lag, und drehte sich zu Guei Fei um.

Jeder Gedanke an einen tröstlichen Tod verschwand auf der Stelle. Entsetzen ließ sie bis ins Mark erstarren. Sie konnte nicht einmal schreien. Es war, als würde sie in einem Alptraum um Hilfe zu schreien versuchen und unfähig sein, auch nur einen Laut herauszubringen.

Der Eunuch packte ihre Hände und band sie mit dem Seil zusammen, das er eng zusammenzog. Das Seil, das so dick war wie ihr Zeigefinger, war grob und schnitt in ihre Handgelenke.

Sie schleiften sie in die Mitte des Raums, wo Deng ein Ende des Seils über einen der Querbalken an der Decke warf. Guei Fei blickte hinauf und sah, daß der Balken mit violetten Pfingstrosen und azurblauen Schmetterlingen vor einem elfenbeinfarbenen Hintergrund bemalt war. Es war ihr nie aufgefallen.

Das Seil riß ihr die Arme über den Kopf; sie hatte das Gefühl, als würden sie ihr aus den Schultern gerissen. Der Schmerz gab ihr die Stimme zurück, und sie schrie.

Dame Fu kam herbei und lachte. »Nun, wünschst du dir jetzt nicht, du hättest meinen Nachttopf doch geleert?«

Wieder ein Zug an dem Seil, ein neues Reißen in den Schultern, und sie spürte, wie ihre Füße vom Boden abhoben. Sie schrie wieder auf, als ihr ganzes Gewicht an den Handgelenken zerrte. Ihre Schultern brannten, als lägen sie in einem Schmelzfeuer.

»Befestige das Ende an dem Fuß dieses Schränkchens da«, hörte sie wie aus weiter Ferne Su Chis Stimme. Ihre Arme wurden allmählich taub, und sie schwankte halb bewußtlos hin und her. Indem sie die Füße streckte und die Zehen gegen den Fußboden preßte, konnte sie die Handgelenke entlasten und den Schmerz in Schultern und Rücken lindern. Doch dann verkrampften sich ihre Füße, und sie spürte, wie Schmerz ihr an den Knöcheln hochkroch, durch die Beine und sich dann mit dem Schmerz darüber vereinigte, bis ihr ganzer Körper von den Zehen bis in die Fingerspitzen eine einzige quälende Pein war.

Der Eunuch namens Deng ging wieder auf sie los, diesmal mit gezogenem Schwert. Sie hoffte, er würde ihr das Schwert ins Herz stoßen und ihrem Leiden so ein Ende machen. Er hieb ihr jedoch nur das Nachtgewand weg. Zu jeder anderen Zeit wäre sie vor Verlegenheit am liebsten gestorben, doch jetzt war sie so entsetzt und voller Schmerz, daß es ihr kaum etwas ausmachte, vor Su Chi, Dame Fu und den beiden Eunuchen nackt an einem Seil zu baumeln.

Su Chis Froschmund und seine Augen mit den schweren Lidern waren dicht vor ihrem Gesicht. Er hielt die Peitsche hoch und schüttelte sie, damit sie sie sehen konnte. Drei geflochtene Lederriemen baumelten an dem Handgriff, den er ihr in Augenhöhe vors

Gesicht hielt. Er trat einen Schritt zurück und ließ die Peitsche durch die Luft sausen.

Der Große Weg ist ein glitzernder Strom.

Einen Augenblick später wurde ihr Rücken von einem Blitz getroffen.

Der Schrei schien ihr die Kehle aus dem Leib zu reißen.

Mit dem Schmerz kam ein Gefühl ungeheurer und schauerlicher Überraschung. Der Schmerz war sehr viel schlimmer als alles, was sie bis jetzt erlebt hatte, so daß sie kaum glauben konnte, daß ihr dies widerfuhr.

Der Blitz fuhr erneut in sie. Und diesmal schmerzte er noch mehr.

Bitte, Dame Guanyin, laß mich sterben. Laß mich wenigstens ohnmächtig werden. Erspare mir, dies zu ertragen.

Doch sie sah nur Dame Fu, deren Zähne ihr vorkamen wie riesige Reißzähne.

»Hast du mir etwas zu sagen?« stieß Dame Fu hervor. »Tut es dir jetzt leid, mich des Mordes beschuldigt zu haben? Wirst du dich entschuldigen?«

Guei Fei wußte nicht, woher sie die Kraft nahm, überhaupt etwas zu sagen. Doch in ihr stieg etwas auf, was Trotz erzwang.

»Mörderin!« keuchte sie.

»Weibsstück!« hörte sie Su Chi brüllen. Dann schrie sie auf, als die Peitsche erneut auf ihren Rücken niedersauste.

Als sie wieder klar sehen konnte, lachte Dame Fu hämisch.

»Du bist wirklich eine alberne Gans. Ich werde dich wohl selbst schlagen müssen, obwohl ich nicht so stark bin wie Su Chi. Ich werde dafür sorgen, daß es weh tut.«

Guei Fei spürte ein Kitzeln am unteren Ende des Rückens und auf den Hinterbacken. Nach einem Augenblick ging ihr auf, daß es strömendes Blut war.

Obwohl Dame Fu nicht so stark war wie Su Chi, schmerzten die folgenden Schläge noch mehr; die drei Riemen aus geflochtenem Leder schnitten jetzt in Wunden, die schon offen waren. Dort, wo Guei Feis Zehen den Boden berührten, war der Fliesenfußboden mit Blutstropfen gesprenkelt.

Sie hing mit gesenktem Kopf und geschlossenen Augen am Seil. Ihre Gedanken fanden zu keinen Worten mehr. Sie nahmen kaum Gestalt an. Doch aus dem Schmerz und dem Blut, aus der Erniedrigung und der letzten Kraft, die noch in ihr steckte, wurde allmählich eine Erkenntnis geboren.

Sie wußte, daß sie sich ergeben mußte. Wenn sie sich dazu überwinden konnte, würde sie am Leben bleiben.

Harte Finger packten sie am Kinn und rissen ihr den Kopf hoch. Sie schlug die Augen auf, und Schweiß brannte in ihnen. Sie blinzelte und sah Su Chi. Hinter ihm sah sie wie durch einen Nebel die beiden Eunuchen, die an einer Wand standen und sie mit der Andeutung eines interessierten Lächelns beobachteten.

Sie holte tief Luft. Sie haßte, was sie jetzt tun wollte, doch sie zwang die Worte heraus. »Ich werde alles sein, was du willst. Tu mir nur nicht mehr weh. Bitte.«

»Stellst du immer noch Forderungen?« knurrte Su Chi. »Gib mir die Peitsche, Mutter.«

Plötzlich war es, als hätte ihr jemand eine brennende Fackel in den Rücken gestoßen. Su Chi war ausgeruht und hatte einen starken Arm.

Ich muß es noch einmal versuchen. Ich muß sie überzeugen.

»Ich bitte tausendmal um Entschuldigung«, sagte sie. »Ich erbitte nichts. Dame Fu, ich habe Euch großes Unrecht angetan.«

»Das kann sie nicht ernst meinen«, bemerkte Su Chi.

»Natürlich meint sie es nicht so«, stimmte Dame Fu zu. »Doch es ist das, was wir von ihr hören wollen. Laß sie runter.«

Guei Fei empfand ungeheure Erleichterung. Vielleicht würden sie jetzt damit aufhören, sie auszupeitschen. Das Seil, das sie hielt, gab nach. Ihre tauben Arme sanken herab und jagten ihr neue Wellen von Schmerz durch den Rücken. Ihre Hände waren leblos, sie konnte sie sehen, aber nicht fühlen.

Fast wäre sie kopfüber aufs Gesicht gefallen, doch die dicken Arme eines Eunuchen um ihre Taille fingen sie auf und hielten sie, als sie sich krümmte wie eine Puppe.

»Laß sie runter, Ting«, sagte Dame Fu.

Guei Fei lag auf dem Bauch und spürte, wie das Blut an ihren

Beinen gerann, und nahm üblen Geruch wahr. Es stank nach dem Schweiß eines leidenden Tiers. Mein Rücken muß völlig zerfetzt sein, dachte sie schwach. Wenigstens haben sie mir nicht das Gesicht oder die Brüste entstellt.

Sie hörte, wie an ihrem Kopf ein Seidenschuh vorbeischlurfte, und hob das Gesicht. Sie sah den Saum von Dame Fus Gewand, ein fast schwarzes Grün, das mit einer Goldborte besetzt war.

Su Chi sagte: »Entschuldige dich.« Sie sah die Spitzen seiner roten Stiefel neben dem Gewand seiner Mutter.

»Kaiserliche Mutter«, hauchte sie mit heiserer Stimme, »ich bitte Euch demütig um Vergebung.«

»Habe ich Chingchin ermordet?«

»Nein, Kaiserliche Mutter. Chingchin ist an einem Fieberanfall gestorben.«

Dame Fu trat einen Schritt vor und versetzte Guei Fei einen leichten Fußtritt an den Kopf. Die Verachtung in dem Tritt tat mehr weh als die Kraft, die dahinterstand.

»Dummes Mädchen! Natürlich habe ich Chingchin töten lassen. Dem Hof des Himmelssohns wird man erzählen, daß Chingchin nicht vergiftet wurde und daß du jetzt zugibst, mir mit deiner Anschuldigung schreckliches Unrecht angetan zu haben. Aber ich möchte, daß du weißt, daß ich sie getötet habe. Sag, daß sie den Tod verdient hatte.«

Guei Fei lag da, einen Augenblick unfähig zu sprechen. Sie konnte sich nicht dazu überwinden, diese Worte zu sagen. Doch sie mußte es tun, sie mußte sich retten.

Dadurch kannst du am Leben bleiben, sagte sie sich. Du mußt. Nur du kannst Chingchin Gerechtigkeit widerfahren lassen.

»Ja, Kaiserliche Mutter, Chingchin hatte den Tod verdient.« Die Worte waren wie trockene Baumwolle, die man ihr in die Kehle stopfte und die sie würgen ließen.

Der Saum von Dame Fus Rock wurde leicht gehoben, und sie schob ihren kleinen Fuß vorwärts. Ihr Schuh war mit pinkfarbenen und blauen Blüten sowie blauen Blättern bestickt.

»Küß mir die Schuhsohle.«

Die Sohle ihres Schuhs, der schmutzigste Teil. Nein, das Schmutzigste an Dame Fu war ihre Seele. Nichts konnte schlimmer sein. Wenigstens mußte sie die nicht anrühren.

Als sie die Hand bewegte, um Dame Fus Schuh zu ergreifen, jagte ihr neuer Schmerz durch den Rücken, und sie wimmerte. Sie hob Dame Fus Fuß hoch. Auf dem weichen weißen Leder war nur etwas grauer Staub zu sehen sowie einige Blutspuren, vermutlich ihr eigenes Blut. Sie schloß die Augen, preßte die Lippen an die Sohle und beließ sie dort, fest entschlossen, Dame Fu zufriedenzustellen.

Diese stieß Guei Fei hinterhältig den Schuh ins Gesicht und zwang ihr den Kopf zurück.

»Wirklich, wie sehr man mich auch gefoltert hätte, ich hätte mich nicht so schändlich verhalten wie du«, sagte Dame Fu. »Unwürdiges Geschöpf.«

Su Chi sagte: »Laß uns verschwinden, wenn wir hier alles erledigt haben.« Guei Fei glaubte, einen Unterton von Scham in seiner Stimme gehört zu haben. Konnte es sein, daß das, was sie getan hatten, selbst für ihn zuviel war, daß es selbst ihm den Magen umdrehte?

Dame Fu versetzte ihr einen Tritt in die Rippen. »Du wirst den Frauenpalast nie wieder verlassen, Yang Guei Fei. Du wirst niemanden mehr sehen außer den Dienern, die ich für dich ausgewählt habe. Diese beiden Einfaltspinsel hier, Deng und Ting, werden deine ständigen Begleiter sein. Unterhalte dich mit *denen* über die Fünf Bücher und die Vier Klassiker. Solange du und ich am Leben sind, wirst du ganz mir gehören.«

»Ja, Kaiserliche Mutter.«

Obwohl der Schmerz fast unerträglich war, spürte sie Dankbarkeit, daß sie jetzt endlich gingen. Nach kurzer Zeit würde sie wieder denken können, und dann würde sie damit beginnen zu planen, wie sie Dame Fu besiegen und vernichten konnte.

»Da ihr beiden meine lebenslangen Begleiter sein werdet, möchte ich, daß wir Freunde sind«, sagte Guei Fei. »Wir wollen gemeinsam aus meinen schönen Silberbechern trinken, die ich aus Guilin mitgebracht habe.«

Deng, den sie nur dadurch von dem anderen Eunuchen unterscheiden konnte, daß er unter dem rechten Auge ein schwarzes Muttermal hatte, erhob sich von dem Sofa, auf dem er sich hingelümmelt hatte. Die Aussicht auf etwas zu trinken ließ in seinen Augen ein stumpfes Licht aufleuchten.

»Ich werde den Wein aus Eurer Küche holen«, sagte er. Sie wußte, daß er sich heimlich mehr als nur einen Schluck genehmigen würde. »Ihr müßt ausruhen.«

»Nein, ich muß die Becher holen.« Bei diesen Worten erhob sie sich von der Steppdecke, welche die Eunuchen für sie auf dem Fußboden der Eingangshalle ausgebreitet hatten. Die Bewegung war so schmerzhaft, daß sie fast in Ohnmacht fiel. Das Seidengewand, das sie ihr gegeben hatten, damit sie sich bedecken konnte, scheuerte über ihre wunde Haut. Vielleicht hatte sie geschlafen, vielleicht war sie nur diese eine Stunde bewußtlos gewesen, seit Su Chi und Dame Fu verschwunden waren. Obwohl jede Bewegung flüssiges Feuer an ihre Haut brachte, wußte Guei Fei, daß sie nicht die Zeit hatte, auf die Heilung zu warten. Sie mußte handeln, und zwar sofort.

Die Lampen in der Eingangshalle warfen genügend Licht in ihr Schlafzimmer, so daß sie ihre Kommoden nach den Weinbechern durchsuchen konnte. Diese waren hoch und schlank und verjüngten sich zu den kreisrunden Füßen hin, die so tief waren, daß der Boden nicht zu sehen war, es sei denn, man blickte von oben direkt hinein. Auf jedem Becher war ein anderes Bild eingraviert: eine Dame, ein Krieger, ein wandernder Bettler.

Der große Krug mit weißem Pulver war leicht zu finden. Sie hatte es seit Chingchins Tod oft benutzt. Mit dem kleinen Porzellanbecher gab sie drei Dosen in die Dame und drei in den Krieger. Der wandernde Bettler, dachte sie, ist heute abend für mich das Richtige, denn ich werde bald genug auf Wanderschaft sein und um Gnade bitten, wo immer ich sie finden kann.

Der alte Mönch, der das Pulver zubereitet hatte, sagte, eine Dosis sei genug, um selbst den stärksten Mann einschlafen zu lassen. Aber diese Eunuchen waren gewaltige Männer. Sie mußte sicher sein.

Mit zitternden Knien stellte Guei Fei die Becher auf ein Lacktablett und setzte es auf einen Tisch an der Wand. Deng, dessen dickes Gesicht strahlte, reichte ihr den Weinkrug. Sie hob die Arme und nahm ihn entgegen. Jede Bewegung ihrer Arme verursachte ihr schauerliche Schmerzen im Rücken.

Sie drehte sich um, so daß sie zwischen den beiden Eunuchen und den Bechern stand. Sie füllte die drei Becher schnell bis zum Rand. Sie zwang sich zu lächeln, drehte sich um und reichte Deng den Krieger und Ting die Dame. Sie hob ihren Becher hoch – neuer Schmerz – und nahm einen tiefen Schluck. Die Augen der Eunuchen fixierten sie, und Dengs breite Brust hob und senkte sich unter seiner purpurfarbenen Jacke.

Sie wußte, was in den Köpfen der beiden vorging. Wenn ein Mann zum Eunuchen gemacht wurde, hatte sie gehört, wurden manchmal nur seine Fruchtbarkeitseier abgeschnitten, und er behielt seinen alten Mann. Vielleicht hatte Ting deshalb so geschrien, als Chu Ling ihn dort trat.

So ein Eunuch war meist fähig, Frauen zu befriedigen und es sogar ebenso zu genießen wie die Frauen. Dem Klatsch zufolge waren solche Eunuchen unter den Hunderten von Bewohnerinnen des Frauenpalastes sehr gefragt, denn die meisten von ihnen machten mit ihren Männern aus der kaiserlichen Familie nur selten Wolken und Regen.

Der arme alte Heng hat recht gehabt, dachte sie. In der Kaiserstadt bleibt man nicht sehr lange unschuldig.

Hoffnung wurde in ihr wach, als sie sah, wie Deng aus seinem Becher schlürfte. Ting nippte langsamer an seinem Wein, so daß sie ihren Becher mit dem Wanderbettler auf einen Zug leerte, damit auch sie zügig tranken.

»Guter Wein, Herrin«, sagte Deng. »Süß, so wie ich es mag.« In seiner Stimme lag ein lüsterner Unterton.

Guei Fei sagte: »Es ist Rebenwein aus Liangchou an der Seidenstraße. Ich freue mich, daß er euch schmeckt.«

Ting leerte seinen Becher, und sie füllte alle drei nach. Sie hoffte, daß das Pulver bald wirkte. Die Blicke, die die beiden ihr zuwarfen, waren nicht mißzuverstehen. In wenigen Augenblicken, dachte

Guei Fei, werden sie Annäherungsversuche machen. Diese beiden fetten, grinsenden wilden Tiere schienen die drei unschuldigen Mädchen längst vergessen zu haben, die sie getötet hatten, ebenso, daß Guei Fei ausgepeitscht worden war.

Sie fühlte sich schwach, fiebernd und konnte kaum noch stehen. Unbarmherziger Schmerz bohrte seine Krallen immer tiefer in ihren Rücken. Sie traf eine plötzliche Entscheidung. Wenn sie es nicht schaffte, irgendwie zu entfliehen, und wenn die Eunuchen ihr noch mehr Schmach antaten, würde sie sich töten. Das Seil, mit dem sie sie zum Auspeitschen aufgehängt hatten, war noch da. Sie würde es sich um den Hals schlingen und sich damit die Luft abschneiden, bis sie tot war. Es würde nicht lange dauern. So konnte sie nicht weitermachen.

Ting sprach plötzlich: »Ich glaube, ich habe genug Wein gehabt. Ich fühle mich betrunken.«

Dengs rundes Gesicht wurde rot. »Nein.« Einen Moment verstummte er und atmete schwer. »Nein. Nein, nein, nein. Der Wein enthält eine Droge.« Seine Augen weiteten sich, und sie konnte sehen, daß er gegen den Schlaf ankämpfte, der ihm Verstand und Kraft stahl.

»Du bist nur schläfrig, guter Deng«, sagte sie und versuchte ihrer Stimme einen beruhigenden Klang zu geben. »Du hast heute hart gearbeitet, und es muß schon fast Morgen sein. Immerhin hast du reichlich Wein getrunken. Selbst ein großer und kräftiger Mann wie du muß davon müde werden.«

Einen Augenblick verschwand der gequälte Ausdruck in seinen Augen, doch dann flackerte er wieder auf.

»Nein, so werde ich nicht schläfrig. Du hast eine Droge in den Wein getan, du böses Weib! Ting, wir müssen Hilfe holen. Wenn sie verschwindet, wird Dame Fu uns töten.« Er stolperte auf sie zu.

Guei Fei schnürte sich die Kehle zusammen. Sie hatte nie gegen das Pulver angekämpft; sie hatte sich davon nur in den Schlaf wiegen lassen. Vielleicht konnten Deng und Ting ihm widerstehen und sie hier weiterhin gefangenhalten. Dabei hatte sie ihnen eine dreifache Dosis gegeben. Das mußte doch ausreichen!

Sie zog sich vor Deng zurück. Ting schwankte mit geschlossenen

Augen auf den Beinen. Beide zeigten tatsächlich die Wirkung des Pulvers.

Guei Fei eilte an den beiden taumelnden Männern vorbei, wobei ihr der Rücken vor Schmerz brannte. Sie rannte in ihr Schlafzimmer, wo sie die Kommoden offengelassen hatte, und durchwühlte sie nach ihrer Sommerkleidung. Diese armen Zofen hatten ihre Sachen in bester Ordnung gehalten, und ihr leichter Sommerumhang aus Seide lag auf dem Boden der Kommode, genau, wo sie es erwartet hatte. Sie konnte ihn leicht anziehen, und er würde ihr Schutz bieten. Er hatte sogar eine Kapuze, mit der sie das Gesicht verbergen konnte, so daß sie in den Fluren des Kaiserpalasts nicht erkannt wurde. In einer anderen Kommode fand sie Reitstiefel aus Rehleder. Die würden ihre Füße schützen.

Sie hörte schwere Schritte, und das Zimmer wurde dunkel, als jemand mit seinem Körper das Licht von draußen aussperrte. Kälte kroch ihr über die Haut, als sie sich umdrehte. Sie sah eine riesige Gestalt mit hängenden Schultern in der Tür.

»Uns Drogen gegeben«, brummte Deng. »Das werde ich dir heimzahlen.«

Das Herz pochte ihr bis zum Hals, und sie ging schnell um das Bett herum, damit es zwischen ihr und Deng stand. Er torkelte auf das Bett zu, als ob er es nicht sehe. Er stieß mit den Knien dagegen und fiel mit zu ihr ausgestreckten Armen nach vorn. Das Geflecht, welches das Bett hielt, knarrte laut, als Deng darauf zusammenbrach. Er kämpfte ein wenig – er hatte die Füße noch auf dem Fußboden, während sein Körper quer über das Bett ausgestreckt lag –, doch dann blieb er still liegen. Guei Fei entfuhr ein Seufzer der Erleichterung.

Sie hüllte sich in den Umhang und zog sich die Kapuze über den Kopf. Sie hielt sich so weit wie möglich von Deng entfernt und schlüpfte schnell aus dem Schlafzimmer. Ting lag in der Eingangshalle rücklings auf dem Fußboden, eine Hand auf seine breite Brust gelegt. Sie eilte in die Küche und nahm aus einem Schrank eine kleine Öllampe aus Messing sowie Feuerstein, Feuerstahl und ölgetränkte Baumwolle zum Anzünden.

Ihr schoß der Gedanke durch den Kopf, daß diese monströsen

Kerle jetzt hilflos waren und daß sie ihnen mit ihren Schwertern mühelos die Hälse durchschneiden konnte.

Doch bei diesem Gedanken flackerte keine Wut in ihr hoch. Nein, erkannte sie, ich habe kein Verlangen danach, sie zu töten. Ich werde nicht so tief sinken wie diese Leute, die andere Menschen hinschlachteten. Und außerdem: Wenn ich es schaffe zu entkommen, wird ihnen Dame Fu weit schlimmere Dinge antun, als ich es könnte.

Sie kämpfte sich durch die immergrünen Sträucher, die den Werkzeugschuppen verbargen. Der Garten war menschenleer. Wenn Su Chi hier weitere Wachen postiert hatte, mußte er sie abgezogen haben, um nach Chu Ling suchen zu lassen. Sie zog an dem Türgriff, und die Tür ging quietschend auf.

Sie stolperte über Schaufeln und Sicheln, ging vorsichtig weiter, um nicht an scharfe Kanten zu stoßen, kniete auf dem Fußboden nieder und zog die Falltür hoch, die Chu Ling ihr gezeigt hatte. Es kam ihr vor, als wäre die Schwärze da unten dichter und tiefer als die Schwärze um sie herum.

Ihr brach am ganzen Körper kalter Schweiß aus. Sie würde hinfallen und sich ein Bein brechen. Die Ratten würden sie bei lebendigem Leibe auffressen. Doch sie würde ohnehin hier sterben. In Gefangenschaft hier leben zu müssen ließe ihre Seele verfaulen, wenn sie zum Opfer der lüsternen Eunuchen und der hinterhältigen Dame Fu wurde.

Sie zwang sich, nicht weiterzudenken. Sie öffnete den Umhang, damit sie ungehindert hinunterklettern konnte, und tastete zum ersten Mal nach den Fußstützen, die in die Wand gehauen waren. Sie würde beide Hände brauchen, um hinunterzuklettern, und konnte die Lampe erst anzünden, wenn sie unten angekommen war. Vor Angst, auf dem feuchten Stein auszurutschen, drehte sie sich um und begann langsam mit dem Abstieg. Immer dann, wenn sie den Griff änderte, spürte sie im Rücken einen stechenden Schmerz.

Als sie unten ankam, hörte sie krallenbewehrte Füße eilig wegrennen. Sie zog die kleine Lampe hervor und zündete sie mit Stein und Feuerstahl an. Kleine graue Schatten mit glitzernden Augen tauchten kurz am Außenrand des Lichtkegels auf. Ihr krampfte sich der Magen zusammen.

Der Tunnel war mit feuchten dunklen Ziegeln ausgekleidet. Wenn sie die Arme ausstrecken könnte – was sie wegen des Schmerzes nicht konnte –, würden ihre Fingerspitzen fast die Wände berühren. Und wenn sie die Arme hob – was noch schwieriger wäre –, würden die Fingerspitzen knapp an die gewölbte Decke stoßen. Sie erinnerte sich an Chu Lings sorgfältige Ermahnungen: Wenn der Schacht, durch den sie eben herabgestiegen war, rechts von ihr lag, würde sie mit dem Gesicht zum Kaiserpalast stehen. In diese Richtung ging sie los.

Ein ständiges Rascheln und Piepsen war vor ihr und hinter ihr zu hören und begleitete sie weiter. Die Schmerzen im Rücken erinnerten sie daran, daß sie immer noch blutete, und sie fragte sich, ob der Blutgeruch die Ratten dazu anstacheln würde, sie anzugreifen. Sie schritt weiter. Von Zeit zu Zeit kam sie an Schächten vorbei, die zu anderen verborgenen Eingängen führten.

Sie kam an eine Stelle, an der die Decke nachgegeben hatte, und darunter waren Ziegelsteine und übelriechende Erde aufgetürmt, was oben nur einen kleinen Durchlaß übrigließ. Sie zögerte lange und sammelte genügend Mut, dann kletterte sie durch die winzige Öffnung.

Die Flamme in ihrer Lampe flackerte, obwohl sie keinen Windhauch spürte, und ihr sank das Herz, als sie daran dachte, daß das Licht vielleicht verlosch. Aus dem Augenwinkel sah sie, wie sich ein Schatten bewegte, und begann heftig zu zittern. War hier unten noch jemand?

Ja, hier war jemand. Weiter vorn, jemand, der totenstill dastand und auf sie wartete.

Es war eine Frau, eine zartgliedrige junge Frau. Sie trug ein langes weißes Gewand, das mit Ausnahme ihres blassen Gesichts alles bedeckte.

Es war Chingchin.

Chingchin zeigte auf eine schmale Öffnung weiter vorn im Tunnel.

Sie drängt mich weiterzugehen.

Einen Augenblick später wurde Chingchins Bild zu einem großen Brett und einem großen Haufen aus Ziegelsteinen und Erde. Guei Fei war dennoch sicher, sie für einen Augenblick gesehen zu haben. Und wenn Chingchin den Weg wies, würde sie dorthin gehen, wohin die Freundin zeigte.

Ihr Umhang war vorn immer noch offen, und sie schleuderte ihn zurück, damit er sich nicht unter ihr verfing, wenn sie weiterkroch. Sie hielt die Lampe vor sich, bückte sich und begann, die losen Ziegelsteine und die Erde zu erklimmen, die im Tunnel aufgehäuft lagen. Sie haßte es, feuchte Erde auf der bloßen Haut zu fühlen. Als sie die Öffnung an der Spitze der Felsen erreichte, schob sie ihre Lampe hindurch und sah zu ihrer Erleichterung, daß der Tunnel vor ihr frei war.

Etwas stieß leicht an ihre Fußsohle. Sie schrie auf, stürzte nach vorn und rollte auf dem Abfallhaufen hinunter, dabei schrie sie immer wieder, als sie im Fallen den Schorf aufriß, der sich im Rücken gerade erst gebildet hatte.

Als sie auf dem nassen Tunnelboden lag und sich ängstigte, jemand könnte sie gehört haben, entdeckte sie, daß ihre Lampe wie durch ein Wunder noch brannte. Vor sich sah sie das dreieckige graue Gesicht einer Ratte, die keine Armeslänge von ihr entfernt war. Sie schrie wieder und fuchtelte mit dem Arm herum. Das Tier verschwand, worauf sie keuchend und mit schmerzhaft pochendem Herzen liegen blieb.

Sie hielt die Lampe umklammert, als würde sie ertrinken und sich an einem Seil festhalten. So blieb sie liegen, bis der Schmerz im Rücken ein wenig nachließ. Dann kam sie mit steifen Gliedmaßen wieder auf die Beine und ging unter Schmerzen weiter den Tunnel entlang. Mehrere Tunnel zweigten von dem ab, dem sie folgte, doch sie ging unbeirrt geradeaus weiter.

Als es ihr vorkam, als befände sie sich unter dem Kaiserpalast – und sie war so erschreckend unsicher, weil sie nichts wußte oder wiedererkannte –, erklomm sie die nächste Reihe von Hand- und Fußgriffen, die in die Tunnelwand gehauen waren. Ihre Hand berührte eine glatte Oberfläche, und sie stemmte sich dagegen.

Die Bodenfliese öffnete sich an geräuschlosen Scharnieren, und Guei Fei sah, daß sie neben der Wand eines Alkovens hinaufgekommen war, hinter einem Sockel, auf dem eine mächtige blaue Vase stand. Als sie aus dem Alkoven hinausblickte, sah sie einen langen Korridor, der auf beiden Seiten von dunklen Vorhängen gesäumt war. Weit hinten warf eine einzige Hängelampe einen gelblichen Lichtschein, der auf dem Fußboden schimmerte.

In der Stille des riesigen schlafenden Gebäudes hörte sie, wie ihr verängstigtes Herz ihr das Blut so schnell durch die Adern trieb, daß sie es in den Ohren rauschen hörte. Voller Dankbarkeit, daß niemand sie aus dem Tunnel hatte kommen sehen, band sie ihren Umhang vorne wieder zu, zog sich die Kapuze über und ließ nur eine Hand durch einen Armschlitz hervorlugen, damit sie ihre Lampe halten konnte.

Sie hatte keine Ahnung, wo im Kaiserpalast sie sich befand. Der hartnäckige Schmerz ließ sie stöhnen – die leichte Seide fühlte sich am Rücken an wie Sackleinen voller Holzsplitter –, doch dann machte sie sich auf den Weg zu der fernen Hängelampe. Als sie daran dachte, daß alles, was sie in dieser Nacht durchgemacht hatte, jetzt ein Ende hatte, fing sie an zu weinen. Sie war so erschöpft, daß sie meinte, jeden Augenblick die Lampe fallen zu lassen und bewußtlos zu Boden zu sinken.

Gleich hinter der Hängelampe bog sie um eine Ecke und fand zwei Männer in den scharlachroten Jacken und Hosen der kaiserlichen Garde, die sich leise miteinander unterhielten. Sie zuckten erschreckt zusammen, als sie vor ihnen auftauchte, und griffen sofort nach ihren Schwertern.

Sie starrten ihr im Schatten liegendes Gesicht an. Sie ballte die unter dem Umhang versteckte Faust und bemühte sich, nicht zu zittern.

»Eine Frau, die kurz vor Tagesanbruch allein durch den Palast geht?« sagte einer der beiden. »Wer seid Ihr?«

»Ich bitte um Entschuldigung, meine Herren«, sagte Guei Fei. »Ich bin aus dem Päonienblütenpalast gekommen, und der Diener an der Tür hat mir zwar gesagt, wie ich gehen muß, aber ich habe mich wohl trotzdem verlaufen. Ich bin Strahlender Edelstein, eine offizielle Konkubine des Strahlenden Kaisers, obwohl ich ihn noch nie besucht habe. Das ist auch der Grund, weshalb ich mich im Palast nicht auskenne.« Guei Fei hoffte, die plappernde Redeweise mit Erfolg nachgeahmt zu haben, die sie bei den kaiserlichen Konkubinen beobachtet hatte, denen sie schon begegnet war.

»Dann wird es ja Zeit«, sagte der Soldat, der sie angesprochen hatte. »Seit dem letzten Frühjahr hat der alte Kerl keine Frau mehr in seinen Gemächern gehabt. Pech für das Reich, wenn die Manneskräfte des Himmelssohns allmählich nachlassen.«

Der alte Kerl! Wie konnten sie es wagen, so über den großartigsten Mann der Welt zu sprechen!

Strahlender Edelstein?

Longji hatte das Gefühl, in einen reißenden Fluß getreten zu sein und flußabwärts mitgerissen zu werden. Es gab nur eine Frau, die er je so genannt hatte – und das nur einmal in diesem winzigen Tempel der Guanyin.

Warum war Guei Fei hier? Einen Moment überlegte er, ob er sich weigern sollte, sie zu empfangen, und Gao Lishi befehlen sollte, sie in den Frauenpalast zurückzubringen. Doch was immer sie hergeführt hatte, konnte mindestens genauso ernst sein wie die Vergiftung Chingchins.

Überdies war sie der Grund, weshalb er bei Tagesanbruch immer noch wach war.

»Bitte sie herein«, sagte er zu dem Eunuchen, der vor seinem Schreibtisch stand. Hatten die Männer, die sie herbrachten, sie wiedererkannt und sich gewundert?

Als er wartete, wanderten seine müden Augen über die Schriftrollen mit den Memoranden, die an den Wänden hingen und die Berichte seiner Minister enthielten. Da er diese Schriftrollen überall in seinen Privatgemächern aufhängen ließ, war er immer auf dem laufenden über alles, was im Reich vorging; er mußte sie unvermeidlich lesen, wenn er von Raum zu Raum schritt. Neuerdings strotzten die Schriftrollen von besorgniserregenden Neuigkeiten, von Berichten über Hungersnöte und Seuchen in drei Provinzen, über die Ermordung von Steuereinnehmern in Shannan Hsitao, über das Niederbrennen von Städten im Nordosten bei Überfällen der Khitan. Es gab so vieles, worum er sich Sorgen machen mußte, und niemanden, der ihm half, seinen Kummer zu tragen.

Die Tür zu seinem Arbeitszimmer glitt mit einem leisen Knarren zur Seite. Eine hochgewachsene schlanke Gestalt in einem bodenlangen schwarzen Umhang mit einer Kapuze stand vor ihm. Eine Sekunde lang glaubte Longji, eine kalte Hand zu fühlen, die sein Herz umklammerte; war dies ein Dämon, der es mit List geschafft hatte, in seine Gemächer einzudringen? Oder vielleicht ein etwas fleischlicherer Feind – ein gedungener Mörder?

Aus den Tiefen der Kapuze ließ sich eine sanfte Stimme vernehmen: »Kaiserlicher Vater.« Es war Guei Fei, kein Zweifel.

Die Frau mit dem Umhang sank langsam auf die Knie. Guei Fei bewegte sich unfehlbar anmutig, doch jetzt schienen ihre Bewegungen steif und unbeholfen zu sein. Longji erhob sich halb aus seinem Stuhl. Er glaubte ein Stöhnen zu hören, als sie den Rücken krümmte und das Kotau machte.

Der von der Kapuze verhüllte Kopf erhob sich und senkte sich auf den Fußboden, einmal, zweimal, nochmals, doch nach dem dritten Mal sackte die Gestalt zusammen und fiel auf die Seite. In der Mitte des scharlachroten Teppichs bildete sich eine schwarze Pfütze.

Longji sprang sofort auf und rannte quer durchs Zimmer. Die Erinnerung an ihre Freundin, die vergiftet worden war, schoß ihm durch den Kopf. Er stieß einen scharfen Ruf aus.

Der Sohn des Himmels, ermahnte er sich, schreit nicht einfach los. Der Sohn des Himmels läuft nicht los, um jemandem zu helfen, der in seinem Arbeitszimmer hingefallen ist. Er kniet nicht bei der betroffenen Person nieder, versucht auch nicht, sie mit eigenen Händen zu berühren.

Doch er tat all diese Dinge.

Ihre Kapuze war ein wenig zurückgeglitten, und er schob sie ganz zurück. Einen Augenblick dachte er, es könnte sich tatsächlich um jemand anders handeln. Sie hatte keine Schminke aufgelegt, und ihr blasser Teint hatte sich scheußlich blaugrün verfärbt. Ihre langen Wimpern lagen auf den Wangen wie zwei nistende

Raben. Es erleichterte ihn nur wenig, als er sah, wie sich ihre Schultern im Rhythmus ihrer Atemzüge bewegten.

Etwas Schreckliches war ihr widerfahren. Er mußte Gao Lishi losschicken und Wang Lizhi holen lassen, den Kaiserlichen Leibarzt. Doch obwohl er sich um sie sorgte, war es doch zu köstlich, ihr nahe zu sein, näher, als er seit dem Tag gewesen war, an dem er sie in diesem kleinen Tempel in Guilin in den Armen gehalten hatte. Vielleicht konnte er selbst herausfinden, was mit ihr nicht stimmte. Er ergriff ihre Schulter – wie klein und zart sie war! – und begann sie behutsam auf den Rücken zu drehen.

Da schlug sie die Augenlider auf und schrie. Es war nur ein schwacher Schrei, doch ihr Mund zuckte vor Schmerz. Er zog die Hand zurück, als hätte er etwas Glühendheißes berührt. So blieb sie auf der Seite liegen.

»Was ist passiert, Strahlender Edelstein?«

Ihre Lippen verzogen sich zu der Andeutung eines Lächelns. »Ich wußte nicht, ob Ihr Euch an diesen Namen erinnern würdet.« Dann verblaßte das Lächeln, und sie schloß die Augen. Dann sprach sie förmlich, vorsichtig, genau – und fast unhörbar leise: »Ich bin zu Euch gekommen, weil ich nicht wußte, an wen ich mich sonst wenden sollte. Mein einziger Verwandter in dieser Gegend ist mein Bruder Enger, und der ist im Augenblick im Norden. Ich brauche Hilfe. Mag der Sohn des Himmels sich ansehen, was sie mir angetan haben?«

Was sie ihr angetan haben. Longji spürte aufflackernden Zorn. Doch eine innere Stimme rief ihm zu, jetzt innezuhalten, da er sonst womöglich eine Katastrophe auslöste. Laß den Kaiserlichen Leibarzt kommen, drängte ihn die Stimme. Geh, setz dich an deinen Schreibtisch. Überlaß diese Aufgabe anderen.

Dies ist meine Pflicht, entgegnete er der Stimme. Ich selbst habe diese Frau in die kaiserliche Familie gebracht. Nun muß ich ihr den Beistand bieten, den sie braucht. Und so blieb er kniend bei ihr, als sie mit unsicheren Händen die Verschlüsse am Hals und an der Vorderseite ihres Umhangs löste.

Als ein Teil des Umhangs zur Seite fiel, sah er kurz elfenbeinfarbenes Fleisch und eine dunkle Brustwarze und erschauerte.

Behutsam schob er ihr die schwarze Seide vom Körper und sah, daß sie bis auf graue Stiefel nackt war. Eine blutrote Masse tötete seine aufwallende Erregung jedoch sofort ab. Er schrie unwillkürlich vor Schmerz auf, als hätte er selbst einen Peitschenhieb erhalten.

»O Götter!«

Von ihren Schulterblättern bis zur Taille war die zarte Haut ihres Rückens mit Dutzenden offener Wunden, roter Blasen und purpurner Striemen übersät. An einigen Stellen hatte das Blut Schorf gebildet. Guei Feis Bewegungen hatten andere Wunden wieder geöffnet, die sich jetzt mit frischem Blut füllten. In der Mitte ihres Rückens war Haut zerfetzt worden und enthüllte Stellen rohen, blutigen Fleisches.

Longji schloß die Augen und hockte sich hin. Ihm drehte sich der Magen um. Ein Schluchzen stieg ihm in die Kehle, dem schnell ein weiteres folgte. Er verbarg das Gesicht in den Händen und fühlte, wie ihm die Tränen über die Handflächen liefen. Er weinte wie ein kleiner Junge, der sich hilflos fühlt. So schön und so schrecklich verstümmelt. Wer konnte solche Wunden heilen?

Er spürte eine weiche Hand auf seiner. Er nahm die Hände vom Gesicht und ergriff ihre Hand. Sie sah mit Augen zu ihm hoch, die sich ebenfalls mit Tränen gefüllt hatten. Er sah ihren verhärteten und verhärmten Gesichtszügen an, wie anstrengend es gewesen sein mußte, nach diesem schlimmen Vorfall zu ihm zu kommen. Nie im Leben hatte er die Art von Schmerz gespürt, die sie heute nacht erlitten haben mußte. Und dieser Gedanke ließ ihn erneut in Tränen ausbrechen.

Niemand hat mich je so weinen sehen. Was muß sie von mir denken?

Doch alles, was er in ihrem Gesicht sah, war Liebe und Trauer. Und irgendwo tief in sich fühlte er, wie ein Feuer entstand und sich ausbreitete. Wer hatte gewagt, ihr dies anzutun? Dame Fu? Su Chi?

Höchste Zeit, sagte er sich, das herauszufinden. Wenn einer der beiden es gewagt hatte, das zu tun, obwohl er sie gewarnt hatte...

Hielten sie ihn für einen hilflosen Narren, über dessen Anordnungen sie sich hinwegsetzen konnten? Wer das getan hatte, mußte dafür büßen.

Doch jetzt mußte er für Guei Fei Hilfe holen. Er hatte Angst, sie zu tragen; er konnte ihr dabei nur noch mehr weh tun.

»Könnt Ihr aufstehen, wenn ich Euch helfe? Ich bringe Euch zu meinem Bett.«

Als er ihr Lächeln sah, hätte er am liebsten gleich wieder losgeweint. All ihre frühere Förmlichkeit war von ihr abgefallen. Das Gesicht, das sich seinem Blick zuwandte, war das einer verliebten jungen Frau. »Das ist alles, was ich mir je gewünscht habe – in Eurem Bett zu liegen.«

Alles, was sie sich je gewünscht hatte. Und weil er sie abgewiesen hatte, war dies geschehen.

Er bückte sich, und sie legte ihm einen Arm über die Schulter. Er richtete sich langsam und vorsichtig auf, damit er ihren wunden Rücken nicht berührte, und keuchend und wimmernd setzte sie die Füße auf den Boden und streckte langsam die Beine aus. Den schwarzen Umhang hatte sie auf dem Fußboden liegen lassen; er entdeckte frische Blutspuren auf dem Futter.

Seine Augen wurden immer wieder zu ihrem wunderschönen Körper hingezogen, als er sie mit einer Hand an der Taille stützte und sorgfältig darauf achtete, nicht ihre Wunden zu berühren. Guei Fei stützte sich schwer auf ihn, worauf sie die kreisrunde Mondtür von seinem Arbeitszimmer zu seinem Schlafzimmer durchschritten.

Er zog die Vorhänge von dem großen Bett zurück und half ihr, sich auf dem karmesinroten Bettüberwurf auf den Bauch zu legen. Die Decke leuchtete nicht roter als das Netz von Wunden auf ihrem Rücken. Sie hob den Kopf und sah ihn an.

»Kommt her, legt Euch zu mir«, flüsterte sie.

»Ich muß sofort Hilfe für Euch holen.«

»Aber ich will Euch jetzt.«

So unmöglich ihr Wunsch auch war, er ließ ihm Wärme durch den Körper strömen. Worte wollten ihm über die Lippen. In der Sekunde, bevor er sie aussprach, meldete sich wieder die warnende Stimme in ihm: Dies wird dein Leben für immer verändern. Seine Kehle schnürte sich zu, und er zögerte.

Sie hatte sich mit ihrem Leiden jedoch das Recht erworben, die Worte zu hören, die er als nächstes sprach.

»Für uns wird später noch Zeit sein.«

Die leichte Röte, die auf ihren Wangen erschien, und die Glut in ihren Augen stimmten ihn froh.

Sie schloß die Augen, und er sah, daß sie gleich darauf eingeschlafen war. So etwas wie das hier wird dir nie mehr widerfahren, versprach er ihr stumm. Von diesem Augenblick an werde ich dich beschützen und zärtlich lieben, Strahlender Edelstein.

Er erhob sich und wandte sich vom Bett ab. Mit geballten Fäusten durchschritt er sein Schlafzimmer und das Arbeitszimmer, wobei die Schriftrollen an den Wänden flatterten, als er an ihnen vorbeistürmte.

Er hatte das Gefühl, als würden ihm aus Augen, Nasenlöchern und Mund Flammen schießen. Sie würden bezahlen. Wenn Fu Zhou oder Su Chi oder beide Guei Fei diese Grausamkeit angetan hatten, würden sie dafür büßen. Selbst wenn ihr Rücken längst verheilt war, würden sie noch leiden.

Er stieß die Schiebetür zu seinem Arbeitszimmer zurück und rief Gao Lishi zu, der auf der anderen Seite gespannt wartete: »Ich wünsche sofort Doktor Wang Lizhi zu sehen. Sag ihm –«, er zögerte; was er jetzt sagte, würde sich in Windeseile im Palast verbreiten, »sag ihm, er soll Heilmittel für tiefe Wunden mitbringen. Und etwas, womit man verlorenes Blut ersetzen kann. Lauf!«

Der Eunuch rannte los. »Bleib stehen!« rief Longji hinter ihm her. »Und bring mir dann Berater Ma Tsu.« Gao Lishi hielt kurz inne und rannte dann wieder los.

Ich brauche den klugen und nüchternen Kopf Ma Tsus, dachte Longji, als er die Tür seines Arbeitszimmers schloß, denn meiner ist im Augenblick weder das eine noch das andere.

Unter den spiralförmigen roten Säulen hatten sich mehr als hundert Gesichter versammelt, die Longji anstarrten. Diejenigen, die nahe genug standen, waren vor Besorgnis angespannt. Er saß auf dem Thron aus Rosenholz und Gold und blickte auf die Halle des Vollkommenen Friedens, die kleinere seiner beiden Audienzhallen, und sah mit kalter Verachtung, wie sein Sohn sich ihm mit gesenktem Blick näherte.

Su Chi trug ein Übergewand aus weißer Seide, das mit blauen und roten Blüten bedruckt war. Er muß sich heute ziemlich unsicher fühlen, dachte Longji. Er hat sich nicht wie ein Barbar gekleidet.

Su Chi blieb in der verlangten Entfernung von dreißig Schritten von den Treppenstufen entfernt stehen, die zum Thron hinaufführten, und warf sich zum Kotau auf den purpurfarbenen Teppich.

»Die Nachricht, die ich für den Kaiserlichen Vater habe, läßt sich am besten unter vier Augen überbringen«, sagte er in kniender Position.

»Dennoch habe ich beschlossen, daß dies der richtige Ort ist, dich anzuhören«, sagte Longji.

Ma Tsu hatte ihm geraten, sich mit Su Chi in dieser Halle zu treffen, die gerade groß genug war, um die höherrangigen Minister unterzubringen, die aus erster Hand von der Schande des Thronfolgers erfahren sollten. In der weit größeren Halle der Höchsten Harmonie würde die peinliche Lage der kaiserlichen Familie zu öffentlich sein.

Su Chi sagte: »Dann soll bekannt werden, daß meine ungehorsame Frau, Yang Guei Fei, die uns vor einem Monat alle entehrt hat, indem sie die Kaiserliche Mutter des Mordes beschuldigte, aus dem Frauenpalast entlaufen ist. Zwei Leute aus dem Haushaltspersonal der Kaiserin sorgten für sie, und sie hat ihnen ein Mittel in den Wein getan und ist dann verschwunden.«

»Tatsächlich?«

Guei Fei war am Vorabend zu erschöpft gewesen, um Longji ausführlich zu berichten, was geschehen war. Was für eine tapfere, einfallsreiche Frau!

»Ich freue mich, den Kaiserlichen Thronfolger in dieser Hinsicht zu beruhigen«, sagte er mit mächtig dröhnender Stimme und umfaßte die Armlehnen des Marmorthrons mit festem Griff. »Dame Yang ist nicht weggelaufen. Sie ist hier im Palast. Ich habe sie unter meinen Schutz gestellt. Der Kaiserliche Leibarzt behandelt sie.«

In den frühen Morgenstunden hatte er zugesehen, wie Doktor Wang Lizhi immer wieder mit der Zunge geschnalzt und gebrummt hatte, was für ein Jammer ein so schreckliches Auspeitschen sei, und dabei behutsam Guei Fei den Rücken gesalbt und ihn mit feuchten Kräuterumschlägen in Gaze bedeckt hatte. Als der kaiserliche Leibarzt sie behandelte, hatte sie Longji mit stockender Stimme berichtet, daß Su Chi und Fu Zhou ihre Zofen ermordet und sie ausgepeitscht hätten.

Longji hatte Abscheu vor seinem Sohn empfunden. Viele Männer, vielleicht die meisten, schlugen ihre Frauen. Das war das Recht eines Mannes und auch seine Pflicht. Doch das, was Su Chi und Fu Zhou Guei Fei angetan hatten, war ungeheuerlich.

Überdies hatte Su Chi die Frau ausgepeitscht, die Longji liebte. Und das war unverzeihlich.

Su Chi riß seinen großen Mund auf. Es bereitete Longji grimmiges Vergnügen, seinen Sohn so vollständig überrascht zu sehen.

»Ich danke Euch, daß Ihr Euch um ihr Wohlergehen kümmert«, stammelte Su Chi. »Jetzt kann ich sie wieder in meine Obhut nehmen.«

»Das wirst du nie wieder tun«, sagte Longji. »Du hast Dame Yang unaussprechlich behandelt.«

Longji tat etwas, was ein Kaiser während einer Audienz sonst nie tat: Er stand auf. Sofort verneigten sich Prinz Su Chi und sämtliche Minister.

»Es ist mein Wunsch, daß das Scheidungsverfahren zwischen Su Chi und Dame Yang Guei Fei sofort beginnt.« Um seinen Worten Nachdruck zu verleihen, machte er eine Handbewegung zu den zwei Sekretären, die an einem Tisch rechts von den Thronstufen saßen und alles festhielten, was während der Audienz gesprochen wurde. Dann setzte er sich wieder und lauschte dem Geflüster, musterte die gebeugten Rücken und die runden schwarzen Amtsmützen, die von einer Seite zur anderen schwankten.

Su Chi hob den Kopf. »Kaiserlicher Vater, du weißt, daß ich schon lange den Wunsch hatte, diese Ehe zu beenden. Doch es beschämt mich, daß du sie so beendest. Ich habe nur meine Rechte als Ehemann wahrgenommen.«

»Sei still«, fuhr ihn Longji an. »Ich habe gesehen, was du ihr angetan hast. Und es gehört nicht zu deinen Rechten als Ehemann, die unschuldigen Zofen deiner Frau zu ermorden. Wären sie von höherem Rang gewesen oder du von niedrigerem, wärst du dafür vor dem Scharfrichter gelandet. Doch so, wie die Dinge liegen, fange ich an zu überlegen, ob der Himmel mich vielleicht bitten wird, einen neuen Kaiserlichen Thronfolger auszuwählen.«

Jetzt habe ich gesagt, was ich früher nicht mal gedacht hätte.

Weiter wollte er im Augenblick nicht gehen. In seiner Wut am frühen Morgen hätte er Su Chi am liebsten enterbt und ihn ins Exil geschickt, in irgendeinen entlegenen Dschungel. Ma Tsu hatte ihn daran erinnert, daß eine gefährlich unbeständige Situation entstünde, wenn Su Chi ohne Ersatz von der Thronfolge ausgeschlossen würde. Und die einzigen denkbaren Kandidaten waren im Augenblick die weniger geeigneten Söhne Dame Fus.

»Dann mach ich mein Pferd zum Kaiserlichen Thronfolger!« hatte Longji getobt. Doch er hatte zugeben müssen, daß Ma Tsu recht hatte.

Su Chis Augen waren runde schwarze Flecken in seinem blassen Gesicht.

»Du bist entlassen, Prinz. Man wird dich benachrichtigen, wenn die Ehe aufgelöst ist.«

Immer noch seinen Vater anstarrend zog sich Su Chi unter Verbeugungen aus der Halle des Vollkommenen Friedens zurück.

Longji zeigte auf den Ersten Minister Fu Monzing und krümmte einen Finger. Der hagere alte Mann erklomm die neun Stufen zum Thron und kniete nieder.

»Ist Dame Fu anwesend, wie ich befohlen habe?« Longji wartete auf Fu Monzings Einwand, den er schon ahnte.

»Ja, Strahlender Kaiser, aber bevor man sie zu Euch bringt, darf ich vielleicht sagen ...«

Longji schnitt ihm das Wort ab. »Wollt Ihr zurücktreten, Erster Minister?« Longji wußte, daß diese Verzögerungstaktik weniger damit zu tun hatte, daß Monzing Dame Fus Onkel war, sondern weit mehr mit seiner Zugehörigkeit zu ihrer Fraktion bei Hofe.

Fu Monzing senkte den Kopf. »Nein, Kaiserlicher Vater.«

»Das habe ich mir gedacht. Laßt Dame Fu zu mir bringen.«

Als der alte Minister rückwärts die Stufen hinunterkroch, überlegte Longji, daß es wohl besser wäre, ihn aus dem Amt zu entlassen, und zwar zusammen mit allen anderen hochrangigen Mitgliedern der Familie Fu. Ma Tsu hatte ihm jedoch geraten, schrittweise vorzugehen.

Die Verwaltung würde zusammenbrechen, wenn er sämtliche Fu auf einmal loszuwerden versuchte. Ihm fielen wieder die nichts Gutes verheißenden Schriftrollen mit ihren Nachrichten über Hungersnot, Seuchen, Rebellion und Barbareneinfälle ein, die an den Wänden seines Schlafzimmers und des Arbeitszimmers hingen. Er hatte sie gerade angestarrt, als Guei Fei zu ihm kam. Jetzt war nicht die Zeit für eine massive Säuberung in der Verwaltung.

Dame Fu, die sehr beherrscht wirkte, ging mit energischen Schritten zu der Stelle, wo eben noch Su Chi gestanden hatte. Sie bestand nur aus geraden Linien. Ihr Mund war ein roter Strich, ihre Augen zwei kleinere schwarze Striche, und ihre lavendel- und silberfarbenen Gewänder fielen ihr von den Schultern bis auf die Knie, ohne durch eine einzige Rundung unterbrochen zu werden. Ihr oft geübtes korrektes Kotau ermangelte auf eine Weise, die Longji nicht genau definieren konnte, der angemessenen Ehrerbietung und Demut.

Longji konnte kaum glauben, daß er vor zwanzig Jahren von dieser Frau im Bett nicht genug bekommen hatte. Sie sah damals ganz gewiß besser aus und mußte ihn verzaubert haben.

Als sie nach ihren Verbeugungen aufsässig zu ihm hochblickte, sagte er: »Von diesem Augenblick an bist du nicht mehr meine Erste Frau.«

Longji hörte überall in der Halle des Vollkommenen Friedens überraschtes Murmeln.

»Läßt du dich von mir scheiden?« Ihre Stimme war kalt und metallisch.

»Da du zwanzig Jahre meine Frau gewesen bist und mir Kinder geboren hast, werde ich unsere Ehe jetzt noch nicht auflösen.«

»Diese Behandlung habe ich nicht verdient.«

Sein Zorn, den er bis jetzt beherrscht hatte, kochte in ihm hoch. »Du kannst der Göttin der Gnade danken, daß ich dir nicht antue, was du Dame Yang angetan hast.« Er sah, wie ihr Mund sich straffte, doch sonst blieb sie äußerlich ungerührt.

»Ich habe nur getan, wozu ich das Recht hatte.«

Longji dachte an Guei Feis mißhandelten und zerfetzten Rücken, und da wurde der Drang übermächtig, Dame Fu öffentlich zu demütigen.

»General Darius«, rief Longji.

Der schwarzbärtige Perser trat vor, kniete etwa zwei Armeslängen von Dame Fu entfernt nieder und machte das Kotau.

»Sagt dem Personal des Frauenpalastes, daß es mein Wunsch ist, die ehemaligen Gemächer von Dame Fu auszuräumen und für die nächste Bewohnerin herzurichten, meine neue Erste Frau.«

Er machte eine Pause und ließ den Blick über all die nach oben gewandten Gesichter schweifen, die aufgerissenen Augen, die offenen Münder. In der gesamten Halle des Vollkommenen Friedens herrschte jetzt Totenstille. Er fixierte Dame Fu.

»Meine neue Erste Frau wird Dame Yang Guei Fei sein.«

»Nein!« kreischte Fu Zhou. »Das kannst du nicht tun! Du kannst nicht die Frau deines Sohnes heiraten. Das verstößt gegen die Gesetze des Himmels!«

Die korrekte Hofetikette war plötzlich vergessen, als in der ganzen Halle Stimmen laut wurden. Ob die Mandarine seine Bekanntmachung mehr schockierte oder die offene Aufsässigkeit Dame Fus, konnte er nicht ausmachen.

Er erinnerte sich an seine erste Reise zum Östlichen Ozean. Er hatte noch nie so hohe und mächtige Wellen gesehen, doch trotz der Proteste seines Gefolges hatte er darauf bestanden zu schwimmen. Er war kurz hinausgeschwommen, auf beiden Seiten von Wachen flankiert, als eine riesige Welle ihn erfaßte und an den Strand zurücktrug. Einen Augenblick hatte er ein wildes, schwindelerregendes Gefühl empfunden, als ob er flöge, zutiefst verängstigt und ekstatisch zugleich, hilflos und allmächtig. Als er jetzt auf seinem Thron saß und an Strahlender Edelstein dachte und wie aus weiter Ferne die entsetzten und protestierenden Rufe hörte, durchzuckte ihn die gleiche Mischung von Gefühlen, und er fühlte sich so lebendig wie noch nie.

8

Das große Werk

> Schon bald nach der Heirat des Himmelssohns mit Yang Guei Fei begannen die Männer zu sagen, sie sei die gefährlichste Frau, die je in dem himmlischen Bett gelegen habe.
>
> Aus der »Geheimen Geschichte der Tang« von Yang Kaizhi

Eine sanfte Brise trug den Duft frischgeschnittenen Holzes und frischer Farbe an Guei Feis Nase. Sie stand bezaubert da und starrte das Spiegelbild des Palastes an, das sie in einem rechteckigen Teich schimmern sah. Seine miteinander verbundenen Pavillons wirkten verspielt mit ihren unterschiedlichen Höhen, ihren Balkons und Terrassen, die an unerwarteten Stellen hinausragten. Die gedämpften grünen, ockerfarbenen und ziegelroten Farbtöne verschmolzen mit den Farben der Natur in der Umgebung.

Longji nahm Guei Fei bei der Hand und führte sie über eine Brücke aus sahnefarbenem Marmor, die den Teich in einer Reihe geschwungener Bögen überspannte. Goldkarpfen flackerten wie Kerzenflammen in dem klaren Wasser.

Als sie den Palast betraten, führte Longji sie durch Korridore, die mit Statuen, Wandbehängen und Schriftrollen geschmückt waren, durch luftige Kolonnaden, die üppige Gärten umschlossen. Er zeigte ihr Badeteiche aus Marmor, in denen Delphin- und Seeschlangen-Mosaiken auf dem Grund entlangzuschwimmen schienen, wenn sich das Wasser kräuselte.

»Hast du all das gerade erbauen lassen?« fragte sie.

»Wiedererrichtet«, sagte er und lächelte. »Die Bescheidene Hütte des Weißen Reihers steht hier seit den Tagen der Han-Kaiser. Ich habe Befehl gegeben, alles für uns herzurichten.«

»Du hast es in nur drei Monaten so schön gemacht!«

Von der Terrasse sahen sie, wie die Strahlen der tiefhängenden Sonne die Hügel der Umgebung in ein goldenes Licht tauchten. Guei Fei krampfte sich der Magen zusammen, als sie sich fragte, ob Longji ihre Ehe heute nacht – endlich! – vollziehen würde. In den zwei Monaten seit ihrer bescheidenen, in aller Stille abgehaltenen Hochzeit hatten sie jede Nacht Seite an Seite geschlafen, doch er hatte nicht die kleinste Bewegung gemacht, die zum Akt der Liebe hätte hinführen können.

Im ersten Monat, als sie sich noch von ihren Verwundungen erholte, hatte sie geglaubt, er wolle ihr den Schmerz ersparen. Wang Lizhi, der Kaiserliche Leibarzt, behandelte sie dreimal am Tag, erst mit Umschlägen, dann mit Salben und schließlich mit Ölen, mit denen Chu Ling ihr behutsam die Haut einrieb. Der Eunuch verbarg seine Gefühle nicht, wenn er die geschundene Vollkommenheit von Guei Feis Rücken zu sehen bekam. Er gelobte mit Tränen in den Augen, sie zu massieren, bis keine Spur mehr von den Peitschenhieben zu sehen sei. Und wie immer hielt Chu Ling sein Versprechen. Als Guei Fei schließlich den Mut aufbrachte, mit Hilfe einer Reihe von Silberspiegeln hinzusehen, weinte sie auf, als sie die glatte, makellose Haut sah.

Innerlich verlief die Heilung ebenso gut. Allmählich schaffte sie es, über jene Nacht zu sprechen. Sie befragte Chu Ling, wie es – dank Guanyin – gekommen sei, daß er immer noch lebe. In dem Labyrinth des Badehauses, erzählte er ihr, habe er es geschafft, einen von Dame Fus Männern zu töten, sich dessen Kleidung anzuziehen und ihn ins Becken zu werfen. In dem Glauben, Chu Ling säße in der Falle, hätten die Wachen die Hitze im Becken erhöht. Der Dampf habe sowohl die Identität der Leiche verschleiert als auch ihm, Chu Ling, die Chance gegeben zu entfliehen.

Als Chu Ling wieder bei Guei Fei war, machte er sich bittere Vorwürfe, sie im Stich gelassen zu haben. Sie versicherte ihm jedoch wieder und wieder, er habe keine Wahl gehabt. Wenn er geblieben wäre, hätte er ihr nicht helfen, sondern nur sterben können. Und dann, neckte sie ihn zärtlich, wer hätte sich dann um ihre Narben kümmern sollen?

Alle diese Monate der Genesung hatten schließlich zu diesem eleganten Zuhause und dieser heiteren, wunderschönen Nacht geführt. Guei Fei und Longji speisten allein – nur sie beide, obwohl Dutzende von Höflingen mit ihnen aus Changan hergeritten waren. Nicht einmal der Obereunuch, der kahlköpfige Gao Lishi, lungerte in ihrer Nähe herum; er hatte die zubereiteten Speisen auf einem niedrigen Buffet abgestellt und war dann gegangen. Ihr Eßtisch stand in einem Garten unter Topfpalmen aus den kaiserlichen Gewächshäusern neben einem kreisrunden Teich aus Marmor, dessen Oberfläche ein schwarzer Spiegel war, der die Sterne reflektierte.

Guei Fei wollte nicht essen; sie wollte Longji lieben. Sie war schon seit Wochen geheilt. Warum hatte er ihre Ehe noch nicht vollzogen? Sie befürchtete, er könnte Skrupel haben, weil er seinem Sohn die Frau weggenommen hatte. Sie machte sich Sorgen, er könnte sie eher aus Mitleid denn aus Liebe geheiratet haben. In ihren schlimmsten Augenblicken quälte sie sich mit dem Gedanken, daß er sie vielleicht nicht anziehend fand.

Diener brachten Karpfen in Scheiben, die so dünn geschnitten waren, daß sie wie Schneeflocken wirkten. Doktor Wang hatte ihr empfohlen, täglich Karpfen, Wolkenohren-Pilze und Rhabarber zu essen – alles Speisen, die Wunden gut verheilen ließen. Heute gab es Rhabarbersuppe mit Wolkenohren, die in einer scharfen Reisweinsauce gedämpft waren.

Klirrende Musik drang an ihr Ohr. Sie erkannte »Duftender Alter Reis«, einen Bauerntanz aus dem Süden, den die Hofmusiker für sie neu einstudiert hatten. Er ließ sie an ihre Kindheit in Guilin denken. Sie lächelte entzückt über die musikalische Anspielung. Wie sorgfältig Longji diesen Abend geplant hatte!

Sie ließ den Blick über den Teich schweifen. Ein Glitzern – irgend etwas – fiel ihr auf. Guei Fei keuchte. Es war ein silberner Baum, in dessen Geäst ein goldener Vogel hockte. Die vertraute Melodie ertönte aus der Metallkehle des Vogels. Am Ende jedes musikalischen Motivs hob das magische Wesen den Kopf und flatterte mit den Flügeln.

»Es ist ein Wunder!«

»Das? – Das ist nur ein Spielzeug«, erwiderte er. Er nahm ihre Hand und starrte sie an, bevor er den Blick hob und sie ansah. »Du bist das Wunder.«

Nachdem Eßstäbchen und Teller abgeräumt worden waren und sie sich die Hände in Schüsseln aus dunkelgrünem Glas mit duftendem Wasser gewaschen hatten, ließ Longji noch etwas Erstaunliches auftragen. Auf einem Tablett war eine Pyramide runder, gelblichweißer, wachsartiger Früchte arrangiert. Litchi! Wie bei dem Bankett vor so langer Zeit in Guilin spießte Longji eine Frucht auf und führte sie ihr mit einem Eßstäbchen an den Mund. Die Litchi-Frucht erfüllte ihren Mund mit einer unaussprechlichen, unverwechselbaren Süße. Das kühle Fruchtfleisch zerging fast von allein auf der Zunge.

Plötzlich spürte sie, wie ihr Tränen in die Augen strömten. Die Musik, der Geschmack der Früchte – Heimweh zerriß ihr das Herz. Außer Enger hatte sie seit Jahren niemanden aus ihrer Familie mehr gesehen. Und als sie an ihre Familie dachte, kehrte auch ihr Kummer über den Verlust von Chingchin wieder – und die Wiedergutmachung, die sie Onkel Heng immer noch schuldig war.

»Du weinst ja«, sagte Longji bestürzt. »Ich hatte gehofft, die Litchi würden dich glücklich machen.«

»Das tun sie auch. Deshalb weine ich ja. Wie ist das möglich? Sie wachsen nur im Süden und fangen schon einen Tag nach dem Pflücken an, schlecht zu werden.«

Longji aß eine Frucht. »Diese wurden in Schnee verpackt und von einer Stafette von Reitern hergebracht. Wenn du willst, kannst du jeden Tag Litchi zum Frühstück haben.«

Sie holte schnell tief Luft, als ihr aufging, wie sehr Longji sie zufriedenzustellen wünschte. Sie starrte ihn an, ohne ein Wort zu sagen, und sah ein Funkeln in seinen Augen. In ihrem Magen breitete sich ein kribbelndes Gefühl aus.

Sie hatten sich während des ganzen Essens unterhalten – eine leichte Plauderei, ein Gespräch von Vertrauten und Freunden. Sein Schweigen jetzt ließ sie erzittern. In diesem Schweigen öffneten sich weite Räume, wie sie spürte, die sich mit Süße und Hunger füllten.

Er kam zu ihr. Sie erhob sich mit einer geschmeidigen Bewegung und legte die Arme um ihn, wie sie es in dem Schrein der Guanyin getan hatte. Seine Hände preßten sich ihr auf den Rücken, genau wie damals.

Sie schloß die Augen, ließ sich in seine Arme sinken und fiel in Ohnmacht. Gefühle durchzuckten sie, wie sie sie bisher nur im Traum gekannt hatte. Als sie die Augen aufschlug, schien alles leuchtender geworden zu sein – das Gelb seines Gewandes, das tiefe Rot des edelsteinbesetzten Anhängers an seinem Hals, das sehnsuchtsvolle Braun seiner Augen.

»Einen Teil des Palastes muß ich dir noch zeigen«, sagte er. Seine sonst so melodische Stimme hörte sich rauh an.

Ein würfelförmiges Gemach, das von purpurnen Vorhängen verborgen wurde, beherrschte das Schlafzimmer. Zwei bemalte Porzellanstatuen, beide in halber Mannesgröße – die eine ein Löwe, die andere ein Jagdhund – hielten vor den Vorhängen Wache. Guei Feis Puls raste.

Longji zog an einer Schnur und öffnete die Vorhänge. Durch ein Gazenetz sah Guei Fei ein riesiges Bett, das mit einem goldgelben Bettüberwurf bedeckt war. Am Kopfende türmten sich smaragdgrüne, karmesinrote und violette Kissen auf. Die leuchtenden Farben machten sie ganz benommen.

»Ein neues Bett für eine neue Ehe«, sagte Longji und zog das Gazenetz beiseite.

Sie blieb einen Augenblick lang still stehen und blickte ihm tief in die Augen. Er machte keinerlei Anstalten, auf sie zuzugehen. Sie spürte, daß er auf sie wartete.

Guei Fei nahm seine Hand. Seine Fingerspitzen fühlten sich kalt an. Sie fühlte sich plötzlich wie eine Tänzerin, die genau weiß, wie jede Bewegung in die nächste übergehen muß. Sie hob seine Hand an ihre Brust und preßte sie dagegen.

Er begann, die Hand sanft im Kreis zu bewegen. Strahlen der Lust durchfuhren sie. Ihr Körper beugte sich ihm entgegen wie ein Bogen.

Er ergriff sie mit der freien Hand an der Taille und preßte sie noch enger an sich. Seine Hand glitt von der Taille über ihre Hinterbakken. Zwischen seiner Hand und ihrem Körper flog Energie hin und her, die so plötzlich und leuchtend war wie ein Blitz. Ihre Hüften und ihre Brust preßten sich an ihn. Sie tanzte jetzt mit dem Wind ihrer Leidenschaft wie zur Musik eines Orchesters aus goldenen Vögeln.

Obwohl er sie eng an sich preßte, änderte er seine Haltung nicht. Wollte er nicht bei ihr liegen? Warum zog er sie nicht einfach aufs Bett und tat mit ihr, was er wollte?

Sie spürte, daß er zögerte, wußte aber nicht, warum. Sie wußte nur, daß ihr Körper sich gebieterisch gemeldet hatte und daß sie nicht länger warten konnte. Erkannte er denn nicht, wie sehr sie ihn wollte?

Sie hielt ihn mit den Armen eng umschlungen, ließ sich rückwärts aufs Bett fallen und zog ihn mit herunter.

Er erwachte zum Leben wie eine Statue, die von einer Göttin berührt wird. Longji erhob sich, bis er über ihr kniete, und begann, das Gewand zu lösen. Im Licht der einen Lampe, die am Dachhimmel hing, war sein Gesicht gerötet, und seine Augen waren weit aufgerissen. Eine seiner Hände tastete nach den Schnüren seines eigenen Gewandes. Jetzt bewegten sich seine Hände wie zur Melodie ihres Verlangens.

Er berührte ihr Jadetor, und sie stieß einen spitzen kleinen Schrei aus.

»Habe ich dir weh getan?« flüsterte er.

Su Chi hatte sie dort schon hundertmal berührt. Doch sie hatte es nie als etwas anderes empfunden denn als grobes Eindringen. Longjis Finger waren verblüffend sanft und köstlich. Sie bewegte die Hüften, um sie noch mehr zu genießen.

»Nein, du hast mich erfreut«, sagte sie und hob den Kopf, um sein Gesicht mit Küssen zu bedecken.

Sie machte sich keine Gedanken mehr darum, was er dachte. Guei Fei gab sich der Lust hin, die er ihr schenkte, und der Lust, von der sie wußte, daß sie sie erwidern konnte. Sie wollte seinen Körper genießen, als wäre sie eine Forschungsreisende auf einer Fahrt durch ein neues herrliches Land. Sie wollte, daß auch er jeden Teil ihres Körpers erforschte, die Täler seiner Lust, seine sehnsuchtsvollen Berge, seine ekstatischen warmen Meere.

Irgendwo auf dem riesigen Bett verlor sie ihr äußeres Gewand. Sie spielte mit ihm und benutzte dabei ihr Untergewand aus leichter roter Seide, das an der Vorderseite ganz geöffnet war. Sie zog den Saum hoch, ließ ihn wieder herunter, zog sich das Gewand über die Brust, entblößte eine und verbarg die andere, öffnete ihr Gewand, zog es eng zusammen, ließ es von ihm auseinanderziehen. Seine Hände wanderten unter der dünnen Seide mit der Sicherheit eines Mannes herum, der mit Hunderten der begehrenswertesten Frauen der Welt Wolken und Regen gemacht hatte, und zugleich mit der zitternden Erregung eines Jungen, der noch nie geliebt hatte.

Seine Kleidung fiel von ihm ab. Sie kitzelte mit ihren langen Fingernägeln seine empfindlichen Teile, worauf er lachte und stöhnte und mit ihr rang.

Urplötzlich, ohne daß einer von ihnen entschieden hätte, daß es passieren sollte, fühlte sie ihn eindringen wie einen Drachen, der am Himmel entlangsegelt.

Ein Feuer wurde in ihr entfacht, das bei jeder seiner Bewegungen heißer aufloderte. Sie stöhnte, und ein lauter Schrei entrang sich ihren Tiefen, und sie preßte die Lenden mit kreisförmigen Bewegungen an ihn. Sie hielt ihn mit den Beinen umschlungen. Als sie ihn preßte, zog sie ihn tiefer in sich hinein, und als sie ihn losließ, zog er sich zurück, um erneut zuzustoßen. Und anders als Su Chi, der ihr Jadetor nur um seiner eigenen Lust willen berührt hatte, fand Longji Wege, sie immer und immer wieder zu berühren, bis sie auf dem Rücken eines feuerspeienden Drachen ritt.

»Ich habe davon geträumt, daß es so mit dir sein würde«, sagte er zwischen keuchenden Atemzügen. »Ich habe es in der Nacht geträumt, in der ich dir begegnet bin, und habe es seitdem immer wieder geträumt.«

Ihre Brüste fühlten sich an seiner glatten nackten Brust geschwollen und hart an. Die Muskeln in ihrem Bauch spannten sich.

Feuer strahlte von ihrem Innersten bis in Zehen und Fingerspitzen, und sie glaubte zu zerspringen, als die Lust sie einhüllte.

Sie tanzte am Rand eines großen Abgrunds, eines Vulkans voller

Schlangen, eines Meers aus Feuer. Sie war kein Körper mehr, der von einem anderen Körper berührt wurde. Sie löste sich in Feuer und Sterne auf.

Sie verlor jedes Bewußtsein. Der Drache verschlang sie, und ihr Geist wurde ausgelöscht.

Als sie zu sich kam, bebte sie noch unter den Nachwehen der totalen Erschütterung, die sie während dieser alles verzehrenden Dunkelheit gespürt hatte.

Sie schlug die Augen auf und sah, wie Longji über ihr stöhnte. Sein Gesicht, seine Schultern und die entblößte Brust waren fast blutrot. Jeder Muskel in seinem Gesicht war bis zum Zerreißen gespannt. Er hielt sich mit steifen Armen hoch, die Muskeln seiner Arme wölbten sich, und die Adern auf ihnen zeichneten sich ab wie Seile.

Sein Anblick und das Gefühl seiner Nähe ließen eine zweite Welle von Empfindungen über sie hinwegbranden. Sie bohrte die Fingernägel in seine steinharten Schultern.

Sie sah seine Lust, so wie er ihre gesehen hatte. Sie sah, wie er das Bewußtsein hinter sich ließ, als er den Berg seiner Leidenschaft erklomm. Sie sah das wilde Zucken seiner Gliedmaßen und sein abwesendes, ungläubiges Gesicht. Sie sah, wie der Drache an seinem Rückgrat hochkletterte und durchbrach. Sie sah ihn sich öffnen wie eine Flamme, als er sich der Gewalt ihrer beider Leidenschaft hingab.

Und dann spürte sie in sich einen Sprung, als wäre ein Fisch in einen Teich gesprungen.

Nach und nach ließ ihre Anspannung nach, und ihrer beider Körper verschmolzen miteinander. Sie spürte die nasse Wärme von Schweiß, wo immer seine nackte Haut sie berührte. Sein Atem brodelte in ihrem Ohr. Sie empfand himmlischen Frieden.

In all diesen Monaten hatte sie die Bilder in »Einhundert Goldene Blüten« studiert und dabei gedacht, daß es Longji gefallen würde, wenn sie schließlich Wolken und Regen machten, wenn sie sich diese merkwürdigen Stellungen einprägte und sich bereit zeigte, sie mit ihm auszuprobieren. Dann, in dem Überschwang des Gefühls, daß wirkliches Fleisch endlich wirklichem Fleisch begegnete, hatte sie die Bildrolle vollständig vergessen. Sie lachte leise.

»Warum lachst du?« flüsterte er ihr ins Ohr.

»Es war so ganz anders, als ich erwartet hatte.«

Er zog sich zurück und sah ihr in die Augen.

»Bist du enttäuscht?«

»Nein, nein! Es war viel schöner.«

Er senkte den Blick. »Ich hatte schon Angst.«

Sie nahm sein Gesicht in beide Hände. »Angst? Du?«

»Ich dachte, du würdest meinen Körper vielleicht – mangelhaft – finden, wenn du ihn mit dem eines jungen Mannes vergleichst. Du bist im Frühling deines Lebens, und ich bin dreiundfünfzig.«

Am liebsten hätte sie über diese Bemerkung gelacht, doch sie sah die Besorgnis in seinem Gesicht. »Ist das der Grund, weshalb du so lange gewartet hast?« fragte sie weich.

»Zum Teil ja. Aber ich wollte auch warten, bis dein Rücken verheilt und dieser Palast fertiggestellt ist, damit wir in diesem neuen Bett zusammenkommen können, in dem ich noch nie eine andere Frau geliebt habe.«

»Ich bin froh, daß du bis heute nacht gewartet hast.«

Dies war wirklich ihre Hochzeitsnacht, die Nacht der Wunder, von der sie seit ihrer Kindheit geträumt hatte. Mit Su Chi war sie nie wirklich verheiratet gewesen. Dies war die erste Nacht ihrer wirklichen Ehe.

Viel später spürte sie, wie sie in seinen Armen in den Schlaf sank. Bilderrollen sind nicht nötig, dachte sie, und ein Schlafmittel brauche ich auch nicht.

»Würdet ihr alle bitte aufstehen?« sagte Guei Fei.

Als sie zuletzt Onkel Hengs Werkstatt besucht hatte, war sie als Verlobte des Kaiserlichen Thronfolgers gekommen. Jetzt war sie als Kaiserin des Reichs der Mitte nach Guilin zurückgekehrt.

Wie sie es haßte, an diesen früheren Besuch zu denken, als sie gekommen war, um Heng zu bitten, seine Tochter mit ihr nach Changan gehen zu lassen. In Unkenntnis der Gefahr, die ihnen drohte, war sie so zuversichtlich gewesen und hatte so beruhigend gesprochen. Doch Heng hatte recht behalten. Die Kaiserstadt war kein Ort für die Liebenswürdigkeit von Chingchin.

Guei Fei mochte zwar Kaiserin sein, doch hier war sie nur eine Bittstellerin. Hengs Haushalt mochte arm sein, doch all ihre Reichtümer konnten nicht kaufen, was sie ihm genommen hatte. Sie mußte ihn für den Verlust um Vergebung bitten, den sie ihm bereitet hatte.

Sie hatte beschlossen, es mit Würde zu tun, wie sie zu ihrer neuen Stellung paßte, doch sie wußte, daß sie auch als Kaiserin hier so handeln konnte, wie das Herz es ihr befahl. Es war eine schwierige Entscheidung, von ihren Verwandten zu verlangen, daß sie ihren hohen Rang anerkennen sollten. Ihr Herz mußte aber wissen, daß sie ihren neuen Status respektierten. Überdies mußte ihr Herz das ständig pochende Schuldgefühl loswerden.

Zögernd erhoben sich Guei Feis Verwandte. Hengs Schwiegertochter Na war Mitte Zwanzig, wirkte jedoch verbraucht und alt; ihr Mann Ziming sah ähnlich erschöpft aus. Ihre beiden Mädchen, Zu und Ping – einander so ähnlich, daß sie Zwillinge sein konnten, obwohl Zu etwas jünger war –, blickten schüchtern zu Boden. Der kleine Junge, Kaizhi, starrte sie mit unverschämter Neugier an.

Guei Fei trat vor und fiel vor Onkel Heng auf die Knie. Ihr mit Brokat geschmücktes Gewand faltete sich um sie. Kurz vor seinen knochigen nackten Füßen stieß sie mit der Stirn auf den Fußboden.

»Nichte! Kaiserliche Erhabenheit!« rief Heng aus. »Das schickt sich nicht!«

»Schwester!« rief Enger aus. Dann verbesserte er sich: »Kaiserliche Erhabenheit!«

Sie hob den Kopf. »Ich bin hergekommen, um mich vor dir zu erniedrigen, Onkel. Ich habe dir versprochen, für deine Tochter zu sorgen, doch ich habe versagt.«

Longji hatte ihr verboten, jemandem zu erzählen, daß Dame Fu Chingchin ermordet hatte. Der Ruf der kaiserlichen Familie mußte gewahrt werden. Folglich würde Heng nie erfahren, wer seine Tochter getötet hatte. Außerdem, dachte Guei Fei, kommt es letztlich nicht darauf an, wer die Eier vergiftet hat. Ich selbst bin es gewesen, die ihre teuerste Freundin im Stich gelassen hat.

Sie legte das Gesicht noch einmal auf den festgetretenen Lehmfußboden. Ihre Augen brannten. Ihre Kehle schmerzte.

Heng streckte die Arme aus und zog sie zu sich hoch. Seine Hand, hart und schwielig geworden durch lebenslange Arbeit mit Papierbrei, aus dem er Blätter feinen Papiers herstellte, strich ihr über die Wange.

»Wenn du dort kniest, erinnerst du mich so sehr an sie.« Er verstummte, von Gefühlen überwältigt. »Natürlich vergebe ich dir.«

Die vorstehenden Wangenknochen über seinem dichten weißen Schnurrbart waren naß vor Tränen. Guei Fei umklammerte seine mageren Knöchel. Sie empfand nicht die Erleichterung, auf die sie gehofft hatte. Der vertraute Raum, Chingchins Familie, selbst der leicht saure Geruch der Papierherstellung, all das brachte ihr den Verlust schmerzhaft wieder ins Bewußtsein.

Sie hatte jedoch so viel Vergebung erhalten, wie ihr außerhalb ihres eigenen Herzens gewährt werden konnte. »Ich danke dir, Onkel.«

Heng sagte: »Darf ich Euch jetzt bitten, Euch zu erheben? Es macht mich tief verlegen, die edelste Dame des Reichs der Mitte vor mir niederknien zu sehen. Wir haben für Eure Erhabenheit und den geehrten Kaiserlichen Zensor eine Erfrischung vorbereitet. Es wäre uns eine größere Ehre, als Worte es auszudrücken vermögen, wenn wir sie mit Euch teilen dürften.«

Der Raum war klein; die fünf Erwachsenen und die drei Kinder drängten sich darin zusammen. Ein schwarzer eiserner Kessel, das einzige sichtbare Kochgefäß, dampfte auf einem kleinen Feuer auf einem gemauerten Herd unter einem Loch in dem Strohdach. Wie bescheiden ihr Zuhause auch war, die Yang hatten sich Mühe gegeben, es zu verschönern. Mehr als ein Dutzend Papiere mit kalligraphischen Inschriften hingen an den Wänden.

Heng sagte: »Wollt Ihr Euch bitte setzen?« Er stand hinter dem einzigen Stuhl im Raum und hielt ihn ihr hin. Sie fragte sich, wo er so schnell den Stuhl hergeholt hatte. Stühle fand man nur in den wohlhabendsten und edelsten Häusern; die meisten Menschen saßen auf Kissen, Matten oder auf dem Fußboden.

»Und jetzt, Schwiegertochter: Erfrischungen«, befahl Heng.

Na ging zu einem Tisch in der Ecke des Zimmers und hob ein

großes Blatt leichtgewichtigen Papiers hoch. Sie enthüllte einen hübschen Teetopf, zwei Becher und eine Platte mit rechteckigen Hirsekuchen. Sie hob die Platte auf und eilte zu Guei Fei hinüber.

Guei Fei biß in einen der mit Honig gesüßten Kuchen. Sie hatte sich inzwischen an die kunstvoll zubereiteten Speisen bei Hofe gewöhnt und vergessen, wie schmackhaft ein einfacher Kuchen sein konnte. Ihr Blick begegnete dem von Hengs Enkel Kaizhi. Er schluckte fest. Seine Augen waren ganz schmal vor Hunger.

»Das ist eine köstliche Mahlzeit, sehr erfrischend«, sagte sie zu Heng. »Ich esse aber nie viel, und ich möchte es gern mit den Kindern teilen – mit allen hier.«

Sie gab Kaizhi ein Zeichen, der seinen Großvater flehentlich ansah. Heng nickte, worauf der Junge herbeirannte und aus Guei Feis Fingern einen Kuchen nahm. Er stopfte sich das ganze Stück auf einmal in den Mund.

»Bedank dich bei Ihrer Kaiserlichen Erhabenheit!« brüllte Heng.

Es dauerte einen Augenblick, bevor Kaizhi ein unterdrücktes »Vielen Dank« herausbrachte. Guei Fei lächelte und tätschelte ihm den Kopf.

Wann hatte dieses Kind zum letzten Mal einen Honigkuchen gegessen? Warum waren sie so arm? Hier stimmte etwas nicht. Longji hatte gesagt, daß er Onkel Heng nach Chingchins Tod Geld geschickt habe.

»Onkel, der Strahlende Kaiser hat sich für deinen Verlust von Chingchin ebenso verantwortlich gefühlt wie ich, und er hat mir versprochen, dir eine Entschädigung zu zahlen. Da er an so viele Dinge zu denken hat, frage ich mich, ob er es vielleicht vergessen hat.«

Heng brummte. »Ich habe seinen Brief bekommen, in dem es hieß, meine einzige Tochter sei gestorben. Er hatte Gold beigelegt. Ich war sehr zornig, weil er offenbar dachte, Geld könnte ein Ersatz für Chingchins Leben sein.«

»O nein!« widersprach Guei Fei. »So etwas würde er nie denken. Er hatte das Gefühl, etwas für euch tun zu müssen, wie wenig es auch war.«

Und ein Geldgeschenk ist so wenig nun auch wieder nicht, dachte sie. Es hätte bedeuten sollen, daß Hengs Enkelkinder nicht hungerten.

»Ich habe das Gold verschenkt«, knurrte Heng.

»Ungewöhnlich!« murmelte Enger. Guei Fei hörte aus seinem Tonfall Bewunderung heraus. Sie selbst war wie vor den Kopf geschlagen.

»Wem geschenkt?« fragte sie.

»Den Mönchen eines westlich gelegenen Klosters draußen in den Hügeln. Sie nennen sich Orden der Qinzha. Sie haben die Güte gehabt, mir ihre Methode des Kopierens von Büchern mitzuteilen. Ich habe ihnen das Geschenk des Kaisers gegeben, um mich für ihre Lehre zu bedanken.«

Er ist so halsstarrig, dachte sie. Deshalb hat er auch den Streit mit Vater nie beigelegt. Wieder empfand sie eine Mischung aus Erbitterung und Bewunderung für ihn.

Enger fragte: »Was ist das für eine Kunst, welche die Qinzha-Mönche dir beigebracht haben, geehrter Onkel?«

Heng wies mit der Hand durch den Raum und zeigte auf die Papiere, die an der Wand hingen. »Ihr seht hier überall Beispiele davon.«

Als sie mit Enger an der Seite an den Wänden entlangging, sah Guei Fei, daß jedes Papier den gleichen Satz enthielt, eine Zeile des taoistischen Weisen Chuang Tzu:

Schicke dich in das Unvermeidliche.

Das Zitat war auf jedem Papier exakt gleich geschrieben, gleich bis auf den winzigsten Pinselstrich. Sie fühlte einen kalten Hauch im Nacken. Es war wie Magie.

»Wie hast du das geschafft?« fragte sie.

»Es ist wirklich recht einfach«, erwiderte Heng. »Ziming, bring den Druckstock her.«

Ziming holte ein rechteckiges Stück Holz aus der Werkstatt, das er Guei Fei hinhielt. Einen Moment konnte sie die geschwärzten Schriftzeichen nicht erkennen, die reliefartig auf das Brett geschnitzt waren; dann erkannte sie, daß sie spiegelverkehrt waren und daß sie die gleiche Zeile Chuang Tzus las.

Heng sagte: »Wir schnitzen die Schriftzeichen spiegelverkehrt, bedecken sie mit Tinte und pressen Papier darauf, und dann haben wir eine Kopie. So können wir viel schneller weit mehr Kopien machen, als es von Hand möglich wäre.«

Enger sagte: »So könntest du Kopien ganzer Bücher herstellen.«

»Ja, geehrter Kaiserlicher Zensor«, sagte Heng. »Es würde lange Zeit erfordern, die Druckstöcke zu schnitzen, doch sobald das erledigt ist, könnten wir sehr schnell und billig Hunderte von Büchern kopieren.«

»Wie nützlich das für Studenten wäre!« sagte Enger.

Heng erwiderte: »Wenn wir Geld hätten, um das Holz zu kaufen, und Zeit, die Schriftzeichen zu schnitzen, könnten wir Kopien der Klassiker an Studenten verkaufen, die sich auf die kaiserlichen Prüfungen vorbereiten.«

Guei Fei hörte so etwas wie Wehmut in seiner Stimme. Sie ergriff die Armlehnen ihres Stuhls und sagte: »Onkel, wenn meine Stellung in der Welt überhaupt einen Sinn hat, dann den, daß es meiner Familie wohlergehen sollte. Laß mich dir das Geld geben, damit du das Material kaufen kannst, das du brauchst.«

Heng funkelte sie finster an. »Ich danke Eurer Kaiserlichen Erhabenheit, doch ich möchte in diesem Leben nicht mehr als das, was mir zusteht.«

Du verbohrter alter Mann!

Doch niemand konnte Heng überreden, etwas gegen seinen Willen zu tun. Folglich sagte sie sanft: »Wie du wünschst, Onkel. Doch dir steht mehr zu, als du hast.«

In der folgenden Stille hörte sie deutlich Zimings tiefes Seufzen.

Der Türhüter verbeugte sich stumm vor Darius Parviz und öffnete dann das filigranartige Schloß mit einem Tanz seiner Finger, der so schnell war, daß sein Gast nur drei der zehn Bewegungen erfassen und sich merken konnte, die den Geheimcode der Tür bildeten.

Selbst innerhalb dieser Mauern konnte Gefahr lauern, wie Darius wußte. Es war richtig, einen schnellen Abgang sicherzustellen, falls es drinnen unangenehm werden sollte. Er würde sich jedoch nach einem weiteren Fluchtweg umsehen müssen, denn dieser Mönch hatte ihn schon überlistet.

Die außerhalb der Klostermauern tätigen Mönche betrachteten die in den Klöstern mit Ehrfurcht, die Männer, die Politik machten und die neuen Mönche ausbildeten. Dieser hier war eindrucksvoll genug. Der Türhüter war meist einer aus den höheren Rängen des Ordens, denn er war es, der in einem kurzen Augenblick entscheiden mußte, ob ein Besucher ohne Gefahr eingelassen werden konnte oder nicht.

Auf der anderen Seite des Tores zog sich Darius eine fleckige graue Robe über seine scharlachrote Tunika. Der Türhüter, der wie ein grauer Geist vor ihm herging, führte ihn eine galerieähnliche Halle entlang. Sie war zum Innengarten auf der einen Seite offen und hatte auf der anderen schiefergraue Wände, die mit Zitaten aus dem Wissensschatz des Ordens geschmückt waren, gedruckt in den Sprachen der vielen Länder, in denen die Mönche dienten. *Tue nie das Erwartete. Gleichgewicht ist eine andere Form von Übermaß. Der Qinzha findet kein Glück in den Dingen dieser Welt, weil sie nicht von Dauer sind.*

Ma Tsu befand sich in der kalten Meditationskammer. Er ließ die Schultern hängen und hielt den Kopf gesenkt. Darius blieb eine Weile stehen und fragte sich, ob der Abt während des Wartens auf ihn eingeschlafen war. Doch dann bewegte sich der Haufen grauer Kleidung, und Ma Tsus Gesicht richtete sich plötzlich auf und sah ihn an.

Vor siebzehn Jahren, dachte Darius, hätte ich erwartet, daß der Abt nach mir schlägt. Ich wäre beim Betreten dieses Raums auf der Hut vor den endlosen Proben meiner Wahrnehmung gewesen, auf die Ma Tsu mich immer stellte. Ma Tsu besaß immer noch die Konzentration und Brillanz jedes Qinzha, hatte jedoch das Interesse an den endlosen Herausforderungen verloren, die im Leben eines Qinzha so viel Raum einnahmen. Er dachte überwiegend, meditierte fast ständig und sprach nur selten.

Nur wenige Qinzha lebten lange genug, um Ma Tsus Reife zu erreichen. Wie anspruchsvoll ihre Ausbildung auch war, übten Mönche dieses Ordens einen wagemutigen Beruf in einer gefährlichen Welt aus. Mehr als ein Drittel derer, mit denen Darius ausgebildet worden war, hatten diese Welt schon verlassen. Fast die

Hälfte war bei Kampfübungen getötet worden. Schiffbrüche hatten mehrere hinweggerafft, nicht zu gewinnende Schlachten weitere. Und einer war einfach verschwunden; Dorfbewohner in der Arktis behaupteten, gesehen zu haben, wie er direkt in den eisigen Ozean spaziert sei.

»Setz dich«, befahl Ma Tsu.

Darius kreuzte die Beine unter sich und setzte sich, wo er gestanden hatte, auf den Fliesenboden direkt vor den Abt.

Ma Tsu nahm sich nie die Zeit für lange Vorreden. »Ich habe mich mit dem Rat getroffen«, sagte er. »Sie sind nicht glücklich mit uns.«

Es war der Abt gewesen, der diese Reise nach Guilin eingefädelt hatte. Er hatte das plötzlich einsetzende Heimweh der Kaiserin als Vorwand benutzt, um zu dem Kloster zu reisen, in dem die betagten Ratsmitglieder wohnten, die diese Hälfte der Welt befehligten. Der plötzliche Wandel im Familienleben des Kaisers hatte Besorgnis um die kaiserliche Thronfolge ausgelöst. Die Stabilität des Reichs der Mitte war entscheidend für die Pläne des Rats, mehrere neue Erfindungen in der Hemisphäre zu verbreiten.

Darius sprach kein Wort. Wenn seine Informationen oder seine Meinung gefragt waren, würde Ma Tsu darum bitten.

»Sie glauben, wir hätten diese neue Heirat des Kaisers verhindern müssen«, fuhr der Abt fort. »Su Chi ist immer gut mit den Fu ausgekommen. Wenn die neue Kaiserin nicht schnell einen Sohn bekommt und der Kaiser ihn nicht zum Kaiserlichen Thronfolger ernennt, könnte es zu einem Palastkrieg kommen.«

Ma Tsu saß regungslos da wie ein Felsen. Darius bemühte sich, eine ähnlich feierliche Haltung einzunehmen.

Dann machte sich plötzlich scharfer Schmerz in der Schläfe bemerkbar. Er sprang hoch, so daß sein Dolch ihm direkt von der Taille abstand. Er blickte in Ma Tsus plötzlich strenge Augen.

Der Abt stand zwei Schritte hinter ihm und streckte eine lange Locke schwarzen Haars vor. Er trat vor und stopfte sie mit einer harten Bewegung in Darius' Gürtelbeutel.

»Alles, was wirklich ist, ist dieser Augenblick«, sagte Ma Tsu scharf. »Traue niemandem. Vergiß nicht, wer du bist.« Dann ließ er sich wieder in seine steinerne Sitzposition zurückfallen und fuhr fort.

Darius entfuhr ein leichter Seufzer. Er empfand die Düsternis des Versagens. Warum war er so unvorsichtig gewesen? Ma Tsu hatte das Recht, ihn wegen solcher Verfehlungen zu töten. Es war nicht Freundlichkeit, wie Darius wußte, die dem Abt die Hand band. Es mußte so sein, daß es für ihn etwas zu tun gab.

»Du hast dich mit der Schwester der Kaiserin eingelassen, Yang Meiling«, fuhr der Abt fort. Darius hätte sich schon längst nicht mehr über die Fähigkeit des alten Mannes wundern dürfen, Verborgenes zu wissen, doch einen Moment weiteten sich seine Augen. Er hatte Meiling nur einmal getroffen, und das heimlich. Entweder konnte der Mann Gedanken lesen, oder sein Netz von Spionen schloß selbst solche ein, die sich abends unter Zedernholzbrücken verstecken konnten.

»Komm ihr wieder nahe.« Darius unterdrückte ein entzücktes Lächeln. Das hier war kein dienstlicher Auftrag, sondern ein Vergnügen. In seinen achtzehn Jahren beim Orden hatte man ihm nie befohlen, etwas so Angenehmes zu tun.

Ma Tsu saß mehrere Minuten schweigend da. Darius stand weder auf, noch ließ seine Wachsamkeit nach. Ein zweiter Fehler würde vermutlich sein letzter sein.

»An Lushan«, setzte Ma Tsu erneut an. »Er ist nicht der, der er zu sein scheint.« Es überraschte Darius nicht, das zu hören. Der Mongole war ihm bedrohlich erschienen, seit er ihn zum ersten Mal gesehen hatte. Er tat nichts offen. Es kam Darius vor, als strömte ein Fluß von Zorn gleich unter der Oberfläche wie diese Ströme von geschmolzenem Gestein, die er auf den Östlichen Inseln gesehen hatte.

Ma Tsu zog einen daumengroßen orangefarbenen Stein mit rauher Oberfläche aus der Tasche im Ärmel.

»Ich habe dies aus Ans Wohnung holen lassen. Ein weiterer Stein, der ähnlich aussieht, jedoch keinen Zauber besitzt, liegt noch an seinem Platz. Ohne ihn ist er weniger mächtig, aber immer noch mächtig genug. Da er in der kaiserlichen Garde deinem Befehl untersteht, mußt du ihn sorgfältig im Auge behalten.«

Ma Tsu reichte ihm den Stein. In dem Moment, in dem er seine Haut berührte, spürte Darius einen brennenden Schmerz. Er schloß die Faust, um den Schmerz zu beherrschen, spürte jedoch keine Erleichterung. Ma Tsu beobachtete ihn genau.

»Leg ihn jetzt in deinen Beutel«, wies ihn der Abt an. »Laß das Gift nicht länger auf dich wirken.« Dankbar ließ Darius den Stein in seinen Gürtelbeutel gleiten. »Du darfst nicht zulassen, daß An Lushan diesen Stein noch einmal berührt. Versuche nicht, ihn zu vergraben oder ins Wasser zu werfen. Er würde ihn finden.«

Der Stein wog zehnmal mehr, als er nach seiner Größe erwartet hätte. Darius spürte ihn in der Nähe seines Dolches, wie er an der Schärpe zog. Er würde einen sicheren Platz dafür finden müssen, einen Platz, an dem An Lushan ihn nie finden würde.

Ma Tsu ermutigte seine Lehrlinge nicht, Fragen zu stellen, doch Darius war zu neugierig, um diese Gelegenheit verstreichen zu lassen. »Was ist An Lushan?«

»Er ist Mongole«, erwiderte Ma Tsu finster.

Der Abt hat offenbar nicht vor, mehr zu sagen, dachte Darius und fragte sich, weshalb er dem alten Mann überhaupt Fragen stellte.

Doch dann lächelte Ma Tsu. »Aber das hast du schon gewußt. Du willst wissen, woher seine Macht kommt. Ich weiß es nicht, weil es eine Macht ist, der ich noch nie begegnet bin. Einige ältere Qinzha sagen, es sei die Macht des Immerwährenden Blauen Himmels, die einige Mongolen herunterziehen. Ich habe versucht, die Rüstung zu durchdringen, die An Lushans Geist trägt, um vielleicht mehr zu erfahren, doch ich kann es nicht. Er ist sehr stark, wenn auch so gut wie unausgebildet.«

Bei dem letzten Wort wurde Ma Tsus Stimme tonlos. Darius wußte, daß er zu diesem Thema nicht mehr hören würde – heute nicht und vielleicht nie mehr.

»Geh«, sagte Ma Tsu. Er neigte den Kopf unter seiner Robe mit der Kapuze und schloß die Augen.

Als Darius schweigend den Raum verließ, erlaubte er sich, sich noch einmal vorsichtig umzusehen. Für alle Fälle.

Am Nachmittag nach ihrem Besuch bei Onkel Heng erinnerte sich Guei Fei an Zimings enttäuschtes Seufzen. Sie saß in Engers altem Arbeitszimmer, einem Raum, in dem sie schon so viele angenehme Stunden verbracht hatte, und dachte über das Verhalten ihres Onkels nach. Vielleicht hatte Enger dazu etwas zu sagen.

»Warum ist er so halsstarrig? Alle, die in ein hohes Amt aufsteigen, helfen ihren Familien. Meister Kung sagt, Familienloyalität sei die größte aller Tugenden. Warum weist Onkel Heng meine Hilfe mit so bitteren Worten ab?«

»Es genügt nicht, daß jede Familie nur für sich sorgt«, erwiderte Enger. Sie hörte aus seiner Stimme einen nüchternen Tonfall heraus, mit dem er hohe moralische Anforderungen verkündete. »Das ist eine habgierige, kurzsichtige Betrachtungsweise. So handeln die Fu.«

Ihr Bruder saß hinter seinem niedrigen Schreibtisch, so wie er es jeden Tag tat, wenn er sich auf seine Prüfungen vorbereitete. Wie viele Erinnerungen dieser Raum wachrief! Guei Fei dachte nochmals dankbar an ihren Mann, der diese Reise für sie arrangiert hatte, als ihr Heimweh so groß geworden war, daß jede Erwähnung Guilins eine Flut von Tränen auslöste.

Guei Fei rutschte unbehaglich auf ihrem Stuhl hin und her. »Aber warum sollte ein guter, hart arbeitender Mann wie Onkel Heng so wenig besitzen?«

»Heng ist ein hervorragender Mann mit ungewöhnlichen Eigenschaften«, erwiderte Enger. »Er möchte nicht, daß es ihm nur deshalb gut geht, weil er eine Verwandte im Kaiserpalast hat. Wenn du Heng helfen willst, mußt du all denen helfen, deren Leben so ähnlich ist wie das von Heng. Du weißt, wie oft wir schon in diesem Zimmer über unsere Träume von Veränderung und Reformen gesprochen haben. Und jetzt kannst du sie bewirken. Du hast das Ohr des Kaisers.«

»Er regiert das Reich schon mehr als dreißig Jahre.« Guei Fei konnte den Stolz in ihrer Stimme nicht unterdrücken. »Was kann ich ihm schon über das Herrschen beibringen?«

Enger beugte sich mit ernster Miene vor. »Du brauchst ihm nichts zu sagen, du mußt es ihm zeigen. Der Kaiser sieht das Reich nie, wie es wirklich ist. Wenn er reist, wird alles vor ihm verborgen gehalten, was häßlich ist, was ihn erschrecken könnte, alles, woraus er *eine Lehre* ziehen könnte. So weiß er nicht, wie das Leben der Armen wirklich aussieht.«

Ihr fiel wieder ein, wie oft und eingehend sie über diese Dinge gesprochen hatten, bevor sie Guilin verließ. Die Reichen herrschten, indem sie alles Wissen für sich behielten. Wie glücklich die Zukunft aussehen würde, wenn selbst der unwissendste Bauer die Großen Bücher würde lesen können. Doch in dem Tumult der Ereignisse seit ihrer Abreise aus Guilin hatte sie diese Weisheit aus den Augen verloren. Jetzt strömte sie wieder wie eine Flut über sie hinweg.

»Es gibt für Menschen wie uns nur die eine Möglichkeit, die Welt so kennenzulernen, wie sie ist«, fuhr Enger fort. »Ich habe es oft getan, und es hat mir die Augen geöffnet.«

»Welche Möglichkeit ist das, mein Bruder?« Engers Stimme tönte jetzt voller. Mehr als zwei Jahre als Kaiserlicher Zensor hatten ihn verändert, sowohl seinem Verhalten als auch seiner Stimme mehr Selbstvertrauen und Autorität verliehen.

»Verkleide dich als Person von niedrigem Rang und begib dich unter gewöhnliche Menschen. Spaziere durch die Straßen der Stadt, gehe über die Marktplätze. Besuche Bauernhöfe und sieh den Bauern bei der Arbeit zu. Nach nur wenigen solchen Reisen wirst du mehr wissen als jeder Minister des Kaisers. Erzähl ihm, was du siehst, und das wird ihn veranlassen, das große Werk der Reformen in Gang zu setzen.«

Guei Fei stellte sich vor, wie sie unerkannt die Straßen von Changan erforschte, ein Spion des Kaisers und der Kräfte der Veränderung, und da spürte sie ein Kribbeln auf der Haut. Welch ein Abenteuer!

»Das große Werk der Reformen. Das gefällt mir. Doch es gibt viele, denen es nicht gefallen wird.« Guei Fei erwärmte sich allmählich für das Thema. Das Zimmer, Engers Stimme, das schräg einfallende Nachmittagslicht auf der Schriftrolle hinter dem Kopf ihres Bruders, all das brachte die Monate und Jahre zurück, in denen sie gemeinsam von einem solchen Wandel geträumt hatten.

»Wir könnten langsam anfangen. Wir könnten in nur einem Dorf beginnen. Onkel Heng kann daran teilhaben. Er wird es billigen, weil er sehen wird, daß es allen zugute kommen wird. Wenn der Strahlende Kaiser dann sieht, wie ein kleines Dorf aufblüht, kann sich die Reform auf eine Präfektur ausdehnen, dann auf eine Provinz und eines Tages – überall stattfinden.«

In Guei Feis Brust breitete sich wohlige Wärme aus. Die Ideale ihres Bruders inspirierten sie, doch sie hatte noch einen weiteren Grund, ihn zu unterstützen. Veränderungen, wie er sie vorschlug, würden bedeuten, daß es Heng und seiner Familie trotz der Halsstarrigkeit des alten Mannes besser gehen würde. So würde sie an ihm und Chingchin schließlich doch etwas wiedergutmachen können.

Und – was vielleicht genauso wichtig war – Longjis Herrschaft würde in der Geschichte nie vergessen werden. Das Reich der Mitte würde wachsen, stark, wohlhabend und gelehrt werden. Man würde sich für immer an Longji als den wahrhaft Strahlenden Kaiser erinnern.

Das wird heikel, dachte Meiling. Sie musterte ihre ältere Schwester eingehend. Guei Fei zeigte unter dem weißen Puder, der ihr Gesicht unter einer glatten Maske verschwinden ließ, keinerlei Ausdruck.

»Du mußt Chingchin vermissen«, sagte sie, als sie mit Guei Fei nach Westen am Rong-Hu-See entlangritt. Seine weite blaue Wasserfläche spiegelte die blaugrauen Steinmauern und Wachtürme Guilins wider.

»Immer wenn ich an sie denke, spüre ich einen Dolch im Herzen«, erwiderte Guei Fei.

»Aber ich nehme an, der Kaiser ist dir ein guter Gefährte?«

Guei Fei legte den Kopf auf die Seite, wobei die Edelsteine ihrer Reitmütze in der Nachmittagssonne glitzerten. »Wenn er Zeit hat. Er hat so viel zu tun. An manchen Tagen muß er an fünf Zeremonien teilnehmen. Er ist die Brücke zwischen Erde und Himmel, und seine Riten bewahren die Harmonie zwischen beiden.« Dann funkelten ihre Augen. »Aber die Harmonie mit mir bewahrt er, indem er jede Nacht mit mir schläft.«

»Was hast du für Gesellschaft, wenn du nicht mit ihm zusammen bist?«

»Es gibt Hunderte von Hofdamen, die sofort angelaufen kommen, wenn ich in die Hände klatsche. Aber ich traue keiner von ihnen – mit Ausnahme von Li Xi, doch sie kommt nur zu besonderen Anlässen nach Changan. Keine der anderen Palastdamen interessiert sich fürs Lernen, nur für Klatsch. Der einzige wirkliche Freund, den ich habe, ist mein Obereunuch, Chu Ling. Doch auch er ist irgendwie seltsam. Ich glaube, er gehört einer Geheimgesellschaft an.«

Geheimgesellschaften in der Kaiserstadt! Das würde manches erklären. Meiling erinnerte sich an Darius, an die Nacht unter der Brücke, als sie den Körper an seinen preßte. Er sprach von einer Verpflichtung, die er nicht erklären könne. Sie hatte sich eine geheime Ehefrau vorgestellt, Kriegsverletzungen lebenswichtiger Organe, besondere barbarische Sitten. Doch dies war eine Möglichkeit, an die sie nicht gedacht hatte. Meiling spürte, wie ein Vogel der Hoffnung in ihrem Herzen mit den Flügeln flatterte.

Ihr Vater war durch das Scheitern von Guei Feis erster Ehe zu abgelenkt gewesen, um für Meiling einen Ehemann zu suchen. Da seine erste Tochter jetzt jedoch Kaiserin und anscheinend glücklich war, war ihm seine unverheiratete andere Tochter wieder eingefallen. In jüngster Zeit hatte er mehr als einmal beharrlich darauf hingewiesen, daß es Zeit für sie sei zu heiraten.

Obwohl mehrere Jahre vergangen waren, seit sie Darius zum letzten Mal gesehen hatte, erinnerte sich Meiling an das unbezähmbare Verlangen, das sie in seinen Armen gespürt hatte. Seitdem hatte sie kein Mann mehr so erregt. Und da sie wußte, zu welcher Leidenschaft ihr Körper fähig war, war sie nicht bereit, darauf zu verzichten.

Die Schwestern kamen an den Kiang-Fluß, wo Guei Fei ihr Pferd zum Stehen brachte und zu einem bewaldeten Hügel in der Ferne hinaufstarrte. Irgendwo da oben war, wie Meiling sich erinnerte, als sie ihre Schwester beobachtete, die Höhle des Bodhidharma, in der Guei Fei und der Kaiser vor dem Mörder Schutz gesucht hatten.

»Guei Fei, ich liebe dich so sehr, wie Chingchin es getan hat, und vermisse dich schrecklich. Wirst du mich mitnehmen, wenn du wieder abreist?«

Guei Fei erbleichte unter ihrem weißen Puder. Ihre Augen waren schmal. »Denk an das, was mit Chingchin geschehen ist.«

Meiling fühlte, wie ihr ein kalter Finger nach dem Herzen griff. Da gab es etwas Rätselhaftes und Gefährliches. Sie wollte Guei Fei jedoch nicht aufregen, indem sie weiterfragte; sie würde warten, bis ihre Schwester von allein den Wunsch verspürte, ihr mehr zu erzählen.

So sagte sie nur: »Es war Chingchin und uns gegenüber grausam von den Göttern, sie so plötzlich zu sich zu holen. Aber ich fürchte mich nicht. Ich kann einfach nicht glauben, daß die Götter dir zweimal so weh tun würden.«

Einen Moment waren Guei Feis Augen in Nebel gehüllt wie die Hügelkuppe um sie herum.

Geistesabwesend sagte sie: »Nein, es könnte nicht noch einmal geschehen.« Dann betupfte sie sich behutsam die Augenlider und lächelte Meiling an. »Du warst immer tapferer als ich. Und als ich mir um dich Sorgen machte, sagtest du, dir würde nichts geschehen, und so war es dann auch. Ich blieb im Haus und las Bücher, während du auf Bäumen herumklettertest und auf Schlachtpferden rittest.«

Meiling zuckte die Achseln. »Deine Bücher haben dich auf den Thron geführt. Du bist auf deine Art tapfer. Du hattest keine Angst zu sagen, was in deinem Herzen vorgeht.«

Guei Fei zog leicht die Zügel ihres Pferdes an und trat ihm in die Seiten, um näher an Meiling heranzukommen. Plötzlich fühlte Meiling, wie sie mit überraschender Kraft umarmt wurde. Darauf schlang sie ebenfalls die Arme um Guei Fei.

Guei Fei flüsterte Meiling ins Ohr: »Ich kann in der Kaiserstadt nicht glücklich sein, wenn ich niemanden habe, dem ich die Geheimnisse meines Herzens anvertrauen kann. Es genügt nicht, dir Briefe zu schreiben und von dir welche zu bekommen. Ich werde Vater bitten, dich mit mir gehen zu lassen.«

»Ich glaube nicht, daß Eure Kaiserliche Erhabenheit bitten muß.«

Meiling preßte die Wange an die Guei Feis und spürte Tränen. Sie zog sich zurück und sah, daß Guei Feis Augen vor Liebe leuchteten.

Meiling freute sich für sich und Guei Fei. Doch sie freute sich auch aus einem anderen Grund. Ihr Bauch zuckte vor purem Verlangen, als sie an Darius dachte und daran, ihn nun jeden Tag sehen zu können.

3844, Jahr des Hundes (746 n. Chr.)

Es war ein langer Winter gewesen mit bitterer Kälte und beißenden Winden, die den Schnee in jeden Spalt der Mauern wehten. Ihr Heimweh hatte sich nach dem Besuch in Guilin gelegt, doch Guei Fei fühlte sich in Changan noch immer nicht heimisch. Vielleicht würde sich das bald ändern. Der von Enger vorgeschlagene Ausflug konnte im Frühling nicht stattfinden, weil Routen geplant und Kostüme entworfen werden mußten sowie Geheimcodes für die Kommunikation unter den Abenteurern. Während der dunklen Jahreszeit unterhielt Guei Fei sich damit, daß sie die Einzelheiten ihrer ersten Exkursion ausarbeitete.

Doch dann, an einem sonnigen Morgen, als die Wistarie im Palast die ersten Knospen sprießen ließ, gingen Guei Fei und Chu Ling, Meiling und Darius die Allee des Scharlachroten Spatzen entlang, die große Hauptstraße, die genau in der Mitte von Changan verlief. Guei Feis Herz flatterte. Sie hatte Angst, jemand könnte jeden Augenblick auf sie zeigen und ausrufen: »Die Kaiserin!« Doch immerhin hatte keiner dieser Menschen sie je gesehen, und ganz gewiß nicht so, wie sie jetzt gekleidet war.

Um sich zu vergewissern, daß ihre Verkleidung überzeugend war, warf sie Meiling einen Seitenblick zu. Meilings einfache Jacke war blaßblau und ihr knöchellanges Kleid weiß. Wie seltsam und einfach sie aussah. Sie konnte die Frau eines wohlhabenden Bauern und Handwerkers sein. Guei Fei hoffte, ebenfalls wie so eine Frau auszusehen. Sie hatten ähnliche Kostüme gewählt, weil sie hofften, für Zwillingsschwestern gehalten zu werden, die mit ihren Männern in die Stadt gekommen waren.

Meiling genießt es, sich als Darius' Frau zu verkleiden, dachte Guei Fei, als sie sah, wie ihre Schwester den Befehlshaber der kaiserlichen Garde beim Arm nahm. Da Darius seine fremde Erscheinung nicht leicht tarnen konnte, hatte er sich wie ein Händler aus dem Fernen Westen gekleidet. Sein bestickter Hut hatte lange Ohrenklappen wie bei den Westlichen Türken. Der neben Darius hergehende Eunuch Chu Ling trug den spitz zulaufenden Strohhut eines Bauern sowie Jacke und Hosen aus ungefärbter Baumwolle.

Weiter in der Mitte der Allee entdeckte Guei Fei Gruppen braunhäutiger Reiter, die in Leder und Pelze gekleidet waren. Barbaren. Vielleicht waren einige von ihnen die Uyghuren, die Su Chi so faszinierend fand. Männer, die nur Lendenschurze trugen, zogen Wagen mit Männern und Frauen, die in bestickte Seide gehüllt waren. Viele Menschen trugen Kleidung, die Guei Fei völlig fremd war, zweifellos die einheimischen Kostüme von Ländern, die sie nur dem Namen nach kannte: Hindustan, Japan, Persien, Arabien, das Byzantinische Reich.

Sie liebte die Aura von Wohlstand und Macht, die Vielfalt von Menschen, die sie auf der Allee des Scharlachroten Spatzen sah. So hatte sie sich das Leben in der Hauptstadt erträumt, bevor ihr aufging, daß sie den Palast nur selten verlassen würde. Dieser Marktplatz war vom Leben des gesamten Reiches erfüllt und ebenso von Hinweisen auf dessen Reichtum.

Sie wollte jedoch sehen, wo die geringsten und am engsten zusammengepfercht lebenden Menschen wohnten. »Chu Ling, du kennst die Stadt«, sagte sie. »Führe uns.«

Der Bezirk, in den Chu Ling sie führte, war wie alle Stadtviertel Changans durch die geraden Straßen und Alleen, die ihn begrenzten, zu einem Rechteck geschnitten und von einer weißgetünchten Mauer mit nur einem Tor umschlossen.

Mauern, dachte Guei Fei, Mauern überall. Jedes Stadtviertel Changans hatte seine Mauer. Die Kaiserstadt war vom Rest Changans ebenfalls durch eine Mauer getrennt. Eine riesige steinerne Mauer, die mit Türmen befestigt war, beschützte die Stadt. Die größte Mauer der Erde stand zwischen dem Reich der Mitte und den Barbarenreichen im Norden.

Und Mauern von Gesetz und Sitte trennten Reich und Arm voneinander, Mandarine und Unwissende, Männer und Frauen.

Mauern sind nützlich, dachte Guei Fei. Wir müssen es jedoch Menschen, die es verdienen, erleichtern, sie zu überwinden.

Das schwere Holztor des Viertels war geöffnet. Die Bewohner der einzelnen Stadtviertel wurden, wie Guei Fei wußte, jede Nacht eingeschlossen, und nur Menschen mit besonderer Erlaubnis durften dann noch auf den Alleen spazierengehen.

Die Straßen im Stadtviertel waren sehr schmal und die Gebäude niedrig, höchstens drei Stockwerke hoch. Die Häuser waren aus unbemaltem Holz und Stuck errichtet. Sie standen so eng beieinander, daß Guei Fei und ihre Begleiter nur zu zweit gehen konnten. Sie sah nur sehr wenige Menschen auf der Straße, meist Frauen und Kinder.

»Wer lebt hier?« wollte sie wissen.

Chu Ling sagte: »Das hier ist der Abtrittsdüngerbezirk. Seine Bewohner schaffen jeden Tag den Kot der Menschen aus der Stadt, der auf den Feldern der Umgebung verteilt wird, um das Wachstum der Ernten zu verbessern, welche die Stadt ernähren, damit sie mehr Abtrittsdünger erzeugen kann.«

Aus den Häusern konnte Guei Fei das Weinen kleiner und die Rufe älterer Kinder hören. Der Bezirk schien dunkel zu sein, denn die Gebäude standen so eng beieinander, daß die Straßen im Schatten lagen. Folglich war Guei Fei erleichtert, als sie sich einem offenen Gebiet näherten, einem Platz aus ungepflastertem Lehm in der Mitte des Bezirks. Er war von Beeten mit Bohnen und Kohl umschlossen. Es schien ein Garten zu sein. Guei Fei bewegte sich eifrig darauf zu.

In der Mitte des offenen Platzes lag ein toter Mann.

Eine schwarze Maske aus Fliegen bedeckte sein Gesicht. Ein einziger Schriftzug war in roter Farbe auf die bleiche nackte Brust gemalt: »Dieb.«

»Im Namen Guanyins der Mitfühlenden, was ist das?« verlangte Guei Fei zu wissen.

Darius antwortete: »So halten die ärmeren Menschen untereinander die Ordnung aufrecht. Vielleicht waren die Diebstähle dieses

Mannes unerträglich geworden, so daß einer seiner kräftigeren Nachbarn ihn erdrosselte, während alle anderen zusahen.«

Vielleicht ist dieser Mann, dachte sie, zu Unrecht getötet worden und hatte nur Lebensmittel für seine Kinder gestohlen. Ihr wurde schwer in der Brust, sowohl um seinetwillen als auch wegen der Menschen, die das Gefühl gehabt hatten, ihn töten zu müssen.

»Wie traurig«, sagte sie. »Laßt uns woanders hingehen.«

Der Westmarkt war ein weiter offener Platz, der fast soviel Boden bedeckte wie die Kaiserstadt. Er war voller Menschen, die unter Tausenden hölzerner Verkaufsstände umhergingen. Fasziniert starrte Guei Fei auf lebende Babyfische in Körben aus Papier, auf riesige rote Krabben, Enten und Gänse, die in Trauben aufgehängt waren, auf riesige weiße Birnen, auf Heilkräuter, auf Indische Brustbeeren, die in Lotosblätter gewickelt waren. Sie fragte sich, wie oft die Menschen des Abtrittsdüngerbezirks es schafften, einige von all diesen wundervollen Dingen zu ergattern. Sie genoß sie natürlich täglich und dachte kaum darüber nach, wie sie auf ihren Tisch kamen.

Sie hörte warnende Rufe hinter sich und spürte die sanfte Berührung von Chu Lings Hand auf der Schulter. Sie trat zur Seite, als sich eine Marschkolonne breitschultriger Männer in grün-goldenen Tuniken durch die Menge drängten und mit ihren Knüppeln bei Leuten nachhalfen, die ihnen nicht schnell genug aus dem Weg gingen. Sie spürte einen Anflug von Kälte im Bauch, als sie entdeckte, daß jeder Mann einen kurzen Dolch im Gürtel hatte. Hinter diesen Leibwächtern kam eine mit Gold bemalte Sänfte. Wer kann diese Persönlichkeit sein, fragte sich Guei Fei, denn sie fürchtete, es könnte ein kaiserlicher Beamter sein, der sie wiedererkannte.

Die Träger setzten die Sänfte vor einem Verkaufsstand ab, der weiße Melonen zum Verkauf anbot, Flaschenmelonen, Netzmelonen und ein Dutzend anderer Sorten. Die Inhaber des Stands, anscheinend Mann und Frau, kamen herbeigerannt und ließen sich auf den Pflastersteinen auf Hände und Knie nieder.

Mit vor Neugier aufgerissenen Augen sah Guei Fei zu, wie der grüne Seidenvorhang der Sänfte von einem Träger ehrerbietig zur Seite gezogen wurde. Eine Frau stieg mit der Anmut einer Tänzerin aus. Ein smaragdgrünes schimmerndes Gewand umschmiegte ihre hochgewachsene, schlanke Gestalt. Die Farbe ihrer Haut raubte Guei Fei kurz den Atem. Sie war so schwarz wie Ebenholz – so schwarz wie Guei Feis Haar. Guei Fei hatte schon viele Menschen mit sehr dunkler Haut gesehen, doch niemanden mit einem so auffallenden, seidigen Farbton von Mitternachtsschwarz.

Was für eine ungewöhnlich aussehende Frau, dachte Guei Fei. Sie ist recht schön, wenn auch auf eine äußerst fremdartige Weise.

Der Ladenbesitzer stand auf und zog sich rücklings zurück. Seine Frau eilte hinter den Tresen. Das ausdruckslose Gesicht des Ladenbesitzers konnte einen verächtlichen Blick kaum zurückhalten. Hätte er gewußt, wer in der Sänfte saß, vermutete Guei Fei, hätte er sich nicht zu Boden geworfen. Doch warum nicht? Sie war zwar eine Ausländerin, aber auch eine große Dame.

»Hast du eine Ahnung, wer diese Frau ist oder woher sie stammt?« fragte sie Darius und Chu Ling. Beide holten tief Luft, bevor sie antworteten, doch dann verneigte Chu Ling sich schnell vor Darius.

»Man kennt sie unter dem Namen Schwarze Jade, und sie ist unter den Offizieren der kaiserlichen Garde sehr beliebt, Herrin. Sie ist die Hauptattraktion im Haus der Unmöglichen Freuden im Bezirk der Betörenden Blüten. Sie wurde von einem arabischen Händler hergebracht, der wußte, daß er hier in Changan den besten Preis für sie erhalten würde. Sie stammt aus dem Land jenseits von Arabien weit im Süden. Ein Land voller Wüsten, grasbewachsener Ebenen und Dschungel, in dem es so heiß ist, daß die Haut der Menschen schwarz gebrannt wird.«

»Ihr wißt aber viel über diese Insassin des Hauses der Unmöglichen Freuden«, sagte Meiling in einem neckenden Tonfall. Chu Ling unterdrückte ein Kichern.

Darius grinste und zeigte seine weißen Zähne. »Ich weiß nur, was meine Offiziere sagen. Und über Schwarze Jade erzählen sie ziemlich viel. Irgendein Offizier, der es sich leisten kann, wird in diesen Tagen ihren Vertrag kaufen und sie zu seinem ausschließlichen Besitz machen.«

Während sie sich unterhielten, prüfte Schwarze Jade Melonen

und zeigte stumm auf einige Früchte, welche die Frau des Ladenbesitzers zu einem Karren trug, der von einem Diener von Schwarze Jade gezogen wurde. Als sie fertig war, nannte der Verkäufer einen Preis, und sie machte eine Handbewegung zu einem Leibwächter, der ihr Ketten mit Kupfermünzen aus einer seidenen Geldbörse reichte. Guei Fei entnahm ihrem Schweigen, daß die schwarze Frau die Sprache des Reichs der Mitte nicht beherrschte. Ihre Kunden verlangten von ihr wohl nicht, daß sie gute Konversation machte.

Der Melonenverkäufer mußte das gleiche angenommen haben. Als sie wieder ihre Sänfte bestieg, sagte er zu seiner Frau: »Sieh dir an, wie hoch diese Barbarenhure die Nase trägt. Sie läßt sogar einen Diener für ihre Melonen bezahlen, als wäre sie zu vornehm, Geld anzurühren. Aber da sie die Sprache zivilisierter Menschen nicht beherrscht, habe ich ihr dreimal soviel berechnen können, wie diese Melonen wert sind.«

Schwarze Jade, die ihre Sänfte schon mit einem ihrer langen Beine bestiegen hatte, verharrte einen Moment. Dann wirbelte sie mit einer Geschwindigkeit, die Guei Fei in Erstaunen versetzte, herum und zog dem ihr am nächsten stehenden Leibwächter einen Dolch aus dem Gürtel. In Sekundenschnelle hatte sie den Ladenbesitzer gegen einen Holzpfosten gedrückt und setzte ihm die stählerne Klingenspitze an die Kehle.

Seine Augen quollen ihm aus dem Kopf. »Ich – ich werde die Polizei rufen.«

Ihr Grinsen erinnerte Guei Fei an das einer Tigerin. »Ruf ruhig die Polizei, du stinkender Tropfen Krötenspucke, dann wirst du erfahren, daß sie eine Dame aus dem Haus der Unmöglichen Freuden mehr respektieren als einen diebischen Melonenverkäufer.« Guei Fei keuchte. Schwarze Jade beherrschte die Sprache des Reichs der Mitte fließend und ohne jeden Akzent. Ihre Beherrschung der vier Tonhöhen war makellos. Sie verlieh ihren Worten Nachdruck, indem sie den Dolch gegen die zarte Haut an der Kehle des Melonenverkäufers preßte.

»Bitte, meine Dame ...«

»O du niedrig Geborener, ich habe ganz genau gewußt, daß du

mir zuviel berechnet hast, aber ich hielt dich für zu verachtenswert, um mit dir zu handeln. Jetzt wird deine Frau, die nicht mal würdig ist, im Haus der Unmöglichen Freuden die Mülleimer zu leeren, mir drei Viertel von dem zurückgeben, was ich dir bezahlt habe, sonst werde ich dich mit diesem Dolch an diesen Pfosten nageln. Dann kannst du an deinem eigenen Blut ersticken.«

Die Frau des Melonenverkäufers flehte die »große Dame« mit schriller Stimme an, Gnade vor Recht ergehen zu lassen, und ließ ein paar Ketten mit Kupfermünzen in die ausgestreckten Hände des Dieners von Schwarze Jade fallen. Diese gab ihrem Leibwächter den Dolch zurück und bestieg mit einem Wirbeln ihres leuchtend grünen Rocks wieder die Sänfte. Einen Moment später waren sie und ihre Begleitung verschwunden. Zurück blieben der Melonenverkäufer und seine Frau, die fluchten und keuchten und so bleich waren wie Blätter von Onkel Hengs Papier.

Wenn doch jeder, der betrogen worden ist, egal von wie niedriger Geburt, so zurückschlagen könnte wie diese Frau, dachte Guei Fei. Schwarze Jade sieht nicht nur bemerkenswert aus, sondern ihr Stolz, ihre Wildheit und ihr geschickter Umgang mit der Sprache sind genauso ungewöhnlich. Man kann also auch bei den Unzivilisierten schätzenswerte Menschen finden.

Schwarze Jade war verschwunden, doch es gab noch so viel mehr zu sehen. Guei Fei entdeckte eine Menschenmenge, die sich um einen Geschichtenerzähler drängte, und eilte hinzu, um zuzuhören. Er sah genauso ungewöhnlich aus wie Schwarze Jade, doch auf ganz andere Weise. Er hatte einen Körperbau wie ein Bündel von Stöcken, eine unglaublich lange Nase, vorstehende blaue Augen und merkwürdiges rotes Haar. Er saß auf einer roten Decke und hatte eine Holzschüssel vor sich für die Münzen, die man dort hinwarf. Er beherrschte die Sprache des Reichs der Mitte gut genug, um seine Zuhörer zu fesseln, doch mit einem Akzent, der grob und ein wenig tonlos war.

Sie fuhr leicht zusammen, als sie ihn sagen hörte: »Wie wir alle wissen, hat der Kaiser dreitausend Frauen.«

Lächerlich, dachte sie. Es können nicht mehr als neunhundert sein.

Der Geschichtenerzähler fuhr fort: »Jetzt hat der Kaiser schlechte Träume gehabt. Er wurde sie nicht los, egal mit wem er schlief. Er versuchte mit so vielen seiner Frauen wie möglich ins Bett zu gehen – zumindest den jungen und hübschen.« Die Menge lachte. »Erst nahm er sie allein, dann zu zweit, dann zu dritt. Nach einiger Zeit hüpfte er in seinem riesigen kaiserlichen Bett auf einem Dutzend vollbusiger Mädchen herum.«

Chu Ling sagte leise: »Herrin, vielleicht sollten wir uns einen anderen Geschichtenerzähler suchen.«

»Unsinn, sei still«, entgegnete Guei Fei. Bei dem Gedanken an ein Dutzend Mädchen, die sich in Longjis Bett drängten, mußte sie unwillkürlich lachen.

»So ging es ein ganzes Jahr weiter. Zwischen all den Frauen und den bösen Träumen konnte der Kaiser nicht schlafen, und allmählich wurde er zu einem wandelnden Skelett.«

Er hielt einen seiner Finger hoch, der selbst mehr Knochen als Fleisch war. »Dann heiratete der Sohn des Kaisers, der Erbe des Drachenthrons, ein fünfzehnjähriges Mädchen aus der Provinz namens Yang Guei Fei.«

Guei Fei hatte das Gefühl, als sei plötzlich nur Zentimeter von ihrem Gesicht entfernt Feuer ausgebrochen. Sie spürte eher, als daß sie sah, wie ihre drei Begleiter ihr einen Blick zuwarfen und dann schnell zur Seite blickten.

»Yang Guei Fei ist die schönste Frau in allen zehn Provinzen. Sie tanzt wie ein Schmetterling. Sie hat eine Stimme wie eine Glocke und Finger, die so schlank sind wie Spargelspitzen. In der Minute, in der er sie sah, war der junge Prinz unrettbar in sie verliebt, und sie verliebte sich in ihn.«

Was für eine Verfälschung der Wahrheit! Su Chi verliebt! Der sie fast zu Tode geprügelt hatte!

»Als der alte Kaiser sie sah, war es auch um ihn geschehen. Er war ihr auch unrettbar verfallen. Vor Lust.«

Die Menge lachte. Der Geschichtenerzähler machte pantomimisch einen gealterten gebeugten Mann nach, beschattete sich die Augen mit der Hand, um sich irgend etwas in der Ferne anzusehen. Dann quollen ihm fast die Augen aus dem Kopf, und seine Hüften zuckten wild in einer spöttischen Nachahmung lasziver Bewegungen.

Darius fragte mit leiser Stimme: »Sollen wir gehen?«

»Nein«, entgegnete Guei Fei. »Ich möchte alles hören.«

Eine Frau vor ihnen drehte sich wütend um. »Still!«

Der Geschichtenerzähler fuhr fort: »Der Prinz weinte, und Dame Yang Guei Fei sagte ihrem Mann, sie würde nie aufhören, ihn zu lieben. Doch sie mußten sich trennen. Der Kaiser sagte, er werde sie beide köpfen lassen, wenn Dame Yang nicht schon in dieser Nacht zu ihm ins Bett komme.«

»Hochverrat!« brummte Chu Ling.

»Und so nahm Dame Yang weinend und zitternd den langen Weg durch die Flure des Kaiserpalasts zu dem großen Schlafzimmer des Kaisers auf sich.« Der Geschichtenerzähler bedeckte das Gesicht mit den knochigen Händen und schüttelte zuckend seine mageren Gliedmaßen. Dann breitete er plötzlich die Arme aus, und sein Gesicht wurde von einem breiten Grinsen erhellt.

»O Wunder aller Wunder! Dame Yang entdeckte, daß das Bett des Kaisers am Ende doch nicht so schlecht war. Als er sah, wie groß und rund ihre Brüste waren, war der Kaiser so glücklich, daß er in Dame Yangs Armen schlief wie ein Säugling. Als sie verlangte, Kaiserin zu werden, zögerte er keine Sekunde. Er sperrte seine alte Erste Frau in ein kleines Zimmer ohne Fenster und brachte seinen Sohn dazu, sich von Dame Yang scheiden zu lassen. Sein Sohn begab sich weit nach Norden, um dort Moschusochsen zu jagen und sich mit den Barbarenfrauen zu trösten – die wie Moschusochsen aussehen. Seitdem hat man nichts mehr von ihm gehört.«

Dann begann er zu tanzen, und zwei junge Gehilfinnen, die hinter ihm saßen, begannen mit Trommeln und Fingerbecken Musik zu machen.

Der rothaarige Mann sang: »So ist jeder im Kaiserpalast glücklich und schläft wirklich sehr gut. Und das wünsche ich euch allen auch.« Dann begann er ohne Übergang mit einem anzüglichen Lied, das Guei Fei an die Bilder von »Einhundert Goldene Blüten« denken ließ. Die Menschen warfen dem Geschichtenerzähler Kupfermünzen in die Holzschüssel.

Chu Ling schnaubte entrüstet. »Der Kaiser und die Kaiserin werden verspottet, und kein Mensch in dieser Menge protestiert. In was für schlimmen Zeiten leben wir eigentlich?«

Die Frau, die sie zum Schweigen gebracht hatte, drehte sich erneut zu ihnen um. »Die Bosheit dieser Zeit findet sich nicht bei uns einfachen Menschen.«

»Was meint Ihr damit?« fragte Guei Fei.

»Oho! Was meint Ihr wohl, was der Himmel davon hält, daß der Kaiser dem eigenen Sohn die Frau stiehlt? Diese Familie, die sich Tang nennt, ist nicht die erste, die auf dem Drachenthron sitzt, und ich bin bereit, tausend Kupfermünzen darauf zu verwetten, daß sie nicht die letzte sein wird.«

Eintausend Kupfermünzen gegen die Zukunft der Dynastie. Was würde Longji denken – was würde er *tun* –, wenn er wüßte, daß Menschen wie diese Frau das Gefühl hatten, er hätte das Mandat des Himmels verloren?

Es genügt nicht, Longji über solche Dinge zu berichten, entschied sie. Er muß den Palast verlassen und selbst sehen und hören.

Wenn ich mein Werk vollendet habe, gelobte sie sich, werden sie Yang Guei Fei nicht als die Schönheit in Erinnerung behalten, die vom Bett des Sohnes in das des Vaters gegangen ist. Sie werden mich als die Kaiserin in Erinnerung behalten, die das Reich der Mitte gerettet hat.

9

Zhashui

3844, Jahr des Hundes (746 n. Chr.) bis
3845, Jahr des Ebers (747 n. Chr.)

Wie verabscheuungswürdig der Name Chiang Wai auch sein mag, er läßt sich nicht aus der Geschichte streichen. Denn er war derjenige, der Dame Yang lehrte, daß es nicht möglich ist, dem einfachen Volk durch kaiserliches Dekret Freiheit zu schenken.

Aus der »Geheimen Geschichte der Tang« von Yang Kaizhi

Luftige weiße Wolken trieben über Reihen vielfarbiger Dachhimmel auf dem Ostmarkt. Als Teehändler verkleidet war Longji auf dem unscheinbarsten Pferd dorthin geritten, das er in dem kaiserlichen Marstall hatte finden können. Guei Fei, deren Einfall dieser unbesonnene Ausflug war, ritt auf einem traurig aussehenden Wallach hinter ihm her. Sie brachte es fertig, selbst in der formlosen Kleidung einer Bäuerin bezaubernd auszusehen, und schenkte ihm über den geneigten Kopf ihres Kleppers hinweg ihr verwirrend schönes Lächeln.

Hinter ihr gingen ihre Eunuchen, Gao Lishi und Chu Ling, beide mit einem besorgten Gesichtsausdruck.

Ein kleinwüchsiger, braunhäutiger Mann mit einem langen Bart, der ein rotgoldenes, mit einer Schärpe eng geschnürtes Gewand trug, begrüßte sie aus einem der Stände. »Vergebt mir, daß ich Euch anspreche, Herr«, sagte der Mann und verbeugte sich tief vor Longji. »Wie ich sehe, tragen die Esel, die Euch folgen, Körbe mit Tee. Was mich angeht, ich verkaufe und kaufe. Darf ich prüfen, was Ihr dabei habt, und Euch ein Angebot machen?«

Longji erwiderte: »Diese Partie ist schon vom Großkommandanten des Direktorats der Kaiserlichen Lebensmittelverwaltung gekauft worden, den ich in einer Stunde treffen werde.« Vielleicht macht mir diese Täuschung sogar Vergnügen, dachte er. Und Guei Fei hatte recht: Er würde bei dieser Expedition mit Sicherheit mehr erfahren, als irgendein Minister ihm sagen konnte.

Der Mann in der roten Robe verbeugte sich erneut. »Verbindlichsten Dank. Ich versuche schon seit zehn Jahren, den Großkommandanten dazu zu bewegen, mit Wohlwollen auf meine Ware zu blicken. Ich verkaufe Tee von unserer Insel Kyushu an viele große Häuser von Changan, jedoch noch nicht an das größte Haus von allen. Ich habe diesem verehrungswürdigen Herrn schon tausend Ketten Goldmünzen gegeben, doch er erfindet immer neue Ausreden.«

Der Mann sprach die Sprache des Reichs der Mitte fehlerlos. Diese Sprachbeherrschung ließ einen sicheren und feinen Geschmack vermuten. Wer, dachte Longji mit einem unterdrückten Anflug von Wut, hält diesen Mann davon ab, mit dem kaiserlichen Haushalt Handel zu treiben?

Äußerlich ruhig, erwiderte er jedoch nur: »Der Lieblingstee des Kaisers ist der Silberblütentee aus Chekiang. Hat der Kommandant Euch das nicht gesagt?«

Der Teehändler schüttelte den Kopf. »Nein. Vielleicht hat der Kaiser den Tee aber noch nie gekostet, der in den Bergen von Kyushu wächst. Er würde entdecken, daß er einen unvergleichlichen Duft hat, der seine Seele in die lichten Höhen der Poesie führen würde.«

»Gebt mir eine kleine Probe Eures Tees, dann werde ich dafür sorgen, daß der Kaiser ihn probiert.«

»Ihr könnt meinen Tee an dem Großkommandanten vorbeileiten? Wenn der Kaiser ihn nur einmal kostet, bin ich sicher, daß mein Glück damit gemacht ist! Ich kann mir aber von einem Fremden wie Euch nicht diesen Gefallen erweisen lassen, ohne Euch ein Geschenk zu machen.«

Longji tat das Angebot mit einer Handbewegung ab. »Mir genügt es, die Gelegenheit zu haben, dem Kaiser eine Freude zu bereiten.«

Der Inselbewohner machte ein ernstes Gesicht. »Vergebt mir, großer Herr, aber ich würde mich entehrt fühlen, wenn ich Euch kein Geschenk geben dürfte.«

»Sehr schön. Was immer Ihr wollt.« So wurden also Geschäfte gemacht. Longji hatte in diesen wenigen Augenblicken schon mehr gelernt als in den Jahren, in denen er gelehrten Diskussionen über Ökonomie gelauscht hatte.

Der Inselbewohner wandte sich an einen barbrüstigen Gehilfen und sprach schnell in einer abgehackten Sprache auf ihn ein. Der Gehilfe verbeugte sich tief und eilte los.

»Die Japanischen Inseln sind im Vergleich mit dem Reich der Mitte jämmerlich arm«, sagte der Teehändler. »Der Palast unseres Kaisers würde neben dem Kaiserpalast Eures Himmelssohns klein und kahl aussehen. Wir sind gerade dabei, eine neue Hauptstadt zu bauen, die eine Replik dieser mächtigen Stadt Changan sein wird. Sie wird jedoch nur ein Drittel so groß sein.«

»Das habe ich gehört«, erwiderte Longji. So, so, Händler untereinander sprachen also über die Pracht Changans. Das war eine Erleichterung. Er hatte schon befürchtet, nur zornigen Klatsch und Bitterkeit zu hören. Dieser Ausflug war *tatsächlich* eine gute Idee. Er lächelte seine in grobes Tuch gehüllte Frau an.

Der Gehilfe kehrte mit zwei Schachteln zurück, einer aus Blech und einer zweiten, die mit dunkelrotem Lack überzogen war. Der Händler nahm sie ihm ab und hielt sie Longji hin.

»Allerdings haben wir auch eigene Reichtümer. Unseren Tee.« Er hielt ihm die Blechschachtel hin, und Longji nahm sie mit einer leichten Verbeugung an sich, wie er sie bei dem Händler bemerkt hatte.

»Und diese hier, die in unseren Gewässern wachsen.« Er hielt ihm die prachtvoll lackierte Schatulle hin.

Longji reichte die Blechschachtel mit Tee an Darius weiter und nahm die Lackschatulle entgegen. Er machte sie vorsichtig auf und starrte auf den Inhalt. Guei Fei, die sich vorbeugte, um zu sehen, was sich darin befand, keuchte auf. In der Schatulle lag ein Halsband aus riesigen Perlen, die alle vollkommen rund waren und der Größe nach geordnet, so daß die größte Perle – die so groß war wie ein Rotkehlchenei – vorn hing, während die anderen zum Verschluß hin nach und nach kleiner waren.

Longji ließ die Finger über die Perlen gleiten. »Das ist mehr, als dieser einfache Gefallen verdient«, wehrte er ab. Der Händler schüttelte den Kopf. »Ich danke Euch, und ich verspreche Euch, der Kaiser wird Euren Tee kosten.«

Der Inselbewohner sprach noch einige Dankesworte und zog sich dann unter Verbeugungen zurück. Longji saß ab und übergab Gao Lishi die Zügel seines Pferdes. »Sagt dem Großkommandanten, er soll auf mich warten«, sagte er unheilverkündend. »Ich wünsche ihn zu sehen, bevor wir den Markt verlassen.«

Guei Fei saß anmutig ab und berührte seine Hand. Gemeinsam schlenderten sie zwischen den Buden und Ständen umher und erlaubten den Händlern, ihnen ihre vielfältigen Teesorten zu zeigen – bambusförmige Blätter aus Chiennan, Ziegel aus Yunnan, Duftige Flocken und Drachenquelle aus Cheking, Rote Robe aus Hangchow. Die Reichtümer des Reichs der Mitte sahen hier anders aus, als sie auf dem Marktplatz ausgebreitet waren, als wenn sie in der Kaiserstadt bei Banketten serviert wurden. Die Menschen des Reiches schienen hier ebenfalls anders zu sein: Hier lebten viele verschiedene Völker, und viele verschiedene Sprachen drangen an ihr Ohr.

»Wieder ein korrupter Beamter«, knurrte Longji zu Guei Fei. »Allmählich zweifle ich daran, daß ich überhaupt jemandem trauen kann.«

Sie zitierte Meister Kung: »›Setze die Geraden über die Krummen, und das Volk wird zufrieden sein. Setze die Krummen über die Geraden, und das Volk wird rebellieren.‹« Sie ging ein paar Schritte hinter ihm, wie es sich für die Frau eines Händlers gehörte.

Longji drehte sich lachend zu ihr um. »Wie immer hat Strahlender Edelstein das richtige Zitat bereit.« Er fühlte, wie ihm das Lachen verging. »Ich habe keinen Zweifel, daß noch viele weitere Beamte korrupt sind.«

»Und du kannst sicher sein, daß das Volk davon weiß. Die Leute glauben, sie müßten selbst Verbrecher sein, wenn sie in dieser Welt überleben wollen. Du bist der einzige, der das ändern kann.«

Longji nickte zustimmend. Aus ihrem Mund klang alles so einfach. Und vielleicht war es das auch, einfacher, als er je gedacht hatte. Nichts schien einfacher zu sein als diese Expedition, und er hatte schon jetzt eine Menge gelernt.

Longji machte den Finger naß, tauchte ihn in eine Schale mit Pulvertee aus Fukien und probierte ihn. Sofort bot ihm der Verkäufer einen dampfenden Becher an. Longji nippte daran und nickte, ging aber weiter.

»Ich bin dir sehr dankbar, daß du diesen Ausflug vorgeschlagen hast. Heute abend wirst du das Perlenhalsband tragen.«

»Ich glaube, ich werde das Halsband tragen und sonst nur wenig.«

»Der Gedanke daran, wie diese Perlen auf deiner Haut liegen, raubt mir den Atem. Doch jetzt genug von diesem Gerede, denn sonst wird den scharfäugigen Händlern nicht entgehen, was unter meiner Schärpe vorgeht, und dann wird meine Verlegenheit genauso groß sein wie mein Verlangen.«

Longji befahl seinen Augen, von Guei Fei abzulassen, und wandte sich wieder der Prüfung der Reichtümer auf dem Markt zu. Mein Reichtum, dachte er, ist unvergleichlich. Guei Fei liebt mich nicht nur, sondern wird mir auch dabei helfen, besser zu herrschen. Damit die Geschichte sie nicht vergißt, muß ich ihr ein unauslöschliches Denkmal setzen. Und für sie ist keine Anstrengung groß genug.

Für Guei Fei sahen die Menschen, die bis zu den Waden im Wasser standen, wie schlammige Stöcke aus. Guei Fei hatte derart fleischlose Wesen nicht mehr gesehen, seitdem sie Dame Fu zum letzten Mal zu Gesicht bekommen hatte. Woher nahmen sie nur die Kraft zu arbeiten?

Vorarbeiter Yee Xueli sagte: »Wir können zwischen Frühling und Herbst zwei Ernten einbringen, und Land, das hundert Scheffel Weizen erzeugt, wird dreihundert Scheffel Reis hervorbringen. Wir können diese Bauern mit reichen Ernten ernähren und versäumen es nie.«

Guei Fei stand am Rand eines Lehmdeichs und blickte auf das

überschwemmte Feld. Der kalte, feuchte Tag erinnerte sie daran, daß die Finger des Winters den Norden auch an den ersten Frühlingstagen noch fest im Griff hatten. Meiling, die als Guei Feis Dienerin gekleidet war, hielt ihrer Schwester einen Seidenschirm über den Kopf.

Überall um sie herum sahen sie stahlgraues Wasser, das von Lehmdeichen in große Quadrate unterteilt war wie auf einem Spielbrett des Spiels der Könige. Longji, Guei Fei und Vorarbeiter Xueli standen nebeneinander auf der Deichkrone.

Longji hatte sein Empfehlungsschreiben, in dem er sich als Teehändler ausgab – seine Lieblingsverkleidung während des Jahres, in dem sie diese Ausflüge unternommen hatten –, an Herzog Shang Zolin geschickt, einen Landherrn, der im Tal des Wei-Flusses riesige Ländereien besaß. Herzog Zolin gewährte Händlern keine Audienzen. Doch als Gegenleistung für ein Geschenk, eine Kiste mit duftendem Tee von der japanischen Insel Kyushu, hatte der Herzog diesen Händler berechtigt, seine neuen reisproduzierenden Ländereien zu besichtigen.

»Ihr meint, daß Eure Landarbeiter nichts als Reis essen?« fragte Longji Xueli. Er hörte sich streng an, obwohl Guei Fei wußte, daß er nur neugierig zu erscheinen versuchte. Selbst in einem einfachen, leichten blauen Umhang und einem schwarzen Satingewand, dachte sie, fallen Longjis Körpergröße und sein gutes Aussehen auf.

Xueli schien Longjis Tonfall nicht zu bemerken. Er zuckte die Achseln. »Hungrige Menschen arbeiten härter.« Er war mit seiner gesteppten blauen Jacke und den an den Beinen mit spiralförmigen Bändern festgebundenen Hosen wie ein Barbar gekleidet. Die Bänder waren dazu gedacht, die Hosen vom Flattern abzuhalten. In seinem schwarzen Ledergürtel steckte eine aufgerollte Peitsche. Ihr Anblick ließ Guei Fei an Su Chi denken, und sie spürte sofort den Geschmack von Galle in der Kehle.

Als sie auf einem der schmalen Deiche zurückgingen, hielt Guei Fei den Kopf gesenkt, um sich vor den kalten Tropfen zu schützen, die sie unter dem von Meiling über sie gehaltenen Schirm anwehten. Eine Brise kräuselte das Wasser in dem Reisfeld, so daß eine kleine blasse Gestalt, die auf dem Grund lag, kaum zu erkennen war.

Dieser Fisch, dachte sie, ist aber sehr groß. Es überraschte sie, daß man ihn nicht in einer Reuse gefangen und gegessen hatte.

Dann sah sie winzige Hände, die flehentlich erhoben waren. Das Wasser wurde wieder still, und ein Gesicht tauchte auf. Sie schrie auf und wich zurück.

Meiling ließ den Schirm fallen und packte sie an der Taille. Guei Fei sank in den Armen ihrer Schwester zusammen.

»Was ist?« fragte Xueli, der um Guei Fei herumging und ins Wasser blickte. »Oh! Irgendeine Frau hat ihr Kind nicht gewollt.«

»Eine Frau, deren Familie nicht genug zu essen bekommt und einen weiteren Mund nicht füttern konnte«, sagte Guei Fei, die sich von ihrem Schock erholt hatte und sich aus Meilings stützenden Armen frei machte. Sie konnte den Blick nicht von dem kleinen Leichnam abwenden. Kummer und Zorn stiegen in ihr auf.

Xueli starrte sie an, nicht so sehr aus Verärgerung, sondern eher verblüfft.

Der Vorarbeiter wandte sich an Longji. »Vergebt mir, daß ich das sage, Händler, aber Eure Frau hat sehr schlechte Manieren.«

»Die Manieren meiner Frau gehen nur mich etwas an«, entgegnete Longji leise. Guei Fei hörte schlurfende Füße, als die kaiserlichen Gardesoldaten, die als Träger verkleidet waren, zu ihrem Schutz näher kamen. Sie sah, wie Xuelis Augen flink von links nach rechts blickten, als er seine Situation abschätzte.

»Wir geben unseren Landarbeitern so viel zu essen, wie sie brauchen«, sagte er mit leiserer Stimme. Er wandte sich an einen seiner Männer. »Fischt das Kind heraus und begrabt es.«

Die Gruppe ging weiter, doch Guei Fei sah sich noch mehrmals um und sah, wie Xuelis Männer in aller Hast auf dem Deich ein Grab aushoben, genau dort, wo sie gestanden hatte. Ich bin seit mehr als einem Jahr mit Longji verheiratet und immer noch nicht schwanger. Ich würde alles dafür geben, ein Kind zu bekommen. Und hier ist eine Frau, deren Leib vor Leben schwillt, die ihr Kind gegen den Bauch trampeln fühlt und doch meint, das Kind ertränken zu müssen. Warum sind die Götter so grausam?

Der Eigentümer des Pavillons der Menschlichen Harmonie hatte keine Ahnung, wer seine Gäste waren. Sie wurden gleichwohl fürstlich bewirtet. Gao Lishi mußte ihm viele Ketten Kupfermünzen vorgelegt haben, denn die Mahlzeit, die Chu Ling Guei Fei und Longji vorsetzte, war nach ländlichen Maßstäben üppig. Er servierte sie auf dem aus Changan mitgebrachten Geschirr: kostbarem, blaßgrünem Steinzeug aus dem Eremitenreich, das einen reizvollen Gegensatz zu dem gescheuerten niedrigen Tisch bildete.

Sie speisten auf einem Balkon im Obergeschoß mit Blick auf den Wei-Fluß. Guei Feis Appetit machte die einfache ländliche Mahlzeit zu einem köstlichen Bankett. Sie genoß besonders die gekochten Krebse und die langen weißen Scheiben leicht gedämpfter Forelle, die, wie Chu Ling berichtete, kurz vor der Mahlzeit in einem Fischwehr gefangen worden waren.

Longji legte seine mit silbernen Einlegearbeiten geschmückten Eßstäbchen auf seinen Teller und lächelte sie an. Sein Gesicht glühte im Licht des Lampions, der unter den Dachbalken hing. »Ich habe dich noch nie soviel essen sehen.«

Einen Moment stellte Guei Fei sich vor, vielleicht das Hungergefühl der frühen Schwangerschaft zu erleben, doch dann fiel ihr wieder ein, daß ihre monatliche Blutung erst vor wenigen Tagen aufgehört hatte. Ihr Vergnügen verblaßte noch mehr, als sie an die dünnen Arme und Beine der Arbeiter in den Reisfeldern dachte und an die geschrumpfte Gestalt des toten Säuglings. Sie blickte auf ihren Teller, und ihre Augen füllten sich mit Tränen.

»Geliebter, kannst du Herzog Zolin nicht dazu bringen, seine Bauern anständig zu ernähren?«

Er sah sie finster an und schüttelte den Kopf. »Was hat es für einen Sinn, ein Land gut zu reformieren, wenn sie alle so sind? Und wenn ich den Versuch mache, alle zu reformieren, werden sie sich vielleicht zusammenschließen und den lästigen Kaiser beseitigen wollen.«

Guei Fei spürte, wie es in ihrem Nacken kribbelte. Sie erinnerte sich an den Pfeil, der auf einem bewaldeten Hügel in der Nähe von Guilin aus dem Nichts herangeflogen war. Sie hatten schon einmal versucht, ihn zu töten.

Doch sie sagte: »Das würden sie nicht wagen. Du bist der größte Kaiser, der je gelebt hat.« Sie bemühte sich, ihrer Stimme einen Tonfall tiefster Überzeugung zu geben.

Er seufzte und blickte auf den Fluß hinaus. Ihr Blick folgte seinem. Es war eine mondlose Nacht, doch sie sah, wie sich das Licht der Sterne in der schwarzen Kräuselung des Wasser spiegelte. Sie hatte den Verdacht, daß er eher das schwarze Wasser sah als die glitzernden Sterne.

Nach einem Moment des Schweigens sagte er: »Du bist eine gute und loyale Frau, aber du weißt sicher, daß ich im Vergleich mit meinem Urgroßvater und meinem Großvater nichts getan habe, was in Erinnerung zu bleiben verdient. Ich sitze seit dreißig Jahren auf dem Thron, das ist alles. Über meine Herrschaft läßt sich höchstens sagen, daß die Künste aufgeblüht sind.«

Das war der Augenblick, auf den sie gewartet hatte.

»Wer kann dich davon abhalten, alles zu tun, was du wünschst?« Sie sah ihn bei diesen herausfordernden Worten zärtlich an.

»Ah, Strahlender Edelstein, was du jetzt siehst, sieht so festgefügt aus, kann sich in Wahrheit aber leicht in Luft auflösen. Natürlich wünsche ich mir, ich könnte dem Volk das Leben erleichtern. Als ich in deinem Alter war, habe ich selbst davon geträumt. Doch jetzt weiß ich, daß es Grenzen für das gibt, was ich tun kann.«

Guei Fei hob unwillkürlich die Stimme. Ihre Sorge um das, was sie vorschlagen wollte, gab ihrer Stimme einen verdrießlichen Unterton. »Grenzen? Aber du bist doch der Kaiser!«

»Ja. Aber ich bin nur deshalb Kaiser, weil ich lange genug überlebt habe, um den Drachenthron zu besteigen. Vergiß nicht, daß es leichter war, um den Thron zu kämpfen als um mein Leben. Habe ich dir schon erzählt, daß nicht nur mein Onkel, sondern auch meine Stiefmutter versucht hat, mich zu töten? Ich war damals gerade fünfzehn, jünger, als du heute bist. Und ich habe diesen Kampf nicht allein gewonnen. Ich hatte Verbündete, eine Partei in der Kaiserstadt, die sich auf meine Seite stellte, weil es in ihrem Interesse lag.« Longji nahm einen tiefen Schluck von seinem Reiswein.

»Doch als du erst mal als Sohn des Himmels geweiht warst, mußten sie dir gehorchen.«

»Wirklich ungehorsam waren sie nie, aber auch nicht richtig gehorsam. Wenn ich Befehle gab, erhoben meine Minister Einwände, wenn auch demütig und höflich. Jeder ihrer Einwände war für sich genommen so zerbrechlich wie der Faden eines Spinnengewebes. Doch sie wickelten mich in diese hauchdünnen Fäden ein, bis ich mich nicht mehr daraus befreien konnte. Es gab immer einen Grund, weshalb wir das Leben der Menschen nicht bessern konnten. Folglich lenkte ich meinen Ehrgeiz auf andere Dinge und versammelte Künstler um mich. Ich ließ die Kaiserstadt umbauen. Meine Minister sagten mir, zu keiner Zeit in der Geschichte hätten Poesie, Malerei und Musik so geblüht wie in meiner Herrschaftszeit. Ich glaubte zufrieden zu sein.«

Sie spürte, wie sie erbebte. Jetzt war es Zeit, ihm die Ideen vorzulegen, über die sie und Enger gesprochen hatten.

»Aber du warst es nicht. Hast du nicht den Wunsch, daß man sich wegen mehr als nur Malerei und Poesie an dich erinnert?« Sie war ganz erschöpft vor Anstrengung, ruhig zu erscheinen, während ihr Herz raste.

»Natürlich habe ich das. Aber glaubst du, du könntest mir sagen, wie ich das schaffen soll?«

Sie raste in einem Karren dahin, der von zwei halbwilden Pferden gezogen wurde, von jubelndem Überschwang und Entsetzen. Konnte sie jetzt mit genügend Überzeugungskraft sprechen, da ihre Chance gekommen war? Sie ermahnte sich, ihre Furcht zu vergessen und loszustürmen.

»Du kannst weit mehr tun, als nur die Künste zu fördern«, sagte sie. Jetzt kam der Sprung ins kalte Wasser. »Du kannst Schulen einrichten, in denen Bauern und Handwerker lesen und schreiben lernen können.«

Seine Augen weiteten sich, so daß das Weiße in ihnen sie anstrahlte. »Was im Namen des Jade-Kaisers hätte es für einen Zweck, daß Bauern lesen und schreiben können? Warum sollten sie es überhaupt wollen?«

Panik ergriff sie. Die Überraschung auf Longjis Gesicht ließ ihren Traum plötzlich wild und töricht erscheinen. Sie wollte ihm schon sagen, er solle alles vergessen, was sie gesagt habe, weil es nur

Unsinn sei, den ihr der Reiswein eingegeben habe. Sie werde ihn im Bett zufriedenstellen, und dann würden sie all dies vergessen.

Doch sie hatte schon so lange davon geträumt, Longji hilfreich zur Seite zu stehen und etwas für den alten Yang Heng und seine Familie zu tun sowie Engers Gedanken Gehör zu verschaffen. Wenn sie jetzt aufgab, würden all ihre Hoffnungen zerplatzen. Es würde bedeuten, daß sie vor den gleichen Spinnweben kapitulierte, die Longji die Hände gebunden hatten.

Solange er bereit war, ihr zuzuhören, würde sie ihm weiterhin sagen, was sie dachte. »Wenn die Bauern lesen und schreiben lernten, könnten sie ihre Arbeit beurteilen und bessere Bauern werden. Wir würden das Wissen aller Bauern im Land sammeln und es in Büchern festhalten.«

Sie erinnerte sich an die Methode, Bücher zu kopieren, die Onkel Heng ihr gezeigt hatte. Wenn sie ihn damit beauftragte, Bücher für die Bauern herzustellen, würde er ein wohlhabender Mann werden. Überdies konnte er sich nicht weigern, denn es wäre wahrhaft tugendhafte Arbeit.

Longji sagte: »Viele Mandarine, denke ich, würden sagen, daß Bücher und Gelehrsamkeit nicht dazu da seien, weltliche Dinge festzuhalten.«

»Mandarine sollten sich nicht über Arbeit lustig machen, die das Leben erhält, und sie weltlich nennen.« Sein entzücktes Lachen machte ihr Mut, und sie beschloß, ihm jetzt noch den ausgefallensten Vorschlag von allen zu machen. »Ich schlage vor, daß nicht nur Bauern und Handwerker die Gelegenheit bekommen, etwas zu lernen, sondern auch ihre Frauen und Töchter.«

Wieder machte er ein erstauntes Gesicht. »Von einer gebildeten Dame deines Standes wird erwartet, daß sie lesen und schreiben kann. Aber – die Frauen von Bauern, von Tischlern, von Webern? Ihre Männer wären außer sich vor Wut.«

»Sie könnten ihren Männern besser helfen. Eine Mauer ist nur so stark wie der schwächste Ziegelstein darin.«

Er schüttelte den Kopf. »Bei den Göttern, du bist klug! Ich wünschte, du könntest bei mir auf der Schulter sitzen und mir etwas ins Ohr flüstern, wenn ich mich mit meinen Ministern streite.«

Überglücklich, weil er ihr ihre Vorschläge nicht übelnahm, dachte sie: Ich bin vielleicht klug, doch meine Klugheit wäre nichts, wenn er nicht bereit wäre, mir seine Seele und sein Herz zu öffnen.

Sie sagte: »Du bist jetzt viel stärker als dieser junge Mann, der sich so leicht von etwas abbringen ließ. Du hast all die Erfahrung und das Wissen, die du brauchst. Du hast Männer wie Enger, Darius und Ma Tsu, die dich unterstützen. Du kannst deine Minister dazu bringen zu tun, was du ihnen befiehlst.«

Er lächelte sie mit weißen Zähnen an, und sie glaubte einen kurzen Moment das Gesicht des Jungen vor sich zu haben, der vor dreißig Jahren die gelben Gewänder des Kaisers angelegt hatte.

Er sagte: »Wir könnten uns jeweils eine Provinz vornehmen und mit Chang-Chi anfangen.« Er zögerte und runzelte die Stirn. Sie sah ihm an, daß selbst ein Zehntel des Reichs der Mitte unendlich groß zu sein schien.

Sie erzählte ihm von Engers Vorstellung, mit einem einzigen Dorf zu beginnen. Sie sprach mit Wärme und voller Überzeugung.

»Es ist einen Versuch wert«, stimmte er zu. »Es sollte ein Dorf in dieser Gegend sein. Nahe genug, so daß wir es besuchen können, doch zugleich weit genug entfernt, um keine Aufmerksamkeit auf sich zu ziehen. Wir werden deinen Bruder damit beauftragen, und wenn wir in einem Jahr wiederkommen, werden wir sehen, was wir zustande gebracht haben.« Er sah sie mit leuchtenden Augen an. »Strahlender Edelstein, du hast alles für mich verändert. Du hast mir Liebe geschenkt, als ich schon glaubte, sie nie mehr zu erleben. Jetzt bringst du mir meine Ideale zurück, meine Hoffnungen, von denen ich schon glaubte, sie seien mit meiner Jugend verschwunden.«

Er erhob sich. Mit einemmal stand auch sie auf, preßte sich eng an ihn und legte ihm die Arme um die Taille. Seine Hand bewegte sich ihren Rücken entlang und glitt über ihr helles Gewand.

Das Verlangen nach ihm wurde plötzlich so übermächtig, daß ihre Knie nachgaben. Sie sank langsam auf die Holzdielen des Balkons und zog ihn mit sich herunter. Sie öffnete sein Gewand und entblößte seine glatte Brust. Dann drückte sie den Mund auf seine kleinen dunklen Brustwarzen, leckte und lutschte daran, was ihm ein Stöhnen der Lust entlockte.

Sie wollte ihn in sich haben. Sie setzte sich auf ihn, ließ sich über seinem geschwollenen alten Mann heruntergleiten und rieb ihr Jade-Tor an ihm. Sie beobachtete ihn im Lichtschein der Lampen, und als sich jeder Muskel seines Gesichts verknotet hatte, gab sie sich völlig hin.

Sie erreichten gleichzeitig den Höhepunkt.

Schwer atmend lagen sie Seite an Seite, während der Schweiß auf ihren Körpern trocknete.

»Sieh uns an«, sagte er. »Gekleidet wie ärmere Händler...«

»Im Augenblick nicht ganz angekleidet.«

»Und wir liegen zusammen auf dem Balkon eines Landgasthofs, während Motten und Mücken uns umschwirren. Das weckt in mir den Wunsch, es noch oft mit dir so zu machen. Was für ein Narr ich war, deine Liebe nicht anzunehmen, als du sie mir zum ersten Mal anbotest. Ich bin bei dir stärker als bei jeder anderen Frau seit meinen ersten Jahren mit Pang Yuen. Du hast mir wahrlich meine Jugend zurückgegeben.«

»Du hast sie nie verloren«, entgegnete sie. »Sie war nur in all diese Spinnweben gehüllt und wartete auf mich.«

Da ich jetzt die Spinnengewebe weggeschnitten habe, dachte sie, wird seine Macht wieder leuchten. Und gemeinsam werden wir das Reich wiedererrichten, damit es ebenfalls bis ans Ende aller geschichtlichen Zeit leuchten wird.

»Noch einen!« brüllte An Lushan der Frau zu, die den roten Seidenvorhang zur Seite zog und mit ledernen Weinschläuchen hereinkam. »Du lassen mich hier in Wüste sitzen!«

Er schlug mit der Faust auf den kleinen runden Tisch, der vor ihm stand. Die schwarze Vase sprang hoch, und die Blumen darin hüpften zweimal. »Und nimm die mit!«

Die Frau füllte schnell Lushans Trinkkrug auf und nahm beim Weggehen die Blumen mit.

Männer, die Blumen brauchen, um sich an das Geschlecht einer Frau zu erinnern, sind keine Männer, dachte Lushan. Selbst hier im

Haus der Unmöglichen Freuden brauchen sie Bilder, Blumen und Düfte, um sich als Männer zu erweisen. Sie können nicht einmal offen über den Akt sprechen, den sie Wolken und Regen nennen, oder über den Teil der Frau, den sie das Jade-Tor nennen. Ohne all die Blumen und das blumige Gerede würde das Reich der Mitte zerfallen, weil die Männer vergessen würden, wie man Kinder macht.

Er lümmelte sich gegen die Seidenkissen und legte ein Bein auf den Tisch. Fu Monzing würde sich an diesen Raum erinnern, dessen war er sicher. Obwohl der Minister noch nie hier gewesen war, hatte er eine lebhafte Erinnerung daran, was der Macht des Immerwährenden Blauen Himmels und An Torjan Khan zu danken war. Er würde den Minister dazu bringen, da drüben zu sitzen – Lushan blickte auf die andere Seite des Raums, auf einen schmalen Sims, auf dem Fu Monzing mit knapper Not würde hocken können –, und diese Palastdame, die er mitbrachte, würde er, Lushan, zwingen, direkt neben ihm zu sitzen.

Draußen vor der Tür war das Schlurfen von Seidenschuhen zu hören. Eine blasse, knochige Hand zog den roten Vorhang mit ihren Krallen zur Seite.

Dame Fu Zhou trat ein, als wäre ihr das Etablissement schon bekannt. Sie wandte den Kopf, als sie über die Schulter zischte: »Und versucht nicht, mir etwas von diesem grünen Wein zu bringen!« Dann drehte sie sich um, musterte den Raum mit einem Blick und setzte sich auf dem schmalen Sims Lushan gegenüber hin.

Sie war dünn genug, um dort bequem zu sitzen. Lushan hatte kaum Gelegenheit, ihre knochige, eckige Gestalt zu mustern, als Fu Monzing schon eintrat, gefolgt von einem beschränkt aussehenden Jungen, den Lushan schon auf dem Palastgelände gesehen hatte. Er schien wie Dame Fu mit diesem Haus vertraut zu sein, einem der teuersten im Bezirk der Betörenden Blüten.

»An Lushan, das ist Prinz Kuo Ting«, sagte Fu Monzing und zeigte auf den Jungen. »Er steht in der kaiserlichen Thronfolge auf Platz zwei hinter Su Chi.«

Kuo Ting lümmelte sich auf den Kissenstapeln neben Lushan und begann, aus seinem Krug zu trinken. Er sah nicht hoch, als er vorgestellt wurde. Statt dessen sah er zu seiner Mutter hinüber und fragte: »Kann ich wieder dieses dunkle Mädchen kriegen?«

»Nein«, entgegnete Fu Zhou scharf. »Ich mag sie nicht. Außerdem haben wir erst etwas Geschäftliches zu besprechen.«

Fu Monzing eilte aus dem Zimmer und holte die Bedienung. Lushan blickte auf die schlaffe Gestalt neben sich hinunter und legte sich zurecht, wie er um die Rückgabe seines Krugs bitten sollte. Er begegnete zwei unverschämten, herausfordernden Augen, die ihn sofort an Xao Enshin erinnerten, den Mörder seines Vaters, dem er nur durch Hexerei nicht in die Hände gefallen war.

Kuo Ting gab ihm den Krug zurück, wobei er die Hand absichtlich auf die Lushans legte. Lushan füllte seine Adern mit Feuer, so daß der Prinz die Hand zurückriß, als hätte er sich verbrüht.

Er begann sofort zu jammern. »Aber ich möchte das dunkle Mädchen wirklich.«

Dame Fu Zhou ignorierte ihn. Sie sah Lushan offen an. Er hielt ihrem Blick ruhig stand. Dann begann sie, ihn mit den Augen zu erforschen, als wäre er ein Stier oder ein Pferd, das sie kaufen wollte. Ihre Augen waren wie Hände, die an ihm herumtasteten, seine Muskeln prüften und ihm besonders aufmerksam in das verbrannte Gesicht blickten.

»Aha«, sagte sie, »was habt Ihr getan, um das zu verdienen?«

»Unfall als Kind.« Sein Ton machte deutlich, daß er nichts weiter dazu sagen wollte.

Das Serviermädchen erschien mit mehreren weiteren Krügen, die diesmal fermentierten Honig enthielten. Kuo Ting legte ihr die Hand auf die Brust, als sie sich vorbeugte und ihm einen Krug hinstellte. Das Mädchen blieb so stehen, bis er die Hand wieder wegnahm, ohne sich zurückzuziehen oder mit dem Hinterteil zu wackeln, um ihn noch mehr zu reizen. Lushan erkannte, daß die Mädchen hier den Prinzen kannten.

Fu Monzing war unterdessen zurückgekommen und hatte sich Lushan gegenüber hingesetzt. »Jetzt«, sagte er sofort, »sollten wir auf unsere Freundschaft trinken.« Mongolen, dachte Lushan, trinken nur dann auf Freundschaft, wenn es sie gibt. Er hob dennoch seinen Krug und trank.

Dame Fu Zhou leerte ihren Krug in einem Zug. Dann sah sie Lushan mit ihren kleinen schwarzen Augen an. »Ihr wißt, wer ich bin, und ich weiß, wer und was Ihr seid«, sagte sie. »Wir brauchen keine Zeit mit Höflichkeitsplauderei zu vergeuden. Ich möchte mich Eurer Dienste versichern.«

Lushan brummte. Jetzt war es an ihm, Dame Fu zu mustern, als wäre sie ein Stück Vieh, dessen Kauf er erwog. Er gab ihr deutlich zu verstehen, daß er sie eingehend musterte, sich das schmale, wölfische Gesicht ansah, den schlangenhaften Körper, die eckigen Gliedmaßen. Sie schien sein beleidigendes Starren zu genießen.

»Ja, seht Euch alles an, soviel Ihr wollt. Ich betrachte Menschen selbst gern.«

Fu Monzing unterbrach ihn besorgt. »Dafür ist keine Zeit. Lushan«, sagte er und beugte sich über den Tisch, »wir wissen, daß Ihr ein vertrauenswürdiger Soldat seid. Wir wissen auch, daß Ihr dem Reich gegenüber sehr loyal seid.«

Lushan nickte. »Reich ist nötig für Wohlstand von Menschen, auch Fremden«, sagte er. Bei diesen Leuten brauchte er seine Schamanenkräfte nicht zu mobilisieren. Sie ließen sich schon durch einfache Lügen täuschen.

Dame Fu schaltete sich gelangweilt ein. »Onkel, kommt zur Sache.«

»Ja, ja«, sagte der Minister. »Wir möchten uns Eurer Dienste gegen einen Feind des Volkes versichern.«

Lushan hatte schon gewußt, worum sie bitten würden, bevor er die Einladung annahm, sich mit Fu Monzing und der mysteriösen Palastdame zu treffen. Und er hatte sich seine Antwort sorgfältig zurechtgelegt.

»Feind von Volk ist Feind von mir.«

Dame Fu machte ein Gesicht, als hätte sie ein Glas saurer Milch getrunken. Es war ihr deutlich anzusehen, daß diese Pläne ihr keine Freude machten. Es war so, als würde sie sich an einer juckenden Stelle kratzen. Sie wollte gegen Dame Yang zuschlagen, weil sie sonst nichts tun konnte.

»Gut«, sagte Fu Monzing. »Wir werden Euch bald brauchen. Wenn die Zeit da ist, werden wir mit Euch Verbindung aufnehmen.« Er nahm einen tiefen Schluck Wein und sah erleichtert aus, diese Abmachung getroffen zu haben.

»So«, sagte Kuo Ting gedehnt, »sind wir fertig?« Fu Monzing sah leicht verlegen aus, doch Dame Fus Gesicht hellte sich auf.

»Ja, mein Liebling«, sagte sie. »Aber nicht die Dunkle, das habe ich dir schon gesagt.«

Der Prinz begann sich neben Lushan zu wälzen und preßte die Hüften vor und zurück. Sein Unterleib begann sichtlich anzuschwellen.

»Monzing«, sagte Dame Fu mit belegter Stimme, »könnt Ihr eine herbeirufen?« Monzing hastete aus dem Raum. Der Prinz zog seine Gewänder zurück und entblößte sein gerötetes erigiertes Glied. Seine Mutter warf ihm ein Kissen hin. »Mach es richtig«, befahl sie. Er drehte sich auf die Seite mit dem Gesicht zu Lushan und schob immer noch die Hüften hin und her, wobei seine Augen durch den Druck des Kissens schmaler wurden.

»Ich sagte, mach es richtig«, wiederholte Dame Fu, diesmal etwas schärfer. Ihr Sohn bedeckte sich und setzte sich aufrecht hin.

Eine Hure trat ein. Zumindest war sie wie eine Hure gekleidet und trug eine mit Pfingstrosen bedruckte Seidenrobe, die auf der Vorderseite völlig offen war. Es war jedoch nur ein Mädchen mit der flachen Brust eines Kindes. Ihre Hände zitterten leicht, doch sie hielt den Kopf hoch erhoben. Dame Fu stand auf und zog dem Mädchen das Gewand aus. Sie musterte sie abschätzig von oben bis unten. »Du wirst genügen«, sagte sie, drehte sich um und setzte sich wieder auf den Sims.

Das Mädchen biß sich auf die Lippen. Als Dame Fu sich wieder gesetzt hatte, begann sie Befehle zu geben. »Dreh dich um«, sagte sie, und das Mädchen folgte der Aufforderung. »Knie dich hin«, sagte sie, und das Mädchen gehorchte. »Mach die Knie breit«, sagte sie, und wieder tat das Kind, was ihm befohlen war.

Dame Fus Blick begegnete dem Lushans über den Körper des Kindes hinweg. Sie ließ die Zunge über die Lippen gleiten und sagte: »Wollt Ihr etwas Spaß?«

Lushans Glied war ebenfalls geschwollen, als er das Mädchen betrachtete, doch ungeübte Frauen interessierten ihn nicht. Er interessierte sich ebensowenig für das, was jetzt geschehen würde. Er würde aber dennoch bleiben.

»Genügt zuzusehen«, brummte er. Dame Fu sah ihn an, als hätte sie in ihm einen alten Kameraden erkannt.

Benutze einen Barbaren, um einen Barbaren zu fangen, wirklich.

In seinen mit Drachen bestickten gelben Satingewändern und mit der edelsteinbesetzten schweren kaiserlichen Mütze auf dem Kopf schwitzte Longji heftig und starrte auf die Reihen gebeugter Rükken hinunter. Er hörte ein Rascheln schwerer Kleidungsstücke, als Guei Fei aus der kaiserlichen Kutsche ausstieg und sich neben ihn stellte. Er fragte sich, ob sie sich genauso unbehaglich fühlte wie er. Es war jedoch selbst bei dieser drückenden Hitze wichtig, bei der ersten Reise in das Musterdorf einen herrschaftlichen Eindruck zu machen.

Die knienden Bauern von Zhashui trugen leuchtende Farben, wie er sah, meist Rosa und Lavendel. Es überraschte ihn, eine graue Ziegelmauer von doppelter Manneshöhe zu sehen, die das ganze Dorf umgab. War das auch ein Teil des Experiments oder nicht? Er erinnerte sich nicht mehr, doch immerhin hatte er einige Einzelheiten vergessen.

Ein langer, schmaler, purpurner Teppich, der mit karmesinroter Seide belegt war, erstreckte sich von seinen Füßen durch das mächtige Eichentor ins Dorf. Direkt vor ihm knieten fünf Männer mit den runden schwarzen Mützen der Mandarine und preßten die Gesichter in den festgetretenen schwarzen Erdboden. Einer von ihnen, dessen blaues Gewand ihn als Mandarin des achten Rangs erkennbar machte, stand auf und stellte sich aufrecht hin. Er war stämmig und hatte dicke Lippen, und Longji hatte den Verdacht, daß sie im Schlaf einen Schmollmund machten. Der schwarze Bart des Mannes reichte ihm bis unter seine blaue Schärpe.

»Kaiserlicher Vater, Kaiserliche Mutter, willkommen in Zhashui«, sagte er. »Ich bin Chiang Wai, Oberhaupt des Dorfes, das durch Eure Anwesenheit so geehrt wird.« Dann setzte er zu einer blumigen Rede an, in der er große Überraschung darüber ausdrückte, daß der Sohn des Himmels persönlich ihr bescheidenes

Dorf in Begleitung Ihrer Erhabenheit, der Kaiserin, besuchen komme.

Diese Rede hat sich Chiang Wai nicht erst jetzt ausgedacht, dachte Longji. Und all diese Teppiche haben hier auch nicht auf Lager gelegen. Man hat ihm offensichtlich rechtzeitig Bescheid gegeben. Er und Guei Fei hatten das Dorf überraschend besuchen wollen, doch die Nachricht einer sich nähernden kaiserlichen Karawane mußte wie eine Frühjahrsflut über das Land geströmt sein.

»Warum habt Ihr eine Mauer um Zhashui gezogen?« fragte Longji. »Lebt diese Provinz denn nicht in Frieden?«

»Doch, Strahlender Kaiser. Aber Zhashui ist, wie Kaiserlicher Vater gewünscht hat, ein wohlhabendes Dorf. Das könnte bei Nachbarn, die nicht so glücklich sind, Neid erregen. Als zusätzliche Vorsichtsmaßnahme haben wir eine kleine Miliz aus Männern aufgestellt, die ihren Wehrdienst schon abgeleistet haben.« Er winkte mit einer fetten Hand zu einer Reihe von zwanzig grob aussehenden Männern hin, die steif dastanden und ihre leuchtenden Breitschwerter zum Salut erhoben hatten.

»Der Befehlshaber der kaiserlichen Garde wird Eure Miliz inspizieren«, sagte Longji mit einem Seitenblick auf Darius, der mit hundert kaiserlichen Gardesoldaten in scharlachroten, mit Lack überzogenen Brustpanzern Haltung angenommen hatte. »Und jetzt wünschen wir alles zu sehen, was Ihr hier getan habt. Doch sagt den Dorfbewohnern, sie sollen wie gewohnt ihrer Arbeit nachgehen, während Ihre Erhabenheit und ich sie beobachten.«

Er wandte sich an Enger, der aus seiner Kutsche ausgestiegen war. »Ihr habt hier gute Arbeit geleistet.«

»Strahlender Kaiser, Euer Lob, das kostbarer ist als Diamanten, gebührt denen, die hier arbeiten«, erwiderte Enger. »Was in diesem Dorf geschieht, steht meinem Herzen sehr nahe, doch meine Arbeit als Kaiserlicher Zensor hat mich davon abgehalten, oft herzukommen.« Tatsächlich hatte Enger, wie Longji wieder einfiel, schon jetzt mehr korrupte Beamte im ganzen Reich entlarvt und bestraft, als frühere Kaiserliche Zensoren in den dreißig vorhergehenden Jahren von Longjis Herrschaft entlarvt hatten.

Als seine offene Sänfte das Tor passierte, sah sich Longji in der sie umgebenden Landschaft um. Zhashui duckte sich am Boden einer von Hügeln umgebenen Senke, und die Dorfbewohner hatten auf den Hügeln Reisterrassen angelegt. Die Männer und Frauen, die auf den Feldern arbeiteten, sahen braungebrannt und kräftig aus, ganz anders als die wandelnden Skelette, die er und Guei Fei vor einem Jahr gesehen hatten. Er drehte sich um, lächelte ihr zu und sah, wie ihre Augen vor Glück funkelten.

Chiang Wai führte sie zu einem großen Klinkerbau in der Mitte des Dorfes. Mit seinem pagodenförmigen Dach sah er aus wie ein Tempel. Darin saßen rund dreißig Menschen auf dem Fußboden, auf säuberlichen Strohbündeln, jeder mit Schriftrolle, Pinsel, Tintenstein und Wasser. Die meisten waren Jungen und Mädchen. Wie befohlen setzten sie ihre Studien fort, doch Longji zeigte sich überrascht, daß die Kinder über seine Ankunft nicht aufgeregt zu sein schienen. Sie wirkten wachsam und still.

Ein Mandarin, der vor ihnen stand, las laut vor: »›Könige versuchen ihre Untertanen zu beherrschen, und Chaos und Verbrechen herrschen überall in ihren Reichen. Der Weise tut nichts, und alles ist in allen Richtungen friedlich.‹«

Diese berühmten Zeilen Lao Tzes hatten Longji schon immer Rätsel aufgegeben. Er hatte während seiner Herrschaft wenig getan, und so müßte es Lao Tze zufolge Frieden geben. Doch das war kaum der Fall. Erst vor zwei Tagen hatte er von einem verheerenden Überfall der Khitan-Tataren gehört, die in die Provinz Hopei eingefallen waren – Tausende von Menschen tot, sechzehn Dörfer verbrannt, Viehherden gestohlen, Ernten ruiniert.

»Kann mir jemand sagen, was diese Worte bedeuten?« fragte er.

Ein kleiner Junge in der Mitte des Raums machte das Kotau und sagte dann in kniender Stellung: »Wenn es dem Kaiserlichen Vater gefällt, bedeutet es, daß einer, der zu befehlen hat, anderen einfach nicht sagen kann, was sie tun sollen. Wenn er aber ein Beispiel setzt, indem er in Übereinstimmung mit dem Weg lebt, wird er keine Befehle geben müssen.«

Longji ließ einen überraschten kleinen Laut hören. Der Junge konnte nicht älter als zehn Jahre sein. Wie konnte ein Bauernjunge so gut sprechen?

Dann gaben eine Frau mittleren Alters und ein kleines Mädchen ihre Deutungen der Passage zum besten. Longji war erstaunt, und Guei Fei schüttelte ehrfürchtig den Kopf.

Nachdem sie das Schulgebäude verlassen hatten, sagte Chiang Wai: »Ich habe erst vor wenigen Tagen erfahren, daß die Kaiserliche Mutter sich besonders für die Papierherstellung interessiert.« Er drückt sich, dachte Longji, glatt und diplomatisch aus. Yang Enger hatte seinen Onkel in diese Gemeinde geschickt, um hier Papiermacherwerkstätten zu gründen, und Chiang Wai wußte ohne Zweifel, daß Heng mit der Kaiserin verwandt war.

Als sie durch das Dorf gingen, fiel Longji auf, daß jede Gruppe von acht Holzhäusern ein kleines Viereck bildete, bei dem die Mitte für einen Küchengarten offengeblieben war. Da es der Beginn des fünften Monats war, später Frühling, begannen die Gartengemüse gerade zu sprießen – Kohl, Bambus, Sellerie, Kräuter.

Der Papiermacher Yang Heng paßte zu der Beschreibung, die Guei Fei Longji gegeben hatte. Er war mager und hatte langes weißes Haar und einen Bart. Sie hatte nicht erwähnt, daß er wie ein Falke aussah.

Doch da war noch etwas. Als Heng nach dem Kotau aufstand, sah Longji Schmerz in diesen energischen, durchdringenden Augen. War er vielleicht krank und suchte es zu verbergen? Longji wußte, daß es seiner Frau auffallen würde. Sie würde der Sache auf den Grund gehen.

Longji ging in der luftigen, hellerleuchteten Werkstatt herum und war neugierig zu erfahren, wie Papier gemacht wurde. Gepreßter Papierbrei lag in rechteckigen Formschalen an beiden Wänden. Blätter mit unregelmäßigen Enden hingen an Trockengestellen, und einige waren rot, blaßblau oder blattgrün gefärbt.

Wie wenig ich doch darüber weiß, wie Dinge wirklich gemacht werden, dachte er und war Guei Fei dankbar, weil sie ihn ermutigt hatte, den Palast zu verlassen und mehr vom Reich der Mitte zu sehen, als er je zuvor gesehen hatte.

»Ich konnte es kaum erwarten, deine neue Werkstatt zu sehen, Onkel«, sagte Guei Fei. »Behältst du jetzt mehr von dem, was du verdienst?«

»Die Steuern hier sind nicht annähernd so hoch wie in Guilin«, sagte Heng und warf einen Blick auf den Vorsteher Chiang Wai, der strahlend in der Tür der Werkstatt stand.

»Onkel, wo ist meine kleine Base Zu?« fragte Guei Fei plötzlich. »Ich habe mich so darauf gefreut, deine ganze Familie zu sehen.«

Heng starrte seine Familie an, als zählte er nach, ob jemand fehlte. Sein Sohn – der eine Familienähnlichkeit mit Guei Fei hat, wie Longji dachte, da er so hochgewachsen ist und so glatte blasse Haut und gleichmäßige Gesichtszüge hat – blickte seinen Vater mit Augen an, die zu brennen schienen. Was gab es hier für ein heimliches Leiden?

Chiang Wai sagte: »Ist das vielleicht das bezaubernde kleine Mädchen mit dem langen schwarzen Haar? Ah ja, sie ist nicht da: Einige der Dorfkinder sind im Augenblick Gäste in einem Taoistenkloster in der Nähe, wo sie von den Nonnen etwas über die Götter und die Religion lernen. Das gehört zu unseren Bemühungen, den Dorfkindern eine möglichst gute Erziehung zu bieten.« Longji fiel auf, daß Heng während Chiang Wais Erklärung finster zu Boden blickte.

Nachdem sie Hengs Werkstatt verlassen hatten, besuchten sie die Töpfer, Weber und Färber. Dann führte Chiang Wai sie in einige Bauernhäuser mit einem Raum, wo sie saubere Lehmfußböden sahen, Strohbetten auf hölzernen Plattformen sowie Porzellanstatuen von Hausgöttern und -göttinnen.

Wie kommt es, fragte sich Longji, daß ein so einzigartiges Vorhaben so gut verläuft? Es wird gewiß irgendwo auch einen Makel geben. Er hatte erwartet, daß die Dorfbewohner sich in ihrem Glück vergessen würden und träge und aufsässig wurden. Diese Menschen schienen jedoch recht unterwürfig zu sein und behandelten Chiang Wai mit dem größten Respekt.

Darius hatte die Hälfte seiner Soldaten an der Hauptstraße Aufstellung nehmen lassen. Der eindrucksvolle An Lushan war gerade dabei, sie einem Schwertdrill zu unterziehen. Doch im Dorf ging die Arbeit ungestört und unvermindert weiter. Merkwürdig fand Longji auch, daß der Anblick von fünfzig Soldaten, der persönlichen Schutztruppe des Kaisers, mit gezogenen Schwertern keine aufgeregte Menschenmenge angezogen hatte; hier sahen den Soldaten nur wenige Dorfbewohner zu, und diese wirkten eher mürrisch als interessiert. Waren diese Dorfleute so in ihr Experiment vertieft, daß sie jedes Interesse an Pracht und Spektakel verloren hatten?

»Darf ich jetzt«, sagte Chiang Wai, »den Strahlenden Kaiser und Ihre Kaiserliche Erhabenheit bitten, mir die unverdiente Ehre eines Besuchs in meinem Haus zu erweisen?« Longji gab durch eine leichte Verbeugung zu erkennen, daß er dazu bereit sei. Guei Fei, das wußte er, würde sehen wollen, wie Mandarine in ihrem Idealdorf lebten.

Chiang Wais Hausdach bestand aus leuchtend orangefarbenen Dachziegeln, und der Fußboden war aus Holz. Im übrigen war das Haus jedoch genauso spärlich ausgestattet wie alle anderen im Dorf. Er stellte seine zwei Söhne und seine Frau vor, eine kräftige, anmutige Frau.

Chiang Enlai, der ältere Sohn, hatte ausgeprägte, rosige Gesichtszüge wie sein Vater, doch sein schwarzer Bart wuchs ihm nur halbwegs bis zur Taille. Longji kam es vor, als hätte der jüngere Sohn, Chiang Chueh, etwas Schlangenhaftes an sich mit seinem runden, kinnlosen Kopf, dem breiten Mund und dem langen, schlanken Körper.

Chiang Wai bat seine Besucher, sich auf kunstvoll geschnitzte Stühle an der Nordwand des Raums zu setzen. Die drei männlichen Chiang setzten sich auf Kissen, während Chiang Wais Frau Tee und mit gehacktem Schweinefleisch gefüllte Teigtaschen servierte. Die Eunuchen Gao Lishi und Chu Ling, die dem kaiserlichen Paar ins Zimmer gefolgt waren, beeilten sich, von der Mahlzeit zu kosten, was Longji ein wenig peinlich war. Hier mußten sie doch sicher sein!

Longji sagte: »Meister Chiang Wai, Ihr habt unsere Wünsche hier getreulich ausgeführt. Einigen am kaiserlichen Hof kamen diese Ideen, die wir das große Werk der Reformen nennen, seltsam, ja sogar gefährlich vor. Vielleicht hattet auch Ihr Zweifel, daß die Reformen Erfolg haben könnten?«

Chiang Wai sah verblüfft aus. Er antwortete erst nach langem Schweigen. »Bei den vorzüglichen Ideen des Strahlenden Kaisers und den einleuchtenden Anweisungen des Kaiserlichen Zensors hätten wir doch nichts falsch machen können?«

Longji fühlte sich im Stich gelassen. Dies war nicht die lebhafte, herausfordernde Diskussion, auf die er gehofft hatte. Dennoch, Chiang Wai war vielleicht ein Mensch, der sich keinerlei Zweifel erlaubte, sondern einfach nur seine Arbeit erledigte.

Guei Fei sagte weich: »Mit Eurer Erlaubnis, Strahlender Kaiser?«

Als Longji einfiel, daß die Ideen, die in diesem Dorf Früchte getragen hatten, überwiegend von Guei Fei stammten und nicht von ihm selbst, fragte er sich, was sie jetzt vorhatte.

Guei Fei ging zu Chiang Wais Frau hinüber. »Ich habe darüber nachgedacht, wieviel *Ihr* aufgegeben habt, Frau Chiang. Frauen Eurer Klasse sind an ein solches Leben nicht gewohnt. Es muß schwer für Euch sein.«

»Sie hat sich nie beklagt«, schaltete sich Chiang Wai mit einem stolzen Lächeln ein. Seine Frau machte bei Guei Feis Bemerkung ein verwirrtes Gesicht.

»Ich beglückwünsche Euch, Frau Chiang«, sagte Guei Fei und ließ sich mit ihrer gewohnten Anmut auf die Knie fallen. Sie nahm Chiang Wais Frau in die Arme. »Ich weiß, daß Ihr sehr zum Erfolg unserer Bemühungen beigetragen habt.« Die füllige Frau wurde rot und murmelte ein Dankeschön.

»Ihr werdet alle reich belohnt werden, wenn diese Phase des Projekts vollendet ist«, sagte Longji.

»Könnte Strahlender Kaiser seine unwürdigen Untertanen beehren, indem er ihnen sagt, wie die nächste Phase aussehen wird?« fragte Chiang Wai.

»Wenn mit diesem Dorf alles gut geht, werden wir in verschiedenen Klimazonen mit weiteren Dörfern weitermachen«, sagte Longji. »Und wenn sie erfolgreich sind, werden wir eine Muster-Präfektur einrichten und dann vielleicht eine Provinz.« Die Chiang-Brüder wechselten bei seinen Worten einen Blick, wie er bemerkte.

Aber, dachte er, wenn wir so langsam und behutsam vorgehen, wie ich es für richtig halte, werde ich ein sehr alter Mann sein, bevor wir das große Werk der Reformen auf eine ganze Provinz ausdehnen – wenn ich überhaupt so lange lebe.

Eine Stunde später war ihm immer noch düster zumute, als er an seine Aussichten dachte, die Vollendung des großen Werks zu erleben. Er saß allein mit Guei Fei in der kaiserlichen Kutsche, und die Hufe der Pferde der Soldaten trappelten draußen. Heute nacht wollten sie wie geplant im Pavillon der Menschlichen Harmonie bleiben, dem kleinen Landgasthof, in dem sie im vergangenen Jahr eine so glückliche Nacht verbracht hatten. Longji warf einen Blick aus dem vergitterten Fenster und sah die riesige Gestalt An Lushans vorbeireiten, dessen Silhouette sich vor der untergehenden Sonne abzeichnete.

Guei Fei fragte Longji, ob ihm diese oder jene Einzelheit aufgefallen sei. Die Worte sprudelten nur so aus ihr heraus. Doch plötzlich hielt sie inne und legte die Hand auf seine. »Du bist so still. Hast du etwas gesehen, was nicht in Ordnung ist, Geliebter?«

Er dachte kurz an Hengs gequälten Gesichtsausdruck, kam aber zu dem Schluß, daß er sich das nur eingebildet hatte. Sie kannte ihren Onkel besser als er; wenn er wirklich unglücklich war, wäre es ihr aufgefallen.

Aber da war noch eine andere Angelegenheit. Er sagte: »Mir ist in dem Dorf aufgefallen, daß ich schon sehr alt sein werde, bevor sich das, was wir in diesem Dorf erreicht haben, im ganzen Reich auswirken kann. Ich werde das Ende nicht mehr miterleben. Woher soll ich wissen, ob das, was ich aufgebaut habe, nach mir weiterbestehen wird?«

Sie preßte ihm die Hand. »Das muß dem Himmel überlassen bleiben, Geliebter. Du solltest dich nicht mit dem belasten, was nach – nach deinem Überwechseln in die nächste Welt geschieht.« Bei diesen Worten brach ihr fast die Stimme.

»Glaubst du, daß es nach unserem Tod noch ein weiteres Leben für uns gibt?«

Sie erwiderte: »Ich weiß nur, daß es für mich in dieser Welt kein Leben mehr geben wird, wenn du – mich verlassen hast. Ich habe mir oft gewünscht, die Welt zu verlassen, wenn du es tust. Oder sogar vorher.«

»Ruhig«, sagte er und strich ihr über die Hand. »Du hast recht. Wir sollten uns nicht mit solchen Dingen belasten.«

Ihm wurde warm in der Brust. Das größte Reich der Welt unterstand seinem Befehl, doch was ihm wirklich Freude machte, war das Zusammensein mit seiner Frau. In seinen Lenden regte sich etwas. Das sagte ihm, daß er nicht warten wollte, bis sie im Gasthof waren, um sie erst dort zu lieben.

Er riß an den Zugschnüren, zog die Vorhänge der Kutsche zu und nahm sie in der Dunkelheit der engen Kutsche in die Arme. Eine von tausend Trompeten geblasene Fanfare hätte ihn nicht so erregen können wie ihr glücklicher kleiner Seufzer.

Darius betrachtete hinter dem eingestürzten Mauerwerk eines verlassenen Buddhistentempels die Prozession: Sechs Männer, die wie Banditen ausstaffiert waren und Breitschwerter an den Gürteln trugen, trieben eine lange Reihe von Bauern von den Reisfeldern auf den Hügeln zum Tor von Zhashui.

Die Bauern trugen jetzt schmutzige Lumpen und keine bunt gefärbte Seide. Sie trotteten so niedergeschlagen wie die Landarbeiter auf dem Gut von Herrn Shang.

Die Bauern und ihre Bewacher gingen durch das Tor in der Mauer, und die eisenbewehrte Eichentür knallte zu. Diese Mauer war das erste gewesen, das seinen Verdacht erregt hatte.

Wenn du eine Mauer siehst, frage nicht, wen sie aussperren, sondern wen sie einsperren soll. Diese Stelle aus dem Qinzha-Handbuch hallte in seinem Kopf wider. Was sollte hier geheimgehalten werden?

Auf der Mauerkrone stand nur ein Wachposten. Darius konnte sehen, wie sich der Kopf des Mannes von Zeit zu Zeit an der Brustwehr bewegte. Es hatte den Anschein, als drehte der Posten seine Runde nicht in regelmäßigen Abständen, sondern wann ihm danach zumute war. Die restliche Zeit verbrachte er wahrscheinlich im Schutz eines der Wachtürme an den Ecken, um dem Nordwind zu entgehen, der die Kälte der Steppe mitbrachte.

Darius blieb in der Tempelruine, bis es dunkel wurde. Das Tor ging kurz wieder auf, und eine Gruppe von Wachposten – er war sicher, daß sie genau das waren und keine jungen Männer aus dem Dorf, die sich freiwillig gemeldet hatten, um es zu schützen – kam heraus und teilte sich in vier Zweiergruppen. Jedes Paar begab sich an eine andere Seite der Mauer, setzte sich auf den Boden und machte Feuer.

Sie sehen aus wie Männer, die seit Monaten immer wieder das gleiche tun, dachte er, ohne jeden Zwischenfall, und deshalb sind sie vermutlich nicht sehr wachsam. Die beiden Wachposten, die ihm am nächsten saßen, an der Westseite der Mauer, reichten eine Weinflasche herum.

Darius ging leicht gebeugt auf den Feldern, auf denen die Hirse ihm bis zur Taille wuchs, um das ganze Dorf herum. Bei seinem letzten Besuch hatte er beobachtet, daß Vieh, Schafe und Hühner an der Südseite der Mauer untergebracht waren, wo sie vor dem ewigen Wind geschützt waren. Ein Zaun, der hoch genug war, Füchse und wilde Hunde fernzuhalten, umgab ihre kleinen Schuppen und Ställe. Das war ein weiterer verdächtiger Punkt gewesen. Wenn tatsächlich die Gefahr von Überfällen durch feindlich gesinnte und neidische Nachbarn bestand, wären die Tiere nachts innerhalb der Mauer eingesperrt worden.

Darius preßte einen schweren Stein an die Brust, den er in der Tempelruine aufgehoben hatte, und kroch bäuchlings auf die Südwestecke der Mauer zu. Dort würde er von zwei Postenpaaren gleich weit entfernt sein. Er trug eine graue Mönchsrobe mit einer Kapuze, die er sich über den Kopf gezogen hatte. Das Gesicht hatte er mit Schlamm geschwärzt. So getarnt, würde er in der mondlosen Nacht vermutlich unsichtbar sein, dachte er, selbst wenn er aufstand und direkt auf das Dorftor zumarschierte.

Er stand auf und schleuderte den Stein mitten in die Einfriedung der Tiere. Der Aufprall löste sofort den Lärm von Kühen, Hühnern und Schafen aus, und die beiden ihm am nächsten sitzenden Wachen trugen mit ihrem Alarmrufen noch mehr zum Getöse bei.

Darius stand in der Hirse und bellte wie wild. Er hoffte, einen Wildhund damit gut nachzuahmen. In gekrümmter Haltung, fast auf allen vieren, lief er in die Dunkelheit hinaus, weg vom Lichtschein des Feuers. Beim Laufen bellte er noch ein paarmal über die Schulter.

Wie er hoffte, riefen die beiden Wachen in der Nähe des Tiergeheges um die Hilfe der anderen, und kurz darauf rannten alle acht Wachen durch das Hirsefeld und jagten den Wildhund. Drei Männer hatten brennendes Holz von den Feuern mitgenommen und benutzten es als Fackeln.

Darius entfernte sich in einem weiten Bogen auf der Nordseite des Dorfs von ihnen und lief dann dicht an die Mauer heran. Jetzt brauchte er sich nur noch wegen des Wachpostens oben auf der Mauerkrone Gedanken zu machen. Aus einer Innentasche seines Gewandes zog er einen Greifhaken und eine zusammengerollte Seidenschnur, die leicht, aber sehr stark war. Er ließ den Haken ein paarmal in der Luft herumwirbeln und schleuderte ihn dann auf die Mauerkrone. Im Nu hatte er die Mauer erklommen und überwunden.

Er ließ sich lautlos von der Brustwehr auf den Laufsteg hinuntergleiten und sah sich um. Auf der anderen Seite des Dorfs konnte er gerade noch die schattenhafte Gestalt des Wachpostens sehen, der dorthin blickte, wo seine Kameraden noch mit ihrer Jagd nach dem Wildhund beschäftigt waren.

Darius kletterte mit Hilfe der Leiter in dem nächstgelegenen Wachturm ins Dorf hinunter. Er eilte zu Hengs Werkstatt am Nordende des Dorfs. Die Tür knarrte in den Scharnieren, als er sie aufmachte.

Alles in diesem Dorf ist bestens konstruiert, dachte er. Die meisten Bauern hängten sich einfach nur schwere Tücher oder Tierhäute über ihre Hauseingänge. Er blieb kurz stehen und lauschte, doch das kleine Geräusch, das er gemacht hatte, löste keine Reaktion aus, also trat er ein.

Seine Augen brauchten einen Augenblick, um sich an die Dunkelheit im Haus zu gewöhnen. Er erkannte, daß er den Atem anhielt und daß sich sein Puls beschleunigt hatte. Er fürchtete, die Yang vielleicht tot vorzufinden. Er mochte diese Menschen, wie ihm plötzlich aufging, obwohl er sie kaum kannte. Sie gehörten zu

Meilings Familie. Und obwohl er sie selten genug sah, nachdem sie an den Hof gekommen war, um Guei Fei Gesellschaft zu leisten, war Meiling sein Liebstes geworden.

Er konnte in der Werkstatt nichts sehen außer kahlen Wänden und dem Fußboden.

Wo waren denn all die Dorfbewohner? Er hatte gesehen, wie eine Gruppe von ihnen von den Feldern ins Dorf ging. Wo mochte Chiang Wai sie festhalten? Er erinnerte sich, daß das Haus des Mandarins größer war als alle anderen im Dorf.

Zwei der sogenannten Milizionäre bewachten Chiang Wais Haus. Beide schliefen jedoch. Sie lehnten mit dem Rücken an der Holzwand des Hauses und hatten die gestiefelten Beine vor sich ausgestreckt. Die Hände ruhten an den Schwertgriffen. Um sicherzustellen, daß sie ihn nicht störten, ging Darius zu ihnen und gab beiden mit der Spitze des Zeigefingers die Berührung der Bewußtlosigkeit, die er unterhalb der Kinnspitze ansetzte.

Er sah in dem schwachen Licht einen Holzriegel, der die Tür von außen verschloß. Er hob ihn leise hoch und zog die Tür auf. Diese Tür knarrte noch lauter als die in Yangs Haus.

»Wer ist das?« fragte eine leise Stimme im Haus.

Darius trat ein und machte die Tür hinter sich zu. »Ich bin ein Freund. Ich suche den ehrenwerten Heng, den Papiermacher.«

»Lob den Göttern!« sagte die Stimme aus der Dunkelheit. Jetzt konnte Darius zahlreiche Lebenszeichen hören. Das Einzimmerhaus war gedrängt voll mit Menschen. Er hörte, wie sich Menschen bewegten, die gerade aufwachten. Ein Säugling begann zu schreien.

Darius sprach mit leiser Stimme, jedoch so deutlich, daß alle Anwesenden ihn hören konnten: »Hört zu, ihr Leute, ich bin ein Soldat des Himmelssohns. Ich bin hergekommen, um euch zu helfen. Ihr müßt aber leise sein. Ich bin allein, und wenn die Wachposten mich fangen – nun, ein Mann ohne Kopf ist für niemanden eine Hilfe.«

Das Jammern des Säuglings hörte auf, und anschließend waren saugende Geräusche zu hören.

»Soldat des Himmelssohns? Hat meine Nichte Euch geschickt?« ließ sich eine Stimme von der anderen Seite des Raums vernehmen.

»Onkel Heng? Wir müssen miteinander sprechen.«

Lautes Flüstern erfüllte den Raum, als Darius in eine hintere Ecke des Raums ging, wo er gerade noch das weiße Haar und den Bart Hengs erkennen konnte. Sie hockten sich voreinander hin.

Darius spürte, wie eine klauengleiche Hand ihn am Handgelenk packte. »Wer seid Ihr?«

»General Darius.«

»Der Befehlshaber der Garde persönlich? Weiß Guei Fei – Ihre Kaiserliche Erhabenheit –, was hier wirklich vorgeht?«

»Der Sohn des Himmels und die Kaiserin halten die Geheimnisse im Dorf für in Ordnung. Ich habe jedoch viele Anzeichen dafür gesehen, daß nicht alles so ist, wie es sein sollte. Ich wollte sie nicht beunruhigen, bis ich mir Gewißheit verschafft hatte. Nachdem sie wieder sicher in der Kaiserstadt waren, bin ich allein zurückgekehrt, um zu sehen, was hier wirklich vorgeht.«

»Das ist für einen General ein großes Risiko.«

»Es gibt sonst niemanden, den ich hätte herschicken können, der sich auf solche Dinge besser versteht als ich.«

Die Hand, die sein Handgelenk gepackt hatte, zuckte plötzlich, und Darius hörte einen gutturalen Laut. Es folgte ein weiterer, und Darius ging auf, daß Heng weinte.

»Chiang Wai hat meine Enkeltochter Zu. Sie haben von jeder Familie ein Kind als Geisel genommen, um uns zur Zusammenarbeit zu zwingen. Sie wollen verhindern, daß wir irgend jemandem, der zu einer Inspektion herkommt, etwas von dem verraten, was hier geschieht. Chiang Wai hat mir sogar den Dolch gezeigt, den er benutzen würde« – wieder ein Schluchzen –, »um Zu die Kehle durchzuschneiden. Bitte laßt Euch nicht fangen, geehrter General.«

»Wo hält Chiang Wai Eure Enkeltochter fest?«

»Es ist alles eine Lüge, dieses ganze Dorf. Chiang Wai lebt in einem riesigen Haus ein halbe Stunde von hier entfernt, das er mit dem Geld erbaut hat, das der Sohn des Himmels für das Dorf geschickt hat. Er und die anderen Mandarine haben alle wunderschöne Häuser, die weit genug entfernt liegen, damit sie uns, ihre Opfer, nicht zu sehen brauchen. Ihre bewaffneten Diener führen das Dorf. Es sind Veteranen der Grenzarmeen. Sie wären vogelfrei, wenn sie nicht für diese Mandarine arbeiteten.«

»Das war einer von Chiangs Fehlern«, sagte Darius. »Er sagte, es wären junge Männer aus dem Dorf, die sich freiwillig gemeldet hätten, um das Dorf zu schützen, doch ich habe sie sofort als Soldaten erkannt.«

»Sie sind der Abschaum des Teufels«, sagte Heng. »Sie leben alle in dem Gebäude, das man Euch als Schulhaus gezeigt hat, und wenn sie eine Frau wollen, holen sie sich einfach die Frau eines der Dorfbewohner. Und Chiang Wai hat sogar noch Schlimmeres getan. Er hat nicht nur gedroht, meine liebe Zu zu töten« – Heng begann erneut zu schluchzen, und es dauerte einen Moment, bevor er fortfahren konnte –, »sondern benutzt sie auch als Schlafzimmerspielzeug. Damit hat er mir gegenüber geprahlt. Und dabei ist sie erst zehn. Mein Sohn kann es kaum erwarten, ihn zu töten. Ich konnte ihn nur deshalb davon abhalten, weil ich ihm sagte, daß er und Zu dabei nur umkommen würden und daß er seine Frau als Witwe und Ping und Kaizhi als Waisen zurücklassen würde.«

»Die Mandarine haben sich also verschworen, den Kaiser zu täuschen und das Geld für sich zu behalten, das für das Dorf ausgegeben werden sollte?«

»Ja. Die früheren Inspektionen gingen schnell vonstatten, und mit denen sind sie leicht fertig geworden. Selbst Engers Besuche waren kurz, und so konnten sie mühelos verbergen, was sie in Wahrheit tun. Doch da sie jetzt wissen, daß der Kaiser ein persönliches Interesse an diesem Projekt nimmt, fürchten sie sich davor, daß man alles entdeckt. Ich habe einmal gehört, wie sich unsere Wachposten unterhielten. Ich habe nur Bruchstücke von dem aufgeschnappt, was sie sagten, aber ich habe zwei und zwei zusammengezählt, und ich glaube, daß Chiang Wai uns alle ermorden will. Sie werden sagen, eine Seuche habe das Dorf hinweggerafft, und sie hätten die Leichen verbrennen müssen, damit die Krankheit sich nicht ausbreite.«

»Ich habe genug gehört. Ich muß nun gehen«, sagte Darius. Er grub dem alten Mann die Finger in die Schulter. »Heng, ich verspreche Euch, daß wir schnell und geräuschlos handeln werden, damit weder den Kindern noch Euch übrigen etwas geschieht. Doch Ihr müßt jetzt stark sein und noch ein bißchen länger aushalten. Ihr werdet schon bald den Becher der Rache trinken – bis zur Neige.«

Longji fragte sich, wie er Strahlender Edelstein davon erzählen konnte.

Fackeln an langen Stäben, die von kaiserlichen Gardesoldaten in Rüstungen gehalten wurden, warfen einen rotglühenden Lichtschein auf den Dorfplatz. Schatten flackerten über den fünf Männern, die mit dem Gesicht nach unten dalagen, als der Nordwind mit den Flammen spielte. Longji konnte sehen, daß die Mandarine heftig zitterten.

»Sind die Kinder in Sicherheit?« fragte er Darius.

»Ja, Strahlender Kaiser«, erwiderte der Perser. »Sie werden gleich hier sein. Wir haben sie in zwei Kutschen von den Landhäusern der Mandarine geholt. Kein einziges ist verletzt.«

Mit Ausnahme von Guei Feis Base Zu, die von Chiang vergewaltigt worden ist, dachte Longji traurig.

Seine Wut auf die fünf Mandarine kochte in ihm so rotglühend wie Eisen, das gerade geschmiedet wird. Die elenden Kreaturen auf dem Erdboden vor ihm hatten ihn nicht nur betrogen. Es versetzte ihn noch mehr in Wut, daß sie Guei Fei lächerlich gemacht hatten.

»Vorzügliche Arbeit. Es kann nicht leicht gewesen sein. Ein Lob für Euch und Eure Männer.«

Longji saß auf der Nordseite des Dorfplatzes, hoch über den Köpfen aller anderen, auf einem Stuhl, der auf einer Plattform stand und über dem ein Dachhimmel thronte. Er trug ein weißes Satingewand, auf dessen Brust ein blutroter Drache gestickt war – die Robe des höchsten Richters des Reichs der Mitte.

Auf einem niedrigeren Stuhl zu seiner Rechten saß Yang Enger, der vor Zorn bebte. Und vielleicht auch äußerst verlegen ist, dachte Longji, weil man ihn so gründlich getäuscht hat.

Ma Tsu stand links von Longji. Der Kaiser brauchte Ma Tsu, seinen Ratgeber, der ihm die Sachlage nüchtern erklären und ihm raten sollte, wie sie zu ändern sei. Falls das überhaupt möglich war.

Er hörte Hufgetrappel und Wagenräder außerhalb der Dorfmauer. Einen Augenblick später kamen mehr als zwei Dutzend Kinder auf der Hauptstraße angerannt und riefen nach ihren Eltern. Die Männer und Frauen von Zhashui liefen ihren befreiten Kindern entgegen und zertrampelten dabei fast die gefangenen Mandarine. Longji sah, wie einige Dorfbewohner absichtlich nach diesem oder jenem auf dem Boden liegenden Mandarin traten, als sie vorbeieilten.

Hengs weißes Haar flog, als er mit seiner Familie loslief, um die kleine Zu zu begrüßen. Longji sah, wie der alte Papiermacher das hysterisch weinende Mädchen hochhob und in die Arme schloß. Wie konnte ein Mandarin, der die Wahrheit Lao Tzes und die strengen Morallehren Meister Kungs studiert hatte, einem Kind eine solche Ungeheuerlichkeit antun?

Heng übergab die weinende Zu ihren Eltern, und die drei verschwanden in der Menge der Dorfbewohner.

»Wo sind die Rohlinge, die diese Mandarine gedungen haben, ihren Willen durchzusetzen?« fragte Longji.

»Wir haben ihnen auf der Stelle die Köpfe abgeschlagen«, sagte Darius. »Ihre Verbrechen waren offenkundig, und wir gingen davon aus, daß sie für Euch uninteressant sein würden.«

»Zu schade, daß Ihr nicht einen oder zwei am Leben gelassen habt«, sagte Ma Tsu. »Sie hätten gegen ihre Herren aussagen können. Selbst jetzt kennen wir nicht das ganze Ausmaß der Verbrechen dieser Mandarine.«

Enger schaltete sich ein: »Wozu brauchen wir Zeugenaussagen? Wir wissen, was diese Männer getan haben. Wenn wir sie hier auf der Stelle aburteilen und bestrafen, damit ihre Opfer es sehen können, wäre das ein wenig Wiedergutmachung für ihre Leiden.«

Doch erst, dachte Longji, muß ich wissen, wie das hat geschehen können. Dies waren gebildete Männer, intelligente Männer, Mandarine, die man gelehrt hatte, daß ihr Leben dem Staat gehöre. Ihr Ungehorsam war so unfaßbar, daß er fast Wahnsinn gleichkam.

»Ihr habt meine Befehle mißachtet, mein Vertrauen mißbraucht und mir ins Gesicht gelogen. Ihr habt die kaiserliche Verwaltung bestohlen. Ihr habt diese Menschen mißbraucht, gequält und wie Sklaven behandelt. Ich muß gestehen, daß es mir, dem Sohn des

Himmels, schwerfällt, die Ungeheuerlichkeit Eurer Verbrechen zu verstehen. Wie konntet Ihr nur glauben, so gut wie alles stehlen zu können, was wir Euch schickten, und dann ein so kunstvolles Täuschungsmanöver aufrechtzuerhalten?«

Eine leise, kaum hörbare Stimme ließ sich bei einem der fünf Männer vernehmen, die vor ihm lagen.

»Erlaubt mir, Strahlender Kaiser, den Kopf zu heben, damit ich sprechen kann?«

»Gewährt.«

Chiang Wai richtete sich auf und kniete sich hin. »Wir wurden nur von einem Inspektor überwacht, der alle zwanzig Tage aus Changan herkam. Der erhabene Yang Enger ist im Lauf des Jahres nur dreimal hergekommen, und es war ungewöhnlich leicht, ihn zu täuschen.«

»Ich habe Euch vertraut!« rief Enger aus. »Ich hatte daneben noch die gesamte Arbeit des Kaiserlichen Zensors zu bewältigen.«

Chiang Wais Schulterzucken war vielsagend. »Wir glaubten, der Sohn des Himmels habe dieses Dorf nur eingerichtet, um eine Laune seiner neuen Frau zufriedenzustellen. Wir haben keinen Augenblick geglaubt, der Strahlende Kaiser könnte wirklich den Wunsch haben, es mit eigenen Augen zu sehen.«

Longji spürte, wie ihm das Gesicht vor Zorn heiß wurde, und sagte: »Der Befehl kam von mir persönlich. Wie konntet Ihr es wagen, mir nicht zu gehorchen?«

Chiang Wai schüttelte den Kopf. »Frauen und Bauern lesen beibringen, damit sie die Klassiker verstehen können? Strahlender Kaiser, wenn wir diese Befehle ausgeführt hätten, hätten wir alles verraten, woran wir glauben.«

»So habt Ihr den Sohn des Himmels verraten!« Longji hörte, wie seine Stimme laut wurde, und nahm sich zusammen. Diese Leute durften nicht sehen, daß ein Kaiser unbeherrscht wurde.

Er spürte die Hitze der Fackeln. Schweiß sammelte sich unter seinen Gewändern. Er gab einem Eunuchen ein Zeichen, der einen Fächer aus Federn mit einem langen Griff hielt und aus der Reihe der Diener hervortrat. Dann begann er, dem Kaiser mit dem Fächer behutsam Kühlung ins Gesicht zu fächeln. Longji bemerkte jetzt, daß Chiang Wais kahl werdender Kopf naß glänzte, als man ihm seine Amtsmütze abnahm.

»Bildung ist kein Privileg für jedermann. Erhebt die niedrigen Klassen, und das Chaos bricht aus. Ihr werdet die Mandarine vernichten, das Rückgrat des Reiches.«

»Rückgrat, wirklich! Ihr habt Staatsgelder gestohlen. Ihr habt Kinder entführt und ein Kind vergewaltigt.«

»Das bestreite ich!«

»Schweigt! Ihr habt es Yang Heng gegenüber zugegeben. Ihr habt dem Großvater des Mädchens gegenüber sogar damit *geprahlt.*«

Er wandte sich an Enger, der ihn erwartungsvoll anblickte.

»Was rät der ehrenwerte Kaiserliche Zensor?«

Yang Engers rundes, glattes Gesicht mit dem kleinen Schnurrbart war so einfach und bescheiden, daß man sich nicht vorstellen konnte, daß er den Wunsch oder die Macht haben könnte, jemandem weh zu tun. Doch jetzt kam ein silbriger Glanz in seine Augen wie Mondschein, der durch das kahle Geäst von Bäumen funkelt.

»Ich empfehle die herkömmliche Bestrafung korrupter Beamter, Kaiserlicher Vater. Laßt sie hier in der Mitte des Dorfs, dessen Hoffnung sie gemordet haben, bis zum Hals lebendig begraben. Laßt sie an Durst oder an den Unbilden der Witterung oder an den Leiden sterben, welche die Dorfbewohner ihnen anzutun wünschen.«

Ja, dachte Longji, das wäre die richtige Strafe dafür, daß sie Guei Feis Träume zum Gespött gemacht haben. Es war jedoch eine einzigartig grausame Strafe, man könnte fast sagen, eine barbarische. So hatte Qin Shi Huang Di, der erste Kaiser, die Gelehrten beseitigt, die es gewagt hatten, seine Tyrannei zu kritisieren. Und genau aus diesem Grund scheute Longji davor zurück, diese besondere Strafe festzusetzen.

Er wandte sich an Ma Tsu in der grauen Robe. »Und was schlägt der schätzenswerte Ratgeber ohne Titel vor?«

Ma Tsu verneigte sich. Das Licht der Fackeln spiegelte sich in seinem rasierten Schädel. »Wenn ich diesem korrupten Mandarin zuhöre, spüre ich, daß er nicht völlig unaufrichtig ist. Die Vorstellung, Bauern könnten unabhängig sein, Handwerker könnten mit ihrem Handwerk Reichtum erwerben und Frauen Bildung erlangen, haben ihn bis ins Mark aufgewühlt. Es war dieser Ekel, der ihn und seine Kollegen vom Pfad der Rechtschaffenheit abgebracht hat.«

»Das behauptet er«, entgegnete Longji. »Vielleicht ist nur Habgier seine Triebkraft gewesen.«

»Ja, doch ich denke, daß viele Mandarine Verständnis für die Erklärung aufbringen werden, die Chiang Wai uns gibt. Denkt daran, daß Ihr Euch nicht auf die Vergangenheit verlassen solltet. Nur eins ist real, nämlich dieser Augenblick. Vielleicht haben wir zu übereilt gehandelt, als wir diesen Männern ihre Aufgaben zuwiesen, und ihre Schwächen nicht in Betracht gezogen. Bevor wir ein Musterdorf schaffen, sollten wir vielleicht erst Muster-Mandarine erziehen, die es verwalten können.«

Das, dachte Longji, ist eine versteckte Kritik an Enger. Und an mir selbst übrigens auch. Ich hätte Enger anweisen sollen, mehr Zeit mit den für das Dorf verantwortlichen Mandarinen zu verbringen, damit er sie für die Aufgabe begeistern und sich ihrer vollen Mitarbeit versichern kann.

Doch selbst jahrelange Gespräche mit Enger hätten wohl nichts an Chiang Wais Haß auf das gemildert, was er als Zerstörung seiner Klasse ansah.

Dennoch, Muster-Mandarine, die das Musterdorf leiteten, das klang vernünftig.

Er blickte auf die Menge der Dorfbewohner, die allem zusahen, und sah einen Kopf mit wallendem weißen Haar, das im Lichtschein der Fackeln rosa wurde. Guei Feis Onkel, der Mann, der kein Geld nehmen, der keine Berufung an den Hof akzeptieren wollte und darauf bestand, seinem Handwerk als Papiermacher nachzugehen, der infolgedessen entsetzlich gelitten hatte. Er verdiente, in dieser Angelegenheit gehört zu werden.

»Laßt Heng, den Papiermacher, vortreten«, sagte Longji.

Heng sah Longji mit durchdringenden Augen an; seine Lippen waren zu einem schmalen Strich zusammengepreßt. Er ließ sich steif auf den Erdboden nieder und vollführte das Kotau.

»Da es Eure Enkelin war, der Gewalt angetan wurde – welche Strafe schlagt Ihr für diese Mandarine vor?«

Die Fackeln warfen scharfe Schatten auf Hengs Gesicht. »Ich habe gehört, was Eure Ratgeber gesagt haben, Strahlender Kaiser. Und ich denke, daß diese Mandarine nicht genau verstanden hatten, was von ihnen erwartet wurde. Mein Neffe« – er wandte sich mit einem strengen Blick zu Enger –, »hat versucht, zuviel auf einmal zu erreichen.«

Mir gefällt dieser alte Mann, dachte Longji. Obwohl sein Neffe einer der ranghöchsten und einflußreichsten Männer des Reichs der Mitte ist, zögert er nicht, ihn zu kritisieren, da er genau weiß, daß er älter und weiser ist. Und seine Kritik ist berechtigt.

Heng fuhr fort: »Doch Chiang Wai darf nicht ohne Strafe davonkommen. Er war der ranghöchste Beamte. Er hat die anderen davon überzeugt, daß es sowohl möglich als auch wünschenswert wäre, den Kaiserlichen Vater zu täuschen.«

»Das sind Lügen!« rief Chiang Wai aus. »Wir waren uns alle darin einig, daß in diesem Dorf ein Gift zusammengebraut wurde.«

Heng wandte sich um und blickte voller Verachtung auf Chiang Wai. »Die anderen Mandarine haben den Kindern, die sie in ihren Häusern festhielten, nichts zuleide getan. Doch was *dieses* Ungeziefer meiner Enkeltochter angetan hat, hat sie schluchzend und schreiend auf dem Lehmboden der Hütte zusammensinken lassen, in der Chiang Wai uns gefangenhielt. Mein Sohn und meine Schwiegertochter sind bei ihr und weinen. Sie kann nicht sprechen, ihr Körper ist zerrissen.« Er senkte die Stimme. »Vielleicht wäre es am besten für sie, wenn ihre Seele jetzt diese Welt verließe, damit sie in einem neuen und besseren Leben zurückkehren kann.«

Longji fragte: »Und Euer Rat, ehrenwerter Heng?«

»Ich weiß, daß es am besten wäre, wenn die Seele Chiang Wais diese Welt verließe. Strahlender Kaiser, ich gebe Euch den Rat, nein, ich *bitte* darum, daß der Mandarin Chiang Wai heute nacht stirbt, und bitte auch um die Gunst, derjenige zu sein, der ihn auf die Reise schickt.«

Ja, dachte Longji. Der Mann war gefährlich. Er verdiente nicht zu leben.

»Ich gewähre Euch beide Bitten«, sagte er. »Vorausgesetzt, Ihr richtet diesen Mandarin schnell und ohne Grausamkeit hin.«

»Nein!« rief Chiang Wai. »Ich werde sterben, wenn Ihr es sagt, Kaiserlicher Vater. Aber entehrt mich nicht, indem Ihr zulaßt, daß ein dreckiger Bauer mich tötet.«

Jetzt erhob sich einer der auf der Erde liegenden Mandarine. »Tötet *mich*, Kaiserlicher Vater. Laßt mich anstelle meines Vaters sterben.« Einer von Longjis Dienern stürzte vor, packte Chiang Wais Sohn am Hals und stieß ihn mit dem Gesicht wieder auf den Erdboden.

»Eure Bitte gereicht Euch zur Ehre«, sagte Longji, »aber die Verbrechen Eures Vaters sind größer als Eure, so daß es ungerecht wäre, Euch sterben und ihn am Leben zu lassen. Eure Strafe und die der anderen Mandarine wird darin bestehen, daß Ihr erkennen müßt, wie falsch es von Euch war, Euch von diesem bösen Mann führen zu lassen.«

Eine Frau rannte aus der Menge und warf sich der Länge nach vor Longjis Podium.

»Seid gnädig, Strahlender Kaiser!« Longji erkannte Chiang Wais Frau. »Vergebt ihm. Dämonen haben ihn in die Irre geführt.«

Longji empfand einen Anflug von Mitleid mit dieser Frau, die mit Chiang Wais Verbrechen vermutlich nichts zu tun hatte. Wenigstens, dachte er, hat Chiang Wai es geschafft, bei seiner Familie Loyalität zu gewinnen.

»Meine Dame, ich bin so gnädig, wie ich sein kann. Doch hier muß Gerechtigkeit geübt werden.« Er hätte für Chiang Wai einen schrecklich schmerzhaften Tod befehlen können, wie Enger es vorgeschlagen hatte. Oder, wie es andere Kaiser getan hatten, er hätte befehlen können, die gesamte Familie des verräterischen Beamten töten zu lassen, und zwar bis ins neunte Glied. Trotz dieses Todesurteils hatten Chiang Wai und seine Familie noch Glück, daß Longji nicht so grausam war.

Ein Soldat packte Chiang Wais Frau an den Schultern und zog sie weg.

Longji ging plötzlich auf, daß sein ganzer Körper vor Erschöpfung schmerzte. Bald würde der neue Tag anbrechen. Der Überfall und der anschließende Prozeß hatten die ganze Nacht gedauert. Seine Erschöpfung war eine traurige Erinnerung daran, daß er kein junger Mann mehr war.

»Nun, Heng, wünsche ich, daß Ihr es schnell hinter Euch bringt. Das wird für uns alle eine Freundlichkeit sein.«

»Ihr sprecht von Freundlichkeit, wenn Ihr mich zu einem schmutzigen Tod verurteilt!« rief Chiang Wai aus. »Mögt Ihr eines Tages selbst solche Freundlichkeit erfahren.«

Ich könnte ihn dafür töten lassen, daß er in diesem Ton mit dem Kaiser spricht, dachte Longji. Doch der Mann sollte ohnehin getötet werden; das verlieh ihm eine Art Immunität. Longji lächelte leicht über die Ironie.

»Ja, lächle nur über mich, verfluchter Kaiser!« schrie Chiang Wai. »Du bist ein Dummkopf in den Händen einer bösen Frau. Du hast das Mandat des Himmels weggeworfen.«

Longji hörte, wie die Dorfbewohner entsetzt keuchten, sogar seine Diener und selbst die kaiserlichen Gardesoldaten.

»Heng!« brüllte er.

»Befehlt einem Eurer Männer, mir seinen Dolch zu geben«, sagte Heng.

Eine riesige Gestalt, deren Umrisse in den Flammen der Fackeln sichtbar wurden, trat aus den Reihen der Schutztruppe hervor. Longji erkannte An Lushan. Die Klinge eines Dolchs glitzerte rot, als er sie Yang Heng reichte.

Heng verbeugte sich zum Dank und drehte sich zu Chiang Wai um.

Der Mandarin streckte die Hände aus und kam schnell auf die Beine.

Mit einem wilden Schrei stürzte sich Chiang Wai auf Heng. Doch zwei schwere Hände packten ihn an den Armen und schleiften ihn zurück. An Lushan hielt ihm die Arme wie in einem Schraubstock auf dem Rücken. Longji erkannte den Ringergriff. Die Mongolen sind große Ringer, erinnerte er sich. Das hatte Su Chi ihm erzählt.

»Fluch über die Familie Yang!« kreischte Chiang Wai. »Mögt ihr alle einen schändlichen und schmerzhaften Tod erleiden. Fluch über die Tang-Dynastie! Möge man sich für immer an diesen Kaiser erinnern, der seinen Namen mit Schande und Ruin entehrt hat. Mögen all die Ämter und Privilegien sowie der Reichtum, mit denen dieser Kaiser die Yang überschüttet, in ihren Händen zu Exkrementen werden. Möge die böse Kaiserin, welche die Ursache meines heutigen Todes ist, diesem Kaiser kein Kind gebären. Möge sich ihr Schoß mit Krankheit füllen – Ai!«

Er beendete seinen Fluch mit einem Schrei, als An Lushan das ihm lang von dem kahl werdenden Hinterkopf wachsende Haar packte und es zurückriß.

Longji preßte seine versteckten Hände auf die Armlehnen seines Staatsstuhls, um ihr Zittern zu beenden. Er wußte, daß solche Verwünschungen der reine Aberglaube waren, doch die schrecklichen Worte und der Haß, der hinter ihnen stand, erschreckten ihn dennoch.

Chiang Wai wand sich und zuckte wie wild hin und her, doch An hielt ihn so mühelos wie ein Vater ein kleines Kind, das einen Wutanfall bekommt. Als Heng zu ihm trat, packte An den Mandarin am Hals. Heng nahm Chiang Wais langen Bart in eine Hand.

Ans Dolch war so scharf, daß er den Bart direkt unter Chiang Wais Kinn durchschnitt, als wäre er Rauch. Heng hielt die lange schwarze Haarsträhne hoch, die fast wie ein Pferdeschweif aussah.

»Ich habe Euch den Bart abgeschnitten. Das nimmt Eurem Fluch alle Kraft«, erklärte Heng mit dröhnender Stimme. »Wenn meine Enkeltochter groß genug ist, es zu verstehen, werde ich ihr dies zeigen, und dann wird sie wissen, daß ich sie gerächt habe.«

Chiang Wai sah seinen Bart und begann zu weinen. Sein Schluchzen übertönte das Murmeln der Menschen und das Knistern der Fackeln.

Bring es endlich zu Ende, dachte Longji in höchster Erregung. Er konnte es kaum noch ertragen.

Als hätte er Longjis Gedanken gehört, stieß Heng die Spitze des Dolchs Chiang Wai auf der linken Seite in die Kehle und zog die Klinge dann unter dessen frischgeschorenem Kinn hindurch. Eine Kaskade von Blut ergoß sich auf die Vorderseite von Chiang Wais lavendelfarbenem Gewand, und sein Schluchzen wurde zu einem erstickten Ächzen. Er sackte in Ans Armen zusammen, und der

Mongole ließ ihn zu Boden fallen. Auf dem festgetretenen Lehmboden unter ihm bildeten sich Blutlachen, die im Lichtschein der Fackeln schwarz glänzten. Der Körper zitterte noch eine Weile und blieb dann reglos liegen.

Schweigen begleitete Chiang Wais Sterben. In diesem Schweigen schien die Furcht, die jeden ergriff, der den letzten Fluch des Mandarins gehört hatte, in der Luft zu vibrieren wie der verebbende Ton eines großen Gongs.

10

Das Schaufelradboot

Es war keinerlei Garantie für die persönliche Sicherheit, Kaiser zu sein oder ein Angehöriger der kaiserlichen Familie. In Wahrheit konnte es jeden in größere Gefahr bringen.

Aus der »Geheimen Geschichte der Tang« von Yang Kaizhi

Guei Fei lehnte sich über die leuchtend rote Reling und beobachtete die fünf Schaufelräder, die Massen weißen Schaums aus dem braunen Flußwasser aufwirbelten. Eine sanfte feuchte Brise wehte ihr ins Gesicht, als das Boot den Wei-Fluß entlangfuhr. Sie fand den Geruch von Schlamm, Teer, faulendem Holz und Laub seltsam angenehm. Ihr Herz schwoll bei dem Gedanken, daß es außerhalb des Reiches der Mitte keine Boote wie dieses gab.

Sie wandte sich von der Reling ab und studierte die Blumenmuster, die auf die Kabinenwand geschnitzt worden waren, die Reihe laufender roter Tiger direkt unter dem geschwungenen Pagodendach aus Stoff, das den größten Teil des Hauptdecks beschattete. Sie seufzte. Es war ein Seufzer des Vergnügens und der Befriedigung. Dann drehte sie sich um und nahm Longjis Arm.

Chu Ling hielt einen Sonnenschirm über sie, als sie mit Longji zum Bug des Boots ging, wo Darius und Meiling standen. Die äußere Erscheinung des persischen Generals war recht unmilitärisch. Er trug eine himmelblaue Robe und eine runde Gelehrtenmütze, doch sein dichter Bart und der massive Brustkasten verliehen ihm noch immer ein soldatenhaftes Aussehen. Meilings birnengrüne Schärpe betonte ihre schmale Taille. Kleine Edelsteine, die in die karmesinrote Stickerei ihres weißen Gewandes eingenäht waren, blitzten in der Nachmittagssonne.

Darius' und Meilings Liebe zueinander war offenkundig, als sie Hand in Hand dastanden und auf die Wälder und die terrassierten Hügel am fernen Flußufer blickten. Guei Fei machte es Freude, sie so glücklich zu sehen, doch sie fragte sich mit einigem Unbehagen, ob sie an ihrer Schwester richtig handelte, wenn sie zuließ, daß diese Affäre weiterging. Sollte sie ihre Schwester nicht besser zu einer passenden Heirat drängen?

»Eine angenehme Veränderung für Euch, General«, sagte Longji, »auf dem Wasser entlangzugleiten, statt da drüben mit denen zu marschieren.« Er zeigte auf die lange Reihe kaiserlicher Gardesoldaten, die am Südufer des Wei dahinritten.

An der Spitze erkannte Guei Fei eine Gestalt, die so groß und kräftig war wie das Schlachtroß, auf der sie ritt. Neben dem vertrauenswürdigen Befehlshaber Chen Hualung ritt An Lushan. Das war der Mongole, wie Enger ihr erzählt hatte, der den hassenswerten Chiang Wai festgehalten hatte, während Onkel Heng ihm die Kehle durchschnitt. Das geschah ihm recht, dachte sie.

»Sieh, Strahlender Edelstein, dort ist das Grab von Kaiser Ai«, sagte Longji und zeigte auf einen im Norden am Horizont aufragenden grünen Hügel, der für ein Werk der Natur von zu gleichmäßiger Form war.

Darius sagte: »Wenn wir an diesem Grab vorbeikommen, bedeutet es, daß wir uns der breitesten Stelle des Flusses nähern. Kaiserlicher Vater, ich wünschte, Ihr hättet mir erlaubt, dieses Boot mit einer Begleitflottille zu schützen. Sollte uns auf dem Wasser etwas zustoßen, würde es diesen Soldaten an Land schwerfallen, uns zu erreichen.«

»Nein, ich wünsche, daß unsere Begleitboote den Fluß vor und hinter uns sichern«, sagte Longji und zeigte mit einer ausholenden Armbewegung auf die braune Wasserfläche. Weit voraus konnte Guei Fei gerade noch die Reihe kleiner Boote erkennen, die mit kaiserlichen Gardesoldaten bemannt waren und den gesamten Verkehr auf dem Fluß stoppten, damit sie einen ungehinderten Ausblick genießen konnte.

Longji hatte die Reise auf diesem wundervollen neuen Boot arrangiert, das sich selbst antrieb, um sie von dem abzulenken, was vergangenen Monat in Zhashui geschehen war. Sie wußte es und gab sich größte Mühe, sich von der Reise auf andere Gedanken bringen zu lassen. Sie ärgerte sich jedoch unwillkürlich über das Mißlingen ihres Traums. Sie hatte beschlossen, diese Fahrt dazu zu nutzen, einen neuen Vorschlag zu machen. Sie war leicht besorgt, denn sie fürchtete, Longji würde ihn nicht nur ablehnen, sondern sie danach geringer achten. Dennoch hatte sie sich entschlossen zu sprechen. Sie zog Longji von den anderen weg zur Mitte des Schiffs. Über seine Schulter hinweg sah sie, wie Gao Lishi sie aufmerksam im Auge behielt.

»Geliebter, so böse Chiang Wai auch war, kann ich nicht glauben, daß er ganz allein entschieden hat, unsere Pläne für Zhashui zunichte zu machen. Ich glaube, es können noch andere daran beteiligt gewesen sein.«

Longji blickte sie grimmig an. »Chiang Wai brauchte keinen Menschen, um auf diesen Einfall zu kommen. Viele Mandarine hassen, was wir zu tun versuchen, und hätten das gleiche getan wie Chiang Wai, wenn sie nur die Chance dazu gehabt hätten.«

»Viele? Woher willst du das wissen? Sie sagen doch sicher nicht offen, was sie denken.«

»Nur wenige von ihnen haben dazu den Mut«, erwiderte Longji. »Ich merke es aber an den Hindernissen, die sie der Ausführung meiner Befehle in den Weg legen. Nehmen wir beispielsweise die Steuern. Ich habe den Provinzgouverneuren befohlen, die Steuern für Bauern und Handwerker zu senken. Die Formulierung und Übermittlung der Befehle erforderten viel mehr Monate, als zu erwarten gewesen war, und in nur drei Provinzen ist überhaupt etwas geschehen. Die Mandarine haben eigene Methoden, den Provinzbeamten klarzumachen, wann ein kaiserlicher Befehl nicht allzu ernst genommen werden soll.«

»Das ist verbrecherisch«, sagte Guei Fei. »Wessen Pflicht ist es denn, darauf zu achten, daß Provinzgouverneure deinen Befehlen gehorchen?«

Longji seufzte. »Die meines Ersten Ministers, natürlich, Fu Monzings. Ich gebe ihm wiederholt Befehle, und er verspricht mir, sich sofort um die Angelegenheit zu kümmern. Dann lenkt er mich mit irgendeinem langweiligen Problem in einem anderen Teil des Reiches ab, und die Zeit verstreicht, und ich erkenne irgendwann, daß er nichts von dem getan hat, was ich ihm befohlen habe. Er hat allerdings immer eine gute Ausrede parat.«

Jetzt muß ich sprechen, dachte sie. Ich werde nie eine bessere Gelegenheit erhalten. Sie spürte, wie ihre Hände kalt wurden.

»Du hättest Fu Monzing gleich nach deiner Scheidung von Fu Zhou aus dem Amt entlassen sollen.«

»Er war nicht an dem beteiligt, was sie dir angetan hat.«

»Im Namen des Himmels, Geliebter, er ist ihr Onkel. Und du hast gerade gesagt, er durchkreuzt deine Wünsche. Was brauchst du denn noch?«

»Die als seine Nachfolger in Frage kommen, stammen ebenfalls aus der Familie Fu.«

Jetzt packte sie den Stier bei den Hörnern. Es kam ihr vor, als stürzte sie sich in einen reißenden Fluß. »Höchste Zeit, daß du sie alle aus dem Amt jagst. Es gibt einen Mann in deiner Nähe, der weit besser geeignet ist, dein Erster Minister zu sein. Ich bitte dich, zu überlegen, ob du Fu Monzing nicht durch Yang Enger ersetzen kannst.« Sie wartete gespannt auf seine Reaktion.

Longji sah sie finster an. »Die Mandarine geben dir schon die Schuld an den Reformen. Wenn ich deinen Bruder zum Ersten Minister mache, werden sie dich nur noch mehr hassen.«

»Ich fürchte mich nicht«, entgegnete Guei Fei mit leiser Stimme. »Ich möchte nur, was für dich und das Reich am besten ist.«

»Enger ist ein brillanter Mann und weiß auch, wie er sich mit seinen Befehlen durchsetzen soll, aber . . .«

Unterdrückte Rufe unter Deck unterbrachen ihn. Longji packte ihre Hand fester.

Eine quadratische Luke wurde in der Mitte des Decks hochgeklappt. Der Kapitän tauchte auf, ein stämmiger Mann mittleren Alters, der eine mit Goldstickerei besetzte rote Tunika trug. Guei Fei blickte in den Laderaum hinunter und erhaschte im Schatten einen Blick auf die Männer in Lendenschurzen, die in den Tretmühlen liefen, welche die Schaufelräder bewegten.

Der Kapitän fiel vor Longji auf die Knie und neigte den Kopf.

»Kaiserlicher Vater, es hat den Anschein, daß sich am Boden des Boots ein großes Loch geöffnet hat. Ich bin mit tausend Entschuldigungen gezwungen, Euch zu sagen, daß wir schnell Wasser nehmen.«

Guei Fei blickte über die Seite und entdeckte, daß das Boot sich nicht mehr von der Stelle bewegte, außerdem war das Deck dem glitzernden braunen Wasser jetzt viel näher als vorher. Sie packte die Reling so fest, daß es weh tat.

Sie drehte sich zu Longji um. »Geliebter, ich kann nicht schwimmen.«

Er legte einen Arm um sie. Er fühlte sich stark und fest an. »Bei mir wird dir nichts geschehen«, flüsterte er.

Darius und Meiling eilten zu ihnen.

»Strahlender Kaiser, die Begleitboote sind so weit von uns entfernt, daß wir ihnen keine Signale geben können«, sagte Darius. »Wir haben keine Wahl – wir müssen an Land schwimmen.«

Guei Fei erinnerte sich, daß er gesagt hatte, sie befänden sich an der breitesten Stelle des Flusses. Sie begann heftig zu zittern. Sie versuchte sich zu zwingen, damit aufzuhören, doch das schien das Zittern nur noch schlimmer zu machen.

Der Große Weg ist ein glitzernder Strom. Dies war aber ein dunkelbrauner Strom, einer, der sich über ihrem Kopf schließen, ihr die Lungen mit Wasser füllen und sie in die Dunkelheit hinunterziehen würde.

»Die Kaiserin ist an Bord sicherer als im Wasser«, erklärte Longji. »Wir werden auf diesem Boot bleiben, bis Hilfe kommt.«

»Dafür wird keine Zeit sein«, entgegnete Darius. Er drehte sich jedoch um und rief den Soldaten an Land zu: »Bringt Hilfe her! Das Boot sinkt!« Seine Stimme war so laut, daß Guei Fei vor ihm zurückschreckte.

»Haben sie Euch gehört?« wollte Longji wissen.

»Strahlender Kaiser, auf dem kaiserlichen Paradeplatz trägt meine Stimme weiter.«

»Ich werde eine Notflagge aufziehen lassen«, sagte der Kapitän und kam schnell auf die Beine.

»Das hättest du längst tun sollen«, knurrte Darius.

Guei Fei sah, wie die Soldaten von ihren Pferden sprangen. Der riesige An Lushan war schon dabei, seinen Brustpanzer abzulegen. Der Anblick ließ in ihr einen Hoffnungsschimmer aufkeimen. Er würde als erster hier sein. Sie sah, wie er sich mit einem ungeheuren Klatschen ins Wasser stürzte und dieses mit kräftigen Bewegungen aufwirbelte, als er auf das Boot zuschwamm.

Meiling sagte: »Hab keine Angst, Guei Fei. Darius und ich können schwimmen, und wir werden dich hochhalten.«

»Ich auch«, fiel Longji ein. »Strahlender Edelstein, du hast nichts zu befürchten.«

Warum hatte sie dann das Gefühl, daß der Fluß eine braune Schlange war, die sich ihr um die Knöchel wickeln und sie hinunterziehen würde? War dies die Schlange aus Chingchins Traum, die jetzt gekommen war, um sie für sich zu fordern?

Das Deck befand sich jetzt fast auf gleicher Höhe mit dem Wasser. Ein fast nackter Mann, einer von denen, welche die Schaufelräder angetrieben hatten, erschien in der Lukenöffnung. Sein Gesicht war schmerzverzerrt, und der Kapitän zog sein kurzes Schwert, um den Mann wieder hinunterzutreiben. Die Stimmen der Männer unter Deck waren schrill vor Entsetzen.

Guei Fei sagte: »Geliebter, sag dem Kapitän, er soll die Besatzung heraufkommen lassen. Laß sie nicht da unten ertrinken.« So wie ich vielleicht sehr bald ertrinken werde.

Longji gab den Befehl, und einen Augenblick später kletterte ein Strom von Männern in weißen Lendenschurzen an Deck. Jeder von ihnen schaffte es noch, sich leicht vor dem Kaiser zu verneigen, bevor er sich über die Reling stürzte.

Der Kapitän kniete erneut mit steinernem Gesicht vor Longji nieder. »Kaiserlicher Vater, ich bin für dieses Boot verantwortlich. Für diesen Vorfall gibt es keine Entschuldigung. Ich werde an Bord bleiben und mit ihm untergehen. Doch ich beschwöre Euch und Eure Kaiserliche Erhabenheit, jetzt von Bord zu gehen. Ihr könntet in den Sog geraten, wenn das Boot sinkt.« Trotz ihrer Furcht tat Guei Fei der Mann leid.

Doch dann spürte sie die kalte Berührung von Wasser an den Sohlen ihrer Seidenschuhe und schrie auf.

Longji hielt sie fest. »Der Ratschlag des Kapitäns ist gut, Strahlender Edelstein. Wir müssen über die Reling klettern und wegschwimmen, sonst wird uns das Boot mit in die Tiefe reißen.«

Sie zitterte zu sehr, um antworten zu können. Draußen im Wasser hüpften schon viele Köpfe auf und ab, und weiter weg konnte sie die kräftigen Arme der Soldaten sehen, die mit mächtigen Schwimmzügen auf sie zuschwammen.

Schlammiges Wasser überspülte das Deck. Guei Feis Seidenschuhe waren durchnäßt, und die Kälte stieg ihr schon bis zu den Knöcheln, als sich die braune Schlange bereit machte, sie hinunterzuziehen. Sie schluchzte vor Furcht.

»Laßt mich Eurer Erhabenheit beim Entkleiden helfen«, sagte Chu Ling so ruhig, als befänden sie sich in ihrem Boudoir.

Sie und Longji trugen schöne, kostbare Gewänder, Geschenke für den Kaiser aus der Provinz Shannan Tungtao, welche die beste Seide erzeugte. Guei Fei trennte sich nur höchst ungern von diesen Kleidungsstücken. Das Gewand hatte eine so wunderschöne Farbe, wie Schwertlilien zu Frühlingsanfang – doch es würde sich voll Wasser saugen und sie in den Tod reißen. Jetzt wußte sie, daß sie sich ins Wasser stürzen mußte; jetzt hatte sie sich damit abgefunden.

Gao Lishi war schon dabei, Longji beim Entkleiden zu helfen. Sie hatten keine Zeit mehr zu verlieren. »Ja, vielen Dank«, sagte sie zu Chu Ling und ließ ihn die Verschnürungen an der Vorderseite ihres lavendelfarbenen äußeren Gewandes öffnen. Schicht um Schicht schälte er die Seidenstoffe weg und ließ sie aufs Deck fallen. Sie sah auf den Fluß hinaus und entdeckte Meiling, die mit am Kopf klebendem nassem Haar lächelte und ihr zuwinkte.

Was für eine Närrin ich bin, dachte sie. Warum habe ich nicht zusammen mit Meiling schwimmen gelernt? War zu sehr mit Lesen beschäftigt. Was nützen mir Bücher jetzt?

Sie sagte zu Longji, der sich schon bis auf ein leichtes leinenes Untergewand entkleidet hatte: »Geliebter, es tut mir so leid, dir so viel Ärger zu bereiten.«

Longji brachte mit bleichem Gesicht ein Lächeln zustande. »Ärger? Du bedeutest mir unendlich viel.«

Und eine Gefahr, dachte sie, bin ich auch für dich.

Dann schoß ihr ein anderer Gedanke durch den Kopf, der sie sprachlos machte: Dies war kein Unfall. Jemand versuchte, sie zu töten.

Sie brachte das Gesicht ganz nah an Longji heran und wisperte: »Geliebter, sei vorsichtig. Dies hat uns jemand angetan.«

Er sah sie nur mit aufgerissenen Augen an.

Chu Ling sagte: »Es wird die ganze Kraft des Kaiserlichen Vaters erfordern, ans Ufer zu schwimmen. Ich werde Ihrer Erhabenheit helfen, sich über Wasser zu halten.«

Longji drehte sich zu ihm um: »Hast du vergessen, daß du ein Eunuch bist?«

Chu Ling ist trotzdem stark, hätte sie am liebsten gesagt. Doch Longji hatte schon ihre Hand genommen und zog sie übers Deck, das jetzt unter Wasser lag. Das Wasser reichte ihr bis zu den Waden. Er half ihr, über die Reling zu klettern.

Der Große Weg ist ein glitzernder Strom.

Plötzlich ging sie unter. Ihre Arme ruderten wild herum und suchten nach etwas, woran sie sich festklammern konnte. Wasser spritzte ihr ins Gesicht und blendete sie. Ihre Füße traten in die bodenlose Leere unter ihr. Sie fühlte, wie ihr die Schuhe von den Füßen glitten und wegtrieben. Sie machte den Mund auf, um zu schreien, und da strömte Wasser herein, das ihr den Atem raubte. Sie hustete und bemühte sich, das Wasser aus der Luftröhre zu bekommen.

Hände packten sie an den Armen und hoben sie hoch. Sie griff nach den Gliedmaßen und Leibern um sich herum. Sie würgte und keuchte, doch jetzt hatte sie wenigstens den Kopf über Wasser und konnte wieder atmen.

Sie konnte nicht klar sehen. Ihr Herz pochte so fest, daß sie glaubte, die Brust würde ihr zerspringen. Wellen schlugen ihr gegen Nase und Mund.

Longji war auf der einen Seite und Darius auf der anderen. Sie konnten beide schwimmen, doch jeder hielt sie mit einer Hand hoch. Sie fürchtete, sie mit in die Tiefe zu ziehen, so daß sie alle drei in der braunen Dunkelheit versanken.

Sie versuchte Longji zu sagen, er solle sie loslassen und sich retten, doch der Fluß versiegelte ihr die Lippen.

Ein narbiges Gesicht tauchte vor ihr auf. Ernste braune Augen unter schmalen Augenlidern blickten in ihre. Worte kamen aus purpurnen Lippen. Sie konnte sie nicht verstehen, aber die tiefe Stimme nahm ihr etwas von der Furcht.

Weit stärkere Hände als die von Darius oder ihrem Mann ergriffen sie an den Schultern.

An Lushan sagte: »Kaiserliche Mutter, legen mir die Arme um den Hals. Bitte um Vergebung, daß Euch berühre, doch bin nur Euer Wasserpferd.«

Bei diesen Worten wandte er ihr den Rücken zu. Sein Schädel war mit Ausnahme einer Locke kahlrasiert, die auf dem Scheitel emporwuchs und ihm in einem Zopf auf den Rücken fiel. Der Zopf war so dick wie ein Seil. Sie stürzte sich auf An Lushan und legte ihm die Arme um den Hals.

Sie fühlte, wie sich seine Rückenmuskeln unter ihr bewegten, als er ans Ufer schwamm. Er stieß beide Arme vor und ließ sie dann zurückschwingen wie Riemen. Wenn seine Arme eng am Körper anlagen, tauchte er mit dem Kopf unter, und da schlängelte sich sein Zopf durchs Wasser wie eine Schlange. Immer wenn er mit dem Kopf aus dem Wasser kam, hörte sie, wie er tief und schnaufend durch den Mund einatmete.

Ihre Furcht vor dem Ertrinken war fast verschwunden, so sicher fühlte sie sich bei ihm. Ihrem Wasserpferd. Was für eine taktvolle Bemerkung, sie aufzufordern, ihn sich als Lasttier vorzustellen, damit sie sich nicht schämte, wenn sie sich so eng und intim an ihn pressen mußte. Wenn eine Frau die Beine um den Leib eines Pferdes schlang, bedeutete es gar nichts. Guei Fei versuchte, nicht daran zu denken, wie sich ihre Brüste an Ans Rücken preßten, wobei nur zwei Schichten nasser Seide zwischen ihrem Körper und seinem lagen.

Manche Frauen, dachte sie, würden wohl behaupten, lieber ertrinken zu wollen, als einem fremden Mann so nahe zu kommen. Sie bezweifelte jedoch, daß auch nur eine wirklich so handeln würde. Die Mandarine, die sie haßten, würden sie jedoch zweifellos mit solchen Heuchlerinnen vergleichen und sagen, sie hätte ihr Leben für die kaiserliche Ehre opfern sollen.

Sie hatte ihre Gedanken abschweifen lassen, als sie sich mit Armen und Beinen eng an An klammerte. Jetzt sah sie zu ihrer Erleichterung, wie das Nordufer des Flusses schnell näher kam. Longji schwamm neben Lushan her und blickte Guei Fei bei jedem Schwimmzug an. Wenn ihre Blicke sich begegneten, lächelte er ihr zu und zog sich dann noch kräftiger durch das braune Wasser.

Überall um sie herum sah sie die Köpfe und Arme schwimmender Soldaten, die sich dunkel von dem hellen Braun des schlammigen Flusses abzeichneten. Weitere Soldaten standen am Flußufer. An hatte nur die Hälfte von ihnen ins Wasser beordert. Gut gedacht, falls die Notlage des Schiffs das Signal für einen Angriff auf Kaiser und Kaiserin zu Lande gewesen wäre.

Ein plötzlicher Gedanke gab ihr die Empfindung ein, der Fluß wäre zu Eis geworden. Soviel sie wußte, war sie die einzige Person an Bord gewesen, die nicht schwimmen konnte. Der Verdacht, der ihr auf dem Schaufelradboot nur kurz gekommen war, war jetzt zur Gewißheit geworden.

Wer immer dies getan hatte, hatte versucht, sie umzubringen.

Su Chi steckte dahinter. Dessen war sie sicher. Erst hat Su Chi mich ausgepeitscht. Jetzt hat er versucht, mich zu ertränken.

Ein Teil von ihr war wie Erz, das man extremer Hitze aussetzt, durch Leiden nur härter und stärker geworden. Ein Teil von ihr war wie Metall, das so stark ist, daß man eine Waffe daraus schmieden kann. Eine sanfte junge Frau verändert sich, wenn Peitschen ihr die Haut zerfetzen. Guei Fei empfand ihre unversöhnliche Härte wie eine Schwertklinge.

Longji weigerte sich so hartnäckig, in Su Chi den Hochverräter zu sehen, obwohl er vor zwei Jahren die Beweise für seine brutale Wildheit gesehen hatte. Er klammerte sich an den Gedanken, daß Su Chi der Kaiserliche Thronfolger war. Wenn ich Longji doch nur einen guten Sohn schenken könnte, dachte Guei Fei, dann werden seine Gefühle für Su Chi verblassen. Dann hätte er einen anderen, den er zu seinem Erben machen konnte.

Sie hatte zwar noch keinen Sohn empfangen, würde es jedoch. Es gab bestimmte Getränke, Stellungen, Gebete, die sie noch nicht ausprobiert hatte. Sie würde Longji einen Sohn schenken, sie würde es um jeden Preis.

Sie würde nie zulassen, daß Su Chi sich auf den Drachenthron setzte.

Sie fühlte, wie sich Ans Körper unter ihr erhob, als er festen Boden unter den Füßen hatte und aufstand. Sie löste sich von ihm und ließ sich in das flache Wasser gleiten. Er drehte sie um und hob sie auf wie ein Kind. Er hielt sie mühelos auf den Armen und watete ans Ufer.

In der Halle der Zehn Provinzen hatte Darius den Tisch mit Changan und der dazugehörigen Region, der Provinz Chengchi, vom Rest der Terrakotta-Karte weggezogen. Longji starrte auf die Darstellung des Wei-Flusses. Er folgte mit dem Finger der gemalten blauen Linie zu genau der Stelle, die mit einem runden schwarzen Steinchen gekennzeichnet war, an der das Schaufelradboot gesunken war.

Sein Magen verkrampfte sich, und er wünschte, er hätte vor dem Treffen mit Darius nicht zu Mittag gegessen. Er fühlte sich krank, als er dem Bericht des Befehlshabers seiner Garde lauschte. Darius erzählte ihm, was seine Offiziere gefunden hatten, nachdem sie das Schaufelradboot gehoben und ans Ufer gezogen hatten.

Darius strich sich mit den Fingern durch seinen gelockten schwarzen Bart. »Die Männer der Besatzung liefen alle auf ihren Tretmühlen. Diejenigen, die sich in der Nähe der Stelle aufhielten, an der die Planke hochgezogen wurde, sahen, daß der Kapitän es tat.«

»Der Kapitän!« Longji hatte das Gefühl, als hätte Darius ihm einen harten Schlag gegen die Brust versetzt.

Darius sagte: »Ihnen ging in diesem Augenblick nicht auf, was er da tat. Er war nach unten gekommen, um den Laderaum zu inspizieren. Er bückte sich, als wollte er die Planken untersuchen, und plötzlich rief er, das Boot sei leckgeschlagen. Dann sahen sie nur, wie Wasser eindrang und daß der Wasserspiegel schnell stieg. Inzwischen war das Loch, durch das es hereinströmte, den Blicken entzogen. Außerdem hatte er eine ganze Planke hochgezogen, so daß es keinerlei Möglichkeit gab, das Leck abzudichten. Er muß die Planke vorher präpariert und sie gelöst haben, um sie dann provisorisch wieder zu befestigen.«

»Ein Mandarin des siebten Rangs. Fast so hochgestellt wie Chiang Wai. Habt Ihr diesen Kapitän festgenommen?«

»Er ist verschwunden«, erwiderte Darius. »Er sagte, er wolle mit dem Boot untergehen. Das hat er zweifellos gesagt, um sein Verschwinden glaubhaft zu machen. Er muß irgendwie in den Fluß gesprungen und entkommen sein. Man hat weder in dieser Gegend noch weiter stromabwärts eine Leiche gefunden.«

»Ihr Götter!« Longji schlug sich mit der Faust auf die Handfläche. Er wandte Darius kurz den Rücken zu, um seine Fassung zurückzugewinnen. Als er sich wieder umdrehte, war er äußerlich ruhig, und seine Stimme klang beherrscht. »Strahlender Edelstein glaubt, daß sie das Ziel dieses Anschlags war. Sie war die einzige in der Gruppe, die nicht schwimmen kann.« Welche Mühe es ihn kostete, so beiläufig von einem unvorstellbaren Verlust zu sprechen.

»Wer hat das schon wissen können?« fragte Darius.

»Jeder, der sie im Frauenpalast im Becken hat planschen sehen.«

Darius runzelte die Stirn. »Wenn jemand Ihre Erhabenheit nur ermorden wollte, warum hat er dann nicht eine sicherere Methode benutzt, etwa Gift oder einen Dolch im Palastkorridor?«

Longji fühlte, wie ihm an Schultern und Rücken Schweiß ausbrach. So direkt über Methoden zu sprechen, wie man Guei Fei ermorden konnte ... Wenn sie tot wäre, würde ich nicht weiterleben wollen.

Er zog die Schultern mit einem schnellen Zucken zurück. »Gegen Dolche und Gift ist sie geschützt. Das sind wir alle. Ein erfolgversprechendes Mordkomplott muß schon schlauer eingefädelt sein. Und das hier war es. Dieses haben wir nicht vorhergesehen und auch keine Vorsichtsmaßnahmen dagegen ergriffen. Es war falsch von mir, keine Eskorte kleiner Boote zu erlauben, wie Ihr es vorgeschlagen hattet.«

Darius sagte nichts. Longji hatte das Gefühl, sich durch ein Gewirr von Vorhängen hindurchkämpfen zu müssen, die sich immer wieder seinem Zugriff entzogen. Er staunte erneut über die kühle Besonnenheit seines Generals. Der Qinzha schien immer so ruhig und seiner Sache sicher zu sein.

»Was wissen wir über diesen Kapitän? Hat er Verbindung zu irgendeiner Familie, die vielleicht einen Groll gegen Guei Fei oder mich hegt?«

»Er ist ein entfernter Verwandter Chiang Wais.«

»Dies ist also die Rache für das, was in Zhashui passiert ist?«

Darius breitete die Arme aus. »Dessen können wir nicht sicher sein, Strahlender Kaiser. Wer immer ihn dazu angestiftet hat, könnte uns dazu bringen wollen, an der Familie Chiang furchtbare Rache zu nehmen und somit noch mehr Bitterkeit zu erregen.«

»Noch mehr Bitterkeit? Was meint Ihr damit?«

»Beamte im ganzen Land ärgern sich über die Preiskontrollen, die Steuersenkungen für Bauern und Handwerker und die Erleichterung bei den Zwangsabgaben, die Ihr im vergangenen Jahr verfügt habt. Noch zorniger sind sie über das, was in Zhashui geschehen ist. In ihren Augen ist Zhashui eine Ungeheuerlichkeit, eine kaiserliche Laune, und die Hinrichtung Chiang Wais ist für sie ein tyrannischer Exzeß. Sie sagen, Ihr hättet das alles nur getan, um Ihrer Erhabenheit zu gefallen.«

Ein Gewirr sich blähender Vorhänge. Und hinter einem dieser Vorhänge war ein Dolch auf Guei Feis Herz gerichtet.

Ich könnte es ertragen, wenn sie mich töten wollten. Es wäre nicht das erste Mal, daß Menschen versucht haben, mich umzubringen. Aber nicht Guei Fei. Ewiger Himmel, laß ihr nichts geschehen.

»Laßt der Provinzialmiliz Befehl geben, diesen Kapitän aufzuspüren. Er kann die Provinz Chengchi noch nicht verlassen haben. Ich werde Ma Tsu Anweisung geben, sich nach Verbindungen zwischen dieser Verschwörung und der Kaiserstadt zu erkundigen. Und der Kaiserliche Zensor Yang Enger wird die Loyalität sämtlicher Mandarine im gesamten Reich untersuchen.«

Kaiserlicher Zensor? Guei Fei hatte recht, dachte er, ich brauche einen Ersten Minister, dem ich absolut vertrauen kann. Fu Monzing geht, und zwar schon morgen.

Als Darius ihn verließ, blieb Longji mit geballten Fäusten in der Mitte der großen Halle der Zehn Provinzen stehen, nur noch umgeben von der riesigen Keramik-Karte. Indem er die Region Changan zur Seite gezogen hatte, hatte Darius die anderen Teile verschoben und aus dem Reich der Mitte lauter Fragmente gemacht. Longji stand inmitten dieses verstümmelten Reiches, unsicher, ob er nun der Dreh- und Angelpunkt war, um den es ging, oder der Dolch, der es in Stücke hacken würde.

Er und Strahlender Edelstein hatten soviel Freude daran gefunden, die Umgestaltung des Reiches zu planen. Der Ostmarkt – der Pavillon der Menschlichen Harmonie – und jetzt würden sie es nie mehr wagen, die Kaiserstadt noch einmal zu verlassen, jedenfalls nicht ohne eine Armee, die sie beschützte.

In jener Nacht wurde der Wind kalt, und das Laub wurde trokken und begann zu fallen. Zwei Abende später, bei dem traditionellen Bankett zu Ehren des Jahreszeitenwechsels, hörte Longji zu, als Li Bo seine neue Ode an den Herbst deklamierte. Su Chi saß neben ihm auf einem niedrigeren Stuhl. Dunkelrote Weintrauben füllten eine Silberschale in Form eines Bündels von Blättern des Fächerblattbaums auf einem Tisch vor ihnen.

Der Dichter stand auf einem mit Kopfsteinpflaster belegten Viereck in der Mitte des kleinen Westwind-Gartens. Öl brannte um ihn herum in vier gußeisernen Schalen auf schwarzen Säulen; die Flammen warfen von den Sandalen an seinen Füßen senkrechte Schatten auf die weißen Pflastersteine.

> Grillen und Kröten singen jetzt lauter,
> Leuchtkäfer brennen heller,
> Schon bald werden Laubhaufen ihre Grabhügel sein.
>
> Als ein goldener Käfig früherer Zeiten im Sterben lag,
> Klagten Silberne Herren und Bronzene Damen in dem Wissen,
> Daß die irdene Decke ihres Herrn bald auch sie bedecken würde.

Der alte Bo heult vor dem Sohn des Himmels –
Laßt uns strahlen mit dem gelben Wein aus Hangchow.
Laßt uns singen mit den Zauberinnen aus Yen.

Longji seufzte. Wie üblich, dachte er, überschreitet Li Bo die Grenzen der Schicklichkeit. Er erinnert mich daran, daß ich genauso wie er bald sterben werde. Das Leben gleitet mir durch die Finger und wird vorbei sein, bevor es mir bewußt wird. Also muß ich daran denken, lauter zu singen. Und Guei Fei liebzuhaben. Wozu brauche ich dann noch Zauberinnen aus Yen?

Su Chi sagte: »Vater, das Gedicht dieses dicken alten Trunkenbolds ist deprimierend. Ich werde einen von Qutlughs Barden herbringen, damit er dir ein paar aufregende Uyghuren-Sagen vorsingt.«

»Das kannst du gern tun«, sagte Longji. »Doch muß ich gestehen, daß ich vor drei Tagen schon genügend aufregende Abenteuer erlebt habe. Du hast vielleicht davon gehört?«

Su Chi rutschte unruhig auf seinem Stuhl herum und starrte Longji an. »Du glaubst hoffentlich nicht, ich hätte etwas damit zu tun gehabt.«

Nein, dachte Longji, ich nicht, aber Strahlender Edelstein tut es. Sie liegt mir ständig in den Ohren, dich ins Exil zu schicken.

Er musterte seinen Sohn. Dem verdrießlichen Gesicht war nichts anzusehen.

Wie konnten Yuen und ich nur einen derart häßlichen Sohn zeugen?

Er sagte: »Wenn meiner Kaiserin Schaden droht, bleibt mir nichts anderes übrig, als an dich zu denken. Wie du weißt, habe ich beschlossen, daß Fu Zhou sterben muß, wenn ihr etwas zustößt.« Es kostete Longji wie immer einige Mühe, bei seinem Sohn so hart zu sein. Seine Stimme wurde vor Erschöpfung tonlos, als er fortfuhr: »Und ich sage dir noch einmal, daß ich dich enterben und in einem weit von hier entfernten Schloß einsperren lassen werde. Glaube nur nicht, du könntest dort entkommen und eine Barbarenarmee über die Große Mauer führen, um mir den Thron wegzunehmen.«

Su Chi schüttelte zornig den Kopf. »Ist dir noch nicht der Gedanke gekommen, daß jeder, der Dame Fu und mich vernichten will, nur gegen Yang Guei Fei zuzuschlagen braucht? Jeder hat dein Versprechen gehört, uns zu bestrafen, wenn ihr etwas zustößt. Niemand sonst kann das vergessen – nur du. Das Schlimmste, was die Mandarine über dich sagen, ist wahr.«

Longji bemühte sich, seiner Stimme einen weichen Tonfall zu geben, doch sie versagte ihm fast. »Was sagen sie über mich?«

»Daß sie dich verhext hat. Daß du um ihretwillen sogar das Reich zerfallen lassen würdest. Daß sie mit dem Reich spielt, indem sie es mit dir tut. Sie ist nicht die Frau, für die du sie hältst, Vater. Du hättest sie mir überlassen sollen.«

»Ruhe!« brüllte Longji und erkannte zu spät, daß die halbe Kaiserstadt es gehört haben mußte. Selbst Li Bo, der für sein Selbstbewußtsein und seine Kaltblütigkeit bekannt war, versprach sich in einer Zeile.

Während Li Bo sein Gedicht zu Ende las, saßen sie schweigend da. Longji fühlte, wie sein Zorn allmählich verebbte und zu Trauer wurde. Wenn er an dem Tag, an dem sie ihn in der Höhle in die Arme genommen hatte, nur auf Strahlenden Edelstein gehört hätte – wenn er doch nur nicht so hartnäckig gewesen wäre, sie zu der Heirat mit Su Chi zu zwingen –, dann wäre sein Sohn und Thronfolger jetzt nicht sein Feind.

Die Dielenbretter der Audienzhalle der Kaiserin kreischten laut unter An Lushans Schritten. Der Lichtschein von einem Dutzend Kristallampen, die an der Decke hingen, glitzerte auf den goldenen Einlegearbeiten, die seine Paraderüstung schmückten. Die Beförderungszeremonie war seit über einer Stunde vorbei. General An Lushan kniete vor Guei Fei nieder, preßte die Stirn neunmal auf den Teppich und richtete sich dann mit gesenktem Blick auf.

Guei Fei saß auf ihrem Jadethron und hatte die Hände unter den Ärmeln ihres kaiserlichen gelben Gewandes gefaltet. Was für ein großer, kräftiger Mann er ist, dachte sie. Er hat sich seine Rüstung sicher mit einem hohen Kostenaufwand anfertigen lassen. Sie wußte, daß viele Offiziere der kaiserlichen Garde Rüstung und

Uniformen von Vorgängern kauften, die befördert wurden oder sich zur Ruhe setzten. Bei dem riesigen Mongolen würde das nicht möglich sein. Vielleicht sollte sie dem Geschenk, das sie ihm machen wollte, noch eine Kette Goldmünzen hinzufügen.

Sie sagte: »General An, als Zeichen meiner Dankbarkeit überreiche ich Euch ein Geschenk, das ich aus der kaiserlichen Schatzkammer ausgewählt habe, weil Ihr mich beim Sinken des Ausflugsboots gerettet und an Land gebracht habt.«

Sie gab Chu Ling ein Zeichen, der die Lackschatulle auf dem zinnoberroten Tisch hochhob, der zwischen ihr und An stand. Er entnahm ihr eine lange Goldkette und hielt sie hoch. Im Lichtschein der Lampen glitzerte ein Medaillon aus Hindustan, sich schlängelnde Strahlen aus getriebenem Gold, die von einem Smaragd ausstrahlten, der wie ein Ei geformt und poliert war. Chu Ling machte Anstalten, An die Kette umzuhängen, doch der große Mann hob die Hand und wehrte ihn ab.

An starrte Guei Fei offen an. Sie hörte bei den Damen ihres persönlichen Hofstaats, die links und rechts von ihr saßen, ein überraschtes Murmeln. Eine zog sich abrupt den Fächer vors Gesicht. Sie hatte Mühe, ihren Gesichtsausdruck von Furcht und Mißbilligung zu verbergen. Meiling beugte sich zur Seite und flüsterte Li Xi etwas zu, die aus ihrer Heimat Kaschgar zu Besuch war, um in der kaiserlichen Bibliothek Japanisch zu studieren.

Guei Fei versuchte, den Ausdruck auf Ans von Narben durchzogenem Gesicht zu deuten. Sie sah verletzten Stolz, Trotz, Traurigkeit und andere Dinge, die sie nicht benennen konnte, in einer einzigen Mischung. Wartete er auf ihre Erlaubnis, das Geschenk anzunehmen?

Sie sagte: »General An, das Medaillon gehört Euch. Tragt es in der Gewißheit unserer Dankbarkeit. Eine Kaiserin möchte damit zum Ausdruck bringen, was der Kaiser durch Eure Beförderung gezeigt hat – daß wir Eure Dienste zu schätzen wissen.«

Seine Stimme war tief und volltönend. »Geschenk ist höchst großartig, Kaiserliche Mutter. Aber verdiene nicht Freundlichkeit Kaiserlicher Mutter. Habe nur getan, was jeder kaiserliche Soldat tun würde.«

Sie spürte, wie ihr Hitze ins Gesicht stieg, und betete zu Guanyin, sie möge nicht rot werden. Hatte sie gegen irgendeine Vorschrift barbarischer Etikette verstoßen? Er mußte doch wissen, daß die Manieren des Reichs der Mitte hier Vorrang hatten.

Chu Ling rief plötzlich aus: »Wie könnt Ihr es wagen, Euch herauszunehmen, Ihrer Grenzenlosen Erhabenheit zu sagen, welche Belohnung für einen elenden Barbarensoldaten angemessen ist? Ihr solltet ihr Geschenk demütig und dankbar entgegennehmen. Runter aufs Gesicht, sofort, und bittet sie um Vergebung, oder Ihre Erhabenheit wird Euch vor der gesamten kaiserlichen Garde auspeitschen lassen.«

An starrte Chu Ling an, und Guei Fei sah Mord in dem Blick der schmalen dunklen Augen. Entsetzen durchzuckte sie. Sie zweifelte keinen Augenblick daran, daß An Chu Ling und alle Anwesenden im Raum mit bloßen Händen töten konnte, wenn er es wünschte, mochte er auch unbewaffnet sein, wie es bei Soldaten im kaiserlichen Palast üblich war, die nicht Dienst hatten.

Als die Spannung unerträglich wurde, warf sich An zu Boden. Die Silberreiherfeder, ein Emblem von ungewöhnlichem Wert, welche die Spitze seines roten Lackhelms schmückte, zeigte direkt auf Guei Fei.

»Bitte Kaiserliche Mutter um Vergebung«, ließ sich seine rauhe Stimme vernehmen, deren Klang von dem Teppich gedämpft wurde. »Hatte nicht die Absicht zu kränken.«

Als er sein entstelltes Gesicht wieder hob und dabei den Blick gesenkt hielt, sagte sich Guei Fei, daß diese Begegnung nicht mit Entfremdung enden durfte. Sie hatte diesem riesigen Mongolen schon seltsam warme Gefühle entgegengebracht, als er sie noch nicht vor der Flußschlange gerettet hatte. Er war ein in Armut und Unwissenheit hineingeborener Mann wie irgendein Bauer oder ein armer Handwerker. Er hatte verblüffend gut an sich gearbeitet, doch ihm fehlten immer noch Manieren und gesellschaftlicher Schliff. Da er jedoch seine Fähigkeiten unter Beweis gestellt hatte, sollte man ihm helfen und ihn nicht vernichten.

»General An, wie würdet Ihr einen Mann belohnen, der Euch das Leben gerettet hat, wenn Ihr die Kaiserin wärt?«

Ein leises Lächeln umspielte die purpurrote untere Hälfte seines Gesichts.

»Kaiserliche Mutter, würde mir sagen, dieser Mann hat mir Leben geschenkt. Leben ist Zeit. Also würde ihm geben etwas von meiner Zeit.«

»Unerträgliche Impertinenz!« rief Chu Ling aus.

»Der Haushofmeister möge schweigen und den General selbst erklären lassen, was er meint«, schaltete sich Guei Fei ein. »Also, wenn Ihr die Kaiserin wärt, würdet Ihr Lushan Zeit geben?«

»Immer nur ein bißchen Zeit, Kaiserliche Mutter, ab und zu, wenn Ihre Erhabenheit sich mit Unwissenheit von elendem Barbarensoldaten amüsieren möchte.« Bei diesen Worten blickte er Chu Ling kühl und ausdruckslos an.

»Und wie würde An diese Zeit nutzen?« fragte Guei Fei weiter.

»Er würde Kaiserliche Mutter mit seinen törichten Fragen über die Sitten des Reichs der Mitte zum Lachen bringen, mit seinen Fragen nach ihren Wünschen für große Reform, mit seinen Fragen, wer sie bekämpft und was getan werden kann, um sie zu vernichten.«

Das war es also, worüber er wollte, daß sie ihn unterrichtete. Nun, er verdiente es, mehr zu lernen. Und da Chu Ling und die Damen immer anwesend sein würden, wäre es nicht unschicklich. Es würde unterhaltsam sein, ihm etwas über Politik und Manieren und derlei beizubringen.

»Es würde mich freuen, mich von Zeit zu Zeit hier im Kaiserpalast mit dem General zu unterhalten«, sagte sie. Sie sah Chu Ling bei diesen Worten nicht an, da sie wußte, daß sie ein ernstes Stirnrunzeln der Mißbilligung sehen würde. »Aber das Medaillon werdet Ihr trotzdem annehmen.«

»Mit meiner tiefsten Dankbarkeit, Kaiserliche Mutter«, ließ sich An mit grollender Stimme vernehmen.

Guei Fei machte eine Handbewegung, und Chu Ling zog An mit zusammengepreßten Lippen die Kette mit dem Medaillon über den Kopf.

Ich könnte wetten, daß Chu Ling ihn mit dieser Goldkette am liebsten erdrosseln würde, dachte sie. Doch selbst ein Mann von

Chu Lings Kraft und kriegerischer Fähigkeit würde gegen den gewaltigen An nichts ausrichten können.

Nachdem An einen Abgang gemacht hatte, der den ganzen Fußboden erzittern ließ, entstand in der Audienzhalle der Kaiserin ein Augenblick des Schweigens. Dann sprach Chu Ling, zu ihrem Erstaunen nicht zornig, sondern ernst.

»Eure Kaiserliche Erhabenheit zeigt ein lobenswertes Verlangen, die Geringen zu erheben, doch man macht einen menschenfressenden Tiger nicht zum Haustier.«

»Er ist kein Tier, Chu Ling«, tadelte Guei Fei. »Er ist ein Mann mit Haltung.«

»Ein großartiger Mann«, hauchte Li Xi. Ihr Mann, der Militärgouverneur der Stadt Kaschgar an der Seidenstraße, war schon zwei Jahre zu Manövern abwesend und seitdem kein einziges Mal nach Hause gekommen.

»Zu sehr Barbar für meinen Geschmack«, ließ sich Meiling vernehmen. »Er hat zweifellos den scheußlichen Atem eines Milchtrinkers.«

»Nun, wir wissen ja alle, daß du eine Kennerin von Barbaren bist«, bemerkte Li Xi spitz.

»Perser sind keine Barbaren«, entgegnete Meiling und fingerte an einer Locke über ihrer rechten Schläfe. »Und wenn du noch ein Wort sagst, werde ich einen höchst barbarischen Überfall auf deine Frisur wagen, für die deine Zofe den ganzen Tag gebraucht hat.«

Li Xi legte die Hände mit einer übertrieben abwehrenden Bewegung an die drei kunstvoll geformten Kugeln ihres glänzenden schwarzen Haars, und Guei Fei, von der Begegnung mit An noch ein wenig erschüttert, lachte nervös. »Was mich betrifft«, sagte Li Xi, »so wißt ihr, daß ich exotische Dinge studiere.« Sie sagte es mit belegter Stimme.

Chu Ling meldete sich leise zu Wort: »Ihr seid keineswegs verpflichtet, ihn wiederzusehen.« Guei Fei hörte das unausgesprochene: *Und Ihr solltet es auch nicht.*

»Ich habe es ihm versprochen«, sagte Guei Fei. »Meister Kung sagt, die Gesetze über gute Manieren verpflichteten uns alle, wie hoch unsere Stellung auch sein mag. Außerdem wird es den General für das Reich wertvoller machen, wenn er sich gebildet hat.«

Sie würde für diesen einen Mann tun, dachte sie, was sie auch für das ganze Reich zu tun hoffte. Sie würde ihn aus der Dunkelheit der Unwissenheit emporheben. Sie spürte mit tiefer, blinder Gewißheit, daß er sich erkenntlich zeigen würde. Die neue Welt war immer noch möglich. Wenn schon nicht in jeweils einem Dorf, dann bei einem Menschen nach dem anderen.

11

Die Legion der Fremden

> Yang Guei Fei und Yang Enger versuchten, die Verwaltung dazu zu bringen, das zu tun, was sie den alten Büchern zufolge tun sollte. Sie waren sich zu keinem Zeitpunkt bewußt, daß sie der Welt etwas Neues brachten. Sie glaubten, sie machten einfach nur den Versuch, eine frühere und bessere Zeit zurückzuholen.
>
> Aus der »Geheimen Geschichte der Tang« von Yang Kaizhi

Meiling fuhr erschreckt aus dem Schlaf hoch.

Die Morgendämmerung ließ die weißen Seidenvorhänge, die ihr Bett umgaben, blaß erscheinen. Die Stille um sie herum wurde durch nichts gestört. Nur gelegentlich schlug ein Zweig des Pflaumenbaums an ihr Fenster, und ein Spatz ließ kurz vor Tagesanbruch ein schläfriges Zwitschern hören.

Urplötzlich kehrte ihr Erinnerungsvermögen zurück wie ein zweites Aufwachen. Heute kam die Wu-Frau!

Es war ihr nun unmöglich, länger im Bett zu bleiben. Schon waren ihre Augen weit offen, und das Blut pochte in ihren Adern.

Meiling beeilte sich, aus dem flauschigen Federbett zu kommen. Es würde noch Stunden dauern, ehe die Zauberin eintraf, doch Meiling wußte, wie sie die Zeit bis dahin verbringen wollte. Der Tagesanbruch war herrlich zum Ausreiten. Sie liebte das blasse Licht und die leeren Straßen, den frischen Wind und die Stille.

In den ersten Monaten in Changan war sie im Frauenpalast eingesperrt gewesen und hatte niemanden davon überzeugen können, daß eine edle Dame auf einem lebhaften kaiserlichen Pony sicher war. Damen des Päonienblütenpalastes ritten nur abends oder nachts aus, wie ihr ein unverschämter Stalljunge weismachen wollte. Erschreckt fragte sich Meiling, wie sie einen Abendritt in die Wege leiten sollte – doch dann wurde ihr heiß, und sie errötete, als ihr aufging, was der Junge gemeint hatte.

Ihre Schwester hatte jedoch Chu Ling zu den Ställen hinuntergeschickt. Am nächsten Morgen war bereits ein Pferd gesattelt, als Meiling in der Kühle der Morgendämmerung dort ankam. Nach Monaten des Eingesperrtseins war dieser erste Ritt in die wogenden Hügel um Changan wie Wasser auf eine trockene Zunge.

Seitdem war sie mehrmals in der Woche ausgeritten, meist auf der sehnigen, gescheckten Stute Meeresgischt. Die Ställe waren dem riesigen hinteren Stadttor der Kaiserstadt so nahe, daß sie nur selten durch die Straßen Changans ritt, sondern sich statt dessen gleich in die kiefernbewachsenen Hügel begab. Sie hatte bei diesen Ausritten kein bestimmtes Ziel, wollte nur das schnelle Pony unter sich fühlen und sich den Wind um die Nase wehen lassen.

Auf einem dieser Ausritte war sie der Wu-Frau begegnet, die sich hoch oben in den bewaldeten Bergen tief über einen Steinaltar bückte. Meiling hatte Meeresgischt zum Stehen gebracht und beobachtet, wie die knochige alte Frau sich mehrmals vor einer eigentümlichen Ansammlung zerbrochener Statuen und zerfledderter alter Schriftrollen verneigte. Die altmodische Kleidung der Frau bestand nur noch aus Lumpen, doch sie bewegte sich mit spürbarer Kraft. Meiling hatte noch nie eine dieser Zauberinnen gesehen, von deren magischen Kräften viele Geschichten erzählt wurden.

Die Frau schien Meilings Anwesenheit bemerkt zu haben, gab das jedoch durch keine Bewegung zu erkennen. Als Meiling sie beim nächsten Mal traf, hatte die Zauberin ihr stummes Ritual schon beendet und gab der Reiterin ein Zeichen, näher zu kommen. Meiling saß ab und ging zum Altar hinüber.

»Ihr seid verliebt«, sagte die alte Frau ohne jede Vorrede mit harter, brüchiger Stimme.

Meiling zuckte zusammen. Sie hatte das Gefühl, als hätte die fremde Frau in ihrer Seele gelesen. Sie nickte bestätigend.

»Ihr steht vor einem Hindernis. Etwas Geheimem. Ich kann nicht ganz sehen…« Sie verstummte.

Meiling war stolz auf ihre Vorbehalte gegenüber Übernatürlichem, doch die Worte dieser Frau schienen unheimlich zuzutreffen. Immer wenn sie das Thema Heirat zur Sprache brachte, wurde Darius vorsichtig – und schweigsam wie eine Auster, wenn sie sich über seine Geheimgesellschaft lustig machte.

»Was kann ich tun?« fragte Meiling die Fremde.

Ein Lächeln huschte über das Gesicht der alten Wu-Frau, bevor sie antwortete. »Es gibt etwas, Kleines, das Euch helfen wird«, sagte sie. »Ich kann Euch einen Tee bereiten, den Ihr trinken müßt. Er wird Euch unwiderstehlich machen.«

Meiling bemühte sich, ein Lächeln zu unterdrücken. »Soll ich morgen wiederkommen?« fragte sie mit gedämpfter Stimme.

»Nein«, entgegnete die Frau. »Ich werde zu Euch kommen. Wenn ich Euch nicht finden kann, würde der Tee ohnehin nicht wirken. Ich werde in drei Tagen bei Euch sein. Drei Stunden nach Tagesanbruch. Wartet auf mich.«

Die drei Tage vergingen langsam, doch jetzt war der Tag angebrochen, der ihr Leben verändern sollte. Meiling ließ Meeresgischt den Hügel hinauftraben. Sie hoffte, daß die Wu-Frau das besondere Gebräu schon zubereitet hatte. Doch konnte sie den Weg in den Palast und durch seine labyrinthischen Korridore zu ihren Gemächern finden?

Meiling war so in Gedanken versunken, daß sie den großen Mongolen auf dem Rappen erst sah, als sie vor ihm stand. An Lushan stand wie ein Wachposten am Rand des Parks auf der Hügelkuppe in der Nähe des Altars der Wu-Frau. Er schien zunächst erschreckt, sie dort zu sehen, doch sein Gesicht nahm schnell wieder den gewohnt gleichmütigen Ausdruck an.

»Seid gegrüßt, Dame«, sagte er mit einer steifen Verbeugung.

Meiling war verblüfft, wie sehr sich die Aussprache des Mongolen gebessert hatte, seit Guei Fei ihn unter ihre Fittiche genommen hatte. Sein Akzent hörte sich fast zivilisiert an, obwohl er immer noch stockend sprach.

»Seid gegrüßt, General«, erwiderte sie und brachte Meeresgischt zum Stehen. Sie wollte nicht stehenbleiben, doch die Höflichkeit verlangte, daß sie es tat. »Ihr reitet früh aus.«

»Ihr auch«, erwiderte An. Er blickte sich besorgt über die Schulter um, als erwartete er jemanden. Wer wollte sich in aller Frühe auf diesem Berggipfel mit ihm treffen? Mißtrauen schwirrte in Meilings Kopf herum wie ein Schwarm von Mücken.

An verbeugte sich, diesmal so tief, wie er konnte, ohne von seinem großen Schlachtroß zu fallen. »Braucht Ihr Begleitung nach Changan? Ich reite hin.«

Also wartete er auf niemanden. Vielleicht ritt er nur gern frühmorgens aus.

Meiling schüttelte den Kopf, winkte ihm fröhlich zu und trabte hügelabwärts auf die Stadt zu.

Als sie wieder in ihren Gemächern war, kleidete sie sich um und zog statt ihrer lockeren seidenen Reitkleidung ein enganliegendes grünes Kleid in der Farbe von Frühlingsschößlingen an. Sie rief eine Dienerin, die ihr das Haar in drei große Rollen legen sollte. Als sie mit den Vorbereitungen fertig war, war noch immer Zeit bis zu dem Besuch, der ihr Leben verändern sollte.

Die Minuten vergingen, dann eine Stunde und noch eine. Meiling schritt in ihrem Zimmer auf und ab wie ein eingesperrter kleiner Hund und ging von der Ecke zum Fenster und von dort zur Tür. Schließlich streckte sie sich mit steifen Gliedern auf ihrem Bett aus und legte sich den Unterarm über die Augen. Die Enttäuschung überwältigte sie. In ihrem Kopf rasten die Gedanken. Sie sagte sich, daß das gar nichts ändern würde. Das Gebräu der Wu-Frau war ohnehin nur Aberglaube. Zwischen Darius und ihr würde es bleiben, wie es war.

Doch die Tatsache, daß die Magierin sie im Palast nicht gefunden hatte, schien alles zu verändern. Der Trank war nicht für sie bestimmt. Sie würde Darius nie für sich haben. Sie würde immer den zweiten Platz einnehmen, wer auch –

Mit einem Ruck wurde sie wach. Verwirrung hüllte sie ein wie eine Decke. War sie eingeschlafen? Sie stützte sich mühsam auf einen Ellbogen auf und sah sich um.

Vom anderen Ende des Zimmers starrte die Wu-Frau sie an.

Meiling sprang aus dem Bett und fiel vor der Frau auf die Knie. »Ihr habt mich gefunden! Ich dachte schon, Ihr würdet mich nicht finden! Ich dachte, Ihr fändet den Weg nicht.« Ihr ging auf, wie erregt sie plapperte. Sie war überglücklich vor Erleichterung.

»Natürlich habe ich Euch gefunden«, sagte die Frau beruhigend. Sie neigte den Kopf leicht zu Meiling. Etwas in ihrem langen Gesicht wirkte wölfisch, ähnelte dem Ausdruck eines schlauen Raubtiers. »Ich wußte, daß Ihr mich braucht.«

Die Wu-Frau beugte sich leicht vor und legte ihr ein kleines Päckchen mit Pulver in die Hände. Meiling spürte, wie sich ihre Finger darum schlossen, wie um eine Hand, die einem Ertrinkenden hingestreckt wird. Zwischen den Fingern konnte sie ein kleines, in Seide gehülltes Päckchen fühlen.

Die Wu-Frau hielt ihre Hand noch immer mit festem, knochigem Griff. »Alles hat seinen Preis«, sagte die Frau, deren Augen seltsam glitzerten. »Was werdet Ihr mir für diesen Trank geben?«

Daran hatte Meiling noch gar nicht gedacht. »Ich habe Gold und einige Perlen«, sagte sie. Die Frau runzelte leicht die Stirn und schüttelte den Kopf. Sie preßte Meilings Hand noch fester. »Beides?«

»Kein Geld. Keine Edelsteine. Ich wünsche nur, daß Ihr mir von Eurem Leben hier erzählt. Um welche Zeit eßt Ihr, was macht Ihr abends, wann besucht Ihr Eure Schwester?«

Schritte draußen auf dem Flur unterbrachen sie. Chu Lings Kopf tauchte im Türeingang auf. Er öffnete den Mund, als wollte er sprechen, doch dann riß er ihn noch mehr auf, als er die Wu-Frau sah.

Meiling spürte, wie die Frau neben ihr erstarrte.

»Wie könnt Ihr es wagen! Raus hier! Verschwindet!« Chu Ling stürzte sich auf die Frau. Sie sprang hoch und wollte sich ihm entgegenstellen. Ihre scharfen Fingernägel zerkratzten dem Eunuchen die Wange, als er nach ihren Handgelenken griff. »Wache!« brüllte Chu Ling. »Wache!«

Mit einer plötzlichen Drehung ihrer Arme befreite sich die Wu-Frau und rannte aus einer Tür am hinteren Ende des Schlafzimmers, von der Meiling geglaubt hatte, sie sei nur den Bewohnern des Zimmers bekannt. Sie muß eine große Zauberin sein, dachte Meiling, wenn sie weiß, daß dieser Vorhang eine Tür verbirgt.

»Wie kann sie es wagen?« sprudelte Chu Ling hervor. »Wie kann sie es wagen, einfach herzukommen?« Er sah das Päckchen mit dem Pulver auf dem Bett, auf das die Wu-Frau es bei ihrer überstürzten Flucht hatte fallen lassen. »Auch das hier!« Er schlug mit der Hand darauf.

»Gebt es mir«, rief Meiling aus. »Es gehört mir!«

»Wollt Ihr etwa Gift?« fragte Chu Ling. »Wollt Ihr Chingchin ins Grab folgen?«

Meiling wurde plötzlich kalt. Was meinte der Eunuch damit?

In diesem Augenblick kam Guei Fei ins Zimmer gerannt, und als sie Meiling benommen auf der Bettkante sitzen sah, lief sie zu ihr. »Was ist passiert? Bist du verletzt?« Guei Fei ergriff Meilings Hände und begann sie zu streicheln. Sie befühlte Meilings Stirn und strich ihr übers Haar.

»Nichts ist passiert«, sagte Chu Ling mit einem zornigen Unterton in der Stimme, den Meiling noch nie zuvor bei ihm gehört hatte. »Wenigstens nichts, was nach dem Willen von Dame Fu hätte passieren sollen.«

Meiling hatte das Gefühl, als hätte man sie mit eisigem Wasser übergossen. Dame Fu? Die Wu-Frau? Um sie herum schien alles nur noch Tumult zu sein.

»Dame Fu? Hier?« Guei Feis Stimme hörte sich entsetzt an. »Hier? Im Zimmer meiner Schwester?« Sie schlang die Arme um Meiling. »O Chu Ling«, rief sie, »dies kann nicht so sein wie bei Chingchin. Das darf einfach nicht sein! Sie tut es wegen Enger! Es muß etwas geschehen!«

Chingchin – Dame Fu – weißes Pulver –

Meiling sah die Vergangenheit plötzlich viel klarer, als sie es überhaupt für möglich gehalten hätte. Die Zukunft schien jedoch weniger klar zu sein, als sie es sich je hätte träumen lassen.

Zu verschiedenen Zeiten hatte Longji mit jeder der vier Damen geschlafen, die jetzt für ihn und Ma Tsu spielten. In Zeiten vor Strahlendem Edelstein. Die Musikerinnen trugen zueinander passende kastanienbraune und violette Gewänder und saßen auf riesigen blauen Kissen. Sie zupften schnell an langen Saiteninstrumenten, die auf dem polierten Teakholzboden vor ihnen lagen. Melodische Musik erfüllte die Luft.

Ma Tsu saß auf einem Stuhl ohne Armlehnen vor Longji, spreizte die Knie und ließ seine eckigen Hände auf den Schenkeln ruhen. Er sieht aus, dachte Longji, wie ein Grenzstein aus Granit am Rand eines Feldes.

Der Qinzha-Abt blickte sich mit der gewohnten Vorsicht in der Federgrashalle um. Die Musikerinnen saßen in großer Entfernung vom Kaiser. Diener standen diskret an der Südwand der Halle, die ihren Namen davon hatte, daß sie im Herbst oft benutzt und mit Vasen voller fedriger getrockneter Gräser geschmückt wurde. Die Diener konnten sehen, wenn der Kaiser etwas brauchte, waren jedoch zu weit entfernt, um seine Konversation mit anzuhören.

Nachdem er die Inspektion des Raums beendet hatte, wandte sich Ma Tsu wieder mit einem Lächeln Longji zu. Dieses Lächeln, bemerkte Longji, ist nur höflich. Es reicht nicht bis zu den Augen.

»Ich bin gekommen, um dem Strahlenden Kaiser über die Tätigkeit des neuen Ersten Ministers zu berichten.«

Longji rutschte unbehaglich hin und her. Würde er Guei Feis Bruder verteidigen müssen? Er hob leicht die Augenbrauen.

»Es sind erst zwei Monate her«, fuhr der Abt fort, »seit Ihr den ehrenwerten Yang Enger zum Ersten Minister ernannt habt. Er leistet die Arbeit von zehn Männern. Er müht sich schon vor Tagesanbruch bis spät nach Mitternacht ab und schläft nicht mehr als vier Stunden. Er ruht sich nie auch nur einen Tag aus.«

»Ich bin überzeugt, daß dieses Gerede von harter Arbeit mich nur darauf vorbereiten soll, daß etwas nicht stimmt.«

»Wenn ein alter Mönch bei uns Qinzha einem jungen eine Lektion erteilt, wenn er nur um Haaresbreite besser ist als dieser, sagen wir, der alte Mönch habe mit ›großmütterlicher Freundlichkeit‹ gehandelt. Ich spreche jetzt mit großmütterlicher Freundlichkeit zu Euch. Yang hat mehr getan, als nur die Erziehung zu reformieren. Er hat zu allem Ideen und handelt auch danach.«

»Ich habe ihm Vollmacht gegeben, für das Wohl des Reiches zu arbeiten«, sagte Longji. »Er hat tatsächlich viele Ideen, wie man den Wohlstand des Volkes steigern kann.«

»Er hat die Steuern um ein Drittel gesenkt. Folglich segnen die Leute seinen Namen – und Euren.«

»Hervorragend.«

Doch der Abt hielt eine Hand hoch und schüttelte den Kopf. »Um die entgangenen Einkünfte auszugleichen, hat er auch die Gehälter gesenkt. Bei Beamten und Armeeoffizieren, bei fast allen. Um ein Drittel, von oben bis unten. Um das auszugleichen, verlangen die Mandarine höhere Bestechungsgelder. Die Armeeoffiziere pressen den Menschen Geld und Güter ab. An den Grenzen sind einige Offiziere desertiert und zu den Barbaren übergelaufen – die zahlen besser.«

Longji zuckte zusammen. Die Musikerinnen hörten plötzlich auf zu spielen und sahen den Kaiser erwartungsvoll an. Er nickte und lächelte ihnen zu. »Sehr schön. Bitte spielt weiter.« In Wahrheit hatte ihm das Stück nicht gefallen. Hindustani-Musik war zwar sehr in Mode, doch ihn reizte sie nicht.

Er wandte seine Aufmerksamkeit wieder Ma Tsu zu. »Und Ihr fahrt bitte auf Eure großmütterliche Art fort.« Er bemühte sich, den Anflug von Verärgerung in seiner Stimme zu unterdrücken.

»Wenn der Erste Minister einen Beamten eines schweren Fehlverhaltens für schuldig befindet, verhängt er eine neue und ungewöhnlich grausame Strafe.«

»Ach, tatsächlich?« Longji zog sich leicht zurück und legte die Stirn in Falten. »Ich dachte nicht, daß Yang Enger körperliche Härte billigt.«

»Das tut er auch nicht. Doch es gibt Mandarine, die diese Bestrafung für schmerzlicher halten als die Folter. Etliche von ihnen haben sich lieber erhängt, statt sie zu ertragen.« Ma Tsu setzte seine Qinzha-Disziplin manchmal dazu ein, einen Bericht stärker in die Länge zu ziehen, als es dem Zuhörer gefiel. »Yang Enger schickt sie in ferne Provinzen, wo sie Seite an Seite mit Bauern auf dem Feld arbeiten müssen.«

Longji lehnte sich leicht zurück. Er konnte sich nicht vorstellen, daß man ihn dazu zwang, mit den Händen in der Erde herumzuwühlen. »Aber wie kann ein gebildeter Mann ein solches Erlebnis überhaupt ertragen?«

Ma Tsu blickte ihn durchtrieben an. »Stellt Euch vor, was es bei den Bauern anrichtet. Er redet ihnen ein, daß die Arbeit, der sie ihr Leben widmen, schmutzig ist, so schmutzig, daß sie für die Angehörigen der Oberschicht als Strafe dient.«

Longji schüttelte den Kopf. »Also wirklich – wie viele von ihnen sehen es so?«

»Es ist ein großer Fehler anzunehmen, daß Bauern nicht so denken wie wir. Das ist ein Fehler, den der Erste Minister macht. Der zweite ist, daß er unter den Mandarinen ein langsam schwelendes Feuer entfacht, das wie Holzkohle brennt und nicht mal die Farbe einer Flamme zeigt. Ich fürchte, daß es Yang Enger irgendwann verbrennen wird.«

»Ich werde mit Yang Enger über diese besondere Form der Strafe sprechen«, entgegnete Longji. »Ihr habt recht. Das ist unüberlegt.« Ma Tsu bewegte sich nicht. »Ja? Gibt es noch mehr?«

»Es gibt Ärger in der Provinz Shannan Hsitao.«

Longji ließ einen überraschten kleinen Ausruf hören. »Shannan Hsitao? Ausgerechnet um diese Provinz habe ich mir noch nie Sorgen machen müssen.«

»Ja, Gouverneur Lu Yung hat sie immer klug regiert. Er widersetzt sich jedoch heftig einer von Engers neuen Maßnahmen, einer Maßnahme, die es Bauern erlaubt, für ihr Getreide zu verlangen, was sie wollen. Lu Yung war der Meinung, daß dies für den Rest der Bevölkerung eine unbillige Härte bedeuten würde. Folglich hat er den Bauern befohlen, ihr Getreide zu einem niedrigen festen Preis zu verkaufen.« Wieder holte Ma Tsu für einige Augenblicke Luft und ließ seine Worte wirken. »Daraufhin haben die Bauern aus Protest ihre Felder und Kornkammern in Brand gesteckt. Und das hat unter den Stadtbewohnern zu Aufruhr geführt.«

Longji überlief es kalt. Er kannte Lu Yung seit der Kindheit, als er zu ihm als einem großen Gelehrten und einem Mann von hervorragendem Charakter aufgeblickt hatte. Er hatte ihn vor sechzehn Jahren zum Gouverneur von Shannan Hsitao ernannt. Hatte er sich in seinem Urteil geirrt?

»Er hätte die Erlasse des Ersten Ministers nicht mißachten sollen. Das ist unannehmbar. Im Reich muß Disziplin herrschen. Nur die

Minister bestimmen die Richtlinien der Politik.« Er knirschte mit den Zähnen. »Ich wünsche es wirklich nicht tun zu müssen, doch diese Rebellion muß niedergeschlagen werden. Mir bleibt keine andere Wahl. So sehr ich Lu Yung immer respektiert habe, das kann ich ihm nicht durchgehen lassen. Ich werde die kaiserliche Garde sofort nach Shannan Hsitao entsenden.«

»Es ist richtig, daß Ihr keine Wahl habt. Doch man würde es so sehen, als führtet Ihr einen Feldzug nicht zur Rettung des Reiches, sondern für die Yang.«

Longji starrte den Abt an. »Für die Yang?«

»Ja. Heute sagen die Leute, daß die Yang – die Kaiserin, der Erste Minister und ihr Vater sowie sämtliche Verwandte, die sie in ein Amt berufen haben – die Welt auf den Kopf stellen. Es ist das gleiche alte Problem – die Familie der Ersten Gemahlin gilt als zu mächtig. Früher waren die Fu verhaßt. Jetzt sind es die Yang. Selbst der alte Yang Heng, dieser harmlose Papiermacher, soll einer dieser bösen Menschen sein, welche die vom Himmel bestimmte Ordnung der Dinge auf den Kopf stellen.«

»Yang Heng?« staunte Longji. »Was hat er denn je getan?«

»Er hat das Messer geführt, das Chiang Wai getötet hat.«

Ich habe Heng dieses Messer führen lassen, dachte Longji. So hat er seine Enkelin gerächt.

»Chiang Wai hat verdient, was ihm zugefügt wurde«, sagte er matt. »Was Enger tut, ist gut. Das Reich ist seit Jahrzehnten ein stehender Tümpel gewesen.«

»Yang Enger und seine schöne Schwester lassen jetzt das Meer herein«, entgegnete Ma Tsu. Wieder machte er eine Pause und ließ seine Worte wirken. »Die Konsequenzen lassen sich nicht vorhersagen.«

Longji spürte einen Anflug von Verärgerung. Warum hatte dieser kahlköpfige Mönch Strahlenden Edelstein erwähnt? Wollte er etwa unterstellen, daß Guei Fei die Ursache dieser Schwierigkeiten war? »Sie läßt den Ozean herein? Sie hat meinem Leben Sinn und Hoffnung gegeben. Der Himmel hat mir Guei Fei geschenkt. Sie hat mir gezeigt, daß ich etwas Großes tun kann, bevor ich sterbe.«

Ma Tsu fixierte ihn mit Augen, die wie glühende Kohlen waren.

»Das Wort ›groß‹ hat viele Bedeutungen. Feuersbrünste und Erdbeben kann man auch groß nennen.«

Longji spürte den Ärger in sich aufsteigen wie eine heiße Flut. Wenn Ma Tsu seinen Willen durchsetzte, würde die Geschichte seine, Longjis, Herrschaft als eine Periode von mehr als dreißig Jahren bezeichnen, in der nichts passiert war. Manchmal schienen seine Ratgeber mehr an Stabilität denn an Fortschritt interessiert zu sein. Nun, er würde jedoch *seinen* Willen durchsetzen.

»Ich habe Euch zu Ende sprechen lassen, Ma Tsu. Jetzt könnt Ihr wieder nach Hause gehen und das tun, was Großmütter tun – wenn sie sich nicht gerade in alles einmischen.«

Er stand auf. Ma Tsu glitt geschmeidig von seinem Stuhl herunter und kniete nieder. Die Frauen hörten auf zu spielen, und alle Anwesenden im Raum knieten sich hin und senkten die Köpfe auf den Fußboden. Er fühlte, wie Ma Tsus Blicke sich ihm in den Rücken bohrten, als er aus dem Saal schritt.

Wie immer kurz bevor er in die Schlacht zog, pochte Darius' Herz heftig, und im Nacken sträubten sich ihm die Haare. Sein schwarzes Schlachtroß Schatten spürte, daß die Männer davorstanden, Blut zu vergießen, und bewegte sich unter ihm unruhig hin und her.

»Du wirst heute nicht kämpfen, alter Freund«, sagte Darius und tätschelte Schatten den Hals. »Es sei denn, du hast inzwischen gelernt, Mauern zu erklimmen.«

Eintausend Gardesoldaten standen bereit, das Yamen anzugreifen, das Hauptquartier von Lu Yung, dem Gouverneur von Shannan Hsitao. Sie standen fünf Reihen tief vor einer mannshohen Steinmauer, die glänzend weiß gestrichen war.

Der Augenblick war gekommen, der Augenblick, in dem die Zeit stillzustehen schien, um dann einen Satz nach vorn zu machen. »Greift an!« rief Darius.

Trommeln dröhnten, und Trompeten ertönten. Die erste Reihe lief nach vorn, zwanzig Mann, die mit voller Wucht gegen die Mauer anstürmten und alle einen Enterhaken herumwirbeln ließen. Es sah aus, als würde ein Fluß das Land überschwemmen.

Alle Haken saßen schon beim ersten Versuch fest.

Die Götter sind mit uns, dachte Darius. Jetzt kletterten die Soldaten, die sich ihre Armbrüste auf den Rücken gehängt hatten, an den Seilen hinauf. Hinter ihnen schlossen sich die restlichen Männer der ersten Reihe an. Chen Hualung und An Lushan standen am Fuß der Mauer und trieben die Angreifer zur Eile an.

Es gab kein Anzeichen von Widerstand seitens der Provinzmiliz Gouverneur Lu Yungs. Sie müssen doch innerhalb der Mauern sein, dachte Darius. Sind sie so feige? Bis jetzt geht alles unerwartet leicht.

Die erste Reihe hatte sich nun oben auf der Mauerkrone aufgestellt, unter dem grünen Dach, das die Brustwehr schützte. Zu Darius' Überraschung zogen einige der Männer ihre Schwerter.

»Was geht da oben vor?« brummte er. Die kaiserlichen Soldaten sollten mit ihren Armbrüsten die Verteidiger auf der anderen Seite der Mauer niederstrecken. Anschließend sollten sie herunterklettern und für den Rest der Truppe das Tor öffnen. Doch sie drehten sich jetzt hinter den Brustwehren um und stellten sich den Soldaten entgegen, die hinter ihnen hochkletterten.

Kaltes Entsetzen ergriff Darius. Die Zeit schien plötzlich stillzustehen und sich dann zu verlangsamen. Er sah wie unter Wasser zu, als mit Schwertern bewaffnete Männer auf ihre Kameraden auf der Mauerkrone einstachen und einhieben. Die ersten Leichen stürzten herunter. Ein Mann glitt an der weißgetünchten Mauer herab und hinterließ einen Streifen roten Blutes, als hätte ihn ein Künstler mit dem Pinsel gezogen.

»Was im Namen des Bösen Gottes geschieht da?« rief Darius Chen zu.

»Verrat!« schrie Chen.

Darius erkannte mit einem Anflug von Übelkeit, daß der Mann recht hatte.

Die Männer, die ihre Kameraden angegriffen hatten, warfen jetzt die Seile herunter. Im Fallen rissen sie weitere Soldaten mit sich. In der allgemeinen Verwirrung begann die Hauptstreitmacht der Garde am Fuß der Mauer kopflos hin und her zu rennen.

Plötzlich packte der große Mongole An ein noch baumelndes

Seil. Er zog sich mit beiden Händen hoch und lief an der Mauer empor, als würde er auf einer ebenen Strecke rennen.

Wie schnell er ist, dachte Darius bewundernd. Er scheint immer zu wissen, was getan werden muß.

Einer der abtrünnigen Soldaten hieb mit seinem Schwert nach dem Seil, an dem An hochkletterte. Doch dieser schwang sich schnell auf die Mauer, packte den Mann an der Kehle und schleuderte ihn hinunter. Dann bahnte sich sein riesiges Krummschwert an einer Reihe von Feinden entlang einen Weg – Feinden, die einmal Kameraden gewesen waren.

Darius' Gesicht rötete sich vor Wut, als ihm aufging, daß er schon mehr als einhundert Männer verloren hatte. Er sprang von seinem Pferd und rief: »Stürmt die Mauer! Alles mir nach!«

Ein Seil lag vor ihm auf der Erde, an dem der dreizinkige Enterhaken noch befestigt war. Die Verräter sind dumm, dachte er. Sie hätten die Seile durchschneiden und nicht hinunterwerfen sollen, denn so können wir sie noch einmal benutzen.

Er ließ den Haken um den Kopf herumwirbeln und losfliegen. Ein zufriedenes Brummen entfuhr ihm, als er ihn oben auf der Mauerkrone landen und sich unter dem grünen Dach verhaken sah.

Chen war direkt hinter ihm, als er hinaufkletterte. Als er oben war, konnte er die miteinander verbundenen Gebäude, Galerien, Gärten und Teiche des Yamen sehen, die sich hinter der Mauer erstreckten. Er hörte, wie ihm Pfeile um den Kopf schwirrten. Am Fuß der Mauer stand eine Reihe Provinzmilizionäre aus Shannan Hsitao in blauen Tuniken, die mit Pfeilen auf ihn schossen. Es kribbelte ihm in den Fingern, sich hinunterzustürzen und mit seinem Schwert unter ihnen aufzuräumen.

Vor sich sah er in einiger Entfernung einen Wachturm. Dort mußte es eine Treppe geben. Es wäre Selbstmord, angesichts all der Bogenschützen da unten an der Innenseite der Mauer hinunterzuklettern.

Plötzlich tauchte das gerötete braune Gesicht An Lushans vor ihm auf. Diesen hatte die Kampfwut gepackt. An hob sein Schwert in die Höhe, und einen Moment glaubte Darius, der Mongole werde ihn niederstrecken.

Doch An senkte sein Schwert und sagte: »Verräter ziehen sich in Wachtürme zurück. Wir müssen Tor öffnen.«

Die Mauerkrone war inzwischen von abtrünnigen Soldaten gesäubert. Auf Darius' Befehl hin ließen die loyalen Männer auf der Mauerkrone weitere Seile hinab, damit Männer zur Verstärkung hinaufklettern konnten, während die, die kein Seil hatten, ihre Armbrüste auf die Masse der feindlichen Truppen innerhalb der Mauer abschossen.

An befestigte einen Enterhaken an der Mauer und ließ das Seil auf der Innenseite hinunterbaumeln.

»Sie werden Euch mit Pfeilen durchsieben«, sagte Darius.

»Können mich nicht töten«, sagte An, dessen Stimme und Lächeln eigenartig selbstbewußt waren. Er stieß sein Schwert in die Scheide und zog sich Lederhandschuhe an, die er sich in den Gürtel gesteckt hatte. Mit der Geschmeidigkeit, die Darius an diesem großen und kräftigen Mann schon immer verblüffend gefunden hatte, schwang sich An über die innere Brustwehr hinweg und glitt am Seil hinunter, bis er wie ein Stein unten auf dem Erdboden landete. Er glitt so schnell hinunter, daß alle auf ihn gerichteten Pfeile danebengingen.

»Seht An Lushan!« rief ein Gardesoldat neben Darius aus. »Der Mann ist Guan Yu, der Kriegsgott persönlich!«

An stürzte sich in die Menge der Verteidiger am Fuß der Mauer. Er überragte die Gegner wie ein Kriegselefant, hieb mit seinem Schwert auf sie ein und trieb sie ganz allein an dem von Bäumen gesäumten Pfad zurück, der in das Yamen führte. Die Soldaten auf der Mauer jubelten ihm zu.

»Wollt ihr An Lushan den ganzen Ruhm allein einstreichen lassen?« rief Darius. »Runter mit euch und kämpft mit ihm!«

Männer ließen Seile in das Yamen hinab. Darius lief auf den nächstgelegenen Wachturm zu und zog einen der beiden Dolche, die er im Gürtel trug. Im Nahkampf war ein Dolch besser als ein Schwert. Zwei Männer standen ihm plötzlich auf der Wendeltreppe im Turm gegenüber. Der am nächsten stehende richtete sein Schwert auf Darius' Bauch. Der Mann hinter ihm hielt eine gespannte Armbrust.

Darius erkannte den Mann mit dem Schwert. »Shen Pi, wieviel haben sie Euch dafür bezahlt, daß Ihr zum Verräter werdet?«

Shen Pis Gesicht war schweißnaß. Er schürzte zornig die Lippen. »Niemand hat uns *bezahlt*, General. Wir Männer aus Shannan Hsitao lieben unseren Gouverneur. Wir werden den Yang nicht dabei helfen, ihn zu vernichten. Zwingt mich nicht, gegen Euch zu kämpfen, Herr.« Er stieß mit seinem Schwert leicht in die Luft. »Geht zurück.«

Darius schleuderte den Dolch und traf Shen Pi in der Kehle. Einen Moment spürte er einen Stich des Bedauerns. Er kannte den Mann schon seit Jahren.

Die Augen des Soldaten quollen hervor; er hatte den Ausdruck eines Mannes, der wußte, daß er sterben würde, und sich grausam betrogen fühlte. Er fiel nach hinten und stieß dabei die Armbrust des Mannes hinter ihm an, der gerade schoß. Shen Pis Körper stieß den Bogenschützen die Treppe hinunter. Darius war mit einem Satz bei ihnen, zog seinen Dolch mit einem Ruck aus der Kehle Shen Pis, aus der Blut hervorspritzte, und stieß ihn dem zweiten Mann hinter dessen gehärtetem ledernem Brustpanzer in die Seite. Darius sah in Shen Pis blicklose Augen, als er sich an den beiden sterbenden Männern vorbeidrängte.

Wie konnte dieser Mann – ein guter Mann, wie Darius immer gedacht hatte – und hundert weitere wie er den Kaiser aus Loyalität einem Provinzgouverneur gegenüber verraten?

Mit gezogenem Schwert stürmte er aus der Tür am Fuß des Wachturms. Kurz darauf hatten er und zwei weitere Gardesoldaten den schweren hölzernen Riegel zur Seite gehoben, der das Tor verschloß, und die restlichen Soldaten strömten herein.

Die Milizsoldaten des Gouverneurs zogen sich immer tiefer in das Gelände der Verwaltungsgebäude zurück und ließen Pfeile auf die kaiserliche Garde hinabregnen – Pfeile, die meist ihr Ziel verfehlten oder nur Brustpanzer und Helme ohne spürbare Wirkung trafen. Darius teilte seine Männer in zwei Trupps auf. Einer unterstand Chen, der andere An.

»Laßt die Beamten und Diener in Ruhe, es sei denn, sie bedrohen Euch«, befahl er. »Vergeßt nicht, der Kaiser hat uns befohlen,

Gouverneur Lu lebendig zu fangen und nach Changan zu bringen, damit ihm dort der Prozeß gemacht werden kann.«

Tor um Tor, Innenhof um Innenhof, Tür um Tür starben die Milizionäre, wo sie standen und kämpften. Hier und da erkannte Darius unter ihnen seine eigenen Männer, welche die Seiten gewechselt hatten. Sie hatten sich breite blaue Farbstreifen auf ihre rotgoldenen Brustpanzer gemalt.

Blau, die Farbe von Shannan Hsitao.

Wo immer Darius die blaue Farbe auf dem Rot und Gold der kaiserlichen Garde sah, stürzte er hin, um zu kämpfen. Er fühlte sich von diesen Männern persönlich mißbraucht. Er wollte sie mit eigenen Händen töten, weil ihre Entschlossenheit und die der Milizionäre zu viele seiner loyalen Soldaten das Leben kostete.

Eine Gruppe Soldaten des Gouverneurs blockierte den Eingang zur Audienzhalle wie ein Korken in einer Flasche. An stürzte sich unter sie und ließ Köpfe und Gliedmaßen auf dem schwarzen Marmorfußboden zurück. Darius und ein Dutzend anderer Soldaten folgten ihm auf dem Fuße und mähten den letzten vergeblichen Widerstand nieder.

Ihre Lederstiefel hallten in der langen, schwach erleuchteten und von Säulen gesäumten Halle wider. Auf einem Thron in Form einer vergoldeten Orchidee saß eine kleine Gestalt in einer grün-goldenen Robe vollkommen still und hielt einen silbernen Weinbecher in der Hand. Ein Kreis aus Milizionären mit Armbrüsten und Schwertern umgab ihn.

»Gouverneur Lu, ich fordere Euch im Namen des Himmelssohns auf, Euch zu ergeben!« rief Darius.

Der Pfeil einer Armbrust pfiff auf ihn zu, und er lenkte ihn mit einem Hieb seines Schwertes ab, der so schnell war, daß das Auge ihn kaum wahrnehmen konnte. Eine Fähigkeit, die er als Qinzha erworben hatte; er zeigte solche Künste nur ungern, doch noch weniger wollte er sein Leben verlieren.

»Tötet die Männer des Gouverneurs. Dem Gouverneur darf aber kein Haar gekrümmt werden«, befahl er mit tonloser Stimme. Nach stundenlangem Kampf fühlte er sich erschöpft und mitleidlos. Die Gardesoldaten traten zurück und spannten ihre Bogen.

Einen Moment später waren die zwölf Milizionäre tot, doch deren Armbrüste hatten fünf kaiserliche Gardesoldaten das Leben gekostet.

Stumm in sich hineinfluchend stand Darius vor Gouverneur Lu. Er haßte diesen kleinen Mann, weil gute Männer bei seiner Gefangennahme gestorben waren. Im stillen rezitierte er die Qinzha-Beschwörung der Gemütsruhe, um sich wieder in die Gewalt zu bekommen.

Ich bin nicht dieser Körper, ich bin nicht dieser Geist. Nichts kann mich anrühren, es sei denn, ich erlaube es. Ich erlaube aber nicht, daß dies mich anrührt.

Erschöpft nahm An seinen schmiedeeisernen Helm ab und legte ihn auf einen kleinen Elfenbeintisch. Mit einem lauten Seufzer ließ er sich auf einen Stuhl mit geschwungenem schwarzem Sitz fallen. Darius glaubte, der Stuhl werde gleich in Stücke zerbrechen.

Chen Hualung schritt in die Halle. Sein scharlachroter Brustpanzer war blutbespritzt. Er stellte sich neben Darius.

Gouverneur Lu war kaum größer als ein Kind. Seine Augen glitzerten wie Diamantsplitter in einem Gewirr von Fältchen, und sein Bart und Schnurrbart bestanden aus nichts weiter als einigen wenigen langen weißen Haaren. Darius stellte sich vor, dem alten Mann allein dadurch die Knochen brechen zu können, daß er die Hand auf ihn legte. Seine äußere Erscheinung war ein Schock. Nach dem Widerstand, den seine Männer geleistet hatten, hatte Darius einen kräftigen und beredsamen Mann erwartet.

Darius sagte: »Geschätzter Gouverneur Lu, erlaubt diesen unwürdigen Soldaten zu fragen, weshalb Ihr dies zugelassen habt.«

Lu blinzelte schnell mit den Augen, und Darius hatte den Verdacht, daß Tränen in ihnen standen. Lu hielt zum Salut vor Darius den Weinbecher hoch, führte ihn dann an die Lippen und nahm einen tiefen Schluck.

»Wenn ich meine Männer hätte überreden können, die Waffen niederzulegen und diesem Geschehen ein friedliches Ende zu machen, hätte ich es mit Freuden getan. Sie bestanden aber darauf, daß die Ehre von ihnen verlange, für mich zu kämpfen.«

»Und Ihr, Gouverneur? Ihr werdet Euch vor den Himmlischen

Richtern zu verantworten haben, doch ich würde es als große Freundlichkeit ansehen, wenn Ihr mir sagen könntet, weshalb Ihr die Befehle des Kaiserlichen Vaters mißachtet habt.«

Lu breitete anmutig die Hände aus und machte eine Geste mit dem leeren Weinbecher. »Wenn der Kaiser zuläßt, daß seine Minister vom Gesetz des Himmels abweichen, weicht er vom Mandat des Himmels ab, so wie ein Hauseigentümer sein Haus verläßt und für immer verschwindet.« Er sprach weicher und langsamer. Er hörte sich an, als rezitierte er etwas, was er schon vor Dutzenden von Jahren eingeübt hatte. »Dann ist es die Pflicht aller, sich entschlossen unter das Dach der Rechtschaffenheit zu stellen.«

Mit einem hellen Klirren glitt der Silberbecher Lu aus den schlanken Fingern und rollte auf den Fußboden. Darius blickte von dem Becher zu Gouverneur Lu und sah, daß die Augen des alten Mannes geschlossen waren und daß er seitlich auf seinem Thron zusammengesackt war.

»Er hat Gift genommen!« rief Chen aus.

An sprang von seinem Stuhl hoch und packte den alten Mann. Er zwang ihm die Finger in den Mund.

»Nein!« schrie Chen, packte An am Arm und zog ihn von dem schlaffen, puppenhaften Körper weg. »Er ist schon von uns gegangen. Er hat einen ehrenhaften Tod gewählt. Behandelt seinen leblosen Körper mit Respekt.«

Darius spürte, wie ihm das Herz kalt wurde. Wieder ein Mann von hohem Rang, dessen Name zum Schlachtruf der Feinde der Reformen werden würde. Und dieser war weit würdiger als Chiang Wai.

»Tränen des Jade-Kaisers!« fluchte Chen. »Dies ist ein guter Mann gewesen, der eine wohlhabende Provinz verwaltet hat. Yang Enger trägt die Schuld daran, daß hier Tod und Verderben herrschen. Es war ein böser Tag für das Reich, als der Sohn des Himmels seinem Erben Dame Yang wegnahm und sie heiratete.«

»Seid still, Chen«, knurrte Darius. »Ich habe nicht gehört, was Ihr gesagt habt.« Er warf An einen Seitenblick zu, der Chen anfunkelte. Sein entstelltes Gesicht war dunkel vor Zorn.

Chen, dachte er, ist ein Abkömmling des alten Gutsherrenadels, der die Yang als Bedrohung seines Lebensstils ansieht, vor allem die Kaiserin und den Ersten Minister. An hingegen ist ein einfacher Mann. Er ist dem Kaiser so ergeben, daß es ihn in Wut bringt, wenn jemand auch nur ein Wort gegen Yang Guei Fei äußert. Wenn es im Reich der Mitte doch nur mehr An Lushans gäbe, dachte Darius.

Darius kniete wie vorgeschrieben dreißig Schritt von den Stufen des Drachenthrons entfernt. Chen Hualung kniete rechts von ihm, An Lushan links von ihm. Trotz der heißen Kohle in den bronzenen Kohlepfannen am Rand des Raums, trotz des Lichts von Dutzenden Kristallampen, die an der Decke hingen, schien die Große Audienzhalle kalt und dunkel zu sein. Da nur der Kaiser und vier weitere Personen anwesend waren, empfand Darius die ungeheure Leere als bedrückend. Sie hätten sich ebensogut in einem kleineren Raum des Palastes treffen können. Darius war überzeugt, daß der Kaiser diese Halle gewählt hatte, um sie einzuschüchtern.

Über Darius thronte der Kaiser still und steif, eine in Eis geschnitzte Statue. Ich diene diesem Mann nun schon zwanzig Jahre, dachte Darius. Er hat das doch nicht nötig. Doch plötzlich verstand er: Der Kaiser versuchte sie einzuschüchtern, weil er selbst Angst hatte.

Erster Minister Yang Enger stand einige Stufen tiefer rechts vom Thron. Enger hatte sich in ein einfaches schwarzes Gewand gehüllt. Sein einziger Schmuck war der rote Korallenglobus auf seinem runden schwarzen Hut, der ihn als Ersten Minister des Kaisers auswies. Darius erkannte die Schriftrolle in Engers Hand; es war sein eigener Bericht über die Ereignisse in Shannan Hsitao.

Die Stimme des Kaisers, diese weiche Stimme, die Darius so gut kannte, war voller Vorwürfe. »Wie kommt es, daß einhundert kaiserliche Gardesoldaten bereit waren, den mir geleisteten Gehorsamseid zu brechen und für Gouverneur Lu Yung zu sterben?«

Darius blickte jetzt hoch und sah dem Kaiser in die dunklen, besorgten Augen. Konnte man ihn dazu bringen zu erkennen, daß ein Mann wie Gouverneur Lu für viele die altehrwürdige tugendhafte Art repräsentierte, das Reich zu verwalten? Daß die von Yang

Enger vorgeschlagenen sogenannten Reformen in sämtlichen Provinzen und unter allen Bevölkerungsschichten zu Aufruhr führten?

»Kaiserlicher Vater, Gouverneur Lu hat die Provinz Shannan Hsitao viele Jahre regiert. Das Volk liebte ihn.«

Der Kaiser seufzte. »Und wegen seines heldenhaften Selbstmords werden ihn die Menschen jetzt zweifellos noch mehr lieben. Ich hatte gehofft, in dieser Halle vor vielen hervorragenden Männern einen Prozeß abhalten zu können, damit alle Beamte im ganzen Land Lu Yungs Irrtümer verstünden. Ich hatte gehofft, ihn dazu zu bringen, sein fehlerhaftes Handeln zu gestehen. Ihr hättet nie zulassen dürfen, daß er sich umbringt.«

Darius' Magen drehte sich um. Er hatte sich endlose Vorwürfe gemacht, Lus Selbstmord nicht vorhergesehen und verhindert zu haben. Von einem Qinzha konnte erwartet werden, daß er die Gedanken der Menschen las. Doch das war nicht der schlimmste Vorwurf, den er sich anhören mußte. Vor dem, was Ma Tsu ihm sagen würde, fürchtete er sich sogar noch mehr als davor, vom Kaiser gezüchtigt zu werden.

Mit leiser Stimme sagte er: »Ich habe keine Entschuldigung, Kaiserlicher Vater.«

Der Kaiser sagte: »Ich kann nicht zulassen, daß Soldaten rebellieren, weil sie den Menschen in ihrer Heimatprovinz ergebener sind als mir.«

Neben Darius ließ sich eine rauhe Stimme vernehmen: »Darf sprechen, o mächtigster Kaiser?«

Das Gesicht des Kaisers schien sich ein wenig aufzuhellen. »Natürlich, General An.«

»Mächtiger Kaiser braucht Truppen, die nicht aus Provinzen des Reichs der Mitte kommen.« An sprach mit der Langsamkeit, die absichtsvoll oder einfach nur Unbeholfenheit hätte sein können. Seine überlegte Ausdrucksweise schien seinem Vorschlag jedoch zusätzliches Gewicht zu verleihen. »Türken, Yunnanesen, Tibetaner, Mongolen, solche Leute. Besondere Armee, vielleicht fünftausend. Männer wie bescheidenes Ich von jenseits der Mauer. Wie großer Befehlshaber General Darius, der aus Persien kommt. Männer loyal nur dem Sohn des Himmels.«

Darius war wütend auf An, weil er unaufgefordert sprach und ihn in seinen Vorschlag einbezog. Meine Familie lebt seit drei Generationen im Reich der Mitte und hat dem Kaiser ebenso lange gedient, dachte er. Ich stamme von Königen ab. Wie kannst du es wagen, mich mit Barbaren in einen Topf zu werfen?

Der Kaiser hörte jedoch aufmerksam zu. Und Enger nickte zustimmend.

Enger machte eine Bewegung mit der Schriftrolle in der Hand. »Strahlender Kaiser, ich bin ziemlich sicher, daß General An persönlich eine solche unbestechliche Einheit anwerben, ausbilden und befehligen kann. Der Bericht über die Kämpfe in Shannan Hsitao zeigt, daß er ein Held ist und von den Männern sehr bewundert wird, die unter ihm dienen.«

Ich habe diesen Bericht geschrieben, dachte Darius trübsinnig. Doch es ist die simple Wahrheit. Der Mann ist außergewöhnlich.

»Und Ihr habt der kaiserlichen Familie hochgeschätzte Dienste erwiesen, General An«, sagte der Kaiser.

Er hat Yang Guei Fei das Leben gerettet, dachte Darius. Kein Wunder, daß der Kaiser in ihn vernarrt ist.

Darius spürte, wie ihm das Gesicht unter dem Bart brannte, und wäre dem Kaiser und dessen anrüchigem Ersten Minister liebend gern entronnen. Doch er konnte nicht gehen, ohne auf die Gefahr in Ans Vorschlag hinzuweisen.

»Vergebt mir, Kaiserlicher Vater, aber die Menschen werden die neuen Bestimmungen noch mehr hassen, wenn Strahlender Kaiser ausländische Truppen einsetzt, um seine Dekrete beim Volk des Reiches durchzusetzen.«

Der Kaiser schlug mit der geballten Faust auf die geschnitzte Jade-Armlehne des Drachenthrons. »Ihr sagt mir, ich könnte keine einheimischen Truppen einsetzen, weil sie auf der Seite ihrer Leute stünden. Jetzt erzählt Ihr mir, ich könnte keine ausländischen Truppen einsetzen, weil sie zuviel Haß auslösen würden.«

»Die Menschen hassen nicht die Bestimmungen des Kaisers«, sagte Enger und funkelte Darius zornig an. »Sie hassen die nutzlosen Aristokraten, die korrupten Mandarine, die überbezahlten Armeeoffiziere. Sie sind diejenigen, die sich dem großen Werk der

Reformen widersetzen. Das Volk weiß, daß es ihm gut gehen wird, wenn das große Werk vollendet ist.«

»Gut gesprochen, Erster Minister«, sagte der Kaiser. Er gab seiner Stimme einen tieferen Klang. »General Darius, betrachtet Euch als gezüchtigt. General Chen, General An, Ihr seid ebenfalls gezüchtigt, obwohl Eure Verantwortung geringer ist als die Eures Befehlshabers. Generäle, Ihr seid entlassen. Seid dankbar, daß Ihr diese Halle im Besitz der Ränge verlaßt, mit denen Ihr sie betreten habt.«

Nachdem er Chen weggeschickt hatte, ging Darius mit An zur Mitte des schneebedeckten Paradeplatzes, der im Zentrum der Kaiserstadt wie ein gewaltiges Blatt Papier dalag. Ihre Fußspuren waren Reihen schwarzer Punkte auf Weiß.

»Wenn Ihr jemals wieder wagt, ungefragt vor dem Kaiser zu sprechen, wird das Euer Ende sein«, warnte Darius. »Nicht mehr General An Lushan. Ihr werdet wieder in der Wüste Gobi sein und Euren Lebensunterhalt damit verdienen, das Vieh Eurer Nachbarn zu stehlen. Oder Ihr werdet irgendwo da oben bei den Uyghuren in den Diensten Su Chis stehen. Verstanden?«

Die obere Hälfte von Ans Gesicht, der normal gefärbte Teil, wurde tief rotbraun.

»Kaiser erlaubte An zu sprechen ...«

Darius stieß An einen Finger auf den gelackten Brustpanzer. So zornig er auch war, so blieb ihm durchaus nicht verborgen, daß die Mitte der Brust des Mongolen sich auf gleicher Höhe mit seinem Kinn befand.

»Wenn Ihr glaubt, ein Problem lösen zu können, unterbreitet Ihr Euren Lösungsvorschlag nicht direkt dem Kaiser, sondern zuerst mir. Und wenn ich der Meinung bin, der Kaiser sollte davon hören, werde ich ihm davon berichten.«

Ans lippenloser Mund verzog sich zu einem Grinsen. »Ihr und ich Ausländer, nicht Männer des Reichs«, sagte er rauh. »Wir zusammenhalten, meint Ihr nicht auch?«

Wieder fühlte sich Darius durch Ans voreilige Annahme gekränkt, sie seien gleich. »Wir sind nicht Ausländer. Wir sind Untertanen des Himmelssohns. Und wenn Ihr das je vergeßt, werde ich der erste sein, mit dem Ihr zu rechnen habt.«

»Demütiger Mongole hat nicht vergessen, daß er alles Kaiser verdankt. Und General Darius.«

Darius fühlte sich besänftigt. Dieser große Mongole war so rein wie ein Kind. Es war unmöglich, ihm lange zu zürnen.

Sie verließen den Paradeplatz und gingen in verschiedene Richtungen weiter. Darius zog seinen Umhang zum Schutz vor dem leichten Schneefall enger um sich, doch kein Umhang konnte die Kühle fernhalten, die er im Herzen spürte. Er war vom Kaiser getadelt worden. Jetzt mußte er sich Ma Tsu stellen.

Die Begegnung fand zur Stunde des Affen in einer kleinen Höhle am Nordende des Da-Ming-Parks statt. Der Qinzha-Abt hatte die Höhle etwas bequemer gemacht, indem er Decken vor die Öffnung gehängt und an der Rückwand ein kleines Feuer gemacht hatte. Die beiden Männer setzten sich einander gegenüber auf Meditationskissen.

»Du hättest Ans Freundschaftsangebot nicht zurückweisen dürfen«, sagte Ma Tsu. »Da die Yang sich immer mehr Feinde schaffen, brauchen sie ihn auf ihrer Seite.« Er schüttelte den Kopf. »Muß ich dir wirklich solche elementaren Dinge beibringen? Ich dachte, Perser beherrschten die Feinheiten der Politik.«

»Wünscht der Orden, daß die Yang immer größere Unruhe provozieren?« fragte Darius.

»Der Orden wünscht für das Reich der Mitte Stabilität und einen allmählichen Fortschritt. Die kaiserliche Thronfolge bleibt stabil, solange Su Chi bei seinen Uyghuren-Freunden an der Nordgrenze bleibt. Es erscheint mir unwahrscheinlich, daß Dame Yang einen anderen Thronfolger empfängt und gebiert. Folglich brauchen wir nur abzuwarten. Li Longji ist nicht jung. Es stimmt zwar, daß die Yang viel zu schnell vorgehen, doch wir können die Ereignisse beherrschen und brauchen ihnen nur einen kleinen Anstoß in die gewünschte Richtung zu geben. Von unserem Standpunkt aus gesehen sind die Yang besser als ihre Feinde.«

Darius neigte den Kopf. Er wartete darauf, daß die Strafpredigt begann. Nach langem Schweigen blickte er hoch und war überrascht zu sehen, daß sich Ma Tsus rundes Gesicht zu einem warmherzigen Lächeln verzog.

»Nun?« sagte der Abt. »Du kannst gehen.«

»Ist das alles?« Darius fühlte sich ein wenig erleichtert, aber auch enttäuscht.

Ma Tsu kicherte. »Ah, du hast erwartet, daß ich dir die Haut von den Knochen reiße? Ja, Shannan Hsitao war schlimm, aber ich weiß, daß du dich schon selbst weit strenger bestraft hast, als ich es tun könnte. Alles, was wirklich ist, ist dieser Augenblick. Geh jetzt und vergiß nicht – wenn du nicht gerade Yang Meiling umarmst –, An Lushan so dicht auf den Fersen zu bleiben wie eine Geliebte.«

Guei Fei freute sich, Onkel Heng ausnahmsweise einmal fröhlich zu sehen. Und zum ersten Mal, soweit sie sich zurückerinnern konnte, trug er kein zerlumptes Baumwollgewand. In seinem blaßblauen Gewand und der runden schwarzen Mütze sah der hagere alte Mann eher wie ein Gelehrter denn wie ein gewöhnlicher Arbeiter aus.

Sie saß neben Longji in der einstigen großen Halle Herrn Shangs, die von roten Säulen mit vergoldeten Kapitellen gesäumt war. Kniende Mandarine, Armeeoffiziere und Sekretäre füllten die Halle. Die Diener des Kaisers hatten den Staatsstuhl Herrn Shangs entfernt und durch die beiden Rosenholzthrone ersetzt, die mit Longji und Guei Fei reisten.

Weil er dazu beigetragen hatte, Chiang Wai zu seinen Verbrechen zu ermutigen, hatte man Shang ins Exil in die Provinz Chiennan verbannt, wo er – seines Herrentitels beraubt – Ziegelsteine trug, um bei der Befestigung der Südgrenze gegen die wilden Yunnanesen zu helfen. Er arbeitet härter, dachte Guei Fei, als diese hungernden Landarbeiter, die wir hier mal gesehen haben, bevor das große Werk der Reformen begonnen hatte. Sie spürte einen Stich, als sie sich erinnerte, wie ernst Longji seine Rolle als Händler genommen hatte und wie herrlich ihre Liebe nachts im Gasthof gewesen war.

Heng hatte dem Kaiser soeben zahlreiche Kopien des Diamanten-Sutra gezeigt, die er unter Verwendung der Kunst hergestellt hatte, die er von den Qinzha-Mönchen gelernt hatte.

»Das ist wundervoll!« rief Longji aus. »Es müßten viele Regierungsdokumente kopiert und ins ganze Land geschickt werden. Mit diesem Verfahren könnten wir viel schneller Kopien herstellen.«

Guei Fei sagte: »Und da der schätzenswerte Yang Heng der erste Papiermacher ist, der dieses Verfahren anwendet, wird die Verwaltung natürlich ihm ihre Dokumente schicken, damit er sie kopiert.«

Longji lächelte sie an. »Natürlich. Und ich wage zu prophezeien, daß mehr Dokumente geschrieben werden, wenn es leichter wird, davon viele Kopien zu machen.«

»Onkel, du wirst gegen deinen Willen zu einem reichen Mann werden!« rief Guei Fei aus.

Hengs scharfe Gesichtszüge legten sich in verwirrte Falten. »Ich habe für meine Familie und mich nie etwas anderes gewollt, als daß wir gute Menschen sind und daß ich in Frieden meine Arbeit machen kann. Du solltest nicht wie dein Vater sein und das mißverstehen. Er wollte, daß ich so bin wie er, ehrgeizig und politisch. Das bin ich nicht. Das solltest du inzwischen wissen.«

Das war also die Quelle des alten Zerwürfnisses zwischen ihnen, dachte Guei Fei. Was für eine sanfte alte Seele mein Onkel doch ist! Und meinetwegen wurde deine Tochter ermordet und deine Enkelin vergewaltigt. Das konnte sie nicht vergessen, nicht einen Augenblick. Sie spürte Tränen hinter ihren Augenlidern.

Enger sagte: »Ich hoffe, geehrter Onkel, du findest deine Pflichten als Vorsteher von Zhashui nicht zu belastend.«

Heng neigte den Kopf. »Ganz und gar nicht, Erster Minister. Ich fürchte jedoch, daß, wenn Kaiserlicher Vater und Kaiserliche Mutter und der erhabene Erste Minister unser Dorf inspizieren werden, Ihr in ihm einen weit bescheideneren Ort sehen werdet als damals, als der böse Chiang Wai noch verantwortlich war.«

Longji sagte: »Aber dafür ist es ein richtiger Ort, der wahrhaft aufblüht, und keine verlogene Maske, nicht wahr, Meister Papiermacher?« Heng nickte brüsk und warf einen Seitenblick auf Guei Fei.

»Ja, Onkel«, sagte sie, »du hast ihn zu dem Erfolg gemacht, von dem wir geträumt haben. Es ist besser, wenn Zhashui bescheiden bleibt. Andere Dörfer werden sehen, was möglich ist – was wirklich möglich ist.«

Yang Heng verneigte sich und bat, gehen zu dürfen. Als er gegangen war, sagte Longji: »Geliebte Gemahlin, Erster Minister, kommt mit mir zu einem privaten Gespräch in die Rüstkammer.« Seine Stimme war ernst, fast streng. Guei Fei war überrascht. Die Nachrichten aus Zhashui hatten so hoffnungsvoll geklungen. Stimmte da etwas nicht?

Die Rüstkammer, die früher Herrn Shang gehört hatte, war ein Raum mit einer hohen Decke und halb so groß wie die große Halle. Guei Fei kam sie viel älter und dunkler vor. In Wahrheit war sie eher Museum als Waffenkammer. Seidene Schlachtstandarten hingen in Reihen an der Decke. An den Wänden hingen Schwerter, Schilde, Speere, Bogen und Pfeile, Keulen, Helme und Brustpanzer, alle sauber und leuchtend. Sie sahen aus, als könnte man sie von der Wand nehmen und gleich wieder verwenden. Eine Bronzestatue von Guan Yu, dem Kriegsgott, der in jedem seiner acht Arme eine andere Waffe hochhielt, beherrschte ein Ende des Raums.

Die Statue erinnerte Guei Fei an das, was Meiling ihr erzählt hatte, daß nämlich viele der kaiserlichen Gardesoldaten, die An Lushan bewunderten, ihm den Spitznamen »Guan Yu« gegeben hatten. Das war vielleicht Gotteslästerung, doch sie erkannte die Stärke, die damit gepriesen wurde.

Longji zog sie ein wenig weiter, bis sie unter dem Kriegsgott mit seinen hervorquellenden Augen und glitzernden Reißzähnen standen, bei deren Anblick Guei Fei sich unbehaglich fühlte.

»Nach Hengs Bericht zu urteilen ist unser Musterdorf jetzt ein Erfolg«, sagte Longji. »Das Reich besteht jedoch aus mehr als nur einem einzigen Dorf. Und mir will scheinen, daß das Ganze um so kränker wird, je mehr sich die Teile bessern.« Er sprach mit einem drohenden Unterton und richtete seine Worte an Enger.

»Seit dem Vorfall in Shannan Hsitao ist inzwischen fast ein halbes Jahr vergangen«, sagte Enger beruhigend. »Und General An Lushan hat schon eine Streitmacht aus fremden Soldaten zusammengestellt, die mit jedem fertig wird, der es wagt, die Befehle des Kaiserlichen Vaters zu mißachten.«

»Wir können nicht jedes Problem mit Soldaten lösen, Enger.« Longji wandte sich mit einem flehenden Blick an Guei Fei. »Das verstehst du doch, nicht wahr, meine Liebe? Wenn wir das Reich nur mit Gewalt regieren können, haben wir versagt.«

Guei Fei war voller Zweifel, als sie seinen unglücklichen Blick erwiderte. Sie hatte gewollt, daß er auf das von ihm regierte Reich genauso stolz war wie Onkel Heng auf sein neues Kopierhandwerk. Brachte sie Longji nur Kummer, so wie es bei Onkel Heng gewesen war? Doch sie hatte an das Richtige geglaubt, und jetzt ging es Onkel Heng gut. Sie mußte auch bei Longji an ihren Überzeugungen festhalten.

Sie sagte: »Geliebter, wir wollen, daß die Menschen recht handeln, weil sie es selbst wollen, so wie es im Buch des Großen Wegs heißt.«

Longji schien nicht überzeugt zu sein. »In den fünf Monaten seit dem Aufstand in Shannan Hsitao hat es Bauernaufstände in Huainan, Hotung und Hopei gegeben – in insgesamt sechs Provinzen. Es hat Aufruhr in den Straßen von Loyang und Chengdu gegeben. Enger, dies sind genau die Bauern und Stadtbewohner, von denen Ihr sagtet, sie würden unsere Reformen begrüßen.«

Guei Fei wurde mutlos. Sie spürte mit Furcht, daß Longji das Interesse an dem großen Werk verlor. Und zweifelte er vielleicht auch an ihr, wenn er an dem großen Werk zweifelte? Sagte er sich vielleicht, daß das Reich vor seiner Heirat mit Guei Fei mehr Frieden genossen hatte?

Wie prekär ihre Lage war! Seit sie in sein Bett gekommen war, hatte Longji mit keiner anderen Frau mehr geschlafen. Doch diese Frauen waren immer noch für ihn verfügbar, Hunderte davon. Junge und schöne Frauen, die ohne Zweifel weit amüsanter waren als sie.

Sie konnte sich aber nicht vorstellen, daß Longji nur aus fleischlichem Verlangen mit einer Frau ins Bett ging. Von dem Augenblick an, in dem sie sich begegnet waren, waren es ihr Geist, ihre Ideen, ihre Meinungen – und nicht das Verlangen ihrer Körper – gewesen, welche sie zusammengebracht hatten. Sie hatte ihm seine Träume zurückgegeben. Er hatte ein großer Kaiser sein wollen und geglaubt, sie könnte ihm dabei helfen. Wie lange würde er sie noch an seiner Seite haben wollen, wenn er den Glauben an sie verlor?

Ich bin noch immer nicht schwanger.

Sie sagte: »Geliebter, die Menschen, die jetzt rebellieren, werden von den alten Familien der großen Grundherren in die Irre geführt, von Mandarinen, Händlern, Priestern und Mönchen, die Gefahr laufen, einige ihrer Privilegien zu verlieren.«

Der Blick, den Longji ihr zuwarf, war düster, fast zornig. Das erschreckte sie.

»Wenn sie uns so energisch bekämpfen, Strahlender Kaiser«, schaltete sich Enger ein, »liegt es daran, daß wir Erfolg haben und nicht versagen. Wir haben in Zhashui zunächst versagt, doch wenn wir es morgen besichtigen, weiß ich, daß das Musterdorf all unsere Hoffnungen erfüllen wird.«

»In Zhashui will ich auch nichts ändern«, sagte Longji. »Aber wenn ich mir das übrige Reich ansehe, sehe ich überall nur Unruhe. Das macht die Khitan kühner. Sie dringen jetzt tiefer in unser Territorium ein als je zuvor.« Seine Stimme wurde angespannt. »In diesem Jahr haben sie mehr Menschen getötet, mehr Bauernhöfe niedergebrannt und mehr Tiere gestohlen als je zuvor. Es gibt Bezirke in der Provinz Liaoning, die den Khitan Tribut zahlen, uns aber keine Steuern. Das Reich wird immer schwächer und nicht stärker.«

In Guei Feis Brust breitete sich Kälte aus. Er dachte also daran, die Reformpläne aufzugeben!

Mit leiser Stimme sagte Enger: »Und was wünscht der Kaiserliche Vater jetzt?«

»Ich wünsche, was ich schon immer gewünscht habe, würdiger Enger. Ich wünschte, wir könnten die Barbaren einfach verjagen und sie ein für allemal besiegen! Ich wünschte, wir könnten die Araber von der Seidenstraße vertreiben! Ich wünschte, wir könnten – nein –«, seine Stimme versagte vor Erschöpfung, »nein, das ist es nicht, was ich wünsche. Ich will, daß wir dieses Reich der Mitte zu einem besseren Ort machen, als es war, als ich Kaiser würde.« Er schwieg einen Augenblick. Als er wieder das Wort ergriff, tat er es leise und mit seiner gewohnten Autorität. »Wenn wir eine Zeitlang keine Veränderungen vornehmen, werden sich die Dinge vielleicht von selbst beruhigen.«

Enger schüttelte energisch den Kopf. »Strahlender Kaiser, eine Pause wäre jetzt das Schlimmste, was wir zulassen könnten.« Seine Stimme wurde vor Leidenschaft lauter. »Wenn wir die Dinge so belassen, wie sie sind, werden sich die Arbeiter, die Bauern und die Armen betrogen fühlen und den Mut verlieren. Diejenigen, die sich unseren Bemühungen widersetzen, werden sich ermutigt fühlen und härter kämpfen. Dann werdet Ihr noch mehr zurückweichen müssen. Und am Ende wird es aussehen, als würde der Sohn des Himmels denen nachgeben, die ihm nicht gehorchen.«

In der folgenden Stille kam Guei Fei ein Gedanke: Ich habe Angst, daß er mich verstoßen will. Aber vielleicht fürchtet er sich auch davor, mich zu verlieren. Hat er je befürchtet, daß ich einmal aufhören könnte, ihn zu lieben?

Immerhin hatte sie seine Aufmerksamkeit auf sich gezogen. Sie hatte ihn gegen alle Sitte in die Arme genommen. Sie war durch die Tunnel unter der Kaiserstadt zu ihm gekommen. Warum sollte er nicht fürchten, sie zu verlieren, so wie sie fürchtete, ihn zu verlieren?

Sie rückte nahe an ihn heran, näher, als sie je in Gegenwart ihres Bruders bei ihm gestanden hatte. Sie nahm seine Hand. Als sie dies tat, zerstreuten sich ihre Zweifel wie grauer Nebel. »Geliebter, von dem Augenblick an, in dem ich dich sah, wußte ich, daß du mehr bist als andere Kaiser. Einmal in tausend Jahren kommt ein Held, der unser Land und unser Volk in Höhen führt, die weit über das hinausreichen, was sie zuvor gekannt haben – Männer wie Erster Kaiser, Meister Kung, großer Ahn Tang. Ich weiß, daß dir ein ähnliches Schicksal beschieden ist und daß du nicht vor deiner Verantwortung zurückweichen wirst. Ich kenne den Mann, der du bist, den Mann, der zu sein du bestimmt bist, und ich werde immer bei dir sein, wenn du dieses Schicksal erfüllst.«

Sie hielt seinen Blick mit ihrem fest, bis die Sorge aus seinen Augen verschwand und sein Gesicht zu glühen begann.

»Ich möchte mit dem großen Werk fortfahren«, sagte er sanft. »Aber laßt uns nie vergessen, daß wir dies tun, um den Menschen ein besseres Leben zu ermöglichen. Viele sind aufgrund der von uns getroffenen Entscheidungen gestorben. Wir müssen behutsam mit unserem Volk umgehen.«

Wärme breitete sich in ihr aus und vertrieb die Kälte in der Brust. Sie hatte nicht geglaubt, an einer Schlacht teilzunehmen, hatte jedoch das Gefühl, einen Sieg errungen zu haben. Sie hatte nicht nur das große Werk der Reformen gerettet, sondern auch das gemeinsame Leben mit Longji. Sie warf Enger einen Blick zu und sah den leuchtenden Ausdruck des Triumphs in seinen Augen.

Im Haus der Unmöglichen Freuden in Changans Bezirk der Betörenden Blüten tanzte eine Frau von der Hautfarbe des Nachthimmels für An Lushan und dessen Freunde. Der im Bauchnabel der Tänzerin festgeklebte rote Edelstein war ein Funke, um den sich ihre dunklen Gliedmaßen wanden und zuckten wie Rauchfahnen bei wechselndem Wind.

Die fünf Männer lagen auf einem Podium oberhalb des polierten Holzfußbodens, wo die Tänzerin und vier Musikerinnen die Männer unterhielten. Sie lagen auf vergoldeten Sofas hinter einem großen Eßtisch, der mit den Resten einer vierundzwanziggängigen Mahlzeit überladen war. Wandvorhänge aus roter, blauer und gelber Seide verliehen dem Raum das Aussehen eines Khan-Pavillons.

Lushans vier Begleiter hatten alle große Köpfe, breite, von Sonne und Wind dunkelbraun gebrannte Gesichter, Schlitzaugen und Körper, die von dem rauhen Klima nördlich der Mauer gestählt waren. Sie waren auch gleich gekleidet und trugen Pelzhüte und -jacken, lederne Beinlinge und harte Lederstiefel. Ein Angehöriger des kaiserlichen Hofs hätte sie nicht voneinander unterscheiden können, doch für Lushan war jeder so einzigartig, wie er es in Wirklichkeit war.

Lushan nippte erhitzten Hirsewein aus einem Becher, Shao Chin. Seine Augen füllten sich mit Tränen, als er seine vier Begleiter ansah. Als er sie zum letzten Mal gesehen hatte, waren sie alle noch Knaben gewesen.

Während des ganzen Essens hatte er sie über Verwandte und alte Freunde bei seinem Volk befragt, dem Kiyat-Clan der Mongolen. Einige wenige waren zu Wohlstand gelangt. Viele waren tot, wie nicht anders zu erwarten gewesen war. Männer und Frauen mußten nördlich der Mauer hart für den Lebensunterhalt kämpfen. Als sie ihr Festessen mit getrockneten Litchi, Pflaumen und Pfirsichen beendeten, stand Lushan auf, trottete zu Bodunchar hinüber und umarmte ihn. Dann ließ er es sich nicht nehmen, auch jeden der drei anderen zu umarmen. Ihm ging auf, daß er sehr betrunken war, doch das machte nichts, da Mo Tili, der Eigentümer des Hauses der Unmöglichen Freuden, ihm versprochen hatte, daß General An und dessen Freunden niemand auch nur nahe kommen werde.

Überdies unterhielten sie sich auf mongolisch. Wie glücklich Lushan war, die Sprache seiner Kindheit wieder einmal hören und sprechen zu können!

Dobun, kleinwüchsig, breitschultrig und mit einem breiten Mund wie ein riesiger Frosch, stark genug, einen ausgewachsenen Ochsen hochzuheben, winkte mit seinem Weinbecher.

»Rokshan, warum ist die Haut dieser Frau so schwarz?«

»Sie ist aus irgendeinem Ort weit im Süden, wo die Sonne die Haut der Menschen verbrennt. Du wirst hier in Changan noch viele Wunder sehen.«

Dobun sagte: »Sing für uns, Rokshan. Du warst von uns immer der beste Sänger.«

Ich war in allem immer der Beste von euch, dachte Lushan und lehnte sich auf dem Sofa zurück. Seine Finger spielten träge an dessen gesteppter Seidenpolsterung.

»Ihr müßt meinen Namen aussprechen, wie er im Reich der Mitte ausgesprochen wird – Lushan. Für euch General An.« Alle lachten, und Lushan traten erneut Tränen in die Augen. Kein Mann hatte je so gute Freunde gehabt wie diese. Er trank einen kräftigen Schluck von dem heißen Wein und goß mehr aus einem Metallkrug mit einem Holzgriff ein, der auf einer niedrigen Ölflamme stand.

Er winkte die schwarze Tänzerin herbei. »Guten Abend, Schwarze Jade.«

»Guten Abend, meine Herren.« Ihre großen runden Augen blickten offen in seine. Er fühlte sich von ihrer Wildheit und Furchtlosigkeit angezogen.

»Kannst du Pi-Pa spielen? Kannst du dieser Melodie folgen?« Er summte ihr etwas vor.

»Das kann ich, mein Herr.« Ihre Augen brannten wie ferne Lagerfeuer in der Steppe um Mitternacht. Er war überzeugt, daß sie ihn wollte.

»Bring Pi-Pa her und spiel, während ich singen.«

Er begab sich auf den Boden, wo sie getanzt hatte. Er wußte, daß er in dem goldbesetzten Umhang der Legion der Fremden ein eindrucksvoller Anblick war.

Er sang auf mongolisch:

Die Wüstenluft ist klar wie Eis,
Die Hufe unserer Pferde zerreißen die Wüstenluft,
Wie Blitze zerreißen sie die klare Luft,
Wie Donnergrollen lassen sie die wolkenlose Luft erzittern.

Er sang noch drei weitere Strophen und brach dann in Tränen aus. Er konnte die kristallene Luft riechen, den Wind im Gesicht spüren, das Hufgetrappel der Pferde auf dem gefrorenen Erdboden hören und wußte plötzlich, daß sein Heimweh eine Säbelwunde war, die ihm den Bauch aufriß. In dieser Stadt voller Fremder hatte er nichts, was ihn an zu Hause erinnerte. Nur einen Stein – doch er verscheuchte den Gedanken gleich wieder, denn es war gefährlich, sich den verborgenen Stein des Zauberers auch nur vorzustellen. Ein anderer Schamane konnte das Bild finden, das hier in der Luft hing, und dessen Macht an sich reißen.

Er gab Schwarzer Jade mit einer Handbewegung zu verstehen, daß sie gehen solle, und taumelte wieder zu seinem Sofa zurück. Seine Freunde lachten und schlugen ihm auf den Rücken. Er trank, und seine Tränen trockneten, und er lachte mit ihnen.

Khalil, dünn und federnd wie eine Säbelklinge, fragte: »Rokshan, Lushan – was ist der Zweck dieser Legion der Fremden?« Wie Lushan sich erinnerte, machte Khalil das Töten sogar noch mehr Spaß als die Frauen.

»Der Kaiser glaubt, wir würden auf seinen Befehl überallhin gehen und seinen Willen durchsetzen. Er vertraut uns, weil keiner von uns irgendwo im Reich der Mitte Familie hat.«

Khalil lächelte. »Und der wirkliche Zweck?«

Lushan beugte sich vor und sprach leise: »Sie ist ein Dolch, dessen Spitze auf die Brust unseres Feindes gerichtet ist. Ein Stoß, und er dringt ihm ins Herz.«

Khalils Lächeln wurde breiter. »Und wer ist unser Feind?«

»Erinnerst du dich noch an die Nacht, in der wir in der Schlucht ein Buschfeuer anzündeten, wo die Naiman ihre Ochsen zusammengetrieben hatten?« sagte Lushan und lachte bei dem Gedanken daran.

Khalil fiel in sein Lachen ein. »Und wir haben ihre Hirtenjungen mit unseren Pfeilen niedergestreckt.«

Lushan sagte: »Diese Jungen waren älter als wir. Wir waren selber nur Jungen. Ah, aber ich bekam ein Seil um den Hals des größten und dicksten Ochsen von allen, und mit dem sind wir aus der Schlucht gerannt.«

Inank stand auf und verbeugte sich. Sein langes schwarzes Haar fiel ihm wie ein Vorhang vors Gesicht. Inank hatte nie sein Haar flechten wollen wie die meisten Mongolen, sondern trug es nach Schamanenart offen.

»Wir alle sind mit dem Ochsen stromabwärts geschwommen, so daß die Naiman uns nicht verfolgen konnten.«

Er warf das Haar mit einer Kopfbewegung in den Nacken und trank.

»Und dann haben wir den Ochsen mit unseren eisernen türkischen Messern zerschnitten und gebraten«, sagte Lushan. »Hat irgendein Fleisch, das ihr seitdem gegessen habt, je so gut geschmeckt?«

»›Kein Fleisch schmeckt besser als das, für das man fast gestorben wäre‹«, zitierte Bodunchar ein altes Stammessprichwort.

»Nichts schmeckt besser als Fleisch, für das man getötet hat«, verbesserte Khalil und drehte seinen Becher mit seinen dünnen Fingern.

»Vergeßt nicht«, sagte Lushan, »ich war derjenige, der die Schlucht fand, in der die Naiman ihr Vieh hielten. Ich war es, der diesen fetten Ochsen einfing. Und jetzt bin ich es, der euch hier dazu einlädt, das Reich der Mitte zu zerschneiden, zu braten und zu essen.«

Sein Dolch – kein eisernes türkisches Messer, sondern ein Dolch aus feinstem Hindustan-Stahl – schien ihm von allein in die Hand zu springen, und er zeichnete mit dessen Spitze zwei lange gekreuzte Linien auf den Rosenholztisch. Dort, wo die Schnitte sich begegneten, stieß er die Dolchspitze hinein und beließ sie dort. Bodunchar streckte den Arm aus und legte die Hand in Lushans Faust. Inank legte seine Hand auf die der anderen, dann Dobun, dann Khalil. Lushan grinste seine vier Freunde am Tisch an.

»Und jetzt, meine Brüder, laßt uns nach oben gehen und uns an Frauen ergötzen.« Schwarze Jade würde seine Gespielin sein. Er spürte, wie sehr er es nötig hatte. Er würde sie viele Male nehmen.

Doch während er sie in den Armen hielt, würde er die Augen schließen und an Yang Guei Fei denken.

12

Die gelbe Schärpe

3850, Jahr des Drachen (752 n.Chr.)

Der Kriegsgott brauchte einen menschlichen Körper, um Blutvergießen und Zerstörung über die Menschheit zu bringen. Nach der Niederlage am Talas-Fluß nahm er unseren Sohn des Himmels in Besitz. Kaiser Li Longji war für den Kriegsgott das ideale Werkzeug, weil er sein Leben lang insgeheim bedauerte, daß seine Ratgeber ihn immer davon abgehalten hatten, einen Eroberungskrieg zu beginnen.

Aus der »Geheimen Geschichte der Tang« von Yang Kaizhi

Guei Fei kam es immer vor, als sähe der Vollmond des achten Monats größer aus als der der anderen elf Monate. Als sie durch die Vorhänge ihres Palankins blickte, sah sie, daß der Mond an einem schwarzen, von Sternen funkelnden Himmel hing – ein günstiges Vorzeichen für den Ritus der Reichen Ernte.

Jedes Ziegeldach in der Kaiserstadt, jede Marmorbalustrade, jeder Pfad, jeder Busch und jeder Raum schien aus Silber gegossen zu sein. Das Glühen riesiger steinerner Lampions wärmte die Gesichter der Tausende von Adligen, Beamten, Schreibern, Sekretären und Dienern, die das Privileg hatten, der Mitternachtszeremonie beizuwohnen. Kleine Lichtpunkte glitzerten an den Goldblüten und Vögeln, den Einlegearbeiten auf der scharlachfarbenen Rüstung der kaiserlichen Gardesoldaten, die an der Prozessionsroute postiert waren.

Obwohl sie auf Kieselsteinen gingen, trugen Guei Feis Träger ihren Palankin so behutsam, daß sie das Gefühl hatte, auf einem ruhigen Fluß dahinzugleiten. Durch die Öffnung in den Vorhängen beobachtete sie die schwarze Silhouette des viel größeren und reicher geschmückten Palankins vor ihr, der Longji zum Tempel der Überströmenden Glückseligkeit trug. Sie wußte, daß er eine Schatulle aus Zedernholz auf dem Schoß hatte, die nach der herbstlichen Tagundnachtgleiche mit den ersten Hirsekörnern gefüllt worden war, die man in der Provinz Chiennan geerntet hatte. Er würde das frischgedroschene Getreide den Göttern opfern und dafür beten, daß die diesjährigen Ernten im ganzen Reich der Mitte reich ausfielen.

Berichte aus den zehn Provinzen ließen erkennen, daß sein Gebet erhört worden war, bevor er es überhaupt gesprochen hatte. Es war ein guter Sommer für das Wachstum der Pflanzen gewesen mit viel Sonne und ausreichend Regen. Dank den Göttern! Es bedeutete, daß die Menschen nicht auf die hören würden, die mit jedem neuen Jahr immer offener und leichtfertiger sagten, der Kaiser habe das Mandat des Himmels verloren.

Und, wie Guei Fei mit Befriedigung dachte, das Getreide würde an die gehen, die es am meisten brauchten. Enger hatte neue Gesetze in Kraft gesetzt – Gesetze, bei deren Entstehung sie mitgewirkt hatte und die sicherstellten, daß keine Familie in diesem Winter hungern mußte, wie arm sie auch sein mochte. Enger hatte sicher recht, wenn er prophezeite, daß jetzt, wo die Menschen das Gute des großen Werks erkennen konnten, Aufruhr, Brandstiftung und Plünderungen allmählich nachlassen würden.

Die Rebellion in Shannan Hsitao vor fünf Jahren war der Anfang gewesen. Seitdem waren immer wieder Unruhen aufgeflackert, jedoch nicht so schlimm wie im vergangenen Jahr, dem Jahr des Kaninchens. Die Lebensmittel waren knapp gewesen: die Ernte war mager ausgefallen, und in mehreren Provinzen hatte es Dürre gegeben. Die Mandarine schmiedeten in den Provinzen weiterhin ihre Ränke. Doch am schlimmsten war, daß der anhaltende Krieg zur Aufrechterhaltung der Westgrenze schließlich verloren gegangen war.

Es war eine der schlimmsten Niederlagen gewesen, welche das Reich je erlitten hatte. In einer Schlacht am Talas-Fluß südlich des Balkasch-Sees war die Armee der Westlichen Regionen von den Arabern vernichtend geschlagen worden. Das gesamte Territorium, das Longjis Großvater, der große Tang Tai Zong, den Westlichen Türken entrissen hatte, war verlorengegangen. Schlimmer noch, die wertvollen Oasenstädte der Seidenstraße waren dem Feind in die Hände gefallen.

Tausende kaiserlicher Soldaten waren getötet worden, ebenso der Befehlshaber der Armee, der koreanische General Kao Hsienchih. Weitere Tausende waren gefangengenommen und in die Sklaverei geführt worden. Die Araber hätten die Armee der Westlichen Regionen vermutlich völlig ausgelöscht, wenn nicht ein tapferer Oberst, der einen kühlen Kopf bewahrt hatte – Lui Mon Lim –, die versprengten Überreste der Armee zu einem geordneten Rückzug nach Kara Shahr zusammengeschlossen hätte. Dort hatte Lui die Front gegen die vorrückenden Fanatiker gehalten.

Als die Nachricht von der Niederlage in der Kaiserstadt eintraf, war Longji wie von Sinnen durch die Flure des Palastes gelaufen und hatte in untröstlichem Kummer geklagt und die Namen der verlorenen Städte gerufen: Samarkand, Taschkent, Kaschgar. Er hatte sie wehklagend ausgerufen wie die Namen von Geliebten, die der Vergessenheit des Todes anheimgefallen waren: Balkh, Jarkand, hatte sie fast erstickend aus einer Kehle hervorgepreßt, die sich ihm vor äußerster Wut und Verzweiflung zugeschnürt hatte. Es war eine schreckliche Nacht gewesen.

In jener Nacht hatte Longji fast das Vertrauen in sich als Kaiser verloren. Er klagte weinend, man habe ihm die Wahl zwischen Krieg, Politik und Kunst angeboten, und er habe eine unkluge Wahl getroffen. Er hätte sich für den Krieg entscheiden sollen, wütete er mit zusammengebissenen Zähnen, so wie der große Ahn Tang. Selbst Politik, stöhnte er, wäre besser gewesen als das, was er getan habe, als er sich für das angenehme Leben mit Kunst und Gelehrsamkeit entschieden habe. Sein Leben, seine Herrschaft, alles sei vergeudet. Guei Fei konnte ihm in jener furchtbaren Nacht keinerlei Trost bieten und auch nicht in den vielen schrecklichen Nächten, die der ersten folgten.

Vom Palast bis zum Reisfeld sagten die Menschen laut, die Niederlage beweise, daß der Kaiser das Mandat des Himmels verloren habe. Es habe angefangen, sagten sie, als der Strahlende

Kaiser die Hexe Yang Guei Fei geheiratet habe. Sogar sein eigener Sohn, der Kaiserliche Thronfolger, sei wegen der Korruption der Tang verjagt worden, um unter Barbaren zu leben. Als die Yang-Gemahlin zahlreiche Posten mit ihren trägen und korrupten Verwandten besetzt habe, behaupteten sie, sei dem Kaiser Longji das Mandat noch mehr entglitten.

Es dauerte viele Tage, bis Longji sich aufraffen konnte, entschlossen zu handeln. Dann ließ er Oberst Lui kommen. Er ernannte ihn zum Befehlshaber der Armee der Westlichen Regionen und befahl ihm, die verlorenen Gebiete zurückzuerobern. Eine wilde Traurigkeit übermannte Longji, wann immer jemand den Talas-Fluß erwähnte oder eine der verlorenen Städte an der Seidenstraße. Manchmal wälzte er sich im Schlaf herum und murmelte die Namen dieser Städte.

Lui unternahm alles, um die Armee doppelt so stark zu machen wie zuvor. Die Kosten an Menschen und Geld waren ungeheuerlich. Tausende junger Männer wurden eingezogen und ihren Familien entrissen. Um für diese gewaltige Armee zu bezahlen, wurden neue Erntesteuern erhoben. All das hatte im gesamten Reich Unruhen ausgelöst. Die Bauern gerieten aus Protest gegen die Steuern in Aufruhr, und die Stadtbewohner erhoben sich aus Protest dagegen, daß man ihre Söhne im fernen Westen in den Krieg schickte.

O ja, das Jahr des Kaninchens war entsetzlich gewesen!

Longjis Palankin hielt vor der Mauer, die den Tempel umgab. Wachskerzen, die in Lampions im Tor brannten, bildeten einen Lichtbogen, unter dem der Kaiser der Sitte zufolge zu Fuß hindurchgehen mußte. Guei Fei sah ihn aus seinem Palankin aussteigen. Silberner Mondschein und gelbes Lampionlicht glitzerten auf seinem Gewand und auf den Perlen und Edelsteinen seiner hohen Krone. Die Zuschauer knieten nieder und preßten die Köpfe auf den Erdboden, Reihen dunkler, zusammengekauerter Gestalten. Longji ging durch das Tor, gefolgt von Enger und anderen engen Ratgebern.

Guei Feis Palankin kam beim Tor an und wurde behutsam abgesetzt. Chu Ling war sofort an ihrer Seite und half ihr aussteigen. Die Mandarine und Hofdamen in der Nähe verneigten sich, und die Menge hinter der Reihe der Gardesoldaten kniete nieder.

Die Vorschriften der Zeremonie verboten es Eunuchen, sie durch das Tempeltor zu begleiten. Chu Ling verschwand in der Menge außerhalb der Tempelmauer.

Guei Fei war glücklich zu sehen, daß An Lushan direkt vor dem Tor stand. Bei all dem Gerede gegen sie erschreckte sie es jetzt, sich in der Öffentlichkeit sehen zu lassen, und der Anblick von Ans hochaufragender Gestalt gab ihr ein Gefühl von Sicherheit ein. Das Schwert, das er trug, um sie und Longji zu schützen, hinderte ihn jedoch daran, das Tempelgelände zu betreten. Doch wenn sie sich erst mal dort befand, wo Waffen nicht erlaubt waren, würde sie sich wieder sicher fühlen.

An kann nicht hineingehen, weil er ein Schwert hat, und Chu Ling kann nicht hinein, weil er kein Schwert hat, dachte sie und lächelte in sich hinein. An verneigte sich, als sie an ihm vorbeiging, wobei der Goldbesatz auf seiner schwarzen Lederrüstung – der Uniform der Legion der Fremden – im Lichtschein der Lampions kleine Funken sprühte.

Sie ging allein auf das Tor zu. Sie sah sich selbst als schön, königlich, hochgewachsen wie eine Lilie. Sie empfand die Anmut dieses zeremoniellen Tanzes, bei dem sie als Erste Frau eine so entscheidende Rolle spielte. Hochrangige Höflinge und einige der geringeren Ehefrauen des Kaisers, Frauen, die sie kaum kannte, folgten ihr, als sie sich dem Tor zum Tempelbezirk näherte.

In der ehrfürchtigen Stille hörte sie plötzlich einen Laut. Auf dem Pfad aus Kieselsteinen hörte sie schwere Schritte.

Jemand rannte auf sie zu.

Ein Mann durchbrach die Linie der Priester in ihren orangefarbenen Gewändern und kam mit ausgebreiteten Armen schlitternd vor ihr zum Stehen. Eisige Kälte stieg plötzlich von ihren Füßen auf. Einen Augenblick war sie verstummt und wie gelähmt.

Etwas funkelte in der Hand des Mannes. Ein Dolch.

»Gebt uns eine ehrenwerte Verwaltung zurück!« rief er mit so lauter Stimme, daß es ihr in den Ohren dröhnte. »Tod der Hure Yang!«

Ihr Herz hämmerte wild, und die Knie drohten unter ihr nachzugeben. Sie hörte das schnelle Schlurfen von Füßen auf Kies. Sie hoffte, die Damen und Höflinge würden einen Kreis um sie bilden, um sie zu schützen. Als sie sich umblickte, sah sie jedoch, daß sie sich zurückgezogen hatten. Ihr Entsetzen verhundertfachte sich, als sie allein vor dem Mann mit dem Messer stand.

Ich werde sterben.

Ihre Knochen waren zarter Draht. Ihr Fleisch war hauchdünne Seide. Sie konnte kaum stehen. Sie konnte sich nicht bewegen.

Ich will nicht sterben. Er kann mich nicht töten. Er kann es nicht!

Sie streckte die Hände aus, als er auf sie zustürzte. Er schlug ihre Hände beiseite und versetzte ihr einen harten Stoß. Sie schrie, als sie rückwärts fiel. Sie prallte so fest mit dem Rücken auf dem Kies auf, daß sie glaubte, sich das Rückgrat gebrochen zu haben. Der Mann stürzte sich auf sie. Einen schauerlichen Moment konnte sie nicht atmen. Sein Atem roch nach Knoblauch. Das Messer blitzte vor einem schwarzen Himmel voller Sterne über ihr auf.

Das ist mein Tod, dachte sie. Die Erkenntnis war mit keinerlei Gefühl verbunden. Es war nur eine Tatsache wie die klare Nacht und der Sternenhimmel. Dahin hat mich mein Leben also geführt.

Doch dann spürte sie, wie ihr heißes Blut durch den Körper schoß und ihr höchste Kraft verlieh, ein Bündel von Verweigerung, das in ihrem Magen anfing und sich Bahn brach, als es ihre Brust erreichte. »Nein!« rief sie aus. Plötzlich war sie voller Kraft.

Das Messer sauste nieder, traf sie aber nicht. Sie hatte sich schnell zur Seite gewälzt. Sie packte den Angreifer fest am Handgelenk. Sie fühlte, wie die andere Hand des Mannes ihre Schulter auf die spitzen Steine preßte.

Sie versuchte, mit der anderen Hand seinen Arm mit dem Messer zu fassen, doch er drängte sie mit der Schulter ab. Sie hörte Schreie und die Alarmrufe von Männern.

»Helft mir!« rief sie. »Irgend jemand! Hilfe!«

Ihre Stimme klang hohl. Niemand kam ihr zu Hilfe.

Die Höflinge und Mandarine wollen mich tot sehen. Sie hassen mich alle.

Sie erkannte jede Einzelheit im Gesicht des Mannes, das nur eine

Armeslänge über ihr war. Sie hatte dieses Gesicht schon irgendwo gesehen. Der Mund des Mannes war vor Zorn und Anstrengung verzerrt. Seine Augen waren blutunterlaufen, die Augenlider rot aufgedunsen, als hätte er geweint. Sein Atem ging stoßweise, als er mit ihr kämpfte.

Er war viel stärker als sie. Sie fühlte, wie ihr Ellbogen allmählich nachgab. Die Dolchspitze kam immer näher. Vielleicht war sie mit Gift beschmiert; sie durfte nicht zulassen, daß er ihr auch nur einen Kratzer zufügte.

Dann weiteten sich seine Augen vor Überraschung. Riesige Finger hatten sich im Haar des Mannes vergraben. Er machte eine Kraftanstrengung, sich aus Guei Feis Griff zu befreien und ihr die Dolchspitze in die Kehle zu stoßen. Die Hand in seinem Haar riß seinen Kopf zurück, und eine geschwungene Klinge sauste nieder. Mit einem knirschenden Laut schnitt sie seinen Hals durch. Der Kopf löste sich, und die kopflose Gestalt kniete über ihr. Blut spritzte aus dem Hals. Sie sah, wie ein stiefelbewehrtes Bein die Leiche mit einem Fußtritt von ihr hinunterbeförderte und sie in den Kies stieß, als wäre sie ein Sack Getreide.

Im Licht der Lampions blickte ein anderes Gesicht auf sie hinab. Es war haarlos und wurde von einer diagonalen Narbe durchschnitten. Die untere Hälfte glitzerte violett, und die Augen in der oberen Hälfte waren schwarze Schlitze, die sie so durchbohrten, wie es das Messer um ein Haar getan hätte.

An Lushans Gesicht kam ihr in diesem Augenblick als das bestaussehende vor, das sie je gesehen hatte.

Niemand sonst wollte mir helfen, und er hat mich gerettet. Ein Freund. Mein einziger Freund.

»Tut mir leid, daß Dummkopf Blut auf Euch vergossen hat, Kaiserliche Mutter.«

Sie zitterte so heftig, daß sie meinte, nicht aufstehen zu können. Rücken, Arme und Beine taten ihr weh. Waren ihre Rippen gebrochen, als der Mann sie umstieß? Sie blieb reglos auf dem Kiesboden liegen.

Doch sie war die Kaiserin; sie mußte auch wie die Kaiserin handeln. »Mir ist nichts geschehen«, sagte sie. Ihre Stimme war kaum hörbar, aber ruhig. »Der Himmel hat Euch geschickt, General An. Ihr habt meine tiefste Dankbarkeit.«

Longjis Gesicht tauchte über ihr auf, im Mondschein weiß wie Papier. Seine Augen und sein offener Mund waren wie Tintenkleckse. Doch als er sprach, war seine Stimme genauso ruhig wie ihre.

»General An, wir danken Euch. Wärt Ihr nicht gewesen, wäre die Kaiserin jetzt tot.«

»Habe Glück gehabt, Kaiserlicher Vater«, sagte An mit kehliger Stimme. »Wäre um ein Haar geschehen. Wenn ich näher gewesen wäre, Schwein hätte sie nie erreicht.«

»Ich hoffe, Ihr werdet immer in meiner Nähe sein, wenn ich Euch brauche«, sagte Guei Fei mit belegter Stimme.

»Ja, immer.« Sie sah Wärme in den schmalen Augenschlitzen.

Der große Krieger nahm ihre Hand und half ihr hoch.

Sie blickte auf die langen Blutspuren auf ihrem Gewand, die im Licht des Vollmonds schwarz zu sein schienen. Sie ballte die Fäuste und vergrub die Fingernägel in den Handflächen, entschlossen, sich um keinen Preis zu übergeben. Sie wandte sich ab, als Diener den kopflosen Leichnam aufhoben und wegtrugen.

Enger trat an ihre Seite. »Bist du verletzt, Schwester?«

»Ich habe nur Schürfwunden, glaube ich. Aber ich habe solche Angst.«

»Ich weiß, wer dieser Mann war.« Diese Entdeckung schien ihn mehr aufzuwühlen als die Sorge um sie. Sie spürte, wie ihr Hitze ins Gesicht stieg.

»Wirklich?« Ihr fiel wieder ein, daß ihr das Gesicht des Angreifers bekannt vorgekommen war.

Enger sagte: »Ich habe den Kopf des Mannes gesehen, als die Soldaten ihn wegtrugen, und habe ihn sofort erkannt – Chiang Enlai. Er war Chiang Wais ältester Sohn. Dieser Lump! Wir hätten die ganze Familie auslöschen sollen, als wir schon dabei waren.«

Ja, jetzt fiel es ihr wieder ein. Chiang Enlai und Chiang Chueh. Die beiden jungen Mandarine, die sie mit schmeichlerischem Lächeln in dem Haus begrüßt hatten, das Chiang Wai in dem falschen Musterdorf seine Residenz genannt hatte.

Sie sah den potentiellen Mörder noch einmal vor sich. Sie fühlte erneut, wie ihr Übelkeit den Magen umdrehte. Dieser Mann war einer gewesen, doch es gab noch andere, so viele andere. Viele würden sie gerne tot sehen. Wenige wollten, daß sie am Leben blieb.

Sie nahm sich vor, sich die Namen von allen geben zu lassen, die ihr bei der Prozession nahe gekommen waren, den Namen von jedem, der ihr nicht geholfen hatte. Schon in wenigen Tagen würden sie sich auf dem Weg in die fernsten Provinzen befinden. Der Hof brauchte Veränderung. Die Abreise dieser Menschen würde mehr Platz für Familienangehörige schaffen, denen sie trauen konnte.

Einige mußten bestraft werden, doch andere würden belohnt werden. Guei Fei spürte Zuneigung zu dem kräftigen, groben Mann in sich aufsteigen, der ihr das Leben gerettet hatte. Sie nahm Longjis Arm.

»Strahlender Kaiser, wir müssen uns bei General An Lushan angemessen bedanken.«

Longji überlegte einen Moment und sagte dann: »Er soll den Palast des Blauen Tigers in der Nordostecke des Da-Ming-Parks erhalten. Er steht seit dem Tod meines Onkels Li Fon leer. Wir werden ihn für General An wieder herrichten und neu ausstatten lassen.«

Die maskenhafte untere Hälfte von Ans Gesicht verzog sich zu einem Grinsen. »Möchte Kaiserlichen Vater nicht kränken und so akzeptieren Geschenk ohne Zögern.«

Guei Fei konnte ihr Zittern noch immer nicht beherrschen. Mehr als alles andere wollte sie jetzt sicher in ihrem Schlafzimmer sein und von Longji fest in den Armen gehalten werden. Doch sie mußte die Kaiserin sein.

»Ja, General An, aus Dankbarkeit für alles, was Ihr für uns getan habt, sollt Ihr einen Palast erhalten. Ich werde mich selbst darum kümmern, daß er schön hergerichtet wird.«

Um sich von der Todesangst abzulenken, die ihr immer noch zusetzte, dachte sie daran, wie schön sie den Palast des Blauen Tigers einrichten würde, an die Gegenstände, die sie aus den kaiserlichen Lagerhäusern dafür auswählen würde. Sie stellte sich die staunende Verwunderung des Barbaren vor, wenn er seinen neuen Palast betrat.

Ein Mann, der sich als so treuer Freund erwiesen hatte, hatte nicht weniger verdient.

»Meine Mama ist böse auf Euch.«

An Lushan hätte dem Prinzen Kuo Ting am liebsten einen Schlag gegen die Schläfe versetzt, um seine Aufmerksamkeit zu erhalten. Bevor er den Satz überhaupt zu Ende gebracht hatte, begann der Prinz im Raum auf und ab zu gehen und betrachtete die erotischen Rollenbilder, die über jedem der Sofas hingen. Dieser Raum im Haus der Unmöglichen Freuden war für Kunden eingerichtet worden, die anderen beim amourösen Zweikampf gern zusahen und sich durch Malereien inspirieren ließen.

»Bedaure, das zu hören«, sagte Lushan. »Frühere Kaiserin Fu Zhou meine große Freundin. Warum zornig?« Jetzt streichelte sich der Prinz durch sein besticktes rotblaues Gewand, während er eins der Bilder anstarrte.

»Oh, Ihr wißt schon.« Der Prinz fing an, sich heftiger zu reiben.

Lushan schritt zu dem jungen Mann hinüber, der nur halb so groß war wie er, packte ihn an der Schulter und wirbelte ihn herum. »Hört damit auf! Sprecht mit mir!«

Prinz Kuo Ting hatte grobe Gesichtszüge, als wäre sein Gesicht von einem trägen Töpfer modelliert worden. Seine Augen mit den schweren Lidern fixierten Lushan.

»Bitte tut mir nicht weh, General.« War das ein ängstliches Winseln oder eine zweideutige Unverschämtheit?

»Tun Euch nicht weh. Ihr seid Prinz. Meine Pflicht, Euch zu dienen. Warum ist Mama böse auf mich?«

»Weil Ihr den Mann getötet habt, der versucht hat, die böse Yang Guei Fei umzubringen.«

Die böse Yang Guei Fei. Dieses Stück Yak-Dung war unwürdig, ihren Namen auszusprechen. Lushan hätte ihm am liebsten weh getan – ihm die Finger verdreht oder ihm einen Finger ins Auge gebohrt –, weil er mit seinem Schmollmund ihren Namen besudelte. Aber der Prinz würde den Schmerz vielleicht erregend finden.

Weil Dame Fu und ihre Familie Yang Guei Fei haßten, hatte sich Lushan bereit erklärt, mit ihnen zusammenzuarbeiten. Ein Teil seiner Rache, hatte er sich gesagt, würde darin bestehen, nach dem Sturz des Reiches die Kaiserin für sich zu nehmen. Folglich mußte er sie vor diesen Feinden schützen, während er die Fu-Komplotte gegen den Kaiser unterstützte. Das erforderte die Fähigkeiten eines Diplomaten und nicht eines Schamanen oder Kriegers, doch die Rache verlangte, daß er lernte – und zwar schnell und gründlich.

Er hatte gelernt. Er hatte gelernt zu lügen, ohne mit der Wimper zu zucken und ohne den Kopf seiner Feinde mit dem Nebel der Steppe zu verwirren. Nachdem er die Kaiserin von dem sinkenden Schaufelradboot gerettet hatte, hatte er Dame Fu erzählt, er sei nur deshalb zum Boot geschwommen, um sich zu vergewissern, daß keine Spur eines Anschlages zu finden war. Außerdem habe sich die verzweifelte Kaiserin so eng an ihn geklammert, daß er sie nicht hätte ertränken können, ohne selbst zu ertrinken. Dame Fu hatte ihm das nicht abgenommen, doch sich auch nicht von ihm abgewandt. Jetzt war wieder eine Lüge nötig.

»Hatte keine Wahl«, sagte er mit einem Achselzucken. »Chiang Enlai hat Anweisungen nicht befolgt. Griff Kaiserin am Tempeltor an. Ich war so nahe, mußte ihr helfen, hätte mich sonst verdächtig gemacht.« In Wahrheit hatte er Chiang Enlai Anweisung gegeben, Guei Fei an genau dieser Stelle anzugreifen. Er hatte versprochen, ihm zu helfen und dann eine Meuterei der Legion der Fremden gegen den Kaiser anzuzetteln. Doch das würde jetzt niemand mehr erfahren.

Kuo Tings Blick schweifte ab und wandte sich wieder den Malereien von sich paarenden Männern und Frauen zu. Lushan legte ihm beide Hände auf die Schultern und schüttelte ihn. Der Prinz zuckte mit keiner Wimper, sondern sah ihn an, als hoffte er auf mehr. Lushan nahm die Hände von den Schultern des Prinzen.

»Können behalten, was ich Euch gesagt? Können Eurer Mutter erzählen?«

»Ja, ja«, sagte Kuo Ting. Er lehnte sich gegen die Wand.

»Sagt, was ich gesagt habe.«

Kuo Ting wiederholte Lushans Erklärung einigermaßen genau,

jedoch recht stockend und mit vielen Pausen. In den letzten fünf Jahren war er für Lushan und Dame Fu ein Mittelsmann gewesen – allerdings kaum zufriedenstellend. Wie dumm der Kaiser war zu glauben, Dame Fu sei keine Gefahr mehr, weil sie im Frauenpalast in einem kleinen Gemach eingesperrt war! Von dort breitete sich ein Netz von Spionen und Agenten in der ganzen Kaiserstadt und im Land aus. Wenn Dame Fu nicht den Fehler gemacht hätte zu glauben, An Lushan ließe sich in ihr Netz ziehen, lebte Guei Fei nicht mehr.

»Gut gesprochen«, sagte Lushan, als Kuo Ting geendet hatte. »Sagt Eurer Mutter noch etwas. Ich habe neuen Plan, größer, besser. Böse Dame Yang wird getötet werden, und Prinz besteigt Drachenthron. Ich schon bald schicken Frau, die alles erzählen wird.«

Kuo Ting starrte Lushan lange an, wobei sein Mund arbeitete, als er Lushans Worte für sich wiederholte und sich bemühte, sie zu verstehen.

»Ich? Ich will nicht auf dem Drachenthron sitzen. Alles, was der Kaiser tut, ist arbeiten. Su Chi könnte es tun.«

Lushan tätschelte ihm die Schulter. »Macht Euch keine Sorgen. Su Chi kein Fu, wird nie eine heiraten. Fu muß beherrschen Reich. Eure Mutter eine Fu. Ich ein Freund der Fu. Wir herrschen für Euch.«

Meiling spürte an der Kehle einen Stich. Sie schrie auf, einmal, laut und durchdringend.

Die Dolchspitze stieß härter zu.

Er versuchte, sie zu töten!

Doch dann war sie plötzlich von seinem Gewicht befreit, und sie konnte wieder atmen. Sie sah die harten, kräftigen Beine in den scharlachroten Seidenhosen und den wadenhohen Stiefeln der Uniform der kaiserlichen Gardesoldaten, als Darius von ihr zurücktrat.

Er hatte beschlossen, sie heute mit einem persischen Krummdolch mit einer tödlich scharfen Klinge zu bedrohen. Ihr hatte sich bei der Ausicht, mit richtigen Waffen zu üben, der Magen zusammengekrampft, doch sie sagte sich, daß sie Darius vertrauen konnte; er war ein hervorragend ausgebildeter Krieger und liebte sie überdies. Er würde nicht zulassen, daß der Dolch sie verletzte.

Er war wie ein Tänzer auf sie zugegangen und hatte das Messer von einer Hand in die andere genommen. Sie wartete bis zum letztmöglichen Augenblick und riß dann die Hände hoch, um seine Handgelenke zu packen und sie abzuwenden. Sie hatte den Dolch in seiner rechten Hand gesehen. Sein Handgelenk immer noch umfaßt haltend, wirbelte sie herum und kreuzte die Arme über dem Kopf. Dadurch kam ihr Rücken an seine Brust, worauf sie sich vorbeugte, Darius hochhievte und flach auf den Rücken warf. Sie bekam immer noch eine Gänsehaut, als sie daran dachte, daß sie einen Mann niedergeworfen hatte, der doppelt soviel wog wie sie.

Die Ausbildung hatte vor fünf Jahren begonnen, kurz nach Dame Fus Versuch, sie zu vergiften. Guei Fei hatte schließlich zugegeben, was – oder vielmehr wer – Chingchin getötet hatte. Danach war ihr der Palastaufenthalt gefährlich erschienen. Meiling hatte zuvor noch nie im Dunkeln Angst gehabt, doch jetzt kam ihr selbst das Atmen der Soldaten, die nachts vor ihrem Zimmer im Flur Wache hielten, plötzlich unheilverkündend vor.

Einige Wochen hatte sie das Reiten aufgegeben und sich an die relative Sicherheit des Palastes geklammert. Sie hatte Guei Fei um die Erlaubnis bitten wollen, nach Guilin zurückkehren zu dürfen. Sie brachte es jedoch nicht über sich, ihre Schwester den verborgenen Gefahren Changans zu überlassen. Statt dessen kam Meiling zu dem Schluß, daß sie stärker werden mußte, um jederzeit jeden Angreifer abwehren zu können. Sie begann, täglich auszureiten, und zwar ausdauernd. Zum Entsetzen des ganzen Hofes begann sie, mit der im Palast ansässigen Akrobatentruppe zu üben. Und Darius teilte sie mit, daß sie den Umgang mit Waffen lernen wolle.

Darius hatte zunächst Einwände erhoben. Er behauptete, das liege daran, daß er den Wunsch habe, ihre Zeit bei einem blumigeren Wettstreit zu verbringen, doch Meiling spürte, daß ihm die Vorstellung Unbehagen bereitete, eine Frau könnte die Kraft und das Wissen eines Mannes haben. Es brauchte monatelange Überzeugungsanstrengungen, bis Darius sich einverstanden erklärte, sie auszubilden. Als Gegenleistung erbat er sich von ihr etwas Merkwürdiges. Er gab ihr einen kleinen Beutel und bat sie, diesen ständig zu tragen. Etwas Schweres war in den Beutel eingenäht, doch Darius weigerte sich zu sagen, was es war. Etwas Wertvolles, sagte er, etwas Wertvolles, das nie in fremde Hände fallen dürfe.

Als Gegenleistung für das zweimalige Training in der Woche, das Darius ihr gab, schien das eine wahrhaft bescheidene Bitte zu sein. Meiling war stark und geschmeidig und lernte schnell. Schon nach einem Jahr hatten sie das einfache Ringen hinter sich und waren zu schwierigeren Übungen übergegangen. Bis dahin hatten sie jedoch immer mit Holzdolchen geübt.

Sie hatte sich schon vor mehr als einem Jahr für imstande gehalten, mit richtigen Waffen zu üben, doch Darius hatte entgegnet, er werde entscheiden, wann der Zeitpunkt dazu gekommen sei. Heute dann hatte Meiling voller Aufregung gesehen, daß Darius die persische Klinge an der Schärpe getragen hatte, als er sie abholte, um sie zu ihrem Übungsring im Da-Ming-Park zu begleiten. Sie freute sich auf die neue Herausforderung und erkannte aufgeregt, daß Darius sie dafür jetzt für reif hielt.

Seine Einschätzung schien sich zunächst zu bewahrheiten. Sobald sie Darius niedergeworfen hatte, stieß Meiling mit den Fingerspitzen an der Unterseite seines rechten Unterarms zu und traf einen Druckpunkt, der ihn zwang, die Handfläche zu öffnen; sie entriß ihm den Dolch und hielt dessen Spitze nur einen Fingerbreit über seinen Augapfel, wobei sie sorgfältig darauf achtete, diesen nicht zu berühren. Sie setzte sich schwer keuchend rittlings auf seine Brust, wobei sich ihre Knie in den blauen Baumwollhosen in den dichten Teppich aus Kiefernnadeln auf der Lichtung bohrten.

Da ihre Arm- und Beinmuskeln von der plötzlichen heftigen Anstrengung weh taten, entspannte sie sich leicht und atmete tief auf. Sie betrachtete den bewaldeten Hügel, auf dem sie immer übten. Sie hörte das Zwitschern der Vögel und das dumpfe Hufgetrappel ihrer angepflockten Pferde.

Doch dann war Darius' Kopf unter ihrer Messerspitze verschwunden, bevor sie reagieren konnte. Eisenharte Finger rissen ihr den Dolch aus der Hand. Ein Gewicht, das sich wie ein Felsblock anfühlte, traf sie mit überwältigender Kraft und drückte sie auf den Boden.

Die blitzende Klinge war erst über ihrem Kopf und dann an ihrer Kehle. Einen schrecklichen Moment glaubte sie, ein Feind hätte sie überrascht und sich zwischen sie und Darius gestellt. Doch es war Darius' Hand, die den Dolch hielt, große Knöchel voll dicker schwarzer Haare.

Mit seiner zweiten Hand hielt er ihren rechten Arm fest auf den Boden gedrückt. Als ihm das Stilett einfiel, das sie immer bei sich hatte, riß er es ihr aus dem Haar und warf es über seine Schulter. Wenn er ein wirklicher Feind wäre, würde er das Geheimnis nicht kennen. Vielleicht hatte sie sogar die Chance...

Doch dann war es vorbei, und er stand über ihr. Sie spürte immer noch einen stechenden Schmerz in der Kehle. »Du hast mir weh getan«, sagte sie.

Keuchend richtete sie sich auf. Er starrte mit scheinbar zornigem Blick auf sie hinunter. Dann streckte er die Hand aus, als wollte er ihr auf die Beine helfen.

Doch statt ihre Hand zu ergreifen, spürte sie, wie er den Finger auf die brennende Stelle preßte, wo der Dolch ihr die Kehle geritzt hatte.

Er hielt den Finger hoch, und sie sah das leuchtend rote Blut. Plötzlich wurde ihr am ganzen Körper schwach. Sie spürte, wie ihre Lippen zitterten.

»Jetzt möchtest du am liebsten weinen, nicht wahr?« sagte er. Seine Stimme war so hart, wie seine Hände gewesen waren, als er ihr den Dolch entriß.

»Warum?« war alles, was sie hervorbringen konnte, als sie seine blutige Fingerspitze anstarrte.

Seine Stimme war rauh und grob. »Weil du dies immer noch für ein Spiel hältst. Weil du darauf vertraust, daß ich dir nicht weh tue.«

Einen Augenblick sprachlos, starrte sie in diese verblüffenden runden blauen Augen. Sie schienen zu brennen wie das Blau im Herzen einer Kerzenflamme.

»Ja, ich vertraue dir. Warum sollte ich es auch nicht tun?«

Seine dichten schwarzen Augenbrauen zogen sich zu einem Stirnrunzeln zusammen. Sie sah, wie seine kräftige Brust sich unter seiner weißen Tunika hob und senkte.

»Wenn du beim Üben nicht glaubst, daß dein Leben auf dem Spiel steht, wirst du nicht hart genug üben. Dann kommt der Tag, an dem du einen Feind wirst töten müssen, bevor er dich tötet, und dann bist du nicht imstande, es zu tun.«

Kiefernnadeln klebten an ihrer blauen Jacke und den Hosen. Sie bürstete sich ab.

»Ich möchte niemanden töten.«

Er streckte wieder die Arme aus. Diesmal ergriff er ihre Hände, und sie entdeckte Schmerz in seinem Gesicht. Seine blauen persischen Augen blickten tief in ihre. »Ich verabscheue den Gedanken, dir das Töten beizubringen. Du bist mir sehr teuer, so wie ich dir. Doch ich muß es dich lehren. Als dieser rebellische Mandarin Guei Fei beim Fest der Reichen Ernte zu töten versuchte, was hast du da getan? Wie hast du geholfen, als sie um ihr Leben kämpfte?«

Auf Meilings Stirn und Wangen breitete sich Feuer aus. »Ich stand nur da und sah zu, vor Furcht wie gelähmt.«

Er schüttelte leicht ihre Hände. »Diese Hände waren hilflos, nicht wahr? Dabei bist du eine Frau, die gern handelt, Meiling. Du reitest gern, spielst gern Polo, kletterst in den Hügeln herum, schwimmst gern. Doch wenn es auf dich angekommen wäre, als deine Schwester angegriffen wurde, wäre sie jetzt tot. Es wird aber wieder ein Zeitpunkt kommen, in dem du oder jemand, den du liebst, in tödlicher Gefahr schwebt. Möchtest du dann wieder hilflos sein?«

Tränen raubten Meiling die Sicht. Reiten und Schwimmen und alles andere machte ihr Spaß. Töten war schauerlich. Sie erinnerte sich an den Abend, an dem Guei Fei angegriffen worden war; sie sah noch vor sich, wie An Lushans riesiges Schwert dem Mörder den Kopf abschlug, wie der Rumpf noch zitterte, und dachte an das Blut, das die Vorderseite von Guei Feis Gewand beschmutzt hatte.

Sie flüsterte: »Ich hasse den Gedanken zu töten, möchte aber auch nicht getötet werden.«

Er sagte: »Dann mußt du fähig sein, Stahl in den Körper deines

Feindes zu stoßen, und zwar ohne einen Augenblick zu zögern, schneller, als er es mit dir tun kann. Das war ein Teil meiner Ausbildung, und jetzt muß ich es zu einem Teil von deiner machen.«

Sie spürte, wie sich ihre Muskeln anspannten. Sie richtete sich auf, und ihre Tränen versiegten.

»Nun gut. Es muß sein. Ich werde lernen.«

Er lächelte. Seine kräftigen weißen Zähne glitzerten in seinem dichten Bart. »Das ist gut. Außerdem wirst du jedem Gegner, den du vor dir hast, einen ungeheuren Vorteil voraus haben. Du bist so wunderschön, so anmutig, hast so gute Manieren und siehst so zart aus, daß kein Mensch je auf den Gedanken käme, du seist fähig zu töten.«

Sie streckte die Arme nach Darius aus. Er umschlang sie, und gemeinsam sanken sie auf das weiche Bett aus Kiefernnadeln.

Guei Fei wachte neben Longji auf. Obwohl große Bronzepfannen mit Holzkohle das kaiserliche Schlafzimmer erwärmten, hatten sie ihre nackten Körper in mehrere seidene, mit Gänsedaunen gefüllte Steppdecken gehüllt. Longji fühlte sich an ihrem Körper fast heiß an. Er lag mit dem Rücken zu ihr, und sie ließ die Hand über seine makellose Haut gleiten, welche die Farbe alten Elfenbeins hatte. Sie ließ einen Finger an seinen Rippen entlanggleiten. Er hatte kein bißchen Fett am Körper. Sie mochte es, wie sich seine Knochen unter der glatten Haut anfühlten, als er sich an sie preßte. Sie lächelte, als sie daran dachte, wie sie sich in der Nacht geliebt hatten, wie er in der Tanzende Vögel genannten Stellung auf ihr saß, während sie auf dem Rücken lag, und wie er den Jubelruf des Reiters ausstieß, den er sonst nur hören ließ, wenn er auf dem Poloplatz ein Tor schoß.

Sie drehte sich im Bett um und spürte etwas Nasses zwischen den Beinen. Sie hatten stundenlang geschlafen; inzwischen mußte sie dort unten trocken sein. Sie berührte ihr kostbares Tor und betrachtete ihre Fingerspitzen.

»Oh!« Sie spürte eine Schwere in der Brust. Ihre Fingerspitzen waren dunkelrot. Sie hätte es wissen müssen. Sie spürte immer dann das stärkste Verlangen nach dem blumigen Zweikampf, kurz bevor die Zeit ihrer Monatsregel kam.

Sie dachte, ich habe wieder versagt. Ich muß wohl unfruchtbar sein.

Sie wand sich vor Kummer. Zuckungen durchfuhren ihren Körper, und sie rang keuchend nach Luft.

Sie hatte jedes Heilmittel gegen Kinderlosigkeit probiert, das sie hatte auftreiben können, und hatte vertrauenswürdige Zofen behutsam wissen lassen, daß sie jeden großzügig belohnen werde, der ihr erfolgreich raten könne. Sie hatte keine Methode unversucht gelassen, nicht einmal die absurdeste. Einmal hatte sie in der linken Hand siebenundzwanzig Sojabohnen gehalten und in der rechten Longjis alten Mann; als er dann in ihr war und stieß, zerkaute sie die Bohnen, und als er zum Samenerguß kam, schluckte sie sie herunter. Sie hatte es damit sechsmal versucht, aber ohne Ergebnis.

Ihr Schluchzen weckte ihn. Er drehte sich um und nahm sie in die Arme.

»Wie kommt es, daß meine Lenden Monat um Monat nur Blut hervorbringen?«

Seine Fingerspitze folgte einer Träne von ihrem Auge über ihre Wange und trocknete sie dabei.

»Ich habe viele, viele Kinder. Mein Wunsch nach Nachkommen ist schon längst befriedigt. Du bist sehr viel jünger als ich, und manchmal stelle ich mir vor, du wärst mein Kind. Du bist sogar jünger als meine Tochter Xi.« Er lächelte verschlagen. »Natürlich würde ich mit einer Tochter nie die Dinge tun, die ich mit dir mache.«

Sie trocknete sich mit einem Zipfel der Seidendecke die Augen. Sie war nicht in der Stimmung, auf seinen anzüglichen Humor einzugehen. »Ich möchte, daß ein Teil von dir in mir wächst und zu einem neuen Menschen wird. Wenn es ein Sohn wäre, könnten wir ihn dazu erziehen, dein Werk fortzuführen. Was kann dein großes Werk der Reformen schon bewirken, wenn Su Chi dir auf dem Thron nachfolgt und alles zunichte macht?«

Sie haßte es, an Longjis Tod zu denken, konnte den Gedanken

jedoch nicht völlig verdrängen. Er war immerhin dreimal so alt wie sie. Irgendwann würde der Tag da sein, an dem sie ihn verlor. Sie empfand diesen Gedanken immer wie einen Messerstich. Sie schaffte es nie, sich gegen diesen Schmerz zu wappnen.

Sie stellte sich oft vor, daß sie sich bei seinem Tod umbringen würde wie die Frauen von Königen und Edelleuten in alter Zeit. Selbstmord war einem Leben ohne Longji vielleicht vorzuziehen – besonders wenn sie keinen Sohn hatte. Wenn Su Chi Kaiser wurde, würde sie vielleicht lebenslänglich eine Gefangene bleiben wie Dame Fu. Oder ermordet werden. Zwei Anschläge auf ihr Leben hatten ihr klargemacht, daß viele Menschen ihren Tod wünschten.

Doch wenn Longji starb und sie die Mutter des Kaiserlichen Thronfolgers war, konnte sie als Kaiserin weiterherrschen. Longjis Großmutter, Kaiserin Wu, hatte es getan, solange der Erbe noch unmündig war.

Longjis Stimme unterbrach ihre Gedanken. »Wenn Su Chi mein Werk vernichtet, wird man mich als einen guten Kaiser in Erinnerung behalten, ihn jedoch als einen schlechten Kaiser. Aber vielleicht ist es nicht das, was die Geschichte sagen wird. So wie die Dinge jetzt stehen, wird man mich als den Kaiser in Erinnerung behalten, der Samarkand verloren hat, Taschkent, Kaschgar, Balkh, Jarkand ...«

Sie preßte ihm die Finger auf den Mund. »Geliebter, hör auf, dich so zu quälen! Du darfst die Namen dieser Städte nicht immer wiederholen.«

»Wir müssen sie zurückgewinnen«, sagte Longji mit stiller Verbissenheit. »Wir müssen diejenigen bezwingen, die uns besiegt haben.« Dann versank er in Schweigen.

Es erschreckte sie, ihn so wehmütig von Krieg und Eroberung sprechen zu hören. Krieg interessierte sie überhaupt nicht. Er war häßlich, er zerstörte und regelte keinen Konflikt. Sollen die Barbaren dieses Land im fernen Westen doch haben, dachte sie. Schließlich kommt es nicht darauf an, wie groß das Reich ist, sondern darauf, wie gut es verwaltet wird. Guei Fei überlegte, wie sie ihm widersprechen konnte.

Doch er schüttelte sich, als wollte er die Gedanken an die

schreckliche Niederlage am Talas-Fluß verscheuchen. »Wenn du es wünschst, werde ich dich von Doktor Wang untersuchen lassen, damit er herausfindet, was es vielleicht noch zu tun gibt, damit du ein Kind empfängst. Ich möchte aber nicht, daß du den Schmerz einer Geburt durchleidest. Ich könnte es nicht ertragen, dich zu verlieren wie Pang Yuen. Ich möchte nur, daß du bei mir bleibst, so wie du bist.«

»Aber ich möchte nicht so bleiben, wie ich bin. Ich möchte die Mutter deines Sohnes sein.«

Kaum waren ihr die Worte entschlüpft, erschreckten sie sie. Wie viele Frauen des Kaisers würden es wagen, ihm so unverblümt zu widersprechen? Longji zeigte jedoch keinerlei Anzeichen von Zorn; er lächelte nur und küßte sie zart auf die Lippen.

Zehn Tage später lag Guei Fei in ihren Gemächern im Frauenpalast auf den dicken Kissen eines Rosenholzsofas. Der Kaiserliche Leibarzt Wang Lizhi saß vor ihr auf einem Stuhl. Er stellte eine Schriftrolle und eine Porzellanstatuette einer nackten Frau auf den Tisch zwischen ihnen. Um die Schicklichkeit zu wahren, saß Chu Ling schweigend in einer Ecke des Wohnzimmers der Kaiserin.

Dr. Wang war ein kleinwüchsiger älterer Mann mit einer dichten Mähne schönen weißen Haars, das ihm unter seiner runden schwarzen Amtsmütze auf die Schultern fiel. Er nahm die kleinen Glasflaschen an sich, die Proben von Guei Feis Blut und Urin enthielten, um die er für eine Analyse gebeten hatte. Er stellte sie neben die Statuette und die Schriftrolle. Er wies mit einem Zeigestock auf bestimmte Teile der Anatomie der Statuette hin, als wäre es unschicklich, selbst einen weiblichen Keramikkörper zu berühren. Jetzt zeigte er auf das Rückenende der Porzellanfrau.

»Wenn Eure Kaiserliche Erhabenheit Ihre Monatsbeschwerden hat, spürt Ihr dann hier viel Schmerz?« fragte er.

Zornige Worte entströmten Guei Feis angespannter Kehle. »Doktor, wenn Ihr eine Stute untersucht, um herauszufinden, warum sie nicht fohlt, würdet Ihr dann eine Statue einer Stute betrachten oder die Stute selbst?« Guei Fei warf Chu Ling einen Seitenblick zu und sah ihn leise lächeln.

»Wollen Eure Kaiserliche Erhabenheit damit andeuten, daß ich

Euch persönlich berühren soll?« stammelte Dr. Wang. »Das schickt sich nicht.«

»Mein Diener Chu Ling wird hier bleiben. Ich hoffe, Dr. Wang, daß Ihr mehr über Frauen wißt, als diese kleine Statue Euch möglicherweise verraten kann. Wenn nicht, werde ich wohl dem Strahlenden Kaiser vorschlagen müssen, daß er einen Leibarzt ernennt, der mit dem menschlichen Körper besser vertraut ist.«

»Ich werde natürlich bereit sein, Eurem Wunsch nachzukommen«, erwiderte Wang eifrig. »Ich habe nur gezögert, weil es vielen Damen Unbehagen bereitet, von einem männlichen Arzt untersucht zu werden. Es macht mich glücklich zu sehen, daß Ihr nicht dazugehört.«

Guei Fei fixierte seine Augen. »Es gibt nur eins, was mir wichtig ist, Dr. Wang. Ich möchte vom Kaiserlichen Vater ein Kind empfangen. Ich wünsche, daß Ihr alles in Eurer Macht Stehende tut, das zu ermöglichen.«

Wang verneigte sich. »Dann muß ich Eure Erhabenheit bitten, die gesamte Kleidung abzulegen und sich auf die Couch zu legen. Ich werde Euch außerdem Fragen über Eure – äh – intimen Beziehungen zum Kaiserlichen Vater stellen müssen.«

»Gut. Dann werdet Ihr vielleicht etwas lernen«, sagte Guei Fei, als sie aufstand und die Arme ausstreckte, damit Chu Ling ihr beim Entkleiden helfen konnte.

Fünf Tage nachdem Dr. Wang seine Untersuchung beendet hatte, ließ Longji mitteilen, daß er Guei Fei am Nachmittag zur Stunde des Affen in ihren Gemächern im Frauenpalast besuchen werde. Sie rief Meiling und Li Xi, die ihr beim Ankleiden und Schminken helfen sollten.

Als Longji ihr privates Wohnzimmer betrat, sank sie vor ihm auf die Knie. Sie sah eine steile Falte zwischen seinen Augenbrauen und einen leicht angespannten Mund. Ihr Herz fühlte sich bleischwer an.

Er hielt ein zusammengefaltetes Stück gelben Stoff in der Hand. Er setzte sich schweigend auf das Rosenholzsofa und forderte sie auf, sich neben ihn zu setzen. Sie tat es zitternd.

»Ich habe Dr. Wang gebeten, mir das Ergebnis seiner Untersuchung mitzuteilen. Als er es getan hat, habe ich beschlossen, selbst herzukommen und mit dir zu sprechen.«

»Sag es mir schnell«, flüsterte sie, mit enger Kehle.

Longji hüstelte nervös. »Dr. Wang sagte, daß es selbst bei der gründlichsten Untersuchung schwierig sei – ja sogar unmöglich, wie er zugab – zu sagen, weshalb eine Frau nicht empfange.«

»Wir haben also unsere Zeit verschwendet?« sagte sie mit dumpfer Stimme.

»Nein, er hätte es wohl gefunden, wenn da etwas gewesen wäre, was zu behandeln wäre. So wie die Dinge liegen, hat er nichts Ungewöhnliches entdeckt. Aber, sagte er, am vielsagendsten sei die Tatsache, daß ich in den fast vierzig Jahren, in denen ich die Freuden des Bettes genossen hätte, mehr als zweihundert Kinder gezeugt hätte. Es hat den Anschein, daß die – Schwierigkeit nicht bei mir liegt.«

Guei Fei senkte den Kopf und begann zu schluchzen. »Dann kann ich nie ein Kind bekommen?« Ihr ging auf, daß die Farbe an ihren unteren Augenlidern zu zerfließen begann. Doch jetzt, wo sie keine vollkommene Ehefrau sein konnte, war es ihr gleichgültig, wenn sie wie ein Clown aussah.

»Es hat den Anschein«, sagte Longji sanft.

Sie blickte zu ihm hoch, so daß er ihr tränenüberströmtes Gesicht sehen konnte. »Gibt es keine Medizin? Konnte Doktor Wang nichts vorschlagen?«

Er schüttelte traurig den Kopf. »Wir haben über alles nachgedacht, was vielleicht helfen könnte. Menschen benutzen ungewöhnliche Heilmittel, doch er sagte mir offen, daß seiner Erfahrung nach nichts davon hilft.«

»Seine Ehrlichkeit ist schwer zu ertragen«, schluchzte sie.

»Mein Strahlender Edelstein, wir haben soviel Freude erlebt.« Er legte ihr den Arm um die Schultern und zog sie an sich. »Es ist nur gerecht, daß der Himmel uns etwas verweigert.«

Sie machte sich von ihm frei und fixierte ihn. Sie hatte lange und intensiv darüber nachgedacht, was sie ihm sagen wollte, und hatte gebetet, es nie sagen zu müssen. Doch jetzt war die Zeit gekommen. Sie zwang die Worte über die Lippen.

»Du kannst das Reich nicht reformieren und dann zulassen, daß Su Chi es ruiniert. Du mußt mich verstoßen und dir eine neue Erste Gemahlin suchen, die dir einen Sohn schenken kann.«

Er zog sie wieder an sich, doch bevor er es tat, sah sie, daß ihm Tränen in die Augen traten. »Nein. Du bist die einzige Frau, die ich will. Du wirst immer die einzige Frau sein, die ich will.«

Er hielt das zusammengefaltete Tuch hoch, das er mitgebracht hatte. »Sieh mal. Eine Schärpe in kaiserlichem Gelb. Für dich.«

Sie nahm die Schärpe und faltete sie auseinander. An der weißen Satinbordüre sah sie mit Goldfaden eingestickte Schriftzeichen. Sie begann zu lesen.

Sei ein junges Füllen,
Das immer rennt,
Immer lacht
Und sich von keinem Hengstfohlen zurückhalten läßt.

Sei eine Blume,
Öffne deine Blütenblätter,
Verbreite deinen Duft
Ohne Früchte, die dich niederdrücken.

Diese Schärpe ist ein Drache aus Seide,
Die sich viele Male
Um die mädchenhafte Taille meiner Geliebten schlingt
Und sie schlank hält.

Spielgefährtin, Kameradin,
In dir finde ich alles, was ich will.
Ich sehe Vollkommenheit in dir,
Anfang und Ende der Weiblichkeit.

Sei immer ganz,
Immer lieblich,
Immer unverändert,
Immer vollkommen.

»Ich habe jedes Wort selbst geschrieben«, sagte Longji sanft. »Weder Meister Li Bo noch sonst jemand hat mir dabei geholfen. Ich habe in meiner schönsten Handschrift geschrieben – ich schenke dir die Schriftrolle. Ich hätte die Schriftzeichen selbst auf die Schärpe genäht, wenn meine Hände geschickter gewesen wären. Diese Aufgabe habe ich meiner Tochter überlassen. Sie ist ungewöhnlich tüchtig, sehr talentiert und absolut verschwiegen.«

»Xi? Xi hat das gemacht? Sie ist wirklich verschwiegen«, sagte Guei Fei. »Ich hatte keine Ahnung, daß sie daran arbeitet.«

Li Xis Mann, der Militärgouverneur von Kaschgar, war im vergangenen Jahr am Talas-Fluß von den Arabern getötet worden. Sie hatte ihren Kummer für sich behalten.

Longji sagte: »Xis Stickerei hat meine Pinselstriche genau erfaßt. Außer dir und mir und ihr braucht niemand je zu wissen, was in diesem Gedicht steht. Ich habe es geschrieben, weil ich dir sagen wollte, wie ich für dich empfinde.«

Guei Fei faltete die Schärpe sorgfältig wieder zusammen und preßte sie an die Wange. Er hatte in dieser gelben Schärpe seine Liebe für sie eingefangen.

Er verstand aber nicht, was Liebe für sie bedeutete. Er wußte nicht, wie verzweifelt sie hören wollte, daß er *ihre* Tochter seinen Liebling nannte und *ihren* Sohn zum Kaiserlichen Thronfolger ernannte. Er konnte nicht verstehen, daß diese Schärpe, die für sie kostbarer sein würde als jeder andere Gegenstand dieser Welt, sie auch ewig an ihre Unfruchtbarkeit erinnern würde.

Sie legte die Schärpe sorgfältig beiseite, damit ihre Tränen nicht darauffielen, und streckte ihm die Arme entgegen.

Der Nordwind des elften Monats brachte einen eisengrauen Himmel und weiche Schneeflocken, welche die Äste der Bäume in komplizierte, verschlungene Muster von Weiß und Schwarz verwandelten, auf der schwarzen Fläche des Reitwegs jedoch schmolzen. Longji vergrub das Kinn in seinem Schaffellkragen. Der Wind peitschte ihm Schneeflocken unter den weißen Kaninchenfellbesatz seines Huts. Er wünschte, er hätte An Lushans Einladung nicht angenommen, heute mit ihm loszureiten, um den neuausgestatteten

Palast des Blauen Tigers zu besichtigen. Da sie jetzt am Winteranfang standen, konnte das Wetter nur schlimmer werden.

»Wir werden ein schönes Fest erleben«, sagte An mit einem Lächeln. Die Ohrenklappen seiner Pelzmütze flatterten wie Flügel in dem schneidenden Wind. Sein ledriges Gesicht, oben braun, unter purpurrot, schien gegen Wind und Schnee unempfindlich zu sein.

Ein Fest. Voller Abscheu stellte sich Longji kaum gegarte Rindfleischstücke vor. Wie seltsam, dachte er, daß ich diesen Barbaren begünstige, obwohl ich gleichzeitig meinem Sohn entfremdet bin, weil er sich so sehr bemüht, ein Barbar zu sein.

Neun Reiter, deren Helme in Pelz gehüllt waren, ritten vor dem Kaiser und An Lushan her, und neun weitere folgten ihnen. Der Reitweg erhob sich steil vor ihnen. Der Palast des Blauen Tigers stand auf dem höchsten Hügel des Da-Ming-Parks. Schnee wirbelte um das dreifache Pagodendach mit den blauen Ziegeln, die dem Palast seinen Namen gegeben hatten, und milderte das leuchtende Rot und Gold seiner Mauern ab. Guei Fei hatte für den gesamten Palast einen frischen Anstrich befohlen.

Seltsam, daß An Strahlenden Edelstein zu diesem Besuch nicht eingeladen hatte. Doch An hatte gesagt, er habe ein besonderes Geschenk nur für den Sohn des Himmels.

Was für ein Geschenk hielt dieser Wilde für seinen Herrn wohl für passend? Vielleicht ein gutes Pferd. Doch Longji hatte in den kaiserlichen Ställen schon die besten Pferde der Welt, Tausende davon. Er seufzte. Guei Fei pries An ständig in den höchsten Tönen. Nun, er hatte ihr zweimal das Leben gerettet. Er selbst hielt den großen Mongolen zwar für recht sympathisch und zuverlässig, doch im Grunde für langweilig. Jedenfalls, dachte Longji mit einem Achselzucken, ist er ebenso loyal wie stark. Daran besteht absolut kein Zweifel.

Eine niedrige, gewundene Mauer aus schwarzen Ziegelsteinen mit blauen Dachziegeln auf der Krone umgab den weiträumigen Palast. Davor ein hübscher, leuchtend blau bemalter Steintiger mit schwarzweißen Streifen, der auf den Hinterbeinen hockte und dessen breites Maul mit den Reißzähnen jeden Besucher mit einem stummen

Brüllen begrüßte. Kleine, vor kurzem gepflanzte blaue Fichten säumten den Weg, der zum Haupteingang hinaufführte.

»Ein warmes Zuhause viel angenehmer als die Kälte draußen«, sagte An, als seine Diener ihnen ihre nasse Oberbekleidung abnahmen. Longji hob die Arme und spürte, wie die warme Luft seinen Körper umströmte. Eiserne Öfen in der Form von Löwen glühten heiß in den Ecken der Eingangshalle, und der willkommene Duft brennender Holzkohle erfüllte die Luft.

An führte den Kaiser durch die vielen Räume des Palastes, während vier Oberste in der schwarzgoldenen Uniform der Legion der Fremden – hart aussehende Männer, braune Männer wie An, nur kleiner als er – respektvolle zwölf Schritte hinter ihnen gingen. An hatte sie vorgestellt, aber Longji hatte ihre Namen schon wieder vergessen.

An zeigte ihm die Bibliothek mit ihrer Sammlung bemalter Wandschirme, auf denen berühmte Schlachten abgebildet waren, und ihren Regalen voller Schriftrollen. Er sei gerade dabei, mit Hilfe Ihrer Erhabenheit lesen zu lernen, wie An Longji ins Gedächtnis rief.

In diesem Augenblick bemerkte Longji etwas, was ihn erzürnte.

Als An mit dem Kaiser Seite an Seite dahinschritt, schwang an seiner Seite ein riesiges Krummschwert. Longji spürte, wie ihm abwechselnd heiß und kalt wurde. Er war unfähig, den Blick von diesem Schwert abzuwenden. Er konnte die Waffe nicht ansehen, ohne daran zu denken, was sie bewirken konnte. Er hatte schon manches Schwert wie dieses Gliedmaßen abschneiden und Köpfe abhacken sehen. Und eine der ältesten Vorschriften der Hofetikette verbot es jedem Soldaten, in Gegenwart des Kaisers sein Schwert zu tragen, es sei denn, er war im Dienst und bewachte ihn.

An sagte: »Jetzt Ihr sehen, was aus Eurem großen Geschenk, diesem Palast, gemacht habe. Laßt mich Euch jetzt zeigen, welches Geschenk für Euch habe.«

»Sehr gern«, sagte Longji schmallippig. »Doch schickt erst Eure Offiziere weg. Ich möchte mit Euch allein sprechen.«

An zog leicht die Augenbrauen hoch, lächelte aber weiter, als er seine Männer hinausschickte. Unterdessen rief Longji sich ins Gedächtnis, daß dies ein wertvoller Mann war, der Mann, der Guei Fei nicht nur im Tempel, sondern auch auf dem Fluß aus tödlicher Gefahr gerettet hatte. Er war ein einfacher Barbar, der heimatlos geboren worden war und erst jetzt lesen lernte, aber trotzdem an der Spitze einer Armee stand und einen Palast besaß, den der Sohn des Himmels als sein Gast besuchte. Von einem solchen Mann konnte man erwarten, daß er einen Fehler machte, und ein solcher Fehler konnte ihm vergeben werden. Longji beruhigte sich mit einiger Mühe. Als die Offiziere verschwunden waren, drehte An sich zu ihm um und sah ihn in respektvoller Aufmerksamkeit an.

Das Schwert hing immer noch an seiner Seite.

»Habt Ihr die Vorschrift vergessen, daß niemand in Gegenwart des Kaisers ein Schwert tragen darf? Frühere Kaiser haben schon Generäle dafür hinrichten lassen, weil sie einen solchen Fehler machten.« Longji bemühte sich, seiner Stimme einen beiläufigen Klang zu geben, doch seine letzten Worte hörten sich auch für ihn selbst wie eine Drohung an, und er fragte sich, wie sie sich für An anhörten.

»Vergebt mir, Strahlender Kaiser«, ließ sich Ans rauhe Stimme vernehmen. »Nachdem so viele Dinge geschehen, fürchte für Eure Sicherheit und Sicherheit geschätzter Kaiserlicher Mutter. Kann mich nicht erinnern, daß jemand sagte, ich hätte Schwert nicht zum Tempeltor mitbringen sollen, als ich Kopf von Schwein abschnitt, das versuchte, Ihre Erhabenheit zu töten.«

Longji kam sich plötzlich albern vor. Alle Zweifel an Ans Loyalität waren wie weggeblasen. Wenn An sich an jenem Abend im Tempel an diese Vorschrift gehalten hätte, wäre Guei Fei jetzt tot. Und wenn ich sie verloren hätte, wäre auch ich so gut wie tot.

»Ihr wißt, wie dankbar die Kaiserliche Mutter und ich Euch sind«, sagte er. »Dennoch ist es mein Wunsch, daß Ihr das Schwert jetzt ablegt und künftig diese altehrwürdige Vorschrift beachtet.«

»Wie Ihr befehlt, Kaiserlicher Vater.« Als er das Schwert von der Schärpe löste, rief An nach einem Diener. Seine Stimme war ein so lautes Donnergrollen, daß Longji sich zwingen mußte, sein Gesicht unbewegt zu halten und nicht zusammenzuzucken. Einen Moment fragte sich Longji, wie es wohl war, diesen Mann zum Herrn zu haben.

»Wir müssen der Hofetikette folgen«, sagte Longji, der immer noch das Gefühl hatte, sich An gegenüber rechtfertigen zu müssen. »Und der Sohn des Himmels wird durch seine Tugend beschützt und durch den Respekt, den die Menschen vor ihm haben.«

Glaube ich das wirklich? Ich würde es gern.

»Vergebt unwissendem Barbaren, den Kaiserlichen Vater aus der Fassung gebracht zu haben«, sagte An, dessen Körper sich in Demutshaltung vorbeugte.

Mich aus der Fassung bringen zu lassen war ein Fehler, dachte Longji. Ich hätte mich nicht so aufregen dürfen. Wie kann ich mich Sohn des Himmels nennen, wenn mich schon ein kleiner Verstoß gegen die Etikette so durcheinanderbringt?

»Die Sache ist vergessen«, sagte er.

»Vielleicht Geschenk ich anbieten macht Kränkung wieder gut.« An zeigte auf zwei geschnitzte Eichentüren, die von zwei spiralförmigen, vergoldeten Säulen flankiert waren. Sie gingen nebeneinander auf die Tür zu. Longji hatte das Gefühl, als würde der Terrazzo-Fußboden unter Ans Schritten vibrieren. Die Türen wurden von Dienern auf der anderen Seite geöffnet. Kaiser und General betraten Ans große Halle.

Bei der Ausschmückung des Palastes hat Guei Fei ein feines Gespür dafür an den Tag gelegt, was zu seinem Eigentümer paßt, dachte Longji. Sie hatte in diesem großen, schattigen Raum jeden Anflug von Weichheit und Eleganz vermieden und ihn grob, hart und ein wenig verwohnt gehalten. Große graue Steinplatten bedeckten den Fußboden. In der Mitte verlief ein blauer Teppich. Die Säulen an den Wänden waren dunkelrot, fast in der Farbe gerinnenden Blutes, gehalten. Schlachtstandarten füllten die Zwischenräume zwischen den Säulen aus, und an den großen Deckenbalken hingen alte Seidenbanner.

»Ein ansehnlicher Raum!«

An verbeugte sich. »Alles so, wie Kaiserliche Mutter gesagt hat, daß es sein sollte. Und jetzt, wenn es dem Strahlenden Kaiser gefällt...« Er zeigte auf das hintere Ende des Raums, wo Stufen zu einem Podium hinaufführten. Eine schwarz und rot gemalte Mondsichel rahmte einen goldenen Vorhang ein.

Longji bestieg das Podium. An trat zur Seite und zog den Vorhang zurück.

Auf einem Schirm, der die hintere Wand des Raums bedeckte, war eine Karte des Reichs der Mitte gemalt. Wie auf allen Karten lag der Norden am unteren Ende und der Süden am oberen. Die Zehn Provinzen waren von einer schwarz eingezeichneten Mauer umgeben; Steine, Festungsmauern, Wachtürme waren in Schwarz gehalten. Es war eine vertraute Karte, die Karte, die Longji seit seiner Kindheit betrachtete. Doch nach und nach fiel ihm auf, daß auf dieser Karte etwas anders war. An den Rändern war eine rote Mauer eingezeichnet, die ein weit größeres Gebiet umfaßte, als das Reich der Mitte bedeckte. Hier waren die Namen der Länder in leuchtendem Rot geschrieben. Im Norden lagen die Barbarenreiche der Türken, Mongolen und Khitan-Tataren – und der Uyghuren, bei denen Su Chi jetzt lebte. Im Osten lag Korea. Die rote Mauer erstreckte sich in den Östlichen Ozean und umfaßte das Inselreich der aufgehenden Sonne. Im Süden umschloß diese rote Linie Yunnan, Hindustan und das Königreich Kampuchea.

Wie ein Mann, der den Blick nicht von einer häßlichen Wunde abwenden kann, fühlte Longji, wie sein Blick unwiderstehlich nach Westen gelenkt wurde, wo sich die vom Reich beherrschten Territorien bisher immer in Gestalt eines vergrößerten Daumens erstreckt hatten, und zwar bis Samarkand. Ans Karte war auf dem allerneuesten Stand, wie Longji mit einem Stich erkannte; die Hälfte des Daumens war abgeschnitten. Jenseits der schwarz gezeichneten Grenze des Reiches lagen die Länder Sogdiana und Ferghana und diese verlorenen Städte, deren Namen Longji ständig in den Ohren dröhnten wie eine Begräbnistrommel. Alle jetzt dem Barbarenherrn unterworfen, der sich Kalif von Bagdad nannte.

Auf Ans Karte waren diese Namen jedoch in Rot geschrieben und von einer roten Mauer umschlossen. Longji sah winzige menschliche Gestalten, die auf den von der roten Mauer umschlossenen Reichen aufgemalt waren – Gruppen von Soldaten, Kavallerie und Fußsoldaten. Ihre Ausrüstung kennzeichnete sie deutlich als Soldaten des Reichs der Mitte.

Und jetzt bemerkte Longji auch, daß bei jeder Nation eine Darstellung ihrer Haupteinkommensquelle eingezeichnet war – Vieh und Pferde in den nördlichen Nomadenreichen, Ballen von Handelsgütern in den westlichen Städten, Stahl und Elfenbein in Hindustan, Perlen auf den Inseln der aufgehenden Sonne, Maulbeerblätter in den Regionen des Seidenhandels und Tee in der Mitte des Reiches.

Longji erfaßte die einfache, klare und atemberaubende Bedeutung der Karte. »Dies ist Euer Geschenk für mich?«

An verbeugte sich. »Wenn es dem Strahlenden Kaiser gefällt, es anzunehmen. Nicht die Karte, sondern das, was die Karte zeigt.«

»Aber diese Länder gehören uns nicht, Ihr könnt sie nicht verschenken«, sagte Longji, der immer noch die Karte anstarrte, »und ich kann sie nicht annehmen.«

»Unwissender Barbar ist nicht immer unwissend«, fuhr An fort. »Stattet sein Haus aus, stattet seinen Geist aus. Stellt Gelehrte an, die ihm Geschichte beibringen. Weiß jetzt, daß Reich immer größer werden muß, denn sonst beginnt zu sterben.«

Longji drehte sich erstaunt um. Er hatte nie erwartet, von diesen entstellten Lippen Worte von so tiefer Erkenntnis zu hören. »Und wie würdet Ihr das Reich größer machen?«

An zeigte auf die nördlichen Nomadenterritorien am unteren Ende der Karte. »Erst Khitan, dann Türken, Mongolen und dann Uyghuren. Reitende Krieger des Nordens sind beste Kavallerie der Welt. Nachdem wir sie erobern, können hinzufügen unseren Armeen die Legion der Fremden, nur mehr und größer. Wenn sie für Euch kämpfen, kann sich nichts Euch widersetzen.«

Longji fühlte, wie sein Herz schneller zu schlagen begann. »Das ist ein großartiger Traum«, sagte er. »Doch mehr als nur eine unserer Armeen hat als ein Strom ausgebleichter Gebeine in dieser windigen Wildnis geendet.«

»Windige Wildnis ist meine Heimat. Wenn ich Befehlshaber, Eure Armee wird dort triumphieren. Ist Eure Bestimmung, Strahlender Kaiser. Himmel hat mich auserwählt, Schwert in Eurer Hand zu sein.«

Longjis Blick wanderte von An wieder zur Karte. Das Reich der Mitte war schon jetzt die größte Nation der Erde. Diese Eroberungen würden seine Größe jedoch fast verdoppeln. Nicht zehn Provinzen, sondern zwanzig. Mehr Land, das bestellt werden konnte. Beherrschung der Handelswege. Alle diese bedrohlichen Barbarenreiche vernichtet. Und hinterher eintausend Jahre Frieden. Seine Herrschaft würde genauso denkwürdig sein wie die des ersten Kaisers. Krieg, Politik, Kunst. Vom letzten hatte er genug; in das zweite war er tief verstrickt. Doch das erste? Bisher hatte er kaum einen Vorgeschmack von Krieg erlebt.

Doch die Tang waren eine Krieger-Dynastie. Er erinnerte sich, wie er als junger Mann das Porträt seines Urgroßvaters angesehen hatte, großer Ahn Tang, der den Grenzen des Reiches ihre weiteste Ausdehnung gegeben hatte. Selbst Großmutter Kaiserin Wu, eine Frau, war eine Eroberin gewesen. Sie hatte dieselben Khitan niedergeworfen, die heute die nordöstliche Grenze bedrohten, und Kaschgar und Khotan eingenommen, zwei jetzt an die Araber verlorene Städte. In seiner Jugend hatte Longji davon geträumt, selbst ein unbesiegbarer Reichsgründer zu werden. Er hatte es geliebt, Sun Tzus »Kriegskunst« zu lesen, und sich danach gesehnt, in die Tat umzusetzen, was der längst verstorbene General gelehrt hatte.

In seiner Jugend hatte er von Ruhm geträumt, und seine Ratgeber hatten ihn behutsam, allmählich und kaum merklich von diesem Weg abgelenkt. Hatten sie recht damit gehabt, ihn so zu beraten? Hatte er recht gehandelt, als er ihren Rat befolgte? Ein Kaiser ist nur so gut wie seine Ratgeber.

Und nur so gut wie seine Generäle.

»An, Ihr habt nie eine Armee befehligt. Woher soll ich wissen, daß Ihr fähig seid, eine Schlacht zu gewinnen, geschweige denn einen Krieg?«

An schlug sich auf die Brust. »Habe Euch nicht gut gedient, wenn gebraucht? Habe nicht gut geführt in Shannan Hsitao?« Er streckte flehentlich eine kräftige Hand aus. »Versucht es mit mir, Strahlender Kaiser. Schickt mich gegen Araber oder Tibetaner oder Khitan, wenn sie uns nächstes Mal überfallen. Werde Berge von Köpfen für Euch bauen. Werde Anführer herbringen, damit sie in Eurer Gegenwart hingerichtet werden, werde Tausende von Sklaven mitbringen.«

»Ihr verwechselt mich mit diesen Barbarenkönigen, die Ihr besiegen wollt.« Doch obwohl er sich vor Abscheu am liebsten geschüttelt hätte, stellte sich Longji einen so glänzenden blutigen Triumph mit unerwarteter Erregung vor.

An lächelte skeptisch. »Jeder Herrscher wollen seine Feinde vernichten.«

Nein, sagte sich Longji. Das stimmt nicht. »Ich kann nicht Krieg führen und zugleich das Reich reformieren. Es ist sinnlos, das Reich erweitern zu wollen, bis das große Werk der Reformen vollendet ist.«

Seine Stimme wurde beim Sprechen leiser. Er hatte einen Moment die Konzentration verloren, als wehten ihm plötzlich die Steppenwinde Wolken durchs Gehirn. Doch jetzt hatte er wieder einen klaren Kopf, und Longji sah eines ganz genau. Etwas, was er bis zu diesem Augenblick nicht gewußt hatte. Eine tiefe Wahrheit, die bis zu dieser Begegnung mit General An verborgen war.

In Wahrheit, erkannte Longji, bin ich des großen Werks höchst überdrüssig. Ich habe es satt, mich ewig von dem halsstarrigen und humorlosen Enger zu etwas drängen zu lassen. Was einmal als aufregendes Vorhaben begonnen hatte, schien seit Shannan Hsitao zu immer größeren Schwierigkeiten zu führen. Berichte der Mandarine zeigten, daß sich immer mehr Menschen gegen ihn stellten. Frustration überkam ihn wie ein kalter Windhauch aus dem Mongolenland.

Auf der anderen Seite ein erfolgreicher Krieg – wie einfach, wie erregend, wie befriedigend! Plötzlich wurde ihm das Herz weit, wenn er an ekstatische Stadtbewohner dachte, die an ihnen vorbeiziehenden Truppen zujubelten, den Männern, die in den Krieg zogen. Und die gleichen Menschenmengen jubelten den heimkehrenden Kriegern zu und priesen ihn, Li Longji, Strahlender Kaiser, und überschütteten ihn mit Beifall, der ihm im Kopf widerhallte.

An Lushan hatte völlig reglos dagestanden, als Longji diese Gedanken durch den Kopf gingen, und ihn aufmerksam beobachtet. Jetzt beschrieb An mit dem Arm einen großen Kreis um die Peripherie der Karte. »Was nützen, glückliche und wohlhabende Untertanen zurückzulassen, wenn ihre Kinder Sklaven irgendeines arabischen Emirs oder eines Tataren-Khans? Diese Reiche immer eine Gefahr sein, bis wir sie unterwerfen. Je reicher Ihr Euer Reich machen, desto größer wird der Hunger Eurer Nachbarn, diese Reichtümer an sich zu reißen.«

Vielleicht sind Reformen nicht der einzige Weg, dachte Longji, mir einen Platz in der Geschichte zu sichern. Guei Fei unterstützte Reformen, doch nur weil sie wollte, daß man ihn als einen großen Kaiser in Erinnerung behielt. Er konnte sie dazu bringen, auch diesen Weg zu unterstützen.

Nein, erkannte er, sie glaubt wirklich an Reformen, damit das Volk etwas davon hat. Doch was ist, wenn das Reich der Mitte vom Himmel beauftragt ist, den Rest der Welt zu zivilisieren? Es ist die größte, mächtigste, bevölkerungsreichste und wohlhabendste Nation, weil seine Herrscher, sein Volk und kluge Männer bessere Möglichkeiten für das menschliche Zusammenleben ersonnen haben. Sie haben die richtigen Gesetze entdeckt, die richtigen Sitten und Gebräuche, den richtigen Glauben. Innerhalb der Grenzen des Reiches herrscht Ordnung, jenseits das Chaos.

Vielleicht hat ein Kaiser die Pflicht, die Grenzen des Reiches immer weiter auszudehnen und in die Welt Ordnung zu bringen. Vielleicht wird Guei Fei das verstehen.

Götter! Er sah schon die Farben militärischen Ruhms vor sich, hörte seine Trompeten schallen, hatte sogar den Geschmack von Metall und Blut im Mund!

13

Das Kind der Kaiserin

3851, Jahr der Schlange (753 n.Chr.)

> Der Wohlstand hatte das Reich der Mitte geschwächt; es war unfähig, sich zu verteidigen. Doch angespornt durch die Raubzüge der Barbaren an den Grenzen machte es sich stark. Und dann, als das Reich mächtig genug war, die Barbaren zu besiegen, wurden die kommandierenden Generäle der Grenzarmeen zu einer Bedrohung der Zentralregierung. An Lushan studierte sorgfältig die Schwächen des Reiches.
>
> Aus der »Geheimen Geschichte der Tang« von Yang Kaizhi

Für An Lushan sah Yang Guei Fei wie eine Göttin aus in ihrem gelbschwarzen Kostüm mit den Flügeln aus durchsichtigem Papier, die an ihren Ärmeln klebten. Von ihr abgesehen ist die Aufführung langweilig, dachte er, doch er saß mit gespannter Aufmerksamkeit da, als wäre er vor Begeisterung hingerissen.

Er verfolgte die Deklamationen der Darsteller zwar konzentriert, doch sie waren ihm zu förmlich und poetisch und machten ihm keinen Spaß. Die Reden und Gesänge wurden manchmal von den Trommeln, Gongs und Pfeifen des Orchesters übertönt, das hinter ihnen spielte.

Yang Guei Fei stellte Engelsfisch dar, eine Hofdame am Hof von Flußgott. Der betrunkene Li Bo stellte Flußgott dar. Er hatte verkündet, er werde Engelsfisch als seine Tochter adoptieren und den Helden Jung Bang – der von dem schwarzbärtigen Darius gespielt wurde – als seinen Sohn. Das würde sicherstellen, daß der magische Zahn, den Roter Drache Jung Bang gegeben hatte, in der Familie blieb.

Roter Drache, dessen Gesicht und Identität sich unter einem bemalten Gipskopf verbarg, sang von seiner Absicht, Flußgotts Tochter zu heiraten, Weinende Weide – Yang Meiling, die ganz in Blaßgrün gekleidet war und mit den Händen wedelte, um ihr Entzücken zu zeigen. Sie ist eine auffallend schöne junge Frau, dachte Lushan, fast ein Zwilling ihrer Schwester. Als sie bei der heutigen Aufführung zum ersten Mal auftrat, hatte Lushan einen Moment sogar geglaubt, sie wäre Yang Guei Fei. Die dicke Schminke, die beide aufgelegt hatten, machte es so gut wie unmöglich, sie auseinanderzuhalten.

Roter Drache und Weinende Weide schwammen in die nebelverhangenen Gewässer davon, indem sie hinter einen Seidenvorhang tanzten, der so bemalt war, daß er wie ein Flußgrund voller Schlingpflanzen und wie ein schwankendes Schloß aussah, die Behausung Flußgottes, die von Fischschwärmen umgeben war. Engelsfisch und Jung Bang stellten pantomimisch eine Umarmung dar. Obwohl sie einander nicht einmal richtig berührten, spürte Lushan einen Stich im Herzen.

Die Musik erreichte einen Höhepunkt und erstarb dann. Das schien das Ende des Stücks zu sein. Nur wenige von Lushans Volk würden die Geduld aufbringen, eine derart langweilige und gekünstelte Aufführung durchzustehen. Eine Aufführung über einen Pseudohelden und eine mindere Gottheit, ein Stück, in dem nicht einmal gekämpft wurde.

Aber ich wäre jetzt nicht hier, dachte Lushan, wenn ich nicht geduldig wäre.

Er hatte im Laufe seiner zehn Jahre in der Armee des Kaisers gelernt, sich jede Gelegenheit zunutze zu machen. Er hatte sorgfältig geplant, wie er das heutige Ereignis dazu nutzen konnte, sich für das Kaiserpaar noch unentbehrlicher zu machen. In den letzten fünf Jahren war er fast zu einem Teil ihrer Familie geworden, hatte sein höchstes Ziel dabei jedoch nie aus den Augen verloren. Wie die Schauspieler des heutigen Abends gab er vor, ein ganz anderer Mensch zu sein als der, der er wirklich war.

»Großartig, großartig!« rief der Kaiser von seinem Staatsstuhl inmitten des Publikums aus Höflingen, Ministern und Armeeoffizieren. Er erhob sich und erklomm die Stufen zum Podium, wo die Darsteller und Musiker sogleich niederknieten. Roter Drache nahm seinen Kopfschmuck ab und gab sich als General Chen zu erkennen, Darius Parviz' Stellvertreter bei der kaiserlichen Garde.

Der Kaiser drehte sich um und wandte sich ans Publikum: »Vor einem Jahr erfand meine geliebte Kaiserin diese neue Art des Geschichtenerzählens. Dieses Stück, ›Der Drachenzahn‹, ist das bisher schönste. Doch dies ist nicht das einzige Talent meiner Kaiserin, an meinem Hof Schönheit zu erschaffen. Sie berät mich vorzüglich in Staatsangelegenheiten. Sie hat den Herbst meines Lebens in einen Frühling verwandelt. Ich kann sie nicht genug preisen. Ich danke dem Himmel in jeder Stunde, daß er sie mir gesandt hat.«

Jedenfalls hat der alte Schurke Verstand genug zu schätzen, was er hat, dachte Lushan. Doch ist er ein schwacher Mann und verdient sie nicht.

Yang Guei Fei neigte den Kopf und bedankte sich damit für das Kompliment. Dann nahm sie die Hand des Kaisers und ging mit ihm zu den Ehrenplätzen. »Und was wird die nächste Belustigung des heutigen Abends sein?« fragte der Kaiser und sah sich eifrig um.

Lushan wurden Arme und Beine taub. Er erkannte die Symptome der Furcht. Obwohl er diese Menschen verabscheute, ängstigte er sich vor der Möglichkeit, gedemütigt zu werden. Doch er hatte sich noch nie durch Furcht vom Kampf abhalten lassen und würde auch jetzt nicht zulassen, daß die Angst ihn davon abhielt zu singen. Er stand auf und verneigte sich tief.

»Mit Strahlenden Kaisers Erlaubnis biete an, Lieder meines Volkes zu singen.«

Der Kaiser breitete die Arme aus. »Natürlich, General An. Wenn Ihr so gut singt, wie Ihr reitet, schießt und kämpft, steht uns etwas Besonderes bevor.« Er machte eine Geste zum Podium hin.

Lushan sprang auf die Bühne, von der die Darsteller jetzt verschwunden waren. Er fragte sich plötzlich, ob er richtig gekleidet war. War sein violettes Gewand zu dunkel? Der breite schwarze Ledergürtel um die Taille zu barbarisch? Er wünschte, er könnte Hosen tragen; das wäre viel bequemer. Doch alle wichtigen Männer des Reichs der Mitte trugen Roben; in Hosen würde er als Bauerntölpel dastehen.

Er gab ein Zeichen, worauf Schwarze Jade in einem enganliegenden tiefblauen – fast violetten – Gewand auf die Bühne trat, das mit Pfauen geschmückt war. Ein Diener stellte hinter Lushan einen Stuhl für sie hin. Auf ihrem Schoß hielt sie eine Pi-Pa, ein Instrument, das so vielseitig war, daß sie damit sowohl mongolische Musik als auch die klassischen Weisen des Reichs der Mitte spielen konnte.

Er hörte, wie die Zuschauer bewundernd flüsterten. Gemeinsam, der große Mongole und die hochgewachsene schwarze Frau, boten sie ein Bild, das ein Hof zu schätzen wußte, der das Exotische liebte.

Lushan blickte prüfend ins Publikum, bis er Yang Guei Fei entdeckte, die sich inzwischen ihres Engelsfisch-Gewandes entledigt hatte und jetzt ein einfaches, blaßblaues Gewand mit einer leuchtend gelben Schärpe um die Taille trug. Sie lächelte ihm aufmunternd zu, und er spürte, wie die Anspannung ein wenig nachließ.

Lushan nickte Schwarzer Jade zu. Sie hatten viele Tage damit zugebracht, die Liederfolge zusammenzustellen und zu proben.

Er räusperte sich und sprach Worte, die er sorgfältig auswendig gelernt hatte, damit er die Sprache des Reichs der Mitte möglichst korrekt sprechen konnte. »Ich bin überzeugt, vor allem nach dem bezaubernden Stück, das wir soeben gesehen haben, daß Ihr diese Melodien grob und diese barbarische Sprache jämmerlich unbeholfen finden werdet, aber vielleicht werden sie Euch auch amüsieren.« Diese Ansprache, mit der er sich selbst herabwürdigte, blieb ihm fast in der Kehle stecken. Diese Unehrlichkeit, die so ganz anders war als die mongolische Direktheit, galt am Hof der Tang als gutes Benehmen.

Zunächst sang Lushan von einem jungen Liebhaber, der in einer einzigen Nacht tausend Li weit ritt, um bei seiner Geliebten zu sein. Obwohl er auf mongolisch sang, erfaßten die Zuhörer die klagende, romantische Eigenheit des Liedes. Er warf einen kurzen Blick auf Yang Guei Fei. Ihre Blicke begegneten sich, worauf er schnell die Augen abwandte.

Dann sang er ein komisches Lied über einen Wettbewerb im Zureiten von Pferden. Er übertrieb die Gesten und die dazugehörigen Gesichtsausdrücke, und obwohl die Leute die Worte nicht verstanden, lachten sie.

Anschließend sang er »Als die Standarte auf Gubera stand«, einen Ausschnitt aus der weit längeren Saga des großen Mongolenhelden Qaidu. Weil er auf mongolisch sang, hielt er es für unmöglich, daß irgend jemand unter den Zuhörern vermuten könnte, daß der Held dieses Liedes vor mehr als zweihundert Jahren eine große Armee des Reichs der Mitte vernichtet hatte.

Der Beifall nach »Gubera« war rauschend. Es verschaffte Lushan eine bittere Befriedigung, dem Himmelssohn des Reichs der Mitte den Namen Qaidus ins Gesicht zu schleudern.

Er blickte erneut zu Yang Guei Fei hin und spürte, wie sich sein Herz weitete, als er ihre großen dunklen Augen und zarten Gesichtszüge betrachtete. Obwohl er mit der Frau auf der Bühne stand, mit der er jede Nacht schlief, raste ihm das Blut durch die Adern, wenn er Yang Guei Fei ansah. Er wußte, daß er sie besitzen würde. Das war ein Teil seiner Rache. Doch dieses Wissen genügte ihm nicht mehr. Er hatte begonnen, sich danach zu sehnen, daß sie in ihm einen starken, gutaussehenden Mann sah und – ihn liebte. Das mochte gefährlich sein, doch das war es, war er wollte. Irgendwann war ihm der Tod ohnehin sicher, und er war bereit, sein Leben in ihre Hände zu legen.

Es gab Möglichkeiten, das zu erlangen, was er ersehnte. Er konnte ihr den Verstand mit Hexerei trüben und sie dadurch dazu bringen, ihn zu lieben. Er konnte sogar mit dem Stein des Zauberers ihre Brust berühren und ihre Seele dazu bringen, sich ihm zu versklaven. Doch das war ihm nicht genug. Er wollte sie besitzen, würde es jedoch lieber sehen, wenn er nicht nur ihren Körper, sondern auch ihre Seele und ihr Herz besaß.

Es mußte etwas bedeuten, daß er ihr zweimal das Leben gerettet hatte. Sie wußte natürlich nicht, daß Dame Fu beide Attentate auf ihr Leben bezahlt, er sie aber in die Wege geleitet hatte. Gleichzeitig hatte er dafür gesorgt, daß seine Pläne durchkreuzt wurden, damit er als Retter der Kaiserin dastehen konnte. Es war schwierig, Dame

Fus Vertrauen zu behalten und zugleich Dame Yangs Leben zu schützen. Doch er hatte es geschafft, indem er sich so verstellte wie die Schauspieler des heutigen Abends.

Seine Lieder aus der Steppe waren gut angekommen. Jetzt würde er die Richtung ändern. Die nächsten beiden Lieder waren alte Lieder in der Sprache des Reichs der Mitte. Schwarze Jade kannte trotz ihrer fremden Herkunft Musik aller Art und vor allem die Musik, die von den Menschen höchsten Rangs am meisten geschätzt wurde. Sie hatte ihm erzählt, daß zwei Lieder, »Weidenstraße« und »Spiele des Ming-Toy-Clubs«, Klassiker seien. Der Hof lauschte schweigend seiner Darbietung. Nachdem er geendet hatte, flüsterten einige Damen einander mit großen Augen etwas zu. Lushan war hochbefriedigt, gezeigt zu haben, wie kultiviert ein Barbar sein konnte.

Als Schlußlied hatte er sein Lieblingslied aus der Gegenwart gewählt. Dies würden seine Zuhörer sogar noch weniger erwarten als die früheren, wie er wußte. Er verbeugte sich vor Li Bo, der in der ersten Reihe saß. Der Poet grüßte und zuckte mit den Augenbrauen.

Lushan sang:

Die Zauberinnen von Yin
Sitzen am Fluß und spinnen Seide;
Ihre schlauen Zungen
Spinnen ein Gewebe um mein Herz.

Erfreutes Murmeln stieg aus dem Publikum auf, als die Zuhörer eins von Li Bos Liedern erkannten. Als Lushan geendet hatte, brandete der Beifall so begeistert auf, daß der Kaiser um eine Zugabe bat. Lushan hatte schon genügend musikalische Abende dieser Art miterlebt, so daß er auf die Bitte vorbereitet war. Nach einem geflüsterten Wort zu Schwarzer Jade begann er mit »Der Seemann und der Riesenvogel«, ein Lied, das auf eine arabische Geschichte zurückging und von einem weiteren der Acht Unsterblichen des Weinbechers, Du Fu, in Verse gebracht worden war. Es war ein ausgelassenes, fröhliches Lied mit einigen leicht anzüglichen Strophen. Obwohl das Reich vor kurzem eine schwere Niederlage gegen die Araber erlitten hatte, nahm der Hof dieses fremde Lied mit Beifall und Heiterkeit auf.

Danach verbeugte sich Lushan und verließ die Bühne, worauf Diener kleine Tische hinstellten und die Stühle für ein leichtes Abendessen umstellten.

Aus den Augenwinkeln nahm er eine Bewegung, ein Flattern von Händen wahr. Lushans Herz machte einen Satz, als ihm aufging, daß die Kaiserin ihm durch Gesten zu verstehen gab, daß er neben ihr sitzen sollte.

Neben ihr sitzen!

Er ging auf sie zu. In dem Augenblick bemerkte er, daß Schwarze Jade direkt hinter ihm ging. Es war jedoch unmöglich, der Kaiserin eine Kurtisane vorzustellen. So drehte er sich schnell um und preßte zwischen den Zähnen hervor: »Warte im Palast des Blauen Tigers auf mich.«

Schwarze Jade starrte ihn traurig an. »Du bist ein Dummkopf, wenn du glaubst, bei *der* etwas zu erreichen.«

»Habe dich nicht um deine Meinung gebeten. Geh.« Sie funkelte ihn wütend an, drehte sich dann langsam um und ging weg. Ihre Pi-Pa trug sie in einer bestickten Seidentasche bei sich.

Schwarze Jade war eine Akrobatin im Bett, wie er schon erwartet hatte, als er sie zum ersten Mal tanzen sah. Er mochte sie immerhin so gern, daß er sie dem Eigentümer des Hauses der Unmöglichen Freuden zu einem beträchtlichen Preis abgekauft hatte. Es gab jedoch Zeiten, in denen sie so tat, als besäße sie ihn und nicht er sie. Sie flößte ihm Unbehagen ein; er hatte den Verdacht, daß es Tiefen in ihr gab, die so schwarz waren wie ihre Haut. Doch er mochte ihre wilde Direktheit. Sie erinnerte ihn an Mongolenfrauen.

Am Tisch der Kaiserin saß schon der kahlköpfige Mönch Ma Tsu. »Wagemutig von Euch, von Qaidu Khan zu singen«, sagte der Mönch, als Lushan sich setzte. Lushan starrte ihn an.

»Keine Angst, General An«, sagte Ma Tsu mit einem gleichmütigen Lächeln. »Ich habe das Lied natürlich erkannt. Von uns Qinzha werden Sprachkenntnisse erwartet. Ich bewundere jedoch heroische Taten in jeder Sprache.«

Der Abt sah ihn durchdringend an. Lushan zog eine schützende

Wolke um sich, als er Ma Tsu ebenso gleichmütig anblickte. »Ihr wißt viele Dinge«, sagte er in einem schmeichelnden Tonfall. Dennoch waren die Augen des Abts weiterhin wie Dolche auf ihn gerichtet. Wer war dieser Mann, der die Geheimnisse von An Torjan Khan durchdringen konnte?

Zu seiner Rechten regte sich etwas. Eine hübsche Hofdame setzte sich zu ihnen. Lushan hatte sie schon in der Wohnung der Kaiserin gesehen. Yang Guei Fei stellte sie als die Tochter des Kaisers vor, Dame Li Xi. Lushan fragte sich, welche der vielen kaiserlichen Frauen ihre Mutter sein mochte.

»Ich bedaure, daß Eure interessante Begleiterin sich nicht zu uns setzen kann«, sagte Yang Guei Fei. »Ich würde gern mehr über den Teil der Welt erfahren, aus dem sie stammt.«

Würde er dieses Volk je verstehen? »Soll ich sie zurückrufen, Kaiserliche Mutter?« fragte er.

Dame Li zeigte in eine andere Ecke des Raums, in der General Chen Schwarze Jade gerade an einen Tisch führte. »Ihr wollt Eure Begleiterin doch sicher nicht der Gelegenheit berauben, General Chen kennenzulernen«, sagte sie. »Vielleicht wird er ihr ein Angebot machen. Vielleicht hat er Verwendung für jemanden wie sie.«

Lushan fühlte, wie ihm vor Zorn die Halsadern schwollen. Er hatte ihr befohlen, sich wieder in den Tigerpalast zu begeben. Wie konnte sie es wagen, sich zu diesem geckenhaften Chen zu setzen? Jetzt würde er sie schlagen müssen. Ein Mann durfte sich mit dieser Art Ungehorsam nicht abfinden; dann würde sie die Achtung vor ihm verlieren. Doch wann immer er sie tatsächlich schlug, sah sie ihn mit solchem Haß an, daß es ihn erschreckte, obwohl er es sich nie eingestehen würde.

Yang Guei Fei lachte. »General Chen ist ein gutaussehender Mann und tapferer Offizier. Er hat zwei schöne Frauen. Warum sollte er die Dienste von General Ans schätzenswerter Begleiterin brauchen?«

»Ich habe ihre musikalischen Dienste gemeint«, entgegnete Li Xi ohne das Erröten, das Palastfrauen sich bei so anzüglichen Bemerkungen meist ins Gesicht zauberten. »Vielleicht möchte er auch gern singen wie General An.« Dann sang sie lachend eine Zeile aus einem kaum bekannten japanischen Lied über Frauen der lokkeren Welt.

Yang Guei Fei und Li Xi schien klar zu sein, daß Schwarze Jade eine Kurtisane war. Doch wußten sie auch, daß An sie im Haus der Unmöglichen Freuden gekauft hatte und daß sie mit ihm im Tigerpalast lebte? Würde das, fragte er sich mit einem quälenden Gefühl im Magen, bei der Kaiserin einen Unterschied machen?

Da er zeigen wollte, daß er sich nicht leicht aus der Ruhe bringen ließ, sagte Lushan: »Schwarze Jade auf mancherlei Art hervorragend. Vielleicht will General Chen Dienste, für die Ehefrauen nicht ausgebildet. Schwarze Jade könnte Ehefrauen unterrichten.«

Li Xi entgegnete mit einem strahlenden Lächeln: »General An, wenn Ihr unsere Hofdamen erst besser kennenlernt, werdet Ihr erfahren, daß sie in *allen* Künsten genauso erfahren sind wie Frauen anderswo auf der Welt.«

Diener brachten Weinkrüge und Schalen mit Trockenfrüchten, Melonenkernen und Honiggebäck. Lushan knabberte daran, während er sich fragte, was Li Xi von ihm wollte. Sie war genauso anziehend wie eine der Frauen im Haus der Unmöglichen Freuden, und er hätte nur zu gern herausgefunden, ob sie in der Kunst des blumigen Zweikampfs, wie diese Leute es nannten, genauso bewandert war, wie sie angedeutet hatte. Doch was würde Yang Guei Fei dazu sagen?

Noch vor wenigen Jahren hatte Dame Yang nicht gewußt, daß es ihn überhaupt gab. Er hatte vor der Höhle Wache gehalten, in der sie und der Kaiser vor einem unbekannten Angreifer Schutz gesucht hatten, und sie hatte ihn nicht einmal eines Blickes gewürdigt, als er hinein- oder hinausging. Dabei hatte ihre Hand seine berührt, und das hatte er nie vergessen. Jetzt saß er bei einem Abendessen neben ihr. Von jener Höhle zum Kaiserpalast führte ein bedeutend weiterer Weg als von diesem Tisch zum Schlafzimmer der Kaiserin. Warum sollte er sich mit Li Xi zufrieden geben? Er beschloß, all seine Aufmerksamkeit Yang Guei Fei zuzuwenden.

»Wie fühlt Ihr Euch, Kaiserliche Mutter, als Adoptivtochter von Flußgott?«

Die Kaiserin lächelte und entblößte dabei kleine hübsche Zähne. »Diese Darbietungen sind nur Schein, General An«, sagte sie.

Mit einem heiteren Lächeln, das Lushan zutiefst verwirrte, bemerkte Ma Tsu: »Diese neue Kunstform, die Ihr Euch ausgedacht habt, wird gut für die Menschen sein, wenn sie sie lehrt, wie einfach es ist, die Realität mit dem zu verwechseln, was nicht real ist.«

»War nicht verwirrt«, sagte Lushan. »Scherz gemacht.« Zorn verstärkte seinen Akzent, doch er beruhigte sich. Schon wieder dieser Abt. Lushan suchte nach der Erinnerung an seinen heiligen Zauberstein, den er in den Tiefen seiner alten Feldkiste versteckt hatte. Er konnte die bleierne Schwere des Steins fast fühlen. Er konnte fast spüren, wie seine Kraft sich in seinen Gliedmaßen ausbreitete. Er konnte jahrelang leben, ohne den Stein auch nur zu berühren, und trotzdem mit dessen Kraft ausgefüllt sein. Wer immer Ma Tsu war, er konnte einen Mann, der solche Macht besaß, nicht bezwingen.

Lushan setzte ein steifes Lächeln auf. Yang Guei Fei lächelte herzlich zurück.

»Wie sieht es dort aus, wo Ihr herkommt, General An?« fragte sie. »Leben Eure Eltern noch dort?«

Er sah den Kopf seines Vaters im Staub liegen, sah, wie der Offizier des Reichs der Mitte verächtlich auf den Leichnam hinabblickte. Es erschien Lushan jedoch nicht geraten, der Kaiserin, der Tochter des Kaisers und dem seltsamen Berater des Kaisers, Ma Tsu, diese Geschichte zu erzählen, denn der Abt wußte offensichtlich ohnehin zuviel. Folglich beschloß er, die Geschichte vom Tod seiner Mutter zu erzählen, die zwei Winter nach seinem Vater gestorben war, und so zu tun, als wäre sein Vater zur gleichen Zeit gestorben.

Als er daran dachte, wie seine Mutter gestorben war, spürte er, wie ihm Tränen in den Augen und den Nasenlöchern brannten. Er erinnerte sich an das Feuer in der Nacht und an die Schreie. Er erinnerte sich, wie er unter eine Decke gekrochen und eine Ewigkeit den Atem angehalten hatte. Er dachte daran, wie er sich vor Furcht naß gemacht hatte.

»Mutter und Vater von Uyghuren getötet, Eure Erhabenheit.«

Dame Yang rutschte peinlich berührt auf ihrem Stuhl hin und her. »Sind das nicht die Freunde des Kaiserlichen Thronfolgers?«

»Ja, dieselben. Überfielen uns in der Nacht und töteten alle. Taten es, um unser Vieh zu bekommen. Ich war sehr klein. Versteckte mich vor ihnen.«

»Es tut mir so leid, das zu hören.« Sie legte einen Moment die Hand auf seine. Es war eine warme, weiche Hand.

»Wie traurig«, sagte Li Xi. Sie sprach mit starkem Gefühl und beugte sich vor, um Lushans Aufmerksamkeit auf sich zu lenken, doch Lushan starrte nur in Yang Guei Feis große dunkle Augen.

Er sagte: »Und so bin jetzt glücklich, Soldat des Reichs der Mitte zu sein und zu leben, wo Friede ist und Menschen Gesetzen gehorchen.«

»Wunderschön gesprochen«, ließ sich Ma Tsu vernehmen. Lushan hatte den Verdacht, daß der Mönch sich über ihn lustig machte. Der Qinzha war lästig wie eine Pferdebremse.

Plötzlich fiel Lushan eine Möglichkeit ein, Yang Guei Fei noch mehr zu beeindrucken und sich auch in Zukunft im Kaiserpalast eine gute Aufnahme zu sichern. »Was Eltern betrifft, meine Eltern sind jetzt Kaiserlicher Vater und meine Kaiserliche Mutter. Ich – ich Euer Sohn.«

Yang Guei Fei schnappte nach Luft und erbleichte. Die drei Menschen, die mit Lushan am Tisch saßen, starrten ihn schweigend an. Einen furchterregenden Augenblick lang glaubte er schon, das Falsche gesagt zu haben.

Guei Fei blinzelte schnell. Das Licht der Lampions funkelte auf Tränen, die ihr über die dichten schwarzen Wimpern zu rollen drohten. »Ich danke Euch«, flüsterte sie.

Lushan atmete langsam auf. Wie es schien, hatte er tatsächlich den richtigen Ton getroffen. Er lehnte sich zurück und schenkte ihr ein, wie er hoffte, warmes Lächeln.

Was für ein köstlicher Augenblick dies war! Es hatte auch im Leben Qaidus einen solchen Moment gegeben, einen Augenblick, von dem die Barden zu singen liebten, als Qaidu einen Khan der Tataren besuchte, einen mächtigen Herrscher und Erzfeind. Qaidu kam allein und bat um Nahrung und Unterkunft. Der Khan nahm ihn auf und bot ihm seine Gastfreundschaft an. Und während Qaidu es sich im Zelt des Khans gemütlich machte, versammelten sich draußen in der Dunkelheit die Streitkräfte der Mongolen.

Guei Fei lag auf dem Bauch, das Gesicht von Longji abgewandt. Sie biß sich auf die Knöchel und fühlte, wie ihre Tränen das Gesicht durchnäßten. Ihre Schultern bebten.

Er legte ihr eine warme und feste Hand auf den Rücken. »Die Wolken und der Regen haben dir doch sicher genausoviel Freude gemacht wie mir?«

»Ich bin eine Närrin zu weinen. Du solltest dich meiner entledigen.«

»Ich wäre ein Dummkopf, das zu tun. Ich bin heute abend mit dir durch die Sterne gereist. Doch wenn du so weinst, mache ich mir Sorgen.«

Sie drehte sich um und wischte sich schnell die Tränen ab. Sie schlang die Arme um seinen schlanken Körper und fühlte, wie er es sich mit einem Bein zwischen ihren Beinen bequem machte. Sie roch seinen Schweiß, das Nachspiel der Anstrengungen des blumigen Zweikampfs, ein Geruch, der ihr immer warm werden ließ.

»Es war für mich alles, was es auch für dich war – wie ein Wunder, herrlich, so durch den Himmel zu fliegen. Was wir tun, ist wundervoll, doch du pflanzt Nacht für Nacht deinen Samen in mir ein, und ich weiß, daß er nicht wachsen wird. Das tut mir weh.«

Er hatte das Gesicht an ihrer Schulter vergraben, und ihre Tränen strömten in sein schwarzes Haar. Er war jetzt sechzig, hatte aber noch immer kein einziges weißes Haar.

Früh am Abend hätte sie fast geweint, als An Lushan gesagt hatte, er betrachte sie als seine Mutter. Wie einsam der große Krieger sich fühlen mußte, so weit von zu Hause weg, eine Waise, seit er ein kleiner Junge gewesen war. Und die Welt, in der er jetzt lebte, die Welt der Kaiserstadt, mußte ihm immer noch fremd sein, obwohl er sein Bestes tat, ein Teil von ihr zu werden. Er hatte beim Lesen und Schreiben bemerkenswerte Fortschritte gemacht; seine kräftigen Finger gingen geschickt mit dem Pinsel um.

Und was für eine schöne Stimme er hatte – recht tief, aber

angenehm und klar. Nach und nach hatte sie ihn als Teil ihres Haushalts empfunden, besonders seit der Zeit, als sie auf seinem Rücken durch den Fluß ans rettende Ufer geritten war.

Ich werde Euer Wasserpferd sein, hatte An gesagt.

Wie sehr sie An auch mütterliche Gefühle entgegenbrachte, wie sehr sie ihn auch mochte und bewunderte, wie tief sie ihm auch dankbar war, weil er ihr das Leben gerettet hatte, so fand sie ihn doch körperlich abstoßend. Es waren nicht die äußeren Dinge, die sie störten, etwa sein narbiges Gesicht. Es waren sein grober Körperbau und seine Manieren, die sie eher an ein großes Tier als an einen Menschen denken ließen. Dann war da noch die Tatsache, daß Mongolen sich weitgehend von Milch, Butter und Käse ernährten. Obwohl An seit der Ankunft in Changan ohne Zweifel anständige Nahrung zu sich genommen hatte, glaubte sie dennoch, diese scheußlichen tierischen Produkte riechen zu können, von denen sein Körper wohl immer noch durchtränkt war.

Sie schämte sich, bei einem so guten Mann solche Gefühle zu haben, und wünschte deshalb um so mehr, etwas für ihn tun zu können.

Das Spiel des heutigen Abends hatte damit geendet, daß Flußgott Engelsfisch und Jung Bang adoptierte. Eine wunderschöne Idee nahm in ihr Gestalt an. Sie hob den Kopf und sah Longji an, der neben ihr lag. Furcht preßte ihr die Brust zusammen. Was wäre, wenn er nein sagte?

Sie sagte: »Du hast Hunderte von Kindern.«

»Nein, nur Dutzende.«

»Geliebter, da ich dir kein Kind gebären kann, möchte ich wenigstens Mutter von jemandem sein.«

»Möchtest du ein Kind adoptieren?«

»An Lushans Gesang heute abend war wunderschön. An ist mehr geworden als einer der Krieger, die uns beschützen, nicht wahr? Er ist zu einem Freund geworden. Jemand, der mich zweimal davor bewahrt hat, ermordet zu werden. Ein Mensch, auf den wir uns in Zeiten der Gefahr verlassen können.«

Er richtete sich auf und hob die weiße, mit roten und blauen Pfingstrosen bemalte weiße Teekanne hoch. Sein Eunuch Gao

Lishi, der sich direkt vor dem goldenen Vorhang um das kaiserliche Bett aufhielt, hielt den Tee ständig warm.

»Worauf willst du hinaus, Strahlender Edelstein?«

Sie legte ihm die Hand auf den Schenkel und knetete ihn behutsam. »Könntest du dir vorstellen, An Lushan zu adoptieren?«

Er starrte sie an. »Einen fremden Soldaten adoptieren? Als meinen Sohn? Was für eine merkwürdige Idee!«

Ihr Körper spannte sich an. Sie hatte gehofft, ihn nicht dazu überreden zu müssen. »Er hat mir heute abend erzählt, er sei eine Waise. Seine Eltern wurden getötet, als er ein kleiner Junge war. Er hält dich und mich für seine Eltern. Er hat so viel für uns getan. Er verdient ein besonderes Zeichen unserer Gunst.«

Longji schenkte einen Teebecher für sie ein und einen für sich. »Ich habe die Absicht, ihm meine Gunst zu zeigen. Ich habe dir doch von meinem Besuch im Palast des Blauen Tigers erzählt, wo er mir diese Karte eines erweiterten Reichs der Mitte zeigte.«

Beim Gedanken an die Karte im Palast des Blauen Tigers krampfte sich in Guei Fei alles zusammen. Krieg würde das Reich arm machen, und Eroberungen würden eine Unmenge rebellischer, widerspenstiger neuer Untertanen mit sich bringen. Das hieße, daß sie sich noch intensiver um die Politik kümmern mußten als bei dem unruhigen Volk, das Longji jetzt zu regieren hatte. Sie hatte Enger von Longjis grandiosem Traum erzählt, und er hatte sie bedrängt, ihr Bestes zu tun, um Longji von diesem Gedanken abzubringen.

Wenn ich An Lushan als meinen Sohn adoptieren kann, werde ich auf ihn noch mehr Einfluß haben.

Sie sagte: »Es gibt Visionen, deren Verwirklichung deiner würdiger sind.«

Er stellte die Teekanne ab. Gao Lishi steckte die Hand durch den Vorhang und nahm sie weg, ersetzte sie jedoch sofort durch eine andere, gefüllte.

Longji sagte: »Im Nordosten erstreckt sich Land, das viel hervorbringen müßte, jedoch eine Wüste ist. General Shu, seit mehr als zehn Jahren Befehlshaber der Armee der Nordregion, marschiert los, um gegen die Khitan zu kämpfen, doch die schaffen es irgendwie immer auszuweichen. Soviel ich weiß, nimmt er von den Barbaren Bestechungsgelder. Ich habe beschlossen, Ans Fähigkeiten als General auf die Probe zu stellen, indem ich ihn als Ersatz für Shu nach Norden schicke. Wenn er die Khitan besiegen kann, werde ich mir überlegen, ihn gegen die Türken und Tibetaner und die Araber und all die anderen zu schicken.«

»Warum zögerst du, ihn zu adoptieren, wenn du bereit bist, ihm so viel Macht zu geben? Im Vergleich dazu wäre eine Adoption doch eine Kleinigkeit.«

»Du weißt, wie eifersüchtig unsere Militärs und Mandarine sind. Wenn ich ihn befördere und wir ihn gleichzeitig als Mitglied des Kaiserhauses adoptieren, werden überall im Reich Aufstände ausbrechen, vielleicht sogar hier in Changan.«

»Nun, dann laß uns ihn jetzt adoptieren und deinen Krieg gegen die Khitan noch ein Jahr aufschieben.«

»Meine Liebe, du hast auf tausenderlei Weise gezeigt, wie sehr du dich um unser Volk sorgst. Wie kannst du die Menschen im Nordosten noch ein Jahr leiden lassen, wenn dieser von An vorgeschlagene Krieg sie erlösen könnte?«

»Schick einen Gesandten hin. Halte die Khitan noch ein Jahr mit Verhandlungen hin.«

»Sie werden verhandeln – und uns überfallen. Und am Ende wahrscheinlich meine Gesandten töten. So sind diese Barbaren.«

»An ist auch ein Barbar, aber er ist vertrauenswürdig.«

»Doch abgesehen davon können wir ihn wegen Su Chi nicht adoptieren.«

»Du willst doch wohl nicht sagen, daß Su Chi auf An Lushan eifersüchtig sein würde!«

»Egal, was Su Chi denkt, seine Parteigänger würden das Gefühl haben, handeln zu müssen.«

»Niemand könnte sich vorstellen, daß du einen Barbaren zum Kaiserlichen Thronfolger ernennen würdest, der kaum der Sprache mächtig ist.«

Longji schüttelte den Kopf. »Es haben schon widersinnigere Gerüchte die Kaiserstadt im Sturm erobert. Wenn die Leute das Gefühl haben, daß die Thronfolge zweifelhaft ist, wird es Intrigen,

Skandale, Morde geben. Daher könnte es auch für An Lushan gefährlich werden, wenn wir ihn adoptierten.«

Guei Fei hüllte sich in eine seidene Decke ein und saß mit hochgezogenen Knien da und ließ den Kopf hängen. Welch ein enttäuschendes Ende eines wundervollen Abends! Das Spiel war ein großer Erfolg gewesen. An Lushan hatte wundervoll gesungen, und seine Worte hatten sie tief gerührt. Die Liebe mit Longji war herrlich gewesen.

Eine neue Idee nahm in ihr Gestalt an. »Was ist, wenn es nur ein Spiel wäre wie ›Der Drachenzahn‹?« fragte sie.

Longji blickte sie finster an. »Was, wenn *was* nur ein Spiel wäre?«

»Wir könnten so tun, als würden wir An Lushan adoptieren, so wie der Flußgott Engelsfisch und Jung Bang nur zum Schein adoptiert hat. Wir könnten nur zu unserer Freude eine Zeremonie veranstalten – und zu der Ans. Niemand würde sie als Bedrohung ansehen, und sie würde unsere Freundschaft mit ihm festigen.«

»Er könnte denken, wir wollten uns über ihn lustig machen.«

»Ich werde es ihm erklären. Er wird alles verstehen.«

Longji schüttelte den Kopf. »Nun gut. Du hast auf alle meine Einwände geantwortet. Wenn es dich glücklich macht, bin ich dazu bereit.« Er stützte sich auf seinen Ellbogen. »Laß uns noch weiter gehen. Ich habe eine andere Idee. Während wir ihm eine Armee anvertrauen und so tun, als adoptierten wir ihn, sollten wir eine Frau für ihn suchen. Ein Mann von seiner Statur braucht mindestens eine Frau.«

»Wundervoll!« Guei Fei glaubte, schon die perfekte Wahl getroffen zu haben. Sie breitete die Arme aus, und die Bettdecke fiel zur Seite. Sie sah, wie Longji seine Blicke mit funkelnden Augen über ihren Körper wandern ließ, und fühlte, wie sich Wärme auf ihrer Haut ausbreitete. Sie ließ ihn sich satt sehen, legte sich dann neben ihn und schlang ihm die Beine um die Hüften.

Guei Fei atmete tief den Duft geschnittener Kiefernzweige und Fichten in Töpfen ein, die an den Wänden der Schneeflockenhalle aufgereiht waren. Die Damen des Birnengarten-Orchesters betraten die Halle in einer Prozession. Trommeln dröhnten, Gongs und Glocken ertönten, Flöten pfiffen. Akrobaten und tanzende Zwerge folgten ihnen. Die Herren und Damen des Hofs standen an den Wänden aufgereiht, damit die Auftretenden genügend Platz hatten, um den rechteckigen Fischteich herumzumarschieren.

Durch dichte graue Weihrauchwolken traten ein Dutzend muskulöse Diener mit dem »Säugling« ein. Guei Fei, die am hinteren Ende des Innengartens stand, lachte laut über das, was sie sah – zwei riesige Füße in einem gewaltigen Paar bestickter Säuglingsschuhe mit Quasten, die in der Luft strampelten. Jetzt kam das gesamte Kleinkind, das auf einer Sänfte lag, ins Blickfeld, und da mußte Guei Fei noch mehr lachen.

Sie hielt inne, als sie einen Stich im Herzen spürte. Wenn dieses Kind doch nur ein winziges Wesen wäre, dachte sie, ihr wirkliches Kind, das man ihr auf einer Sänfte brachte. Diese Farce war das einzige, was sie je als Mutterschaft erleben würde. Einen Augenblick schienen Ans kindische Bewegungen ihre Sehnsucht nach Mutterschaft lächerlich zu machen.

An trug ein leuchtend rotes Satingewand, das am Kragen und den Handgelenken mit Goldfäden besetzt war, genau die Art von Gewand, wie sie Eltern einem Sohn bei bestimmten Gelegenheiten anziehen würden. Gewöhnliche Eltern würden einem Säugling entweder eine Windel umlegen oder dessen Beine und Hinterteil nackt lassen, doch um An ein wenig Würde zu geben, trug er rotgoldene Hosen, die zu seiner Jacke paßten.

»Bäh!« An brüllte immer wieder mit seiner dröhnenden Exerzierplatz-Stimme los. Er ruderte mit Armen und Beinen herum wie ein Säugling. Die Höflinge lachten aus vollem Hals. Guei Fei blickte zu Enger hinüber, der mit offenem Mund in der Nähe stand und den Kopf in den Nacken warf. Sein pummeliger Bauch bebte. Sie konnte sich nicht erinnern, Enger je so unbändig lachen gesehen zu haben. Als die Diener, deren Gesichter vor Anstrengung, An tragen zu müssen, ganz verzerrt waren, die rechte Seite des Fischteichs umkreisten, sah Guei Fei, daß einige der Anwesenden nicht lachten. Ma Tsu, dessen einfaches graues Gewand ihn von den buntgekleideten Höflingen unterschied, sah dem Tragen der Sänfte mit schmalen Augen und nachdenklich geschürzten Lippen zu. Und auf der anderen Seite des Teichs sah sie den hochgewachsenen Darius, der neben Meiling stand. Meiling lachte, doch bei Darius konnte Guei Fei hinter dem dichten schwarzen Bart nur ein grimmiges Lächeln erkennen. Longji hat recht gehabt, dachte sie. Es wird Menschen geben, die auf An Lushans schnellen Aufstieg neidisch sind.

Mit einem unterdrückten Stöhnen stellten die Diener die Sänfte vor ihr und Longji ab. Von dem Riesen auf dem Fußboden erklang ein gespieltes Wimmern.

An fuchtelte wild mit den Armen herum und verzog das Gesicht. Die purpurne untere Hälfte ließ tatsächlich an ein wütendes Kind denken, obwohl seine starken weißen Zähne die Illusion zunichte machten. Guei Fei mußte unwillkürlich wieder lächeln. Seine Mimik war gut.

»Das Kind ist unglücklich«, rief Li Bo. »Gebt ihm etwas Süßes!« Der stämmige kleine Poet, der ein orangefarbenes Priestergewand trug, das schon voller Weinflecken war, obwohl er es heute abend zum ersten Mal anhatte, rannte zu einem Tisch, auf dem sich in Honig getränkte Kekse stapelten. Er eilte zu An zurück und stopfte ihm einen Keks in den Mund.

»Er ist ein großes Kind. Gebt ihm viele Süßigkeiten!« Li Bo rannte zum Tisch zurück und kam mit den Händen voller Kekse wieder. An spielte mit, schnappte sich einen Keks nach dem anderen und schluckte sie herunter.

Er hat es sehr gut aufgenommen, dachte Guei Fei. Als sie ihm bei einer Privataudienz von der Schein-Adoption erzählte, hatte sie plötzlich Angst befallen, es könnte ein Fehler sein; sie hatte befürchtet, sein Barbarenstolz könnte den Vorschlag als Beleidigung auffassen. Statt dessen hatte er sich verbeugt, seine tiefe Dankbarkeit ausgedrückt und gesagt, er verstehe vollkommen. Auch er, hatte er gesagt, würde eine Adoptionszeremonie vorziehen, die nicht wirklich sei. Eine wirkliche Adoption in die Kaiserfamilie würde bei den Offizieren, mit denen er zusammenarbeiten müsse, Ressentiments auslösen.

Jetzt gab er sich vollständig der Stimmung des Anlasses hin. Er jammerte, zappelte, ließ sogar die Kekskrümel an seinem Mund und den Wangen kleben.

Sie sagte sich, daß es nicht schaden konnte, sich an dieser Farce von Zeremonie etwas mehr zu beteiligen. Sie ging zu An hinüber und wischte ihm die Wangen mit einer Serviette ab, so wie eine Mutter einem Kind das Gesicht saubermacht.

»Seht die liebende Mutter!« rief Li Bo aus. »Wir sollten ihm lieber keine Kekse mehr geben, sonst müßt Ihr ihm auch das Hinterteil saubermachen. Der Inhalt der Windeln dieses großen Kindes würde ein Pferd platzen lassen, und der Geruch würde einen Elefanten töten.«

Nur etwa die Hälfte der Zuhörer lachten. Die anderen sahen angewidert aus. Trotz ihres Wunsches, sich an der humorvollen Zeremonie zu ergötzen, schnitt Guei Fei eine Grimasse. Li Bo schien sich immer haarscharf am Rand des schlechten Geschmacks zu bewegen. Und wenn er trank, was meist der Fall war, überschritt er unfehlbar die Grenze.

»Laßt uns mit der Zeremonie beginnen«, sagte Longji. »Kinder werden schnell müde und sollten nicht allzu lange unter Menschen sein.«

Mit sonorer Stimme verlas Li Bo die Worte der Adoptionszeremonie, die er selbst umgeschrieben hatte. »Laßt dieses geschätzte Paar, der Welt bekannt als Kaiserlicher Vater und Kaiserliche Mutter, liebevoll für diesen ihren großen Sohn sorgen. Er ist tatsächlich so groß, daß die Götter ihnen vergeben werden, wenn es ihnen nicht gelingt, seinen Hunger zu stillen, und so wird er oft weinen. Der Name, den diese glücklichen Eltern für ihren neuen Sohn gewählt haben, ist Großes Kind. Höchst passend.«

Alle lachten, und An ließ pflichtschuldigst ein kindliches Wimmern hören. Wieder spürte Guei Fei einen Moment einen Stich von Trauer. Wenn es in ihrem Leben doch ein wirkliches Kind gäbe statt dieses Scherzes mit einem Barbaren...

Doch der breitschultrige Mann, der vor ihr auf der Sänfte lag, war nicht nur ein Barbar, sondern ein bemerkenswerter Mann mit vielen Möglichkeiten. Bei der Erziehung, die sie ihm zuteil werden ließ, konnte niemand sagen, was er noch würde leisten können.

Ihr Blick begegnete dem Ans, und sie lächelte ihm zu. Seine Augen schienen wie Kerzenflammen emporzulodern, die von einem plötzlichen Windhauch erfaßt werden. Dann legte er das Gesicht in Falten und ließ den lautesten Schrei hören, den er bisher ausgestoßen hatte.

»Laßt seine erhabenen Eltern ihn als ihren Sohn betrachten«, deklamierte Li Bo. »Laßt den Kaiserlichen Vater ihn prügeln, wann immer er es braucht. Und die Kaiserliche Mutter soll ihm die Brust geben, wann immer er es nötig hat.«

Guei Fei spürte, wie es sie heiß und kalt überlief. Das Blut strömte ihr mit solcher Gewalt ins Gesicht, daß sie weder sehen noch hören konnte. Sie hielt sich gerade und reglos in der Hoffnung, daß niemand ihre peinliche Verlegenheit bemerkte.

An lag still da und bewegte sich kaum. Viele der Anwesenden lachten über Li Bos letzten Ausfall. Doch ebenso viele nicht. Li Bo grinste sie an. Sein Gesicht glänzte vor Schweiß und war vom Wein gerötet, und seine dichten schwarzen Augenbrauen zuckten wie Raupen.

Sie sah ihn unverwandt an, bis sein Lächeln verschwand und er den Blick senkte. Dann ließ sie den Blick langsam von einer der lachenden Personen zur nächsten wandern, bis alles Lachen erstorben war.

Sie hätten es besser wissen müssen, Li Bo und all die anderen, die über das gelacht hatten, was er gesagt hatte. Sie merkte sich alle diese Menschen. Von jetzt an würden sie das Leben am Kaiserhof schwierig finden. Es würde ihnen nicht leichtfallen, sich in ihren Stellungen zu halten. Nach und nach würden sich vertrauenswürdige Yang finden, die sie ersetzten.

Eine Stunde verging, die Zeit wurde durch die Musik des Birnengarten-Orchesters vertrieben. Guei Fei, die immer noch ein wenig erschüttert war, hielt sich streng in der Gewalt, als sie Tee nippte, Trockenfrüchte und Nüsse aß und sich mit ihren Gästen unterhielt. Diener brachten Tabletts mit Bergen des süßen Gebäcks, das eigens zur Feier des Neujahrsfests gebacken worden war, das erst vor fünf Tagen stattgefunden hatte. Sie hatte die Schein-Adoption und die Hochzeit so geplant, daß sie mit Neujahr zusammenfielen. Es schien ihr ein günstiges Vorzeichen für den Beginn des Jahrs des Pferdes zu sein.

Das Läuten von etwas, das sich wie eintausend Silberglocken anhörte, signalisierte den Beginn der nächsten Zeremonie. Hinter einem Dutzend Zofen und Eunuchen, die mit Glöckchen läuteten, betrat Li Xi die Halle. Sie ging mit kurzen, behutsamen Schritten. Meiling führte die Prozession als Li Xis Ehrenpatin an.

Guei Fei fragte sich, ob sie darauf hätte bestehen sollen, daß auch Meiling heiratete. Darius, wenn sie ihn so sehr liebte. Und wenn dies aus irgendeinem Grund nicht möglich war – doch warum sollte es nicht möglich sein, wenn die Kaiserin es wollte? –, dann irgendeinen verarmten Edelmann, der Meiling wenigstens Ehrbarkeit und einen Titel geben würde.

Longji nickte Guei Fei zu, worauf sie ihre Plätze auf Staatsstühlen am hinteren Ende der Halle einnahmen. Li Xis Prozession wich dem Fischteich aus, und dann kniete sie auf einem Kissen zur Linken des Kaisers und der Kaiserin nieder.

Die Glocken, die Ans Ankunft ankündigten, tönten tiefer. Sie waren aus Bronze gegossen und wurden von Mandarinen und Armeeoffizieren getragen. Darius war Ans Ehrenpate, und er ging vor den Glockenträgern her. Seine mächtige Brust steckte in einem pflaumenfarbenen Oberteil, das an der Taille eng verschnürt war. Sein dichter, gekräuselter Bart war mit Edelsteinen und Goldschmuck behängt.

An kam in die Halle. Er überragte alle anderen Männer in seiner Prozession, selbst Darius. Sein violettes Gewand erinnerte an das Kindergewand, das er zuvor getragen hatte, doch die dunklere Farbe machte deutlich, daß er jetzt kein Säugling war, sondern ein Mann. Der einzige Makel, den Guei Fei an seiner Haltung sehen konnte, war sein leicht o-beiniger Gang. Er mußte den größten Teil seines jungen Lebens zu Pferde verbracht haben. Sie würde nie seinen Trick vergessen, wie er rückwärts auf dem Kopf stehend auf dem Rücken seines Pferdes balancierte und dabei Pfeile verschoß.

Yang Pai, neuer Hohepriester des Tempels der Überströmenden Glückseligkeit – und Guei Feis Vetter zweiten Grades –, stimmte in seinem Singsang die Worte der Heiratszeremonie des Paares an. Als

Li Xi auf An zuging und dabei den Honigkuchen hielt, den sie selbst gebacken hatte, sah Guei Fei, daß sie die Hüften ein bißchen mehr schwingen ließ als sonst. Sie freute sich sehr darauf, mit dem großen Mongolen ins Bett zu gehen; daraus hatte sie bei Gesprächen mit Guei Fei und Meiling kein Geheimnis gemacht.

Es waren sogar diese Unterhaltungen gewesen, die in Guei Fei den Entschluß hatten reifen lassen, daß Xi für An die passende Frau sein würde, denn sie war ebenso sinnlich wie gelehrt. Xi, die sich begierig darauf freute, wieder verheiratet zu sein, hatte Guei Fei und Meiling versprochen, nach dem Umzug in den Palast des Blauen Tigers in Frauenschrift geschriebene Briefe in ein Geheimfach des Deckels einer ihrer Reiseschatullen zu legen. Sie wollte detailliert die Freuden beschreiben, die sie mit An erlebte. Eine von Guei Feis Zofen konnte Ans Palast unauffällig betreten und die Briefe abholen, wenn niemand es sah.

Als Tochter des Kaisers, selbst wenn sie nicht die Tochter einer seiner wichtigen Frauen war, war Xi für An ein ungewöhnlicher Fang. Und da sie mit dem verstorbenen Gouverneur von Kaschgar verheiratet gewesen war, wußte sie etwas darüber, was es heißt, die Frau eines Soldaten zu sein. Diesmal, sagte sie sich, würde sie nicht in Changan verschmachten, während ihr Mann an der Grenze diente. Sie hatte tatsächlich die Absicht, mit An zu gehen, wenn er seinen Feldzug gegen die Khitan begann. Außerdem wollte sie seinen Jadestab beschäftigt halten.

Während Wind und Hagel gegen die geschlossenen Fensterläden prasselten, aßen Lushan und Li Xi in der Schneeflockenhalle den Hochzeitskuchen. Guei Feis Brust hob und senkte sich, als sie die lüsternen Blicke sah, die Braut und Bräutigam einander zuwarfen. Obwohl sie selbst nie den Wunsch haben würde, mit An ins Bett zu gehen, spürte sie, was Xi empfand, und es erregte sie. Ihre Hand stahl sich in den engen Zwischenraum zwischen der geschnitzten Armlehne ihres Stuhls und der von Longji, nahm seine Hand und drückte sie leicht. Sie spürte, wie Longji den Druck erwiderte. Sie hoffte, daß er in der Stimmung war, heute nacht Stunden mit ihr im Bett zu verbringen.

Priester Vetter Yang sprach die letzten Worte der Hochzeitszeremonie, und Braut und Bräutigam nahmen sich bei den Händen. Diener trugen Tabletts mit Nachbildungen des Hochzeitskuchens herein. Jeder nahm einen. Es bedeutete Glück, an einem Hochzeitstag solch einen Honigkuchen zu essen.

An führte Xi zum Strahlenden Kaiser und der Kaiserlichen Mutter, wo sie niederknieten, um deren Segen zu erhalten.

Longji sagte: »Denk daran, Tochter, wenn dieser barbarische Rohling sich als unbefriedigender Ehemann erweist, erlaube ich dir schon jetzt, ihn abzuschütteln.«

Xi blickte mit funkelnden Augen zu An auf. »Ich glaube, es würde mir schwerfallen, ihn abzuschütteln, Strahlender Kaiser. Er scheint mir einer zu sein, der sich auf seinem Platz festhalten kann.«

»Nun«, erwiderte Longji, »seine Leistungen als Reiter sind tatsächlich bemerkenswert.«

An sagte: »Werde Tochter von Kaiserlichem Vater besser behandeln als mein Lieblingspferd. Für einen Mongolen sagt dies alles.«

Guei Fei ertappte sich erneut dabei, daß sie inbrünstig hoffte, Xi möge glücklich werden.

Sie wird von An einen Sohn bekommen, dachte sie, und vielleicht kann ich ihr dabei helfen, ihn großzuziehen.

An drehte sich um und starrte Guei Fei an. Sie sah wieder Flammen in seinen Augen; jetzt waren sie ein Feuer, das in seinen Schlitzaugen so heiß brannte wie die Esse eines Schwertschmieds. Es ist aber nicht die Art Blick, dachte sie, vor Furcht leicht erschauernd, den ein Mann einer Frau an dem Tag zuwerfen sollte, an dem er eine andere heiratet.

An sagte: »Danke, Kaiserliche Mutter, für Freundlichkeit, mir Geschenk von wunderschöner Dame gemacht zu haben.«

»General An hat sich dieser kaiserlichen Prinzessin als würdig erwiesen«, sagte Guei Fei. »Haltet sie in Ehren.«

An neigte feierlich den Kopf. »Das wird Euer General, Eure Erhabenheit. Nicht nur wegen hervorragender Eigenschaften der Dame, sondern weil sie von Euch kommt.«

Der Unterton in seinen Worten störte sie ebenso wie das Feuer in seinen Augen. Vielleicht, dachte sie, ist er einfach nur erregt bei der Aussicht, mit Xi Wolken und Regen zu machen. Vielleicht erregt es ihn auch, wie weit er es gebracht hat. Bei dieser Erkenntnis können die Augen jedes Mannes brennen.

»Wenn du sie bei dem Feldzug mitnimmst, werde ich sie töten. Ich meine es ernst, Rokshan.«

Lushan leckte sich die Lippen, als er Schwarze Jades glänzenden Körper musterte. Ihre hoch angesetzten, spitz zulaufenden Brüste wippten von einer Seite zur anderen, als sie ihn beschimpfte. Sie hatte nichts weiter an als einen Streifen gelbschwarzen Tigerfells, das sie sich um die Hüften geschlungen hatte.

Sie sprachen auf mongolisch miteinander. Sie beherrschte seine Muttersprache besser als er die Sprache des Reichs der Mitte. Sie konnte mit der Zunge auch noch andere interessante Dinge tun. Er hatte sie vermißt.

Ihre Gemächer befanden sich am anderen Ende des Palastes des Blauen Tigers, weit genug von denen Li Xis entfernt. Sie hatte die Wände ihres Schlafzimmers leuchtend rot bemalen lassen und mit Bögen aus importierten Elefantenstoßzähnen geschmückt, die sie unter ungeheuren Kosten für An Lushan aus ihrer Heimat hatte kommen lassen. Es gab wenig, was er für Schwarze Jade nicht tun würde.

Doch sie hatte nicht das Recht zu sagen, sie wolle seine neue Frau töten. Ihr mußte klargemacht werden, wo ihr Platz war. Er versetzte ihr eine Ohrfeige. Nicht hart genug, um sie von den Beinen zu holen, was er leicht hätte tun können, nur so hart, daß es sie daran erinnerte, wer der Herr war.

»Ich möchte nie wieder von dir hören, daß du sie bedrohst.«

»Du mußt mich auch in das Land der Khitan mitnehmen«, sagte Schwarze Jade. »Und wenn du es satt hast, mit dieser käsegesichtigen Frau Köpfe und Schwänze zu spielen, wirst du sie dem Khan der Khitan zum Geschenk machen und zu mir zurückkehren.«

»Die Tochter des Kaisers dem Kahn der Khitan schenken? Der Kaiser würde meinen Kopf auf einen Pfahl stecken lassen.«

»Du fürchtest den Kaiser nicht mehr als eine getrocknete Litchi.« Schwarze Jade drehte ihm den Rücken zu und schlenderte zu ihrem Diwan hinüber, wobei sie die Halbkugeln ihres Hinterteils unter dem Streifen Tigerfell auf eine Weise wippen ließ, die An dazu brachte, sich auf die Unterlippe zu beißen.

»Du brauchst nicht so verdammt eifersüchtig zu sein«, sagte er. »Ich bin doch schon nach drei Tagen und Nächten mit Xi zu dir gekommen, oder etwa nicht? Das sollte dir doch einiges sagen.«

Schwarze Jade hatte bemerkenswerte Macht über ihn. Es gab nur eine Frau in der Welt, die Lushan mehr Vergnügen machen würde. Und diese Frau gehörte ihm nicht.

Noch nicht.

»Ich will dir mal etwas sagen«, begann sie und entblößte kräftige weiße Zähne. »Solltest du je eine Frau finden, bei der du mich vergißt, werde ich dich töten.«

Du kannst mich nicht töten, törichte Frau, dachte er. Meine Zeit ist noch lange nicht gekommen. Und obwohl wir die süßen Säfte unserer Körper teilen, liebst du mich nicht. Du haßt mich, weil du mein Eigentum bist. Deshalb bin ich sicher.

Etwas an der Rauheit in ihrer Stimme machte ihn, nein, nicht zornig, sondern hungrig auf sie. Er schritt zum Diwan hinüber, beugte sich über sie, legte ihr beide Hände auf die Brüste und drückte sie hart. Er fühlte, wie ihre Brustwarzen unter seinen Handflächen anschwollen. Sie schrie nicht vor Schmerz auf, wie es die meisten Frauen tun würden, wenn man sie so grob behandelte, sondern funkelte ihn nur mit bebenden Nasenlöchern an.

»Willst du mich etwa so umbringen?« fragte er, als er sich auf sie fallen ließ und dabei seine Hose öffnete. Er wußte, daß er ihr trotz seiner Größe nicht weh tun konnte.

14

Der Feldzug

3852, Jahr des Pferdes (754 n. Chr.)

Entbehrungen und Armut allein machen ein Volk noch nicht mächtig und gefährlich. Die berittenen Barbaren des Nordens sind aber gefährlich, weil sie ständig gegen ihre Entbehrungen und ihre Armut zu kämpfen haben. Durch endlose Jahre des Kampfes gegen extreme Widrigkeiten wurden sie zum wildesten Volk der Welt. Und eines Tages werden sie vielleicht das mächtigste sein.

Aus der »Geheimen Geschichte der Tang« von Yang Kaizhi

An Lushan stand reglos wie ein Felsen vor der großen Terrakotta-Karte in der Halle der Zehn Provinzen. Jeder Muskel seines Körpers war angespannt, und er ließ die Arme steif an den Seiten herabhängen. Warum, fragte sich Lushan, will der Kaiser mich gleich nach meiner Rückkehr von der Front sehen – in diesem Zimmer und allein?

Der Kaiser saß auf einem Stuhl aus Rosenholz, aus dessen Rükkenlehne ein zweiköpfiger Drache aufstieg, der sein Gesicht umrahmte. Sein Gesicht zeigte einen gleichmütigen Ausdruck, als er zu sprechen begann. »Zunächst und vor allem anderen möchte ich Euch meinen persönlichen Dank für Euren brillanten Feldzug gegen den Bauernaufstand in Chiangnan Hsitao aussprechen.« Er neigte leicht den Kopf, hob ihn dann wieder und sah Lushan direkt an.

Der Blick aus den dunklen Augen des Kaisers hielt seinen fest, und Lushan hatte einen Augenblick das Gefühl, als versuchte der Sohn des Himmels, seine Gedanken zu lesen. Er erinnerte sich an Geschichten am Lagerfeuer, bei denen erzählt wurde, einige Kaiser des Reichs der Mitte beherrschten alte magische Künste.

In seinem mehr als elfjährigen Dienst für den Kaiser hatte er jedoch nichts davon bemerkt. Außerdem war die Magie der Mongolen stärker. Es waren die Bilder gewesen, die Lushan dem Kaiser in den Kopf gesetzt hatte, die zu diesem Krieg geführt hatten. Er wußte, daß er Bilder erschaffen konnte, die jedes Problem lösen würden, das der Krieg verursachte.

Lushan hatte schon einen Verdacht, welches Problem zu dieser Audienz geführt hatte. Gegen die ausdrückliche Anweisung des Ersten Ministers Yang Enger war er mit den besiegten Bauern nachsichtig umgegangen. Er wollte sie mit seiner Großmut beeindrucken, damit sie später eher bereit waren, seinen Anspruch auf das Mandat des Himmels zu akzeptieren. Seine Herrschaft würde vielleicht nicht lange währen. Jedoch würde es Probleme geben, wenn er damit begann, daß er die Bauern gegen sich aufbrachte. Solche Schwierigkeiten ließen sich durch behutsames Vorgehen leicht vermeiden.

Er entschloß sich, auf die wahrscheinliche Anschuldigung einzugehen, bevor der Kaiser sie vorbringen konnte. »Froh, daß Ihr mich habt rufen lassen. Möchte Euch etwas erzählen. Bin loyaler Diener und versuche, Bauern Euch gegenüber dankbar zu machen. Erster Minister Yang Enger hat mir befohlen, alle Bauern zu töten, die Waffen tragen. Das habe nicht getan. Habe Anführer geköpft, Waffen weggenommen und alle nach Hause geschickt. Erster Minister sehr zornig, sagte, ich hätte Eure Befehle mißachtet.«

Der Kaiser zuckte leicht die Achseln. »Erster Minister Yang Enger spricht mit meiner Stimme – meistens. Aber manchmal ist er zu streng. Ich habe von Eurem Vorgehen gehört und billige es. Wenn Ihr getan hättet, was er Euch befohlen hat, hätte der Tod so vieler Bauern eine katastrophale Hungersnot zur Folge gehabt. Die Menschen hätten uns gehaßt. So wie die Dinge liegen, habt Ihr sie mit geringen Verlusten auf unserer Seite großartig geschlagen und dann Nachsicht gezeigt. Sie haben gelernt, daß sie gegen die kaiserliche Armee nicht erfolgreich kämpfen können, daß wir aber nicht ihr Feind sind. Jetzt werden sie wieder an die Arbeit gehen.«

Lushan zwang sich, nicht selbstzufrieden zu lächeln. Statt dessen setzte er eine Maske der Dankbarkeit auf.

»Ich danke Euch, Kaiserlicher Vater.« Er verneigte sich tief, als er diese Worte sprach, und täuschte Demut vor. »Eure Worte sind Wasser für durstigen Mann.« Er sah hoch und entdeckte, daß der Kaiser breit lächelte.

Wie nützlich die Zauberei mit Worten ist, dachte Lushan, fast so sehr wie die Zauberei mit Bildern im Geist.

Der Kaiser fuhr fort: »Doch das ist nicht der Grund, weshalb ich Euch hergebeten habe. Ich will mit Euch über etwas anderes sprechen. Jetzt, wo die Rebellion niedergeschlagen ist, müssen Ihr und ich uns den Khitan zuwenden. Ihre Überfälle in diesem Herbst waren so schlimm wie nie zuvor.«

Lushan senkte den Kopf noch mehr, damit der Kaiser ihm nicht in die Augen blicken konnte. Endlich, so schickte er ein Stoßgebet in den Immerwährenden Blauen Himmel, endlich ist die Chance gekommen, auf die ich gewartet habe.

»Wenn nicht aufgehalten werden, Strahlender Kaiser, nehmen sie Euch bald die Provinz Hopei weg«, sprach er zum Fußboden. Dann richtete er sich auf und musterte seinen Feind, den Kaiser.

Der Kaiser streichelte besitzergreifend Hügel und Täler von Hopei auf dem Modell seines Reiches. »Genau. An, ich habe Euch großartige Taten vollbringen sehen, und Ihr seid ein fähiger Führer der Legion der Fremden. Ihr habt auch Visionen. Ihr habt mir einen einfachen, aber hervorragenden Plan zur Erweiterung des Reiches gezeigt. Nach diesem Feldzug in Chiangnan Hsitao weiß ich, daß Ihr ein guter General seid.«

Mit galoppierendem Herzen senkte Lushan erneut den Kopf und stieß ihn auf den Fußboden. »Glücklich, Kaiserlichem Vater zu dienen.«

»Ihr habt mir besser gedient als sonst jemand. Ihr habt immer genau das getan, was ich wollte. Jetzt wünsche ich, daß Ihr fünfzigtausend Männer gegen die Khitan anführt. Ich möchte, daß Ihr in diesem Frühjahr die Große Mauer überquert, wenn die Khitan am schwächsten und hungrigsten sind. Seid gnadenlos – jetzt kämpft Ihr nicht gegen Eure Bauern. Ihr werdet gegen unsere Feinde kämpfen. Sie sind kaum besser als Wölfe oder Bären und verdienen auch nicht mehr Gnade.«

So denkst du also über mein Volk, dachte Lushan und sah wieder vor sich, wie der Kopf seines Vaters in den grauen Staub fiel. Er sah das Gesicht des Beamten aus dem Reich der Mitte, der den Befehl gegeben hatte. Der scharfe Blutgeruch stieg ihm erneut in die Nase. Er fühlte, wie die schwarze Schlange des Hasses sich in seinem Herzen zusammenrollte.

Er hob den Kopf. Sein Blick begegnete dem des Kaisers, und die Augen des Kaisers waren hart.

»Jetzt werde ich so streng sein wie Yang Enger. Ich befehle folgendes: Im ersten Monat Eures Feldzugs sollt Ihr jeden Khitan töten, der Euch in die Hände fällt – Mann, Frau, Kind. Im zweiten Monat sollt Ihr alle Männer töten und die Frauen und Kinder zu Fuß hierher nach Changan marschieren lassen, wo sie unsere Sklaven sein werden. Im dritten Monat laßt alle Gefangenen am Leben, doch zerschlagt die Familien und schickt sie ebenfalls hierher, damit sie ihr Leben lang dafür arbeiten können, uns für die Hunderte von Jahren zu entschädigen, in denen sie uns bestohlen haben. Nehmt ihnen die Pferde, ihr Vieh, die Schafe und Ziegen. Vernichtet ihre Lebensmittelvorräte. Laßt für die Überlebenden nichts übrig, was sie im Winter essen können.«

Er schüttelte die Faust über der Karte. »Bringt ihnen bei, daß sie nie, nie mehr das Reich der Mitte angreifen dürfen.«

Er stellt sich als freundlich und kultiviert dar, dachte Lushan. Doch jetzt, wo er einen Vorgeschmack auf den Krieg bekommen hat, zeigt er, was er in Wahrheit ist. Ein Mann, den ein Traum heimsucht, ein Mann, der anderen Alpträume bereiten würde, um diesen Traum zu befriedigen.

Lushan sah die Khitan vor sich, diese Nation, die er im Auftrag des Kaisers vernichten sollte. Ein Volk, das dem seinen sehr ähnlich war, das zu Pferde lebte, in Filzzelten wohnte und seinen Vieh- und Schafherden folgte. *Kaum besser als Wölfe oder Bären,* hatte der Kaiser gesagt. Was wußte er von ihnen?

Und was weiß er von mir?

»Wie Strahlender Kaiser befehlen. Aber warum sie nur jetzt schlagen? Warum sie für nächsten Kaiser am Leben lassen? Ich kann Khitan für immer erobern. Gebt mir größere Armee – zweihunderttausend. Dann, nach Feldzug, werde ich sie dort lassen. Sie können Khitan-Frauen nehmen. Wenn Kinder erwachsen, wird Land der Khitan Teil des Reichs der Mitte sein wie jetzt Hopei.«

Der Kaiser schwieg. Lushan konnte hören, wie ihm das Blut in den Ohren dröhnte.

Der Kaiser schien von dem Vorschlag fasziniert zu sein, doch dann runzelte er die Stirn. »Die Kosten – die Steuern – die Bauern – sie würden sich über die Zwangsaushebungen beklagen.«

Darauf hatte Lushan schon eine Antwort parat. »Khitan-Überfälle kosten viel mehr Menschenleben, viel mehr Reichtum. Wenn sie weitermachen, noch schlimmer. Land ist fruchtbar, gut bewässert, große Wälder. Khitan zu erobern wird Reich viel wohlhabender machen.«

»Unser Volk wird aber Härten erleiden.«

»Volk wird jubeln über Ruhm von Strahlender Kaiser.«

Der Kaiser brummte und blieb eine Weile stumm stehen. Dann schlug er Lushan zu dessen Erleichterung auf die Schulter. Der Kaiser hatte ihn noch nie berührt, nicht einmal während der falschen Adoptionszeremonie.

»Ja! So soll es sein! Begebt Euch ins Sekretariat in der Halle der Überströmenden Glückseligkeit. Laßt sie die Befehle ausarbeiten. Sagt ihnen nur, was Ihr wollt.«

Lushan spürte, wie ihm in der Brust eine große Blase aufstieg. Er kniete nieder, machte das Kotau und schlug den Kopf neunmal auf den Terrazzo-Fußboden. Schon bald würde er nie mehr solche Demutsakte leisten müssen.

Was ich will, Strahlender Kaiser, ist dein Reich. Und deine Kaiserin. Und wenn du diese Befehle unterschreibst, lieferst du mir beide aus.

Trotz des Feuers und der Decken vor dem Eingang kam Darius Ma Tsus Meditationshöhle am Nordende des Da-Ming-Parks kalt vor.

Wenn ich so alt bin wie Ma Tsu, dachte er, werde ich wohl kaum so abgehärtet sein wie er. Ich könnte so nicht leben. Doch jetzt könnte ich es auch nicht.

Ma Tsu sagte: »An Lushan gewinnt weiterhin an Macht.« Der

Abt kam nur selten gleich zur Sache. Gespräche mit ihm waren ein Ratespiel. Darius überlegte einen Moment, was sein Oberer wohl gemeint haben mochte. Macht – Macht war nie ein Problem, es sei denn, sie bedrohte die Absichten des Ordens. Der Orden wollte das Reich der Mitte stabil halten. Wenn sich Ma Tsu folglich wegen An Lushans Macht Sorgen machte, mußte es daran liegen, daß sie diese Stabilität bedrohte. Doch der Mongole konnte selbst nicht auf dem Drachenthron sitzen. Hatte er sich mit Su Chi verbündet? Waren die Fu wieder stark genug geworden, um An Lushans Loyalität zu kaufen?

»Habt Ihr einen Grund, ihn zu verdächtigen?« fragte Darius.

»Sein Handeln hat mir noch keinen Grund dazu gegeben«, erwiderte Ma Tsu. »Doch alles, was wirklich ist, ist dieser Augenblick. An Lushan ist so mächtig geworden, daß wir uns vor Augen führen müssen, welchen Schaden er anrichten könnte.«

Darius sagte: »Glaubst du nicht, daß er damit zufrieden sein wird, ein triumphierender General zu sein, der für den Kaiser ungeheure neue Territorien erobert, über die er herrschen kann?«

»Es wäre vielleicht ausreichend, einen zivilisierten Mann zufriedenzustellen«, entgegnete Ma Tsu. »Zivilisierte Männer sind meist damit zufrieden, Teil eines größeren Ganzen zu sein. Doch der Barbar lebt auf einer unendlichen Ebene und bettet sich unter einem weglosen Himmel zur Ruhe. Wenn der Ehrgeiz eines Barbaren erst geweckt ist, kennt er keine Grenzen.«

Darius hockte sich auf die Fersen, als er diese Worte bedachte. »Dann ist Su Chi nicht daran beteiligt?«

Ausnahmsweise gab der Abt ihm eine direkte Antwort. »Der Kaiserliche Thronfolger ist noch bei seinen Uyghuren-Freunden. Er hat keine Verbindung mit An.«

»Und die Fu? Hecken sie wieder ein Komplott aus? Ist Dame Fu denn nicht immer noch in ihrem Palast gefangen?«

»Die Fu sind auch nicht beteiligt.«

Darius brauchte einen Augenblick, um die Möglichkeit zu erfassen, die Ma Tsu angedeutet hatte. »Könnte er versuchen, den Thron für sich zu gewinnen?« fragte er mit gedämpfter Stimme.

»Vor Generationen hat sich Blut der Tang mit dem der Tataren vermischt – die nichts weiter als Mongolen unter einem anderen Namen sind. Die Götter werden keinen Barbaren niederstrecken, nur weil er das Reich für sich fordert. Und die Menschen hassen An nicht so sehr wie die Yang und den Kaiser, weil er eine Yang geheiratet hat.«

»Was sollen wir also gegen ihn unternehmen?«

»Ich habe dir schon gesagt, daß du An Lushan so nahe sein mußt wie eine Geliebte. Was würde eine Geliebte jetzt tun? Du mußt ihn ins Land der Khitan begleiten.«

Darius fühlte sich mutlos. Das würde bedeuten, daß er das Kommando über die kaiserliche Garde aufgeben muße, eine Aufgabe, die er gut kannte und ebenso gut bewältigte. Auch würde er Meiling verlassen müssen! Der Feldzug würde mindestens ein Jahr dauern, wahrscheinlich sogar länger. Doch er konnte sie nicht mitnehmen. Der Orden lehnte es hartnäckig ab, die beiden heiraten zu lassen. Das war wirklich zu hart.

»Du kannst doch sicher einen anderen schicken. Was ist mit Chu Ling?«

»An Lushan verabscheut Eunuchen. Niemand außer dir kann so nahe an ihn herankommen und herausfinden, was er vorhat, und ihm, falls nötig, lebend entkommen.«

»Wenn er vermutet, weshalb ich mitkommen will, wird er sich weigern, mich mitzunehmen. Er wäre nie um eine Ausrede verlegen.«

»Falls er dem Kaiser noch treu ergeben ist, wird er es begrüßen, wenn du mitkommst. Wenn nicht, wird er es nicht riskieren, Verdacht zu erregen, indem er dir seine Zustimmung verweigert: Wenn du sein Feind bist, wie könnte er dann besser mit dir fertig werden, als wenn er dich vollständig in der Gewalt hat?« Ma Tsu lächelte.

»Ich vermag nicht zu sehen, was es hier zu lächeln gibt.«

»Ich denke gerade daran, was für eine interessante Herausforderung es für dich sein wird.«

Darius fühlte, wie ihm heißes Blut ins Gesicht schoß. Er respektierte keinen Mann mehr als Ma Tsu, doch im Moment machte ihn dieses ausdruckslose Grinsen wütend. Er stand auf.

»Ich muß mir die Erlaubnis des Kaisers holen. Vielleicht ist er nicht so schnell bereit wie du, mich dreitausend Li von hier wegzuschicken.«

»Ich erwarte von dir, daß du ihn überredest.«

Mit einem wortlosen Brummen drehte sich Darius auf dem Absatz um und ging zum Höhlenausgang.

»Da ist noch etwas«, rief ihm Ma Tsu nach. Darius spürte, wie sein Körper, der ohnehin vor Zorn ganz steif war, jetzt aus Widerwillen gegen die unausgesprochene Forderung des Abts noch steifer wurde. Doch er drehte sich um und sah erneut seinen Oberen an.

»Es betrifft deine Affäre mit der Dame Yang Meiling.« Der Abt machte eine Pause, und Darius wartete reglos. Würden sie etwa von ihm verlangen, daß er ihr von der Front keine Briefe schrieb? Das wäre unerträglich – er würde sich weigern, sein Amt niederlegen.

»Wir haben uns deinen Wunsch zu heiraten noch einmal durch den Kopf gehen lassen.« In Darius' Kopf schwirrte es nur noch. Was sagte der Abt da? »Wir haben beschlossen, dir die Heirat zu erlauben.«

Eine warme Woge durchspülte Darius. »Aber – ich dachte –«, stammelte er.

»Ja«, fuhr Ma Tsu fort, »wir haben es uns noch einmal überlegt. Wir haben beschlossen, dich Meiling heiraten zu lassen.« Er machte eine Pause, lehnte sich leicht zurück und neigte den Kopf nach oben, so daß er Darius direkt in die Augen sehen konnte.

Was er dann sagte, hatte weder Darius noch ein anderer Qinzha je zu hören bekommen.

»Du wirst sie heiraten«, ließ sich Ma Tsu vernehmen, »und zwar gleich, nachdem sie in den Orden aufgenommen worden ist.«

Guei Fei pinselte auf der Seite einen Schriftzug unter den anderen. Sie war stolz auf ihre elegante Handschrift. Und sie liebte den tiefen hellgelben Farbton des schweren Papiers, das Onkel Heng ihr aus Zhashui geschickt hatte.

Der Pavillon schmiegte sich an die Südseite eines Hügels im Daming-Park, dem Teil der Kaiserstadt, der aus dem Rechteck Changans nach Norden ragte. Ein kleiner Pappelhain und der Hügel selbst schützten den kleinen Holzbau vor dem Nordwind. Ein durch den Park fließender Bach ergoß sich in einen flachen Teich am Fuß des Hügels. Jenseits des Teichs schirmte ein Hain mit hohen Birken und Fichten den Pavillon von den Palästen der Kaiserstadt ab. Guei Fei wußte, daß ein Ring von Gardesoldaten, Eunuchen und Dienern in einiger Entfernung postiert war, die ihre Ungestörtheit bewachten. Sie fühlte sich hier so sicher und frei, daß sie manchmal im Teich badete.

Ein Schatten bedeckte das Papier und ihren Arbeitstisch. Ihr Herz machte einen Satz in die Kehle.

Sie blickte hoch und sah in das Narbengesicht An Lushans. Guanyin sei Dank, daß es kein Feind war! Eine Welle der Erleichterung überspülte sie, doch ihre Hand zitterte immer noch, und so legte sie schnell den Pinsel hin, damit sie keine Tinte auf das Blatt verspritzte. Das Geländer, das an sieben Seiten um den Pavillon herumführte, lag zwischen ihnen. Doch An stand so nahe bei ihr, daß sie hören konnte, wie er heftig ein- und ausatmete.

»Woher kommt Ihr, General?« fragte sie. Sie hörte sich einen weit förmlicheren Ton anschlagen, als sie es getan hätte, wenn sie sich im Birnengarten aufgehalten hätten, umgeben von Höflingen und mit Longji in der Nähe. Hier waren sie völlig allein.

»Bin vom Palast des Blauen Tigers heruntergeritten«, sagte An Lushan mit jener Stimme, die sich anhörte, als würden Steine unter einem Stiefel zermalmt.

»Und niemand hat Euch aufgehalten?«

Sie sah ein leichtes Lächeln auf seinen bläulichen Lippen. »Niemand.«

Der intensive Unterton in seiner Stimme erschreckte sie. Bisher war der Anblick Ans immer eine Erinnerung daran gewesen, daß sie einen mächtigen Beschützer hatte. Doch diesmal war er ein Eindringling. Sie hatte strikte Anweisung gegeben, daß niemand, mit Ausnahme des Kaisers, sich ihr hier nähern durfte. Und selbst Longji sollte angekündigt werden. Wie viele Menschen mußte An bestochen oder eingeschüchtert haben, um einfach so hier einzudringen?

Sie erinnerte sich an die brennenden Blicke, die er ihr zugeworfen hatte. Sie hatte sie mit einer belanglosen Erklärung abgetan. Die Erklärung für das, was jetzt geschah, trat nur zu deutlich zutage.

Sie mußte ihn wegschicken. Aber der zornige Befehl blieb unausgesprochen auf ihren Lippen. Was wäre, wenn er nicht ginge? Stattdessen sagte sie nur: »Was führt Euch hierher?«

»War auf einem Morgenritt, und Himmel schenkte mir Glück, Euch hier anzutreffen.«

Sie bemühte sich, mit möglichst fester Stimme zu sprechen, und sagte: »General An, Ihr solltet nicht hier sein.«

»Von allen Orten unter dem Himmel dies genau der Ort, an dem sein möchte.«

Er ging um den kleinen Pavillon herum zum Eingang. Die Bodendielen erzitterten leicht, als er eintrat. Er ging auf sie zu, und sie spürte, wie ihr Herz so heftig pochte, daß es ihr in der Brust weh tat. Er setzte sich neben sie aufs Geländer, so daß er auf ihren Schreibtisch hinuntersehen konnte. Einen kleinen Augenblick fühlte sie sich erleichtert, daß er nicht versucht hatte, sie zu berühren. »Weswegen seid Ihr gekommen?« Sie hoffte, daß ihre Stimme sich für ihn fest anhörte.

Er streckte die Beine aus und schlug sie an den Knöcheln übereinander. Seine kräftigen Beine, die in blaue Seidenhosen und schwarze, mit kleinen Edelsteinen besetzte Stiefel gekleidet waren, waren im Verhältnis zu seinem restlichen Körper kurz. Wußte er, daß sie Angst vor ihm hatte?

»Bin hier, um mich von meiner Kaiserlichen Mutter zu verabschieden«, sagte er mit seiner polternden Stimme. »Neue Armee von Nordostgrenze versammelt sich. Habe Monate damit verbracht, unsere neuen Rekruten auszubilden. Abmarschbereit.«

Wenn sie ihn dazu bringen konnte, über militärische Angelegenheiten zu sprechen, würde sie sich vielleicht nicht so unbehaglich fühlen, und er würde nicht so vertraulich tun, als gehörte er zur Familie. »Wo hat sich die Armee versammelt?« fragte sie.

»In zehn Lagern an unserer Marschroute. Armee erst vollständig versammelt, wenn wir an der Großen Mauer in der Provinz Hopei ankommen.«

Sie konnte sich nicht verkneifen zu sagen: »Ihr scheint sehr geschickt darin zu sein, Euch an Leute anzuschleichen, ohne sie vorzuwarnen.«

Er stand auf und bewegte sich auf sie zu. »Ihr nicht wollen, daß ich gehe, ohne mich noch einmal zu sehen.« Er streckte den Arm nach ihr aus.

»Rührt mich nicht an.« Sie hörte schrille Panik in ihrer Stimme und war wütend auf sich. Sie hörte sich eher wie ein Küchenmädchen an als wie eine Kaiserin.

Sie kauerte sich auf dem kleinen Stuhl ohne Armlehne zusammen. Wenn sie doch nur etwas von den Kampftechniken gelernt hätte, die Darius Meiling beigebracht hatte …

Er kniete nieder und schlang die Arme um sie. Sie stieß dagegen, doch sie fühlten sich an wie die Arme einer eisernen Statue.

»Seit ich Euch zum ersten Mal sah, wollte Euch halten so.« Seine Stimme hörte sich in ihrem Ohr an wie Donnergrollen.

Einen kurzen absurden Moment lang sah sie sich im Yamen ihres Vaters im Tempel von Guanyin stehen, wie sie die Arme um Longji schlang und ihm sagte, er könne sie hinrichten lassen, wenn er wünsche.

»Hört auf damit! Hört auf! Habt Ihr den Verstand verloren?« Sie wand sich in seinen Armen, die sie nur noch fester umschlossen, ihr den Atem raubten und sie zu zerquetschen drohten. Sie hatte noch nie eine solche Kraft gespürt. Diese Kraft ängstigte sie zutiefst.

»Sagt nicht nein zu mir«, kam sein polterndes Flüstern. »Müßt mein sein.«

Sie zog den Kopf zurück und starrte ihn an. »Ihr habt *tatsächlich* den Verstand verloren!« Sie hatte sein Gesicht noch nie so nahe gesehen. Die purpurne untere Hälfte war so glatt, als wäre sie aus Porzellan gemacht. Seine schmalen Augen funkelten wie zwei Splitter aus schwarzer Jade. Sie hatte jetzt mehr Angst als damals, als ihr der Mörder seinen Dolch an die Kehle setzte.

Und dieser Mann hatte sie davor gerettet. Doch das gab ihm nicht das Recht, sie so zu behandeln.

Sie konnte sich nicht bewegen, geschweige denn gegen ihn kämpfen. Sie konnte nicht um Hilfe rufen; niemand war in der Nähe. Sie hatte nur eine Kraftquelle: zu sein, wer sie war.

Diese Kraft geriet plötzlich ins Wanken.

Bilder schossen ihr durch den Kopf: Bilder wie die in einem Kopfkissenbuch, Bilder davon, wie sie mit dem großen Mongolen Wolken und Regen machte. Sie schossen ihr durch den Kopf wie ein Traum. Sie sah, wie ihr Körper sich unter ihm wand und zuckte, sah ihn hinter sich stehen, wie er zustieß, dann sah sie sich auf ihm reiten wie auf einem großen Pferd. Sie hatte das Gefühl, als würden ihr die Bilder irgendwie in den Kopf gezwungen; sie kamen ihr nicht vor wie eigene Gedanken. Sie kämpfte dagegen an, doch dann wurden sie nur noch lebhafter und perverser.

Mit großer Anstrengung ließ sie die Bilderrolle zuschnappen und sprach wieder. »An, hört mich an! Laßt mich los, oder ich schwöre beim Tao, daß ich Euch anklagen und hinrichten lassen werde.«

Ihre Stimme dröhnte in dem kleinen Pavillon mit dem Holzdach. Sie hörte Stärke darin, und das gab ihr noch mehr Kraft.

Er sah sie prüfend an, und dann spürte sie, wie sich sein Griff lockerte. Sie konnte wieder frei atmen.

Mit dem gebieterischsten Tonfall, den sie aufbringen konnte, sagte sie: »Geht von mir.«

Er stand auf. Er war so groß und kräftig, daß es ihr vorkam, als sähe sie zu, wie ein Gebäude sich aus seinem Fundament erhebt. Seine massive Brust hob und senkte sich unter seiner schwarzen Tunika. Sie starrten einander einen Moment an, ohne zu sprechen.

Er sagte: »Warum mich so behandeln? Wir sind hier sicher. Niemand kann sehen. Ich weiß, daß Ihr mich wollt.«

Entsetzen packte sie. »Euch wollen? Wann habe ich Euch je den leisesten Grund gegeben, das zu denken? Ich habe Euch adoptiert. Es war eine gespielte Zeremonie, aber ich hätte Euch adoptiert, wenn Longji – wenn Kaiserlicher Vater es mich hätte tun lassen. Glaubt Ihr, ich würde meinen eigenen Sohn lieben wollen?«

»Bin zwanzig Jahre älter als Ihr.«

Sie fühlte, wie ihr die Augen brannten, als sie sich mit Tränen füllten. Da ihre Furcht jetzt verflogen war, fühlte sie sich bitter von ihm enttäuscht.

»Ich habe in Euch einen Sohn gesehen, weil ich glaubte, ich

könnte Euch unterrichten, und ich glaubte auch, Ihr wolltet von mir lernen. Ich habe Euch geachtet. Ich habe Euch bewundert. Ich war Euch dankbar, weil Ihr mir das Leben gerettet habt. Aber ich habe in meinem ganzen Leben nie einen anderen Mann begehrt als den Sohn des Himmels.« Selbst damit, dachte sie, enthülle ich ihm mehr von mir, als er ein Recht hat zu erfahren.

Er hob eine große Hand. »Genug. Ich nehme Euch mit Gewalt, wenn ich wollte...«

Sie schnitt ihm mit plötzlicher Wut das Wort ab. »Dann müßtet Ihr mich hinterher töten, denn ich würde nicht ruhen, bis ich Euch vernichtet hätte.«

Dieser Mann ist nicht besser als Su Chi.

Seine bläulichen Lippen verzogen sich zu einem schwachen Lächeln. »Würde mich von keiner anderen Frau in der Welt so wegschicken lassen. Aber macht nichts – bin sicherer, wenn Ihr mich nicht liebt.« Er lächelte noch breiter und drohte ihr mit einem Finger. »Ihr wärt überrascht, wie schwer, mich zu töten. Unmöglich! Ihr seid nicht meine Mutter. Ich will Euch. Ihr seid eine Kuh, eine große Kuh.« Ein seltsam spöttisches Lächeln umspielte seine Lippen. »Und jetzt, wo ich in den Krieg ziehe, bin ich glücklich, Euch diese Dinge gesagt zu haben. Ich dachte, Ihr wolltet mich. Ich habe mich geirrt. Doch eines Tages werdet Ihr erkennen, daß ich einziger Mann unter dem Himmel bin, der für Euch gut genug ist.«

Sie war einen Moment wütend, dann verängstigt, als er wieder auf sie zuging. Doch er schnappte mit seiner kräftigen Hand nur nach dem Tisch und ergriff das Papier, auf dem sie geschrieben hatte, wie ein Falke sich einen Hasen schnappt. Seine schwarzen Augen fixierten sie. Er faltete das Papier zusammen und steckte es sich in den Gürtel. Dann wandte er sich von ihr ab.

Außer sich vor Wut rief sie hinter ihm her: »Ihr müßt verrückt sein! Wenn ich Kaiserlicher Vater erzählte, was Ihr heute hier getan habt, würde er Euch hinrichten lassen.«

Er drehte sich um und zuckte die Achseln. »Euch schon gesagt, schwer, mich zu töten. Und Ihr wißt, ich kann Kaiserlicher Vater geben, was er sich auf der Welt am meisten wünscht.«

»Was er sich am meisten wünscht? Er will ein großer Kaiser sein.«

»Will erobern.« An wandte sich wieder um und ging davon.

Guei Fei blieb zitternd sitzen und sah, wie An unter den Pappeln über dem Pavillon verschwand. Als sein riesiger Schatten nicht mehr zu sehen war, schien sich der Pavillon mit Licht zu füllen. Sie zitterte heftig. Trotz der Frühlingswärme fühlten sich ihre Hände taub an, als wäre sie mitten im Winter ohne Handschuhe ausgegangen. Ihre Beine bebten.

Niemandem sollte möglich sein, mir so etwas anzutun. Ich bin die Kaiserin.

Ja, aber An befehligt die Armee, welche die Kaiserin beschützt.

Sie mußte es Longji erzählen.

Longji erzählen, daß der General, den er mit den meisten Gunstbeweisen überhäuft, dem er erlaubt hat, eine Armee von zweihunderttausend Mann aufzustellen, den er mit dem wichtigsten Feldzug der letzten Jahre betraut hat, versucht hat, seine Kaiserin zu lieben?

Longji erzählen, daß der General, den sie in dieser Farce von Zeremonie adoptiert hatten, sich gegen seine Mutter gewandt hat und seinen Vater verrät?

Ihr schoß noch ein Gedanke durch den Kopf. Die arme Li Xi! Ich möchte wissen, ob sie weiß, wozu ihr Mann fähig ist.

Ihr Verstand arbeitete, als wäre er ein Kaninchen unter dem Schatten eines Bussards. Wenn er es wüßte, würde Longji ohne Zweifel An stürzen und bestrafen. Er würde ihn vielleicht sogar töten lassen.

Sie verdankte An ihr Leben.

Longji sagt, er sei unser bester General.

Der Skandal würde die Verwaltung entzweien. Er würde von ihren Feinden verzerrt werden und Longjis Ruf schaden sowie ihrer Familie und dem großen Werk der Reformen.

Ihre Feinde würden sagen, sie habe An verführt. Es gab immer Leute, die bereit waren, so etwas zu sagen, wenn ein Mann eine Frau entehrte. Schlimmer noch war, daß manche sagen würden, sie habe sich sogar von ihm nehmen lassen.

Nein, bei genauerem Nachdenken hielt sie es für klüger, nichts zu sagen.

Doch als sie ihre Entscheidung traf, überkam sie ein seltsames Gefühl von Übelkeit. Jetzt gab es ein geheimes Band zwischen ihr und An. Er hatte ihr Angst eingejagt, sie gekränkt und beleidigt. Doch sie beschützte ihn. Schon beim bloßen Gedanken daran drehte sich ihr der Magen um. Sie legte die Hände vors Gesicht und begann bitterlich zu schluchzen.

Ein frischer Westwind wehte grüne Düfte in Longjis Nase. Dumpfe Hammerschläge und das Kreischen von Sägen waren um ihn herum zu hören, als er im vierten Stock des Turms mit seiner großartigen Aussicht auf die ganze Stadt Changan auf dem Balkon mit dem Holzgeländer stand. Auf die Stadt, dachte Longji, die den größten Nutzen aus dem Frieden und dem Wohlstand gezogen hat, den die Tang nach der Zeit der Streitenden Reiche dem Land gebracht haben.

Der Turm des Ewigen Friedens. Ein seltsamer Ort für ein Gespräch mit Darius über den Krieg.

»Ich kann nicht glauben, worum Ihr mich da bittet«, sagte Longji. »Es gibt Gerüchte, daß sich Geheimgesellschaften bilden, die die Dynastie stürzen wollen. In sechs Provinzen gibt es Aufstände. An Lushan und die Legion der Fremden werden weit weg sein. Ich brauche Euch als Befehlshaber der kaiserlichen Garde, die für Sicherheit sorgen muß, falls –«, seine Stimme verstummte einen Augenblick, »– falls es zu Schwierigkeiten kommen sollte.«

»General Chen ist genauso gut wie ich«, entgegnete Darius. »Und ich werde noch besser sein, wenn ich erst einmal Kampferfahrung gewonnen habe. Ich habe Euch bisher nur bei Streifzügen und Sturmangriffen gedient, aber nie in einem richtigen Krieg.«

Longji blickte auf die Stadt hinaus. Der Turm des Ewigen Friedens war auf einem Hügel erbaut. Von hier sah er auf endlose Reihen von Ziegeldächern, die gelegentlich von Pagoden, Wachtürmen und den Minaretten einiger Moscheen unterbrochen wurden. Die Morgensonne glitzerte auf dem Wei-Fluß, als er sich von Westen her in die Stadt hineinschlängelte und sie im Osten verließ.

Rauch von einhunderttausend Feuern stieg über den Hausdächern auf und verschmolz über den ungeheuren rechteckigen Flächen zu einem Dunst. Wie immer war er stolz auf diesen Anblick. Keine andere Stadt der Welt war so reich an Menschen, so wohlhabend und so intelligent geplant wie Changan.

»Ihr müßt Euch diese Erfahrung ja sehnlich wünschen, wenn Ihr einen Posten unter An Lushan akzeptieren wollt. Vor nicht allzu langer Zeit habt Ihr ihn noch herumkommandiert.«

Darius zuckte die Achseln. »Ein Krieger, der nur das festhalten will, was er hat, ist wertlos.«

»Ich hoffe, Ihr wollt damit nicht alte Schamgefühle wegen Shannan Hsitao auslöschen, oder?« Warum sollte er sich nicht schämen, dachte Longji. Ich bin sehr hart mit ihm ins Gericht gegangen, weil er zugelassen hat, daß der alte Lu Yung sich vergiftete.

»Strahlender Kaiser, Shannan Hsitao war eine strenge Lektion, aber ich glaube, ich habe inzwischen zu verhindern gelernt, daß meine Gefangenen entkommen, auf welchem Weg auch immer. Ich bitte Euch jetzt um die Erlaubnis, ins Feld ziehen und mehr lernen zu dürfen, damit ich Euch so besser dienen kann.«

Longji schwieg nachdenklich. Chen war ein guter Mann, ein hervorragender Krieger aus einer alten Familie. Doch ohne Darius in der Nähe fühlte er sich schutzlos, den Feinden ausgeliefert, die überall zu lauern schienen.

Aber wenn dieser Feldzug erfolgreich zu Ende gegangen war, wollte er An Lushans Plänen folgen, das Reich in allen Richtungen zu erweitern. Und dazu brauchte er erfahrenere Generäle. Darius konnte einer davon sein. Der Perser hatte recht. Er brauchte die Erfahrungen des Krieges.

So schickte Longji seine Zweifel entschlossen ins Schattenreich unter dem großen Ozean. »Ihr und An werdet dort oben in den Bergen und Wäldern der Khitan viel lernen. Also geht und kehrt zurück, damit Ihr für mich ein wertvollerer Offizier sein könnt als bei Eurem Aufbruch.«

Als Darius gegangen war, blieb Longji noch eine Zeitlang stehen und erfreute sich an dem Anblick von Changan.

Ich möchte nicht nur ein weiterer Name auf der Liste der Tang-Kaiser sein. Ich wünsche mir, daß die Menschen Standbilder von mir ehrfürchtig betrachten, wenn ich nicht mehr da bin. Ich möchte als der Kaiser in die Geschichte eingehen, der Krieg, Politik und Kunst beherrschte – als der einzige, der alle drei beherrschte.

Dummheiten, sagte er sich. Vielleicht. Träume sind oft dumm. Doch ohne einen Traum ist das Leben nichts weiter als Papier, Rituale, Spiele und Unterhaltung. Nur dazu gut, die Zeit totzuschlagen, bis ich sterbe.

Mit Ausnahme natürlich von Guei Fei. Er mußte Guei Fei von Darius erzählen.

Er fand sie in ihrer Privatbibliothek, wo sie mit hochgezogenen Beinen auf einem Sofa lag und las. Er setzte sich neben sie auf den langen Diwan mit den vielen Kissen und schob die Schriftrolle beiseite. Er küßte sie zur Begrüßung auf die Wange und dann auf ihre kleinen Augen.

Sie sah ihn erwartungsvoll an, sagte aber nichts. Sie wirkte in letzter Zeit manchmal geistesabwesend. Doch vermutlich erweckte auch er hin und wieder den Eindruck, als belaste ihn etwas, als wäre er nicht immer ganz bei der Sache.

Als er ihr seine Entscheidung mitgeteilt hatte, Darius ins Feld ziehen zu lassen, schüttelte Guei Fei traurig den Kopf. »Ich werde Angst haben, wenn Darius nicht mehr da ist. Und die arme Meiling! Sie wußte, daß Darius dich darum bitten wollte, und hat gebetet, du mögest ihn nicht ziehen lassen.«

»Nun, wenn es die liebliche Meiling unglücklich macht, will ich meine Erlaubnis zurückziehen, Darius gehen zu lassen.«

Kaum waren ihm die Worte über die Lippen gekommen, dachte er, wie töricht es wäre, Darius von dem abzuhalten, was er tun wollte, nur um Guei Feis Schwester zufriedenzustellen.

Guei Fei winkte mit ihren schönen Händen ab. »Nein, nein. Ich bin sicher, daß er es ihr sehr übelnehmen würde. Es würde zu einem Zerwürfnis zwischen ihnen führen.«

Wir werden alle sehr besorgt sein, wenn unsere zuverlässigsten Soldaten im Feld sind, dachte Longji. Doch ohne Risiko und Sorgen erreicht man nichts.

An der Tür zu der unterirdischen Kammer stand ein riesiger muskulöser Mann in einer flammenfarbenen Tunika und Hosen. In seiner karmesinroten Schärpe steckte ein Schwert mit einer breiten Klinge. Neben ihm saß ein Mandarin in der grünen Robe des vierten Rangs an einem Tisch, in der Hand einen Pinsel, vor sich eine Schriftrolle. Neben der Schriftrolle waren Dutzende weißer Chrysanthemen aufgehäuft. Meiling griff unter den Aufschlag ihres äußeren Gewandes, zog eine weiße Chrysantheme hervor und ließ sie auf den Haufen fallen, wobei sie den Schwertträger anlächelte.

Der Wachposten erwiderte das Lächeln nicht. Der Mandarin am Tisch fragte sie nach ihrem Namen, und Meiling sagte ihm den falschen, den Ma Tsu ihr genannt hatte.

Für einen Augenblick starrte der Wachposten sie an, und Meiling erstarrte. Sie hatte die Stimme gesenkt, damit sie zu ihrer männlichen Kleidung paßte, jedoch nicht so sehr, daß es gekünstelt wirkte. Ihr Tonfall hatte noch am Vorabend Ma Tsus Zustimmung gefunden. War sie jetzt schon gestolpert? Erkannten sie, daß sie eine Frau war?

Der Wachposten winkte sie jedoch durch, und Meiling ging weiter in das dahinterliegende Zimmer. Sie ging vorsichtig und ermahnte sich, die Beine weit ausschwingen zu lassen und den Kopf stolz erhoben zu halten. Es ist leicht, wie ein Mann zu gehen, dachte sie, wenn man daran denkt, daß man wie ein Zwerghahn stolzieren, aber vorsichtig wie eine Henne sein muß, um die Eier zwischen den Beinen nicht zu zerquetschen.

Flackernde Fackeln an den Wänden erleuchteten den unterirdischen Raum, der zwei oder drei Stockwerke unter den gewundenen Straßen des alten Loyang lag. Sie war schnell geritten, um rechtzeitig zu diesem Treffen zu gelangen, und hatte unterwegs bei allen, an denen sie vorüberkam, die Wirkung ihrer Verkleidung geprüft. Kein Mensch hatte sie mißtrauisch angesehen. Wochenlanger Unterricht bei Ma Tsu und Darius schien seine Wirkung getan zu haben.

Meiling hatte schon längst aufgehört, die Treppen und die langen, abschüssigen Durchlässe zu zählen, die sie hinter sich gebracht hatte. Viele solcher unterirdischen Kammern, so hatte man ihr gesagt, seien vor zweihundert Jahren als Zufluchtsorte gebaut worden, als die Östlichen Türken die gesamte Provinz Shannan Tungtao erobert, besetzt gehalten und geplündert hatten, bis der Ahn des Kaisers sie verjagte.

Schwerer Geruch von Rauch und Schweiß erfüllte die Luft. Meiling nahm ihren Platz in der Menge ein und bewegte sich näher an die Plattform heran, so daß sie besser hören konnte. Rund hundert Mandarine hatten sich in diesem unbelüfteten Raum versammelt. Die Gold- und Silberstickerei ihrer Satingewänder stand in scharfem Gegensatz zu den grob getünchten Wänden und dem feuchten Steinfußboden. Meiling kannte keinen der Männer vom Sehen und wußte, daß auch von ihnen niemand sie kannte – zumindest nicht so.

Während sie wartete, strich sie sich – so geistesabwesend, wie sie konnte –, über den kleinen Bart, den Ma Tsu ihr angeklebt hatte. Er bestand aus Roßhaar, sah an ihr aber dennoch einigermaßen menschlich aus. Ihr eigenes ebenholzschwarzes Haar hatte man ihr dicht an den Schädel gepreßt und zu einem einzigen dünnen Zopf geflochten, der ihr auf den Rücken fiel.

Einen Augenblick bedauerte sie, daß sie bei dieser Verkleidung auf ihr Stilett hatte verzichten müssen. Sie war seit Jahren nicht mehr ohne diese Waffe ausgegangen. Der kleine Dolch, den sie sich in das Gewand gesteckt hatte, bot ihr jedoch genügend Schutz. Darius hatte sie beruhigt, als er ihr half, ihn neben dem Beutel zu befestigen, den er ihr zur Aufbewahrung gegeben hatte. Der beste Schutz würde allerdings darin bestehen, keinerlei Aufmerksamkeit auf sich zu ziehen.

Meiling sah sich um. An der hinteren Wand war ein großes Blatt Papier an den weißen Stuck genagelt. Es war mit so großen Schriftzeichen beschrieben, daß sie sie von der anderen Seite aus lesen konnte. »Die Grundsätze der Verwaltung sind ewig und unveränderbar, und alle Männer, selbst der Kaiser, müssen ihre Sklaven sein.« Sicher die Worte irgendeines Meisters. Guei Fei mit ihrem belesenen Kopf hätte sie wohl sofort wiedererkannt. Aber dafür hätte Guei Fei ihren Körper nicht mit solcher Inbrunst trainiert, daß der seltsame Abt ihr eine Mission wie diese anvertraut hätte. Zum ersten Mal fühlte sich Meiling ihrer schönen und gelehrten Schwester mehr als gleichberechtigt.

Auf einem Podium vor der Inschrift standen zwei Männer in Gelehrtenroben, ein alter Mann in Schwarz und ein weit jüngerer in Purpur. Der jüngere ließ die Arme hängen und blickte auf die Menge, ohne jemanden genau anzusehen. Er hatte einen runden kinnlosen Kopf, einen breiten Mund und einen konturlosen Körperbau.

Der ältere Mann, der stark gebückt ging und einen schütteren weißen Bart hatte, erhob die Stimme: »Ich bitte Euch, den schätzenswerten Chiang Chueh willkommen zu heißen, Mandarin des achten Grades, dessen Vater und Bruder von der Familie Yang grausam ermordet worden sind.«

Meiling dröhnte es in den Ohren, als ihr das Blut ins Gesicht schoß. Dieser Vater war wegen Vergewaltigung eines Kindes hingerichtet worden, und der Bruder war bei einem Angriff auf die Kaiserin getötet worden. Grausam ermordet, wahrhaftig!

Meiling hörte vereinzelt gemurmelte Begrüßungsworte. Chiang Chueh trat vor und kam gleich zur Sache. »Wir treffen uns heute unter der Erde, und wir werden uns für alle Zukunft nur unter der Erde treffen können, wenn wir die Yang weiter gewähren lassen.«

Meiling unterdrückte ein Erschauern. Es war also doch genau so, wie Darius gesagt hatte. Weil Enger und Guei Fei die Korruption dieser Mandarine bekämpft hatten, haßten sie ihre gesamte Familie.

Chiang Chuehs Stimme wurde schriller, als er fortfuhr: »Mit jedem neuen Monat werden mehr Angehörige der Yang in hohe Ämter berufen. Sie sind zahlreich und, wie Ihr wißt, habgierig. Welchen Dienst man von der Verwaltung auch braucht, man erhält ihn nicht, bis man die Hände der Yang mit Gold füllt.«

Chiang Chueh neigte den Kopf beim Sprechen langsam von einer Seite zur anderen wie eine Schlange, die ihre Beute hypnotisiert. Als der magere Mandarin mit dem purpurnen Gewand gegen ihre Familie wetterte, fragte sich Meiling, ob andere Mandarine ähnliche Reden gegen die Fu gehalten hatten, bevor der Kaiser Guei Fei heiratete.

»Dieser Kaiser hat die Frau seines eigenen Sohns geheiratet. Die Lust eines alten Mannes auf eine junge Frau hat ihn trunken gemacht. Er hat sich von seinen Verpflichtungen losgesagt. Er hat Yang Guei Fei das Reich der Mitte geschenkt, als wäre es eine Schatzkiste voller Spielzeug, mit dem sie tun kann, was sie will. Sie hat diese Schatzkiste ihren Verwandten zur Plünderung überlassen. Es kann kein Zweifel daran bestehen, daß der Kaiser das Mandat des Himmels verloren hat.«

Meiling gab sich die größte Mühe, die von dem Mandarin gesprochenen bösartigen Worte nicht allzu nahe an sich herankommen zu lassen. Sie musterte die Menge. Sie bemerkte Unruhe unter den Mandarinen und hörte verdrießliches Gemurmel. Sie wandte langsam den Kopf, um nicht auf sich aufmerksam zu machen, und studierte die Gesichter in ihrer Nähe. Einige brannten vor Aufregung wie das von Chiang Chueh. Andere wirkten besorgt, wieder andere gekränkt.

Chiang Chueh fuhr fort: »Wie Ihr wißt, hat Yang Enger Gelehrte, die sein Mißfallen erregt hatten, dazu verurteilt, zusammen mit Bauern auf den Reisfeldern zu arbeiten. Viele begingen lieber ehrenvollen Selbstmord, statt sich so demütigen zu lassen. So ein Mann ist das: ein Mann, der mit Ausnahme seiner Familie alle zu Sklaven machen will. Ich sage Euch eins: Wenn die Yang auch weiterhin ihren Willen durchsetzen, werden wir am Ende alle auf den Reisfeldern arbeiten, Straßen bauen und Kloakenwasser schleppen. Alle Männer werden zu gleich niedrigem Rang degradiert sein, und die Yang werden zu Herren von allem, was unter dem Himmel ist.«

»Was sollen wir Eurer Ansicht nach tun?« ließ sich eine gebieterische Stimme aus der Menge vernehmen. Ein Mann hinter Meiling hatte sich geäußert.

Chiang Chueh hörte auf, den Kopf zu neigen, und funkelte den Mann an. Er war sichtlich verärgert, unterbrochen worden zu sein.

»Tun? Es muß allen klar sein, daß es nur einen einzigen Weg gibt, das Reich der Mitte retten: nämlich bei jedem Schritt dem großen Werk der Reformen der Yang Widerstand zu leisten und unablässig für deren Sturz zu arbeiten.«

»Ihr ruft zum Sturz des Kaisers und zum Fall der Dynastie auf – das bedeutet Bürgerkrieg.« Meiling drehte sich nach demjenigen um, der gesprochen hatte. Es war ein stämmiger Mandarin in einem roten, mit Goldfäden bestickten Satingewand, der darüber einen leuchtend grünen Umhang trug. Sein wallender weißer Bart bedeckte fast die obere Brusthälfte. Sein Verhalten und die Ehrerbietung, mit der ihn alle anderen Mandarine anblickten, machten deutlich, daß er ein bedeutender Mann war.

Chiang Chueh verneigte sich. »Ich glaube, Herr, ich habe die Ehre, mit dem würdigen Li Peng zu sprechen, dem Minister für Brücken und Kanäle für Loyang.«

»So ist es, Herr«, sagte der stämmige Mandarin kurz.

»Ihr seht doch deutlich, ehrenwerter Minister, daß die schwere Krankheit, die das Reich der Mitte befallen hat, ein starkes Heilmittel erforderlich macht.«

»Haß hat Euch unwissend gemacht, Chiang Chueh«, sagte Li Peng. »Millionen würden in einem Bürgerkrieg sterben, nicht nur in den Schlachten, sondern auch an Mißernten, der Zerstörung von Häusern, an den sich ausbreitenden Krankheiten. Alle Künste und Handwerke, die das Reich der Mitte zum Ruhm der Welt gemacht haben, würden aussterben.«

»Unter einem würdigen Kaiser würde das Reich aufblühen«, sagte Chiang Chueh in gedämpfterem Tonfall.

»Die Araber erzählen Geschichten über mächtige Geister, die durch Zauberei in Flaschen versiegelt wurden«, sagte Li Peng. »Wenn jemand eine dieser Flaschen findet, öffnet er sie und läßt in der Hoffnung auf Belohnung den Geist heraus. Doch sobald der Geist aus der Flasche heraus ist, kann er nicht wieder hineingetan werden und bringt statt dessen schreckliche Zerstörung über die Menschen.«

»Ich glaube nicht, daß die Araber uns etwas lehren können«, entgegnete Chiang Chueh.

»Der Kaiser bringt fremde Dinge ins Land und korrumpiert uns damit«, rief ein anderer Mandarin aus. »Selbst seine Soldaten sind Fremde.«

Li Peng zog seine buschigen Augenbrauen hoch und blickte den

Mann streng an, der gerade gesprochen hatte. »Der Kaiser hat uns mehr als dreißig Jahre Frieden und Wohlstand gegeben. Das Reich der Mitte blüht wie nie zuvor.« Er wandte sich an Chiang Chueh. »Er hat sich eine junge Frau genommen, um im Alter etwas Trost zu finden. Ja, sie ist vielleicht mit seinem Sohn verheiratet gewesen, aber ist das wirklich so schrecklich? Jetzt sind sie seit fast zehn Jahren verheiratet, und der Sohn hat trotzdem keinen Aufstand angezettelt.« Er machte eine Pause und sah sich mit einem energischen Blick um. »Und was diese Reformen angeht, würde es mit ihnen vorbei sein, wenn der Kaiser nicht mehr da ist. Unser Verwaltungssystem ist das älteste der Welt. Es kann durchaus ertragen, zehn oder sogar zwanzig Jahre verändert zu werden, jedenfalls leichter, als es einem Bürgerkrieg widerstehen kann. Ich habe wenig Sympathie für Euch, Chiang Chueh. Ihr würdet das ganze Reich ruinieren, um Euer privates Rachebedürfnis zu befriedigen.«

Gut gesprochen, dachte Meiling. Selbst wenn es nicht um ihre Familie gegangen wäre, hätte sie den weisen Rat des Mandarins gebilligt.

Doch ein anderer rief aus: »Nein, der Kaiser und die Yang tun ungeheuerliche Dinge. Sie schreien zum Himmel und müssen unterbunden werden.«

Chiang Chueh sagte: »Ihr seid alt und bequem, Li Peng. Ihr seid ein Li, ein Verwandter des Kaisers. Wenn der Himmel wünscht, daß wir die Qual eines Bürgerkriegs auf uns nehmen müssen, damit diese bösen Dinge nicht weiter um sich greifen, sage ich, sei's drum. Wenn der Himmel mit dem Kaiser nicht mehr zufrieden ist, sage ich, daß es unsere Pflicht ist, einen neuen zu wählen.«

Li Peng drehte sich ohne ein weiteres Wort um und drängte aus dem Raum. Einige andere folgten ihm.

Meiling wäre am liebsten auch gegangen. Ihre Hände waren kalt und feucht. Bis jetzt hatte niemand den seltsamen jungen Gelehrten bemerkt, doch inzwischen gingen die Wogen der Erregung hoch, und wenn sie entdeckt werden sollte, müßte sie um ihr Leben fürchten.

Folglich mußte sie dableiben und hören, wie Chiang Chueh weiterwetterte. Der junge Gelehrte fügte dem, was er schon gesagt hatte, nur wenig hinzu; er wiederholte sich nur wortreicher und mit größerer Wut. Meiling begann vor Zorn zu zittern, als Chiang Chueh immer mehr und skurrilere Anklagen gegen Guei Fei vorbrachte, die in der Anschuldigung gipfelten, sie habe die Karriere General An Lushans gefördert, weil sie mit ihm schlafe.

Meiling hätte fast losgelacht. Schon der Gedanke, ihre Schwester könne sich mit dem Barbarengeneral ins Bett legen, war absurd!

Doch war dies tatsächlich das, was die Menschen glaubten? Meiling sah sich um und entdeckte, daß die Köpfe zustimmend nickten. Sie mußte einen Weg finden, ihre Schwester vor diesem Gerücht zu warnen.

Im vergangenen Jahr hatte Guei Fei zunehmend mehr Zeit in ihren Gemächern im Frauenpalast verbracht. Sie wollte sich von den unzähligen Zerstreuungen des Kaiserpalastes fernhalten. Folglich hatte sie Gemächer in der Wohnung der Kaiserin, die bisher rein dekorativen Zwecken gedient hatten, in eine Bibliothek und ein Arbeitszimmer für sich sowie Büros für die Frauen und Eunuchen verwandelt, die ihr halfen. In diesen Räumen sammelte sie Neuigkeiten aus den zehn Provinzen, schrieb Memoranden an Longji und Enger, brachte neue Vorschläge für das große Werk zu Papier. Wenn sie Zeit hatte, nahm sie sich noch einmal die Fünf Klassiker und die Vier Bücher vor und dachte Schriftzeichen für Schriftzeichen über sie nach. Aus dem »Buch der Wandlungen«, dem »Buch der Oden«, dem »Großen Lernen«, den »Analekten« und den anderen konnte ihr Geist immer Nahrung ziehen.

Am Tag vor dem Aufbruch An Lushans mit seiner Armee aus Changan saßen Guei Fei und Meiling nebeneinander im Schlafzimmer der Kaiserin. Li Xi saß ihnen in einem bequemen Stuhl gegenüber. Sie hatte die Beine gespreizt, was für ihren angeschwollenen Bauch bequemer war. Tränen strömten ihr über die Wangen.

Heute konnte Guei Fei im Gesicht von Longjis Tochter die kräftigen Züge von Longjis Gesicht erkennen. Was für wunderschöne Kinder sie mit Longji hätte haben können!

Das ist Ans Kind in Li Xis Bauch, dachte Guei Fei. Sie muß es unerträglich finden.

Meiling sprach mit leiser und zitternder Stimme: »Er hat versucht, dich zu umarmen? Ich kann es nicht glauben. Er schien mir immer so treu und so verläßlich zu sein. Vielleicht hat er aber die bösen Gerüchte gehört, die unsere Feinde verbreiten, und hält sie für wahr.«

Guei Fei sagte sanft: »Li Xi, wer steht deinem Herzen näher, dein Vater oder dein Mann?«

Li Xi zögerte mit der Antwort. Sie saß nur da und blickte mit ausdruckslosem Gesicht auf den Fußboden. »Ich weine um uns alle, um dich, um meinen Vater und um meinen Mann.«

Guei Fei bedrängte sie. »Aber dein Mann hat versucht, die Frau deines Vaters zu nehmen.«

Li Xi sagte: »Wenn An den Versuch machte, mit einer anderen Frau Wolken und Regen zu machen, würde es mir zwar nicht gefallen, aber ich würde es akzeptieren. Das gilt aber nicht für dich. Es ist für einen Mann nicht natürlich, sich nur auf eine Frau zu beschränken. Er hat diese Konkubine, Schwarze Jade, und ich weiß, daß sein Generalsstab öfter in ihr ist als in mir. Besonders jetzt, wo ich durch das Kind so dick geworden bin. Doch sobald mein Kind geboren ist – vor allem wenn es ein Junge ist –, werde ich seiner Armee folgen und mich ihm anschließen. Es ist meine Pflicht als Ehefrau, bei ihm zu sein.«

Guei Fei sagte weich: »Dann gilt deine Loyalität also zuallererst deinem Mann?«

Li Xi strömten die Tränen übers Gesicht. »Er behandelt mich freundlich und mit Respekt. Das gehört zum Verhalten seines Volkes. Doch selbst wenn er es nicht täte, müßte ich meine Pflicht erfüllen.«

»Hör zu, Li Xi«, sagte Guei Fei. »Nach diesem Vorfall traue ich An nicht mehr. Wenn er den Versuch macht, dem Kaiser die Frau zu stehlen, was mag er dem Kaiser vielleicht sonst noch nehmen wollen?«

Meiling sagte: »Warum hast du davon dem Kaiserlichen Vater nichts erzählt?«

Guei Fei schüttelte den Kopf. »Vielleicht hat er sich nur einen Moment vergessen. Vielleicht tut er genau das, was wir von ihm erwarten, und er besiegt die Khitan und kehrt zurück, um seine Ehren zu genießen. Dann wird er seine Lektion gelernt haben und mich nie mehr belästigen.«

»Wir unternehmen also nichts?« wollte Meiling wissen.

»Wir wissen, daß wir Darius vertrauen können«, erwiderte Guei Fei. »Ich glaube sogar, daß Darius den Feldzug mitmachen will, weil er An im Auge behalten möchte. Li Xi, wenn du etwas siehst oder hörst, was dir sagt, daß An dem Kaiser nicht treu ergeben ist, würdest du es dann Darius berichten?«

Xi schwieg und preßte die Hände gegen ihren runden Bauch. Tränen liefen ihr über die Wangen. Gerade als Guei Fei schon glaubte, daß Xi nicht antworten wollte, sprach sie: »Wenn Lushan irgendein gewöhnliches Verbrechen beginge, wenn er etwa Geld für Nachschub für sich behielte, wie es viele Generäle tun, würde ich darüber schweigen. Doch mehr als alle anderen Männer liebe ich meinen Vater. Mein Vater ist nicht nur ein Mann, er ist der Sohn des Himmels. Ich könnte nicht tatenlos danebenstehen, wenn Lushan ihn wirklich bedrohte. Meine erste Pflicht gilt meinem Vater und meinem Vater als dem Sohn des Himmels.«

Guei Fei war zutiefst erleichtert. Meiling streckte den Arm aus und nahm Xis Hände in ihre.

Guei Fei sagte: »An muß überall in der Kaiserstadt Zuträger haben, wie es bei jedem bedeutenden Mann der Fall ist. Wir können dich also nicht direkt mit Darius sprechen lassen, Xi. Meiling – du solltest für ihn und Xi eine Möglichkeit ersinnen, wie sie in Ans Feldlager Botschaften austauschen können, bevor Darius aufbricht. Etwas Einfaches, eine Stelle, an der man ein winziges Blatt Papier zurücklassen kann, das später von einem anderen unbemerkt abgeholt wird.«

Xi bedeckte ihr Gesicht mit den Händen. Durch ihre tränennassen Finger sagte sie: »Ja, ich werde meinen Vater beschützen und verteidigen. Aber wenn ich Lushan verraten muß, weiß ich nicht, ob ich weiterleben kann.«

Auf einem Balkon im dritten Stock der Halle der Immerwährenden Harmonie saß Guei Fei auf einem Elfenbeinthron unter einem gelben Baldachin neben Longji und blickte auf den Paradeplatz. Sie beobachtete den Vorbeimarsch der neuen Armee der Nordost-Region. Ich könnte all dem mit einem Wort ein Ende machen, dachte Guei Fei.

Seit dem Tag, an dem An versucht hatte, sie im Da-Ming-Park zu nehmen, hatte sie Nacht für Nacht wach gelegen und über den Sinn von Ans Annäherung nachgedacht und wie sie darauf reagieren sollte.

Am Ende hatte sie an ihrer Entscheidung festgehalten, daß der Skandal ihrer Anklage gegen An Longji – und dem Reich – weit mehr schaden würde als ihr Schweigen.

Longji hing mit ganzem Herzen daran, daß An für ihn die Khitan bezwang. Sie drehte sich um und betrachtete das Profil ihres Mannes, als er auf die dunklen Massen von Soldaten hinunterstarrte, die über den Paradeplatz marschierten. Seine Augen waren geweitet, und er blähte vor Erregung die Nasenlöcher. Er hatte ihr so viel gegeben, und jetzt wollte er dies. Sie mußte ihm seinen Willen lassen.

Doch dann dachte sie wieder an den Mann, der diese Armee befehligen sollte, und hatte das Gefühl, als hätte sich ihr Magen plötzlich mit kaltem Wasser gefüllt. Immer wieder setzten ihr quälende Zweifel zu.

»Auf Befehl des Himmelssohns die stets siegreiche Armee des Nordostens«, hieß es auf dem großen Banner an einem Mast, der sich auf einem von zwei mit Blumengirlanden geschmückten Ochsen gezogenen Karren erhob. Silberfäden umrahmten die weißen Schriftzeichen auf dem Hintergrund aus grüner Seide. Das Banner war von einem Ausschuß der höchstrangigen Damen im Frauenpalast gestickt worden.

Natürlich ist diese Armee »stets siegreich«, dachte Guei Fei ironisch. Allerdings hat sie ihre erste Schlacht noch vor sich.

Hinter dem Banner rollten Reihen von Pferden gezogener Streitwagen, deren metallgeränderte Räder auf dem weißen Kies des Paradeplatzes ratterten. Die Fahrer und Speerwerfer waren keine frisch eingezogenen Rekruten, sondern Veteranen, die man aus den großen stehenden Heeren abgezogen hatte, welche die Grenzen des Reiches bewachten.

Als nächstes kam eine berittene Militärkapelle, die mit laut tönenden Trommeln, ohrenbetäubendem Getöse von Hörnern, bronzenem Dröhnen von Gongs und schrill klingendem Glockenspiel starken Lärm machte. Guei Fei hatte bei der Auswahl der Musik für die heutige Parade selbst mitgeholfen und Stücke ausgewählt, die von männlichen Tönen bestimmt wurden, die zum Krieg paßten.

Sie beugte sich mit eifrigem Interesse vor und sah sich die Belagerungsmaschinen und Rammböcke auf großen Holzrädern an. Kamele, Ochsen und Pferde zogen die Maschinen. Anschließend würde man sie auseinandernehmen, auf Karren packen und in den Nordosten transportieren.

Longji sagte: »Die Khitan sind meist Nomaden, doch tief in ihrem Land haben ihre Khane ständige Siedlungen, die von Mauern aus Erdreich und Baumstämmen umgeben sind. Diese Maschinen werden ihre Befestigungen dem Erdboden gleichmachen.«

»Du hast an alles gedacht, Geliebter«, sagte sie. Es stimmte sie traurig, daß er jetzt erregter zu sein schien, als er je zuvor gewesen war, wenn sie über Pläne zur Besserung des Lebens von Arbeitern und Bauern gesprochen hatten. Dieses Zerstörungswerk begeisterte ihn in einer Weise, die sie nicht wirklich verstehen konnte.

»An hat mir die Notwendigkeit von Belagerungsmaschinen erklärt«, berichtigte Longji.

Als er Ans Namen aussprach, füllte sich Guei Feis Magen wieder mit Kälte.

Darius ritt an der Spitze einer Kavallerie-Abteilung vorbei. Goldschmuck funkelte in seinem zu Zöpfen geflochtenen schwarzen Bart. Falls An ein Verräter war, würden sie in Changan über die Verbindung, die Meiling zwischen Darius und Li Xi hergestellt hatte, davon erfahren. Bei diesem Gedanken spürte sie, wie die Wärme in ihren Körper zurückkehrte.

Drachen- und Löwentänzer hüpften und sprangen an den Seiten der marschierenden Kolonne. Endlose Infanteriescharen in blauen Tuniken mit Hellebarden über den Schultern marschierten an Guei

Fei und Longji vorbei. Es waren Zehntausende von Männern, so viele, daß Guei Fei gar nicht begriff, was sie da sah. Sie war noch nie am Meer gewesen, hatte aber Beschreibungen davon gelesen, und die Massen, die jetzt an ihr vorbeiströmten, sahen so aus, wie sie sich den Ozean vorstellte, eine endlose, wogende Weite.

Wir sind so viele, dachte sie, und die Barbaren sind weit weniger. Wie können sie uns widerstehen? Unsere Armee wird über sie hinwegbranden wie Meereswellen.

Doch dann ertappte sie sich dabei, wie sie voller Trauer an die Arbeit dachte, die diese starken und gesunden jungen Männer würden leisten können, statt Krieg zu führen: Sie dachte an die Städte, die sie bauen konnten, an die Kanäle, die sie graben, an die Straßen, die sie pflastern, und an die Ernten, die sie einbringen konnten. Alles Arbeit, die jetzt nicht erledigt werden konnte.

Schlimmer noch: Viele der Männer würden nicht zurückkehren. Sobald sie erkannt hatte, daß Longji entschlossen war, gegen die Khitan Krieg zu führen, hatte sie damit begonnen, die Geschichten vergangener Kriege zu lesen. Die wenigen Bücher, die den Krieg so beschrieben, wie er tatsächlich war, interessierten sie am meisten. Es waren Berichte von Männern, die selbst marschiert waren und gekämpft hatten. Sie erfuhr, daß die Hälfte der Männer, die in die Barbarenländer einfielen, nie zurückkehrten. So manches Menschenleben wurde nicht nur im Kampf beendet, sondern auch durch Krankheit, Hunger, Überschwemmungen und Stürme. Manchmal kehrte von je fünf Mann nur einer zurück.

Schauerliche Berichte erzählten von Armeen, die aufgebrochen waren, um die Barbaren niederzuwerfen, von denen jedoch nie wieder etwas zu hören war. »Die Wüste hat sie geschluckt, so wie ein Drache ein Kalb schluckt«, schrieb der Chronist Kung Liang über eine dieser Armeen.

Guei Feis Herz schlug heftig, als sie An inmitten der Legion der Fremden hoch zu Pferde sitzen sah. Um ihn herum war viel Platz. Die halbe Legion ritt vor ihm her, die andere Hälfte hinter ihm. Es waren insgesamt fünftausend berittene Männer, die schwarzgoldene Rüstungen trugen. Er trug einen schwarzen Umhang, und von seinem Helm wehte ein Federbusch aus schwarzem Roßhaar. Unmittelbar hinter ihm ritt eine Reihe seiner Offiziere, magere Männer mit harten, dunklen Mongolengesichtern.

Vor einigen Tagen hatte sie Longji gefragt, weshalb An die Legion der Fremden zu dem Feldzug mitnahm. Sollte die Legion denn nicht die kaiserlichen Erlasse innerhalb der Grenzen des Reiches durchsetzen? Longji hatte erklärt, An wolle die Männer für ihren erfolgreichen Dienst belohnen, indem er ihnen die Chance gebe, gegen die äußeren Feinde des Reiches zu kämpfen. Die Erklärung hatte Guei Fei verwirrt und ihr noch mehr Unbehagen bereitet.

Statt der üblichen Militärkapelle spielte eine Reihe berittener Trommler für die Legion, die sich quer über den Paradeplatz erstreckte. Jeder der Trommler hatte ein paar Kesselpauken an den Flanken seines Pferdes. Die Männer trommelten in stetigem, unerbittlichem Rhythmus. Ihre Trommelschlegel waren so groß wie Kampfkeulen. Nicht die Art von Musik, dachte Guei Fei, die Männer in Harmonie mit den Göttern hält. Als er auf gleicher Höhe mit dem Kaiser und der Kaiserin war, hob An den Arm, worauf alle Männer und Reittiere, soweit Guei Fei blicken konnte, sogleich innehielten. Stille senkte sich auf die ganze Kaiserstadt. An brachte sein Pferd mit einem leichten Schenkeldruck dazu, sich zu Guei Fei und Longji hinzuwenden.

Sie spürte, wie ihre Hände unter den langen Ärmeln erstarrten, als sie die hochgewachsene Gestalt auf dem Pferd ansah. Sieh dir nur an, was für Macht An hat. Ich und der Kaiser sind unter unseren heiligen Gewändern nur zwei unbewaffnete Menschen.

An saß ab und kniete auf dem weißen Kies des Paradeplatzes nieder. Langsam und überlegt nahm er seinen schwarzen Helm ab und legte ihn neben sich auf den Boden. Er entblößte seinen braunen, rasierten Schädel, auf dessen Scheitel ein langer, dicker Zopf geflochtenen schwarzen Haars wuchs. Die Sonne beschien sein von Narben durchzogenes Gesicht. Feierlich vollführte er das Kotau.

Er kann uns nichts Böses antun wollen, wenn er uns mit solcher Ehrerbietung behandelt, versuchte sie sich zu beruhigen.

Dann setzte er sich wieder den Helm auf, stand auf und stieg auf sein Pferd, worauf sich die Masse bewaffneter Männer und die Pferde wieder in Bewegung setzten. Guei Fei spürte, wie sich die

Anspannung in Hals und Schultern wieder löste. Es würde gut sein, diesen Mann weit weg von der Hauptstadt zu wissen.

Doch als die Legion der Fremden unter lautem Hufgetrappel den Paradeplatz verließ, stimmten die Männer im Takt mit ihren Trommeln einen Gesang an. Zunächst konnte Guei Fei die Worte, die aus Tausenden von Kehlen aufstiegen, nicht erkennen, doch schon bald wurde es klar.

»An Lu-shan! An Lu-shan!«

Guei Fei wandte sich zu Longji um, doch sein Gesicht war eine ausdruckslose Maske. Begriff er, daß die Armee, die er gegen die Khitan schickte, nicht dem Kaiser gehörte, sondern dem General, dessen Namen die Männer riefen?

Sie hatte das Gefühl, in kaltes, trübes Wasser zu stürzen, genau wie damals, als das Schaufelradboot unterging.

15

Die Welt gerät aus den Fugen

Der Strahlende Kaiser und Yang Guei Fei hatten mit voller Absicht versucht, eine Revolution in die Wege zu leiten. Jetzt sahen sie sich einer Revolution gegenüber, die sie nicht ausgelöst hatten.

Aus der »Geheimen Geschichte der Tang« von Yang Kaizhi

Das Weinen des Säuglings hatte Lushan im Morgengrauen geweckt. Er fühlte, wie Xi neben ihm aufstand und ihm sorgfältig die Decken wieder über Rücken und Schultern legte, die sie ihm weggezogen hatte. Er drehte sich um und sah, wie das graue Licht durch den Rauchabzug in ihren Pavillon drang.

Ein plötzliches Kribbeln machte sich am ganzen Körper bemerkbar, als ihm einfiel, daß die Armee noch am selben Abend um die Stunde des Ebers nicht mehr die des Kaisers sein würde. Sie würde die Armee von An Lushan sein. Er spürte, wie sich sein Puls beschleunigte.

Als Xi sich wieder hingelegt hatte und dem drei Monate alten Tairen die Brust gab, ging Lushan noch mal schnell all die Dinge durch, die er heute im Lauf des Tages und am Abend in Gang setzen wollte. Er richtete sich im Bett auf und kitzelte seinem kleinen Sohn mit dem Finger die Wange. Xi blickte lächelnd zu ihm hoch.

Wie, fragte er sich, würde sie das, was heute geschähe, aufnehmen? Yang Guei Fei war ihre enge Freundin gewesen.

Doch Xi war eine pflichtbewußte Frau. Sie tat, was ihr gesagt wurde. Seine Lenden sehnten sich manchmal schmerzhaft nach Schwarzer Jade, aber Xi gab ihm wenigstens etwas, woran er sich reiben konnte, selbst wenn sie den Rücken nicht biegen konnte wie eine Katze oder beißen konnte wie eine Tigerin. Und Xi hatte ihm einen Sohn geschenkt, den Sohn, der nach ihm Kaiser sein würde.

»Was ist, wenn Zerwürfnis zwischen mir und deinem Vater?« fragte er mit leiser Stimme.

Sie hob die Augenbrauen. Er mochte ihre hohen Wangenknochen, die hohlen Wangen und das eckige Kinn. Sie erinnerte ihn an sein Volk. Diese Gesichtszüge wurden in ihrer Familie vererbt. Es war wohlbekannt, daß die Mutter von Tang Gao Zu, dem ersten Tang-Kaiser, eine Tatarenprinzessin gewesen war.

»Mein Gebieter begrüßt mich am Morgen als erstes mit einer politischen Frage?« sagte sie.

»Nicht politische Frage, Familienfrage«, entgegnete er und strich seinem Sohn wieder über die Wange, als dieser laut und fest an ihrer bleichen Brust saugte. Er spürte plötzlich den Drang, ihre andere Brust zu ergreifen, und tat es. Sie zuckte zusammen, beklagte sich aber nicht.

Sie streckte einen Arm aus und ließ die Finger über sein Kinn gleiten. »Ich bin deine Frau«, sagte sie. »Ich gehe dorthin, wohin auch du gehst.«

Nach dieser Antwort fühlte er sich besser. Jedoch nicht wesentlich, denn was immer sie gedacht haben mochte, sie konnte natürlich nur so antworten, wie sie es getan hatte, wenn sie ihr Leben schützen wollte. Trotzdem, er verstand sich darauf, Lügen auf die Spur zu kommen, und sie meinte, was sie sagte. Sie war eine Frau, die genau das tat, was sie sollte. Wenn es zwischen ihnen nur wenig Leidenschaft gab, um so besser. Er fühlte sich sicherer bei Frauen, die der Pflicht den Vorzug vor der Liebe gaben.

Sie fragte: »Warum solltest du überhaupt an ein Zerwürfnis zwischen dir und dem Kaiser denken?«

Er hatte diese Frage schon von ihr erwartet und hielt eine Antwort bereit. »Lesen lernen nicht immer angenehm. Lese viel Geschichte. Wenn General am Rand vom Reich siegreich ist, wird Kaiser ihn fürchten. Immer wenn ich Kaiserlicher Vater Nachricht von Sieg über Khitan schicke, frage ich mich, ob ich Botschaft mit Glückwunsch erhalte oder Befehl, in die Hauptstadt zu kommen, um Prozeß wegen Verrats zu erhalten.«

»Du hast genau das getan, was der Kaiser von dir wollte«, sagte Xi. »Du hast das Land der Khitan verwüstet, und das in nur sechs Monaten. Der Strahlende Kaiser kann nichts anderes tun, als dich dafür zu belohnen.«

»Xi sollte mehr Geschichte lesen.« Er stand nackt auf und wikkelte sich einen Lendenschurz um die Hüften.

Vor seinem Zelt warteten Khalil und Bodunchar auf ihn. Sie verbeugten sich nicht wie Offiziere des Reichs der Mitte, sondern begrüßten ihn mit erhobenen Köpfen wie bei den Mongolen üblich.

Er stand unter dem Baldachin des Zelteingangs und blickte auf das Lager. Die Armee kampierte in einer weitläufigen, grasbewachsenen Senke im Herzen des Laoha-Flußtals, rund fünfzig Li jenseits der Grenze des Reichs der Mitte. Tausende eckiger Zelte breiteten sich in konzentrischen Ringen um den Hügel herum aus, auf dem Lushans Jurte stand.

Khalil fragte: »Wir heute marschieren?« Lushans Freunde hatten damit angefangen, ihn in der Sprache des Reichs der Mitte anzureden, wenn auch in sarkastischem Tonfall. Er ermutigte sie dazu, da sie in dieser Sprache ihren neuen Untertanen Befehle erteilen mußten.

Li Xi war an die Tür des Zelts gekommen und beobachtete sie mit Tairen auf den Armen.

»Morgen. Heute abend das Bankett.« Wenn er vor der Tochter des Kaisers indirekt über geplante Unternehmungen sprach, war das ein kleines, aber immer wieder neues Vergnügen für ihn. Sie würde nie darauf kommen, worüber sie sprachen. Dennoch vermied er es, zu sehr in Einzelheiten zu gehen.

Khalil lachte: »Legion der Fremden bereit, Gäste zu bedienen.«

Und das wird das Ende von Darius sein.

Lushan spürte einen Stich des Bedauerns. Ihm hatte einmal vorgeschwebt, Darius für seinen inneren Zirkel zu gewinnen. Er respektierte den Perser als guten Kämpfer und Anführer, und er spürte, daß sie verwandte Seelen waren, zwei Außenseiter im Reich der Mitte.

Doch Darius hatte schon seit Jahren eine Affäre mit Yang Meiling; seine Loyalität würde in erster Linie der kaiserlichen Familie gelten. Überdies schien Darius ein Geheimnis zu haben; vielleicht stimmten die Gerüchte, daß er Mitglied einer Geheimgesellschaft war.

Es war anzunehmen, daß er bei dieser Expedition mitgekommen war, weil er Lushans wahre Motive herausfinden wollte. Doch in wessen Auftrag?

Vielleicht stimmte das, was Lushan an diesem Morgen zu Xi gesagt hatte: Der Kaiser verdächtigte ihn, allzu ehrgeizig zu sein, und wollte ihn im Auge behalten. Oder vielleicht war es jemand anders, der dem Kaiser nahestand, etwa Yang Enger. Vielleicht sogar Yang Guei Fei selbst.

Er fixierte Khalil. »Behalte Darius sorgfältig im Auge. Vergewissere dich, daß nicht entfliehen. Töten, wenn er versucht.«

Wie jeden Morgen seit Beginn dieses sechsmonatigen Feldzugs öffnete Darius als erstes die ramponierte, staubige Holzkiste, die neben dem Eingang zu seinem Zelt stand, bevor er ins Freie trat. Die Kiste war voller Reitzubehör und Wolldecken, die alle schon bessere Tage gesehen hatten und von schlechter Qualität waren. Die Kiste, so erzählte Darius jedem, sei für jeden da, der ein Ausrüstungsstück verloren oder beschädigt habe und schnellen Ersatz brauche. Nichts von der Ausrüstung in der Kiste sei von guter Qualität – ein Dieb würde sich gar nicht erst die Mühe damit machen –, doch es sei, wie Darius bemerkte, besser als nichts.

Seine Fingerspitzen fanden die versteckte Leiste in der Kiste und ließen sie zurückgleiten. Ein zusammengerolltes Blatt Papier fiel ihm in die Hand. Er ließ es in eine Ärmeltasche seiner Tunika gleiten und stand auf.

Es war das erste Mal seit vielen Wochen, daß er eine Botschaft von Li Xi erhalten hatte. Bis jetzt hatte sie nichts zu berichten gehabt, und sie hatten das System nur gelegentlich genutzt, mehr um es auf die Probe zu stellen.

Er zog sich an den Feldtisch in seinem Zelt zurück und entrollte das Papier. Darauf stand: »Wildpferde galoppieren im Winter nach Süden. Der Enkel des Königs soll sterben.« Ihrem vorher ausgetüftelten Kommunikationssystem zufolge bedeuteten Wildpferde, die nach Süden galoppieren, daß An vorhatte, sich nach Süden zu wenden und den Kaiser anzugreifen. Und Darius, dessen Großvater König von Persien gewesen war, war »der Enkel des Königs«.

Li Xi war bei diesem Feldzug von unschätzbarem Wert gewesen. Sie war still und diskret und konnte sich im Lager bewegen, ohne Aufmerksamkeit auf sich zu ziehen. Trotz ihrer Zuneigung für An Lushan war ihre Ergebenheit gegenüber ihrem Vater unerschütterlich.

Darius verbrannte den Zettel in seinem Zelt mit einer Kerze. Dann schickte er seinen Burschen mit einem überflüssigen Auftrag hinaus. Kurze Zeit später ritt er in den bewaldeten Hügeln südlich des Lagers bergan.

Als er in den Wald hineinritt, warf er einen Blick über die Schulter und sah einen Reiter, der in seiner Richtung trabte, jedoch viel weiter unten an dem grasbewachsenen Hang. Trotz der Entfernung konnte Darius sehen, daß der Mann den schwarzen Brustpanzer der Legion der Fremden trug. Sein Helm mit dem Federbusch machte ihn als Offizier kenntlich.

Ich glaube, daß er mir folgt, dachte Darius. Genau wie ich mir gedacht habe. An möchte sich vergewissern, daß ich ihm nicht durch die Finger schlüpfe. Und was ich wissen wollte – was ich wissen wollte, hat Xi mir geliefert.

An jenem Abend begab sich An Lushan zu dem großen rotschwarz gestreiften Zelt. Es war die Stunde des Hundes. Inank und Khalil begleiteten ihn zu seiner Linken, Bodunchar und Dobun auf der rechten Seite. Er blieb an dem Baldachin des Eingangs stehen, drehte sich um und vergewisserte sich, daß die tausend Männer der Legion der Fremden bereit waren. Sie standen in stummen Reihen vor dem Zelt. Die Fackeln am Zelteingang warfen ein orangefarbenes Licht auf ihre schwarzen Helme und Brustpanzer sowie auf die gezogenen Schwerter, die sie in der rechten Hand erhoben hielten.

Er stellte mit Befriedigung fest, daß Schwerter und Dolche der Offiziere im Zelt ordentlich neben dem Eingang aufgestapelt waren, wie es üblich war, damit es zu vorgerückter Stunde nicht zum Blutvergießen kam, wenn ein paar Betrunkene Streit begannen.

Er kam aus der dunklen Stille und begab sich jetzt ins Licht, in ein Gemurmel von Männerstimmen. Die zweihundertfünfzig höchsten Offiziere der Armee der Nordregion erwarteten jetzt zu erfahren, wo sie für den Winter Quartier nehmen sollten. Der lange Sommer mit dem Feldzug gegen die Khitan war ein großer Erfolg gewesen, und sie freuten sich nun darauf, wieder auf die andere Seite der Großen Mauer zu gelangen und vier Monate des Müßiggangs und des Vergnügens zu genießen, bevor der Krieg weiterging.

Das große Zelt wurde von Lampions hell erleuchtet, die an Ringen hingen, die in das Zeltdach eingenäht waren. Drei Pfähle, von denen jeder so dick war wie ein Männerbein, stützten das Zelt an drei Punkten. Die Offiziere saßen an einfachen Tischen. Diener eilten von Tisch zu Tisch. Sie trugen Tabletts mit Krügen voller Wein und vergorener Stutenmilch, einem von Nomaden bevorzugten Getränk.

Das laute Gelächter und die Gespräche erstarben, als Lushan den Mittelgang zwischen den Tischen entlangschritt. Einige Offiziere waren so kühn, ihm Grüße zuzurufen. Einige davon hatten das Recht, sich ihm nahe zu fühlen. Andere, die ihn jetzt ansprachen, würden in Kürze tot sein.

Er begab sich ans Ende des Zelts zu dem Podium, auf dem sechs Musiker Trommel, Flöte und Gitarre spielten sowie Glocken läuten ließen, während eine in Seide gehüllte Frau aus dieser Gegend, die mit Armreifen behängt war, einen Tanz der Khitan vorführte. Lushan gebot allen mit einer Handbewegung zu verschwinden und ging auf das Podium.

Als sie sahen, daß er eine Ansprache halten wollte, standen einige der Männer unsicher auf.

»Bleibt sitzen. Macht es Euch bequem, Männer«, sagte er. Im Zelt herrschte völlige Stille.

»Habe Neuigkeiten von ernstester Bedeutung, die unsere Zukunft betreffen, Zukunft dieser Armee, Zukunft vom Reich der Mitte. Unser Sohn des Himmels, der heilige, himmlische Kaiser, ist gefangengenommen worden.«

Die Anwesenden schnappten nach Luft und ließen empörte Ausrufe hören.

Jemand rief: »Ist ein Feind ins Reich eingefallen, während wir ihm den Rücken zudrehten?«

Lushan hielt die Hand hoch und gebot den Männern Schweigen. »Während wir an Grenze gegen Feinde kämpfen, sind im Kaiserpalast gefährlichere Feinde am Werk. Sohn des Himmels wird alt. Die Bösen nutzen aus und machen ihn im eigenen Palast zum Gefangenen. Halten ihn in Unwissenheit, während sie kaiserliche Schatztruhe plündern. Sie richten Beamte hin, die sich ihnen widersetzen, und lassen geringere Menschen leiden.«

»Wer sind diese Feinde, General An?« rief der langhaarige Dobun. Seine Zwischenfrage war mit Lushan abgesprochen.

»Tut weh, ihre Namen zu nennen. Viele sind wichtige und geschätzte Leute. Verschwörer. Erster Minister Yang Enger, Hofpoet Li Bo, kaiserlicher Ratgeber Ma Tsu, Obereunuch Gao Lishi.«

Mit anderen Worten die bislang treuesten Anhänger des Kaisers.

Als er die Namen nannte, betraten Männer der Legion der Fremden in schwarzgoldener Rüstung das Zelt in drei Reihen. Je eine lief an den Seiten des Zelts entlang, die dritte im Mittelgang. Dort blieben sie in Bereitschaft stehen. Ihre breiten Krummsäbel funkelten.

»Hinsetzen!« brüllte eine betrunkene Stimme. »Wir können den General nicht sehen.«

»Ich werde diese Männer gleich brauchen«, sagte Lushan. »Wartet und seht.« Von diesem einen Protest abgesehen, sagte niemand ein Wort. Die Gesichter, die er sehen konnte, waren bleich und grimmig, andere wirkten verängstigt. Er sah sich wieder nach Darius um, konnte ihn aber noch immer nicht entdecken. Nun, er würde ihn schon noch finden.

»Verschwörer nennen diese Vernichtung des Reichs großes Werk der Reformen. Jetzt liegen an uns, Anführer von Armee der Nordostregion, wirkliches großes Werk der Reformen zu vollenden. Wir sind einzige Macht in Reich der Mitte, die frei von Verschwörern. Wir müssen Sohn des Himmels und Reich retten. Morgen führe ich Armee wieder nach Changan, um Verschwörer festzunehmen und Kaiserlicher Vater wieder auf den Thron zu setzen.«

Er machte eine Pause und blickte auf die Reihen der Gesichter hinunter, die im Lichtschein der Lampions gelb wirkten. Jeder dieser Männer befehligte eintausend Soldaten. Er wußte, daß viele von ihnen ihm folgen würden, weil sie die weitverbreitete Abneigung gegen die Yang teilten, die im gesamten Reich Unruhen auslösten. Andere würden mitmachen, weil sie keine besonderen Grundsätze hatten und jedem siegreichen Anführer willig folgen würden. Einige der unzuverlässigen Männer hatte er schon beseitigt, indem er sie zu gefährlichen Einsätzen an die Front geschickt hatte, von denen die meisten nicht zurückgekehrt waren. Es gab aber immer noch rund vierzig, denen er nicht trauen konnte. Darunter Darius, der sich hier irgendwo in der Menge befand.

Lushan ließ den Blick über die Reihen der Männer seiner Legion der Fremden schweifen. Sie sahen makellos aus in ihren schwarzgoldenen Rüstungen. Auf seinen Befehl hin hatten sich alle die Gesichter glattrasiert. Dennoch hatten viele von ihnen das wölfische Aussehen von Barbaren und Banditen, was die meisten von ihnen auch gewesen waren, ehe er sie angeworben hatte – Mongolen, Türken, Araber und weißhäutige Reiter vom äußersten Westen der Seidenstraße. Einige wenige waren dunkelhäutige Männer aus Hindustan, Yunnan und Champa sowie einige Abenteurer aus Korea und Japan.

Er hatte lange gebraucht, um bis hierher zu kommen, und die von Mutter Houtei versprochenen vierzig Lebensjahre würden in zwei Jahren zu Ende sein. Doch inzwischen glaubte er, noch länger zu leben, als die Prophezeiung ihm geweissagt hatte. Seit dem Tod Houteis hatte niemand ihn geliebt. Frauen waren aus Lust und aus Pflichtgefühl zu ihm gekommen, aber keine aus Liebe.

Selbst wenn er tatsächlich starb, konnte seine Dynastie überleben. Seine vier starken Kameraden Bodunchar, Khalil, Dobun und Inank würden dafür sorgen, daß sein Sohn Tairen dazu erzogen wurde, eines Tages den Drachenthron zu besteigen.

Eine neue Dynastie. Das wird die allerbeste Rache an dem Kaiser sein, der meinen Vater köpfen ließ.

Er wartete jetzt auf die Reaktionen der Offiziere auf seine Ansprache. Lange Zeit blieb es im Zelt still. Dann begann Bodunchar wie geplant am anderen Ende des Zelts mit einem rhythmischen

Singsang. »An Lu-shan! An Lu-shan!« Sofort fielen Ans andere Anhänger ein, dann immer mehr Offiziere an den Tischen. Lushans Augen wanderten im Zelt herum und versuchten festzustellen, wer mitsang und wer nicht.

»Verrat!« ein kleinwüchsiger, stämmiger Offizier, den Lushan nur als Oberst Tsao kannte, sprang auf und drohte mit der Faust. »Ihr seid jahrelang einer der wichtigsten Anhänger der Yang gewesen. Jetzt wendet Ihr Euch gegen sie, weil Ihr eine Gelegenheit wittert, selbst an die Macht zu kommen. Ich werde Euch nicht folgen!«

Sofort stürzten sich drei Männer der Legion der Fremden auf Tsao. Zwei hielten ihm die Arme fest, während ein dritter ihm einen Bogen über den Kopf zog und ihn zu drehen begann. Tsao wehrte sich verzweifelt, als Lushan vom Podium herunterkam und durch die wie erstarrt dasitzenden Offiziere hindurchschlenderte, sich vor dem kämpfenden Offizier aufbaute und zusah, wie dieser starb.

Dann ging er mit einem befriedigten Gefühl wieder aufs Podium. Niemand hatte versucht, Tsaos Hinrichtung zu verhindern. Er hatte diese Männer genügend eingeschüchtert.

»Andere unter Euch denken wie dieser Offizier. Mögen nicht sprechen, aber ich kenne Euch.« Er zog eine Schriftrolle aus dem Gürtel und begann daraus vorzulesen.

Guei Fei, als du mir das Lesen beibrachtest, hättest du dir nie träumen lassen, daß ich diese Fähigkeit so nutzen würde.

Während er las, entstand ein Tumult im Zelt. Die Offiziere seines inneren Zirkels zeigten auf die Männer, die den schwerttragenden Soldaten der Legion namentlich genannt worden waren. Jeder wurde von vier Legionären ergriffen und aus dem Zelt geführt. Einige wehrten sich, wurden jedoch von der Überzahl ihrer Gegner in die Knie gezwungen.

Einige verfluchten und beschimpften Lushan, als man sie wegschleifte. Andere flehten um ihr Leben und behaupteten, sie seien An Lushan gegenüber immer loyal gewesen und würden es weiterhin bleiben. Viele gingen stumm und in Würde, ihr Schicksal akzeptierend. Das waren die Männer, die Lushan am meisten bewunderte.

Lushan hatte an diesem Abend wenig getrunken, fühlte sich aber dennoch benommen vor Freude, als er Mann für Mann nannte, der dann weggebracht wurde, um zu sterben. So war es, Macht zu haben. Außerhalb dieses Zeltes kampierte eine Armee von zweihundertfünfzigtausend Mann, die seinem Befehl unterstand. Und vor ihm lag das Reich der Mitte und wartete nur darauf, daß er es an sich riß. Und Yang Guei Fei.

Der Name »Darius Parviz« kam in der Mitte der Liste. Lushan hatte ihn eine Zeitlang in Spannung halten und sehen wollen, ob er sich einem Kampf stellen oder einen Fluchtversuch machen würde. Lushan freute sich sogar auf einen Kampf mit Darius. Er hatte schon immer wissen wollen, wer dem anderen überlegen war.

Khalil unterbrach ihn. »Rokshan.«

»Nenn mich vor den Soldaten General«, wies ihn Lushan mit leiser, zorniger Stimme zurecht.

Khalils mageres Gesicht zuckte. Er sprach jetzt auf mongolisch: »General, wir können Darius Parviz nicht finden. Er war nicht im Bankettzelt. Der Offizier, dem ich heute befohlen habe, ihm auf den Fersen zu bleiben, ist verschwunden.«

Lushan hatte das Gefühl, als hätte er plötzlich einen Krug mit eiskaltem Wasser geschluckt. »Durchsucht das Lager.«

Khalil zuckte die Achseln. »Wir werden unser Bestes tun. Doch es ist mitten in der Nacht, und das Lager ist riesig. Er könnte überall sein.«

Lushan packte Khalils Hand und drückte sie zusammen, bis Khalil vor Schmerz aufschrie.

»Findet ihn.«

Khalil rieb sich die Hand und funkelte seinen Anführer böse an, doch dann eilte er davon.

Nur noch wenige Namen standen auf der Liste. Lushan verlas sie schnell, und als die Männer hinausgeschleift wurden, grinste er die breit an, die noch übrig waren.

»Rest einfach. Ihr meine wahren Anführer. Ihr bleibt am Leben und teilt künftigen Ruhm und Reichtümer. Jetzt Wein und Speisen. Morgen Marsch auf Changan.«

Die Stimmung im Raum schlug von Entsetzen in Jubel um, als die verschonten Offiziere Lushan hochleben ließen und sich gegenseitig auf den Rücken schlugen und nach Wein riefen. Wenn einem nicht nach Feiern zumute war, zeigte er es nicht.

Einer dieser Männer war Lushan selbst. Er war begieriger darauf, auf Changan zuzumarschieren, als mit diesem Stutendung zu trinken. Dennoch ging er zwischen den Tischen umher, ergriff die Hände der Männer und klopfte ihnen auf die Schultern. Die Männer der Legion der Fremden mit ihren gezogenen Krummsäbeln verließen unauffällig das Zelt und ließen Lushan mit seinen regulären Armeeoffizieren allein. Lushan spielte den gutgelaunten Gastgeber, als hätte er nicht soeben mehr als vierzig Männer zum Tode verdammt. Doch der Gedanke, daß Darius vielleicht entkommen war, nagte an seinem Magen wie eine Ratte.

Plötzlich traten sechs Männer aus dem Reich der Mitte in den Gewändern von Regierungsbeamten in das Zelt ein. Sie wurden von dem früheren Ersten Minister Fu Monzing angeführt, dessen meist finstere Miene jetzt ein so strahlendes Lächeln aufwies, daß Lushan ihn im ersten Moment gar nicht erkannte. Die Mandarine verbeugten sich tief.

Eines Tages, dachte Lushan, werdet ihr vor mir das Kotau machen.

»Ich gratuliere Euch, General An, zu dieser mutigen Entscheidung, den Kaiserlichen Vater aus den Händen der Verschwörer zu befreien«, sagte Fu Monzing. »Ich biete dazu meine Unterstützung und die dieser würdigen Herren an.« Monzing und seine Mitbeamten hatten das Lager vor drei Tagen heimlich betreten und seitdem auf diesen Augenblick gewartet.

»Willkommen«, sagte Lushan. Er hoffte, es würde gelingen, Darius zu fangen, bevor die Nachricht von seiner Flucht diese Mandarine erreichte. »Bitte nehmt am Festessen teil.«

Die Teilnehmer an dem Bankett fielen jetzt über riesige Kupferpfannen voller Rindfleischstücke, Lamm und gebratenem Wild mit Hirse und Gemüse her. Der Wein strömte in solchen Mengen, daß ein Mann allein vom Geruch hätte betrunken werden können. Erst jetzt kam Khalil dazu, Lushan etwas zuzuflüstern.

»Wir haben drei Männer der Legion tot aufgefunden. Und einer der Offiziere, deren Hinrichtung Ihr befohlen habt, wird vermißt – Wang ist sein Name. Wir haben seine Leiche nicht bei den anderen gefunden. Er scheint auch entkommen zu sein.«

»Was ist mit Darius?« verlangte Lushan zu wissen.

»Darius hat sich vielleicht als Offizier der Legion verkleidet, um Wang herauszubringen und dann die anderen drei Legionäre zu töten und mit Wang zu flüchten.«

»Bei den neun Höllen!« Lushan hätte Khalil am liebsten mit der Faust ins Gesicht geschlagen, hielt sich jedoch zurück und zwang sich nachzudenken. Er ergriff Khalil bei den Schultern und starrte ihm in die Augen.

»Ich möchte nicht, daß jemand von Darius' Flucht erfährt. Es würde uns wie Narren aussehen lassen. Die Soldaten würden das Vertrauen zu uns verlieren.«

»Ich kann ihn aufspüren«, sagte Khalil, und seine Schlitzaugen funkelten. »Ich habe schon immer seinen Ruf als Kämpfer auf die Probe stellen wollen.«

Khalil, dachte Lushan, ist der einzige Mann, bei dem ich mich darauf verlassen kann – außer bei mir selbst –, daß er Darius im Kampf schlägt. Ich brauche Khalil aber hier.

»Nein, ich brauche dich für den Fall, daß es mit den Soldaten Schwierigkeiten gibt.«

Er rief Bodunchar, der in der Nähe herumlungerte, und erzählte ihm schnell, was geschehen war. Sein einäugiger Halbbruder schüttelte zornig den Kopf. »Jemand muß Darius gewarnt und ihm eine Chance gegeben haben zu fliehen.«

Ein Verräter in der Legion der Fremden? Lushan beschloß, sich damit erst dann zu befassen, wenn er Darius zu Tode gehetzt hatte.

»Nimm Inank und vier andere Offiziere der Legion, denen du vertraust«, wies er Bodunchar an. »Reite hinter Darius und diesem Wang her. Sie müssen nach Süden reiten, um Changan zu warnen. Du mußt sie aufhalten, sonst haben wir einen blutigen Kampf vor uns statt des Triumphmarschs, den ich geplant habe. Komm mit Darius' Kopf wieder, Bodunchar. Laß mich nicht im Stich.«

»Nein, Bruder!« Bodunchar ergriff Lushans Hand und eilte los. Lushan, der sich plötzlich erschöpft fühlte, ließ sich in einen Stuhl sinken und wischte sich den Schweiß von der Stirn. Es schien unmöglich. Wie konnte sich Darius als Soldat der Legion verkleiden? Es gab in der gesamten Armee der Nordostregion kein bekannteres Gesicht als dieses schwarzbärtige.

Doch dann schlug sich Lushan so hart ins Gesicht, daß er das Gefühl hatte, einen Peitschenhieb erhalten zu haben.

Ich habe ja keine Ahnung, wie er ohne Bart aussieht.

So einfach und naheliegend war es, daß es Lushan krank machte, wenn er daran dachte, daß er es nicht rechtzeitig erkannt hatte. Darius hätte hier mitten im Raum stehen und ihn anstarren können. Vielleicht war er glattrasiert gewesen und hatte den schwarzgoldenen Helm und den Brustpanzer getragen. Einige Legionäre hatten helle Haut; ein Perser hätte sich leicht unter sie mischen können. Darius mußte alles gehört und gesehen haben, die Agitation gegen den Kaiser und die Verwaltung, den Plan zum Marsch auf Changan, die Hinrichtung der Offiziere. Und er würde den Kaiser wachrütteln und das Reich der Mitte aus seiner Ahnungslosigkeit wecken.

Wer hat Darius gewarnt? Wer hat mich verraten?

»Khalil! Dobun!« rief er. »Gebt es sofort im Lager bekannt: Sämtliche Männer müssen um die Stunde des Ebers abmarschbereit sein. Wir warten nicht bis morgen. Wir rücken schon heute nach Changan ab.«

Darius hörte einen Pfiff und dann einen dumpfen Laut, als hätte eine Faust gegen eine Handfläche geschlagen. Wang, der neben ihm galoppierte, stöhnte auf und fiel vornüber auf den Hals seines Pferdes. In Sekundenschnelle bückte sich Darius im Sattel, zog die Zügel an und brachte sein Pferd zum Stehen. Ein Pfeil surrte über seinen Kopf hinweg und landete vor ihm in dem hohen Gras. Genau dort, wo er gewesen wäre, wenn er nicht angehalten hätte.

Er blickte über die Schulter zurück. Am nördlichen Horizont der grasbewachsenen Ebene sah er sechs dunkle Flecken, die sich zu einer Reihe formiert hatten und sich auf ihn zubewegten.

Darius zog seinen Bogen aus der Sattelhülle, einen schönen, doppelt geschwungenen Bogen aus Eibenholz und Horn aus der

Provinz Chiennan. Er legte einen Pfeil mit einer nadelfeinen Spitze ein, drehte sich im Sattel um, zielte auf einen Reiter in der Mitte der näher kommenden Reihe, der höchstwahrscheinlich einer der Anführer war, und schoß.

Er konnte gerade noch erkennen, wie die winzige Gestalt vom Pferd fiel. Die anderen fünf Reiter hielten an und umkreisten den Mann, der vom Pferd gefallen war.

»Wang!« rief Darius. »Wie schwer seid Ihr verwundet?«

»Mit mir ist es aus«, kam die kaum hörbare Antwort hinter ihm. Wang hatte die Arme um den Hals des Pferdes geschlungen, und ein Pfeil ragte ihm aus dem Rücken. Sein Pferd schritt ziellos durch das hohe gelbe Gras.

»Reitet weiter«, sagte Darius. »Wir müssen Deckung suchen.« Er sah sich jedoch hilflos um. Die Ebene war in allen Himmelsrichtungen flach, so weit das Auge blicken konnte, das Gras kniehoch, aber nicht hoch genug, um ein Versteck zu bieten. Vor hundert Jahren war hier fruchtbares Ackerland gewesen, doch unablässige Überfälle der Khitan hatten die Bauern vertrieben, und seitdem lag das Land brach.

»Ich kann nirgends mehr hinreiten.« Wang stieß sich vom Hals seines Pferdes ab, und Darius sah, daß die Pfeilspitze aus Wangs Brust ragte. Das Blut, das aus der Wunde strömte, war leuchtend rot und voller Blasen. Der Pfeil hatte Wangs Lunge durchbohrt. Er hustete, und rötlicher Schaum trat ihm vor den Mund.

Wang zog seinen Dolch, langte hinunter und durchschnitt seinem Pferd die Kehle. Das Tier ließ ein schrilles Wiehern hören, das in einem Gurgeln endete, und sank dann in die Knie.

Als Darius erkannte, was Wang da tat, saß er ab und half dem sterbenden Mann, aus dem Sattel zu steigen. Sie kauerten sich hinter das fallende, mit dem Tod kämpfende Pferd, als um sie herum weitere Pfeile einschlugen. Zwei trafen Wangs Pferd.

»Ich habe nur noch wenig Zeit«, sagte Wang hustend. »Ich werde mich totstellen. Wenn sie näherkommen, werde ich versuchen, einen von ihnen zu erwischen.«

»Ich danke Euch, Wang. Möge Eure Reise in die nächste Welt glücklich sein.«

»Danke, Darius. Ihr habt mir einen zusätzlichen Tag des Lebens geschenkt. Und die Gelegenheit, mich zu wehren.«

Darius saß wieder auf und ritt weiter. Weitere Pfeile verfehlten ihn knapp. Nach einiger Zeit sah er sich um.

Wang und dessen Pferd lagen nebeneinander, ein dunkler Fleck auf dem graugrünen Gras.

Ein Pfeil prallte von der Hinterhand von Darius' Pferd ab. Er gab dem Tier die Sporen und ritt im Zickzack, so daß es seinen Verfolgern schwerer fallen würde, auf ihn zu zielen. Aber wenn sie geradeaus weiterritten, während er im Zickzack ritt, würde das den Abstand erheblich verringern. Also entschloß er sich, wieder schnell geradeaus zu reiten und so seinen Vorsprung zu vergrößern.

Obwohl er in gestrecktem Galopp dahinritt, bemühte er sich immer noch, das Gelände zu sondieren. Er sah sich nach einer Stelle um, an der er Schutz finden konnte. Es war zwecklos, anzuhalten und sich seinen Feinden zu stellen, er mußte Deckung finden, von wo aus er sich gut verteidigen konnte – die Ruine eines Hauses vielleicht –, so daß einige Aussicht bestand, die restlichen fünf Männer zu töten, bevor sie ihn niederstreckten. Diese Landschaft konnte sich nicht unendlich lang so hinziehen. Eine völlig flache Ebene konnte es einfach nicht geben. So hatte der Herr des Lichts die Erde nicht gestaltet.

Er drehte sich nach Wang um, der von den fünf Reitern umzingelt war. Sie schossen Pfeile auf die im Gras liegende, aus der Ferne kaum mehr auszumachende Gestalt.

Dann sah Darius, wie Wang aufstand, seinen Bogen spannte und einen Pfeil abschoß. Er brach fast sofort wieder zusammen, als Ans Männer auf ihn zurückschossen. Doch einer der fünf Verfolger fiel langsam von seinem Pferd herunter. Der Fuß des Mannes blieb im Steigbügel hängen, und das Pferd schleifte ihn durchs Gras. Darius dankte Wang stumm, weil er die Zahl der Verfolger auf vier verringert hatte.

Während er immer noch über die Schulter blickte, saß einer der verbliebenen Männer ab. Darius sah dessen Schwert aufblitzen, und kurz darauf hob der Mann mit der freien Hand einen runden Gegenstand hoch.

Natürlich verlangte An Lushan Köpfe als Beweis dafür, daß die Männer, die er losgeschickt hatte, ihre Arbeit auch wirklich erledigt hatten.

Als Darius weiterritt, traf ihn ein Pfeil im Rücken, doch dieser hatte schon einen so weiten Flug hinter sich, daß er kaum mehr Kraft hatte. Überdies traf er in einem Winkel und prallte von dem gelackten Lederküraß ab. Darius haßte es, das Schwarz und Gold von An Lushans verfluchter Legion der Fremden zu tragen, doch er hatte keine Wahl. Er bereute jetzt bitter, nicht darauf bestanden zu haben, daß Wang einen Küraß und einen Helm angelegt hatte, nachdem sie die drei Legionäre getötet hatten, die mit ihnen das Bankettzelt verlassen hatten. Das hätte ihm vielleicht das Leben gerettet.

Doch es gab etwas, was er noch mehr bereute: Warum hatte er An Lushan nicht getötet, als er die Chance dazu hatte?

Weil dann niemand mehr die Nachricht nach Changan hätte bringen können, wenn es ihm mißlungen wäre. Aber jetzt hatte er auch kaum die Chance, es zu schaffen.

Wer waren die Männer, die ihn jagten? Er hoffte, daß Ans vier mongolische Freunde dabei waren, diese Milchtrinker und Ans höchste Offiziere, mit denen er jeden Abend lang aufblieb, trank und diese unmöglichen Lieder sang. Darius hoffte auf eine Chance, einen oder zwei oder gar alle vier töten zu können.

Er schien den Abstand zu seinen Verfolgern zu vergrößern. Ihre Pfeile kamen jetzt seltener und schlugen entweder vor ihm oder hinter ihm ein.

Das gute, treue Schlachtroß, auf dem er saß, ein dunkelbraunes Pferd, lief beständig in gestrecktem Galopp. Er spürte, wie Hitzewellen von dem Tier aufstiegen, und sah, wie sich am Hals Schaum bildete. Es war ein Wettrennen mit Ans Männern, und bis jetzt schien er zu siegen. Doch so kraftvoll dieses Pferd auch sein mochte, ihre Tiere waren vermutlich ausdauernder. Er hatte das erstbeste Pferd nehmen müssen, das er draußen in den Hügeln hatte einfangen können, während sie Zeit gehabt hatten, sich die schnellsten und stärksten Pferde auszusuchen, die sie finden konnten. Wahrscheinlich würden sie den Abstand zu ihm schon bald verringern, und er konnte nicht alle töten, bevor ihn ein Pfeil traf.

Sein Herz machte einen Satz, als er vor sich am südlichen Horizont einen Schatten entdeckte. Eine Erhebung in dieser ansonsten flachen Ebene. Deckung, Schutz, ein Ort, an dem er kämpfen konnte.

Die Erhebung erwies sich als eine Baumreihe, die sich quer über seinen Weg schlängelte. Sie mußte einem Fluß folgen. Ein Fluß würde ihm kaum helfen, doch Bäume boten ihm Schutz, so daß er sich seine Verfolger einzeln vornehmen konnte.

Doch als er die Bäume erreichte, sah er zu seiner Enttäuschung, daß es immergrünes Unterholz war, Sträucher, die kaum größer waren als er selbst und keinen Platz boten, sich zu verstecken. Als er sich mitten im Gestrüpp befand, konnte er die Männer sehen, die hinter ihm herritten, und sie sahen ihn auch.

Er ritt weiter und versuchte den Wasserlauf zu finden, dem diese Bäume folgen mußten. Doch es war kein Fluß, was er entdeckte, sondern eine Felsschlucht.

Als er das Ende der Baumreihe erreichte, sah er sich plötzlich an einem senkrechten Felshang, der steil abfiel. Am Boden der Schlucht entdeckte er ein silbernes Flußband. An den felsigen Hängen der Schlucht sah er weitere Bäume, die dicht an dicht emporwuchsen.

Seine vier Feinde kamen schnell näher. Die Bäume lenkten die Pfeile ab, die sie von Zeit zu Zeit auf ihn abschossen. Er ritt am Rand des Felshangs hin und her und versuchte den Eindruck zu vermitteln, als suchte er fieberhaft nach einer Möglichkeit, in die Schlucht hinunterzukommen.

Als die Verfolger die Entfernung um die Hälfte verringert hatten und er sicher sein konnte, daß sie ihn deutlich sahen, riß er das Pferd herum und griff sie plötzlich an, wobei er in schneller Folge vier Pfeile abschoß.

Einer davon traf sein Ziel. Wieder ein Feind weniger. Nur noch drei. Er hing sich den Bogen über den Rücken und löste seinen Köcher.

Als die anderen drei zurückschossen, riß er sein Pferd herum und galoppierte direkt auf den Felshang zu.

»Ich hoffe, dein Geist wird mir vergeben«, sagte er zu dem Pferd.

»Wenn es nicht so gekommen wäre, hätte ich dich zu Tode geritten, und so findest du ein schnelleres Ende.« Er zog die Füße aus den Steigbügeln. Mit dem Köcher in einer Hand ließ er dann die Zügel los.

Plötzlich war nur noch leere Luft unter ihm. Das Pferd schrie auf. Er warf sich aus dem Sattel und betete zu dem Herrn des Lichts, er möge irgendwo landen, ohne sich allzu sehr zu verletzen.

Ein Baum, der seitlich aus der Felswand herauswuchs, traf ihn an der Brust. In panischer Eile schlang er die Arme um den mageren Baumstamm, und dann traf ihn ein weiterer Baumstamm am Schienbein. Er hörte den lauten Aufprall des Pferdes in der Schlucht und hoffte, daß es sofort tot war.

Er hatte es geschafft, an einer Stelle zu landen, wo die Felswand herausragte, was den Bäumen besseren Halt bot und sie besser wachsen ließ. Er kletterte in aller Eile hinunter, so daß der größte Teil der Bäume und der Felsvorsprung ihn abschirmten, falls jemand von oben herunterblickte. Dann preßte er sich flach an Erde, Felsen und Baumwurzeln und wartete.

Kurz darauf hörte er über sich Stimmen. Die Männer unterhielten sich in der Sprache des Reichs der Mitte. Merkwürdig, dachte er. Warum sprechen sie nicht mongolisch miteinander? Sie sind doch unter sich.

»Hat sich getötet, damit wir ihn nicht fangen.«

»Tot oder lebendig, wir finden ihn.«

Das hörte sich wie die Stimme von Bodunchar an. Von allen engen Vertrauten Ans schien sein einäugiger Halbbruder der intelligenteste und daher gefährlichste zu sein.

»Seht, da ist Pferd. Liegt tot in Fluß.«

Bodunchar sagte: »Finden Weg hinunter, damit wir nach Leiche suchen können. Und haltet Augen offen. Er könnte am Leben sein und sich verstecken.«

Als er sicher war, daß sie weggeritten waren, drehte sich Darius um, so daß er rittlings auf einem dicken Baumstamm sitzen konnte. Dann legte er einen Pfeil ein.

Er mußte sich vollkommen reglos verhalten. Kurz darauf hatte er das Gefühl, als würde der Baumstamm in seinen Unterleib sägen und ihn spalten. Dann sah er, wie Ans drei Männer mühsam in die Schlucht hinunterkletterten und sich dabei an Büschen und Sträuchern festhielten.

Darius' totes Pferd befand sich fast direkt unter ihm, ein glänzender, nasser, schwarzer Rumpf auf dem Kies am Flußufer. Die verrenkten Beine des Tiers schwankten leicht in der Strömung.

Darius bemühte sich, alle Gedanken aus dem Kopf zu bekommen. Das war das erste gewesen, was er als Qinzha gelernt hatte, und ohne Zweifel das letzte, was er vollkommen beherrschen würde. Er hörte, wie die Stiefel der drei Männer auf den feuchten, blankpolierten Steinen knirschten, die sich am Flußufer angesammelt hatten.

Er hörte Bodunchar sagen: »Wenn so weit gefallen, ist nicht in Verfassung zu kämpfen. Wir finden und nehmen seinen Kopf.«

Einer der anderen Männer fragte: »Wird General uns belohnen?«

»Mein Bruder ist großzügig wie Himmel selbst«, erwiderte Bodunchar.

Stirb mit dem Lob deines Bruders auf den Lippen.

Darius zielte auf Bodunchar. Dann ließ er die Bogensehne scharf von den Fingern seiner rechten Hand losschnappen.

Bodunchar schrie auf und stürzte.

Er war jedoch noch nicht tot. Er rief etwas auf mongolisch und machte eine Handbewegung zu Darius' Versteck hin. Er schrie vor Schmerz. Jedes Wort war ein Kreischen.

Die beiden anderen Männer nahmen ihre Bogen vom Rücken. Bodunchar versuchte ebenfalls, seinen Bogen vom Rücken zu bekommen, und stöhnte dabei vor Anstrengung.

Darius schoß einen zweiten Pfeil ab. Und einen dritten. Beide Männer Bodunchars stürzten hin, einer auf den Rücken, der andere auf die Knie und dann mit dem Gesicht auf die Steine. Das war schon besser geschossen. Darius schämte sich, Bodunchar nicht mit dem ersten Pfeil getötet zu haben. Seine Ausbilder im Bogenschießen im Kloster würden sagen, er verdiene den Tod.

Inzwischen hatte Bodunchar sich den Bogen vom Rücken ziehen können und war jetzt auf den Knien. Darius sah, daß der Pfeil die Brust durchstoßen hatte. Er mußte tödlich getroffen sein. Darius legte einen vierten Pfeil ein. Bodunchar richtete sich auf und blickte zornig zu Darius hoch. Er versuchte mit zitternden Händen, einen Pfeil an die Bogensehne zu legen.

Darius rief hinunter: »Wenn ich deinen Bruder sehe, werde ich ihm sagen, daß du dein Bestes gegeben hast – bevor ich ihn töte.« Er zielte sorgfältig auf Bodunchars gesundes Auge und schoß.

Die Bogensehne federte zurück, und der Pfeil bohrte sich tief in Bodunchars Kopf.

»Ich möchte, daß diese Karte vernichtet wird, wenn wir gehen«, sagte Longji. »Sonst wird er sich noch an ihrem Anblick ergötzen.«

»Strahlender Kaiser hat also beschlossen, die Hauptstadt zu verlassen?« fragte Ma Tsu.

Ma Tsus Frage war für Longji ein Hammerschlag auf das Herz. Die Stadt aufgeben und An Lushan überlassen? Er wollte Changan und die Kaiserstadt unbedingt halten. Er hatte sein ganzes Leben in der großartigsten Stadt unter dem Himmel verbracht und hier seine glücklichste Zeit verlebt. Es wäre ihm nur wenig schwerer gefallen, Guei Fei aufzugeben.

Er spürte, wie ein Schluchzer ihn schüttelte und Tränen in seinen Augen brannten. Seit er ein kleiner Junge gewesen war, hatte er nur einmal geweint – als er Guei Feis von Peitschenhieben verwundeten Rücken gesehen hatte. Er ermahnte sich, ruhig zu bleiben und klar zu denken. Überdies wagte er nicht, vor diesen Männern zu weinen.

Nachdem Darius die Nachricht überbracht hatte, hatte er bei Sonnenuntergang seine wichtigsten Berater zu sich gerufen. Jetzt war die Stunde der Ratte – Mitternacht. Longji und die zwölf Männer, die ihm am nächsten standen, umstanden in einem Halbkreis den Teil der Karte, der die Route vom Land der Khitan durch den Nordosten des Reichs der Mitte zur Hauptstadt zeigte.

In ihren Augen ist es sicher meine Schuld. Wie konnte ich so ein Narr sein?

Er mußte mit den Selbstvorwürfen aufhören. Sie warteten auf seine Entscheidung.

»Die kaiserliche Garde zählt zehntausend Mann. General Chen, glaubt Ihr, die Stadt gegen eine Armee von zweihundertfünfzigtausend Mann halten zu können?«

Chen neigte den Kopf. »Wenn Kaiserlicher Vater uns befiehlt, die Stadt zu halten, werden wir es tun.«

Wenn ich ruiniert bin, wird es daran gelegen haben, daß die Menschen darauf beharrten, mich wie einen Gott zu behandeln, obwohl ich gar keiner bin.

»Selbst wenn ich es befehle, General Chen, könnt Ihr sie nicht halten, denn es ist unmöglich.«

Sei nicht zu hart zu ihm. Er ist ein tapferer Mann und zudem loyal.

Yang Enger sagte: »Ich kann nicht glauben, daß sich die gesamte Armee der Nordostregion gegen den Sohn des Himmels wenden würde, um einem barbarischen Abenteurer zu folgen. General Darius hat nicht gesehen, was geschehen ist, als die Offiziere unter An seine Befehle an ihre Truppen weitergaben.« Er grinste beim Sprechen höhnisch zu Darius hin. »Er hat nur Ans Ankündigung gesehen. Wir wissen wirklich nicht, was danach geschehen ist.«

Ein anderer Minister sagte: »Ja, aber was passierte, als sie herausfanden, daß vierzig ihrer Kommandeure hingerichtet worden waren? Da müssen sie sich doch voller Zorn gegen ihn erhoben haben.«

Enger warf ein: »Übrigens, General Darius, warum habt Ihr nicht selbst versucht, die Truppen gegen An zu sammeln, statt sofort zu fliehen?«

Darius warf Enger einen langen und kalten Blick zu. Longji hatte Mühe, sich an den ungewohnten Anblick des Persers zu gewöhnen, der seinen dichten Bart abrasiert hatte und nur noch einen langen, hängenden Schnurrbart trug. Seine Wangen waren hohl und seine Augen rot, unter ihnen lagen tiefe Schatten der Erschöpfung.

Das war töricht von Enger, dachte Longji, Darius' Mut in Frage zu stellen, und sei es nur durch eine Andeutung.

»Wenn ich das versucht hätte, schätzenswerter Erster Minister«, entgegnete Darius gleichmütig, »wäre ich auf der Stelle getötet worden, wenn es mir nicht gelungen wäre. Dann hätte niemand mehr den Kaiser warnen können, daß An mit seinen Soldaten anrückt.«

»Durchaus richtig, General Darius, und ich glaube, daß Ihr die richtige Entscheidung getroffen habt. Aber könnten sich Ans Truppen nicht auch geweigert haben, ihm zu folgen?«

Darius erwiderte: »Es ist möglich, Kaiserlicher Vater, aber nicht wahrscheinlich. Vergeßt nicht, An hat ihnen erzählt, daß Ihr ein Gefangener in den Händen von Verschwörern seid. Sie glauben nicht zu rebellieren, sondern Euch zu helfen. Außerdem sind sie ausgebildete Soldaten. Sie stellen keine Fragen; sie gehorchen ihren Offizieren. Und alle höheren Offiziere, die Ans Befehlen vielleicht hätten widersprechen können, sind tot.«

Ma Tsu sagte: »Es ist gut, ans Soldatentum zu glauben, doch Ihr solltet nicht in der Vergangenheit leben. Alles, was real ist, ist dieser Augenblick. Es ist meine unangenehme Pflicht zu betonen, daß viele Offiziere und Männer der kaiserlichen Armee nach den Reformen der vergangenen Jahre einen Regierungswechsel befürworten.«

»Das ist eine hochverräterische Bemerkung!« rief Enger aus. Mehrere andere Minister murmelten zornig.

Longji seufzte innerlich. Sie hatten es mit einem Aufstand zu tun. An Lushan war ein Barbar mit Wahnvorstellungen. Dies bedeutete aber nicht – konnte nicht bedeuten –, daß alles, was er, Longji, seit der Heirat mit Guei Fei getan hatte, ein Fehler war. Dieser Gedanke wäre kaum zu ertragen. Er würde lieber sterben, als seine letzten Lebensjahre in dem Glauben zu verbringen, er sei für den Untergang des Reichs der Mitte verantwortlich.

Aber wer hatte An unterstützt?

Und wie würde Guei Fei die Nachricht aufnehmen, daß ihr Adoptivsohn sich gegen das Kaiserpaar gewandt hatte?

Vermutlich hatte sie es schon erfahren. Die Nachricht von der Rebellion mußte sich in der Stadt wie ein Lauffeuer verbreiten. Wenn es so war, mußte sie völlig verängstigt sein. Er hätte sie schon längst aus dem Päonienblütenpalast zu sich holen sollen. Überraschend fand er allerdings, daß sie nicht schon von allein gekommen war.

Er sagte: »General Darius, begebt Euch mit einigen Soldaten in die

Gemächer der Kaiserin und bringt sie her. Die Vorschrift, daß Männer den Päonienblütenpalast nicht betreten dürfen, ist so lange aufgehoben. Bewacht Ihre Kaiserliche Erhabenheit sorgfältig. Sie wird das Packen ihrer Sachen vermutlich selbst überwachen wollen, doch das muß sie jemand anderem überlassen. Ich möchte sie sofort bei mir haben, denn bei mir ist sie sicher.«

So sicher wie sonstwo.

»Und seht natürlich auch nach ihrer Schwester«, rief Longji Darius nach, obwohl der Perser nicht daran erinnert werden mußte, daß auch Yang Meiling Schutz brauchte.

Longji wandte sich an seine Minister und anderen Generäle. »Es scheint klar zu sein, daß wir uns aus Changan zurückziehen müssen.«

Yang Enger sagte: »Strahlender Kaiser, wenn An Changan einnimmt, wird das Volk glauben, daß der Himmel Euch sein Mandat entzogen hat. Wenn Ihr in der Hauptstadt bleibt, werden sich die Menschen um Euch sammeln. Ich glaube, daß wir hier ausharren müssen, bis Hilfe kommt.«

Der Minister für Seen und Flüsse berichtete: »Wir haben eine Nachricht an General Lui Mon Lim geschickt, daß er die Armee der Westregion auf schnellstem Weg in die Hauptstadt bringen soll, aber sie ist nicht so groß wie die von An Lushan. Und er könnte bis zu zwanzig Tage brauchen, ehe er hier ist. Die anderen Grenzarmeen sind noch weiter weg.«

Longji sagte: »Wenn ich hier bleibe und mich dem Kampf stelle, wird diese schöne Stadt, die ich so liebe, zerstört werden. Dafür möchte ich nicht verantwortlich sein.« Er wandte sich an Chen. »Und ich weiß auch, daß wir unsere mutige kaiserliche Garde verlieren werden, deren Soldaten bei dem Versuch sterben werden, uns zu verteidigen.«

Ma Tsu stellte fest: »Um eine schreckliche Tatsache kommen wir nicht herum – wenn die Stadt eingenommen wird und Ihr immer noch hier residiert, wird man Euch gefangennehmen, und damit wird die Dynastie zu Ende sein.«

Ich werde mir eher einen Dolch ins Herz stoßen, bevor ich mich in Ans Gefangenschaft begebe. Kaum vorstellbar, daß ich ihn mal meinen Sohn genannt habe, und sei es auch nur im Scherz. Und wenn wir schon von der Dynastie sprechen, wo ist mein wirklicher Sohn?

»Wo ist Prinz Su Chi?« fragte er. Die Antwort blieb aus.

Er blickte prüfend auf die Gestalten, die in der Nähe der Wand des Raums im Schatten standen, und erkannte den kräftigen Gao Lishi, den Obereunuchen.

»Hat niemand dem Kaiserlichen Thronfolger eine Nachricht geschickt?«

Gao Lishi verbeugte sich tief. Er schien auf weitere Fragen zu warten.

»Warum zögert der Obereunuch?«

»Wir haben Su Chi schon vor vielen Tagen in einer anderen Angelegenheit eine Botschaft ins Uyghuren-Land geschickt und ihn gebeten herzukommen. Der dortige Khan erklärte jedoch, Su Chi befinde sich auf Abenteuerreise zu den Östlichen Inseln.«

Wieder schien Gao Lishi darauf zu warten, daß ihm eine weitere Frage gestellt wurde.

»Ist das wahr?« verlangte Longji zu wissen.

»Es ist möglich«, erwiderte der Eunuch. »Es kann aber auch sein, daß der Kaiserliche Thronfolger bei An Lushan ist.«

Er soll verflucht sein, wenn er sich mit diesem Barbaren verbündet.

Longji spürte, wie Wut in ihm aufstieg. Er haßte die Vorstellung, sich vor An zurückziehen zu müssen. Er wünschte, er könnte an der Spitze einer Vielzahl von Streitwagen losstürmen und den Mongolen unter seinen Rädern zermalmen. Nun, eines Tages würde er es tun. Ans Aufstand mußte fehlschlagen. Er war ein großer General gewesen, doch dieses Vorgehen machte ihn zu nichts weiter als einem Vogelfreien. Vogelfreie fallen früher oder später den Kräften der Zivilisation zum Opfer. Wichtig war nur, daß er jetzt nicht den Versuch machte, gegen An zu kämpfen, denn dazu waren die Aussichten zu schlecht. Er mußte warten, bis sich bei ihm erste Schwächen zeigten und die Stärke des Reichs der Mitte deutlich wurde.

Aber ich möchte nicht gehen! klagte eine Stimme in Longji. Er seufzte schwer. »Ich möchte den Turm des Ewigen Friedens besteigen, um mir ein letztes Mal die Stadt anzusehen«, sagte er. »Yang Enger, General Cheng, Ma Tsu, ich lade Euch ein, mich zu begleiten.«

Ein Diener geleitete ihn mit einer Verbeugung durch den Eingang zu dem kreisrunden offenen Laufgang um die Spitze des fünfstöckigen Turms. Er spürte die leichte Kühle des Herbstabends und bemerkte ein rötliches Licht, das sich in den Wolken spiegelte, die tief über Changan hingen.

Als er an das Geländer des Laufgangs trat und auf die Stadt hinunterblickte, schnappte er verblüfft nach Luft.

Erst dachte er, die Stadt stehe in Flammen. Dann erkannte er, daß die Straßen voller Fackeln und Lampions waren. Das Gittermuster der großen Durchfahrtsstraßen der riesigen, rechteckigen Stadt wurde durch Feuer nachgezeichnet. All die Tausende und Abertausende von Fackeln bewegten sich in die gleiche Richtung – nach Süden. Draußen auf der Ebene südlich der Stadt zeichneten kleine Lichtflecken die Linien der Straßen nach, die sich bis zum südlichen Horizont erstreckten. Und im Südwesten stand der Wei-Fluß ebenfalls in Flammen – es waren die Lichter der Boote, die sich so eng zusammendrängten, daß vom Wasser nichts mehr zu sehen war.

Ma Tsu sagte: »Das Volk wartet nicht, bis man ihm sagt, was es zu tun hat.«

»Feiglinge!« stieß Yang Enger hervor. »Sie werden sich nicht hinter ihren Kaiser stellen.«

Weshalb sollten sie, da ich mich dem Kampf hier nicht stellen werde?

Jetzt konnte Longji nicht mehr gegen die Tränen ankämpfen. Er hatte das Gefühl, als würde jeder dieser Hunderttausende, die im Lichtschein der Fackeln aus der Stadt strömten, auf seinem Herzen dahinschreiten. Jeder einzelne Mensch dort unten sagte damit, daß er sie im Stich gelassen hatte. Er konnte fast hören, was sie über ihn dachten: Wir haben einen Kaiser, dessen Verstand durch eine schöne Frau so benebelt worden ist, daß er sie seinem eigenen Sohn weggenommen hat. Einen Kaiser, der töricht genug gewesen ist, einem Unzuverlässigen eine Armee in die Hand zu geben. Einen

Kaiser, der seine Hauptstadt aufgegeben hat, ohne sich zu wehren, und der jetzt dabei ist, sein Reich zu verlieren.

Tränen strömten ihm übers Gesicht. Es war ihm jetzt gleichgültig, ob es die anderen sahen. Das Eisengewicht in seiner Brust tat so weh, daß er glaubte, es könnte nur einen Weg geben, seinen Kummer zu lindern: indem er sich vom Turm hinunterstürzte. Er ergriff das schwarzbemalte Holzgeländer so fest, daß ihm der Schmerz durch die Arme schoß.

Er hörte Schritte auf den Steinstufen im Turm und drehte sich um. Er sah Darius' hochgewachsene Gestalt in der Tür, die zum Laufgang führte.

Er wischte sich hastig das Gesicht mit dem Ärmel ab. »Wo sind die Damen der kaiserlichen Familie?«

Darius trat schweigend näher. Yang Enger, Chen und Ma Tsu traten zur Seite und machten ihm Platz.

Daß Darius nicht sofort geantwortet hatte, jagte Longji einen kalten Schauer der Furcht über den Rücken. »Was ist? Sprecht!«

Darius sah Longji an, und das flackernde Licht der Tausende von Fackeln in der Ferne fiel ihm aufs Gesicht. Er sah schrecklich müde aus; er hatte wohl seit Tagen nicht geschlafen, doch in diesem scharfgeschnittenen Gesicht zeigten sich noch andere Gefühle, die Longji nicht sehen wollte, Verwirrtheit, Bestürzung, ja sogar Furcht.

Ich habe ihn noch nie ängstlich gesehen.

»Kaiserlicher Vater, irgendeine unbekannte Macht hat sich des Päonienblütenpalastes bemächtigt. Er ist versiegelt, seine Tore sind verschlossen, und seine Mauern werden von bewaffneten Männern bewacht, die uns nicht antworten.«

Guei Fei ist dort!

Guei Fei stand mit dem Rücken an der weißen Wand. Meiling war an ihrer Seite. Ihre Beine zitterten unter ihrem blaßblauen Gewand. Sie wünschte, sie könnte Meilings Hand ergreifen, aber sie wollte Dame Fu durch kein Anzeichen verraten, daß sie Angst vor ihr hatte. Lieber würde sie sterben.

»Wenn An Lushan sich gegen den Kaiser und mich wendet,

nachdem wir ihm auf jede erdenkliche Weise geholfen haben, wie könnt Ihr ihm dann trauen?« fragte sie. Sie hatte nur eine Hoffnung, ihr Leben zu retten: Sie mußte versuchen, Dame Fu zu überreden, ihre Pläne aufzugeben, den Päonienblütenpalast zu übergeben und sie gehen zu lassen.

Dame Fu stand in der Tür zu dem kleinen Zimmer. Sie wurde von zwei Männern mit ausdruckslosen Gesichtern in der schwarzgoldenen Rüstung der Legion der Fremden flankiert. Ein blasses Licht von einer kleinen, auf dem Fußboden stehenden Lampe fiel auf die frühere Kaiserin. Sie sah geschrumpft, alt und gebeugt aus und hielt beide Hände vor sich gefaltet, als könnte sie die eine ohne die Hilfe der anderen nicht heben. Sie trug ein purpurrotes Gewand mit einem roten Flammenmuster am Saum und den Ärmeln, und es sah aus, als stünden ihre Hände und Füße in Flammen.

Guei Fei hatte in der Bibliothek gemalt, als Eunuchen, die sie nicht kannte, eingedrungen waren und sie und Meiling quer durchs Gelände des Päonienblütenpalastes zu diesem Raum geschleift hatten. Soldaten in der Uniform der Legion der Fremden hatten Chu Ling weggebracht. Guei Fei hatte Angst, daß man ihn zu Tode folterte. Ohne Zweifel hatte Dame Fu nie vergessen, wie er ihr getrotzt hatte.

Dame Fu sagte: »O ja, du hast viel für An Lushan getan. Du hast ihm deinen Körper zum Spielen gegeben, nicht wahr? Du hast den Kaiser getäuscht. Es sei denn, natürlich, dieser Dummkopf Longji wußte Bescheid und hatte seine Zustimmung gegeben. Zweifellos konnte er dich selbst nicht befriedigen.«

»Haltet Euren dreckigen Mund!« rief Guei Fei aus.

»Jeder weiß über dich und An Bescheid«, sagte Dame Fu mit einem Grinsen und entblößte dabei überraschend ebenmäßige weiße Zähne. »Und über deine teure Schwester und ihren Perser weiß auch jeder Bescheid. Nun gut, in einem Tag oder zwei werdet ihr beide reichlich Gelegenheit haben, eurem Geschmack für Barbaren zu frönen, nämlich wenn An herkommt, um dich für sich zu fordern.«

Guei Fei war immer noch benommen. Sie konnte einfach nicht glauben, daß An Lushan seine Armee gegen Changan führte, wie

Dame Fu behauptete, daß er sowohl sie als auch Longji verraten hatte. Und noch schwerer fiel es ihr zu glauben, daß er sich mit dieser Viper von Frau verschworen hatte.

Nicht mein Adoptivsohn.

Aber hatte er nicht gewollt, daß sie kurz vor seinem Aufbruch zum Kampf gegen die Khitan mit ihm den Kaiser betrog? Was für ein Fehler es gewesen war, Longji an jenem Tag nicht von Ans Annäherungsversuch zu erzählen! Der Gedanke nagte an ihrem Herzen.

Dame Fu lachte. In irgendeinem kühlen, fernen Teil ihres Geistes ging Guei Fei davon aus, daß diese vollkommenen Zähne künstlich waren. Ein anderer Teil ihres Geistes gab sich die allergrößte Mühe, einen Weg zu finden, sich diese Zähne vom Hals zu halten.

»Sieh dir diesen Raum an. Erkennst du ihn?« fauchte Dame Fu.

»Ich habe ihn noch nie gesehen.«

»Seit neun Jahren habe ich praktisch nichts anderes gesehen als dieses Zimmer. Sieh dich um, Mädchen. Vier Schritt mal vier Schritt mal vier Schritt. Dies sollte meine ganze Welt sein. Ein Fenster, das zu hoch ist, um hinauszuklettern. Ein Garten vor meinem Fenster, der immer im Schatten liegt. Niemals scheint die Sonne durch dieses Fenster.«

Meiling sagte: »Ich weiß, daß der Strahlende Kaiser Euch nie hat leiden sehen wollen.«

»O ja, er hat mir ein Bett gegeben. Es gab Stühle. An den Wänden hingen Rollbilder. Es gab Vasen und Vorhänge und einen Teppich auf dem Fußboden. Er hat mir sogar meine Lieblingssachen mitgegeben, jedenfalls so viel, wie hier hineinpaßt. Aber – nie die Absicht gehabt, mich leiden zu sehen? So dumm kannst du doch nicht sein! Sieh dich doch nur um. Jeden Nachmittag während der Stunde des Widders sollte ich in diesem trostlosen kleinen Garten da draußen sitzen oder herumgehen. Stell dir vor, du müßtest jeden Tag deines Lebens in einem Zimmer von dieser Größe verbringen. Obwohl ich nie das Leben geführt habe, wie der Kaiser es sich vorstellte.« Ihr gutturales Lachen war tief und kehlig.

Guei Fei erinnerte sich, wie Chingchin auf dem Fußboden ihres kleinen Hauses mit dem Tod gerungen hatte. Ihr fiel wieder ein, wie eine Peitsche ihr selbst den Rücken zerschnitt und die bereits zugefügten Wunden noch mehr aufrissen. Sie erinnerte sich, wie Meiling in ihren Armen gezittert hatte, als Chu Ling ihr ein weißes Giftpäckchen hingehalten hatte.

»Nach den Dingen, die Ihr getan habt, war dies gnädig.«

»Ja, wenn du deinen Willen bekommen hättest, hätte man mir etwas viel Schlimmeres angetan, dessen bin ich sicher.«

»Ich habe nie Euren Tod gewollt«, entgegnete Guei Fei.

Dame Fu brummte. »Aber ich habe immer deinen gewollt. Ich habe sogar schon versucht, dich töten zu lassen, bevor ich dich überhaupt kennengelernt hatte. Ich wollte deine Heirat mit Su Chi verhindern. Und nachdem mein Bruder deinetwegen gestorben war, habe ich deinen Tod noch mehr gewollt; doch da ich wußte, daß du unter Schutz standest, wagte ich dir nichts anzutun.«

Fu Zhous letzter Satz verblüffte Guei Fei. Jetzt fiel ihr wieder ein, wie Dame Fu vor vielen Jahren rätselhafte Anspielungen auf ihre Beschützer gemacht hatte.

»Ich habe Euren Bruder nicht ermorden lassen«, wandte Guei Fei ein. Fu Zhou mußte den Minister meinen, der von einem Angehörigen der kaiserlichen Garde erstochen worden war. Wie war noch sein Name? Fu Sangui hieß er. Doch das war vor mehr als zehn Jahren passiert.

»Du verstellst dich sehr gut, meine Liebe. Kein Wunder, daß du diese Vorführungen erfunden hast, die auf Verstellung beruhen. Als der Kaiser deine Familie in Guilin besuchte und du mit ihm ausrittest, verfehlte dich ein Pfeil nur knapp.«

»Verfehlte mich nur knapp? Er war auf den Kaiser gerichtet.«

»Hauptmann Fang handelte im Auftrag meines Bruders Fu Sangui, als er diesen Pfeil abschoß. Damit sollte deine Heirat mit Su Chi verhindert werden – du solltest getötet werden.«

Trotz ihrer Furcht und ihres Zorns über das, was jetzt geschah, war es mehr als seltsam zu hören, daß sie vor Jahren um ein Haar von Menschen getötet worden wäre, von denen sie nicht einmal gewußt hatte, daß sie sich gegen sie verschworen hatten.

Doch wegen dieses Pfeils hatten sie und Longji in einer Höhle Schutz gesucht, und infolge dieser Begegnung hatte sie sich in ihn verliebt. Und An hatte sie bewacht, wie sie sich jetzt erinnerte. Schon damals waren sie zu dritt gewesen. Die Götter müssen von Anfang an unsere Schicksale miteinander verknüpft haben, dachte sie.

»Und irgendwie«, fuhr Dame Fu fort, »hat Hauptmann Fang dann meinen Bruder getötet. Ich bin sicher, du weißt, welchen Zauber ich meine.«

»Ich weiß nichts. Ich weiß gar nichts! Warum wolltet Ihr mich töten?« fragte Guei Fei. »Ich bin doch für niemanden eine Gefahr.«

Dame Fu lachte. Es war ein heiseres Gackern. »Keine Gefahr? Sieh dir doch nur an, was du angerichtet hast. Du hast dem Kaiser lauter verrückte Ideen in den Kopf gesetzt und ihn zu diesem sogenannten großen Werk der Reformen angestachelt, welches das Reich auf den Kopf gestellt hat. Du hast An die Macht gegeben, den Kaiser zu stürzen.«

Ja, wenn sie nicht gewesen wäre, wäre An Lushan immer noch ein rangniederer Offizier der kaiserlichen Garde. Guei Fei hatte das Gefühl, als hätte eine Schlange sie ins Herz gebissen. Vielleicht verdiente sie, was Dame Fu jetzt mit ihr tun wollte, was es auch sein mochte.

Dame Fu sagte: »Aber jetzt wird An deinem Unfug ein Ende machen. Er wird meinen Sohn Kuo Ting auf den Thron setzen.«

In Guei Fei drehte sich plötzlich alles. Es war eine absurde Vorstellung, daß Dame Fu überhaupt glauben konnte, jemand würde den halbverrückten Kuo Ting als Kaiser annehmen.

»Lächerlich!« Meilings Ausruf war ein Echo von Guei Feis Gedanken. »An wird nicht das tun, was Ihr von ihm verlangt, sondern was er selbst will. Wenn er die Hauptstadt erobern kann, wird er sich selbst zum Kaiser krönen.«

»Falsch, Yang-Schwester.« Dame Fu drohte Meiling mit einem knochigen Finger. »Wie könnte ein verschwitzter, des Lesens und Schreibens unkundiger und übelriechender Barbar als Sohn des Himmels akzeptiert werden? Seine riesige Armee wird ihm nur so lange folgen, wie er einen legitimen Kaiser repräsentiert.«

»An hat Euch ebenso getäuscht wie mich«, entgegnete Guei Fei.

Dame Fus Augen, zwei ebenholzfarbene Splitter, funkelten böse.

»Ich habe jeden Tag Stunden damit zugebracht zu überlegen, welche Tötungsmethode dich am längsten leiden lassen würde. Nur meine Furcht vor dem, der Sangui umgebracht hat, wer immer es war, hat dich in dieser ganzen Zeit am Leben erhalten. Und jetzt, wo ich dich habe, kann ich dich immer noch nicht töten, weil dieser Barbar – Dummkopf, der er ist – mir das Versprechen abgenommen hat, euch beide gefangenzunehmen, aber am Leben zu lassen. Für ihn.«

»Was will er denn mit uns anfangen?« fragte Meiling weinend.

Dame Fu zuckte die Achseln. »Da du deiner Schwester so ähnlich siehst, daß ihr Zwillinge sein könntet, will er dich vielleicht genauso benutzen wie sie. Eins gefällt mir: Wenn er und seine Kumpane mit euch beiden fertig sind, werden von eurem früheren Selbst nur noch Fetzen übrig sein. Ihr werdet bis ans Ende eurer Tage als alte, entehrte, verbrauchte Frauen leben, verstoßen und ohne jeden Wert oder Macht. Euer Elend wird viel länger dauern als alles, was ich euch antun könnte. Das Schlimmste, was ich euch antun kann, ist, wenn ich euch An überlasse. Damit bin ich zufrieden.«

Guei Fei lehnte sich kraftlos an die Wand. An Lushan würde kommen und sie für sich haben wollen. Sie wußte nicht, ob Longji lebte oder tot war. Sie versuchte sich einzureden, daß sie sich wehren würde, daß sie auch diesmal triumphieren würde. Doch sie spürte, wie sie in einem kalten, lichtlosen Teich versank und ertrank.

Eine kaum mehr als mannshohe Mauer umgab den Päonienblütenpalast. Wachtürme befestigten ihn an den Ecken und am Haupttor. Mauern und Türme waren von mittlerer Größe, eher darauf angelegt, vor Palastrevolten Schutz zu bieten als vor Belagerungen.

Longji, der das Reitkostüm eines kaiserlichen Generals angelegt hatte, wartete darauf, daß die Kolonne von zweihundert Gardesoldaten hinter ihm Aufstellung nahm. Das Knirschen ihrer Stiefel auf der marmornen Esplanade, die den Kaiserpalast mit dem Päonienblütenpalast verband, erfreute ihn. Darius, der eine riesige, zweischneidige Streitaxt hochhielt, schloß mit seinem Pferd auf Longjis rechter Seite auf.

Obwohl der Kaiser seine Truppen persönlich anführte, spürte er, daß er die Tradition respektieren mußte, die dem Kaiser seine Heiligkeit ließ, indem andere für ihn sprachen. Er machte eine Geste zu Darius.

Der Perser rief zu den Wachtürmen neben dem Tor hinauf: »Der Strahlende Kaiser, Kaiserliche Vater und Sohn des Himmels befiehlt Euch, den Päonienblütenpalast zu öffnen.«

Ein von einem Lampion erleuchtetes Gesicht erschien an einer Brustwehr des rechten Wachturms unter dem schützenden Dach.

Eine schrille Stimme rief: »Ich habe hier das Kommando. Ihr kommt nicht herein. Ich trotze Euch.«

Longji hatte diese Stimme seit Jahren nicht mehr vernommen; sie hörte sich jetzt älter und rauher an, als er sie in Erinnerung hatte.

»Ist das Dame Fu Zhou?« rief Darius.

Longji fragte sich, ob dies bedeutete, daß sie sich mit An Lushan verbündet hatte. Er blickte zu dem Gesicht hinauf, das zwischen Steinquadern auf ihn heruntersah.

»Ich bin keine Gefangene mehr«, rief Fu Zhou herunter. »Ich befehle über den Päonienblütenpalast. Der Kaiser ist abgesetzt. Das Mandat des Himmels ist ihm entzogen worden. Ich herrsche hier mit Billigung des künftigen Kaisers, Prinz Kuo Ting. Der ehemalige Kaiser soll die Stadt verlassen, solange er noch kann.«

Longji spürte, wie sein Körper vor Zorn heiß wurde. »Kuo Ting?« sagte er leise zu Darius. »Sie glaubt, daß sie diesen Idioten auf den Thron setzen kann? Haben Dämonen von ihr Besitz ergriffen?«

Ich habe in all den Jahren geglaubt, sie unterstütze Su Chi. Ich habe geglaubt, daß sie ihn auf dem Thron sehen will, verheiratet mit einer Frau der Fu. Und in all dieser Zeit hat sie Su Chi nur gegen mich benutzt und mich gegen ihn. Sie ist sowohl schlauer als auch dümmer, als ich gedacht habe. Schlauer, weil ich nie durchschaut habe, was sie wirklich plante. Aber dümmer, weil sie auf lange Sicht nur das Reich zerstören würde und ihre Familie dazu.

Ist Su Chi in den Norden gegangen, weil er erkannt hat, daß Fu Zhou ihn verraten wollte, und nicht, um seine Barbarenfreunde zu besuchen? Hat er vielleicht jetzt An Lushan gebeten, ihn zu unterstützen und nicht Kuo Ting?

In dieser so plötzlich aus den Fugen geratenen Welt war alles möglich.

Jetzt konnte er nicht länger an sich halten. »Was hast du mit Yang Guei Fei gemacht?« rief er zu Dame Fu hinauf.

»Machst du dir um ihr Leben mehr Sorgen als um dein eigenes? Vergiß sie. Wenn sie nicht wäre, würdest du noch immer glücklich regieren, statt aus der Hauptstadt fliehen zu müssen. An Lushans Armee wird um die Mittagszeit hier sein. Wenn du die Stadt jetzt nicht verläßt, wird er dich einholen, und dann wird für dich alles vorbei sein.«

Als das Echo ihrer Stimme erstarb, hörte Longji Rufe von der anderen Seite der Mauer her. Er hörte Fu Zhou kreischen, und dann verschwand ihr Gesicht hinter der Brustwehr. Dann vernahm er ihre schrille Stimme. Die Worte waren nicht zu verstehen, doch Longji kam es vor, als riefe sie jemandem dort drinnen Befehle zu.

Einen Moment blieb es still, dann war von der anderen Seite des Tors ein dumpfer Laut zu hören, und eine der großen Doppeltüren ging langsam auf.

»Dort hinein!« rief Longji zu Darius und seinen Männern. »Los!«

Darius schwang seine Streitaxt und rannte an der Spitze seiner Soldaten durch das Tor. Der Mann, der ihnen das Tor aufgemacht hatte, zog jetzt auch die zweite Tür auf, und da erkannte Longji Chu Ling, Guei Feis Eunuchen. Er ritt zu ihm, worauf Chu Ling sich sofort hinkauerte und das Kotau vollführte.

»Dafür haben wir jetzt keine Zeit, Mann«, brüllte Longji. »Wo ist die Kaiserin?«

Chu Ling kam mit aller Hast auf die Beine. Longji bemerkte, daß der rechte Ärmel von Chu Lings Tunika zerfetzt und blutig war. Neben dem inneren Tordurchgang lagen sechs Leichen. Sie trugen die schwarz gelackte Rüstung der Legion der Fremden.

Darius, der seinen Männern Befehle zugerufen hatte und sie in dem Gelände des Päonienblütenpalastes ausschwärmen ließ, kam herüber.

»Die Kaiserin und ihre Schwester befinden sich in dem Zimmer auf der anderen Seite des Palastes, wo Dame Fu gefangengehalten wurde«, sagte Chu Ling. »Ich werde Euch hinführen, Strahlender Kaiser.«

»Sind sie...«, fragte er zögernd, »...sind sie verletzt?«

Chu Ling warf ihm einen besorgten Blick zu und gab ihm durch eine Handbewegung zu verstehen, er solle ihm folgen.

Longji saß von seinem Pferd ab und übergab die Zügel einem Gardesoldaten. Darius schüttelte seine Unentschlossenheit ab und befahl dann zehn Mann seiner Truppen, daß sie den Palast nach Gegnern durchsuchen sollten. Aus mehreren Türen tauchten Gruppen verängstigter Frauen auf, und aus einigen Fenstern riefen einige den kaiserlichen Soldaten Hilferufe zu.

Meine Frauen, dachte Longji. Und bis auf eine sind mir alle gleichgültig. Ich kenne von den meisten nicht einmal den Namen.

»Strahlender Kaiser«, sagte Darius, als sie eilig den Hauptpalast betraten und sich von Chu Ling führen ließen, »es kann sein, daß sich irgendwo ein Mörder versteckt. Ich bitte Euch, draußen unter Schutz zu warten und uns die Suche zu überlassen.«

»Ich will nichts mehr davon hören, Darius. Ich kann nicht ruhen, bis ich sie gefunden habe.«

Sie eilten Flure entlang und riefen Eunuchen und wehklagenden Frauen zu, sie sollten den Palast verlassen.

Chu Ling erklärte, Dame Fu habe sich mit etwa zwanzig Männern des Palastes bemächtigt. Sie scheine geglaubt zu haben, den Palast bis zur Ankunft An Lushans unangefochten besetzt halten zu können. Sie habe zweien ihrer Männer befohlen, ihn, Chu Ling, von der Kaiserin wegzubringen und hinzurichten.

»Sie eigneten sich für diese Arbeit jedoch nicht«, sagte er mit einem Lächeln. Darius tätschelte ihm leicht die Schulter.

»Dann hörte ich Lärm vom Tor her und begab mich dorthin. Ich erkannte, daß der Strahlende Kaiser mit einem Rettungstrupp gekommen war«, berichtete Chu Ling. »Einige von Dame Fus Männern hatten sich hinter dem verschlossenen Tor versammelt und wandten mir den Rücken zu. Sie erwarteten nicht, von hinten angegriffen zu werden. Es war leicht, sie loszuwerden.«

Longji, der fast rennend die Korridore des Palastes durchquerte, hielt kurz inne. »Sie loszuwerden? Womit? Hast du sie mit Pfeilen niedergestreckt?«

»Nein, Strahlender Kaiser«, sagte Chu Ling mit leiser Stimme, ohne näher darauf einzugehen. Longji begriff. Chu Ling mußte zu einer dieser geheimen, fast religiösen Gesellschaften gehören wie den Qinzha Ma Tsus, die geheimnisvolle Kampfmethoden anwendeten. Er erinnerte sich, daß Guei Fei gesagt hatte, Chu Ling habe bemerkenswerte Dinge getan, als Dame Fu sie geschlagen und ihre Zofen ermordet habe.

»Was ist mit Dame Fu passiert?« fragte er.

»Sie ist verschwunden. Sie ist vielleicht durch die Tunnel entkommen.« Chu Ling öffnete den Mund, als wollte er noch etwas sagen, doch dann blieb er mitten im Lauf stehen und hob den Kopf wie ein Jagdhund, der Witterung aufnimmt.

»Rauch«, sagte er besorgt. »Die Halle, in der die Kaiserin gefangengehalten wird, steht in Flammen.«

»Götter!« rief Longji aus. Sein Herz setzte kurz aus und pochte dann heftig weiter. »Bring uns sofort zu ihr.«

Aus dem Päonienblütenpalast liefen ihnen Dutzende von Frauen entgegen. Sie wichen zur Seite aus, als sie den Kaiser kommen sahen. Longji hielt mühsam an sich, um einige der bestürzten Frauen – vermutlich Ehefrauen – nicht zu schlagen, und lief in seiner Verzweiflung weiter, seiner wirklichen Frau zu Hilfe.

Sie rannten in die Halle, in der Fu Zhou gefangengehalten worden war. Rauch hing dick und grau in der Luft und verdunkelte die Eingänge, durch die sie kamen. Longji lief voraus. Er war außer Atem, und die Brust schmerzte ihn. Darius sah ihn besorgt an, gab ihm aber zornig zu verstehen, er müsse schneller laufen.

Sie kamen an eine große, schwarz bemalte Tür. In diesem Raum war Fu Zhou eingesperrt gewesen. Er griff an die Tür. Natürlich verschlossen.

»Ich glaube, sie sind dort drinnen«, sagte Chu Ling mit tiefer Stimme.

Tot oder lebendig?

»Guei Fei!« rief er und trommelte mit den Fäusten gegen die Tür.

Er konnte die Hitze des Feuers durch seine Stiefelsohlen spüren. Es mußte in einem tiefergelegenen Stockwerk brennen, vielleicht in einem Keller, in dem alle möglichen alten Dinge gelagert wurden, die leicht Feuer fingen.

»Tretet bitte zur Seite, Strahlender Kaiser.« Darius schwang die Axt und rannte gegen die Tür an. Die Klinge schlug neben Schloß und Türgriff tief ins Holz. Darius schlug noch einmal gegen die Tür und dann noch einmal, bis sie aufging. Longji drängte sich hinter ihm hinein.

Der Raum war voller Rauch. Er brannte in Augen und Kehle.

»Nicht atmen«, sagte Darius. »Legt Euch auf den Fußboden.«

Longji kroch neben Darius her, bis er vor sich eine Gestalt sah. Ewiger Himmel, laß sie lebendig sein!

Das Gesicht war abgewandt. Er ließ die Hand behutsam unter ihre Wange gleiten und drehte ihren Kopf zu sich herum. Es war Meiling. Ihre Wange fühlte sich kalt an, und ihr Gesicht war bleich wie der Tod.

Er sah hoch und entdeckte Strahlenden Edelstein, die hinter Meiling auf dem Boden lag. Er überließ es Darius, sich um die jüngere Schwester zu kümmern, und kroch zu Guei Fei hin. Er legte ihr die Arme unter Knie und Schultern und hob sie hoch. Ihr Kopf fiel schlaff in den Nacken. Er betete, sie möge noch am Leben sein. Dann rannte er mit seiner Frau auf den Armen durch den dichter werdenden Rauch. Als Chu Ling ihn durch eine Seitentür des Palastes an die frische Luft führte, hustete er, und seine Brust schien in Flammen zu stehen. Er legte Guei Fei behutsam auf die weiche Erde des herbstlichen Gartens.

Mehrmals durchlief sie ein leichtes Zittern, und dann öffnete sie würgend den Mund. Er drehte sie schnell um und hielt sie, als heftige Hustenanfälle ihren Körper erschütterten und sie sich auf die Erde übergab. Dabei schluchzte er vor Erleichterung.

Wenig später sagte sie mit schwacher Stimme. »Ich hatte den Tod akzeptiert. Ich atmete Rauch ein und war dankbar, daß der Qualm mich ersticken würde, bevor die Flammen mich erreichten. Ich habe nur bedauert, daß ich dich nie wiedersehen würde. Und jetzt bist du da.« Sie berührte seine Hand.

Longji warf einen Blick zu Darius hinüber, der gerade seine wiederbelebte Meiling umarmte.

»Wir können keinen Augenblick länger warten, Strahlender Kaiser«, sagte Darius. »An Lushans Armee ist schon gesichtet worden.«

Kurz vor der Stunde des Pferdes ritt Longji inmitten des letzten Bataillons der kaiserlichen Garde aus Changan hinaus. Sie hatten das hintere Ende der Allee des Scharlachroten Spatzen erreicht, und Hunderte von Bewohnern der Stadt – diejenigen, die noch nicht aus der Stadt geflüchtet waren – hatten sich versammelt, um sie unter den Pappeln zu verabschieden, deren Blätter gerade erst braun geworden waren. Viele vergaßen jedes Zeremoniell und riefen Longji zu, er solle sie nicht im Stich lassen. Er hob seine Hand zum Abschied.

Guei Feis Sänfte befand sich kurz vor ihm und passierte am Südende der Stadt gerade das Tor des Ungetrübten Überflusses. Er holte sie ein und zog den Vorhang zur Seite.

»Geht es dir besser?«

»Ich fühle mich fast wieder stark genug zu reiten.«

»Du wirst auch bald reiten müssen, Strahlender Edelstein. Eine Sänfte ist langsam, und wir müssen schnell vorankommen. Sieh mal dort.«

Er zeigte nach Norden, und sie lehnte sich aus der Sänfte und blickte zurück. Sie schnappte verängstigt nach Luft.

Longji schaute mit ihr auf die fernen Dächer der Paläste, Türme und Tempel der Kaiserstadt, die sich auf den Hügeln erhoben und am nördlichen Horizont eine gezackte Linie bildeten. Darüber hing drohend eine anschwellende, tief hängende graue Wolke.

»Ja«, sagte Longji, »An Lushans Armee wirbelt eine riesige Staubwolke auf. Er wird in weniger als einer Stunde in Changan sein.«

Sie streckte die Hand aus und legte sie auf seinen Unterarm, der auf seinem Sattel ruhte.

Longji spürte, wie seine Mundwinkel sich herabzogen und sich in seinen Augen Tränen bildeten. Er spannte seine Gesichtsmuskeln an. Diesmal hielt er die Tränen zurück. Gardesoldaten in scharlachroten Uniformen ritten vorbei, während er mit Strahlendem Edelstein hier zauderte.

Er blickte noch einmal auf die große Metropole zurück, in der er den größten Teil seines Lebens verbracht hatte – auf die breiten, von Bäumen gesäumten Alleen, die ummauerten Stadtviertel und die Türme der unzähligen Tempel, die sich über das Häusergewirr erhoben. Die schönste und bevölkerungsreichste Stadt der Welt. Und jetzt hing im Norden vor der Stadt diese sich ausbreitende Wolke, die von ihrem bevorstehenden Fall kündete.

Ich habe dich immer geliebt, Changan, und ich werde dich nie vergessen. Aber werde ich dich je wiedersehen?

16

Flucht nach Guilin

Nach der Vertreibung aus der Hauptstadt glaubten der Kaiser und die Kaiserin, in Yang Guei Feis schöner Heimatstadt Guilin die beste Zuflucht zu finden. Ihnen war nicht klar, daß wegen ihrer unerbittlichen Reformen kein Ort im Reich der Mitte für sie sicher war.

Aus der »Geheimen Geschichte der Tang« von Yang Kaizhi

Gardesoldaten stellten die Sänfte des Kaisers vor einem gelben Seidenzelt ab. An Lushan hatte sein Lager am Südufer des schnell dahinströmenden Hungshui-Flusses aufgeschlagen, an der Südgrenze der Provinz Chiangnan Hsitao – viel zu nahe bei Guilin, wie Longji dachte. Als er aus der Sänfte stieg, war Longji einen kurzen Augenblick verärgert, weil An Lushan nicht vor dem Zelt stand und sich verneigte. Immerhin behauptete der Schurke noch, ihn als Kaiser anzuerkennen.

Aber ich darf nicht aufbrausen, bevor unser Treffen überhaupt begonnen hat.

Er blickte auf den Hügelkamm zurück, der ein halbes Li weiter südlich lag, wo die kaiserliche Garde kampierte. Am Horizont erstreckten sich Reihen roter Zelte von Ost nach West. Vor ihnen standen die Soldaten neben ihren Pferden in rechteckiger Anordnung, bereit, jederzeit anzugreifen, falls ihrem Kaiser Gefahr drohte. Sie boten einen eindrucksvollen Anblick – solange man nicht wußte, daß einhundert Li weiter nördlich eine Armee stand, die mehr als zwanzigmal so groß war.

Dennoch, An hatte durch sein Erscheinen hier Mut gezeigt, denn selbst eine riesige Armee bot keinen Schutz vor loyalen Mördern.

Vielleicht hatte er gar nicht die Absicht, die Dynastie zu stürzen. Vielleicht war dies letztlich nur ein Mißverständnis – oder ein Komplott der Fu. An war nicht besonders aggressiv aufgetreten. Er hatte jedes gewünschte Zugeständnis gemacht. Er hatte sich damit einverstanden erklärt, sich mit dem Kaiser in Gegenwart seiner Armee zu treffen, während er selbst mit einer Eskorte von nur zehn Mann erschien. Überdies hatte er doppelt so viele Geiseln übergeben, wie Longji gefordert hatte, darunter auch seinen kleinen Sohn Tairen. Nur Xi hatte er nicht mitschicken wollen, was Longji enttäuschte, denn er hatte sich schon darauf gefreut, seine Lieblingstochter wiederzusehen. Allerdings hatte er beschlossen, das Treffen nicht daran scheitern zu lassen.

Ma Tsu stieg aus einer zweiten Sänfte und verneigte sich vor dem Kaiser. Der untersetzte Qinzha-Mönch hielt für Longji die Zelttür auf, damit dieser eintreten konnte. Sonnenlicht drang durch die seidenen Wände; weiteres Licht kam von an der Decke hängenden Lampions. An der hinteren Seite des Zelts stand eine riesige Gestalt in blauen und grünen Seidengewändern und einer schwarzen, mit Edelsteinen besetzten Mütze auf dem Kopf. Longji erkannte sofort, daß der Mongole die Kleidung eines Ersten Ministers angelegt hatte. Neben ihm stand Fu Zhous Onkel Fu Monzing, der einmal dieses Amt innegehabt hatte.

An starrte ihn anmaßend an. Er sagte kein Wort der Begrüßung.

Seit Longji vor mehr als dreißig Jahren Kaiser geworden war, hatte er nie einem Mann gegenübergestanden, der ihm nicht auf Gnade und Ungnade ausgeliefert gewesen war. Bisher war er immer Herr über Leben und Tod gewesen. Es war ein eigenartiges, verwirrendes Gefühl, nun diesem Mann gegenüberzustehen, der vielleicht jetzt über ihn diese Macht besaß.

Longjis Blick fiel auf den riesigen Säbel an Ans Seite. Er erinnerte sich an den Tag, an dem er An getadelt hatte, weil er diesen Säbel im Kaiserpalast getragen hatte. Ihn heute wiederzusehen war einfach unerträglich.

»Ich habe Euch bei unserer letzten Begegnung doch schon gesagt, daß Ihr in meiner Gegenwart keinen Säbel tragen dürft. Ist das nicht in Euren Barbarenschädel hineingegangen, An? Legt ihn sofort ab.«

An antwortete mit polternder Stimme: »Generalprotektor begrüßt demütig Kaiserlichen Vater. Hoffe, Differenzen lassen sich regeln, Ihr und ich arbeiten in Harmonie zusammen. Generalprotektor trägt zu allen Zeiten zu Eurem Schutz Säbel.«

»Ein solches Amt gibt es nicht. Laßt diesen Säbel von hier verschwinden, oder dieses Treffen ist jetzt schon zu Ende.«

An brummte unwillig und zwang seine purpurroten Lippen zu einem gequälten Lächeln. Dann löste er den Säbel. Er reichte ihn Fu Monzing, als wäre dieser ein Lakai, und befahl ihm, ihn zur Eskorte zu bringen. Der frühere Minister nahm den Säbel schmallippig und mit einer Verbeugung entgegen und verließ das Zelt.

Die Fu, dachte Longji. Ja, es müssen die Fu gewesen sein, die diesen Barbaren mit seinem schlichten Gemüt zur Rebellion angestiftet haben. Das würde erklären, wie An sich nach allem, was sie für ihn getan hatten, gegen ihn und Guei Fei hatte wenden können. Wie leid es ihm jetzt tat, daß er zugelassen hatte, daß die Fu soviel Macht gewannen! Es war immer so mit der Familie der Kaisergemahlin.

Schon beim bloßen Gedanken an seine frühere Gemahlin Fu Zhou spürte er wieder den stechenden Schmerz von Rauch in den Lungen. Sie hatte versucht, Guei Fei bei lebendigem Leibe zu verbrennen! Wenn er in seinem Leben etwas zu bereuen hatte, war es die Tatsache, daß er mit dieser Schlange von Frau ins Bett gegangen war.

Longjis Hände zitterten, und sein Gesicht war gerötet. Er versuchte, sich zu beruhigen, und setzte sich vor einem kleinen Klapptisch auf einen Stuhl mit hoher Rückenlehne. Ma Tsu stand zu seiner Rechten. An stand vor ihnen.

Longji sagte: »Als Dame Fu sich des Päonienblütenpalastes bemächtigte, erklärte sie, Prinz Kuo Ting werde der neue Kaiser sein. Habt Ihr die Absicht, mich abzusetzen und diese elende Kreatur an meiner Stelle zum Kaiser zu machen?«

An beugte sich über den Tisch und ballte die Fäuste, und Longji spürte, wie Furcht seine Eingeweide ergriff. Dieser Mann war nicht nur ein hervorragender Kämpfer, er war fast unschlagbar. Selbst unbewaffnet konnte er Longji mühelos töten.

Aber nicht, solange Ma Tsu bei mir ist, beruhigte sich Longji. Ein Qinzha-Abt ist einem Mongolen-Krieger mehr als ebenbürtig.

»Würde lieber Strahlender Kaiser auf Drachenthron behalten. Dame Fu hat fast Tod von Kaiserlicher Mutter verursacht. Werde sie dafür noch zur Rechenschaft ziehen.«

Longji war einen Moment verwirrt. Sie zur Rechenschaft ziehen? Für was? Doch was immer An meinte, es gab noch andere Dinge, die im Augenblick wichtiger waren. Longji wußte, daß er gebieterisch erscheinen mußte, befehlsgewohnt – kaiserlich. Er mußte aufhören, An nach dessen Absichten zu fragen, und wieder Befehle erteilen. Er war immerhin noch Kaiser.

Longji zeigte direkt auf An Lushan. »Wir wollten, daß Ihr Eure Frau, Dame Li Xi, als Geisel zu uns schickt. Statt dessen habt Ihr Euren Sohn gesandt, was Eure gute Absicht zeigt, Dame Li Xi aber nicht. Wir bestehen darauf, daß Ihr unsere Bedingungen erfüllt.«

An entgegnete mit zusammengepreßten Lippen: »Dame Li pflichtbewußte Tochter von Kaiserlicher Vater. So pflichtbewußt, bedaure zu sagen, daß sie sich erhängt hat.«

Ein leises Raunen ging durch den Raum. Was hatte An da gerade gesagt? Longji schüttelte leicht den Kopf und starrte den Mongolen an, der seinen Blick ausdruckslos erwiderte.

Die Worte klangen in seinem Kopf nach. Pflichtbewußte Tochter. Hat sich erhängt.

Pflichtbewußt. Tochter. Erhängt.

Seine Tochter. Sie hatte sich erhängt.

In Longjis Oberkörper explodierte der Schmerz. Er hatte das Gefühl, als hätte man ihm das Herz zerrissen.

Seine Hand fiel plötzlich auf seinen Schoß. Sein Kopf fühlte sich leicht an.

Hat sich erhängt?

Doch nicht mein süßes, wunderschönes Kind!

Dann erhitzte ihm Zorn das Blut. Es strömte ihm durch die Adern wie ein kochend heißer Fluß. Wenn Xi tot war, war es Ans Schuld.

Aber nein – es war seine, Longjis, Schuld. Er hatte sie diesem Ungeheuer zur Frau gegeben, und zwar in dem Wissen, daß seine pflichtbewußte Tochter keine Einwände erheben würde.

Was für ein Narr er gewesen war! Er hatte seine Lieblingstochter in Gefahr gebracht, ebenso wie er sein ganzes, so kostbares Reich in Gefahr gebracht hatte. Welche Schuld hatte er auf sich geladen, und das nach den großen Hoffnungen, die er immer gehegt hatte!

Ein Schluchzen stieg in seiner Brust auf, und seine Augen füllten sich mit Tränen, doch er hielt sie mühsam zurück. Vor diesem Verbrecher würde er nicht um seine Tochter weinen. So blieb er wortlos sitzen und bemühte sich, die Fassung zurückzugewinnen. Nach einem Augenblick schluckte er hart und sagte in gleichmütigem Ton: »Was genau ist mit Xi geschehen?«

»An dem Tag, an dem ich die Armee der Nordregion abmarschbereit machte«, berichtete der Mongole mit einem Achselzucken, »kam ins Zelt zurück. Fand Xi an mittlerem Zeltpfahl hängend. Hinterließ Brief, in dem sagte, hätte keine Wahl – Mann verraten oder Kaiserlicher Vater. Verstand nicht. Dann wußte – hatte Darius Parviz von Plänen erzählt. Entschied sich, nicht zu leben. Sagte, sie denke daran, Tairen mit sich zu nehmen. Konnte aber nicht ertragen, ihm weh zu tun.« An funkelte Longji über den Tisch mit brennenden Augen an. »Wenn Tairen tot, hätte Euch nicht gegeben Chance, Euch zu ergeben.«

In ihrem Brief war von Verrat die Rede gewesen? Longji rief sich das Bild seiner Tochter ins Gedächtnis und sprach stumm zu ihr, als wollte er sie von ihrer Tat abbringen. Verrat? fragte er sich. Aber An Lushan hat dich verraten, indem er mich verriet. Es ist kein Verrat, einen Verräter zu verraten. Doch das Bild Xis rührte sich nicht und reagierte auch nicht auf seine Argumente.

Xi ist wegen dieses Mannes gestorben. Ich wünschte, ich könnte ihn auf der Stelle umbringen. Bei allen Göttern, ich werde noch sehen, wie dieser Kopf auf einem Pfahl steckt und auf den Mauern der Kaiserstadt zur Schau gestellt wird. »Ich bin zu vertrauensvoll gewesen«, sagte er. »Ich dachte, Ihr wärt mir absolut ergeben und treu.«

»Nicht vertrauensvoll genug, Strahlender Kaiser«, erwiderte An. Longji hörte Ironie darin, wie An die Worte »Strahlender Kaiser« aussprach. »Tut mir weh, daß Kaiserliche Mutter und Kaiserlicher Vater weggelaufen sind, als ich zu ihrer Rettung eilte.«

Longji sah Ma Tsu an, der die Augen verdrehte, aber so, daß An es nicht sehen konnte.

Longji sagte: »Wie Ihr sehen könnt, An, brauche ich keine Rettung. Ich bin bereit zu bedenken, daß Ihr vielleicht selbst von Angehörigen der Familie Fu getäuscht worden seid, etwa von Dame Fu und Fu Monzing, die ihren verlorenen Einfluß zurückgewinnen wollten. Wenn das zutrifft, werde ich diese Erklärung akzeptieren und annehmen, daß Ihr in gutem Glauben gehandelt habt, wenn Ihr diesem Irrsinn auf der Stelle Einhalt gebietet. Unterwerft Euch meiner Autorität, bevor auf beiden Seiten Tausende von Menschenleben vergeudet werden.« Longji spürte, wie seine Stimme vor Autorität stark und volltönend wurde. Dies war es, wozu er geboren war: Männer zu beherrschen. »Aus Dankbarkeit dafür, daß Ihr dem Reich der Mitte eine überflüssige und schreckliche Prüfung erspart, verspreche ich Euch ein Leben in Wohlstand und Ehre. Ein Landgut, wo immer Ihr wünscht. Ein langes und friedvolles Leben.«

An schlug mit seinen großen Händen klatschend auf den Tisch, warf den Kopf in den Nacken und lachte laut. Er lachte lange. Die seidenen Zeltklappen bewegten sich leicht im Abendwind.

Longji kochte vor Zorn. Er wünschte, er hätte diesem Mann keine Geiseln überlassen. Er wünschte, er könnte Ma Tsu befehlen, seine dunklen Qinzha-Künste bei An anzuwenden. Er wünschte, er wäre nie hergekommen, um sich so demütigen zu lassen.

Er beugte sich vor. »Mögen die Dämonen Eure Seele verschlingen! Hört auf zu lachen und sagt mir, was *Ihr* wollt.«

Ans Gelächter wurde zu einem Kichern. Seine Miene erinnerte Longji an den Ausdruck einer wohlgenährten Palastkatze, die gerade einen Singvogel verschlungen hat. »Befehlt Kaiserliche Mutter her. Stellt Euch selbst und sie unter meinen Schutz. Kehrt nach Changan zurück. Widmet Euch in Gelassenheit den Künsten. Leben in Sicherheit.«

Longji wurde mutlos. Sich den Künsten widmen? Würde es also drei Kaiser geben – An für den Krieg, irgendeinen Fu für die Politik und ihn für die Künste? Nein: Der Kaiser mußte sich allen drei Gebieten widmen, wenn er beim Volk in Erinnerung bleiben wollte.

Das war unerträglich. Er konnte diesen Vorschlag nicht akzeptieren.

An stand selbstbewußt vor ihm. Er schien seiner Fähigkeit, Longji zu überreden, seine Marionette zu werden, sehr sicher zu sein.

Bilder schossen Longji durch den Kopf: ein kleines Orchester, das unter einem sternenklaren Himmel leichte, kunstvolle Melodien spielte, die er geschrieben hatte; ein kleiner Flur, in dem von seiner Hand fein gemalte Bilderrollen hingen; Li Bo, der ein Gedicht über den Herbst deklamierte, das der Kaiser geschrieben hatte.

Die Bilder waren verlockend und angenehm. Vielleicht war Ans Vorschlag doch nicht so schlecht. Vielleicht konnte er nach Changan zurückgehen...

Doch es fehlte etwas Entscheidendes: Guei Fei. Warum konnte er Guei Fei in einer solchen Zukunft nicht sehen?

Longji schüttelte den Kopf und versteifte das Rückgrat. Er mußte sich gegen solche Visionen verhärten. Ein anderer mochte diese Bilder eines machtlosen Kaisers vielleicht anziehend finden, doch ihn würden sie nicht befriedigen.

Er sah An aufmerksam an. Das Kinn des Mongolen war entschlossen vorgereckt. Es war hoffnungslos. Der Mann war überzeugt, das Reich in seine Gewalt bringen zu können. Und warum auch nicht? Bisher war ihm noch alles gelungen, was er angepackt hatte.

Longji erhob sich. »Wir sollten diese Farce jetzt beenden. Ihr wollt mich nur als Maske benutzen und in meinem Namen unterdrücken und plündern.« Er zeigte drohend mit einem Finger auf An. »Betet zu den Göttern, die Ihr auch verehrt, daß Ihr mir nicht lebendig in die Hände fallt, wenn meine Streitkräfte Eure besiegen. Geschichtsschreiber werden über Eure Todesart genauso viel schreiben wie über diese ganze närrische Rebellion, die Ihr angezettelt habt.«

An grinste und entblößte starke weiße Zähne. »Welche Hoffnung, mich mit kleiner kaiserlicher Garde zu vernichten? Selbst wenn alle Euch ergeben bleiben.«

Longji hörte sofort die Drohung in dieser letzten Äußerung heraus. War es möglich, daß ihn selbst die Garde verriet? fragte sich Longji voller Unbehagen. An war Gardesoldat gewesen; er wußte vielleicht besser als ein distanzierter Kaiser, wie diese Männer fühlten und dachten.

Doch dann sagte Longji: »Ihr wißt sehr wohl, daß Armeen aus dem ganzen Reich zusammenströmen, die sich mir anschließen wollen. Daher versucht Ihr mir zu drohen. Ihr wollt, daß ich aufgebe.«

An schnaubte verächtlich. »Strahlender Kaiser ist doch klar, daß er keine Hilfe bekommt. Großes Werk der Reformen bringt jeden gegen Euch auf, jeden – Mandarine, Armeeoffiziere, Gutsherren. Niemand kommt Euch zu Hilfe. Nicht Grenzarmeen, nicht Provinzmiliz, nicht Bauern. Niemand.«

Longji machte mit der Hand eine Bewegung, die abschätzig sein sollte, statt dessen aber abwehrend wirkte. »Ob das Volk des Reichs der Mitte mit mir nun unzufrieden ist oder nicht, es wird niemals die Herrschaft eines Barbaren akzeptieren.«

»Vielleicht nicht.« An Lushan straffte die Schultern. Er sah wie jemand aus, der zu einer Ansprache ansetzt. »Dann kommt nicht zurück. Zehn Jahre, vielleicht zwanzig Bürgerkrieg. Große Armeen kommen von den Grenzen, um Thronprätendenten zu unterstützen. Volk erhebt sich. Felder werden nicht abgeerntet. Mühlen hören auf, sich zu drehen. Krankheit und Hungersnot breiten sich aus. Städte brennen. Wasserstraßen von Piraten blockiert, Landstraßen voller Räuber. Stämme im Norden, Süden und Westen überqueren die Grenzen, nehmen große Stücke Land. Von Reich der Mitte wird wenig übrigbleiben.«

Ans Worte schlugen Longji gegen die Brust wie ein Schlegel gegen eine Totenglocke. Er spürte einen Stich der Trauer, als wäre ein geliebter Mensch gestorben.

»Warum habt Ihr damit angefangen?« Wie sehr er es auch versuchte, Longji schaffte es nicht, den schrillen Tonfall seiner Stimme zu beherrschen. »Was könnt Ihr damit gewinnen? Vor zwei Jahren habt Ihr mir im Palast des Blauen Tigers eine großartige Vision gezeigt. Wir hätten zusammenarbeiten und das herrlichste, mächtigste Reich schaffen können, das die Welt je gesehen hat. Was ist aus alldem geworden?«

Ans Augen schienen zu glühen. »Ja, zeigte Euch im Palast des Blauen Tigers große Vision. War ein Bild, ein Bild, wie Reisende in Wüste dem Verderben entgegenführt. Illusion sollte Euch überzeugen, mir Kraft zu geben, eigene Vision zu verwirklichen.«

Longjis Stimme hörte sich jetzt noch drängender und schärfer an. »Was ist mit – unserer Freundschaft? Was ist mit der Tatsache, daß wir Euch wie einen Sohn behandelt haben?«

An machte ein finsteres Gesicht. »Ihr nie mein Vater. Vater von Türken ermordet, die im Sold von Militärgouverneur von Hotung standen. Gouverneur Euer Diener, Strahlender Kaiser. Vater starb wegen Politik, Stämme des Nordens gegeneinander kämpfen zu lassen. Alle schwächen, damit niemand stark genug, Euch zu bedrohen. Als verstanden, wie und warum Vater starb, Rache geschworen.«

An beugte sich vor. Seine Fäuste ruhten wie zwei Felsbrocken auf dem Klapptisch. Er kam mit seinem entstellten Gesicht ganz dicht an das Longjis heran. »Blutvergießen für Blut. Entweder Euch besiegen und alles für mich nehmen, oder Reich zerfallen.«

Longji sackte in seinem Stuhl zusammen. Er fühlte sich plötzlich schwach und müde. Ans Vater mußte vor dreißig oder mehr Jahren gestorben sein. Damals hatte Longji der Nordregion kaum einen Gedanken gewidmet. Er war ein neuer Kaiser gewesen, der all sein Denken darauf gerichtet hatte, Palastrevolten zu überleben. Etwas, was ohne sein Wissen geschehen war, wollte ihn jetzt vernichten. Und er und Strahlender Edelstein hatten den Zerstörer unterstützt, ohne es zu wissen.

Ich wollte, daß die Historiker schreiben, ich sei ein großer Kaiser gewesen. Statt dessen werden sie nun schreiben, ich sei ein großer Narr gewesen. Aber, ob Dummkopf oder nicht, ich bin immer noch Kaiser. An weiß das, und das ist der Grund, weshalb er mit mir nach Changan zurückkehren will. Er braucht mich.

Das war der Unterschied zwischen ihnen. An hatte nichts als seinen Ehrgeiz. Longji hatte das Mandat des Himmels. Fünfunddreißig Jahre lang war er die Wahl des Himmels gewesen mit dem

Auftrag, den mehr als fünfzig Millionen Menschen des Reichs der Mitte Ordnung, Frieden und Wohlstand zu bringen. Was immer An zu erobern vermochte, er würde es nur so lange halten, wie er stark genug dazu war. Viele andere Männer würden wie er die höchste Macht in Händen halten wollen, und es gab nur eine einzige Möglichkeit, unter ihnen eine Entscheidung herbeizuführen, nämlich durch unablässige Prüfungen der Stärke. Es würde ständig Bürgerkrieg herrschen.

Ich könnte den Frieden im Reich heute wiederherstellen, indem ich diesem Mann nachgebe. Ich könnte in das schöne Changan zurückkehren, Lieder schreiben und Bilderrollen malen. Doch wie lange würde das gut gehen? Was für ein Mandat würde der Himmel diesem Barbaren gewähren?

Ans Plan stellte den Frieden aber nicht wieder her. Er machte einen Krieg nur noch wahrscheinlicher. Longji wußte eins: Wenn er so tat, als läge die Regierungsmacht in seinen Händen, während An sie ausübte, würde jedermann wissen, daß die wirkliche Herrschaft in den Händen des Stärksten lag. Das wäre eine Verleugnung des himmlischen Mandats, und damit wäre das Mandat des Schwerts verkündet. Ehrgeizige Männer würden mit Gewalt um die Macht wetteifern. Damit wäre der Frieden ebensowenig gesichert, wie wenn An offen herrschte.

Es gab für Longji nur eine Möglichkeit, seine Pflicht als Kaiser zu tun: Er mußte auf seinem Recht beharren, unter dem Mandat des Himmels das Reich der Mitte zu regieren, und die Unterstützung all derer für sich gewinnen, die an die Zivilisation glaubten.

Sobald der Himmel einem Mann diesen Mantel über die Schultern gelegt hat, kann dieser ihn nicht einfach wieder ablegen. Nur der Himmel konnte Longji wegnehmen, was er ihm gegeben hatte.

Plötzlich fiel Longji ein, daß er sich in all den Jahren, seit er im Alter von zwanzig den Drachenthron bestiegen hatte, nie gefragt hatte, ob er Kaiser sein wollte oder nicht.

Es kam nicht darauf an, was er wollte. Es kam darauf an, wen der Himmel wollte. Und der Himmel hatte sich für ihn entschieden.

In diesem Augenblick, weit weg von seinem Palast und seiner Hauptstadt und angesichts eines Feindes, der weit mächtiger war als er selbst, fühlte er sich mehr als je zuvor in seinem Leben als wahrhafter Sohn des Himmels.

»Wir haben uns nichts mehr zu sagen.« Seine Stimme erstickte fast vor Kummer bei dem Gedanken an das kommende Leid.

Sie hörte ein Geräusch wie von Schritten.

Aber nein – keine Schritte. Zumindest keine menschlichen. Etwas Schweres schleppte sich durch den Wald.

Guei Fei setzte sich auf die niedrige Steinmauer, welche die neue Terrasse an der Höhle Bodhidharmas umgab. Sie hatte bei ihrem letzten Besuch zu Hause Anweisung gegeben, Mauer und Terrasse zu errichten, als sie sich zu Yang Heng begeben hatte und sich wegen ihres Anteils an Chingchins Tod entschuldigt hatte. Jetzt, nach mehr als acht Jahren, sah das steinerne Bauwerk nicht mehr roh und neu aus. Es harmonierte mit dem uralten Geist des Ortes.

Sie hatte den Berg jedoch bestiegen, um sich Mauer und Terrasse anzusehen. Sie war von dem Verlangen angezogen worden, noch einmal den Ort zu sehen, der in ihrem Leben so wichtig gewesen war. Dort hatte das Schicksal sie zum ersten Mal mit Longji zusammengeführt. Wäre dieser Pfeil nicht aus dem Bogen des Schützen der Fu durch die Luft geschwirrt, hätte Darius sie nicht gewarnt – wäre sie nicht so kühn zu dem Kaiser losgeritten ...

Da war es wieder!

In dem Gebüsch unterhalb des Aussichtspunkts bewegte sich tatsächlich etwas. Ein kleines Reh? Ein entlaufener Hund?

Unterhalb der Terrasse hörte sie ein lautes Krachen. Etwas Schwereres als ein kleines Reh oder ein Hund war ins Gebüsch gefallen und schien dort um sich zu schlagen.

Eine brummelnde Stimme drang jetzt an ihr Ohr. »Wenn der Frühling erst entschwunden ist«, intonierte jemand, »wenn der Frühling erst entschwunden ist, der Frühling ...«

Guei Fei lachte plötzlich laut auf. Selbst wenn die Stimme nicht unverkennbar war, hörte sie doch, daß da jemand sowohl von Worten als auch von Getränken trunken war. »Li Bo!« rief sie hinunter. »Seid Ihr verletzt?«

Ein rundes Gesicht tauchte auf dem Pfad auf. Die Stirn war von einer schwarzen Gelehrtenmütze halb verdeckt. Der blaue Mantel des Dichters war schmutzig und mit Blättern bedeckt. Er torkelte auf sie zu.

»Frühling entschwunden«, sagte er, schüttelte den Kopf und legte die Stirn in Falten. »Oder einmal entschwunden?«

»Seid Ihr verletzt?« wiederholte sie.

Er blickte zu ihr hoch, als wäre er überrascht zu sehen, daß sie sich über die Mauer beugte und zu ihm heruntersah. Er richtete sich sofort auf und verbeugte sich unsicher.

»Ich dichte«, sagte er. »Es tut mir leid, Euch zu stören.« Er wollte sich umdrehen, verlor leicht das Gleichgewicht und hielt sich an einem nahen Baum fest.

»Ihr stört mich nicht«, sagte Guei Fei voller Wärme. »Was dichtet Ihr gerade?«

Li Bo drehte sich erneut zu ihr um. Bevor er antwortete, stieg er die letzten Stufen zur Terrasse hinauf und setzte sich schnaufend neben sie. Dann begann er zu rezitieren:

Damen spielen Pi-Pa unter der Wistarie,
Doch nur im Traum, in der Erinnerung.
Der kalte Wind zerzaust mir das Haar,
Und meine Briefe haben nie den Weg nach Hause gefunden.

Wenn der Frühling erst entschwunden ist –

Er hielt inne und kniff die Augen zusammen, so daß sich sein Gesicht in Falten legte. Guei Fei sah, wie ihm aus den Augenwinkeln Tränen in die Furchen seines Gesichts kullerten.

Sie streckte den Arm aus und legte ihm eine Hand auf seine gefalteten Hände. Er schlug die Augen auf und fixierte sie mit einem trauervollen Blick. Er schwankte leicht vor und zurück.

»Es tut mir leid«, sagte Guei Fei. »Ich weiß, wie sehr Ihr Changan geliebt habt. Wenn ich Euch Euer Leben dort irgendwie zurückgeben könnte, würde ich es tun. Ich bete jeden Tag zu Guanyin, daß wir unser Zuhause schon bald wiedersehen.«

Der sonst so redselige Dichter sagte nichts. Sein Gesicht war verkniffen und tief zerfurcht. Seine Schultern bebten unter stummen Schluchzern.

Guei Fei spürte eine Welle der Zuneigung zu dem betrunkenen kleinen Poeten. Er war bei ihren Festen im Palast im Hintergrund immer dabei gewesen, so daß sie außer bei Begrüßungen nur selten mit ihm gesprochen hatte. Doch es waren die Worte dieses Mannes gewesen, die sie ihre Liebe zu Longji hatten erkennen lassen. Das hatte sie ihm jedoch nie gesagt, wie ihr jetzt einfiel.

Sie stand auf und stellte sich vor den Dichter. Dann ließ sie sich zu einem tiefen Kotau niedersinken. Sie legte den Kopf auf den sandigen Terrassenboden, einmal, zweimal, dreimal – sieben-, acht-, neunmal.

»Ihr seid der Kaiser der Poesie«, sagte sie, als sie sich nach der letzten Verneigung zurücklehnte. »Li Bo, es waren Eure Worte, die mich meine Liebe zu meinem Mann erkennen ließen. Ihr sagt die Wahrheit und rührt das Herz. Mögt Ihr im Reich der Unsterblichen für immer herrschen.«

Da konnte der kleine Poet die Tränen nicht mehr zurückhalten. Sie strömten ihm wie Regen über die Wangen. »Dame Yang«, stammelte er, »sie sind nicht würdig, Euch die Schuhsohlen zu küssen.« Er kam mühsam auf die Beine und versuchte, sich vor ihr zu verbeugen, wobei er fast vornüberfiel.

Hinter Li Bo knirschten plötzlich Schritte. Guei Fei sah hoch und sah, daß Longji mit einem Spazierstab in der Hand näher kam. Li Bo taumelte bei dem Versuch, sich zu dem Neuankömmling umzudrehen.

Longji sprang hinzu und packte den Dichter an der Taille. Er richtete ihn auf, bevor er in den weißen Sand stürzen konnte.

Li Bo nahm sich zusammen und drehte sich zu Longji um. »Ihr seid gesegnet«, sagte er mit belegter Stimme. »Ihr wißt gar nicht, wie sehr Ihr gesegnet seid.« Dann torkelte der Dichter davon und verschwand auf dem Pfad, auf dem Longji zu dem Schrein in der Höhle gekommen war.

Longjis Mund verzog sich, als wollte er loslachen. Guei Fei hielt die Hand hoch und schüttelte energisch den Kopf. »Ich danke Euch für alles«, rief sie Li Bo nach.

Der Dichter drehte sich nicht einmal um.

Longji hatte den Kopf in den Nacken geworfen und sah sie an.

»Er vermißt Changan«, erklärte Guei Fei.

Longji seufzte tief und setzte sich auf die niedrige Steinmauer. »Er wird ein Gedicht darüber schreiben, und es wird mir zu Herzen gehen. Ich vermisse unser Zuhause auch.« Er blickte auf die weite Landschaft der blauen Kalksteinhügel und den Li-Fluß, der sich sanft dahinschlängelte.

Guei Fei begann zu zittern. Es kam ihr vor, als wehte ihr Wind aus einem künftigen Winter ins Gesicht.

Sie mußte es ihm erzählen. Seit sie ins Exil gegangen und aus ihren Palästen und ihrer Hauptstadt geflüchtet waren, hatte sie sich immer wieder das Versprechen abgenommen, mit Longji über An Lushan zu sprechen. Nun hatte sie die Gelegenheit dazu. Ihre Kehle erstickte jedoch fast an den Worten.

»Was ist?« Longjis Stimme hörte sich besorgt an. Er zog sie zu sich herunter und legte die Arme um sie. Als sie in seine vertrauten gütigen Augen blickte, fragte sie sich, wie sie es ihm erzählen sollte. Doch sie wußte, daß sie ihm kein Geheimnis mehr vorenthalten konnte.

Longjis große Augen weiteten sich. »Strahlender Edelstein, du weinst ja.« Sie verbarg das Gesicht an seiner Schulter. Als sie sprach, wurde ihre Stimme von seinem Gewand gedämpft. »Ich muß dir etwas sagen.« Damit begann sie zu schluchzen. Ihr Körper verkrampfte sich, und sie keuchte.

Longji strich ihr übers Haar. »Wir sind zusammen glücklich gewesen. Bestimmte Dinge läßt man vielleicht am besten ungesagt. Wie du weißt, ist es der Nebel, der diese Hügel so schön macht.«

»Wenn ein schrecklicher Anblick zum Teil verdunkelt ist, so daß man sich diesen nur vorstellen kann, ist es viel schlimmer«, sagte sie, hob den Kopf und sah ihn an. Dann erzählte sie ihm, wie An sie überrascht hatte, als sie im Da-Ming-Park malte, und daß er zudringlich geworden sei.

»Aber es ist nichts weiter passiert?« fragte Longji.

»Natürlich ist nichts passiert. Er hat mich vollkommen mißverstanden. Ich empfand für ihn die gleiche Art von Zuneigung wie für meinen Onkel Heng. Er war jemand, dem ich helfen wollte. Er war ein ungehobelter Mann, den ich gebildet und, wie ich glaubte, in einen zivilisierten Menschen verwandelt hatte. Wie dumm ich war.«

Er schüttelte den Kopf. »Was An angeht, waren wir beide dumm.« Er lächelte sie an.

Sie hatte erwartet, daß er ihr zürnte und sie vielleicht für immer wegschickte. Statt dessen lächelte er sie an. Sie wischte sich mit ihrem blaßblauen Ärmel die Tränen aus den Augen.

Zögernd fragte sie: »Zürnst du mir?«

Er nahm ihre Hand in seine. »Nun – ich muß schon sagen, es wäre besser gewesen, wenn du es mir längst erzählt hättest.«

Sie senkte den Kopf, und die Tränen begannen erneut zu fließen, »Ja, wenn ich es dir erzählt hätte, nachdem es passiert war, hättest du ihn bestrafen müssen. Dann hättest du ihm nie das Kommando über die riesige Armee gegeben. Und es wäre nie zu diesem entsetzlichen Aufstand gekommen. Ich hätte ihn verhindern können. Verstehst du jetzt, warum ich glaubte, du würdest zornig auf mich sein?« Sie begann zu schluchzen.

»Ja, ich verstehe es.« Er legte die Arme um sie und preßte sie eng an sich. »Ich verstehe aber auch, weshalb du nichts gesagt hast.«

Sie sah zu ihm hoch, und Longji schüttelte den Kopf. »Er dachte, er könnte sich einfach meine Frau nehmen«, murmelte er. »Er glaubte, er brauchte mit dieser riesigen Armee nur vor Changan aufzutauchen, damit ich ihm das Reich überlasse.«

»Du bist so gut zu mir«, sagte sie. »Freundlicher, als ich je erwartet habe. Meine Torheit hat dich die Hauptstadt gekostet und dich gezwungen, nach Guilin zu fliehen.« Sie lachte bitter. »Damals befürchtete ich ein Zerwürfnis zwischen dir und An. Und jetzt sieh dir an, was geschehen ist.«

Er tätschelte ihr die Schulter. »Das macht nichts. Wie Ma Tsu mir immer wieder sagt, ist nur eins real, nämlich dieser Augenblick. Und in diesem Augenblick bin ich glücklich mit dir, und unsere Flucht aus Changan kommt mir wie eine Vergnügungsreise vor.«

Sie schlang die Arme um ihn. Sie hatte ihn in den vergangenen zwei Jahren teilweise verloren, weil sie ihm etwas vorenthielt, doch jetzt gehörte er wieder ihr und sie ihm. Und das erzwungene Exil erschien ihr in diesem Augenblick im Vergleich dazu gering.

Longji fühlte sich wie ein Eindringling, als er hinter Gouverneur Yang Shans halbrundem Schreibtisch saß, und dies ganz besonders, da Gouverneur Yang ihm gegenüber auf einem Besucherstuhl saß. Longji spülte seinen Schreibpinsel in einem Becher mit Wasser, wischte ihn trocken und legte ihn auf den Rand eines Porzellantabletts.

Gouverneur Yang sagte: »Vergebt mir, falls ich Euch bei der Arbeit gestört habe, Strahlender Kaiser. Ich komme gern bei einer anderen Gelegenheit wieder.«

Longji winkte ab. »Durchaus nicht. Ich habe soeben eine wichtige Proklamation fertiggestellt, und ich wünsche, daß Ihr sie Euch anseht. Es ist sehr liebenswürdig von Euch, daß ich Euer Büro benutzen darf, Eure Audienzkammer, Euren Palast – ja sogar Eure ganze Provinz.«

Yang Shan schlug die Augen nieder. »Alles im Reich der Mitte gehört Euch, Strahlender Kaiser.«

»Ich kenne da einen bestimmten Emporkömmling von Barbarengeneral, der das bezweifeln würde«, entgegnete Longji mit einem Lächeln. »Aber die Provinz Lingnan ist so schön, daß es Augenblicke gibt, in denen ich das gesamte Reich der Mitte ohne weiteres dafür hergäbe.«

Vielleicht habe ich damit das Falsche gesagt, dachte Longji. Sein langer Aufenthalt und der große Hofstaat hatten der Provinz schon eine schwere Bürde auferlegt. Der Gouverneur machte jedoch immer noch einen recht gelassenen Eindruck, wie er mit den Händen auf dem Schoß dasaß. Er war ein hochgewachsener, dünner Mann mit einem weißen Schnurrbart, dessen Enden ihm bis weit über den Kragen fielen, und einem weißen schmalen Bart, der ihm halb auf die Brust reichte. Heute abend trug er ein aquamarinfarbenes Gewand, das mit weißen Drachen bestickt war, deren Augen und Krallen durch kleine Edelsteine betont wurden. Longji musterte ihn interessiert.

Das ist der Vater einiger der ungewöhnlichsten Menschen, die ich kenne. Meiner geliebten Guei Fei, des brillanten Enger, der unabhängigen Meiling...

Hinter diesen ruhigen alten Augen steckte mit Sicherheit eine Intelligenz, die der der Kinder ebenbürtig war. Erweitert durch Erfahrung. Shan war fünfzehn Jahre älter als er. Sein Rat in dieser unmöglichen Situation konnte von unschätzbarem Wert sein.

Shan sagte: »Wir haben Schönheit im Überfluß, Strahlender Kaiser. Ich fürchte aber, daß sie das einzige ist, was wir im Überfluß besitzen.«

Longji verstand. Vierzigtausend Menschen waren plötzlich in Lingnan eingefallen, die Einwohnerzahl einer ganzen Stadt, die zu der normalen Bevölkerung der Provinz hinzukamen. Zehntausend kaiserliche Gardesoldaten und dreißigtausend Beamte waren in und um Guilin einquartiert.

»Ihr habt uns gut behandelt, mein Freund«, sagte Longji. »Und ich weiß, daß es nicht leicht ist, plötzlich so viele Menschen zusätzlich versorgen zu müssen, und kein einziger von ihnen erzeugt auch nur etwas Eßbares oder sonst etwas Nützliches.«

»Eine gute Verwaltung ist nützlich«, erwiderte Shan. »Es ist uns eine Ehre, Euch dabei zu helfen, eine gute Verwaltung zu bewahren. Ich entschuldige mich dafür, daß ich auch nur die Möglichkeit erwähne, aber sollte der Barbar Erfolg haben, werden wir alle entsetzlich leiden. Trotzdem...«

Longji unterbrach ihn. »Ich weiß, es fällt Euch außergewöhnlich schwer, uns zu ernähren, uns zu kleiden und uns ein Dach über dem Kopf zu geben. Ihr möchtet gern wissen, wie lange ich hier zu bleiben gedenke.«

Shan senkte sein Gelehrtenhaupt zu einer respektvollen Verbeugung. »Strahlender Kaiser, Eure Liebenswürdigkeit und Rücksichtnahme übertreffen jede Erwartung.«

»Habt Ihr von Ans Proklamation gehört, die er nach seinem Treffen mit mir verkündet hat?«

Shan lächelte. »Nicht von Amts wegen.«

Der Bote war am Morgen mit der Nachricht gekommen. Longji war ziemlich sicher, daß Gouverneur Yang auf denkbar respektvolle Weise seine Informanten in der kaiserlichen Umgebung untergebracht hatte, um sich zu vergewissern, daß er alles erfuhr, was der Kaiser wußte. Aus Höflichkeit würde Longji jedoch zum Schein darauf achten, daß Shan alles auf offiziellem Weg erfuhr.

»Ich werde dafür sorgen, daß Ihr eine Kopie erhaltet. Es ist ein langes, anmaßendes Dokument, geschrieben in dem abscheulichsten Stil, den man sich nur denken kann. Es wäre selbst einem zehnjährigen Schuljungen peinlich. Angeblich stammt es von Prinz Kuo Ting, wurde aber offenkundig von An diktiert. Man kann seinen Mongolen-Akzent fast hören. In dem Dokument wird der Prinz zum Sohn des Himmels erklärt. Von mir heißt es, ich hätte das Mandat des Himmels verloren. Man hat mich zu einem rebellischen einfachen Bürger degradiert und mir befohlen, sofort nach Changan zu kommen und mich dort dem Willen des neuen Kaisers zu unterwerfen. An ist vom Generalprotektor zum Ersten Minister befördert worden. Zumindest glaube ich, daß es in ihrem Regierungssystem eine Beförderung ist, da Ans Sohn, An Tairen, der vor kurzem ein Jahr alt wurde, jetzt Generalprotektor ist.«

Shan kicherte. »Was für Narreteien!«

»Bevor mein geschätzter Schwiegervater mich mit seinem Besuch beehrte, bereitete ich eine eigene Gegenproklamation vor, von der ich glaube, daß sie die Situation bis in die fernsten Winkel des Reiches klarmachen wird. Hier ist mein Entwurf.«

Longji hielt Shan ein Papier hin. Dieser nahm es mit einer Verbeugung entgegen.

Longji spielte mit dem Griff des Pinsels, während er wartete. Er spürte ein leichtes Flattern im Magen, das ihn überraschte. Shan würde sich natürlich als kenntnisreicher Beurteiler von Schriftstücken erweisen.

Longji hatte jedoch einen tieferen Grund für sein Unwohlsein. Selbst wenn die Proklamation in der schönsten je geschriebenen Prosa abgefaßt war, würde es nichts nützen, wenn sie das Volk nicht zum Handeln trieb. Sie erklärte An zu einem Rebellen und für vogelfrei. Sie bestätigte, daß Longji der einzige wahre Kaiser bleibe, der mit dem Willen des Himmels regiere. Sie rief alle Beamten, Soldaten und das Volk des Reichs der Mitte dazu auf, sich bis zum

Äußersten anzustrengen, um An Lushan zu vernichten und alle zu bestrafen, die sich ihm angeschlossen hatten.

Longji hatte den Text so knapp wie möglich gehalten, damit er schnell kopiert werden konnte. Sobald er damit zufrieden war, würde er in einen Raum voll wartender Schreiber gebracht werden, die ihn immer wieder kopieren und die Kopien Boten geben würden, die in die zehn Provinzen ausschwärmen und ihn in die Hauptstädte und die Sitze der Präfekturen bringen sollten.

Wenn doch nur Yang Heng hier wäre, dachte Longji. Er könnte uns helfen, von meinem Dokument eine Vielzahl von Kopien herzustellen. Dann könnten wir diese Proklamation in die Hände derer geben, die sie schneller sehen müßten.

Wer die wahre Situation im Reich der Mitte verstehen wollte, mußte von dieser Proklamation dringend Kenntnis erhalten. Vor mehr als zwanzig Tagen hatte er Boten an die Kommandeure der drei großen Grenzarmeen sowie an alle Provinzgouverneure geschickt und ihnen befohlen, ihre Truppen zu mobilisieren und Ans Armeen aufzuspüren, wo immer sie sich befanden, sie zu schlagen und sie zu zerstreuen.

Keiner der Boten war zurückgekehrt. Bis jetzt hatte er zudem von keiner militärischen Aktion gegen An erfahren. Mit einem Gefühl von Mutlosigkeit fiel ihm wieder ein, wie An ihn mit der Behauptung verhöhnt hatte, die Reformen hätten alle Mächtigen gegen den Kaiser aufgebracht. Ein schreckliches Gefühl von Verlassensein und Hilflosigkeit überkam Longji. Wenn er nicht mit seinen Generälen und Gouverneuren rechnen konnte, waren er und Guei Fei verloren.

Shan reichte ihm das Papier mit einem Lächeln zurück. »Es ist gut formuliert und bringt dem Leser schnell das Wesentliche nahe. Jeder loyale Untertan wird sicher handeln, wenn er das gelesen hat. An hat Euch gewiß in eine schwierige Lage gebracht, als er Euch aus der Hauptstadt vertrieb und Euch so von jeder Verbindung mit der Masse Eurer Streitkräfte abschnitt. Wo befindet sich seine Armee jetzt?«

Longji seufzte. »Er hat zunächst seine Herrschaft über die Provinzen um Changan gefestigt. Seit neuestem soll er aber mit einer großen Armee auf uns vorrücken. Im Augenblick befindet er sich irgendwo in der Nähe von Tanchou.«

Shan senkte den Kopf. »Der Himmel stehe uns bei! Dann werden Ans Armeen in Lingnan einfallen, und Eure Armeen werden uns retten. Ganz Lingnan wird verwüstet werden. All seine Schönheit, all das, wofür wir so viele Jahre gearbeitet haben, wird es nicht mehr geben.«

Tiefe Trauer bemächtigte sich Longjis. Er erinnerte sich, daß An gesagt hatte, wenn er darauf bestehe, Krieg zu führen, werde es den Ruin des Reichs der Mitte bedeuten. »Ich bedaure es sehr, Schwiegervater«, sagte er. »Ich habe meine Leute hergebracht, weil ich weiß, daß ich hier geliebt werde und mich darauf verlassen kann, willkommen zu sein. Wie grausam, Eure Liebenswürdigkeit damit zu belohnen, daß ich diese herrliche Provinz in ein Schlachtfeld verwandle.« Aber was soll ich denn sonst tun, dachte er. Wohin kann ich gehen?

Shan entgegnete: »Ja, Ihr werdet hier geliebt. Aber da ich weiß, daß Ihr es vorzieht, wenn man offen zu Euch spricht, möchte ich Euch sagen, daß hier auch große Furcht herrscht. Das Volk und seine Anführer ängstigen sich vor dem, was Ihr vielleicht über uns bringt. Ich versuche sie zu beruhigen, aber ich weiß nicht, wie lange ich das noch kann. Ich fürchte, sie könnten sich gegen mich wenden.«

Longji preßte sich die Fingerspitzen an die Stirn. »Ich werde kein Unheil über Euch bringen«, sagte er. »Ich werde heute mit meinen Ministern und den Offizieren der kaiserlichen Garde zusammentreffen und einen neuen Plan ausarbeiten. Es wird in der Provinz Lingnan keinen Krieg geben.«

Shan hob die Hände zum Widerspruch, schlanke Hände wie die von Guei Fei. »Ich flehe Euch an, Ihr dürft Euch nicht in Gefahr begeben, nur weil Ihr auf mich und die Meinen besondere Rücksicht nehmt. Eine Provinz kann man opfern. Wenn aber der Kaiser verloren ist, geht das ganze Reich unter.«

»Nein, nein, diese Provinz könnte sich vielleicht von einer kleinen Armee gegen einen größeren Feind gut verteidigen lassen. Sie ist aber kein guter Ort, um diese riesige Armee zu ernähren oder einzusetzen, die ich zusammenstellen werde, um diesen Wüstling zu vernichten.«

Die Armee, die ich zusammenzustellen hoffe. »Es könnte für uns durchaus besser sein, nach Nordwesten zu gehen, nach Chiennan. Diese ganze Provinz ist nichts als ein einziger großer Bauernhof. Und dort wird uns die Armee der Westregion von General Lui Mon Lim leichter erreichen.«

Wenn er überhaupt kommt.

Er stand auf. Die geschmeidige Bewegung, mit der Shan sofort auf die Knie fiel, erinnerte Longji an Guei Fei.

»Bitte kniet nicht nieder«, sagte Longji. »Beim Reisen, selbst wenn es mir aufgezwungen wird, gefällt mir eines, nämlich daß wir weniger förmlich sein können. Außerdem seid Ihr der Vater der Frau, die ich mehr liebe als alle Menschen auf der Welt.«

Shan erhob sich und sah Longji an. »Ich bin demütig und für die Liebe tief dankbar, die Ihr meiner Tochter entgegenbringt. Ihr habt sie so hoch erhoben, wie es noch niemand aus unserer Familie je erreicht hat.«

»Nur weil sie es verdient.«

Sein Blick begegnete dem des alten Mannes, und in dem warmherzigen Blick der braunen Augen erkannte Longji so etwas wie väterliche Zuneigung.

Shan sagte: »Wird der Strahlende Kaiser dem anmaßenden Untertanen erlauben, offen zu sprechen?«

Longji breitete die Hände aus. »Bitte.«

»Als ich erfuhr, daß Ihr Guei Fei Eurem Sohn weggenommen und sie selbst geheiratet habt, fürchtete ich um sie. Ich glaubte, es geschähe nur aus Lust eines älteren Mannes auf eine sehr junge Frau. Ich fürchtete, Ihr würdet sie benutzen und Euch ihrer dann entledigen. Doch was geschehen ist, hat all meine Hoffnungen für sie weit übertroffen, und das trotz der bösen Tage, die über uns gekommen sind.«

»Sie benutzen und mich ihrer entledigen?« fragte Longji. »Nur ein Narr würde einen solchen Fehler machen.«

Ein Narr wie Su Chi, dachte er. Er rief sich Guei Fei ins Gedächtnis, wie er sie am ersten Tag gesehen hatte, als sie sich erbot, ihm die Statue in der Höhle Bodhidharmas zu zeigen. Und wenn Su Chi nicht so ein Narr gewesen wäre, wie anders wäre heute alles.

»Ich sollte Euch dankbar sein, schätzenswerter Yang Shan, weil Ihr mir die bemerkenswerteste Frau geschenkt habt, die ich je gekannt habe.«

»Steppenwind!« sagte An Lushan warnend.

Er stöhnte vor Wohlbehagen, als die Blähung mit einem langen, pfeifenden Seufzer entwich. Khalil stand neben ihm auf und beugte sich weit vor, als wolle er ein Kotau vollführen.

Eine Reihe leiser Knaller endete mit einer einzigen lauten Explosion. »Steppensturm«, verkündete Khalil. Lushan klatschte in die Hände und nickte begeistert.

Kuo Ting kniff die Augen zusammen und blinzelte. Als er sie wieder aufschlug, war kein Laut zu hören. Ein übler Geruch zog jedoch quer über den Tisch. Ein Befehlshaber der Legion der Fremden lachte und klatschte sich auf den Schenkel. Der Mann neben ihm schnaubte verächtlich und hielt sich mit den Fingern die Nase zu.

»Totes Fleisch aus der Steppe«, sagte Lushan angewidert. Er stand von dem Kissen auf, auf dem er gelegen hatte, und ging auf den Drachenthron zu, wobei sein Säbel an seiner Seite hin und her schwang. Ein rotorangefarbenes Brokatkissen lag ihm im Weg. Er zog seinen Säbel, spießte das Kissen auf und schnitt es in Stücke.

Er blickte hoch und sah, wie Khalil ihm ein blaßgrünes Kissen zuwarf. Er fing es mit dem Säbel in der Luft auf und spießte es auf, als wäre es ein Säugling aus irgendeinem Dorf des Reichs der Mitte. Mit einer schnellen Drehung des Handgelenks löste er das zerfetzte Kissen vom Säbel und schleuderte es gegen eine Wand. »Schluß jetzt«, sagte er und schüttelte den Kopf, als Khalil Anstalten machte, sich noch ein Kissen zu schnappen. Lushan steckte seinen Säbel in die Scheide und zog den schweren schwarzen Ledergürtel unter den Bauch.

Auf dem Drachenthron kann nur ein unbewaffneter Mann anständig sitzen, dachte er, als er es sich darauf bequem machte. Er mußte das linke Bein über die Armlehne schwingen und sich gebeugt hinsetzen, damit der lange Säbel Platz hatte. Sobald er richtig saß, winkte er dem alten Fu Monzing zu, er solle ihm noch etwas zu trinken bringen. Der frühere Erste Minister eilte los wie der Diener, zu dem er geboren war.

Jetzt wird hier nur noch Stutenmilch gereicht, dachte Lushan mit Befriedigung.

Khalil stand schwankend von dem Tisch auf, an dem er mit den anderen Soldaten getrunken hatte, und trat zu ihm. Er ließ sich vor dem Thron wie ein Stein hinfallen, wobei sein Säbel auf den Terrazzostufen klapperte. »Große Audienzhalle ist gutes Zelt«, sagte er und hob seinen ledernen Trinkschlauch. Lushan brummte zustimmend. Dumpfer Lärm erfüllte den riesigen Saal, der für die unzähligen liegenden Offiziere und die Kurtisanen, die er zu ihrem Vergnügen hatte kommen lassen, kaum groß genug war.

Schwarze Jade schritt die Stufen hinauf und setzte sich zu ihm. Ihm fiel wieder die Arroganz ihres Gangs auf und die stolze Haltung ihrer Schultern unter dem pflaumenfarbenen Seidengewand. In seine Lenden kam Leben, als er daran dachte, wie er ihr in seinem Zelt das Gesicht auf den Boden pressen und am Hals unten halten würde, während er sich mit ihr vergnügte. Er würde dieses Gewand zerreißen, wie er es in den letzten Monaten schon Dutzende von Malen getan hatte, würde es ihr direkt vom Rücken reißen. Und sie würde sich erbittert wehren, beißen und kratzen und wie eine Tigerdämonin die Krallen ausfahren. In jüngster Zeit hatte er festgestellt, daß er das von ihr brauchte, nämlich die Bestätigung, daß ihr Herz von Haß auf ihn erfüllt war, ihren Eigentümer, der sie als Gefangene hielt. Sie liebt mich nicht, dachte er mit Befriedigung. »Tanze, Frau«, befahl er und blickte beim Sprechen in eine andere Richtung. Dann gebot er ihr mit einer Handbewegung zu verschwinden.

Er hörte ihre festen Schritte, als sie vom Podium hinunterstieg, und drehte sich nach ihr um. Sie stand in königlicher Haltung mitten im Raum und tauschte mit den Musikern in der Ecke ein paar Handzeichen aus. Das dröhnende Gelächter und die Gespräche verstummten, als sie die Seidenjacke abstreifte, die ihren Oberkörper bedeckte, und ein glänzendes rotes Tuch entblößte, das kaum ihre festen Brüste bedeckte. Mit einer weiteren geschmeidigen Bewegung trat sie aus dem Seidenrock, der so dunkel war wie ihre Gliedmaßen, und enthüllte den Lendenschurz darunter.

Plötzlich ließ sie sich auf die Knie fallen, und als eine Trommel zu dröhnen begann, beugte sie sich vor, als wollte sie das Kotau machen. Doch statt dessen schlug sie einen Purzelbaum, kam wieder auf die Beine, machte einen Handstand und ging ein paar Schritte auf den Händen.

Im ganzen Saal schlugen Soldaten mit den Fäusten auf die Tische, johlten und brüllten. Lushan blickte von Tisch zu Tisch, um sich zu vergewissern, daß niemand es versäumte, seiner Frau Wertschätzung zu erweisen.

Drüben in der Ecke bemerkte er eine rhythmische Bewegung. Jemand hüpfte auf dem Schoß von Prinz Kuo Ting auf und ab. Kuo Ting saß ungerührt da und beobachtete Schwarze Jade mit einem gelangweilten Gesichtsausdruck. Sohn des Himmels, tatsächlich. Wenigstens war er schlau genug, nicht den Versuch zu machen, sich so zu verhalten, als wäre er tatsächlich Kaiser.

In der Nähe der Tür wurde es unruhig. Jemand hatte sich verspätet und wurde von Eunuchen auf einer Sänfte hereingetragen. Jemand, der Einlaß begehrte. Ein Soldat rannte zu dem Störenfried hinüber, und Lushan blickte wieder auf Schwarze Jade. Jetzt hatte sie die Beine so weit gespreizt, wie es ihr nur möglich war, und beugte sich nach hinten. Er kannte diese Darbietung: Sie würde ihre Hände direkt zwischen die Beine führen und mit dem Körper einen Kreis bilden. Er fragte sich, ob er in dieser Stellung in sie eindringen konnte.

»Wie könnt Ihr es wagen!« Von links flog eine Hand auf ihn zu und landete klatschend auf seiner Wange. Als er sich umdrehte, sah er Dame Fu Zhou neben dem Thron stehen. Ihre Hand wurde von einem Soldaten mit einem eisernen Griff festgehalten.

Lushan wandte sich angewidert ab. »Geht wieder in den Päonienblütenpalast zurück«, fuhr er sie an. »Es sei denn, Ihr wollt Sohn mit Kurtisane sehen«, sagte er mit einer Handbewegung zu Kuo Ting, »da hinten.«

Fu Zhous Gesicht war gerötet und wutverzerrt. »Runter von diesem Thron. Das ist der Thron meines Sohnes«, kreischte sie. »Ihr habt kein Recht, hier zu sein.«

»Was ist seltsames Geräusch?« sagte Lushan zu Khalil. Sein

Freund brüllte vor Lachen los. »Krächzt da ein Rabe? Vielleicht ein Wind aus der Steppe?«

Khalil schlug hart mit der Faust auf die Treppenstufe und brüllte. »Nein«, sagte er, wobei seine Worte immer wieder durch Gelächter unterbrochen wurden, »ist nur lauter Spatz.«

Fu Zhou griff mit der freien Hand nach Lushan. Sie zischte und zappelte und versuchte, sich aus dem Griff des Soldaten zu befreien. »Runter vom Thron!« kreischte sie immer wieder. »Runter da! Ich bin jetzt die Kaiserin. Tut, was ich sage!«

Lushan hatte das Gefühl, als würde plötzlich glühende Hitze wie ein flammender Berg in ihm aufsteigen. Er nahm das Bein von der Armlehne und stand auf. Sein Säbel stieß klirrend gegen den Thron. Mit einem langen Satz war er vor Dame Fu.

»Gebt keine Befehle«, sagte er kühl. »Befolge keine.« Er machte eine Handbewegung zu dem Soldaten, der Dame Fus Hände ergriff und sie beide über ihren Kopf hielt. Lushan breitete beide Handflächen nach oben und machte eine schnelle Handbewegung. Der Soldat hob Dame Fu in die Luft, so daß ihr Gesicht auf gleicher Höhe mit dem von Lushan war.

»Euch befohlen, Dame Yang lebendig gefangenzunehmen. Habt versucht, sie zu töten.«

Dame Fu zappelte, immer noch speiend und zischend.

»Jetzt Euch töten.« Lushan streckte die rechte Hand aus.

In diesem Moment kam Fu Monzing mit einer Flasche Stutenmilch herein. Als er seine Nichte in der Luft baumeln sah, ließ er einen scharfen Aufschrei hören. Er rannte mühsam los, wobei er mit der Hand an die Seite griff, als suchte er dort einen versteckten Dolch.

Khalil erhob sich halb und zog seinen Säbel. Immer noch halb liegend stieß er ihn dem alten Mann in die Seite und drehte ihn dann in den Eingeweiden herum.

Fu Monzing hatte noch so viel Schwung, daß er einen weiteren Schritt vortreten konnte. Erst riß er die Augen auf, dann verdrehte er sie plötzlich. Der Unterkiefer klappte ihm herunter. Mit einem dumpfen Aufprall stürzte er zu Khalils Füßen auf den Boden. Dieser zog seinen Säbel heraus und wischte ihn an Monzings Gewand ab.

Dame Fu hatte unterdessen ständig gekreischt und geschrien. Lushan versetzte ihr einen Schlag ins Gesicht. Dann packte er mit der rechten Hand ihre Kehle und drückte zu. Ihre Augen traten aus den Höhlen, und aus dem Mund kam ein gurgelnder Laut. Unter dem Druck von Lushans Daumen brach die Luftröhre. Der Kopf wippte kraftlos. Die Gliedmaßen zuckten und wanden sich.

Dann hörte es auf.

Lushan gab dem Soldaten ein Zeichen, sie loszulassen. Dann schleuderte er sie quer durch den Raum in Richtung Kuo Tings. Er wandte sich an Khalil. »Bring Getränke in Zelt«, sagte er. »Zu viele Barbaren hier.«

Er durchschritt die große Halle, wobei sein klirrender Säbel das einzige Geräusch machte. Als er schon fast an der Tür war, hörte er Schritte hinter sich. Er drehte sich kurz um und sah Schwarze Jade, die sich einen Umhang um ihre Nacktheit zog und ihm folgte.

Longji musterte den rundköpfigen Mann mit dem beleibten Körper in dem schmucklosen Gewand, der ihm an Gouverneur Yangs halbmondförmigem Schreibtisch gegenübersaß. In all den Jahren, in denen Longji Ma Tsu kannte, hatte der Mönch immer gelassen und leicht amüsiert ausgesehen. Warum vertraute er einem Mann, in dessen Gesicht er kaum etwas lesen konnte? Weil, wie er vermutete, Ma Tsus Ratschläge immer hilfreich gewesen waren und weil die Qinzha seit Jahrhunderten den makellosen Ruf genossen, ihre Verträge peinlich genau zu erfüllen.

Der Mönch sagte: »Chiang Chueh hat sich im ganzen Reich heimlich mit Mandarinen und Militärs getroffen. Er hat in Loyang angefangen, und meine Spione sagen mir, daß sich nur ein gewisser Li Peng ihm widersetzt hat.«

»Li Peng?« Der Kaiser erinnerte sich dunkel an einen Vetter dieses Namens. »Ich bin froh, daß mein Vetter zu meiner Verteidigung gesprochen hat.«

»Er ist deswegen vielleicht nicht so froh«, entgegnete Ma Tsu düster. »Kurze Zeit nach dem Treffen hat man seine Leiche gefunden. Man hatte ihm die Kehle durchgeschnitten. So sieht die Taktik von Chiang Chueh aus. Jetzt hat er hier gegen die Familie Yang und gegen Euch gehetzt. Er hat die Leute sogar gegen Yang Shan aufgebracht.«

»Gegen Yang Shan? Er hat dieser Provinz seit einer ganzen Generation Frieden und Wohlstand geschenkt.«

»Die Menschen haben ein kurzes Gedächtnis. Die Gefahr, in der sie sich jetzt befinden, lasten sie Gouverneur Yang an. Sie machen jetzt harte Zeiten durch, da sie Eure Armee beherbergen müssen und wissen, daß An Lushan herkommt, um sich hier einer Schlacht mit Euch zu stellen. Sie haben schreckliche Angst davor, was der Krieg mit der Provinz Lingnan anrichten wird.«

Longji zeigte mit einem Finger auf Ma Tsu. »Findet diesen Chiang Chueh und tötet ihn. Ihr Qinzha versteht Euch gut auf derlei.«

Ma Tsu seufzte. »Ich habe Befehl gegeben, ihn zu töten, sobald ich wußte, daß er hier ist, aber wie es scheint, hat er Guilin schon verlassen. Ich habe allen Qinzha im ganzen Reich der Mitte Nachricht zukommen lassen, daß er in die nächste Welt befördert werden muß, sobald man ihn entdeckt. Doch es kann Wochen dauern, bevor das erledigt werden kann.«

Longji erinnerte sich, wie der alte Heng, Gouverneur Yangs Bruder, Chiang Wai die Kehle durchgeschnitten hatte. Das Blut war im Lichtschein der Fackeln schwarz geströmt. »Ich hätte Chiang Wai am Leben lassen sollen, wie Ihr mir geraten habt.«

»Vergangen ist vergangen«, erwiderte Ma Tsu. »Nur dieser Augenblick ist wirklich.«

Longji schüttelte den Kopf. »Ich bin immer gut damit gefahren, wenn ich auf den Rat meines Ratgebers ohne Titel hörte, und schlecht, wenn ich es nicht tat. Euer Rat ist kostbarer als Perlen. Eure Informationen ebenso. Eure Quellen scheinen sehr viel mehr zu wissen als meine.«

»Ich habe Euch heute noch mehr zu sagen, Strahlender Kaiser, und laßt mich Euch eine erfreuliche Nachricht geben – meine Leute haben herausgefunden, wo sich Prinz Su Chi aufhält.«

»Wirklich?« Das war ein Stück blauer Himmel inmitten düsterer Wolken, wenn es bedeutete, daß Su Chi sich nicht an Ans Rebellion beteiligt hatte.

»Er ist im Norden bei seinem alten Freund Qutlugh, dem Khan der Uyghuren.«

»Qutlugh kann eine Armee von hunderttausend berittenen Kriegern ins Feld führen. Wenn An Changan verlassen hat, um mich zu verfolgen, könnte Su Chi anrücken und die Stadt zurückerobern. Oder An sogar hinterrücks angreifen.«

»Die größte Chance, das Reich zu beherrschen, hätte der Mongole, wenn er Euch gefangennimmt und Euch als Strohmann benutzt«, sagte Ma Tsu. »Die zweitbeste Lösung für ihn wäre, Euch für untauglich zu erklären und Prinz Su Chi zum Kaiser auszurufen. Aber da sowohl Ihr als auch Prinz Su Chi seinem Zugriff entzogen seid, steht er bei dem Versuch, das Volk dazu zu bringen, den geistesschwachen Prinzen als Kaiser zu akzeptieren, nur wie ein Dummkopf da.«

Longji lachte und schüttelte den Kopf. »Kuo Ting als Sohn des Himmels. Die einzige Person im ganzen Reich der Mitte, der das gefällt, ist die ehemalige Kaiserin Dame Fu.«

Ma Tsu setzte einen leicht veränderten Gesichtsausdruck auf. Longji kannte diesen Blick. Er bedeutete schlechte Neuigkeiten.

Nachdem der Abt über die Umstände von Dame Fus Tod berichtet hatte, blieben sie einen Augenblick schweigend sitzen, während Longji sich die Hand vor die brennenden Augen hielt. Zhou war eine grausame, bösartige und tückische Frau gewesen, hatte aber mehr als zwanzig Jahre lang zu seinem Leben gehört. Der Gedanke, daß sie getötet worden war, erschütterte ihn. Er fühlte sich benommen.

Das Ungeheuer sitzt auf meinem Thron und bringt die ehemalige Kaiserin um. Wie tief bin ich gesunken. »Was ist mit Kuo Ting?« fragte er schließlich.

Ma Tsu zuckte die Achseln. »Wie ich höre, war er so verängstigt, daß er sich beschmutzte und aus der Halle flüchtete. Wie es heißt, erkennt ihn An noch immer offiziell als Kaiser an.«

»Der arme Junge! Ich werde sofort eine Proklamation ins Land schicken lassen, in der ich kundgebe, was An getan hat, und ihn als Mörder verdamme. Viele Menschen hatten Sympathien für die Fu. Dieser Vorfall könnte sie vielleicht auf meine Seite bringen.«

Ma Tsu blickte auf seine Hände und antwortete nicht. Longji zuckte es in den Eingeweiden. Ein besonderes Kennzeichen eines Qinzha war, daß er nie zögerte. Unter normalen Umständen.

»Weitere schlechte Nachrichten? Ich fühle mich wohler, wenn ich sie kenne. Raus damit.«

»So ist es«, sagte Ma Tsu mit einem kläglichen Lächeln. »Also gut – General Lui Mon Lim, Befehlshaber der Armee der Westregion, hat Offiziere zu den anderen Armeen und Provinzgouverneuren geschickt. Er verlegt seine Armee nach Osten. Soviel ich weiß, arbeitet er einen Plan für die kaiserlichen Grenztruppen und die Provinzmiliz aus, die An aus drei verschiedenen Richtungen koordiniert angreifen sollen.«

Und all das ohne ein einziges Wort von Lui an mich. Ich habe ihm ein Dutzend Botschaften geschickt, und er hat nicht geantwortet. Longji sprach so ruhig, wie er es vermochte: »Er tut genau das, was ich von ihm wünsche. Er will die Situation bereinigen.«

»Und wer wird Kaiser sein, wenn sie bereinigt ist?« fragte Ma Tsu im Tonfall eines Lehrers, der einem begriffsstutzigen Schüler eine Eselsbrücke baut.

»Ich bin der legitime Sohn des Himmels.«

»Der Himmel scheint eine gewisse Vorliebe dafür zu haben, durch den Mund des Generals mit der größten Armee zu sprechen. General Lui könnte sagen, er habe von höchster Stelle erfahren, das Mandat des Himmels sei auf jeden Kandidaten übergegangen, der ihm paßt.«

»Zehntausend Teufel der Hölle!« Feuer raste durch Longjis Arme und Beine. Ein rotglühendes Licht blendete ihn vorübergehend. Er sprang auf und stürzte mit einem kraftvollen Griff den Rosenholztisch um. Er fiel krachend zu Boden. Ma Tsu hatte sich mit seiner gewohnten unheimlichen Schnelligkeit in Sicherheit gebracht. Longji drehte sich um und schlug mit beiden Fäusten gegen die Wand. Ein schwarzer Riß schlängelte sich durch die Tünche an die Decke.

Ohne ein Wort machte sich Ma Tsu daran, den Schreibtisch wieder aufzurichten. Longji half ihm, sammelte die zerstreuten Papiere auf und stapelte sie auf der Tischplatte ordentlich übereinander. Er bemerkte eine tiefe häßliche Delle an der Vorderseite des Tisches und hatte plötzlich das Gefühl, sich zum Narren gemacht zu haben. Ihm widerstrebte die Vorstellung, daß Guei Feis weiser und würdiger Vater zu sehen bekam, wie der Kaiser das Arbeitszimmer zugerichtet hatte.

Ich werde es vollständig neu möblieren lassen. Besser als zuvor.

Aber, wie er sich ermahnte, in dieser Zeit mußte er jede Kupfermünze der kaiserlichen Schatulle zählen, diese Wagenladungen von Geld und kostbaren Gegenständen, die unter schwerer Bewachung mit ihm reisten. Vielleicht konnte er es sich gar nicht leisten, dem alten Yang Shan gegenüber großzügig zu sein.

Er sagte: »Warum sollte ein Mann wie Lui, der mir seit meiner Kindheit absolut treu gewesen ist, den Wunsch haben, mich jetzt vom Thron zu stürzen?«

»Er mißtraut der Familie Yang«, erwiderte Ma Tsu. »Vergebt mir, ich weiß, daß es Euch weh tun wird, doch Ihr müßt wissen, was die Männer denken, die das Volk führen – die Beamten, die Gelehrten, die Militärs.«

Longji seufzte und rekelte sich in dem großen Rattanstuhl. »Weiter, erzählt mir, was sonst niemand sagen will, denn Ihr seid ein Qinzha. Euch ist es vollkommen gleichgültig, was mit Euch geschieht.«

»Qinzha oder nicht, ich möchte es Euch nicht sagen müssen. Sie glauben, daß die Kaiserin sich An hingegeben und ihm an die Macht geholfen habe.«

Longji schlug immer wieder mit der Faust auf den Tisch. »Hirngespinster schmutziger Geister! Wer immer das sagt – der schlimmste Tod ist für diese Leute noch zu gut.«

»Man sagt es von den Städten der Seidenstraße bis zum Östlichen Ozean.«

Longji hatte das Gefühl, als würde das ganze Gewicht des Reiches ihn zermalmen. Er war immer stolz darauf gewesen, nicht eines dieser Ungeheuer von Kaisern gewesen zu sein, die mit Angst und Schrecken regierten. Doch in diesem Augenblick ertappte er sich bei dem Wunsch, die Mittel zu besitzen, seine Untertanen zu Zehntausenden hinzuschlachten.

»Sie verdienen weder Guei Fei noch mich. Warum sollte ich für das Privileg kämpfen, fünfzig Millionen undankbare Dummköpfe zu regieren? Soll An doch ruhig auf ihren Gesichtern herumtrampeln und sie terrorisieren und sie hungern lassen und sie versklaven und sie in den Staub treten. Am meisten bedaure ich, daß Guei Fei und ich versucht haben, überhaupt etwas für sie zu tun.«

Ma Tsu seufzte. »Die Kaiserin ist der Grund, weshalb keiner der Generäle auf Eure Botschaften und Eure Befehle reagiert.«

»Sie wollen, daß ich sie verstoße?«

»Sie wollen ihren Tod.«

»Was?«

»Sie sagen, sie sei der Grund für diesen Bürgerkrieg, und fordern ihren Tod.«

Longjis Handflächen wurden kalt und feucht. Er wischte sie unter dem Schreibtisch an seinem Gewand ab. »Sie wollen Strahlenden Edelstein töten?«

Es laut zu sagen ließ sein Herz schneller schlagen. Er sah Mitgefühl in Ma Tsus rundem Gesicht.

»Vergebt mir, daß ich es sage, aber – ja. Wegen Hochverrats am Reich der Mitte.«

Longji spürte vulkanische Hitze in sich aufsteigen, die seine Furcht wegbrannte. »Nicht, solange ich noch atme. Sollen sie mich ruhig angreifen, denn jeder, der Guei Fei etwas antun will, muß erst mich töten.«

Als Meilings Pferd sie in leichtem Trab in den Südostwald trug, drängten sich zwei Mandarine an ihr vorbei. Sie kamen von beiden Seiten her, als wäre sie gar nicht da, und trennten sie von ihrem Vater. Ihre Muskeln spannten sich, und sie wollte ihnen gerade befehlen, ihr Platz zu machen. Als Tochter des Gouverneurs und Schwägerin des Kaisers stand sie im Rang mit Sicherheit höher als sie. Doch sie hütete ihre Zunge. Sie hatte zu viele Gerüchte über Ressentiments gehört, welche die Beamten von Guilin gegenüber Flüchtlingen aus der Hauptstadt hegten. Es war besser, die Mißstimmung nicht noch mehr anzuheizen. Doch jetzt fiel es ihr weit schwerer anzuhören, was Gouverneur Yang Shan dem Minister für Kunst und Handwerk, Wo Gai, zu sagen hatte. Die beiden Männer kamen um eine Biegung der Straße, und einen Moment wurden sie von tiefhängenden Ästen verdeckt. Die Morgensonne, die durch das Laub schien, tauchte die Straße und die Reiter in gesprenkeltes Licht.

Sie hörte Wo Gai sagen: »Ist es wahr, geehrter Gouverneur, daß An Lushans Armee die Grenze zu unserer Provinz überschritten hat?«

Das war wichtig. Sie mußte näher an sie herankommen, doch die beiden Mandarine vor ihr auf der Straße rückten enger zusammen. Damit sie vorbeikam, würde sie sie mit Gewalt auseinandertreiben müssen. Sie ritt um die Biegung, worauf die Straße eine Weile gerade vor ihr lag. Sie konnte ihren Vater und Wo Gai zwei Pferdelängen vor sich sehen.

Der Inspektionstrupp erstreckte sich etwa einen halben Li hinter Gouverneur Yang auf der Straße. Minister Wo Gai und mehrere andere drängten sich um den Gouverneur. Kaiserliche Gardesoldaten und Lingnan-Miliz ritten vor und hinter ihnen und gaben ihnen so Schutz.

»Ihr habt richtig gehört«, sagte Meilings Vater. »Aus diesem Grund ist mir heute morgen besonders daran gelegen, unsere Verteidungslinien zu prüfen.«

»Ihr habt uns gesagt, der Kaiser habe Euch versprochen, in Lingnan werde es keine Kämpfe geben.« Wo Gais Tonfall war anklagend. Meiling spürte, wie sie im Nacken eine Gänsehaut bekam.

»Er hat kein Recht, so mit Vater zu sprechen«, sagte Enger. Er war zu ihr aufgeschlossen, gefolgt von zwei Gardesoldaten, deren rote Seidentuniken schmutzig und fadenscheinig aussahen. Sie wünschte, Darius wäre zu diesem Ritt um die Stadtmauer mitgekommen, doch er hatte ihr gemeinsames Schlafzimmer im Morgengrauen verlassen, als er die Nachricht erhielt, daß An sich schon in der Nähe befand.

»Alle sind nervös und gereizt«, sagte Meiling in einem Versuch, sowohl sich als auch ihren Bruder zu beruhigen.

Sie mußte die Ohren spitzen, um ihres Vaters Antwort an Wo Gai zu hören. Er sprach mit leiser Stimme: »Strahlender Kaiser wird alles in seiner Macht Stehende tun, um den Krieg von uns fernzuhalten. Doch was geschieht, liegt in den Händen der Götter. Wir müssen auf alles gefaßt sein.«

»Würdet Ihr Guilin einer Belagerung aussetzen?« Wo Gai hörte sich jetzt zornig und alles andere als respektvoll an. »Der Kaiser hat seine eigene Hauptstadt kampflos aufgegeben und ist geflüchtet. Warum sollten die Menschen von Guilin für ihn leiden und sterben? Selbst wenn er die Provinz sofort verläßt, wird An uns dafür büßen lassen, daß wir ihm Zuflucht gewährt haben.«

»Was sollen wir Eurer Meinung nach denn sonst tun?« fragte Meilings Vater sanft. »Es ist unsere allererste Pflicht, dem Sohn des Himmels zu dienen und ihm zu helfen, wenn er Hilfe braucht.«

»Nicht mehr!« rief Wo Gai aus. »Tod dem Kaiser, der uns im Stich gelassen hat! Tod den Yang, die uns verraten haben!« Er griff unter den Saum seiner Jacke, und Meiling sah etwas Langes und Funkelndes in seiner Hand. Er hielt es hoch und ritt auf Yang Shan zu. Meiling schrie auf.

Ihr Schrei dröhnte ihr noch in den Ohren, als Wo Gai mehrmals zustach und die Waffe ihrem Vater in den Rücken trieb. Yang Shan riß sein Pferd herum und versuchte zu entkommen, doch Wo Gai verfolgte ihn. Als er jetzt die Messerklinge hochhielt, war sie erschreckend rot.

Meiling sah sich verzweifelt nach Hilfe um. Enger, der neben ihr ritt, starrte mit offenem Mund zu ihrem Vater hin. Er sah genauso entsetzt und hilflos aus, wie sie sich fühlte. Und wie sie war er unbewaffnet.

»Helft meinem Vater!« schrie sie die beiden Mandarine an, die zwischen sie und Yang Shan geritten waren.

»Heute gibt es für keinen Yang Hilfe«, sagte einer von ihnen und wandte sein Pferd zu ihr um. Sie sah in seiner Hand ein Messer wie das von Wo Gai.

Als sie das Messer auf sich zukommen sah, schienen all die Kampfmethoden, die sie mit Darius geübt hatte, plötzlich die Herrschaft über ihren Körper zu gewinnen. Sie dachte jetzt nicht, sondern handelte nur. Der Mandarin hielt das Messer in seiner ausgestreckten rechten Hand und zielte auf ihren Bauch. Sie ließ ihre versteifte Hand hart auf seinen Unterarm niedersausen, genau an der richtigen Stelle, worauf er sofort das Messer fallen ließ. Sie sah, wie ihm die Augen aus dem Kopf quollen, kurz bevor sie ihm mit der gesamten Kraft ihres Körpers mit der Handkante gegen die Kehle schlug.

Der zweite Mandarin, der ebenfalls mit einem Dolch bewaffnet war, war schon auf Enger zugeritten, kehrte jetzt aber um. Gedanken rasten ihr durch den Kopf. Dies waren Beamte und Gelehrte; sie wußten überhaupt nicht, wie man kämpft. Sie wollte ihrem Vater verzweifelt zu Hilfe kommen, doch Enger war näher.

Die beiden Gardesoldaten, die Enger gefolgt waren, saßen reglos auf ihren Pferden und sahen diesem plötzlichen Überfall vor ihnen zu.

Der Mandarin, dem sie die Kehle zerschlagen hatte, glitt von seinem Pferd herunter, worauf das Tier dem Pferd des zweiten Mandarins über den Weg lief und diesen davon abhielt, näher an Enger heranzukommen.

»Los, weg hier.« Sie packte Enger am Arm. Einen Augenblick hatte sie das Gefühl, als schleife sie sowohl ihn als auch sein Pferd mit sich. Dann begann er, sein Tier in Bewegung zu setzen. Sie ritten auf die beiden seltsam passiven Soldaten zu, die ihnen Platz machten und sie durchließen. Kurz darauf hatten sie die Soldaten zwischen sich und dem messerschwingenden Mandarin.

»Helft dem Gouverneur!« rief Meiling den Gardesoldaten zu. Sie drehte sich nach ihrem Vater um. Sie war jetzt weiter weg, und die vor ihnen liegende Straße war dunkel und von Bäumen beschattet. Sie sah jedoch einen Mann zu Pferde. Das Violett seines Umhangs und seiner Hosen sagte ihr, daß es Wo Gai war. Nahe bei Wo Gai lief ein Pferd ohne Reiter. Und sie sah eine zusammengekauerte Gestalt in Grün auf der Straße. Ihr Vater hatte ein grünes Gewand getragen.

»Warum helft Ihr ihm nicht?« fragte sie die Soldaten. Keiner der beiden sah sie auch nur an. Weiter hinten auf der Straße sah sie weitere Beamte, die ihre Pferde langsamer gehen oder halten ließen, Mandarine, die sie seit der Kindheit kannte. Sie zogen keine Waffen, blickten aber ebenfalls zur Seite.

Urplötzlich verstand sie. Diese Soldaten und die anderen Beamten – sie würden zwar nicht gegen sie und ihre Familie die Hand erheben, aber auch nichts tun, um ihnen zu helfen.

Warum hassen die Menschen uns so?

Die Schwerter der Soldaten steckten noch in den Scheiden, und Wo Gai und der zweite messerschwingende Mandarin ritten auf sie zu. Sie und Enger konnten zwar flüchten, doch vielleicht lauerten in der Umgebung hinter ihnen weitere Feinde.

Sie erinnerte sich, wie Darius mit ihr über das Selbst gesprochen hatte, diese rätselhafte und intelligente Kraft, die, wie er sagte, die Quelle seiner Stärke und seiner Führung sei. Wenn das Selbst jetzt zu mir sprechen könnte, fragte sie sich, was würde es mir sagen? Was soll ich tun?

Nimm ein Schwert.

Die Worte kamen aus stimmloser Stille.

Meiling riß schnell ihr Pferd herum und ritt zu den Soldaten zurück. Natürlich, dachte sie. Das letzte, was ein kaiserlicher Gardesoldat erwartet, ist, daß eine Frau ihm das Schwert wegnimmt.

Sie gab ihrem Pferd die Sporen und hielt direkt auf einen der Soldaten zu. Sie griff erst im letztmöglichen Moment nach seinem Schwert. Er zog erschreckt die Zügel an, als ihre Pferde aneinanderstießen. Sie trug nur eine Jacke und eine Tunika, und die Wucht ihres Zusammenpralls schleuderte sie gegen seine harte Lederrüstung und raubte ihr fast den Atem. Doch sie schaffte es, den Griff seines Schwerts zu packen, und bevor er reagierten konnte, hatte sie es aus der Scheide gezogen und ritt davon.

Das Schwert lag ihr gut in der Hand, und sie dankte Darius im stillen für seine geduldigen Bemühungen, sie mit jeder Art von Waffen vertraut zu machen, Bemühungen, gegen die sie damals bitter protestiert hatte.

Sie erinnerte sich an seine Worte: Nahkampf zu Pferde ist wie Polo. »Folge mir, Enger!« rief sie und schickte ein Stoßgebet zum Himmel, er möge schnell genug denken, um zu begreifen, was hier vorging.

Sie war im Polo nie gut gewesen, konnte aber einen Schläger schwingen, und folglich würde sie es auch mit einem Schwert schaffen. Aber der Mandarin vor ihr mit dem Messer in der Hand war erheblich größer als ein Poloball.

Sie fiel über den Mandarin her, und da fielen ihr Darius' Anweisungen ein: Stich nicht zu, schneide!

Der Mandarin schrie auf, als der Rand der Klinge ihn zwischen Hals und Schulter traf. Als er sich vorbeugte, ließ sie das Schwert nochmals auf seinen Kopf niedersausen. Sie war nicht stark genug, ihm den Schädel zu spalten, doch die Klinge hinterließ eine klaffende Wunde auf seinem Scheitel, aus der ihm Blut übers Gesicht strömte.

Dann sah sie sich Wo Gai gegenüber, der sie mit Augen anstarrte, die so geweitet waren wie die eines Frosches. Er hatte sein Pferd mit einem Ruck zum Stehen gebracht und hielt das blutige Messer in der Hand. Er bedrohte sie nicht damit, denn er war zu verblüfft dazu. Wo Gais Brust und Bauch, die durch keine Rüstung geschützt waren, lagen offen vor ihr und boten ein willkommenes Ziel. Sie trieb das Pferd auf ihn zu und hielt die Schwertspitze mit steifen Armen direkt vor sich.

»Nein!« rief er, als ob sie das aufhalten könnte, nachdem sie gesehen hatte, wie er ihren Vater erstochen hatte. In letzter Minute schlang er die Arme um die Brust.

Die Schwertspitze traf genau dort, wo sich die Arme kreuzten, und sie spürte den Aufprall im ganzen Arm. Er fiel nach hinten und griff verzweifelt nach dem Sattel. Sie hatte ihn am Brustbein getroffen und ihn kaum verletzt.

Sie zog den Arm zurück. Wo Gai schaffte es, sich wieder in den Sattel hochzuziehen, und riß den Arm hoch vor das Gesicht. Sie ließ das Schwert mit größtmöglicher Kraft auf seinen Arm niedersausen und spürte, wie es die Muskeln bis auf die Knochen durchschnitt. Zu ihrer Überraschung taten ihr Arm und Schulter weh. Sie bekam etwas von der Wucht der Hiebe ab, die sie austeilte.

Wo Gai schrie auf, und sie sah, wie ihm Blut aus dem Arm spritzte. Er würde verbluten. Sie sollte am besten sofort mit Enger davonreiten. Doch eine Stimme in ihr sprach zu ihr.

Ein Mann darf nicht unter demselben Himmel leben wie der Mörder seines Vaters.

Das war nicht das Selbst, es war eine Lehre von Meister Kung. Außerdem war sie eine Frau und kein Mann. Doch sie hatte die Macht, Vaters Mörder zu töten, und das mußte sie tun.

Wo Gai, der halb schluchzte, halb schrie, schwankte im Sattel hin und her und hielt den blutenden Arm umklammert. Er schien das Messer fallen gelassen zu haben. Er schien sie sogar vergessen zu haben. Er starrte mit blicklosen Augen ins Leere.

Sie hob das Schwert über den Kopf und musterte ihn aufmerksam. Als er im Sattel zurückschwang, war seine Kehle schutzlos.

Sein Blick, verwirrt und voller Schmerz, begegnete ihrem, kurz bevor ihre Klinge ihm in die Kehle schnitt. Blut sprudelte hervor, doch sie wartete nicht ab, bis er aus dem Sattel stürzte, sondern ritt an ihm vorbei.

Von all dem Blut hat mir Darius nichts gesagt.

Enger war schon bei ihrem Vater angekommen. Er war abgesessen und kniete neben der grüngekleideten Gestalt, die mitten auf der Straße mit ausgestreckten Armen und Beinen lag.

Sie befanden sich vielleicht immer noch in tödlicher Gefahr, doch sie würde ihren Vater nicht im Stich lassen. Sie saß ab und kniete neben Enger nieder, der leise schluchzte.

Sie erkannte sofort, daß der Mann, den sie geliebt und ihr Leben lang verehrt hatte, nicht mehr lebte. Seine Augen waren geöffnet. Sie sah die Stiche von Wo Gais Dolch in seiner Jacke. Um sie herum war alles voller Blut. Blut war ihm aus dem Mund geströmt und hatte seinen weißen Bart rot gefärbt.

Sie hatte das Gefühl, als hätte Wo Gais Messer sie von den Brüsten bis zu den Eingeweiden aufgeschnitten. Sie warf den Kopf in den Nacken und schrie ihren Kummer hinaus.

Dann hörte sie näher kommendes Hufgetrappel. Vielleicht waren es weitere Verschwörer, die sie jetzt töten wollten.

»Los, wieder aufs Pferd«, sagte sie zu Enger. »Wir müssen von hier verschwinden.«

»Wir können ihn nicht zurücklassen.« Er wandte ihr sein untröstliches Gesicht zu.

Sie ergriff ihn am Arm und grub ihm die Fingernägel ins Fleisch, damit der Schmerz ihn aufweckte. »Wir können jetzt nichts mehr für ihn tun.« Sie überlegte, ob sie den Leichnam auf eins der Pferde laden und mitnehmen sollten, doch sie erkannte, daß dazu keine Zeit blieb. »Los, besteig dein Pferd!« rief sie Enger zu. »Meinst du, Vater hätte gewollt, daß auch wir hier sterben?«

Er saß schnell auf, sie ebenfalls. Dann galoppierten sie auf der Straße entlang, weg von all diesen Leuten, den Ministern, den Offizieren und Gardesoldaten, die einfach zugesehen hatten, wie ihr Vater ermordet wurde, ohne auch nur einen Finger zu rühren.

Wenn ich neben dem Wasserfall von Hu sitze,
Stürzt mein Herz mit dem Fluß,
Prallt auf die Felsen
Und erhebt sich mit der Gischt bis in den Himmel.

Guei Fei zupfte die letzten Noten auf der Pi-Pa, lehnte sich auf der steinernen Bank zurück und sah Longji an. Der Halbkreis aus Steinbänken am Rand der Terrasse bot eine schöne Aussicht auf die hohen blauen Berge nördlich von Guilin. Longji betrachtete sie versonnen. Sein Gesichtsausdruck war so traurig, daß es ihr im Magen weh tat, als läge dort ein Bleiklumpen. Sie nahm seine Hand und streichelte sie. Mit den Fingerspitzen zeichnete sie die blauen Adern nach. Seine Hand kam ihr leblos vor.

Sie würden Lingnan an diesem Tag verlassen müssen, wenn er sein ihrem Vater gegebenes Versprechen nicht brechen wollte, den Krieg von der Provinz fernzuhalten. Wenn An Lushan seine Truppen zu einem Gewaltmarsch antrieb, was er immer zu bevorzugen schien, konnte er schon morgen vor den Toren Guilins stehen.

Doch Longji regte sich nicht. Er saß auf der Terrasse und starrte die Hügel an – ohne sie zu sehen, davon war sie überzeugt. Er sah aus, als wäre er in den drei Monaten seit der Flucht aus Changan um zwanzig Jahre gealtert.

Ich würde mein Leben dafür geben, diesen Ausdruck auf seinem Gesicht auslöschen zu können.

Hinter ihr dröhnte beharrlich ein Gong. Sie fuhr erschreckt zusammen, und ein Schwalbenschwarm flog aus den Eibensträuchern auf, die in der Mitte der Terrasse gepflanzt waren. Ein Diener hatte mit dem Gong Besuch angekündigt. Das mußte bedeuten, daß der Besucher, wer immer es war, berechtigt war, sich dem Kaiser ohne Erlaubnis zu nähern.

Als sie aufstand, sah sie vier Menschen auf dem kreisrunden, mit Steinplatten belegten Pfad näher kommen, der die Eibensträucher umgab: Meiling und Enger, die sich bei den Händen hielten, als wollten sie sich gegenseitig stützen, gefolgt von Darius und Ma Tsu.

Meiling trug eine pinkfarbene Reitjacke und Hosen, doch ihre Kleidung war schmutzig und mit Schlamm bespritzt. Ihr unbedecktes Haar hatte sich gelöst und fiel ihr offen auf die Schultern. Es mußte etwas Schreckliches passiert sein, wenn sie sich so dem Kaiser näherte.

Guei Feis Herz machte einen plötzlichen Satz.

Gnadenvolle Guanyin! Das ist kein Schlamm auf Meilings Jacke – das ist Blut!

Enger war ebenfalls barhäuptig. Niemand seines Ranges begab sich je ohne passende Kopfbedeckung irgendwohin, ob im Freien oder im Haus. Was war ihnen nur widerfahren, wenn sie so bei Longji und ihr hereinplatzten?

Jetzt fiel ihr auch auf, daß Darius ein Schwert in der Hand hielt, an dessen Klinge Blut klebte. Ein blutverschmiertes Schwert, das nicht in der Scheide steckte, und das in Gegenwart des Kaisers.

Hatte An es etwa schon geschafft herzukommen? Sie spürte, wie sich in ihrem Kopf alles drehte, und mußte sich schnell setzen.

Engers Augen waren aufgerissen. Er schaffte es jedoch, die Höflichkeit zu wahren, ließ sich vor Longji auf die Knie fallen und stieß mit der Stirn gegen die Steinplatte.

»Setzt Euch«, sagte Longji, und Guei Fei stellte erleichtert fest, daß die dumpfe Traurigkeit in seinem Gesicht einem Ausdruck wachsamer Besorgnis gewichen war. »Was ist Euch zugestoßen, Erster Minister?«

Doch bevor Enger antworten konnte, taumelte Meiling zu der Bank, auf der Guei Fei saß, und brach darauf zusammen. »Guei Fei, Vater ist getötet worden!«

Die Worte trafen sie wie ein Keulenhieb und machten sie sprachlos. Sie schlang die Arme um Meiling, um sich zu stützen und ihre Schwester zu trösten.

Getötet! Das hörte sich viel schrecklicher an, als wenn Meiling nur gesagt hätte: *Vater ist tot*. Ihr verschwamm alles vor den Augen, und in ihrem Kopf drehte sich alles. Wenn sie sich nicht an Meiling hätte festhalten können, wäre sie zu Boden gesunken. Ihre Gliedmaßen waren kraftlos. Sie fühlte sich benommen, als wäre ihr die Erde plötzlich unter den Füßen weggezogen worden.

Der Große Weg ist ein glitzernder Strom.

Sie versuchte sich aufzurichten und hielt sich dabei an der weinenden Meiling fest. Sie konnte sich aber nicht bewegen. Sie hatte das Gefühl, als hätte sich ihr Körper von ihrem Geist gelöst.

Wie aus großer Ferne hörte sie Longjis Stimme: »Gouverneur Yang ist getötet worden? Im Namen des Himmels, Ma Tsu, Enger, wer immer es weiß, erzählt mir, was geschehen ist.«

»Ich war dort«, erwiderte Enger. »Sie hätten mich und Meiling auch fast getötet. Sie wollten uns alle umbringen.«

Guei Fei hatte das Gefühl, als wäre ihr Körper zu Eis geworden. Sie hörte zu, als Enger berichtete, wie sie mit hochrangigen Beamten die Verteidigungsanlagen der Stadt hätten inspizieren wollen. Plötzlich habe Wo Gai Vater angegriffen, während andere sich auf Enger und Meiling stürzten.

Longji gab Darius und den anderen ein Zeichen, sie sollten Guei Fei mit Meiling allein lassen. Die Stimmen der Männer wurden erregt und lauter, als sie auf der steinernen Treppe auf und ab gingen.

Guei Fei hörte, wie Meiling ein paarmal heftig Luft holte. Dann lehnte ihre Schwester sich zurück und sah sie mit großen Augen an.

»Wo Gai hat Vater mit einem Messer getötet. Ich habe es gesehen. Und ich habe ihn und zwei andere getötet. O Guei Fei!« Sie begann zu zittern und hielt Guei Fei mit einem so festen Griff, daß es weh tat.

Nach einem kurzen Moment machte sich Guei Fei frei. »Was meinst du damit? Du hast drei Männer getötet?«

»Siehst du das Schwert, das Darius trägt? Damit bin ich auf Wo Gai losgegangen, nachdem er Vater umgebracht hatte. Außerdem habe ich noch gegen zwei weitere Männer gekämpft. Ich glaube, ich habe sie ebenfalls getötet.«

Guei Fei starrte ihre Schwester an. War sie nach dem Entsetzlichen, das sie hatte mit ansehen müssen, verrückt geworden? Doch sie sah nicht verrückt aus und hörte sich auch nicht so an. Sie schien ruhiger zu werden, als sie weitersprach.

»Wie hast du das geschafft?«

»Darius hat mich ausgebildet. Götter, Guei Fei! Enger und ich würden jetzt auch tot daliegen, wenn ich nicht gewußt hätte, was zu tun ist. Aber es war schrecklich, Guei Fei! Überall Blut. Ich habe nie töten wollen. Nicht einmal Tiere. Doch das war der Mann, der unseren Vater getötet hat. Und die beiden anderen gingen mit Messern auf Enger und mich los.« Sie starrte Guei Fei an. »Es war schrecklich, aber ich bin froh, sie getötet zu haben.«

Guei Fei versuchte, wieder einen klaren Kopf zu bekommen. Es war kaum zu glauben, doch sie war überzeugt, daß Meiling die Wahrheit sprach. Wichtiger war es jedoch, über den Sinn dessen nachzudenken, was passiert war. Drei von Vaters höchsten Beamten hatten ihn ermordet und überdies versucht, auch Meiling und Enger umzubringen.

Sie gab Meiling behutsam, aber ganz bewußt einen Kuß. »Ich bin sehr stolz auf dich.« Sie berührte einige der dunklen Flecken auf Meilings Jacke. »Jeder dieser Blutflecken ist ein Ehrenzeichen.« Dann fiel ihr eine Frage ein. »Wie bist du an das Schwert gekommen?«

Meiling erwiderte: »Ich habe es einem Gardesoldaten weggenommen. Zu dem Trupp gehörten zwölf oder mehr von ihnen. Zwei ritten neben uns her. Sie sahen zu, als Vater getötet wurde, rührten aber keinen Finger.«

»Er hat einfach zugelassen, daß du ihm das Schwert wegnimmst?«

»Ich habe ihn überrascht. Darius hat mir gesagt, daß ich das Überraschungsmoment auf meiner Seite hätte, da ich eine Frau bin.«

»Ja, ich bin überzeugt, daß dir das geholfen hat.« Guei Fei blickte auf ihre gefalteten Hände. Die Trauer über Vaters Tod war ein dumpfer Schmerz in der Brust. Doch der Schmerz wurde von Gedanken überlagert, die ihr so kalt werden ließen, als wäre es mitten im Winter.

So tief saß also der Haß auf die Yang, daß sich selbst die kaiserliche Garde davon vergiften ließ. Longjis persönliche Schutztruppe, sorgfältig ausgewählte Männer, darauf eingeschworen, bis zum Tod für Kaiser und Kaiserin zu kämpfen, waren also nicht mehr vertrauenswürdig.

Longji hatte ihr von Berichten erzählt, die Darius und Chen ihm gegeben hatten, daß in aller Stille immer mehr Gardesoldaten desertierten. Das allein war schon erschreckend. Daß Männer der kaiserlichen Schutztruppe aber einen Mord zuließen, war weit schlimmer.

Vielleicht waren es nur wenige Männer, sagte sie sich. Die kann Darius vernichten.

Longji kehrte mit ernstem Gesichtsausdruck zurück und kam sofort zu ihr. Er hob sie behutsam, aber energisch von der Bank hoch. »Ich weiß, daß es eine schreckliche Zeit für dich ist, meine Liebe, aber wir müssen sofort von hier verschwinden. Ich werde dafür sorgen, daß der Leichnam deines geehrten Vaters geborgen wird.«

Guei Fei neigte den Kopf. »Wir danken dir demütig.«

»Wir haben beschlossen, nach Nordwesten zu gehen, nach Chiennan.« Longji gab ihr mit einer Handbewegung zu Ma Tsu, Darius und Enger zu verstehen, daß die drei Männer seiner Entscheidung zustimmten. »Dort werden wir näher bei der Armee der Westregion sein. Sie wird uns Verstärkung bringen. Außerdem werden wir dort mit den Barbarenstämmen Verbindung aufnehmen und deren militärische Dienste kaufen. Wenn An uns eingeholt hat, wird er feststellen, daß aus der Palastkatze, die er gejagt hat, ein ausgewachsener Tiger geworden ist.«

Sie nickte. »Ein guter Plan, Strahlender Kaiser. Ich werde mich sofort bereit machen.«

Ihr Herz fühlte sich jedoch an wie ein totes Gewicht.

Wenn schon die kaiserliche Garde nicht für uns kämpfen will, wie können wir dann erwarten, daß uns die Armee der Westregion zu Hilfe kommt? Hatte Longji schon vergessen, daß er ihr erzählt hatte, daß General Lui von der Westarmee auf seine wiederholten Hilferufe nicht reagiert hatte? Oder daß es ein Barbarensöldner war, der sie in diese Katastrophe geführt hatte?

Sie sah die Niedergeschlagenheit in Engers und Darius' Gesichtern. Nur Ma Tsu wirkte wie immer gelassen wie ein Buddha.

Longji tätschelte ihr ein letztes Mal die Hand und wandte sich dann von ihr ab. Er begab sich in seine Gemächer. Enger folgte ihm. Darius half Meiling auf die Beine, worauf sie gemeinsam weggingen. Ma Tsu verbeugte sich vor Guei Fei und trat dann zurück, damit sie vorgehen konnte.

Und das alles meinetwegen.

In der Ferne hörten sie das leise Plätschern eines Springbrunnens. Er hörte sich an wie eine wehklagende Frau. Hier, bei dieser heiligen Höhle, hatte sie zum ersten Mal auf ihr Herz gehört und danach gehandelt. Was wäre, wenn sie diesen Tag zurückbringen könnte – gab es einen Augenblick, den sie ändern oder der die Zukunft verändern würde?

Als sie sich jeden dieser Augenblicke vergegenwärtigte, als wären es Perlen an einem Halsband, gab es nicht einen, auf den sie verzichten wollte.

Laß die Zukunft kommen. Die Vergangenheit kann ich nicht ändern.

Und wenn ich es könnte, würde ich es nicht tun.

17

Der Zorn des Himmels

3854, Jahr des Affen (756 n. Chr.)

Wenn die Männer, die Waffen tragen, von denen, die keine Waffen tragen, keine Befehle mehr entgegennehmen, bedeutet es das Ende der Zivilisation.

Aus der »Geheimen Geschichte der Tang« von Yang Kaizhi

Guei Fei fuhr zusammen, als jemand hinter ihr sagte: »Kaiserliche Mutter.« Die Stimme war weder laut noch weich, sondern seltsam nüchtern, was in einem Tempel ungewohnt war.

Sie drehte sich um und war kaum überrascht, als sie den kahlrasierten Schädel von Ma Tsu entdeckte, der sie mit seinem gewohnten schwachen, rätselhaften Lächeln anblickte.

Sie stand auf, und Ma Tsu verbeugte sich.

»Abt Ma Tsu, bringt Ihr der Dame Guanyin besondere Verehrung entgegen?« fragte sie. Sie zeigte auf die bemalte Holzstatue, vor der sie gesessen hatte.

Dies war eine sehr alte Darstellung der Dame; sie hatte vier ausgestreckte Arme, die ihren grenzenlosen Gnadenreichtum ausdrücken sollten. Ihr Gesicht war schwarz mit einer goldenen Scheibe in der Mitte der Stirn. Ihr Gewand war rot und goldfarben bemalt, und sie war von einer geschnitzten Aura umgeben, in der ein Dutzend Engel inmitten von Flammen, Blumen und Wolken mit gekreuzten Beinen saßen.

Ma Tsu sagte: »Wir Qinzha respektieren alle Wesen, die den richtigen Weg weisen.«

»Ich habe einige Fragen an Euch. Laßt uns hinausgehen. Dies ist ein Ort der Meditation, nicht der Unterhaltung.«

Ma Tsu verbeugte sich und ließ sie vorgehen. Für einen kleinen

Tempel – der so klein war, daß sie fast die Deckenbalken berühren konnte, wenn sie die Arme ausstreckte – war dieses Heiligtum in einem guten Zustand. Die rote, gelbe und blaue Farbe an den Wänden war frisch. An den Wänden waren Bänke aufgereiht, damit jeder Besucher bei der Andacht bequem sitzen konnte. Dieser Tempel in Chiennan, der kunstvoller war als der in Guilin, wo sie Longji zum ersten Mal umarmt hatte, rief ihr immer noch diesen Augenblick ins Gedächtnis zurück.

Wenn ich ihn an jenem Tag in Ruhe gelassen hätte, dachte sie, säße er vielleicht immer noch auf dem Thron.

Sie seufzte. Schuldgefühle lasteten ihr auf den Schultern wie ein Umhang aus Blei. Bei jedem neuen Tag war sie mehr davon überzeugt, daß es den Tatsachen entsprach, was allgemein gegen sie gesagt wurde, daß nämlich diese schrecklichen Schicksalsschläge ihre Schuld waren. Sie hatte Ma Tsu gebeten, sich hier mit ihr zu treffen, weil sie sein Urteil unbedingt hören wollte. Doch als der Augenblick näher rückte, in dem er sprechen würde, ging ihr Atem nur noch verängstigt und stoßweise. Sollte Ma Tsu sagen, daß sie tatsächlich die Ursache von Ans Rebellion sei und für den Verlust von Changan ebenso verantwortlich wie für die Ermordung ihres Vaters und all die anderen entsetzlichen Dinge, die geschehen waren, würde er ihr damit den bleiernen Umhang für immer auf die Schultern laden.

Sie standen draußen auf einer Hügelkuppe, die für den Tempel planiert worden war. Eine in Abständen mit steinernen Lampen geschmückte Freitreppe führte zur Terrasse hinauf. Die Bauern in dieser Gegend mußten wohlhabend sein, wenn sie sich einen so prachtvollen Tempel leisten konnten. Eine Schande, daß hier eine Schlacht stattfinden sollte.

Eine niedrige Mauer führte um die Hügelkuppe herum. Sie setzte sich darauf und blickte auf ein sanft wogendes Meer aus Weizen, der schon fast reif war. Der Weizen wuchs auf beiden Seiten eines sich dahinschlängelnden Flusses, der zu der Stadt Chengdu führte, deren graue Mauern sich am Horizont erhoben. Ein Dunst aus rötlichem Staub hing tief über dem Boden; es war ein trockener siebter Monat gewesen.

Unten nahe beim Fuß des Hügels am Flußufer erstreckten sich Hunderte von Zelten, das kaiserliche Feldlager. Ihre gesamte Familie – das, was davon noch übrig war – kampierte hier mit Longji und dessen Gefolge. Die blaugoldenen Phönix-Banner, die bewaffneten Männer, die sich unter ihnen bewegten, die in der Nähe eingepferchten Pferde, die Reihen der Wagen und Karren, all das sah eindrucksvoll aus, solange man nicht wußte, daß der Kaiser und seine Garde schon seit sechs Monaten hier kampierten, weil der Gouverneur von Chiennan höflich angedeutet hatte, daß sie innerhalb der Stadtmauern nicht willkommen sein würden. Longji und seine Ratgeber hatten beschlossen, in dieser Frage nicht hart zu bleiben, da sie nicht den Verlust von noch mehr Männern riskieren wollten. Täglich verschwanden zehn oder zwanzig Soldaten, und diejenigen, die übrigblieben, wurden immer mürrischer und kamen ihren Befehlen nur noch unwillig nach.

Guei Fei wandte sich zu Ma Tsu um, der die Hände vor dem Bauch gefaltet hielt. »Ich danke Euch, daß Ihr hergekommen seid.«

»Der Wunsch der Kaiserlichen Mutter ist mir Befehl. Kurz bevor ich herkam, habe ich Neuigkeiten erhalten, die Euch interessieren werden.«

Ihr Herz machte einen kleinen Satz. »Gute Neuigkeiten?«

»Hoffnungsvolle. Prinz Su Chi hat Qutlugh, den Khan der Uyghuren, dazu gebracht, gegen An Lushan zu kämpfen. Er hat eine Armee berittener Uyghuren-Krieger – die weit wildere Kämpfer sind als die Khitan, zudem besser bewaffnet – über die Große Mauer geführt. Sie haben die Provinz Hotung durchquert, ohne auf Widerstand zu stoßen, und sind jetzt nach Loyang unterwegs. An Lushan wird sich vielleicht dafür entscheiden, nicht mehr hinter uns herzujagen, sondern umzukehren und sich mit Su Chi auseinanderzusetzen. Qutlugh und Su Chi bringen ihm vielleicht sogar eine Niederlage bei, und das würde das Ende dieser Unannehmlichkeiten bedeuten.«

Sie überlegte einen Moment, bevor sie ihre Frage formulierte. »Zu dem, was Ihr Unannehmlichkeiten nennt: Bin ich die Ursache davon?«

Ma Tsu trat an die Mauer und blickte aufs Lager hinunter. Ein Krähenschwarm, der am Rand der Zeltstadt Nahrung suchte, flatterte plötzlich erschreckt auf, als eine Gruppe von Kundschaftern hinausritt und das Lager in östlicher Richtung verließ. Der Mönch schwieg so lange, daß sie sich schon fragte, ob er überhaupt etwas sagen würde. Die Leere in ihrem Magen wurde so schmerzhaft, daß sie die geballten Fäuste dagegenpreßte.

Er sagte: »Ihr, Euer Bruder und der Kaiser habt dafür gearbeitet, das Los aller Menschen im Reich der Mitte zu verbessern. So sollte es auch sein. Ein Herrscher, der nur den Reichtum und die Macht genießt, ohne je dem Volk etwas zurückzugeben, ist wie ein Baum, der keine Früchte trägt. Man muß ihn fällen.«

Sie beugte sich zu ihm und fragte zornig: »Und warum wird dann der Strahlende Kaiser gefällt, der doch so viel für sein Volk getan hat?«

Ma Tsu schüttelte den Kopf. »Ich habe ihm geraten, langsamer vorzugehen.«

»Ihr habt dies alles also kommen sehen und versucht, uns davor zu warnen?«

»Ganz und gar nicht, Kaiserliche Erhabenheit. Manche Menschen glauben, wir Qinzha besäßen eine magische Fähigkeit, in die Zukunft zu sehen. Hätten wir Eure Familie gefördert« – sie zuckte bei diesen Worten zusammen, denn sie bestätigten, was sie schon lange vermutet hatte, daß nämlich die Qinzha einen gewissen Anteil an ihrer ersten Eheschließung hatten –, »wenn wir sämtliche Konsequenzen vorhergesehen hätten? Wir wollten nur Stabilität und Gerechtigkeit und hielten Eure Familie für stark genug, den Fu zu widerstehen.« Der alte Mann seufzte. »Nein, wir wissen nur eins über die Zukunft – daß sie noch nicht existiert. Unsere Beobachtungen der sich entwickelnden Ereignisse verraten uns, daß dauerhafte Veränderungen vom Volk bewirkt werden. Der Weg des Tao will, daß man sich einer Entwicklung anschließt. Wenn Herrscher den Versuch machen, dem Volk Veränderungen aufzuzwingen, wie gutgemeint sie auch sein mögen, kommt es zu Zwietracht.«

»Dann trage ich also nicht mehr Schuld als alle anderen an der Zwietracht?«

»Der Krieger, der sich nur um Lob oder Schande Gedanken macht, ist wertlos.«

»Ich bin kein Krieger. Ich bin die Frau des Kaisers.«

»Jeder Mann und jede Frau ist ein Krieger.«

»Was ist dann ein Krieger? Einer, der zu töten bereit ist?« Sie sah das Bild von Meiling vor sich mit ihrer blutbefleckten Seidenjacke. Meiling war an jenem Tag in Guilin ein Krieger gewesen.

Ma Tsu erwiderte: »Nein, ein Krieger ist jemand, der zu sterben bereit ist.«

Aber jeder kann sterben, dachte Guei Fei. Meiling hätte sich einfach von Wo Gai töten lassen können. Das hätte sie zu einem Krieger gemacht.

»Das verstehe ich nicht. Ein Krieger geht nicht mit dem Wunsch in die Schlacht, getötet zu werden.«

»Ein Mann, der kämpfen und töten kann, könnte ebenso gut ein Bandit sein wie ein Krieger«, entgegnete Ma Tsu. »Ein Krieger kämpft für etwas, was mehr ist als er selbst, und ist bereit, dafür zu sterben.«

Guei Fei fragte sich: Bin ich bereit zu sterben? Sie überlegte, wie es wohl war, den Dolch eines Mörders in den Rücken zu bekommen wie ihr Vater. Sie hatte keine Angst vor dem Tod. Aber in dem Wissen zu sterben, alles ruiniert zu haben, woran man mit dem Herzen hängt, dazu jeden Menschen, den man liebt, das wäre unerträglich.

Ihre Lippen zitterten, und Tränen brannten auf ihren Augenlidern. »Wenn ich gewußt hätte, daß ich dieses Unheil auslösen würde, indem ich An half und meinen Mann dazu ermutigte, mit dem großen Werk der Reformen zu beginnen, hätte ich gewiß anders gehandelt.«

Ma Tsu sagte: »Wenn wir in die Zukunft sehen könnten, würden wir alle anders handeln. Aber wir können es nicht, und folglich sollten wir uns nicht wegen der Dinge quälen, die sich ereignen.« Der kahlköpfige Mönch breitete die Arme aus und lächelte. »Das Ergebnis mag einem das Herz brechen, doch es ist nicht nötig, dem Kummer noch Schuldgefühle hinzuzufügen.«

Plötzlich war die Last des bleiernen Umhangs verschwunden. Sie blickte hoch und sah einen Habicht über dem Lager schweben, der mit reglosen Flügeln dahinglitt, und fühlte sich genauso frei und kämpferisch. Falls sie dem Tod schon bald ins Auge blicken mußte, konnte sie es jedenfalls tun, ohne sich selbst zu verachten.

Sie fragte: »Begleitet Ihr mich die Treppe hinunter, Abt Ma Tsu?«

»Aber gern, Kaiserliche Erhabenheit.« Er reichte ihr den Arm, der sich unter ihrer Hand wie Gußeisen anfühlte, und sie gingen gemeinsam die Treppe hinunter. Unten stand Chu Ling mit ihren Pferden. Er blickte zu dem Pavillon in der Mitte des Lagers, in dem ihr Mann auf ihre Rückkehr aus dem Tempel wartete. Sie spürte den starken Wunsch, bei ihm zu sein.

Am Abend schaffte Guei Fei es, eine Zeitlang ihren Kummer zu vergessen. Sie lag mit Longji nackt unter seidenen Decken, umgeben von einem Betthimmel aus Vorhängen, auf einem Bett, das mit einem Wagen von Ort zu Ort gezogen und überall dort aufgestellt wurde, wo der Kaiser zu lagern beschloß. Es war zwar nur halb so groß wie Longjis Bett im kaiserlichen Palast, doch Guei Fei hatte keinen Grund zur Klage, denn inzwischen schliefen die meisten der Menschen, die mit ihnen reisten, auf dem Erdboden. Die Beamten und ihre Familien, die Changan mit Wagenladungen von Möbeln verlassen hatten, hatten inzwischen die meisten ihrer Besitztümer verkauft, damit sie sich Lebensmittel kaufen konnten.

Nach dem, was ihr Ma Tsu an diesem Nachmittag erzählt hatte, war sie etwas beruhigter, wollte aber immer noch wissen, ob Longji ihr die Schuld an seiner Entmachtung gab. Sie zog sich ein wenig zurück, damit sie sein Gesicht im Kerzenschein besser sehen konnte, und sagte: »Du hast meinetwegen so viel verloren.«

»Du lädst dir zuviel auf die Schultern.«

»Ich habe mich bei dir für An eingesetzt.«

»Ja, aber ohne dich hätte er einen anderen Weg an die Macht gefunden. Sobald er mein Ohr hatte, überredete er mich, ihm die Mittel in die Hand zu geben, mit denen er mich ruinieren konnte. Du hast mich davor gewarnt, gegen die Khitan Krieg zu führen, vergiß das nicht. Du und Enger wart beide dagegen.«

»Das große Werk der Reformen, das so viele Menschen gegen dich aufgebracht hat, ist durch mich zu dir gekommen. Wäre es nicht gewesen, wärst du zumindest in der Lage gewesen, mit dem ganzen Reich im Rücken gegen An zu kämpfen.«

Er ließ sie los und legte den Kopf auf den Arm. Mit seiner freien Hand strich er ihr beruhigend über die nackte Schulter.

»Als ich dich kennenlernte, waren Fu Zhou und ihre Familie die eigentlichen Herrscher im Reich. Ich verbrachte die meiste Zeit mit Poesie und Malerei, Kalligraphie und Trinken. Im Reich war Unruhe. Erinnerst du dich an die fünf Mandarine, die deine Heirat mit Su Chi störten?«

»Ich erinnere mich nur höchst ungern an diese Hochzeit.«

»Wenn ich mich nicht von Dame Fu hätte scheiden lassen und die Fu nicht entmachtet hätte, wenn du nicht mein Interesse an der Regierungsarbeit neu geweckt hättest, hätten die Fu auf ihre arrogante und habgierige Weise das Land weiter unterdrückt und ausgeplündert. Damit hätte sich das Reich ebenfalls gegen mich gewandt, und An hätte es zu seinem Vorteil genutzt. Du siehst also, selbst wenn wir beide uns niemals begegnet wären, befände ich mich dennoch auf dem Rückzug vor An, doch ich wäre einsam und verlassen statt glücklich.«

»Wie kannst du sagen, daß du glücklich bist? Du warst einmal der mächtigste Mann unter dem Himmel. Dir ist so wenig geblieben.«

»Ich habe immer noch dich. Ich habe erfahren, was es heißt, dich zu lieben. Die Jahre mit dir sind die glücklichsten meines Lebens.«

Das Wissen, daß er inmitten von Niederlagen und Katastrophen immer noch sagen konnte, er sei ihretwegen glücklich, erfreute sie mehr, als sie je zuvor empfunden hatte. Sie preßte sich an ihn und umarmte ihn.

Sie wollte ihn noch einmal lieben, doch eine Glocke, die vor den Bettvorhängen dreimal läutete, störte ihr zunehmendes Verlangen.

»Was ist?« rief Longji. Sie hörte die Irritation in seiner Stimme und freute sich, daß er die Störung genausowenig begrüßte wie sie.

Chu Ling sagte: »General Darius bittet dringend, vorgelassen zu werden.«

Als sie ihre Gewänder angelegt und die Vorhänge aufgezogen

hatten, trat Darius mit verstaubter Rüstung und staubigem Helm herein und machte vor dem Bett auf dem Teppich das Kotau.

Longji saß auf der Bettkante und zeigte auf einen Korbstuhl. »Nehmt den Helm ab und setzt Euch, Darius.«

Der Perser murmelte seinen Dank, nahm den Helm mit dem Federbusch vom Kopf und legte ihn neben sich auf den Fußboden. Dann schüttelte er seine üppigen schwarzen Locken. Fast ein Jahr nach seinem Ritt zum Kaiser, mit dem er ihn vor Ans Aufstand warnen wollte, war sein Bart genauso schwarz und dicht wie vor der Rasur. Guei Fei sah eine rote Druckstelle auf seiner Stirn, die der Lederbesatz des Helms zurückgelassen hatte. Der rotgefärbte Federbusch aus Roßhaar sah verstaubt und leblos aus.

»Ich bedaure, schlechte Neuigkeiten bringen zu müssen, Strahlender Kaiser.«

Strahlender Kaiser. Wie ironisch sich dieser Titel an diesem Ort anhörte.

»Schlechte Neuigkeiten überbringt man am besten schnell«, entgegnete Longji.

»Kaiserlicher Vater, unsere Kundschafter berichten, daß An mit hunderttausend Mann in Chiennan eingedrungen ist.«

»Dann ist seine Armee weniger als halb so groß wie bei der Einnahme von Changan.«

»Er hat mehr als hunderttausend Mann unter einem seiner mongolischen Stellvertreter, Inank, zum Kampf gegen Su Chi und seine Uyghuren entsandt. Die Truppen jedoch, die An bei sich hat, sind mehr als ausreichend, um mit uns fertig zu werden. Ich habe den Gouverneur von Chiennan aufgesucht und Eure dringende Forderung nach Hilfe wiederholt.«

»Es ist seine Pflicht, uns mit der Provinzmiliz zu Hilfe zu kommen«, sagte Longji.

»Natürlich. Aber da seine Provinzmiliz zahlenmäßig stärker ist als unsere Armee, kümmert ihn die Pflicht nicht. Ich habe versucht, möglichst taktvoll und überzeugend zu sein. Der Gouverneur war ebenfalls taktvoll. Er hat nicht nein gesagt, doch seine höfliche Antwort machte mir klar, daß eher Reis in der Wüste Gobi wachsen wird, als daß seine Männer für uns kämpfen werden.«

Longji entgegnete: »Nun, wir haben Botschafter zu den Tibetern geschickt, den Türken, den Soghdianern, den Arabern, und sie gebeten, sich gegen hohe Belohnung an unserem Kampf zu beteiligen. Was hören wir von General Lui? Er rückt vielleicht langsam vor, aber er ist loyal. Er wird sicher kommen, da wir jetzt dem Territorium so nahe sind, das er beschützt.«

Darius fügte dem nichts hinzu. Er machte ein gequältes Gesicht, und Guei Fei spürte, wie ihr Herz hart und schwer zu pochen begann.

»Was haltet Ihr zurück?« verlangte Longji zu wissen.

»Strahlender Kaiser, von den Offizieren, die wir zu den Stämmen, den Arabern oder zu General Lui geschickt haben, ist keiner zurückgekehrt. Wir haben keine Ahnung, was mit ihnen passiert ist.«

Jetzt war es an Longji, eine Zeitlang zu schweigen. Dann sagte er: »Aber wir können es vermuten. Man hat ihnen die Hilfe verweigert, und deshalb wollten sie nicht zurückkehren.« Er machte wieder eine Pause, und die neben ihm sitzende Guei Fei legte ihre Hand in seine.

Darius vermutete: »Einige von ihnen sind unterwegs vielleicht überfallen worden.«

Longji seufzte. »Ob mit oder ohne Hilfe, wir können nicht ewig weiterlaufen. Unsere Zahl nimmt immer mehr ab, und wir werden mit jedem Tag schwächer. Wenn wir kämpfen wollen, Darius, müssen wir uns hier dem Kampf stellen. Meint Ihr nicht auch?«

Guei Fei dachte: Fünftausend sollen gegen hunderttausend kämpfen? Sie preßte die gekreuzten Arme fest gegen ihren Bauch, damit sie nicht sichtbar zitterten.

»Vielleicht könnt Ihr An weiterhin davonlaufen«, überlegte Darius. »Oder Ihr könnt tun, was mein Großvater tat, als die Araber Persien eroberten – an einem befreundeten Hof um Asyl nachsuchen. Der Kalif von Bagdad, der Kaiser von Konstantinopel oder der Sohn des Himmels von Japan würden Euch Gastfreundschaft gewähren und Euch in Ehren Eure Tage beschließen lassen. Oder die Qinzha könnten Euch in eins ihrer Klöster bringen.«

»Nein«, entgegnete Longji. »Das Reich der Mitte ist das Herzland unter dem Himmel. Ich kann nicht woanders sterben. Ersucht noch ein letztes Mal um Hilfe. Begebt Euch persönlich zu General Lui. Schickt einen anderen Offizier zum Gouverneur von Chiennan. Sagt ihnen, daß es das Ende der Zivilisation bedeutet, wenn sie uns jetzt nicht beistehen. Dann wird die Barbarei triumphieren, und sie werden es sich auf die Schultern geladen haben.«

Darius hob seinen Helm auf, verbeugte sich und ging rückwärts aus dem Pavillon. Er hatte einen Ausdruck in den Augen, den Guei Fei nur höchst ungern sah, einen Ausdruck von Mitleid, der ihr sagte, daß ihre Sache seiner Ansicht nach völlig verloren war.

Longji saß zusammengesunken auf der Bettkante. »Niemand wird kommen und für mich kämpfen. Alle, die bei mir geblieben sind, werden sterben, wenn An anrückt. Sie werden bis zum Tod kämpfen, weil sie keine Wahl haben. Aber ich kann ihnen eine Wahl geben.«

Seine Stimme hörte sich dumpf an. Sie spürte Schmerz in den Schultern, als sie ihm lauschte. Sie legte ihm die Hand auf den Hals. Sie bemerkte in seinem langen Haar weiße Strähnen, die sie noch nie zuvor gesehen hatte.

»Was meinst du damit?«

»Ich kann mich An ergeben. Ich kann mich von ihm als sein Gefangener in die Hauptstadt zurückbringen lassen.« Er drehte sich um, sah sie an und hob die Beine wieder aufs Bett. Er legte sich auf den Rücken, starrte zum Zeltdach hoch und sagte: »Warum sollen diese wenigen Getreuen umsonst sterben?«

Sie nahm seine Hand und preßte sie sich an die Brust. »Ich glaube, sie sind bei dir geblieben, weil sie dieses Opfer bringen wollen.«

Er riß die Augen auf. »Götter! Ich kann mir nicht einmal vorstellen, wie es sein würde, in der Gewalt eines anderen Mannes zu sein. Für mich wäre es weit besser, im Kampf zu sterben und bis zuletzt wahrhaft Sohn des Himmels zu sein. Ich würde mich aber ergeben, wenn ich damit das Leben der Menschen retten könnte, die noch bei mir geblieben sind.«

»Glaubst du, jemand von uns möchte als Ans Gefangener enden?« Sie preßte seine Hand härter auf ihr Fleisch, damit er ihren

Herzschlag fühlen konnte. »Ich weiß, daß ich nicht zulassen würde, daß er mich lebendig in die Hände bekommt.«

Er starrte sie voller Schmerz und Entsetzen an. »Sprich nicht so, Strahlender Edelstein. Solange noch Leben in mir ist, wird dir niemand weh tun.«

Sie antwortete nicht, aber ihre eigenen Worte – *ich werde nicht zulassen, daß er mich lebendig in die Hände bekommt* –, die sie ohne nachzudenken gesagt hatte, hallten wie ein Gong in ihrem Kopf wider. Zu ihrer Überraschung hatte sie sich dieser Vorstellung bis zu diesem Augenblick nicht gestellt: Sie hatte allen Grund zu der Annahme, daß An sie immer noch wollte. Wenn er Longjis Truppen hier besiegte, gab es für sie nur einen sicheren Weg, ihm zu entkommen.

Wird es sehr weh tun zu sterben? Vielleicht könnte ich jemand wie Darius oder Chu Ling bitten, mich zu töten. Longji würde es nie tun.

Während sie hörte, wie Seile und Pfähle ihres Pavillons unter dem Druck des Nordwinds ächzten, dachte sie ruhig darüber nach, wie es sein würde zu sterben.

Vier Tage später stand die Sonne schon eine Stunde am Himmel, als Guei Fei aus dem kaiserlichen Zelt ins Freie trat. Longji hatte sich zu einer Beratung mit Darius begeben, der von seiner Mission zu General Lui zurückgekehrt war.

Chu Ling ging neben ihr und hielt ihr einen Sonnenschirm über den Kopf.

Sie sah Gruppen von Männern, die sie anstarrten. Sie nahm an, daß sie alle Gardesoldaten waren, da sie Schwerter trugen oder Bogen und Pfeile, doch nur einige wenige trugen die rotgoldene Rüstung. Die übrigen trugen unscheinbare, schlechtsitzende Jakken, Hosen und Stiefel. Manche hatten nur Sandalen an den Füßen.

Ihr fiel ein, gehört zu haben, daß einige Soldaten ihre Kleidung und die Ausrüstung an die Bauern Chiennans verkauften, um für ihre Familien etwas zu essen zu haben. Longji sollte dem ein Ende machen, dachte sie. Selbst wenn er es nicht schaffte, die Provinzbehörden zur Zusammenarbeit zu bewegen, konnte er sie beschämen und so zwingen, mehr Lebensmittel für seine Leute zur Verfügung zu stellen.

»Kaiserliche Base! Dame Guei Fei!« Das war die Stimme eines kleinen Jungen.

»Dort«, sagte Chu Ling, als sie sich auf dem staubigen offenen Platz in der Mitte des Lagers nach dem Rufenden umsah. Er zeigte auf einen Jungen in einer zerlumpten braunen Jacke und fadenscheinigen Hose, der mit einem Soldaten kämpfte. Dieser hielt ihn an den Handgelenken fest.

Sie ging näher. Der Bursche war schrecklich dünn, fast wie ein Skelett, und sein Gesicht war lehmverschmiert. Obwohl sie ihn seit mehr als zwei Jahren nicht gesehen hatte, erkannte sie ihn nach einem kurzen Moment: Es war Kaizhi, Yang Hengs Enkel.

»Laßt ihn los«, befahl sie dem Soldaten. Der Mann zögerte, öffnete dann aber die Hände, worauf Kaizhi losrannte, sich Guei Fei zu Füßen warf und ihr die Arme um die Knöchel schlang.

»Hör auf damit!« brüllte Chu Ling, bückte sich und packte den Jungen an der Schulter.

»Laß ihn los«, sagte Guei Fei. »Ihr, die Ihr diesen Jungen festgehalten habt«, rief sie, »kommt her.«

Nach kurzem Zögern schlenderte der Soldat herbei und blieb vor Guei Fei stehen. Er war ein drahtiger Mann mit einem dichten Schnurrbart und schwarzen Bartstoppeln am Kinn. Er trug eine rote Lederrüstung, die schäbig und schmutzig aussah, blaue Baumwollhosen und eine graue Filzmütze statt eines Helms. Er starrte Guei Fei trotzig an.

Chu Ling rief: »Runter auf die Knie, wenn Ihr Ihre Kaiserliche Erhabenheit anredet!«

»Von einem Eunuchen nehme ich keine Befehle entgegen.«

»Man müßte Euch nicht erst befehlen, Eurer Kaiserin die angemessene Ehrerbietung zu erweisen«, sagte Guei Fei in dem ruhigsten und würdevollsten Tonfall, den sie aufbringen konnte. Ihr Herz hämmerte so heftig, daß sie befürchtete, in Ohnmacht zu fallen. Sie faltete die Hände unter den Ärmeln, damit niemand sehen konnte, wie sehr sie zitterten. »Kniet nieder und sprecht mich respektvoll an.«

Der Mann ließ sich auf die Knie sinken, worauf die Verkrampfung in ihrem Magen ein wenig nachließ.

Sie fragte: »Wie lange ist dieser Junge schon hier?«

»Er ist heute morgen mit einer Bande von Flüchtlingen aus dem Osten aufgekreuzt. Er sagte, er sei Euer Vetter, doch jeder zerlumpte Hungerleider, der hierherkommt, behauptet, ein Verwandter des Kaiserhauses zu sein. Sie scheinen zu glauben, daß der Name Yang bedeutet, daß man mehr verlangen kann, als einem zusteht.«

Guei Fei wollte schon eine Erklärung für diese Bemerkung verlangen, doch dann sah sie die feindseligen Blicke der anderen Soldaten, die der Auseinandersetzung lauschten. Sie bekam eine Gänsehaut im Nacken und beschloß, die Herausforderung nicht anzunehmen. Statt dessen sagte sie: »Steh auf, Kaizhi.« Als der Junge auf die Beine kam, sah sie den Soldaten hochmütig an. »Dieser junge Mann ist der Sohn meines ersten Vetters. Ihr hättet ihn höflich behandeln sollen.«

Der Gardesoldat entgegnete: »Wir haben ihn nur festgehalten, bis Eure Erhabenheit sich herabließ, Euer Zelt zu verlassen und sich unter uns zu begeben.«

Wenn sie wieder in der Kaiserstadt waren, würde sie diesen Mann wegen seiner Unverschämtheit auspeitschen lassen. Dort hätte er es gar nicht erst gewagt, so mit ihr zu sprechen.

»Jedes Mitglied meines Haushalts hätte ihn sofort identifizieren können. Ihr hättet ihn zum Familienzelt der Yang bringen und ihn der Obhut seiner Großtante, meiner Mutter, überlassen können.« Sie zeigte auf ein großes grünes Zelt, an dessen Spitze ein roter Wimpel wehte, auf dem der Schriftzug »Yang« in Weiß eingestickt war.

»O ja«, erwiderte der Soldat. »Wir kennen dieses Zelt.« In seiner Stimme war ein drohender Unterton nicht zu überhören.

Guei Fei kam zu dem Schluß, daß man ihr vielleicht nicht gehorchen würde, wenn sie jetzt den Versuch machte, den Mann zu bestrafen. Dann wäre sie in einer schlimmeren Situation als zuvor. Diese Insubordination durfte sie sich trotzdem nicht mehr bieten lassen. »Soldat, Ihr seid sehr pflichtvergessen gewesen und überdies unhöflich zur Kaiserin«, sagte sie. »Ich werde Euch General Darius melden.« Mit diesen Worten drehte sie sich um und ging mit Schritten davon, die, wie sie hoffte, kaiserlich genug wirkten.

Der Mann knurrte: »Und Ihr erwartet, daß ich für Euch sterbe?« Bei dieser Bemerkung überlief es sie kalt, aber sie hielt es für besser, so zu tun, als hätte sie nichts gehört.

Kurze Zeit später saßen Guei Fei und ihre Mutter Yang Qen auf kunstvoll geschnitzten Mahagonistühlen im Familienzelt der Yang. Kaizhi stand vor ihnen. Meiling, Enger und dessen Familie saßen in einem Halbkreis auf dem persischen Teppich.

Kaizhi sagte: »Ein Bote brachte eine Kopie der kaiserlichen Proklamation nach Zhashui, in der An Lushan für vogelfrei erklärt wird. Großvater Heng machte sich sofort an die Arbeit und kopierte die Schriftzeichen auf einem Druckstock. Er hat zwei Tage und Nächte nicht geschlafen. Einen Teil der Schnitzereien hat Vater übernommen, aber Großvater Heng machte das meiste. Er machte Hunderte von Kopien, die Dorfbewohner in möglichst weitem Umkreis verteilten. Jedes Dorf, das wir erreichen konnten, hat eine Kopie erhalten.«

Enger fragte: »Haben Ans Männer nicht versucht, euch aufzuhalten?«

»Wir sahen lange Zeit nichts von ihnen. Dafür hörten wir viele Gerüchte darüber, wo sie sein sollten. Großvater sagte, An sei zu sehr damit beschäftigt, gegen all die Feinde zu kämpfen, die er sich gemacht hat, um sich um uns zu kümmern. Vater machte immer mehr Kopien der Proklamation, während Großvater eine eigene Botschaft an alle Menschen schrieb, in der es hieß, An Lushan sei nichts als ein Bandit, und in der er die Armen daran erinnerte, wieviel der Kaiser und die Kaiserin für sie getan hätten.«

Meiling fragte: »Hat das die Leute dazu angeregt, An Widerstand zu leisten?«

»Ja«, erwiderte Kaizhi. »Wo immer die Proklamation des Kaisers und die Botschaft Großvaters die Menschen erreichten, erhoben sie sich gegen An und töteten seine Steuereinnehmer. Und dann haben wir gehört, daß die Bauern von drei Provinzen eine eigene Armee aufstellten, um gegen An zu kämpfen. Mein Vater und viele Männer aus unserem Dorf sind losgezogen, um sich ihnen anzuschließen. Die einfachen Menschen erinnerten sich daran, wie sehr der Kaiser und die Kaiserin ihnen geholfen hatten, ihr Land zu behalten, mehr Geld zu verdienen und genug zu essen zu haben.«

Guei Fei spürte ein Kribbeln im Rückgrat, als ihr Tränen der Freude aus den Augen strömten. Es gab also *doch* Menschen, die für das dankbar waren, was sie und Longji zu tun versucht hatten. Jedenfalls so dankbar, daß sie bereit waren, für ihren Kaiser zu kämpfen und zu sterben. Aber wie konnten sie gegen eine Berufsarmee wie die von An Lushan kämpfen? »Mit was für Waffen haben sie gekämpft?« fragte sie.

»Meist mit landwirtschaftlichen Werkzeugen«, erwiderte Kaizhi. »Mit Äxten, Sicheln, Hacken, Messern, Heugabeln. Zu Beginn des fünften Monats hörten sie, daß An nach Süden marschiere, um gegen den Kaiser zu kämpfen, und da sind sie aufgebrochen, um ihm den Weg abzuschneiden.«

Enger sagte: »Dies erklärt, warum An so lange gebraucht hat, ehe er uns hier in Chiennan eingeholt hat.«

»Die Armeen begegneten sich gleich nördlich des Yangtze-Flusses. Ans Männer waren alle beritten und hatten Bogen und Schwerter und Lanzen der besten Qualität und wußten überdies alles darüber, wie man in einer Schlacht kämpft. Sie haben unsere Bauernarmee völlig aufgerieben und die Männer in den Fluß getrieben. Einen Monat nach der Schlacht schafften es einige Versprengte, ins Dorf zurückzukehren.«

Er machte mit zitternden Lippen eine Pause. Guei Fei sah, daß er den Tränen nahe war. Da spürte auch sie in Augen und Nase heftigen Schmerz.

Mutter Qen sagte: »Bitte sprich weiter, Kind, wenn du kannst.«

»Vater ist nicht zurückgekommen. Niemand hatte ihn fallen sehen. Doch da herrschte so viel Angst und Verwirrung, daß niemand wirklich etwas sehen konnte.«

»Komm her, Kaizhi«, sagte Guei Fei und wischte sich die Tränen aus den Augen. Sie umarmte den Jungen und dachte, wenn ich doch nur einen solchen Jungen haben könnte. Statt dessen war diese törichte Maskerade mit An das einzige, was ich hatte.

Kaizhi klammerte sich an Guei Fei und begann nach einiger Zeit erneut zu sprechen: »Etwa zehn Tage nach der Schlacht umringten rund hundert von Ans berittenen Kriegern unser Dorf. Großvater war gerade dabei, einen neuen Druckstock zu schnitzen, der einen weiteren Aufruf an die Menschen enthielt, sich gegen An zu erheben. Großvater befahl mir, mich in einer Jauchegrube zu verstekken. Er sagte, sie würden Mutter oder den Mädchen nichts tun. Ich hörte Schreie und lautes Krachen. Ich roch Rauch und spürte schreckliche Hitze. Ich blieb eine Nacht und zwei Tage in der Jauchegrube, weil ich zuviel Angst hatte herauszukommen, bis ich solchen Durst bekam, daß ich schon bereit war, das schmutzige Wasser zu trinken.«

Guei Fei preßte sich die Hände gegen den Bauch und regte sich nicht, damit sie nicht laut losschluchzen mußte. Sie konnte trotzdem nicht verhindern, daß ihr die Tränen über die Wangen liefen.

»Als ich hinauskletterte, sah ich zuerst Großvaters Leiche auf dem Marktplatz liegen. Sie hatten einen angespitzten Pfahl in die Erde gerammt und ihn darauf gesteckt.«

Guei Fei drückte Kaizhi an sich, weil sie erwartete, daß er zusammenbrach. Doch er starrte nur geradeaus und sprach mit dumpfer, monotoner Stimme.

»Was jetzt kommt, ist sehr hart. Sie hatten das Dorf niedergebrannt. Zwischen den Häusern sah ich viele Leichen auf den Straßen liegen. Mutter war nackt, und sie hatten ihr den Bauch aufgeschlitzt, und ihre Eingeweide lagen überall verstreut auf der Erde herum. Meine beiden Schwestern konnte ich nicht finden. Einige Leute, die auf die Felder und die Hügel geflüchtet waren, kehrten zurück, und dann holten wir alle Leichen und verbrannten sie. Dann verließen wir das Dorf. Wir konnten in keinem der Nachbardörfer Zuflucht suchen. Dort haßten uns alle, weil wir so lange Zeit die kaiserliche Gunst genossen hatten. Jedenfalls bestrafte An alle Dörfer. Seine Armee trieb sich monatelang in der Gegend um Zhashui herum und sorgte dafür, daß jeder Widerstand erstickt wurde.«

Guei Fei hatte das Gefühl, als hätte ihr der Junge einen Dolch in die Brust gestoßen. Wieder einmal hatte sich das Gute, das sie zu tun versucht hatte, in etwas Böses verwandelt.

Kaizhi fuhr fort: »Wir gingen dann in Richtung Chiennan, weil wir nur beim Kaiser Zuflucht zu finden hofften. Drei Tage nachdem wir losgegangen waren, fanden wir die Leichen meiner Schwestern. Sie waren nackt, und ihre Geschlechtsteile waren vollkommen blutig. Ich glaube, daß all die Soldaten, die über sie hergefallen sind, sie zu Tode vergewaltigt haben. Wir begruben sie auf einem Feld. Ich wurde sehr krank und bekam Fieber. Die Leute trugen mich, bis es mir wieder besser ging.«

Meiling und Qen weinten jetzt laut. Guei Fei hielt Kaizhi fest in den Armen und biß sich auf die Lippen, um ihr Schluchzen zurückzuhalten. Selbst im Kreis ihrer Familie hatte sie das Gefühl, ein wenig kaiserliche Würde wahren zu müssen.

Kaizhi fuhr fort: »Unterwegs wollte uns niemand helfen, weil alle Angst hatten, Ans Zorn würde auch über sie kommen.«

Dann verstummte der Junge, und jetzt konnte Guei Fei ihre Tränen nicht länger zurückhalten. Sie weinte laut. Sie bebte am ganzen Körper und hatte das Gefühl, als würden ihr die Rippen zerquetscht. Der liebe alte Heng, Chingchins Vater. Hengs Sohn Ziming und seine Frau Na. Diese süßen Mädchen, Ping und Zu. Erst Chingchin und jetzt alle anderen. Was habe ich nur getan?

Und ich habe sie alle so geliebt.

Was für schreckliche Todesarten! Sie alle starben durch Gewalt und unter Schmerzen. Was für eine schreckliche Welt das ist! Wie grausam die Götter sein müssen, wenn sie solche Dinge zulassen!

Wann immer sie an das Gute gedacht hatte, das sie, Enger und Longji zu tun versuchten, hatte sie sich Heng und seine Familie vorgestellt. Glück oder Kummer dieser Familie war für sie immer der Maßstab ihres Erfolges oder ihres Versagens gewesen. Jetzt waren sie ausgelöscht. Die ganze Familie bis auf Kaizhi.

Sie hatte versagt. Sie preßte Kaizhi eng an sich und spürte, wie bodenlose, lichtlose Verzweiflung sie einhüllte.

Longji stand mit Darius, Chen und Ma Tsu vor einem Bauernhaus auf einer Hügelkuppe. Am Horizont weit im Westen glaubte er eine Staubwolke zu erkennen.

Darius sagte: »Ich habe General Lui vorgeschlagen, persönlich zu Euch zu kommen. Er sagte jedoch, er würde lieber mit Euch sprechen, nachdem seine Armee sich mit Eurer vereinigt hat.« Darius war am Morgen mit der freudigen Nachricht zurückgekehrt, daß Lui, der sich bisher hartnäckig in der weit im Westen gelegenen Region von Dzungaria still verhalten hatte, jetzt mit der Armee der Westregion auf dem Weg hierher war.

Longji blickte nach Osten. Er konnte Chengdu, die Hauptstadt der Provinz Chiennan, als dunkle Linie am Horizont erkennen. Der Lin-Fluß, ein blaues Band, schlängelte sich durch eine grüne Ebene behäbig auf die Hauptstadt zu. Auf einem nahegelegenen Hügel erhob sich ein kleiner Tempel der Guanyin, den die Bauern der Gegend errichtet hatten.

Ma Tsu vermutete: »Lui wird Bedingungen stellen.«

»Was für Bedingungen?« fragte Longji.

Ma Tsu sprach sanfter als gewohnt: »Bedingungen, welche die Familie Yang und das große Werk der Reformen betreffen.«

Longji spürte Kälte zwischen den Schulterblättern. Da er hier zwischen der Armee Luis und der Ans in der Falle saß, konnte nur er Guei Fei, Enger und die Familie schützen. Er hörte, wie Chen tief Luft holte, und drehte sich um.

Chen verneigte sich, bevor er sprach. »Vergebt mir, Strahlender Kaiser, aber es ist meine Pflicht, Euch zu beraten. Sollte General Lui davon sprechen, daß die Yang aus dem öffentlichen Leben entfernt werden müßten, solltet Ihr zuhören. Im gesamten Reich haben die Menschen wegen der Yang den Glauben an die kaiserliche Verwaltung verloren. Aus diesem Grund haben wir keine Hilfe gegen An bekommen.«

Longji ballte die Fäuste, und Hitze stieg ihm aus dem Bauch bis ins Gesicht. »Genug, General Chen! Ich habe zu entscheiden, wer meine Kaiserin sein soll und wer mein Erster Minister. Ich habe zu entscheiden, wie ich das Reich regiere.«

Chens Mund wurde schmal. Er verbeugte sich erneut und zog sich von Longji zurück, der die Kluft spürte, die jetzt zwischen ihnen entstanden war. Chen war unerschütterlich loyal, einer seiner besten Männer. Wäre da nicht der herausragende Darius, wäre Chen Befehlshaber der kaiserlichen Garde.

Doch diese Offiziere mußten daran erinnert werden, daß er immer noch der Sohn des Himmels war. Viele äußere Insignien seiner Macht waren inzwischen verschwunden, und er konnte sie nicht mehr dazu nutzen, Ehrfurcht und Ehrerbietung auszulösen – der aufragende Drachenthron, die Weihrauchwolken, die großartigen Gewänder, die ehrfürchtigen Rituale. Jetzt war er ein Mann, der mit ein paar Dienern und einer Handvoll Soldaten in einem Zelt schlief. Nun mußte er seine Autorität durch sein Verhalten unterstreichen, das war alles, was ihm geblieben war.

Wie sollte er seine Autorität bei General Lui durchsetzen? Sollte er auf die Ankunft des Generals warten und ihn mit soviel Pomp wie möglich empfangen? Nein, wenn Lui vorschwebte, Guei Fei und ihrer Familie etwas anzutun, konnte Longji nichts dagegen tun, wenn die Armee erst einmal da war. Sein Rückgrat wurde zu einer Eissäule, als er sich an den schrecklichen Bericht erinnerte, den Ma Tsu ihm in Guilin gegeben hatte, demzufolge das Volk Guei Fei für diesen Bürgerkrieg verantwortlich machte und ihren Tod verlangte.

Er würde herausfinden, welche Absichten Lui verfolgte, bevor dieser seine Armee herbrachte.

Lui ist sein Leben lang ein guter Diener des Throns gewesen. Wenn er mir persönlich gegenübersteht und ich gebieterisch genug zu ihm spreche, kann ich vielleicht immer noch die Menschen schützen, die ich liebe.

Longji passierte Reihen kniender Soldaten. Die Reihen von Zehnmannzelten der Armee der Westregion erstreckten sich, so weit er in der stärker werdenden Abenddämmerung sehen konnte. In der Nähe knisterten Lagerfeuer, in der Ferne sah er ihr Leuchten.

General Lui ritt neben dem kaiserlichen Palankin. Als Longji ihn sah, erinnerte er sich sofort an jenen Tag vor fünf Jahren, als Lui von der schrecklichen Niederlage seiner Armee am Talas-Fluß berichtet hatte, an dem die Araber ihn geschlagen hatten. Luis Haut war wie braunes Leder mit tiefen senkrechten Furchen in den Wangen. Sein weißer Schnurrbart war ebenso üppig wie der Federbusch auf seinem Helm.

»Strahlender Kaiser«, sagte Lui, »es überrascht mich, Euch mit nur zwanzig Soldaten und einem einzigen Ratgeber reisen zu sehen.«

Longji konnte ihm kaum sagen, daß er so wenig Geld und Vorräte hatte, daß er die meisten seiner Beamten hatte entlassen müssen, damit sie für sich selbst sorgten.

»General, da ich nur hergekommen bin, um mich bei Euch zu bedanken, weil Ihr mir sofort zu Hilfe gekommen seid« – er war überzeugt, daß Lui der Sarkasmus nicht entging –, »habe ich es nicht für notwendig gehalten, Euch durch das Mitbringen eines riesigen Hofstaats Unannehmlichkeiten zu bereiten.«

»Sicherlich.« Lui schien sich unter seinem üppigen Schnurrbart auf die Lippe zu beißen.

Lui ritt zu einem großen Pavillon aus roter und gelber Seide voraus, der auf einer leichten Anhöhe stand. Die Standarte seiner Armee, die Silhouette eines roten Pferdes vor gelbem Hintergrund, hing an dem windstillen Abend schlaff in ihren Querbalken.

Als Longji aus seinem Palankin ausstieg, kniete Lui vor dem Dachhimmel vor dem Pavillon nieder. »Wenn der Sohn des Himmels einzutreten geruht – dieser bescheidene Ort ist für die Begegnung mit seinen Untertanen hergerichtet worden.«

Das warme gelbe Glühen von Lampions leuchtete durch den Eingang zum Pavillon. Longji war froh, daß Ma Tsu unauffällig als erster hineinging. Sollte im Zelt eine Gefahr lauern, würde Ma Tsu sie entdecken und sie abwehren. Longji reiste zwar nur mit zwanzig Soldaten, doch der Quinzha-Abt war soviel wert wie ein ganzes Regiment. Daran glaubte Longji fest.

Mindestens zwanzig Männer drängten sich in dem Pavillon, und wieder überkam Longji leichte Besorgnis. Trotzdem, wenn sie ihn ermorden wollten, würden sie so wenige Zeugen wie nur möglich dabeihaben wollen. Er sagte sich, daß er sich törichten Phantasien hingab. Dies waren seine Untertanen. Sie waren loyal und gekommen, ihn zu retten.

Doch in den Blicken, die er auffing, als die Männer auf die Knie sanken und die Stirn auf den scharlachroten, safranfarbenen und azurblauen arabischen Teppich senkten, sah er keinerlei Ehrerbietung. In den Augen, die im Lichtschein der Lampions glitzerten, entdeckte er nur Feindseligkeit und Auflehnung.

Auf einem Podium auf der Nordseite des Pavillons hatte man ihm einen schönen Staatsstuhl aus schwarzem Holz hingestellt. Ein Kaiser betrachtete den Rest der Welt immer von Norden her. Starr geradeaus blickend und mit ausdruckslosem Gesicht schritt er auf einem Streifen roter Seide dahin, den man für ihn ausgelegt hatte, und nahm seinen Platz ein. Ma Tsu saß auf einem niedrigeren Stuhl zu seiner Rechten, Gao Lishi mit gekreuzten Beinen zu seiner Linken auf dem Fußboden. Zwei von Longjis Gardesoldaten bezogen auf beiden Seiten des Staatsstuhls Posten.

Longji sagte: »Setzt Euch, würdige Herren.«

Die meisten Männer waren Mandarine in den roten, purpurnen und blauen Gewändern der höheren Ränge. Offiziere mit braunen Lederkürassen und Stahlhelmen mit Federbüschen besetzten die hinteren Sitze. Selbst Lui saß nicht in der ersten Reihe, sondern am Mittelgang der zweiten Reihe auf der linken Seite. Wie üblich trug keiner der Militärs in Gegenwart des Kaisers eine Waffe.

Rechts von Lui auf der anderen Seite des Mittelgangs saß ein Mann in einem orangefarbenen Gewand, das, wie Longji bemerkte, am Saum ausgefranst war. Aus der Entfernung konnte Longji das Weiße seiner großen Augen sehen, die ihn mit einem Anflug von unterdrückter Wut betrachteten.

Ma Tsu stand auf und flüsterte Longji ins Ohr: »Dieser Mann in dem orangefarbenen Gewand ist Chiang Chueh, der jüngere Sohn von Chiang Wai.«

Longji sah zu dem Mann hinüber, der seinen Blick herausfordernd erwiderte. Der spindeldürre Mann sah mit seinem langen, verfilzten Bart eher wie ein verrückter taoistischer Heiliger aus denn wie ein Mandarin.

»Ich erkenne ihn nicht wieder«, flüsterte Longji. »Ich werde ihn beschuldigen und festnehmen lassen.«

»Das solltet Ihr lieber nicht versuchen, bis wir wissen, wieviel Einfluß er bei diesen Männern hat und wer ihn beschützt«, erwiderte Ma Tsu. »Ihr solltet Euch aber auf einen Angriff aus dieser Ecke gefaßt machen.«

Longji räusperte sich und erhob die Stimme, als er die versammelten Beamten willkommen hieß und ihnen dafür dankte, daß sie ihm zu Hilfe kommen wollten.

»Ich habe keinen Zweifel, daß wir diese Rebellion schnell niederschlagen und im Reich der Mitte Frieden und Ordnung wiederherstellen werden«, schloß er. »General Lui, wollt Ihr mir bitte die versammelten Herren vorstellen?«

Lui stand mit einer Verbeugung auf und begann, die Mandarine und ihre Ämter zu benennen. Als er zu dem Mann in dem orangefarbenen Gewand kam, stellte er ihn nur mit den Worten vor: »Chiang Chueh aus der Provinz Shannan Hsitao.«

Die meisten der Mandarine hatten, wie Longji erfuhr, Ministerposten auf Provinzebene inne. Er war überrascht zu hören, daß sie aus dem ganzen Reich gekommen waren. Zwei waren aus Hopei im Nordosten, einer sogar aus Chiangnan Hsitao am Großen Östlichen Ozean. Mehrere Männer waren hochrangige taoistische Priester und buddhistische Äbte. Insgesamt vertraten die um Lui gescharten Männer die meisten der Zentren, die An nicht beherrschte.

Lui sagte: »Strahlender Kaiser, wir wissen alle, daß der sogenannte Kaiser Kuo Ting, in dessen Namen Ans Armee marschiert, kein Mandat des Himmels besitzt. Wir erkennen Euch als den wahren und rechtmäßigen Kaiser an und geloben, mit unserem Leben dafür einzustehen, daß Ihr in der Hauptstadt, dem Kaiserpalast und auf dem Drachenthron wiedereingesetzt werdet.«

Longji spürte, daß die Beklemmung in seiner Brust ein wenig nachließ. Er schöpfte leise Hoffnung, daß der Weg vielleicht frei war, diesem Irrsinn, dieser Furcht, diesem Herumwandern im Exil ein Ende zu machen.

Er neigte leicht den Kopf und dankte: »Eure Loyalität ist höchst erfreulich.«

Lui fuhr fort: »Wir danken Euch, Kaiserlicher Vater, für die Anerkennung unserer bescheidenen Bemühungen. Wir wissen, daß wir für eine gerechte Sache kämpfen. Ans Armee soll jedoch einhunderttausend Mann umfassen, und wir sehen uns genötigt zuzugeben, daß er ein guter General ist, wenn wir bedenken, welchen großen Schaden er den Khitan zugefügt hat. Ich habe die Hauptmacht meiner Streitkräfte hergebracht, mit der ich mich An entgegenstellen will. Wie große Streitkräfte führt Ihr an?«

Longji widerstrebte es zutiefst, die Wahrheit zu sagen, doch mit ungenauen Informationen ließ sich kein Krieg führen.

»Die kaiserliche Garde zählt gegenwärtig etwas mehr als fünftausend Mann.« Er fühlte, wie seine Wangen heiß wurden.

Lui antwortete nicht, sondern ließ das Schweigen in dem Zelt nach Longjis Eingeständnis dichter werden.

Dann meinte er: »Jeder Gardesoldat wird ohne Zweifel so wagemutig kämpfen wie drei Männer. Doch will mir scheinen, daß wir die Hilfe des Himmels brauchen, wenn wir für den Strahlenden Kaiser siegen sollen. Aber die Hilfe des Himmels ist zweifelhaft, es sei denn, der Sohn des Himmels ist bereit, Opfer zu bringen.«

Longji fühlte, wie sein Herz zu einem Bleiklumpen wurde. Er schlug mit den Fäusten auf die Armlehnen des Stuhls. »Der Sohn des Himmels deutet den Willen des Himmels auf Erden.«

Ein kräftiger Mandarin in der ersten Reihe stand auf und verbeugte sich. Longji erinnerte sich, daß er als Jiang Zemin aus Loyang vorgestellt worden war. Jiang Zemins Schnurrbart war lang und äußerst dünn, als hätte er ein Stück Bindfaden genommen, es schwarz gefärbt und sich an die Oberlippe geklebt, so daß die Enden ihm bis auf die Brust baumelten.

»Vergebt uns, daß wir es so unverblümt sagen, Strahlender Kaiser, aber viele von uns glauben, daß der Himmel nicht auf seiten des Throns stehen wird, solange dieser die fragwürdige Verbindung mit der Familie Yang aufrechterhält.«

Longji spürte, wie sein Herzschlag heftiger wurde, und ergriff die geschnitzten Armlehnen mit beiden Händen. Er wollte Jiang Zemin gerade zurechtweisen und sagen, daß er eine Diskussion über irgendein Mitglied der Familie Yang nicht zulassen werde, hielt sich aber zurück. Damit würde er nichts erreichen. General Lui stand offensichtlich unter dem Einfluß dieser Mandarine, und er würde nicht in die Schlacht gehen, wenn sie ihm nicht dazu rieten. Longji mußte die Mandarine dazu bringen, ihn zu unterstützen, und das konnte er nicht erreichen, wenn er sich weigerte, ihnen zuzuhören.

Folglich sagte er: »Über die Familie Yang ist viel Böses gesprochen worden. Ich begrüße die Gelegenheit, Euch in dieser Hinsicht zu beruhigen.«

Der stämmige Mandarin nahm die Enden seines Schnurrbarts zwischen die Finger und zwirbelte sie, offenbar um sich abzulenken, weil er sich davor ängstigte, den Kaiser zu kränken. »Vergebt mir, Strahlender Kaiser, aber wir glauben, daß der Himmel unsere Sache nicht begünstigen wird, solange Dame Yang als Kaiserin herrscht.«

Die Muskeln in Longjis Körper spannten sich an, bis er das Gefühl hatte, daß ihm gleich die Knochen brechen würden. Dies war in gewisser Weise schlimmer als die Aussicht, sich An und seiner Rebellenarmee entgegenstellen zu müssen. Am liebsten hätte er dem dicken Mandarin diesen albernen Schnurrbart aus dem Gesicht gerissen und ihn anschließend persönlich geköpft. Dieser Mann hatte kein Recht, so über Guei Fei zu sprechen.

Doch Longji mußte Jiang Zemin ruhig antworten, denn sonst wäre seine letzte Chance vertan, ihrer aller Leben zu retten.

Als er sprach, war seiner Stimme die Bemühung anzuhören, sie zu beherrschen: »Wessen wird die Kaiserliche Mutter beschuldigt?« Er hörte ein Raunen durch die Versammlung gehen, als wollten alle Mandarine darauf antworten.

Jiang Zemin zögerte einen Augenblick, als wollte er seine Gedanken sammeln, und gebot den anderen dann mit einer Handbewegung zu schweigen. »Strahlender Kaiser, man sagt, sie habe Euch in eine fragwürdige Ehe gelockt, damit sie für sich und ihre Familie Macht erlangen kann. Sie und ihr Bruder hätten ihre Macht dazu benutzt, Unruhe zu stiften und die Verhältnisse im Reich zu ändern. Schließlich ist sie die direkte Ursache dieses Bürgerkriegs, nämlich durch die unschickliche Gunst, die sie dem Barbaren An Lushan erwiesen hat.«

Jetzt konnte Longji nicht mehr an sich halten. »Lügen!« rief er. »Es hat einmal eine Zeit gegeben, in der Ihr nicht gewagt hättet, so zum Sohn des Himmels zu sprechen!« Er spürte, daß er sich am Rand der Panik bewegte, als ihm seine Selbstbeherrschung entglitt.

»Richtig, es hat mal eine solche Zeit gegeben«, entgegnete Jiang. »Aber wer trägt die Schuld daran, daß diese Zeit jetzt vorüber ist?«

Die Worte schmerzten, als hätte Longji eine Reihe von Ohrfeigen erhalten. Er ließ sich in seinen Stuhl zurückfallen. Wenn er bei diesen Männern keine Ehrerbietung mehr auslösen konnte, wer war dann daran schuld, wenn nicht er?

Ein weiterer Mandarin erhob sich. »Ich wurde von einem johlenden Pöbel einfacher Leute aus Hangchow vertrieben. Ich mußte meine Frau und die Kinder zurücklassen. Ich weiß nicht, was mit ihnen geschehen ist. Und es ist diese Yang-Frau, die das Volk aufgewiegelt hat.«

Lui schritt durch den Mittelgang und stellte sich vor Longji. Einen Augenblick glaubte dieser, daß auch der General ihn beschuldigen wollte, doch statt dessen stellte Lui sich an seine Seite, so daß er zu den Mandarinen sprechen konnte, ohne dem Kaiser den Rücken zuzuwenden.

»Laßt uns in diesen schwierigen Zeiten nicht unsere Manieren vergessen. Es sollte niemand ohne die Erlaubnis des Himmelssohns sprechen.«

Longji schämte sich, daß Lui Ordnung halten konnte, er aber nicht. Doch dann sagte er sich, daß er sich nur auf Lui verlassen konnte, wenn er überleben wollte, und dies galt auch für Guei Fei. Er sah, daß die Männer darauf warteten, daß er das Wort ergriff.

Er räusperte sich und sprach: »Ich kann Euch sagen, daß die Kaiserin geschworen hat, sich eher das Leben zu nehmen, als An in die Hände zu fallen. Ich bete dafür, daß Ihr dafür sorgen werdet, daß sie ihren Entschluß nicht in die Tat umsetzen muß.«

General Lui erwiderte mit leiser Stimme. »Ich fürchte, daß genau dieser Schritt von Dame Yang nötig ist, bevor ich die mir anvertrauten Truppen verpflichten kann, gegen An zu kämpfen.«

Longji glaubte einen Faustschlag gegen das Herz erhalten zu haben. »Was sagt Ihr da?«

Jetzt schaltete sich Jiang Zemin wieder ein: »Mit dem größten Bedauern wegen Eures Kummers, Strahlender Kaiser, sind wir zu dem Schluß gekommen, daß der Himmel das Leben von Dame Yang fordert. Erst dann werden uns die Götter erlauben, Euch wieder auf Euren Thron zu setzen.«

Longji war wie vor den Kopf geschlagen. Er klammerte sich an die Armlehnen seines Staatsstuhls. Er fand die Sprache erst wieder, nachdem er mehrmals tief Luft geholt hatte. »Wie könnt Ihr es wagen! Wie könnt Ihr es wagen, auch nur andeutungsweise vom Tod Eurer Kaiserlichen Mutter zu sprechen?«

Lui sah nicht ihn an, sondern blickte auf den Teppich. »Ihr müßt die Entscheidung treffen. Und sie.« Dann sah er hoch, und Longji sah das Schuldgefühl in den Augen des Mannes. »Ich würde mich Ans ganzer Armee lieber allein entgegenstellen, als so mit Euch zu sprechen, Strahlender Kaiser. Ich weiß aber, daß meine Männer nicht kämpfen werden, solange der Himmel unsere Niederlage verfügt. Sie werden kämpfen, um Euch wieder auf Euren Thron zu setzen. Sie glauben aber, daß dieser Bürgerkrieg die Strafe des Himmels für das Reich der Mitte ist, die Strafe für Dame Yangs Missetaten.«

Longji schüttelte den Kopf. Seine eigenen Untertanen gaben ihm tatsächlich zu verstehen, daß sein geliebter Strahlender Edelstein sterben mußte. Sie müßten bestraft werden, dachte er, und zwar schrecklich. Sie müßten alle sterben, alle Männer in diesem Pavillon. Und auch alle, für die sie sprechen.

Doch wem sollte er diesen Befehl geben? Seine Macht über Leben und Tod entsprang der Bereitschaft gerade solcher Männer wie dieser, ihm zu gehorchen.

Er konnte keinem Menschen einen Befehl geben. Er konnte nur das tun, was er seit vierzig Jahren nicht hatte tun müssen, nämlich den Versuch machen zu überzeugen.

Wie oft, überlegte er, waren Bittsteller zu ihm gekommen und hatten ihn angefleht, den Lauf ihres ganzen Lebens zu ändern? Jemand hatte für das Leben irgendeines verurteilten Menschen oder sein eigenes gefleht. Er hatte die ganze Macht gehabt, und sie konnten nur den Versuch machen, ihn zu überreden. Oft hatte er sich ihrem Flehen verweigert. Nur selten hatte er auf ihre Gefühle Rücksicht genommen und statt dessen immer versucht, eine Entscheidung zu finden, die für das Reich am besten war. Jetzt wußte er, wie diesen Bittstellern zumute gewesen sein mußte.

Jetzt mußte er bei diesen Männern um das Leben von Strahlendem Edelstein bitten. Er hob die Hände von den Armlehnen, sah, daß sie zitterten, und legte sie wieder hin. »Wie es heißt, opferten die Menschen schon lange vor der Zeit der Weisen Kaiser den Göttern Menschenleben und baten sie um Gunstbeweise als Gegenleistung. Die Weisen Kaiser haben all dem ein Ende gemacht. Sie lehrten, daß der Himmel Blutopfer verabscheut. Jetzt wollt Ihr uns in die Zeit der Barbarei zurückführen? Verlangt Ihr das Opfer Eurer Kaiserin, um den Sieg über An zu sichern? Jede Armee, die eine Kaiserin tötet, um dafür die Gunst des Himmels zu erhalten, wird den Zorn des Himmels zu spüren bekommen.«

Jiang Zemin entgegnete: »Der Himmel verlangt kein Opfer. Der Himmel verlangt Gerechtigkeit. Wer für diese Katastrophe verantwortlich ist, muß dafür die höchste Strafe auf sich nehmen.«

Longjis Brust und Bauch durchlief ein so heftiges Zittern, daß er das Gefühl hatte, als erbebte die Erde unter ihm. Seine Stärke hielt ihn still, obwohl er am liebsten explodiert wäre. »Ich spreche als Sohn des Himmels. Ich sage Euch, die Kaiserin hat sich keines Unrechts schuldig gemacht. In all meinen Jahren als Kaiser habe ich nie jemanden verurteilt, ohne ihm vor meinen berufenen Richtern eine gerechte Anhörung zu gewähren. Jetzt stehen wir im Feld, und der Feind wird bald angreifen. Wie können wir in dieser Lage über das Schicksal einer der wichtigsten Personen des Reiches entscheiden?« Was er sagte, hörte sich für ihn wie Bettelei an, und er haßte sich dafür.

Lui erwiderte: »Wenn wir jetzt im Feld stehen und den Angriff des Feindes erwarten, ist es die Schuld von Dame Yang und ihrer Familie.«

Longji wurde mutlos, als er von den übrigen Männern ein zustimmendes Murmeln vernahm. In seinem Kopf drehte sich alles. Er suchte fieberhaft nach Worten, die diese Männer erreichen konnten. »Das bestreite ich, und ich bin in einer besseren Lage, die Wahrheit zu erkennen, als Ihr es seid.«

Jiang Zemin schaltete sich ein: »Kaiserlicher Vater, wir glauben, daß Ihr durch Eure Gefühle für Yang Guei Fei verblendet seid.«

Die Männer, die zu ihm sprachen, wurden immer respektloser. Longji spürte eine Veränderung der Luft im Zelt und sah eine wilde Entschlossenheit in den Gesichtern vor sich. Dies waren Männer, die ihr Leben in Ehrfurcht vor dem Sohn des Himmels verbracht hatten. Jetzt spürten sie seine Hilflosigkeit und sahen einem Rudel jagender Hunde, die ihrer Beute immer näher kommen, erschreckend ähnlich.

»Schluß jetzt mit diesem unsinnigen Streit!« Die Stimme hörte sich schrill an und bebte leicht. Longji sah, wie sich der Agitator Chiang Chueh aus seinem Stuhl erhob wie eine Schlange aus dem Korb eines Basargauklers.

»Dieser Mann hat das Mandat des Himmels schon vor Jahren weggeworfen«, rief Chiang Chueh. »Er ist genauso schuldig wie seine Frau. Ich würde nicht einmal ausschließen, daß er seine Frau ermuntert hat, mit An ins Bett zu gehen. Wahrscheinlich hat er dabeigesessen und zugesehen.«

Longji starrte Chiang Chueh ungläubig an. In seinem ganzen Leben hatte es niemand gewagt, so zu ihm zu sprechen, nicht einmal als er noch ein machtloses Kind war. Noch nie hatte er eine solche Gemeinheit gehört. Und dies war die Art von Gift, das Chiang Chueh im ganzen Reich verbreitet hatte. Damit hatte er die Loyalität der Menschen, der Armee, der Beamten untergraben, so daß sie sich in der Krise weigerten, ihrem Kaiser beizustehen.

In Longjis Gehirn platzte ein Feuerball. Er sprang von seinem Staatsstuhl auf und stürzte zu Chiang Chueh hin. Der Mandarin in dem orangefarbenen Gewand starrte ihn mit aufgerissenen Augen an und machte keinerlei Anstalten, sich zu wehren. Sein Gesicht sah aus, als triumphierte er. Einige gingen Longji eilig aus dem Weg, doch er bemerkte sie gar nicht.

Er kam mit ausgestreckten Armen bei Chiang Chueh an und griff nach dessen verfilztem Bart. Als er den fettigen Bart packte, riß er ihn nach unten, brachte Chiang Chueh damit aus dem Gleichgewicht und schleuderte ihn auf den Teppich. »Ich habe Euch vor Jahren in Zhashui Gnade erwiesen, und Ihr habt es mir damit vergolten, daß Ihr das ganze Reich vergiftet und gegen mich aufgehetzt habt.« Er versetzte Chiang Chueh einen harten Fußtritt in die Rippen. Er trug derbe Lederstiefel, und der Mandarin schrie vor Schmerz auf.

Eine Stimme neben Longji ertönte: »Verzeiht mir, Strahlender Kaiser.«

Plötzlich stand Ma Tsu zwischen Longji und Chiang Chueh. Er trat mit einer Sandale fest auf den Rücken des Mandarins. Dann packte er Chiang Chueh mit beiden Händen am Handgelenk und riß ihm die Hand aus dem Gewand. Chiang Chueh hielt einen Dolch umklammert, der wie er selbst lang und dünn war. Ma Tsu zog den Arm des Mannes in voller Länge zurück und drehte ihn. Chiang Chueh schrie auf, und durch das Schreien hindurch hörte Longji den knackenden Laut brechender Knochen.

Ma Tsu nahm den Dolch aus Chiangs erschlaffter Hand und versetzte dem Mann einen Fußtritt, der ihn auf den Rücken drehte. Dann kniete er auf dessen Brust nieder, hob den schmutzigen Bart hoch und preßte Chiang die Dolchspitze an die Kehle. »Ihr habt den Kaiser und die Kaiserin auf unerhörte Weise gekränkt. Das geht über Hochverrat hinaus. Es ist Blasphemie. Außerdem habt Ihr gegen den Kaiser eine Waffe gezogen. Dafür verdient Ihr den Tod.« Ma Tsu wandte sich an Longji. »Wie lautet Euer Urteil, Kaiserlicher Vater?«

Longji zitterte am ganzen Körper und versuchte zu erfassen, was soeben passiert war. Er kannte den Grund für den triumphierenden Ausdruck auf Chiang Chuehs Gesicht. Unter der Anspannung der vergangenen Stunden war seine kaiserliche Zurückhaltung zusammengebrochen. Er hatte sich wie ein gewöhnlicher Mann benommen. Durch sein Einschreiten hatte Ma Tsu ihn nicht nur vor Chiang Chuehs Dolch gerettet, sondern ihn auch daran gehindert, sein letztes Quentchen Würde wegzuwerfen. Indem er ihn jetzt um seine Befehle bat, stellte Ma Tsu auch seine Autorität wieder her.

»Wir sind als Abgesandte ins Lager von General Lui gekommen«, erwiderte er. »Es ist Sache von General Lui, an diesem Ort Recht zu sprechen.«

Lui trat vor und nickte einem seiner Offiziere zu. Er befahl dem Mann mit leiser Stimme, Chiang Chueh abzuführen und unter Arrest zu stellen.

Longji fragte sich, wie lange Chiang Chuehs Gefangenschaft wohl dauern würde. Die Männer, die Lui um sich versammelt hatte, hatten offensichtlich auf Chiang Chueh gehört, obwohl er jetzt das Gesicht verloren hatte. Aber ich habe auch das Gesicht verloren. Wer hat je von einem Kaiser gehört, der vor zivilen und militärischen Anführern einen seiner Untertanen körperlich angreift?

Große Erschöpfung überkam Longji. Er sah sich um und entdeckte ausdruckslose, undurchdringliche Gesichter. Außerdem sahen sie ihn alle aus gleicher Höhe an. Keiner von ihnen kniete nieder. Es hatte keinen Sinn mehr, mit diesen Männern zu streiten.

Er sprach mit einer Stimme, die sich auch für ihn selbst flach und müde anhörte. »Ich sage Euch allen eins: Wer es wagt, der Kaiserin zu nahe zu treten, wird erst mich töten müssen.« Es war ihm gleichgültig, was er mit diesen Worten bewirkte; es war ihm gleichgültig, ob die Männer ihm glaubten.

»Ihr habt mir gesagt, daß Ihr mir nicht helfen werdet, es sei denn, ich befehle den Tod der Kaiserin. Nun gut, dann helft mir nicht. Liefert das Reich diesem Barbaren aus und laßt zu, daß die Geschichte Euch als größere Verräter in Erinnerung behalten wird als ihn. Mehr habe ich Euch nicht zu sagen.«

Einen Augenblick schwiegen alle. Dann fiel einer nach dem anderen auf die Knie. Longji spürte eine schwache Hoffnung, daß sie ihre Einstellung vielleicht geändert hatten. Von einem war er jedoch überzeugt: Selbst wenn sie ihm im Augenblick erneut Respekt erwiesen, ihre Rachegefühle gegenüber Guei Fei waren so tief, daß er sie nicht würde erreichen können.

Als Guei Fei mit Chu Ling im Gefolge das Familienzelt der Yang betrat, blickte Yang Qen auf. Guei Fei las Furcht in den vogelähnlichen Gesichtszügen und in der Haltung ihrer Mutter. Yang Qen hatte Gift nehmen wollen, als sie von der Ermordung ihres Mannes erfuhr, aber Guei Fei, Meiling und Enger hatten sie zurückhalten können, indem sie ihr sagten, wie sehr sie sie brauchten, nach dem Tod ihres Vaters nur noch mehr.

Chu Ling holte einen Stuhl für Guei Fei und setzte sich dann in einer Ecke des Zeltes abseits auf den Teppich.

Guei Fei fragte: »Standen sonst nicht immer zwei kaiserliche Gardesoldaten vor diesem Zelt? Sie sind heute morgen nicht da.«

Als sie sah, wie niedergeschlagen ihre Mutter und die übrigen aussahen, fügte sie nicht hinzu, wie traurig sie selbst ihr Verlust machte. Außerdem fürchtete sie um Longji und fragte sich, wie er von General Lui empfangen werden würde, der so lange gezögert hatte, ihm zu Hilfe zu kommen. Als sie vergangene Nacht allein im kaiserlichen Zelt gelegen hatte, hatte sie Schlafpulver nehmen müssen.

Enger machte eine ungeduldige Handbewegung: »Die Disziplin der Soldaten nimmt mit jedem Tag mehr ab.«

»Und was ist mit der Familienstandarte der Yang, die sonst immer vor diesem Zelt gehißt wird?« fragte Guei Fei. »Die ist auch verschwunden.«

»Ich habe sie entfernt«, sagte Enger. »Ich hatte das Gefühl, daß sie zuviel Aufmerksamkeit auf sich zieht.«

Und ich hatte mir einmal vorgestellt, es würde der Tag kommen, an dem das ganze Reich den Namen Yang segnet.

Qen fragte: »Hast du Meiling gesehen? Sie hat mich gestern nicht besucht und ist auch heute nicht gekommen.«

»Nein«, erwiderte Guei Fei. Sie hatte Chu Ling am Vorabend losgeschickt, ihre Schwester zu suchen, weil sie in Longjis Abwesenheit ihre Gesellschaft wünschte. Er war mit der Nachricht zurückgekehrt, daß er sie nicht habe finden können.

Guei Fei überlief es kalt. Was konnte mit Meiling passiert sein? »Ich nehme an, sie ist bei Darius«, vermutete sie. Und dann fiel ihr wieder der Gardesoldat ein, der Kaizhi festgehalten und gesagt hatte, man habe Darius den ganzen Tag nicht gesehen. Konnte es sein, daß Darius und Meiling gemeinsam weggelaufen waren? Nein, keiner der beiden würde Longji oder sie im Stich lassen und desertieren.

Sie setzte sich zu Enger an den Tisch. Er las gerade das »Tao Te Ching«, was sie überraschte. Es war nie eins seiner Lieblingsbücher gewesen. Er hatte immer gesagt, daß die Lehren Lao Tzes dazu neigten, die Menschen am Wert des Staates zweifeln zu lassen.

»Ich suche in jüngster Zeit Trost bei spirituellen Ideen«, erklärte er ihr. Kurz darauf waren sie in ein Gespräch vertieft.

Eine Stunde später wurde die Zelttür aufgerissen, und rund ein

Dutzend kaiserliche Gardesoldaten drängten sich herein. Guei Feis Herz pochte schmerzhaft in ihrer Brust. Enger stand schnell auf.

Die Gardesoldaten trugen ihre rotgoldenen Brustpanzer und glitzernden Stahlhelme und waren besser gekleidet als alle, die Guei Fei in letzter Zeit gesehen hatte. Einer von ihnen, der das Falkenmedaillon eines Obersten am Hals trug, marschierte quer durchs Zelt und blieb vor Guei Fei und Enger stehen. Chu Ling eilte aus seiner Ecke herbei und stellte sich zwischen Guei Fei und den Offizier.

»Was hat das zu bedeuten?« verlangte Enger zu wissen.

»Minister Yang Enger, ich nehme Euch auf Befehl von General Chen fest, bis auf weiteres Befehlshaber der kaiserlichen Garde.«

Guei Fei starrte Enger an, dessen rundes Gesicht dunkelrot geworden war. »Das ist doch absurd!« rief er aus. »Ich gebe General Chen Befehle. Er kann mich nicht festnehmen lassen.«

Der Oberst sah ihn im Schatten seines Helms teilnahmslos an. »Es hat keinen Zweck, mit mir zu streiten, Herr. Ich bin nur hier, um Euch zu General Chen zu bringen. Euer Prozeß wird vor ihm stattfinden.«

Jetzt konnte Guei Fei nicht länger an sich halten. »Prozeß? Nur der Kaiser hat das Recht, den Ersten Minister aburteilen zu lassen. Sagt General Chen, er soll dem Kaiser seine Anklagen vortragen, wenn er zurückkommt. Aber jetzt verlaßt das Zelt auf der Stelle.«

Der Oberst wandte sich an Enger, als hätte Guei Fei kein Wort gesprochen. »Wenn Ihr nicht mitkommt, Herr, werden meine Soldaten und ich Gewalt anwenden müssen.«

»Geh nicht mit ihnen, Enger«, sagte Guei Fei. »Sie haben kein Recht, dir das anzutun.« Ihr Herz schlug wie ein Hammer in ihrer Brust. Sie brachten Enger weg, weil sie ihn töten wollten, davon war sie überzeugt. Sie hörte, wie Qen, Ping und Engers Kinder weinten. Die Soldaten, die mit dem Obersten eingetreten waren, bildeten eine Reihe quer durch die Mitte des Zelts und hielten die Frauen und Kinder davon ab, zu Enger zu kommen.

Guei Fei befahl: »Chu Ling, hol Waffen. Bewaffne die Diener. Wir werden den Ersten Minister verteidigen.« Ihr fiel wieder ein, daß Meiling drei Männer getötet hatte, um sich und Enger zu retten. Wenn Meiling es kann, dachte sie, kann ich es auch. Und Chu Ling – sie hatte ihn vor fünf Jahren kämpfen sehen. Sie konnten Enger retten.

Wie aufrührerisch diese Männer auch sein mögen, sie werden nicht die Hand gegen die Kaiserin erheben.

Der Oberst legte die Hand auf sein Schwert. »Bewegt Euch nicht, Eunuch, sonst werde ich Euch auf der Stelle niederstrecken. Erster Minister, ich befehle Euch nochmals mitzukommen.«

Enger sah Guei Fei hilflos an. »Unsere Würde ist alles, was uns noch geblieben ist, Schwester.« Er trat hinter seinem Tisch hervor. Chu Ling ließ ihn vorbeigehen.

Als sie Enger sich fügen sah, hatte Guei Fei das Gefühl, unwiderruflich verdammt zu sein. Tief in der Brust begann sie zu schluchzen, und sie schien seinen Tod schon jetzt zu betrauern.

»Nein!« schrie Qen auf, als die Gardesoldaten Enger umringten und Anstalten machten, ihn aus dem Zelt zu führen. »Sie haben meinen Mann getötet. Meinen Sohn dürfen sie nicht auch noch töten.«

Guei Fei rief aus: »Wenn der Kaiser zurückkommt, wird sein Zorn furchtbar sein.«

Der Oberst drehte sich um und zeigte mit dem Finger auf sie: »Euch sollte man vor Gericht stellen. Ihr seid diejenige, die das Reich zerstört hat. Dieser Mann ist nur Euer Komplize.«

Seine Anklage fegte ihren Kummer beiseite. Das war alles so ungerecht. Sie hatte alles in ihrer Macht Stehende getan, um das Reich stärker zu machen. Feinde und Verräter hatten ihr Werk zunichte gemacht; war das etwa ihre Schuld?

»Dann nehmt mich doch und stellt mich vor Gericht«, rief sie. »Ich habe keine Angst vor Eurem Rebellentribunal.«

Sie wußte, daß es ihr nicht mehr viel bedeutete, ob sie weiterlebte oder starb. Sie hatte keine Angst vor dem Tod. Sie hatte mit ansehen müssen, wie ihre Träume zu Asche geworden waren; das war weit schlimmer als der Tod.

»Wir hoffen, daß der Kaiser sich persönlich mit Euch beschäftigen wird, wenn ihm erst einmal ein Licht aufgeht«, sagte der

Oberst. Dann wandte er ihr den Rücken zu und befahl seinen Männern, das Zelt zu verlassen.

Ping drängte sich durch das Rechteck von Soldaten, die Enger umringten, und schlang die Arme um ihn. Qen folgte ihr schnell, und dann kamen auch Engers beide Töchter und sein Sohn. Die ganze Familie hielt sich umarmt und bildete eine geschlossene Gruppe, die von den Soldaten umgeben war. Obwohl die Männer offen rebellierten, sah Guei Fei, daß sie es immer noch nicht über sich brachten, die Hand gegen die Familie des Ersten Ministers zu erheben.

Dann sagte Enger leise etwas zu Ping und Qen, worauf sie sich langsam von ihm entfernten, obwohl sie ihn immer wieder berührten, bis sie schließlich die Kette der Soldaten verlassen hatten. Dann ließ sich Enger von den Soldaten ins Freie führen.

In diesem Moment entschloß sich Guei Fei, ihm bis zum Ende zu folgen. »Komm mit mir«, forderte sie Chu Ling auf.

»Es ist zu gefährlich für Euch, Kaiserliche Mutter«, entgegnete er.

Sie ignorierte seine Worte, ging mit würdevollen Schritten aus dem Zelt und folgte den Soldaten und Enger.

Sie gingen durch das Lager. Immer mehr Gardesoldaten und Zivilisten, die sich dem Lager angeschlossen hatten, folgten ihnen.

»Steht auch die Kaiserin unter Arrest?« hörte Guei Fei jemanden fragen.

»Wenn nicht, sollte sie es aber«, erwiderte eine Stimme.

Ich hoffe nur, lange genug zu leben, um Longji wiederzusehen, dachte sie.

Auf dem Versammlungsplatz vor dem jetzt leeren Zelt des Kaisers saß General Chen unter einem Dachhimmel aus roter Seide auf einem Stuhl mit hoher Rückenlehne. An einem Pfahl neben ihm wehte das blaue Phönix-Banner der kaiserlichen Garde. Rechts und links von ihm saßen Offiziere. Als er Guei Fei sah, befahl er, ihr einen Stuhl zu bringen. Mit zitternden Knien setzte sie sich zu den Zuschauern. Die Menschen rückten von ihr weg und ließen um sie herum einen leeren Raum, in dem nur Chu Ling stand, der ihr einen Sonnenschirm über den Kopf hielt.

Soldaten stellten für Enger einen kleinen Tisch und einen Stuhl in die Mitte des Platzes. Dorthin setzte er sich mit dem Gesicht zu seinen Anklägern, während der Oberst, der ihn festgenommen hatte, sich neben ihn stellte.

Chen las aus einer Schriftrolle vor: »Yang Enger hat als Erster Minister des Reichs der Mitte zahlreiche strenge, drückende und ungerechte Gesetze erlassen. Er hat Preise und Löhne reguliert und damit die harmonischen Beziehungen zwischen Käufer und Verkäufer und Arbeiter und Dienstherr gestört. Das hat zu Knappheit, Hungersnöten und Aufruhr geführt. Er hat bei Frauen und Bauern Unzufriedenheit ausgelöst, Familien zerbrochen und die Menschen provoziert, Verbrechen zu begehen. Seine falschen Lehren und seine unmoralischen Bestimmungen haben die Grundlagen der Gesellschaft und der Zivilisation zerstört und Stadt gegen Land und Provinz gegen Provinz aufgebracht. Schließlich und endlich gehörte er zu der Fraktion, die den Barbaren An Lushan beim Kaiser in hohe Gunst gesetzt hat, was zu der Rebellion führte, die das Reich für alle Zeiten zu zerstören droht.«

Guei Fei blickte quer über den Platz zu dem gutaussehenden Chen hin. Er schien immer ein loyaler Offizier gewesen zu sein. Vielleicht würde es ihr gelingen, Enger zu retten, wenn sie unter vier Augen an den General appellierte.

Longji wird gestern fast den ganzen Tag gebraucht haben, um General Luis Lager zu erreichen, dachte sie. Wenn er am Abend mit Lui konferiert hat, kann er heute morgen wieder aufgebrochen sein und trifft vielleicht noch vor Sonnenuntergang ein. Wenn es mir nur gelingt, hier alles aufzuhalten, bis er hier ist, wird er diesem Unfug ein Ende machen. Sie stand auf, überquerte den staubigen, sonnenüberfluteten Platz und stellte sich vor Chen hin. Ein zorniges Murmeln der Menge folgte ihr.

Chen erhob sich, zog die Augenbrauen hoch und verbeugte sich. »Bitte stört diesen Prozeß nicht.«

»Ich bin die höchstrangige Person in diesem Lager«, entgegnete Guei Fei. »Dieser sogenannte Prozeß kann ohne meine Zustimmung nicht stattfinden. Wenn der Kaiser nicht da ist, spreche ich für ihn. Hört sofort damit auf.«

»Ich führe dieses dringend notwendige Verfahren kraft meiner Autorität als Befehlshaber der kaiserlichen Garde durch.«

»Ihr seid nur stellvertretender Befehlshaber der Garde«, berichtigte Guei Fei. »Ich verlange, daß General Darius konsultiert wird.« Darius befand sich offenbar nicht im Lager, denn sonst würde dieser Prozeß nicht stattfinden.

»General Darius Parviz ist verschwunden«, erklärte Chen knapp. »Vielleicht ist er desertiert.«

»Das ist unmöglich. Er muß mit irgendeinem Auftrag unterwegs sein. General Chen, ich kenne Euch seit Jahren. Ihr seid ein Ehrenmann. Ihr könnt nicht zulassen, daß dies weitergeht.«

Chen starrte sie mit harten Augen an. »Ich muß es tun. Euer Erhabenheit, Ihr kennt die Stimmung der Truppen nicht, aber ich tue es. Nur ihr Glaube daran, daß Euer Bruder eine gerechte Strafe erhält, hält sie von offener Meuterei ab. Und wenn sie meutern, wird jeder Yang in diesem Lager sterben, einschließlich der Frauen und Kinder. Auch Ihr. Und wenn der Kaiser zurückkommt, würden sie auch ihn nicht verschonen.«

»Ich habe keine Angst vor dem Tod, General«, sagte Guei Fei zornig. »Und Ihr?«

»Nein«, sagte Chen leise, »aber ich gedenke alles in meiner Macht Stehende zu tun, um den Kaiserlichen Vater davor zu bewahren, für Eure Irrtümer zu bezahlen. Jetzt setzt Euch wieder hin, oder ich lasse Euch von hier wegbringen. Es gibt viele Gardesoldaten, die es liebend gern tun würden.«

Statt zu ihrem Stuhl zurückzugehen, überquerte Guei Fei den Platz und ging zu Enger. Sie spürte Hunderte zorniger Augen im Rücken, hielt jedoch den Rücken gerade und wahrte ein ausdrucksloses Gesicht. »Tu, was du kannst, um sie aufzuhalten«, sagte sie zu Enger. »Wenn der Kaiser oder Darius zurückkommt, werden sie dem hier ein Ende machen.«

Enger schüttelte den Kopf. »Diese Männer sind entschlossen, meinen Kopf zu fordern, Schwester. Ich glaube, du solltest jetzt gehen. Dich werden sie als nächste wollen.«

Sie straffte den Körper wie eine Bogensehne. Um sich selbst hatte sie keine Angst. Sie legte die Hand auf die Engers. »Ich werde in jedem Augenblick bei dir sein.« Dann ging sie zu ihrem Platz zurück und setzte sich.

»Hat der Erste Minister etwas zu den Vorwürfen zu sagen?« fragte Chen.

Jetzt, dachte Guei Fei, ist für Enger die Zeit gekommen, die Sache in die Länge zu ziehen. Er könnte sie stundenlang in Dispute verwickeln.

Enger stand auf. Neben dem Gardesoldaten an seiner Seite wirkte er klein. »Alles, was ich getan habe, habe ich in Übereinstimmung mit dem Willen des Himmels getan, wie ich ihn verstanden habe. Trotzdem hat ein Übel das Reich befallen, und jemand muß dafür büßen. Wenn ich die Schuld dafür auf mich nehmen muß, dann sei es so. Die Rechtschaffenen müssen oft leiden. Ich werde in der Überzeugung sterben, nach Recht und Gewissen gehandelt zu haben wie ein Soldat, der für eine gerechte Sache im Kampf fällt.« Er machte eine knappe Verbeugung und setzte sich.

Guei Fei weinte im stillen. Die kurze, würdevolle Rede war Engers wert. Sie zeigte jedoch, daß er schon aufgegeben hatte. Er würde nicht um sein Leben kämpfen. Er hatte sich entschlossen zu sterben.

Nun, vielleicht hat er recht. Sie werden sagen, er habe tugendhaft gelebt, und als die Zeit kam, sein Leben aufzugeben, hat er es ohne einen Laut der Klage hingegeben.

Die Sonne brannte auf Engers runde Amtsmütze, während sich Chen im Schatten seines Dachhimmels mit seinen Offizierskameraden beriet. Guei Fei konnte nicht hören, was sie sagten, doch sie sah, daß ihre Gesten heftig und zornig waren. Sie betete, daß zumindest einer von ihnen sich für Engers Leben einsetzte. Ein Andersdenkender konnte Enger noch etwas länger am Leben erhalten. Longji konnte nicht vor Sonnenuntergang wieder zurück sein, doch Darius tauchte vielleicht jeden Moment auf.

Chen erhob sich. »Die Offiziere der kaiserlichen Garde sind sich darin einig, daß Yang Enger in allen Anklagepunkten schuldig ist. Als Befehlshaber der Garde und dieses Lagers verurteile ich ihn dazu, sofort geköpft zu werden.«

»Nein!« schrie Guei Fei auf. »Das ist Mord.«

Enger stand auf und sagte: »Ich habe eine Bitte an den schätzenswerten General.«

»Und die wäre?«

»Ihr habt dem Kaiser lange und gut gedient. Jetzt verlange ich eins von Euch: Habt Ihr den Mut, dieses ungerechte Urteil eigenhändig zu vollstrecken? Ich verlange, daß Ihr derjenige seid, der mich köpft.«

Nach einer Pause erwiderte Chen: »Einverstanden.« Er trat in die pralle Vormittagssonne hinaus und zog ein langes, gerades Schwert. Trotz der flirrenden Hitze spürte Guei Fei, wie ihr Körper von Kopf bis Fuß eiskalt wurde.

Soldaten trugen Engers Tisch und Stuhl weg. Chen deutete durch eine Handbewegung an, daß Enger sich hinknien solle. Der Oberst, der ihn festgenommen hatte, stellte sich hinter ihn und legte ihm eine rotbehandschuhte Hand auf die Schulter, um Enger zu stützen, als er niederkniete.

Sie mußte dem sofort ein Ende machen. Sie sprang von ihrem Sitz auf, ignorierte Chu Lings entsetzten Ausruf und rannte über den staubigen offenen Platz. Sie kniete sich neben Enger hin und schlang die Arme um ihn. Dann sah sie zu Chen hoch. »General, ich flehe Euch an, tut das nicht. Laßt den Ersten Minister leben, bis der Kaiser entscheiden kann, was rechtens ist. Macht nicht diesen schrecklichen Fehler.«

»Es ist kein Fehler, Dame Yang«, entgegnete Chen. »Jetzt macht mir bitte Platz.« Er schwang ungeduldig das große Schwert.

Enger drehte sich zu ihr um und sah ihr in die Augen. Sie konnte seinen Atem auf ihrer Wange fühlen. In wenigen Augenblicken würden diese Augen nichts mehr sehen, und dieser Atem würde aufhören.

»Bitte rette dich, Schwester«, flüsterte Enger.

Jemand rief: »Er läßt sich von seiner Schwester beschützen.«

»General!« rief ein Soldat aus. »Versucht doch, die Köpfe beider mit einem Hieb abzuschlagen.« Sie hörte brüllendes Gelächter. Dies war die kaiserliche Garde, darauf eingeschworen, den Kaiser, seine Familie und seine Verwaltung zu schützen, und sie machten Scherze darüber, den Ersten Minister und die Kaiserin zu töten.

Wenn es mit unserer Welt schon so weit gekommen ist, gibt es keine Hoffnung mehr.

Ein schwarzer Wasserstrudel zog sie in die Tiefe. Sie fühlte, wie Hände sie ergriffen, und Chu Lings Stimme sagte: »Kommt mit mir, Kaiserliche Mutter. Ihr dürft nicht hier bleiben.«

Ihre Arme, die Enger hielten, erschlafften. Sie ließ sich von ihm wegziehen und hochheben. Sie stützte sich auf Chu Ling und humpelte über den festgestampften Erdboden. Jetzt weinte sie nicht mehr. Über Tränen war sie hinaus. Sie drehte sich um. »Seht nicht hin«, sagte Chu Ling. Doch sie mußte es tun. Sie mußte hinsehen – für Enger, für Longji, für sich selbst.

Chen stellte sich breitbeinig hin und schwang das Schwert hoch über die Schulter. Der Oberst trat von Enger zurück und ließ eine kleine, einsame Gestalt zurück, die auf dem bloßen Erdboden kniete.

Enger blickte zu Guei Fei hinüber. Seine Lippen formten ein sanftes Lächeln.

Das ist der letzte Ausdruck, den sein Gesicht tragen wird. Ich bin der letzte Mensch, den er sehen wird.

Sie sah ihn unverwandt an und versuchte, sein Lächeln zu erwidern, obwohl ihre Lippen zitterten. Sie übersah entschlossen das Schwert, das jetzt so schnell und hart niedersauste.

Engers Augen weiteten sich, und er öffnete plötzlich weit den Mund. Sein Kopf fiel herunter, und dort, wo er eben noch gesessen hatte, sah sie einen Halsstumpf, aus dem Blut hervorspritzte.

18

Der Silberbecher

Wie machtlos wir auch sein mögen, so hat jeder von uns doch eine letzte Freiheit: die Art seines Todes selbst zu wählen.

Aus der »Geheimen Geschichte der Tang« von Yang Kaizhi

Longji keuchte und zog mit einem Ruck die Zügel an, um sein Pferd zum Stehen zu bringen. Als er den langgestreckten Abhang in den Kreis von Zelten hinunterritt, hatte er etwas entdeckt. Etwas, was er in seinem Lager zu sehen nicht erwartete.

Ein stechender Schmerz durchzuckte ihn, als er einen runden Gegenstand anstarrte, der hoch auf einem Pfahl steckte und in der späten Nachmittagssonne hell und deutlich zu sehen war. Der Pfahl war am Rand seines Lagers aufgerichtet worden, jenseits der Einzäunung. Kleine dunkle Vögel umkreisten den Gegenstand auf dem Pfahl und stürzten sich von Zeit zu Zeit darauf, pickten daran und flogen anschließend pfeilschnell davon.

Götter, wessen Kopf ist das?

Er wollte wissen, wer es war, zugleich aber auch nicht. Er fühlte sich bleischwer vor Angst. Was wäre, wenn er – er brachte es nicht über sich, auch nur in Gedanken den Namen zu nennen. Mit zitternder Stimme fragte er: »Ma Tsu, könnt Ihr sagen, wer das ist?«

»Wir sind zu weit weg, Strahlender Kaiser. Kommt mit. Es ist immer besser, Bescheid zu wissen, als unwissend zu bleiben.«

Es war so leicht, dem Pferd die Sporen zu geben. Er hatte es schon Tausende von Malen getan. Longji sah sich wie auf einer Bilderrolle, ein Mann auf einem Pferd, der in gestrecktem Galopp mit seinem Begleiter einen Hügel hinunterritt und auf ein eingezäuntes Lager zusprengte, das mit Ausnahme dieses einen schauerlichen Gegenstandes so friedlich aussah.

Longji hörte Rufe und sah Reiter, die durch das Tor herausströmten. Sie waren winzige Flecken auf der Bilderrolle, ein dekoratives Ornament. Er kam plötzlich zu sich. Sein Herz begann zu rasen wie ein Pferd, dem man einen Fußtritt versetzt hat. Es waren seine kaiserlichen Gardesoldaten. Sie waren dafür verantwortlich, daß dieser Kopf auf diesen Pfahl gesteckt worden war. Als nächstes würden sie wohl kommen und ihn holen. Wenn sie Guei Fei getötet hatten, würde er den Tod willkommen heißen.

Jetzt hatte er das Undenkbare gedacht. War es möglich, daß er den Kopf von Strahlendem Edelstein ansah? Bitterer Rauch schien sein Herz zu ersticken.

Als Longji und Ma Tsu näher an das Lager heranritten, galoppierten die Soldaten wie verrückt im Kreis um sie herum, reckten ihre Schwerter in die Luft und stießen schrille, barbarische Schreie aus. Einige trugen die reguläre Rüstung, die meisten aber nur Zivilkleidung. Sie schrien und riefen, als sie auf ihn zuritten. Sie waren wie wilde Tiere, die man plötzlich aus dem Käfig gelassen hat.

Jetzt konnte er den Pfahl schon deutlich erkennen. Vor Schmerz wie gelähmt hob er langsam den Blick.

Dort steckte der blutige Kopf von Yang Enger.

Vorübergehend empfand Longji fast Erleichterung. Dann ließ er ein Stöhnen hören und sackte im Sattel zusammen. Wie konnte er sich auch nur einen Moment freuen zu sehen, daß Enger tot war? Der außergewöhnliche Gelehrte, der unbestechliche Kaiserliche Zensor, der visionäre Erste Minister. Und, ja, sofern ein Kaiser überhaupt Freunde haben konnte, auch der weise Freund. Dieses Licht war durch den Irrsinn dieser Narren, an deren Händen Blut klebte, ausgelöscht worden.

Dennoch ließ die Erleichterung nicht nach. Vielleicht lebte Guei Fei noch, selbst inmitten dieses Haufens wilder Tiere. Vielleicht würde er sie wiedersehen, sie in den Armen halten, ihre sanfte Stimme hören ...

Die Reiter, die ihn umkreisten, kamen näher. Jetzt konnte er verstehen, was sie riefen.

»Tod den Yang!«

»Ein Ende der Yang-Tyrannei!«

»Wir werden nicht für die Yang sterben! Laßt sie für uns sterben!«

Er brauchte seine ganze Kraft, um sich aufrecht im Sattel zu halten. Sein Gesicht war vollkommen ausdruckslos. Die Reiter hatten ihn jetzt umringt. Sie machten keinerlei Versuch, sich zu verbeugen oder zu salutieren. Die Soldaten, die mit ihm aus Luis Lager zurückgekehrt waren, hatten sich unter die gemischt, die geblieben waren. Folglich war ihm zu seinem Schutz nur einer geblieben, ein sicherer Bewacher, Ma Tsu.

Ein Offizier, der einen Helm mit Federbusch trug, ritt mit einem weiteren Kontingent Soldaten aus dem Lager. Darius? Wie hatte Darius zulassen können, daß man Enger hinrichtete?

Doch als der Offizier näher kam, erkannte Longji Chen. Mit ihm ritten etwa zehn Offiziere. Da schöpfte Longji neue Hoffnung. Chen war ein loyaler General aus einer alten Familie. Bei ihm war es ebenso unwahrscheinlich wie bei Darius, daß er den Gardesoldaten eine Meuterei durchgehen ließ.

Doch er ritt wie die anderen direkt zu Longji. Chen sah ihm ins Auge und machte keinerlei Anstalten, sich zu verbeugen. Es wäre jedoch Zeitverschwendung, entschied Longji, jetzt zu verlangen, daß Chen ihm mit dem angemessenen Respekt begegnete. Das würde nur seine Schwäche betonen.

Longji zügelte sein Pferd. Wenn die kaiserliche Ehre schon keinen Wert hatte, mußte der Respekt genügen, den er sich als Mann verschaffen konnte. »Was ist hier passiert?« verlangte er in scharfem Ton zu wissen.

Chen antwortete mit einer Gegenfrage. »Wir haben gehört, daß An Lushans Armee einen Tagesritt von hier kampiert und uns morgen angreifen wird. Wird uns General Lui zu Hilfe kommen, oder wird er erlauben, daß Eure kaiserliche Garde niedergemetzelt wird?«

Longji ließ das Schweigen anwachsen, bevor er antwortete. Chen hatte ihn nicht einmal als Kaiser begrüßt. Sein Titel bedeutete jetzt offensichtlich nichts mehr.

Longji richtete sich im Sattel auf und sprach mit fester Stimme: »*Meine* kaiserliche Garde? Wie mir scheint, seid Ihr nicht länger *meine* kaiserliche Garde. Vielleicht hat General Chen sich in der kurzen Zeit meiner Abwesenheit selbst zum Sohn des Himmels ernannt. Ist das der Grund, weshalb Ihr Euch berechtigt glaubtet, den Ersten Minister hinzurichten?«

Chen hatte zumindest den Anstand, den Kopf zu senken. »Wir bleiben Eure kaiserliche Garde, Strahlender Kaiser. Wir sind bereit, für Euch zu kämpfen. Wir wollen aber nicht unser Leben wegwerfen.«

»Es ist Eure *Pflicht*, Euer Leben wegzuwerfen«, entgegnete Longji. »Wenn Ihr nicht bereit seid, gegen die größte Armee unter dem Himmel für mich zu kämpfen, seid Ihr nichtsnutziger Abschaum und eine Schande für die Waffen, die Ihr tragt.«

»Es ist unsere Pflicht«, sagte Chen, »selbst gegen einen überlegenen Feind für Euch zu kämpfen. Es hieße aber, unser Leben wegzuwerfen, wenn wir für eine unwürdige Sache kämpften. Die Yang sind eine unwürdige Sache. Die Yang haben uns in diesen beklagenswerten Zustand versetzt. Ihr solltet sie genauso hassen wie wir.«

»Warum habt Ihr Yang Enger ermordet?« Er wagte nicht zu fragen, was mit Guei Fei geschehen war.

»Während Ihr Euch mit General Lui traft, Strahlender Kaiser« – wenigstens ist Chen inzwischen wieder so demütig, dachte Longji, daß er mich mit meinem gewohnten Titel anspricht –, »kamen Männer aus seinem Lager zu uns. Sie sagten, der General werde nicht für Euch kämpfen, es sei denn, Ihr erklärtet Euch damit einverstanden, den Yang die Macht zu nehmen und diejenigen hinzurichten, die für die Katastrophe des Reichs verantwortlich seien.«

Dieser hinterhältige Trick sieht nach Chiang Chueh aus, dachte Longji. Diese Botschaft hat nicht Lui geschickt. »Und aufgrund eines Gerüchts habt Ihr meinen Ersten Minister ermordet?«

Chen hob die Augen, begegnete Longjis Blick und verzog trotzig das Gesicht. »Wir wissen alle, daß Euer Urteil getrübt ist, wenn es um die Familie Yang geht.«

»Ihr wagt es, das Urteilsvermögen des Himmelssohns in Frage zu stellen?«

»Seht Euch um, Strahlender Kaiser.« Chen sprach den Titel mit triefender Ironie aus. »Sieht das hier so aus, als würdet Ihr Euch der Gunst des Himmels erfreuen?«

»Glaubt Ihr, der Himmel billigt, was Ihr meinem Ersten Minister angetan habt?«

»Wir haben ihn hingerichtet, um Euch zu ermutigen, General Luis Bedingung zu akzeptieren. Wenn wir wirklich Meuterer wären, hätten wir auch die Kaiserin und ihre Schwester hingerichtet. Doch da sie Eure Erste Frau ist, haben wir es Euch überlassen, über Ihren Tod zu verfügen.«

Longjis Herz machte einen Satz. Sie lebte also noch – er würde sie wiedersehen –, doch dann wurde ihm am ganzen Körper kalt. Die Soldaten verlangten den Tod von Guei Fei. Dann bestand keine Hoffnung mehr.

Sein Verstand arbeitete langsam. Er brauchte einen Augenblick, bis ihm die volle Bedeutung dessen aufging, was Chen ihm gesagt hatte. Chen sagte, daß sie auch Meiling hinrichten wollten. Das würde Darius gewiß nicht mit der Frau machen lassen, die er liebte.

»Wo ist General Darius?« fragte er barsch. »Warum befehligt Ihr die kaiserliche Garde? Habt Ihr auch ihn ermordet?«

Chen lächelte ironisch und schüttelte den Kopf. »Darius ist desertiert und mit seinem Liebchen verschwunden, der Yang-Schwester. Ich überlasse es Euch zu raten, wohin sie gegangen sind.«

Würde Darius desertieren, um Meilings Leben zu retten? Oder hatte Darius sie der Garde und dem Schicksal überlassen?

Ma Tsu meldete sich plötzlich zu Wort: »Das ist einfach unmöglich. Das würde Darius nicht tun. Es muß dafür eine andere Erklärung geben.«

Genau mein Gedanke. Aber wie kann Ma Tsu mit solcher Überzeugung sprechen?

Chen war wie ein Hund, der verbissen an einem alten Stück Leder festhält. Er ließ sich nicht von seinem Ziel abbringen. »Wie lautet

Eure Antwort, was Dame Yang betrifft?« fragte er. »General Lui muß es sofort erfahren, wenn er sich noch rechtzeitig mit uns vereinigen will.«

Zorn kochte in Longji hoch. Würde dieser unerträgliche Mann denn nie aufhören? »Wie meine Antwort lautet? Ihr kennt meine Antwort genau. Jeder, der Ihrer Erhabenheit der Kaiserin etwas antun will, wird erst mich töten müssen.« Er blickte die grimmig aussehenden Soldaten mit funkelnden Augen an. »Solange ich lebe, wird keiner von Euch ihr ein Haar krümmen.«

Chen entgegnete: »Eine törichte Entscheidung, Strahlender Kaiser. Ihr umarmt die Ursache Eures Untergangs.«

»Ja. Und ich werde sie umarmen, bis ich sterbe.« Er ließ seinen Blick über die berittenen Soldaten schweifen, die ihn umringten. Dies waren Männer, denen er einst bedingungslos sein Leben anvertraut hatte. Die Männer, deren Blicken er begegnete, schlugen die Augen nieder. Doch jetzt konnte einer von ihnen in jedem Augenblick den Mut finden, sein Schwert zu ziehen, auf ihn zuzureiten und ihn niederzustrecken. Es war nur ein Mann nötig, der anfing, dann würden sich alle anderen anschließen.

Nein, es war kein Mut, den der Mann brauchte. So wie es ihm schwerfiel zu erkennen, daß er sich nicht länger darauf verlassen konnte, daß diese Männer ihn beschützten, fiel es ihnen schwer, sich ihn nicht mehr als den Heiligen vorzustellen, den niemand anrühren durfte, den Auserwählten des Himmels, den sie mit ihrem Leben beschützen mußten. Wer ihn ermorden wollte, brauchte dazu eine besondere Art von Bedenkenlosigkeit oder Verzweiflung.

Nach und nach rissen die Soldaten ihre Pferde herum und ritten davon. Kurze Zeit später sahen sich Longji und Ma Tsu nur noch Chen und wenigen anderen gegenüber.

Chen sagte: »Wir werden Euch Zeit zum Nachdenken geben, Kaiser.« Longji bemerkte, daß es nicht mehr »Strahlender« Kaiser hieß. Chen wendete sein Pferd und ritt mit den übrigen Offizieren davon.

»Ma Tsu, könnt Ihr etwas für mich tun oder tun lassen?« fragte Longji, als sie zusammen auf das Tor in der Umzäunung zuritten.

Ma Tsu erwiderte: »Soll ich Yang Engers Kopf herunternehmen und anständig beerdigen?«

Longji sah ihn erstaunt an. »Könnt Ihr Gedanken lesen?«

»Nein, Kaiserlicher Vater«, antwortete Ma Tsu mit einem Lächeln. »Es ist nur so, daß ich mir im Augenblick nichts anderes vorstellen kann, was jetzt gleich getan werden muß und Ihr nicht selbst erledigen könnt. Und einen Mann beerdigen, oder vielmehr einen Teil eines Mannes, ist angemessene Arbeit für einen Mönch.«

»Da ist noch etwas«, fuhr Longji fort. »Ihr scheint Euch sehr sicher zu sein, daß Darius nicht desertiert ist. Habt Ihr einen besonderen Grund für diese Annahme?«

»Nein, keinen, Strahlender Kaiser.«

Longji schnaubte. Das hätte ich mir denken können, dachte er. »Jedenfalls keinen, den Ihr mir verraten wollt. Nun, seht zu, ob Ihr herausfinden könnt, was mit Darius und Meiling geschehen ist.«

»Seid Ihr sicher, daß Ihr mich nicht in Eurer Nähe behalten wollt? Wer soll Euch denn sonst beschützen?«

»Wenn diese Männer sich entschließen, mich zu töten, kann ein Mensch allein mich nicht beschützen, nicht mal ein Abt der Qinzha.«

»Vielleicht könnte ich Euch und der Kaiserin helfen zu fliehen.«

»Ich will nicht fliehen«, entgegnete Longji seufzend. »Ich bin schon genug vor allem weggelaufen. Ich wünsche als Sohn des Himmels zu sterben und nicht wie ein elender Flüchtling.«

Sie ritten auf den Rand des Lagers zu. Jetzt konnte Longji nach Guei Fei Ausschau halten. Vielleicht würde sie fliehen, wenn es ihm gelang, eine Verkleidung zu besorgen, und wenn sie wußte, wohin sie fliehen konnte. Er war aber überzeugt, daß das nicht ihr wirklicher Wunsch sein würde. Sie würde sich nicht von ihm trennen wollen.

Er hielt nach dem Familienbanner der Yang Ausschau. Es war nirgends zu sehen. Vielleicht hielten sie es für zu gefährlich, so den Standort der Familie zu verraten.

Er suchte mit den Blicken das Lager ab. Schließlich entdeckte er ein vertrautes Zelt, das sich dunkelgrün von den helleren übrigen Zelten abhob. Am liebsten wäre er gleich darauf zugaloppiert, zwang sich aber, sein Pferd im Trab laufen zu lassen, gemessen abzusitzen und auf das Zelt zuzugehen. Er hörte das Wehklagen trauernder Frauen.

Er schob den Zeltvorhang zur Seite. In dem schwachen Licht sah er eine kniende Gruppe von Menschen, die ihm den Rücken zuwandten. Guei Fei erkannte er sofort.

Strahlender Edelstein war von Frauen umgeben. Ihre Mutter, Engers Frau Ping und alle seine Kinder drehten sich um und sahen ihn an, doch keiner verbeugte sich, keiner warf sich zu Boden. Eine in Gewänder gehüllte Gestalt lag auf dem Teppich des Zeltbodens. Obwohl die Gestalt mit einem Seidentuch bedeckt war, waren die Umrisse so klar zu erkennen, daß Longji mit einem Anflug von Übelkeit aufging, daß sie keinen Kopf hatte.

Guei Fei stand auf und eilte mit ausgestreckten Armen auf ihn zu. Sie preßte sich heftig bebend an ihn.

Longji sagte: »Man hat deinem Bruder ein schreckliches Unrecht angetan.«

»Hat er Fehler gemacht, die dazu geführt haben?« schluchzte Guei Fei. »Haben wir alle Fehler gemacht? Ertrinken wir jetzt, weil wir uns zu sehr bemüht haben, gegen den Strom zu schwimmen?«

Enger hat mehr getan als jeder andere Erste Minister der Geschichte, dachte Longji. Das könnte man gegen den Strom schwimmen nennen. Enger hatte nichts für sich gewollt, sondern sich nur um das Wohl des Reiches bemüht. Er hatte es verdient, lange zu leben und nach einer glänzenden Laufbahn im Kaiserpalast zu sterben, mit einem Staatsbegräbnis geehrt und unter früheren Kaisern, deren Familien und hochrangigen Dienern im Tal der Kaisergräber beigesetzt zu werden. Statt dessen hatte man ihn hingerichtet und seinen Kopf am Rand eines Armeefeldlagers auf einen Pfahl gesteckt, als wäre er ein gewöhnlicher Verbrecher gewesen.

Verdient auch nur einer von uns, was uns hier angetan wird?

Ist das Leiden von heute die Folge begangener Missetaten? Was haben wir denn Schreckliches getan, daß die Götter uns jetzt dieses Leid zufügen?

Acht Diener trugen Engers Sarg. Kaiserliche Gardesoldaten sahen zu, als der Kaiser, Guei Fei und der Rest der Familie Yang langsam hinter dem Sarg hergingen. Guei Fei spürte Angst, als sie im Lichtschein der Fackeln die harten Gesichter der Soldaten sah.

Sie sehen aus, als haßten sie uns. Wie konnten sie uns früher so ergeben sein und sich jetzt mit solcher Bosheit gegen uns wenden? Haben sie uns insgeheim schon immer verabscheut?

Es war früher Abend, und mit Erlaubnis des alten Priesters, der dem Tempel der Guanyin diente, begruben sie Enger auf dem Tempelgelände. Der Sarg war aus alten Eichenbrettern kaiserlicher Vorratskisten zusammengezimmert worden. Ma Tsu hatte Engers Kopf geborgen, so daß der ganze Leichnam begraben werden konnte.

Ma Tsu und der Priester der Guanyin gingen voran. Viele der kaiserlichen Diener waren desertiert, doch es waren noch genug übrig, um Enger mit einer Prozession von mehr als hundert Menschen die letzte Ehre zu erweisen.

Guei Fei spürte, wie die Zeremonie wie in einem lähmenden Nebel an ihr vorüberzog. Kleine Erinnerungsfetzen tauchten auf – Enger in seinem Arbeitszimmer, wie er über das große Werk einen Vortrag hielt; Enger am Bankettisch, wie er aufstand und zum ersten Mal zu Longji sprach –, zogen an ihr vorüber und vernebelten den harten Anblick eines einsamen, unmarkierten Grabs auf einem Hügel, weit weg von den Orten, an denen Enger seine größten Triumphe gefeiert hatte.

Hinterher gingen Guei Fei und Longji in dessen Zelt zurück. Sie waren nicht ganz allein; Chu Ling saß im äußeren Teil des Zelts, und Ma Tsu ließ sich an der Zelttür als Wachposten nieder.

Sie legten sich gemeinsam auf das Bett in der durch Vorhänge abgetrennten inneren Schlafkammer. Zu einer anderen Zeit hätten sie sich schon längst versunken geküßt, doch jetzt hielten sie einander still in den Armen und starrten an die Decke. Schließlich fragte Longji: »Hast du eine Vorstellung, was mit deiner Schwester geschehen ist? Und mit Darius? Haben sie sich vielleicht gemeinsam auf und davon gemacht?«

Den ganzen Tag hatte sich Guei Fei um Meiling Sorgen gemacht, sogar in ihrer Trauer um Enger. Mutter sorgte sich auch um sie, obwohl sie ständig vor sich hin murmelte, es sei ein Segen, daß sie den Tod ihres Bruders nicht mit angesehen habe. Das war zwar richtig, aber wo war sie? War sie mit Darius verschwunden? Guei Fei ging mit einem hohlen Gefühl im Magen auf, daß Meiling ebensogut entführt oder ermordet worden sein konnte. Vielleicht hielten Soldaten sie sogar irgendwo in diesem Lager fest und benutzten sie für ihre üblen Zwecke.

»Vielleicht ist sie bei Darius«, erwiderte Guei Fei. »Ich bete zum Himmel, daß sie es ist. Glaubst du, daß Darius desertiert ist und uns im Stich gelassen hat?«

»Ma Tsu glaubt es nicht, und ich kann es mir auch nicht vorstellen.« Longji drehte sich um, so daß er mit dem Gesicht zu Guei Fei lag.

»Vielleicht haben sie auch ihn ermordet?«

»Die Soldaten hatten keine Bedenken, Enger öffentlich hinzurichten, so daß wir davon wüßten, wenn sie auch Darius ermordet hätten. Ich kann nur vermuten, daß er sich entschlossen hat, Meiling in Sicherheit zu bringen, und daß er zu uns zurückkehren wird, wenn er das getan hat.«

»Es sieht aber auch Meiling nicht ähnlich, einfach wegzulaufen und ihre Familie zurückzulassen«, sagte Guei Fei. »Ich bete zu den Göttern, daß sie wohlauf sind.«

Longji schnaubte. »Die Götter sind in letzter Zeit nicht freundlich zu uns gewesen.«

Plötzlich fiel Guei Fei wieder ein, weshalb Longji einen Tag und eine Nacht fort gewesen war. Warum sagte er, die Götter seien ihnen nicht wohlgesinnt? Bedeutete das, daß sein Treffen mit General Lui ein Fehlschlag gewesen war? »Weigert sich General Lui, für dich zu kämpfen?«

Er blickte sie lange an, ohne etwas zu sagen, und nickte schließlich. »So ist es.«

»O nein!« Verzweiflung bemächtigte sich ihrer. Sie richtete sich auf dem großen Bett auf, beugte sich nach vorn und schlang die Arme um die hochgezogenen Knie. An Lushans gewaltige Armee war nicht weiter entfernt als die von Lui. Sie bezweifelte, daß ihnen noch fünftausend Gardesoldaten verblieben waren. Außerdem würden diese Soldaten sie vermutlich eher töten als verteidigen.

Sie erinnerte sich an An Lushans riesigen Schatten, als er sie überraschte. Sie erinnerte sich an das Gefühl seiner eisenharten Arme, die sie zu zerquetschen drohten.

Ja, das ist es, was er mir antun wird. Er wird mich zerquetschen, mich vernichten. Longji wird er vermutlich töten. Longji und ich werden nie wieder zusammensein.

Doch diesen letzten Verrat konnte sie nicht glauben. »Warum sollte General Lui seine gesamte Armee herbringen, wenn er nicht die Absicht hat zu kämpfen?« fragte sie. »Er hat doch diesen langen Weg bestimmt nicht auf sich genommen, um sich An zu ergeben.«

Longji legte sich auf die Seite und sah zu ihr hoch. Sie sah Schmerz in seinen großen dunklen Augen.

»Er hatte sich noch nicht entschieden, was er tun würde. Ich glaube nicht, daß er sich An anschließen wird. Aber kämpfen wird er auch nicht. Seine Armee ist nur halb so groß wie die von An.«

Etwas stimmte nicht an dem Bild, das Longji ihr zeichnete. Die Größe der beiden Armeen konnte nicht der Grund dafür sein, daß Lui sich entschlossen hatte, sich nicht dem Kampf zu stellen. Er hatte schon unter ähnlich ungünstigen Bedingungen gekämpft. Nein: Lui mußte Forderungen gestellt haben, die Longji nicht erfüllen wollte.

Lui war ein Mann gewesen, auf den sie zählen konnten, so wie sie sich auf die kaiserliche Garde verlassen hatten. Sie spürte, wie ihr etwas Kaltes nach dem Herzen griff, es trocken werden und verwelken ließ. Wollte Lui, was auch die kaiserliche Garde wollte? Meinen Tod? »Lui muß Forderungen gestellt haben, Geliebter. Sag mir, was er wollte.«

Wieder zögerte Longji, bevor er ihr antwortete. Dann blickte er sie voller Schmerz an. Er sagte: »Er war sich nicht sicher, wie viele Männer wirklich bereit seien, für mich zu kämpfen und zu sterben.«

Sie schüttelte den Kopf. »Das kann nicht alles sein, was er gesagt hat. Warum hat er eine Armee den ganzen Weg von Dzungaria hierhermarschieren lassen, nur um zu sagen, daß er nicht für dich kämpfen will?«

Longji richtete sich auf, so daß er neben ihr saß. Er legte die Arme um sie. Sie sah, wie ihm Tränen in die Augen drangen und aus den Augenwinkeln über die Wangen liefen. Jetzt war sie sicher.

»Es stimmt also. Er wollte noch was anderes.«

Er erstickte fast an seinen Tränen und holte mehrmals tief atmend Luft. »Er will... er will...«

Sie hatte noch nie erlebt, daß er nicht sprechen konnte. Sie wischte ihm mit den Fingerspitzen seine nassen Wangen ab. »Es ist ja alles gut, Geliebter. Du tust mir nicht weh, wenn du es sagst.«

Schließlich brachte er es mit schneller, monotoner Stimme heraus. »Er will, daß ich dich hinrichten lasse.«

Guei Fei krümmte sich, als hätte sie einen Schlag in den Bauch erhalten.

Bis zu diesem Augenblick war ihr der Tod nie wirklich erschienen. Selbst als sie sich früher ein paarmal auf den Tod hatte gefaßt machen müssen, hatte sie nur so etwas wie Unglauben gespürt bei dem Gedanken, daß es sie eines Tages nicht mehr geben sollte. Doch jetzt war es anders. Dieser Augenblick war wie ein bleiernes Gewicht. Er war wirklich. Sie würde bald tot sein. Jetzt wußte sie es mit Gewißheit.

Vielleicht in einem Tag oder zwei Tagen, vielleicht in nur wenigen Stunden.

Alles würde einfach zu Ende sein. Sie würde nie wieder sprechen oder sehen oder denken. Wo es jetzt noch ein lebendes Licht namens Guei Fei gab, würde es nichts mehr geben. Es würde wie die lange Stille nach dem Verhallen eines Tempelgongs sein. Es würde sein wie die Oberfläche eines Gartens im Frühwinter, wenn nicht einmal die Geister von Pflanzen zu sehen waren.

Sie streckte die Hand aus und besah sich die Handfläche, drehte sie dann um und betrachtete den Handrücken. Ich werde nicht mal mehr in der Lage sein, die Hand zu bewegen. Ich werde nicht einmal wissen, daß ich nicht die Hand bewegen kann. Meine Hand wird verwesen wie altes Fleisch und von Würmern gefressen werden. Diese meine weiße Hand.

Spargelspitzenfinger hatte er sie genannt.

Es konnte geschehen. Sie würden es tun können. Sie hatte gesehen, wie sie es Enger angetan hatten. Sie hatte sogar seine letzten Worte gehört und gesehen, wie das Leben in seinen Augen erlosch. Jetzt lag er für immer reglos unter der Erde in der Nähe des kleinen Tempels der Guanyin. Er wußte aber nicht, wo er lag. Er wußte gar nichts.

Doch Enger hatte wenigstens Kinder gehabt. Sie hatte keine. Folglich würde es niemanden geben, der an Feiertagen, an denen die Ahnen geehrt wurden, für Yang Guei Fei Kerzen anzündete. Es würde niemanden geben, der sich an ihren Namen erinnerte. Und nicht nur ihr Leben würde ausgelöscht werden, sondern auch alles, was sie sich erträumt hatte. Niemand würde sich an ihr großes Werk erinnern oder an ihre große Liebe.

Unzusammenhängende Gedanken an alte Lehren fielen ihr ein. Das Jüngste Gericht, die Neun Höllen, die Zehn Himmel, der Hof des Jade-Kaisers. Sie ließ die Gedankenfetzen wie Kieselsteine durch die Finger gleiten. Keiner davon bedeutete etwas.

»O ihr Götter!« rief Longji aus. Er hatte sie angestarrt, als sie vor Schmerz zusammengekrümmt und wissend dalag.

Sie nahm sein Gesicht in beide Hände. »Nein. Nein. Nein. Mach dir keine Gedanken. Ich kann mich dem stellen. Wir dürfen nicht so tun, als geschähe dies nicht. Wenn wir es nicht aufhalten können, müssen wir diejenigen sein, die entscheiden, wie und wann es passieren soll.«

Seine Augen weiteten sich so sehr, daß sie über und unter seinen Pupillen das Weiße sehen konnte. »Es wird *nicht* geschehen. Ich habe Lui gesagt, daß ich nicht zulassen werde, daß man dir auch nur ein Haar krümmt. Soll sich die Garde doch weigern, für mich zu kämpfen. Ich werde eher sterben als zulassen, daß sie dich anrühren.«

Longji sterben? Für sie? Wenn das Bewußtsein ihres Todes ihr wie ein gewaltiger schwarzer Felsblock auf dem Herzen lag, war der Gedanke an seinen Tod wie ein flammender Berg, der die Erde mit seiner Eruption erschütterte.

Nein. Ich liebe ihn zu sehr. Ich werde alles tun, um sein Leben zu retten.

Wenn er sich weigerte, auf Luis Forderungen einzugehen, würde er sterben. Die Generäle, Mandarine und Grundherren hatten den Wunsch, den Fluch der Yang vom Reich der Mitte zu nehmen. Wenn ihnen der Kaiser, der sie an die Macht gebracht hatte, im Weg stand, würde er sterben. Und trotz seines Opfers würden sie auch sie töten.

Folglich bin ich zum Tode verdammt, was auch geschieht. Es gibt keinen Ausweg.

Wieder erfüllte sie ein durchdringendes Wissen um die Leere.

Einer Sache kann ich jedenfalls sicher sein – wenn ich tot bin, werde ich nicht wissen, daß ich tot bin. Vielleicht habe ich Angst, die Grenze zu überschreiten, doch wenn ich auf der anderen Seite bin, wird mein Leiden beendet sein.

»Was werden sie tun, wenn du die Wünsche von Lui und den Soldaten nicht erfüllst? Werden sie sich An ergeben?«

»Nein, der Gedanke, daß ein Barbar das Reich regiert, widerstrebt ihnen genauso sehr wie mir. Lui zieht sich vielleicht in den Westen zurück, wo er schon seit Jahren Militärgouverneur ist, um dort eine unabhängige eigene Herrschaft zu errichten. Die Gardesoldaten werden sich zerstreuen. Su Chi wird sich zum Kaiser krönen, und An Lushan wird so viel von dem Territorium um Changan herum beherrschen, wie er halten kann. Das Reich der Mitte wird zerfallen. Die Tage der Streitenden Reiche werden wieder beginnen.«

Sie nahm seine Hand. »Und was wird mit dir geschehen? Wenn du ihnen trotzt, kannst du doch nicht erwarten, am Leben zu bleiben, nicht wahr?«

»Ich habe mir schon überlegt, daß wir in einem Qinzha-Kloster Zuflucht suchen können. Ma Tsu würde uns helfen, wenn ich ihn darum bitte.«

»Du ließest wirklich zu, daß das Reich auseinanderfällt?«

»Was für eine Wahl habe ich denn?«

»Du könntest mich töten lassen.« Sie schluckte hart, nachdem es heraus war. Würde sie es wirklich fertigbringen, sich das Leben zu nehmen? Lieber das, als zuzulassen, daß sie ein Schauspiel aus meinem Tod machen wie bei Enger.

Er starrte sie an. »Niemals! Solltest du dich umbringen, müßte auch ich sterben.«

»Aber du könntest wieder Kaiser sein. Dafür brauchst du mich nicht. Du hast Pflichten. Du mußt an die Zukunft des Reiches denken.«

»Die Zukunft des Reiches. Was ist mit meiner Zukunft? Ich will nicht Kaiser sein, wenn du nicht an meiner Seite bist. Worauf könnte ich mich denn ohne dich noch freuen? Mein einsames, elendes Alter, umgeben von den Menschen, welche die von mir geliebte Frau ermordet haben. Wenn ich nicht mit dir leben kann, will ich überhaupt nicht leben.«

Er legte den Kopf an ihre Brust, und sie strich ihm übers Haar. Er nannte sie seinen Edelstein, doch er war der Kostbare. Er war kostbarer als alles andere, sogar als ihr Leben. »Niemand hat dein Leben gefordert«, sagte sie vorsichtig. »Möchtest du wirklich mit mir sterben?«

Er antwortete: »Wenn wir uns das Leben nehmen könnten und nicht ermordet würden wie Enger, würde ich lieber das tun, als zuzulassen, daß diese Verräter bei uns ihren Willen durchsetzen.«

Als sie seinen Kopf an sich drückte, spürte sie ein köstlich warmes Gefühl. So mußte es sein, Mutter zu sein. Sie liebte ihn in diesem Augenblick mehr als je zuvor.

Sie konnte nicht zulassen, daß er starb, ebensowenig wie eine Mutter ihr eigenes Kind umbringen kann. Außerdem lag in ihm die letzte Hoffnung darauf, all das zu erreichen, wovon Enger und sie geträumt hatten. Wenn er mit ihr starb, würde das Reich in Trümmer zerfallen, und die Geschichte würde ihr die Schuld daran geben.

Wie einen schwachen Lichtschein sah sie für ihn eine Möglichkeit, am Leben zu bleiben. »Es gibt einen sanften Weg für uns zu sterben«, sagte sie. »Weißt du, ich habe gedacht, daß ich eines Tages so etwas brauchen würde. Als wir in Guilin waren, habe ich bei einem taoistischen Priester Gift gekauft. Er hat es für mich an einem Affen ausprobiert. Man sinkt langsam in den Schlaf und wacht nie mehr auf. Ich habe es jetzt bei meinen Sachen im Familienzelt der Yang.«

Was für ein Glück ich hatte, dachte sie, daß ich immer so leicht einschlafen konnte, wenn ich mit Longji in einem Bett lag. So hatte er nie gesehen, daß sie das Schlafpulver nahm.

Seine gütigen braunen Augen hielten ihren Blick fest. »Hol das Gift. Bring es her. Warum sollen wir andere darüber entscheiden lassen, wie lange wir leben können und wann wir sterben müssen? Wir werden heute abend deinen sanften Weg einschlagen.«

O Geliebter, dachte sie, als sie aufstand und ihr äußeres Gewand anlegte, ich habe dich noch nie angelogen und werde es auch nie wieder tun.

Longji verließ die Schlafkammer und sah nach, wer sich im Zelt befand. Er sah nur den kaiserlichen Haushofmeister, Gao Lishi. Guei Feis Majordomus, Chu Ling, war mit ihr gegangen. Zwei Eunuchen, und diese beiden waren treuer gewesen als fast alle Männer, denen Longji in all diesen Jahren vertraut hatte.

Gao Lishi kann nichts mehr tun, dachte er. Und wenn die Soldaten den Kaiser und die Kaiserin tot auffinden, lassen sie ihre Wut vielleicht an diesem Diener aus. Er überlegte, ob er ihn vielleicht mit einem Auftrag wegschicken konnte, bis er und Guei Fei...

Die Worte »unwiderruflich tot waren« kamen ihm in den Sinn, und er mußte unwillkürlich lächeln.

»Die Kaiserin und ich wünschen heute abend ungestört zu sein«, sagte er. »Wir möchten das ganze Zelt für uns haben. Wir haben vielleicht nicht mehr viel Zeit, da jeder unseren Kopf verlangt« – er bemühte sich, in einem möglichst leichten Tonfall zu sprechen –, »und wollen die Zeit so genießen, wie es nur möglich ist.«

Gao Lishi sah ihn mit runden Augen an. »Niemand hat Euren Kopf verlangt, Strahlender Kaiser.«

Longji legte dem alten Eunuchen eine Hand auf die Schulter. »Was mich betrifft, verlangt jeder meinen Tod, der den Tod meiner Kaiserin fordert. Es wäre für mich und Kaiserliche Mutter eine große Erleichterung, wenn du das Lager in aller Stille verlassen und dir einen ruhigen Ort suchen könntest, an dem du dich versteckst.«

Es schien unmöglich zu sein, daß sich Gao Lishis Augen noch mehr weiteten, doch genau das taten sie. »O nein, Strahlender Kaiser! So etwas dürft Ihr nicht mal denken.«

Longji seufzte. »Ich habe es aber gedacht. Bitte laß mich dir sagen, daß der Sohn des Himmels bis zu seinem allerletzten Atemzug mit Dankbarkeit an dich denken wird. Solltest du dem entkommen, was morgen geschieht, was immer es sei, darfst du dir von meinen Besitztümern alles nehmen, was du tragen kannst. Doch jetzt zieh dich bitte aus dem Zelt zurück.«

Gao Lishi verbeugte sich und ging rückwärts aus dem Zelt. Longji fragte sich, ob er schon vermutete, was er und Guei Fei vorhatten, und ob er den Versuch machen würde, es zu verhindern.

Warum sollte er versuchen, uns davon abzuhalten? Er weiß, daß wir zum Untergang verdammt sind. Und auf diesem Weg können wir es mit größtmöglicher Würde und ehrenvoll tun.

Als er allein im Zelt war, stellte er sich neben den Mittelpfosten und drehte sich einmal um sich selbst.

Dies ist alles, was mir von meinem Reich noch geblieben ist.

Das gelbe Seidendach des Zelts neigte sich überall um ihn herum nach innen. Gemalte Drachen schlängelten sich auf gemalten Wolken über seinem Kopf. Durch die mit Seide gefütterten Leinwände konnte er hören, wie der Wind in den Seilen summte, die das Zelt hielten. Die drei Pfosten des Zelts neigten sich ein wenig nach Süden. Der Wind wehte aus Norden, was bedeutete, daß er mit dem Rücken zum Wind liegen würde, wenn er im Bett lag.

Doch der Kaiser sitzt immer im Norden.

Wenn sie ihn angemessen begruben, würden sie ihn in ein Grab oder eine Höhle setzen, deren Öffnung nach Süden zeigte. Er würde mit dem Rücken nach Norden sitzen und mit dem Gesicht nach Süden. Wenn sie ihm ein angemessenes Begräbnis gaben und seinen Leichnam nicht in Stücke hackten und ihn den Hunden vorwarfen.

Aber, sagte er sich, noch habe ich eine Nacht vor mir, eine Nacht, die ich genießen und auskosten kann. Nur wenige Menschen, dachte er, wissen genau, wann sie sterben werden. Die meisten verleben ihre letzten Stunden, ohne etwas vom Verstreichen der Zeit zu wissen, ohne etwas von dem schnellen Ende des Lebens zu ahnen. Bei ihm würde es anders sein. Heute abend würde es keinen Anblick geben, nicht den kleinsten Laut und keinen Duft, der ihm entgehen würde.

Er kehrte ins Schlafzimmer zurück und durchwühlte die mit geschnitzten Lilien und Ahornblättern geschmückte Mahagonikommode. Er fand eins seiner Lieblingsstücke, ein Weihrauchgefäß, das er schon als Kind gehabt hatte, einen blauweißen Porzellanlöwen.

Neben dem Weihrauchgefäß lag ein kleines Buch, dessen Deckel aus poliertem Rosenholz bestanden. Er nahm es heraus und legte es aufs Bett. Er stellte das Weihrauchgefäß auf den kleinen sechseckigen Teetisch, nahm die obere Hälfte des Löwen ab, steckte einen Weihrauchkegel hinein und zündete ihn mit einer Kerze an. Als er das Oberteil wieder aufsetzte, stieg duftender Rauch aus den Augenlöchern auf. Er atmete langsam und tief ein. Es war der Duft, den er am liebsten mochte, Kleine Östliche Bergkiefer.

Als er sich wieder aufs Bett legte und auf die Rückkehr von Strahlendem Edelstein wartete, schlug Longji das Buch auf. In seinen Pinselstrichen standen dort seine Lieblingsgedichte von Li Bo. Er seufzte vor Vergnügen, als er die vertrauten wunderschönen Pinselstriche betrachtete.

Wir hätten Yang Heng bitten sollen, viele Kopien von diesem Buch herzustellen. Ah, das hatte ich vergessen. Yang Heng ist tot.

Er blätterte in dem Buch und schlug zufällig ein Gedicht auf:

> Jeder Mensch, dem ich begegne,
> Ist in meinen Augen ein Riese.
> Bin ich für irgendeinen anderen ein Riese?
> Denken die Schwestern an mich?
> Welche anderen Riesen
> Leben in diesen schönen Mauern?

Andere Riesen. Hatte Li Bo dabei an den Kaiser und Darius gedacht? Oder an den gewaltigen An Lushan?

Über diese alte Eifersucht bin ich doch wohl schon hinweggekommen.

Er hatte mehr als zwanzig von Li Bos kürzeren Gedichten gelesen. Er dachte, wie entzückt der dicke kleine Schelm wäre, wenn er wüßte, daß der Kaiser einen Teil seiner letzten Stunden so verbracht hatte. Der Weihrauchkegel war heruntergebrannt, und Longji stand auf und ersetzte ihn durch einen neuen.

Wo war Strahlender Edelstein? Inzwischen mußte sie wieder zurück sein. Plötzlich überlief es ihn kalt. Sie war auf dem Weg von seinem zu ihrem Familienzelt durch ein feindseliges Lager gegangen, begleitet nur von ihrem Obereunuchen.

Wenn sie sie festgenommen und getötet haben, werde ich mich in mein Schwert stürzen. Dann werde ich Gao Lishi mit einer Botschaft zu Lui schicken, daß meine eigene Garde mich getötet hat. Ich werde sie gegeneinander aufhetzen, und anschließend kann An Lushan sie alle vernichten.

Vielleicht war An Lushan die Strafe, die der Himmel dem Reich der Mitte zugedacht hatte, weil es das Geschenk nicht angenommen hatte, das Guei Fei, Enger und Longji den Menschen zu machen versucht hatten.

Seine Gedanken rasten. So wollte er seine letzten Stunden nicht verbringen. Er konnte jedoch die Gedanken in seinem Kopf nicht beherrschen, die Katastrophenszenen schufen, denen neue Katastrophen folgten.

Die Zelttür wurde zur Seite geschlagen, und Guei Fei trat ein. Sie lächelte ihn an. Sie trug ein in schwarze Seide gehülltes Bündel. Sie hat noch nie schöner ausgesehen, dachte er, als heute abend in diesem von Kerzen erhellten Zelt im Exil. Ihre makellose Haut – wie sehr er es liebte, mit den Fingerspitzen ihre Wange zu berühren.

Sie trug ein dunkelrotes Gewand, das um die Taille mit der gelben Schärpe zugebunden war, die er ihr geschenkt hatte, die Schärpe, die mit seinem Gedicht bestickt war. Sei ein Fohlen, hatte er ihr gesagt, sei eine Blume, sei immer frei. Wie wenig er damals davon gewußt hatte, welche Wende ihr Leben nehmen würde.

Jetzt ging ihm auf, weshalb sie so lange gebraucht hatte, um wieder zu ihm zu kommen. Sie hatte sich vollständig umgezogen und ihr Haar in kunstvollen Rollen hochgesteckt. Wie ich, dachte er, will sie diese letzten Stunden schön gestalten und genießen.

»Strahlender Edelstein sieht heute abend sehr schön aus«, sagte er, als sie auf dem Teppich das Zelt durchschritt und ihr Bündel auf einen Tisch legte. Er sah der Form der purpurnen Seide an, daß das

Bündel Trinkbecher enthielt. Und ohne Zweifel auch das Gefäß mit dem Gift.

Alles, was sie heute abend taten, würden sie zum letzten Mal tun. Sie würden gemeinsam trinken. Sie würden miteinander sprechen. Sie würden vielleicht auch miteinander lachen. Sie würden Wolken und Regen machen – noch einmal, ein letztes Mal.

Doch obwohl er jetzt versuchte, sich die Schönheit dieser letzten Stunden zu vergegenwärtigen, spürte Longji einen Stich der Trauer. Er dachte an die Dinge, die er jetzt tun könnte, wenn er nur wieder herrschen könnte. Er war ein viel weiserer Mann geworden, nachdem man ihn von seinem Thron verjagt hatte, nachdem er im Exil durch sein Reich gewandert war. Wenn er mit seinem jetzigen Wissen wieder herrschen könnte, würde er ein besserer Kaiser sein. Zu schade, zu schade.

Aber, sagte er sich, das ist nicht die Wahl, vor der ich stehe. Jetzt habe ich nur die Wahl zwischen einem Tod und einem anderen. Wenn ich nicht so sterbe, indem ich in den Armen meiner Geliebten in den Schlaf sinke, wird es einen schmerzhafteren und schrecklicheren Tod für mich geben. Sie kämen sie holen; er würde sie verteidigen; sie würden ihn mit Säbelhieben niederstrecken, und er würde sterben, ohne zu wissen, was mit ihr geschah.

Und was sie mit Guei Fei vorhatten, würde schrecklich sein. Vielleicht würden sie sie köpfen wie Enger und ihren wunderschönen Kopf auf einen Pfahl stecken. Allein der Himmel wußte, was sie ihr sonst an Schändlichem antun würden; sobald Männer einmal die Disziplin abwarfen, konnte man nicht mehr sagen, wie tief sie noch sanken.

Wir könnten keinen besseren Tod finden als in einer Umarmung.

Doch jetzt mußte er jeden Gedanken ans Sterben vertreiben. Eine Nacht der Freuden war ihnen noch möglich, doch nur, wenn es ihnen in diesen Stunden der Dunkelheit zu vergessen gelang, daß im Morgengrauen alles zu Ende war.

Sie drehte sich zu ihm und löste mit einem Lächeln die gelbe Schärpe. Sie legte sie aufs Bett und strich liebevoll mit der Hand darüber. Dann begann sie, die Vorderseite ihres Gewandes aufzuschnüren. Er spürte die Schwellung in den Lenden. Er war erfreut und verblüfft zu entdecken, daß sein Körper den Unterschied zwischen jeder anderen Gelegenheit und dem letzten Mal nicht zu kennen schien.

Er zog sich sein äußeres Gewand, Jacke und Hosen aus. Einen Augenblick später standen sie voreinander, beide nackt. Sein Elfenbeinstab ragte fast senkrecht in die Luft, zeigte auf sie, begierig, mit ihr zu verschmelzen und mit jedem Schlag seines Herzens zu pochen. Sie streckte die Arme aus, ergriff ihn am Schaft und strich mit den Fingern entlang. Er seufzte tief vor Verlangen, trat dicht an sie heran und schlang die Arme um sie. Sie ging rückwärts aufs Bett zu, und dann fielen sie beide darauf.

Es war vertraut, jede Bewegung, jedes Stöhnen, die Art, wie ihre Kraft voller Verlangen vorwärts trieb und zum Höhepunkt gelangte. Dennoch war es vollkommen anders als sonst. Die Tatsache ihres bevorstehenden Todes veränderte alles. Sie hatten das Gefühl, als wären sie in die Luft eingeätzt. Jedesmal, wenn er einen Blick auf ihre schön geschwungene Brust erhaschte, riß er vor Staunen über die Pracht ihres lebendigen Körpers den Mund auf. Als er seinen Höhepunkt erreichte, ergoß er seine Seele durch die Augen in ihre.

In diesem Augenblick gab es nirgends in der Welt einen Tod.

Vier Stunden und acht Weihrauchkegel später hörte er in der dichten Dunkelheit einen Vogel singen. Vermutlich eine Lerche. Als ihr Schweiß abgekühlt war, hatten sie die Decken über sich gezogen und die Kerzen verlöschen lassen. Dann hatten sie sich gegenseitig in die Arme genommen und geschlafen. Longji hob den Kopf. Sie hatten die Vorhänge offen gelassen, weil sie allein im Zelt waren. Er sah zur Ostseite und fragte sich, ob er von dort ein wenig Licht hereinkommen sah.

Er spürte, wie sich Guei Fei neben ihm regte. Plötzlich traf ihn ein schrecklicher Schmerz wie ein Hammer.

Ich will die Welt nicht verlassen. Ich will auch nicht, daß sie geht. Ich will sie nicht verlieren.

Er hatte es die ganze Nacht fertiggebracht, mit ihr im Augenblick zu leben und die Gedanken an das, was bei Tagesanbruch geschehen würde, auf Abstand zu halten. Selbst beim Aufwachen hatte er nur mit dem Verstand gewußt, was vor ihnen lag. Jetzt stürzte sich dieses Wissen in sein Herz.

Er stöhnte laut auf, und sie ergriff seinen Unterarm und drückte ihn.

»Denk an etwas, was dich glücklich macht«, sagte sie.

Er überlegte einen Augenblick. »Ich weiß noch, wie aufregend es war, dich in den Hügeln über Guilin zu mir heraufreiten zu sehen. Noch nie war jemand so zu mir gekommen. Du hast mich gefunden und mein Herz dich.«

Sie preßte sich an ihn und küßte ihn. Dann rückte sie ein wenig von ihm ab. »Ich erinnere mich daran, wie ich beim Bankett neben dir saß. Du hast mich mit Litchi gefüttert. Li Bo las seine Gedichte. Und in dem Augenblick wußte ich, was Liebe ist und daß ich dich liebe.«

Sie saßen schweigend einen Augenblick da und sahen sich versonnen an. Schließlich sprach Guei Fei: »Wir haben uns immer ein Leben erschaffen, das anders war als das, was andere von uns erwarteten.«

Er zögerte zunächst und sprach dann: »Und jetzt machen wir es mit dem Tod genauso.« Sie hielten sich noch einen Augenblick gegenseitig mit dem Blick fest.

Guei Fei ging zu einer Kommode mit ihrer Kleidung in der Ecke des Schlafgemachs und zog sich eine Jacke und ein langes Gewand in einem so feinen blassen Violett an, daß es fast weiß wirkte. Longji wählte eine engsitzende purpurschwarze Gelehrtenrobe und eine kleine runde Kappe, die Art Kleidung, die er trug, wenn er zu seinem Vergnügen las oder schrieb. Er wollte nicht in Staatsgewändern gefunden werden. Indem er mit Guei Fei das Gift trank, verließ er seinen Posten als Sohn des Himmels, doch diese seine letzte Tat war privater Natur. Deswegen wollte er als Privatperson erscheinen.

Er saß auf dem Bett und sah zu, als Guei Fei das purpurne Seidenbündel auswickelte. Darin befanden sich zwei Silberbecher. Auf beiden wanden sich Drachen an den langen Stielen empor und starrten grimmig über die Schalen. Guei Fei öffnete einen Porzellantopf und gab mit einem Löffel kleine Mengen weißen Pulvers in jeden Becher. Dann goß sie blaßgelben Wein aus einem Krug neben dem Bett dazu. Anschließend rührte sie jeden Becher mit einem emaillierten Eßstäbchen um.

Beide Becher haltend, setzte sie sich aufs Bett und reichte ihm einen davon. Wie schon so oft zuvor – und jetzt zum letzten Mal, wie er mit überraschender Ruhe dachte – staunte er über die Anmut ihrer Bewegungen. Er nahm den Becher, den sie ihm reichte. Sie hielt ihren hoch.

»Zögere nicht«, sagte sie. »Trink schnell.«

Ja, so war es am besten. Er führte den Becher an die Lippen und leerte ihn mit vier oder fünf Schlucken. Der Wein lief ihm heiß durch die Kehle und die Brust und brannte in seinem leeren Magen. Er schmeckte nichts von dem weißen Pulver und spürte keinen Schmerz. Er fühlte sich jedoch fast augenblicklich schläfrig.

Sie saß neben ihm, wiegte den Becher in den Händen, so daß der Drachenkopf durch ihre verschlungenen Finger blickte. Er konnte die Augen nicht offen halten. Sie schlossen sich, öffneten sich wieder und sahen sie an.

Sie hatte noch nicht getrunken. Worauf wartete sie? Vielleicht hatte sie es sich überlegt und wollte nicht mehr sterben.

»Trink schnell, so wie ich«, sagte er mit belegter Stimme. »Es schmeckt nicht schlecht und brennt auch nicht. Es ist leicht.«

Sie warf ihm einen Blick zu, in dem sich Liebe, Schmerz und Traurigkeit mischten. »Ich weiß«, erwiderte sie. »Ich danke dir dafür, daß du mir den Weg zeigst. Solange du lebst, werde ich in dir leben.«

Was sollte das bedeuten? Sie sollte trinken und nicht zulassen, daß die Soldaten sie in die Hand bekamen. Sie sollte trinken.

Dann war Longji jenseits aller Sorgen, ob nun um ihrer oder seiner selbst willen.

Er stand allein an der Öffnung eines langen dunklen Tunnels. An dessen Ende leuchtete ein blauweißes Licht. Von Seligkeit erfüllt, begann er auf das Licht zuzugehen.

Als er es tat, fand er sich auf dem Westmarkt in Changan wieder. Er ging an Verkaufsständen vorbei, an denen goldene Pfirsiche aus Samarkand angeboten wurden, Rattenpflaumen aus Hupei, Birnen, Aprikosen, Holzäpfel, Bambussprossen, Rhabarber und Yamswurzeln vom Yangtze. Überall um ihn herum eilten die Menschen in alle Richtungen, kauften, verkauften und trugen Waren zu ihren Ständen.

Niemand schien zu bemerken, daß sich der Kaiser unter ihnen befand.

19

Stilett und Dolch

Wenn die Menschen eine Weissagung wirklich verstünden, würden sie so handeln, daß sich die Weissagung nicht erfüllt. Deshalb führen Propheten immer in die Irre.

Aus der »Geheimen Geschichte der Tang« von Yang Kaizhi

Zwei Personen, die den Befehlshaber sprechen wollen«, verkündete der Wachposten.

»Und welches Recht haben sie, ihn zu besuchen?« Eine andere Stimme antwortete mit einem verächtlichen Schnauben. Darius erkannte den Tonfall: ein Mann, der es genoß, seine Macht zu zeigen, etwa wenn er Besuchern von An Lushans Lager den Zutritt verweigern konnte.

»Dieser Fremde behauptet, beim Feldzug gegen die Khitan General gewesen zu sein.«

Fremder! dachte Darius. Ich bin eher ein Mann des Reichs der Mitte als Verräter, die hinter einem Barbaren herlaufen.

Flankiert von berittenen Begleitern, die sie zu den Vorposten von An Lushans Lager gebracht hatten, saßen Darius und Meiling aufrecht auf ihren Pferden, während die Soldaten debattierten, ob sie ihnen Einlaß gewähren sollten. Der Gardehauptmann kommt mir bekannt vor, dachte Darius. Er bemühte sich, sich zu erinnern. Ja: der Feldzug gegen die Khitan. Dieser jetzt so arrogante Mann war ein guter Soldat gewesen – damals.

Von dem Augenblick an, in dem er Ans Zeltstadt gesichtet hatte, war Darius äußerst wachsam gewesen. Sie breitete sich von den Wachposten so weit nach Norden und Süden aus, wie er sehen konnte. An hatte die Mitte seines Lagers am Ostrand der breiten

Ebene von Chiennan angelegt, am Fuß der niedrigen rötlichen Hügel, in denen sich jetzt die letzten Sonnenstrahlen spiegelten. Dieses zentrale Lager war ihr Bestimmungsort.

»General Darius«, sagte der Gardehauptmann, ein dünner Mann mit einem mageren Gesicht. »Ich erinnere mich an Euch. Ihr habt mit uns gegen die Khitan gekämpft.« Seine Stimme war jetzt respektvoll geworden.

Darius beugte sich vor und wollte gerade die Geschichte erzählen, die er sich zurechtgelegt hatte. Doch der Mann fragte nicht, weshalb Darius jetzt – nachdem An Lushan seinen Tod verfügt hatte – Zugang zu dem Mongolen erbat. Er schien schon damit zufrieden zu sein, seinem früheren General ein bißchen Autorität vorzuführen.

»Wer ist die Frau?« erkundigte sich der Hauptmann. Darius warf Meiling einen Blick zu. Sie trug Guei Feis leuchtend blaues Reitkostüm, das die Kaiserin immer bevorzugt hatte. Kopf und Gesicht waren in Schals gehüllt, so daß nur ihre Augen zu sehen waren. Ihre Identität war gut verborgen.

Ihre Hände, die auf dem Sattel ruhten, zitterten nicht. Gut für sie, dachte Darius. Es gefiel ihm, daß sie ruhig zu sein schien.

»Ich bin nicht befugt zu sagen, wer sie ist.« Darius fixierte den Hauptmann mit dem gebieterischen Blick der Qinzha. Wie gewohnt funktionierte es: Der Hauptmann stellte keine Fragen mehr nach der Dame.

»Habt Ihr sie nach Waffen durchsucht?« fragte der Hauptmann den Anführer der Reiter, die Darius und Meiling hergebracht hatten.

»Ja, Herr. Hier sind sein Schwert und sein Dolch.« Er hielt seinem Vorgesetzten beides hin. Der Hauptmann befahl einem Soldaten mit einer Geste, sie an sich zu nehmen.

»Ich wünsche einen Empfangsbeleg für diese Waffen, Hauptmann«, verlangte Darius scharf. Diese Forderung, so hoffte er, würde den Hauptmann ablenken, so daß er sich nicht fragte, ob auch Meiling gründlich durchsucht worden war.

»Den werdet Ihr bekommen. Jetzt bringen wir Euch zum Befehlshaber.«

Der Hauptmann war nicht feindselig; er erlaubte ihnen sogar, auf den Pferden durchs Lager zu reiten. Respekt zeigte er allerdings nicht; er benutzte nicht die Anredeformen, die in der Armee des Reichs der Mitte vorgeschrieben waren. Wenn ein so wertvoller Mann so pflichtvergessen sein konnte, was war dann wohl mit der Disziplin des durchschnittlichen Soldaten geschehen?

Die Antwort drängte sich Darius auf. Als sie durch das Lager ritten, bemerkte er mehrere Streitereien von Betrunkenen, viele billig aufgeputzte Frauen und bewaffnete Wachposten an jedem der großen Suppenkessel der Regimenter. Die Soldaten waren nicht einheitlich gekleidet, sondern schienen zu tragen, was ihnen gefiel oder was sie gerade hatten finden können. Viele hielten in ihren jeweiligen Beschäftigungen inne und warfen ihnen neugierige Blicke zu – besonders Meiling.

Meiling hielt beim Reiten den Blick starr geradeaus gerichtet. Darius wußte, daß er ihr alles beigebracht hatte, was er konnte. Jetzt mußte sie selbst die Verantwortung übernehmen. Doch am Rande seines Bewußtseins spürte er das Schlagen der kalten Flügel der Furcht.

In der Mitte des Lagers kamen die Reiter an eine Palisade, deren Pfosten leuchtend rot bemalt waren und oben scharfe Spitzen aufwiesen. An Lushan muß den Zaun auf Wagen mitnehmen und überall dort neu aufstellen lassen, wo er sein Lager aufschlägt, dachte Darius. Fürchtet er seine eigenen Anhänger so, daß er sich schützen muß?

Innerhalb des Zauns sah sich Darius einem Oberst gegenüber. Obwohl er die schwarze Rüstung der Legion der Fremden trug, erkannte Darius ihn nicht.

Der Mann schien jedoch Darius zu kennen. »Ihr seid also zu uns zurückgekommen. Es wird höchste Zeit. Möchte die letzte Schlacht nicht verpassen.« Merkwürdig: Der Mann redete ihn nicht wie einen Feind an, der sich ergab, sondern als heimkehrenden Kameraden. War sich der Mongole dieser Armee so unsicher, daß er nicht zugab, daß Darius entkommen war?

»Ich bin gekommen, weil ich General An sehen möchte.«

Der Oberst zeigte auf ein phantastisches Bauwerk in der Mitte des eingezäunten Geländes. Es war ein Gur, ein rundes Filzzelt mit einem flachen, kegelförmigen Dach. Es war ebenso wie Ans frühere Gurs mit Stoffbahnen aus blauer und gelber Seide bedeckt, doch dieses war dreimal so groß wie alle, die Darius bisher gesehen hatte. Es war auf einer Plattform mit sechs riesigen Holzrädern errichtet, von denen jedes mannshoch war. Man brauchte wohl mindestens ein Dutzend Ochsen, um dieses Bauwerk zu bewegen.

»Er ist dort drinnen. Und nennt ihn nicht General. Wir nennen ihn den Befehlshaber. Er ist General, Erster Minister und Kaiser in einem. Wer ist die Frau?«

»Wer sie ist, ist eine Frage, die nur sie, mich und den Befehlshaber angeht«, sagte Darius. »Sie wird hier bei Euch warten, bis ich sie kommen lasse.«

Hölzerne, gelb bemalte Treppenstufen führten zu der Plattform hinauf, auf der Ans Gur errichtet war. Auf beiden Seiten des Eingangs standen Wachposten, die Darius die Holztür öffneten.

Öllampen erleuchteten das Innere strahlend hell. Das Gur war innen nicht geteilt wie die Zelte des Kaisers und seiner Generäle. In dem weitläufigen einzigen Raum lag An auf einer Couch auf einem Podium. Über dem Podium waren Vorhänge angebracht, die sich herabsenken ließen, damit An ungestört schlafen konnte.

Mehr als ein Dutzend Männer saßen auf Kissen und auf dem Fußboden. Doch Darius hatte keine Augen für sie. »General Darius!« brüllte An. »Gekommen, um Kopf in Maul des Löwen zu stecken?«

An spritzte sich aus einem Trinkschlauch Wein in den Mund. Er war leicht angetrunken, wie Darius sah.

»Ich bin gekommen, um mit dem Löwen zu jagen.« Darius trat vor und stellte sich vor den Mongolen.

Er war schockiert zu sehen, daß An ein kaiserliches Staatsgewand trug. Ein leuchtend gelbes Gewand aus schwerer Seide, an dessen Seiten ein roter Drache sich emporwand. Es war das Gewand, das der Kaiser immer trug, wenn er die Herbstfrüchte zum Tempel der Überströmenden Glückseligkeit brachte. An benutzte es als Hausgewand; die Drachen schlängelten sich jetzt an Weinflecken vorbei.

Ein dünner Mann in einer dunklen Tunika sprang herbei und

stellte sich neben Darius. »Macht Kotau in Anwesenheit von Befehlshaber An Lushan.«

Darius drehte sich zu ihm um. Es war Khalil, einer von Ans engsten Mongolenfreunden, ein Mann, der aus schierer Freude tötete, wann immer er konnte. Sein Gesicht war so schmal wie eine Messerklinge, sein Schnurrbart kaum mehr als eine schwarze Schnur. Er stand mit einem Knie leicht gebeugt in entspannter Haltung da, doch seine Hand ruhte wie beiläufig auf dem Schwertgriff.

Darius erinnerte sich an entfernte Gestalten, die er auf der Ebene von Laoying mit seinen Pfeilen niedergestreckt hatte. Zu schade, ich hatte gehofft, daß er unter denen war, die ich getötet habe.

Darius sprach bewußt zu An statt zu Khalil: »Hat der Befehlshaber sich jetzt selbst zum Kaiser ernannt?«

An kratzte sich. Darius bemerkte zwei Frauen, die auf dem Podium ruhten. Beide trugen hübsche Seidenjacken und mit Blumen bestickte Hosen. Eine erwiderte kühn seinen Blick. Er erkannte sie nicht. Sie war jung und von vulgärer Schönheit, eine typische Bewohnerin von Changans Bezirk der Betörenden Blüten.

Die andere Frau erkannte Darius sofort: Es war Schwarze Jade, die Frau, die Ans Gefährtin gewesen war, seit er sie im Haus der Unmöglichen Freuden gekauft hatte. Ihre Haut glühte im Lichtschein der Lampen wie poliertes Mahagoni. Sie sah ihn mit brennenden Augen an und ließ eine lange, schmale Hand besitzergreifend aufs Ans Knie ruhen. Der Mongole schien sie nicht zu bemerken.

Ich muß diese Frauen loswerden, bevor Meiling hereinkommt.

An sagte: »Kuo Ting jetzt Kaiserlicher Vater. Ich sein Stellvertreter hier im Feld. Ist richtig, mich behandeln mit Respekt, den Kaiser schulden.«

»Natürlich«, sagte Darius. Er war nicht hergekommen, um sich über Höflichkeitsfragen zu streiten, sondern um zu töten. Er ließ sich auf die Knie fallen, beugte sich vor und preßte den Kopf neunmal gegen den Teppich auf dem Fußboden.

Er spürte, wie sich schnelle Schritte näherten. Jemand kam auf ihn zu. Bevor er reagieren konnte, wurde ihm schwarz vor Augen.

Sein Kopf wurde zur Seite geschleudert, und er wälzte sich herum und bemühte sich vergeblich, mit dem Arm die Schläfe zu schützen.

Wie aus weiter Ferne hörte er An lachen. An war hoch über ihm. Er befand sich am Boden eines tiefen Brunnens. Ans brüllendes Gelächter hallte von den Quadersteinen an den Seiten wider.

»Hab dir nicht befohlen, das zu tun«, sagte An mit noch fern klingender Stimme.

»Hab es für mich getan«, sagte Khalils Stimme, die sich sehr leise und weit weg anhörte. »Er hat Bodunchar und Dobun getötet. Bodunchar dein Bruder. Du läßt Mann leben, der deinen Bruder getötet hat?«

An entgegnete: »Ist an mir zu entscheiden, wann und wie Rache nehmen. Aber nicht zornig auf dich, weil ihn getreten. Verdient es.«

Jetzt konnte Darius wieder sehen. Khalil war weggegangen. Immer noch benommen stand Darius auf. »Ihr hättet keine Männer schicken sollen, um mich zu töten«, sagte er. Khalil hatte nicht wie ein Diener zu seinem Herrscher, sondern von Krieger zu Krieger gesprochen. Darius wollte es genauso halten. »Ihr habt mich an dem Feldzug gegen die Khitan teilnehmen lassen, weil wir beide Ausländer waren. Ich wollte an Eurer Eroberung des Reichs der Mitte teilnehmen.«

An beugte sich vor. Er bekommt Hamsterbacken, dachte Darius. Das Fleisch unter Ans Kinn wackelte wie Gelee.

»Warum Ihr weglaufen?«

»Ihr habt unzuverlässige Offiziere beseitigt. Ich wußte, daß ich in Gefahr war.«

Ans Augen wurden schmal. Er musterte Darius aus funkelnden Augenschlitzen. »Woher Ihr wissen?«

»Wenn Ihr mir vertraut hättet, hättet Ihr mir von Euren Plänen erzählt. Ihr kanntet mich lange genug.«

Das narbige, entstellte Gesicht kam näher. »Li Xi. Sie Euch nicht warnen?«

Ah, die arme Dame, die sich erhängt hatte.

Darius trat wie aus Mitgefühl einen Schritt vor. »Ich habe gehört, daß Eure Dame gestorben ist. Mein Herz blutet aus tausend Wunden vor Trauer. Aber nein. Sie hat mich nicht gewarnt. Warum habt Ihr das angenommen? Habt Ihr ihr Eure Pläne anvertraut?«

An schüttelte den Kopf. »Kannte Plan nicht.«

»Also habt Ihr ihr auch nicht vertraut. Nein, ich bin offengestanden geflohen, weil ich glaubte, keine Wahl zu haben. Ihr habt den Männern keine Zeit gelassen, um ihr Leben zu flehen. Ihr hattet schon beschlossen, wer am Leben bleiben und wer sterben sollte, und mich hattet Ihr schon zum Tode verurteilt.«

An beugte sich vor, stützte die Ellbogen auf die Knie und musterte Darius, als versuchte er, dessen Gedanken zu lesen. Instinktiv errichtete Darius die Qinzha-Hindernisse, die seine Gedanken beschützten. Er konnte fast spüren, wie Ans Geist Druck auf die Barrikaden ausübte.

Darius beobachtete, wie An ihn musterte. Es war verblüffend, wie sehr sich dieser Mann in den zehn Jahren verändert hatte, in denen Darius ihn kannte. Er hatte sich ausschließlich durch Willenskraft verändert und nicht durch eine besondere Ausbildung, wie die Qinzha sie boten. Wie grob und wie eigenwillig An gewesen war, als er in die kaiserliche Garde aufgenommen wurde! Wie schlau und einschmeichelnd er wurde, als er sich das Vertrauen von Kaiser und Kaiserin erschlich! Und wie leicht er es jetzt geschafft hatte, das Kommando über eine große Armee zu erlangen! Er war selbstbewußt und konnte in den ihm unterstellten Männern sowohl Furcht als auch Respekt wecken.

Doch grob war er immer noch. Überdies waren seine Bewegungen träge geworden. Darius fragte sich, ob er mit Pfeil und Bogen immer noch ein Ziel treffen konnte, wenn er auf dem Rücken eines galoppierenden Pferdes einen Kopfstand machte.

»Nun, Darius, Tritt gegen den Kopf bekommen. Hoffe, könnt Euch immer noch erinnern, warum gekommen, bevor wir Kopf abnehmen.« Von den im Zelt lümmelnden Rebellenoffizieren erhob sich Gelächter.

»O ja, Befehlshaber, ich kann mich erinnern. Und ich glaube, mein Kopf kann Euch nützlicher sein, wenn er noch auf den Schultern sitzt und nicht im Staub liegt. Wenn Ihr mich in Eure Dienste nehmt, hoffe ich, Ihr laßt mich von diesem Stück Kamelscheiße Genugtuung verlangen, das mich eben getreten hat.« Darius' Zuhörer reagierten auf diese Worte mit einem überraschten Murmeln.

»Tritt hat Gehirn verwirrt, Perser«, sagte An. »Gibt unter dem Himmel keinen fähigeren Männertöter als Khalil. Und Verstand noch mehr durcheinander, wenn glauben, ich Euch jetzt in Dienst zurücknehmen. Morgen ich über alten Freund des Kaisers herfallen wie Habicht über Hasen. Tag danach General Lui Mon Lim kapituliert vor mir. Oder ich zerschmettere ihn. Im Augenblick brauche ich keine Hilfe, da fast Herr von Reich der Mitte bin, wenn Ihr angekrochen kommt.« An schüttelte den Kopf. »Bin enttäuscht, Darius. Dachte, Ihr wärt mehr Mann. Ihr verratet Kaiser in dunkelster Stunde. Wie soll ich Euch je trauen?«

»Weil ich Euch«, sagte Darius, »einen unschätzbaren Siegerpreis mitgebracht habe, um meinen guten Willen zu beweisen.« An blickte hoch. Darius konnte das Interesse des Mongolen an dem Köder sehen. Jetzt brauchte er nur noch anzubeißen. »Tatsächlich ist es Loyalität, die mich herführt, wie Euch aufgehen wird, wenn Ihr seht, wem ich diene. Der Kaiser kann sie nicht beschützen. Sie wäre inzwischen schon getötet worden, wenn sie geblieben wäre, wo sie war. Doch bei Euch wird sie in Sicherheit sein.«

»Sie? Wer?« An beugte sich schwer vor. Er ballte die Hände zu Fäusten. An dem Weiß seiner Knöchel erkannte Darius, daß der Mongole schon erraten hatte, wer »sie« war.

»Wie ich«, fuhr Darius fort, »kommt sie aus freien Stücken, um sich dem neuen Herrn des Reichs der Mitte anzubieten.«

An ließ sich gegen die geschwungene Rücklehne seiner Couch zurückfallen. »Sie...«

Darius hob eine Hand. Trotz seiner Ausbildung spürte er, wie der Übereifer in ihm zu brodeln begann. Sein Plan funktionierte. »Sie wünscht nicht, daß ihre Anwesenheit bekannt wird. Laßt sie mich zu Euch bringen. Und könntet Ihr um ihrer Gefühle willen vielleicht dieses Zelt räumen lassen, damit sie Euch unter vier Augen sehen kann?«

An schloß die Augen. Darius sah, wie der Puls an der dicken Kehle des Mongolen pochte.

An schlug die Augen wieder auf und erhob sich. Die Lampions um ihn herum warfen seinen ungeheuren Schatten in vier verschiedene Richtungen.

Mit seiner polternden Stimme sagte er: »Ihr alle, hinaus! Darius, bringt sie her.«

Meiling saß starr auf dem Stuhl, den ihr der Offizier der Legion der Fremden gebracht hatte. Sie wußte, daß sie zitterte. Die Schals, die sie sich um den Kopf geschlungen hatte, bebten unausgesetzt. Ihre Hände waren so unsicher, daß sie sich an den Armlehnen des Stuhls festklammerte. Sie sagte sich immer wieder, daß es nicht darauf ankam, daß sie einen erschreckten Eindruck machte. Jede Frau würde in dieser Situation verängstigt sein. Sie würden vielleicht noch mißtrauischer sein, wenn sie keine Angst zeigte.

Außerdem, sagte sie sich, ist dies die beste Art zu handeln. Sie bedeutet den fast sicheren Tod, doch der Tod ist noch gewisser, wenn ich nichts tue. Immerhin unternahm sie etwas und wartete nicht wie ein hilfloses, eingepferchtes Tier darauf, mit dem Kaiser und dessen Verteidigern abgeschlachtet zu werden.

Wenn ihr dieses Vorhaben gelang, würde es vielleicht kein Blutvergießen geben. Ohne An Lushan als Anführer würde die Rebellenarmee in kopflose Verwirrung gestürzt werden. Guei Fei, der Kaiser, Bruder Enger, Mutter, Vetter Kaizhi und der Rest der Familie und ihre wenigen loyalen Diener würden dann vielleicht am Leben bleiben.

Sie würde ihr möglichstes versuchen. Doch etwas in ihr glaubte nicht an den Erfolg ihres Plans. Sie hatte noch nie etwas so Schwieriges und Gefährliches versucht.

Darius war seiner Sache jedoch sicher. Er war dafür ausgebildet, Zweifel zu überwinden. Sie war in ihrer Qinzha-Ausbildung noch nicht so weit fortgeschritten, daß sie gelernt hatte, ihren Geist vollständig unter Kontrolle zu halten. Über die rein körperliche Ausbildung der ersten Jahre war sie inzwischen jedoch hinausgewachsen. Sie verbrachte jetzt mehrere Stunden am Tag damit, sich auf Worte, ja sogar auf einzelne Silben zu konzentrieren, die Darius ihr nannte. Dabei spürte sie, wie sie sich öffneten wie vertrauenswürdige Freunde. Jenseits dieser Laute, das entdeckte Meiling jetzt, warteten Einsichten, die weit über das hinausgingen, was sie bisher gekannt hatte.

Sie hatte eine Vorahnung davon, was für eine Ausbildung ihr noch bevorstand. Sie wußte, daß sie noch Jahre damit zubringen würde. Zunächst hatte die Aussicht, Darius zu heiraten, sie eisern an der Ausbildung festhalten lassen. Neuerdings trainierte sie jedoch aus reinem Vergnügen, das sie an den Kräften fand, welche die Ausbildung ihr verlieh.

Was würde Darius ihr jetzt sagen? Wie würde er ihr raten, in diesem Augenblick mit ihrer Furcht umzugehen? Er sprach manchmal davon, man müsse in Furcht atmen, damit sie eher zu einem Duft als zu beißendem Rauch wird, und aus der Stille der Untätigkeit die Tat erwachsen lassen. Sie wiederholte diese Sätze mehrmals und wartete darauf, daß sie sich ihr erschlossen.

Sie taten es nicht. Ihr Körper war so angespannt, daß sie das Gefühl hatte, von einem einzigen Schlag zerbrochen werden zu können. Selbst wenn sie alles perfekt machten, das wußte sie, bestand immer noch die Gefahr, daß dieser Plan fehlschlug. Sie ergriff die Armlehnen des Stuhls, weil sie überzeugt war, Darius' blutender Leichnam würde jeden Augenblick aus An Lushans monströsem Befehlsstand herausgeschleudert werden und zu ihren Füßen landen. Dann würde An persönlich kommen, um sie anschließend in Stücke zu schneiden.

Ihre Hand tastete sich behutsam durch die Kleidung und berührte das kleine Amulett, das Darius ihr vor so vielen Jahren geschenkt hatte. Manchmal spürte sie Hitze aus dem kleinen Beutel an ihrer Taille aufsteigen, als enthielte das, was darin steckte, ein winziges Feuer. In diesem Augenblick war es so. Das Amulett beruhigte Meiling ein wenig durch seine Verbindung mit Darius. Und Darius' Ausbildung würde ihm an diesem Abend sicher auch von Nutzen sein.

Als Meiling wartete, ging die Dämmerung in den Abend über. Lagerfeuer umgaben sie wie große gelbe Blumen, die in einem rätselhaften dunklen Teich trieben. Fackeln auf Pfählen erleuchteten ihre unmittelbare Umgebung und die Treppenstufen, die Darius erklommen hatte. Die dunkle Öffnung war der Eingang zu Ans Zelt. Zwei Gestalten standen links und rechts davon.

Jemand verließ das Zelt. Meilings Herzschlag setzte aus. Noch mehr Leute verließen das Zelt. Männliche Gestalten. Sie sah, wie der Lichtschein von Fackeln auf Brustpanzern glitzerte. Die Männer waren zu weit weg, so daß sie nicht erkennen konnte, ob einer davon Darius war. Ihr Herz pochte und schlug ihr gegen die Rippen.

Zwei weitere Gestalten tauchten auf und gingen die Treppe hinunter. Meiling erkannte an ihrer Kleidung und ihren Bewegungen, daß es Frauen waren. Eine verschwand in die Dunkelheit, doch die andere ging direkt auf sie zu. Sie trat ganz nahe heran und berührte Meiling fast mit dem Gesicht. Das Gesicht der Frau blieb dunkel, obwohl es vom Licht beschienen wurde.

Einer der Männer packte sie am Arm.

»Fort mit dir, Schwarze Jade. Befehlshaber wünscht nicht, daß du um Dame herumschnüffelst.«

Die Frau riß ihren Arm los. »Hände weg von mir, Khalil! Wenn ich ihm sage, daß du mich auch nur einmal angerührt hast, wird er dafür sorgen, daß es dir leid tut.«

Der Mann lachte. Er war dünn und größer als die Frau. Er stand so nahe, daß Meiling ein dunkelbraunes mongolisches Gesicht mit hohen Wangenknochen und Schlitzaugen erkennen konnte.

»Wenn sie die ist, für die ich sie halte, hört niemand auf Klagen. Er sie bekommen, Befehlshaber will dich nicht mehr. Dann gibt er dich mir.«

Die Frau gab ihm eine scharfe Antwort, doch Meiling konnte sie nicht verstehen. Die beiden verschwanden, immer noch streitend, in der Dunkelheit.

Dann stand Darius neben Meiling. »Er möchte dich jetzt sehen.« Seine Stimme hatte einen zuversichtlichen Unterton. Meiling hielt sich daran fest wie an einem Baumstamm bei einer Überschwemmung.

»Es geht mich zwar nichts an«, sagte der Offizier, der neben Meiling gestanden hatte, »aber ich habe den Blick gesehen, den Schwarze Jade dieser Dame gerade zugeworfen hat, und es lag Mord darin. Sie sollte Schwarzer Jade lieber aus dem Weg gehen.«

»Wir danken Euch«, sagte Darius.

Meiling fürchtete, ihre zitternden Beine würden sie nicht tragen, wenn sie aufstand. Darius ergriff sie fest am Arm und drückte ihn beruhigend, als er sie zu der Holztreppe geleitete, die zu Ans Hauptquartier hinaufführte.

»Es ist vollkommen«, flüsterte er ihr am Fuß der Treppe zu. »Er ist allein. Und fast außer sich vor Erregung.«

Meiling fühlte sich zu schwach, um die Treppe hinaufzugehen. »Ich glaube nicht, daß ich es tun kann, Darius.«

»Du sollst nicht denken. Handle nur.«

Sie hörte auf zu denken, hörte auf, sich vorzustellen, was als nächstes geschehen würde. Sie konzentrierte sich genau auf das, was sie tat: Sie ging die Treppe hinauf, ging an den beiden Wachposten vorbei und hörte die Holztür, als sie hinter ihr zuschlug.

Die riesige Gestalt, die sich auf sie zubewegte, war unverkennbar. Ebenso die wie fallende Felsbrocken klingende Stimme, die ausrief: »Ihr *seid's*!« Sie hätte am liebsten geschrien. Sie holte tief und langsam Luft, so wie Darius es ihr beigebracht hatte, um sich zu beruhigen.

Mit einem Schritt war der Riese bei ihr. Sie konnte ihn im Lichtschein der Lampions deutlich sehen. Seine normalerweise schmalen und dunklen Augen waren so geweitet, daß das Weiße in ihnen zu sehen war. Sein Bauch quoll hervor. Er war dicker geworden, seit sie ihn zum letzten Mal gesehen hatte. Er trug ein gelbes Gewand. Erschrocken erkannte sie es als eines der Gewänder des Kaisers, und das machte sie wütend und ein wenig stärker.

Er sah gewaltig aus, unverwundbar.

Mein Messer wird all das durchstoßen müssen. Es ist ein so kleines Messer.

Würde er nicht Verdacht schöpfen? Sah sie wirklich wie Guei Fei aus? Sie hatte ihr von Schals eingehülltes Gesicht in einem Spiegel geprüft, bevor sie das Lager des Kaisers verließ. Ja, es war nicht leicht, sie auseinanderzuhalten. Und er wollte verzweifelt, daß sie Guei Fei war. Das würde helfen.

Sie waren jetzt zu dritt. Ein Stoßgebet stieg in ihr auf, daß Darius den Plan ändern und An selbst angreifen möge. Darius kannte tausend Möglichkeiten, einen Mann zu töten, von denen die meisten keine Waffe erforderten. Ihm würde es sehr viel leichter fallen als ihr.

Aber nein, sagte sie sich. Sie hatten es bei dem langen Tagesritt vom Lager des Kaisers genau überlegt und besprochen. An betrachtete Darius mit Mißtrauen. Bei ihm würde er stets auf der Hut sein. Wenn Darius An angriff, würde er den Mongolen nicht überraschen und davon abhalten können, um Hilfe zu rufen. Doch von einer Frau erwartete An keine Gefahr. Sie würde das Überraschungsmoment auf ihrer Seite haben. Wenn sie An tötete, bot ihnen das die beste Möglichkeit, hinterher gemeinsam zu flüchten.

An sprach mit einem heiseren Flüstern: »Seid zu mir gekommen.« Er bewegte sich auf sie zu und streckte begierig einen Arm aus, um die Schals wegzuziehen, die ihr Gesicht verbargen.

»Wartet«, sagte Darius. »Ihr müßt mich einen Augenblick anhören. Sie ist völlig verängstigt. Sie kann kaum sprechen.«

»Nichts zu befürchten«, sagte An zu ihr und hielt beide Handflächen hoch. »Nicht von mir. Bin geduldiger Mann. So glücklich, Euch zu sehen.«

Jetzt eine weitere Probe. Würde er immer noch glauben, sie sei Guei Fei, wenn sie mit ihm sprach? Er würde vielleicht Verdacht schöpfen, wenn sie gar nichts sagte.

»Bitte macht das Licht kleiner«, flüsterte sie.

Darius schaltete sich ein: »Nur für den Fall, daß jemand hereinkommt, Befehlshaber. Wie Ihr seht, ist sie jetzt zu Euch gekommen, weil sie Angst hatte, in der Schlacht getötet zu werden – bevor Ihr sie finden konntet. Wenn bekannt wird, daß sie den Kaiser im Stich gelassen hat, solange er noch frei und am Leben war, wird sie überall und für immer ehrlos sein.«

An ging mit mächtigen Schritten in dem großen, kreisförmigen Raum herum und blies die Lampen aus, die an den Holzbalken hingen und auf Sockeln auf dem Fußboden standen. Meiling beobachtete ihn dabei und fühlte sich schon etwas zuversichtlicher. Kurz darauf brannte nur noch ein kleiner Lampion. Er war aus rotem Glas gemacht und stand auf einem Sockel neben seiner Couch. Er warf einen schwachen rötlichen Lichtschein auf die Szene.

»Ein kleines Licht?« Seine tiefe Stimme hörte sich fast flehentlich an.

»Ja, ein Licht«, flüsterte sie. Solange sie flüsterte, hoffte sie inständig, würde sie sich wie Guei Fei anhören.

An sagte: »Niemand weiß, wer heute nacht gekommen. Wir erfinden Geschichte. Sagen, es sei Eure Schwester.«

Ein Speer aus Eis durchbohrte Meiling. Das war zu nahe an der Wahrheit dran.

»Eine kluge Idee, Befehlshaber«, sagte Darius.

Im Namen des Himmels, töte ihn, dachte Meiling. Doch sie wußte, daß er es nicht tun würde. Er schlenderte langsam auf die Tür zu.

»Sagt Wachposten, niemanden hereinlassen«, sagte An. »Ihr Loyalität bewiesen, Perser. Werde Euch im neuen Reich hohe Position geben.«

In seinem Reich. Meiling spürte, wie ihr wieder ein bißchen zornige Kraft erwuchs. »Möge dies für Euch eine freudenreiche Nacht sein, Befehlshaber.« Sie sah Darius in dem schwachen Lichtschein an der Tür. Sie starrte ihm sehnsuchtsvoll nach; dann war er verschwunden.

Um Selbstvertrauen zu gewinnen, rief sie sich die drei Männer ins Gedächtnis zurück, die sie vor Guilin mit ihrem Schwert niedergestochen hatte. Ich kann es tun, sagte sie sich. Ja, An ist zwar viel kräftiger und ein weit besserer Kämpfer, als diese Männer es gewesen sind, und diesmal ist meine Waffe kein Schwert, sondern ein schmales Stahlband. Aber ich kann es trotzdem tun.

Denke nicht. Handle nur.

»Bitte«, sagte An in demselben Tonfall wie vorhin, als er sie gefragt hatte, ob er ein Licht anlassen könne. Er hörte sich so seltsam an. Er mußte Guei Fei wirklich lieben. Falls man von so einem Ungeheuer sagen konnte, daß es einen anderen Menschen zu lieben vermochte. Er ging langsam auf sie zu, wurde größer und größer und streckte wieder die Hand nach ihrem Gesicht aus. Sie hob die Hände und wehrte ihn ab.

»Laßt mich«, flüsterte sie. »Die Schals sind in meinem Haar festgesteckt.« Sie wandte sich von ihm ab. Sie ließ die Bewegung natürlich aussehen wie die einer verschämten Frau, die ihren Liebhaber mit einer plötzlichen Enthüllung ihrer Schönheit überraschen will. Meiling spürte, wie sich ein Kern von Stärke in ihr verfestigte, als wäre er aus geschmolzenem Erz.

Sie löste die langen Haarnadeln. Langsam und anmutig wickelte sie die langen Schals auf. Ihr gelöstes Haar fiel ihr in schwarzen Wellen um den Kopf und auf die Schultern. Es ist ein Anblick, der einen Mann zum Wahnsinn treiben kann, hatte Darius gesagt. Sie hörte, wie Ans Atem flacher wurde, dringender.

Die letzte Befestigung, die sie löste, war das Stilett in Form einer Haarnadel.

Sie ergriff das Stilett mit beiden Händen, wie Darius es ihr beigebracht hatte, und neigte die Schultern nach vorn. Alles lief genau so, wie sie es besprochen hatten. Niemand hatte daran gedacht, in ihrem Haar nach einer Waffe zu suchen. An hielt sie irrtümlich für Guei Fei. Jetzt war in diesem Drama nur noch eine einzige Tat nötig.

Mit dem Rücken zu An Lushan wartete Meiling.

Sie spürte seine Schritte, als er näher kam. Er bewegte sich zunächst zögernd, dann mit festeren Schritten, als er auf sie zuging.

»Strahlender Edelstein.« Wie konnte er es wagen, den Kosenamen des Kaisers für Guei Fei zu benutzen! Sie wartete. Sie glaubte, seinen Atemhauch auf ihrem Haar zu spüren. Dann packte er sie am Handgelenk und zog sie in die Nähe des Betts, in den Lichtschein.

Handle nur!

Sie richtete sich beim Herumwirbeln auf und stieß das Stilett in den Körper vor ihr. Die Klinge traf etwas Hartes. Dies hätte nicht passieren dürfen! In wilder Verzweiflung zog Meiling das Messer leicht heraus und stieß es dann mit aller Kraft nach oben. Diesmal traf es auf etwas Weicheres.

Seine schwarzen Augen starrten in ihre. Sie war ihm nie nahe genug gekommen, um zu sehen, wie entstellt er war. Jetzt erfaßten ihre geweiteten Augen jede Einzelheit, die diagonale Narbe, die rötlich glitzernde Haut der unteren Hälfte seines Gesichts.

Das Messer steckte bis zum Griff in ihm. Er zeigte jedoch keinerlei Anzeichen von Schmerz, nur so etwas wie Verblüffung oder

Verärgerung. Grauen packte sie, als ihr aufging, daß die Klinge nicht in seiner Brust steckte, sondern in seinem Bauch – zu tief und zu weit an der Seite, um in die Nähe seines Herzens zu kommen. Sie war übereilt vorgegangen. Sie hatte sich nicht genug Zeit gelassen, bevor sie zustieß.

»Die Schwester!« sagte er mit so lauter Stimme, daß sie zusammenzuckte. Er packte ihre Hände mit einem Griff, aus dem sie sich nicht befreien konnte. Er schob ihre Hände von sich weg und zog das Messer aus sich heraus. Die Hände beider waren vor Blut schlüpfrig.

Er riß an ihren Fingern und brach sie dabei fast. Sie schrie auf. Er zog ihr das Messer aus der Hand und warf es quer durchs Zelt. So hatte ihr auch Darius einmal das Stilett weggenommen. Sie verstand sich nicht auf derlei. Sie würde nie dazugehören. Sie würde nicht lange genug leben, um zu den Eingeweihten des Ordens zu gehören.

»Miststück!« brüllte er. Sie sah, wie Blut über das gelbe Gewand strömte, doch er schien gar nicht verletzt zu sein. Sie stand wie gelähmt da.

»Nicht sie! Du gekommen, mich zu töten!« Er schürzte die dunklen Lippen und entblößte seine großen weißen Zähne. Er hob die Hände, um sie an der Kehle zu packen. Sie wurde am ganzen Körper taub und nahm nur schreiende Furcht im Herzen wahr. Sie würde sterben. Sie wußte es.

Dann wurden seine Augen schmal, zu onyxfarbenen Schlitzen. Er erweckte den Eindruck, als wäre ihm plötzlich etwas eingefallen, was er vergessen hatte. Während er sie mit einer Hand festhielt, begann er mit der anderen an ihrer Kleidung zu reißen.

Gnadenreiche Guanyin! Er wollte sie mit Gewalt nehmen!

In Meilings Kopf drehte sich alles. Seine riesige Hand hielt sie so fest, daß sie sich nicht frei machen konnte. Sie bemühte sich, nicht ständig an ihre Furcht zu denken. Atme, sagte sie sich, zähle die Atemzüge.

Eins, zwei – seine Hände an ihrer Brust – eins, zwei –

Plötzlich erinnerte sich Meiling an das Amulett, das sie in einem Beutel am Gürtel trug. Darius hatte sie gewarnt und gesagt, An

Lushan dürfe es nie berühren, denn sonst würde er übermenschliche Kraft gewinnen. Und er schien tatsächlich stärker zu werden, je näher er mit der Hand – der Hand, die sich an ihrem Körper entlangtastete – dem Beutel an ihrer Taille kam.

Dann übernahm das Selbst die Herrschaft über sie. Sie spürte, wie sie in Ans Griff erschlaffte. Es war fast so, als ließen seine Hände sie schmelzen. In Sekundenschnelle lag sie vor ihm auf dem Boden, als wäre sie urplötzlich ohnmächtig geworden. Sie schloß die Augen und verlangsamte ihren Atem.

»Miststück!« brüllte An. »Kein Vergnügen, Körper zu nehmen, ohne Seele zu töten!«

Riesige Finger, die so hart waren wie Stein, zwangen ihren Kopf in den Nacken und bohrten sich ihr in die Kehle. Ihr Atem stockte und begann in der Brust zu brennen. Sie wollte schreien, doch er hatte ihr die Stimme abgeschnitten. Sie hatte das Gefühl, als platze ihr der Schädel.

Ihre Gedanken durchrasten noch einmal die Momente, die soeben vergangen waren. Nach der Stichwunde im Bauch mußte er doch Blut verlieren. Es mußte ihm doch weh tun. Vielleicht wurde er so schwach, daß es ihm nicht mehr gelang, sie zu töten. Vielleicht würde er gleich in Ohnmacht fallen.

Doch die Kraft, die hinter diesen riesigen Fingern steckte, ließ nicht nach.

Sie sah eine dunkle Bewegung hinter ihm. Darius? Bitte...

An Lushans Druck ließ nur ein wenig nach. »Will Schwester haben. Morgen abend. Will sie mein machen, hier, in diesem Gur. Du tot den ganzen Tag.«

Er schüttelte sie. Sie fühlte sich wie eine Weide, die von einem Gewittersturm geschüttelt wird. Sie hatte das Gefühl, als wäre ihr Hals gebrochen.

Seine Daumen stießen immer tiefer in ihre Kehle. Sie spürte, daß sie kurz davor stand, in Ohnmacht zu fallen. Wie durch einen Nebel glaubte sie hinter ihm jemanden zu sehen. Dann senkte sich ein schwarzer Vorhang über ihre Augen, und sie konnte nichts mehr sehen. Sie spürte nur Finger, die ihr wie Steine des Zorns die Kehle zudrückten.

Sie hörte einen dumpfen Aufprall, dann ein Zucken. Etwas traf ihn. Die Wucht des Hiebs ging durch ihn hindurch und erschütterte sogar sie. Er stöhnte. Sein Griff um ihre Kehle lockerte sich ein wenig, und dann konnte sie wieder sehen.

Er öffnete den Mund, eine schwarze, klaffende Höhle. Sie spürte einen weiteren Aufprall, worauf seine Hände losließen. Sie machte sich frei und kämpfte darum, Luft in die Lungen zu bekommen.

Als er zusammensackte, sah sie über seiner Schulter eine dunkle Gestalt mit erhobenen Armen.

Langsam, wie eine Statue, die von ihrem Sockel gestoßen wird, kippte An nach vorn. Keuchend und vor Atemlosigkeit noch ganz benommen und unbeholfen stolperte Meiling ihm aus dem Weg.

Er lag auf dem Fußboden, wand sich und zuckte. Das Leben wollte aus dem riesigen Körper nicht so schnell entweichen. »Stein«, hörte sie ihn murmeln. »Stein.«

Er wuchtete sich ein wenig auf seinen kräftigen Armen hoch. Sie folgte seinem Blick zu einer kleinen Kommode in der Nähe des Betts. Er versuchte sich vorwärts zu bewegen, schaffte es aber nicht.

Plötzlich reckte er energisch das Kinn vor. »Brauche Stein nicht. Kann nicht sterben.« Er sah Meiling mit Augen an, die sich langsam trübten. »Du kannst nicht töten.«

Die dunkle Gestalt trat hinter ihm hervor und stellte sich neben Meiling. Der Ausdruck auf Ans Gesicht änderte sich sofort. Die Entschlossenheit wich daraus. Der Kiefer erschlaffte. Er verdrehte wild die Augen. »Du?« keuchte er. »Du? Liebe? Du – lieben –«

Die Worte endeten in einem langen Stöhnen.

Seine Arme brachen unter ihm zusammen. Mit einem dumpfen Aufprall fiel er vornüber aufs Gesicht.

Meiling drehte sich um und sah in runde, haßerfüllte Drachenaugen, die sie anstarrten.

Schwarze Jades Dolch wirbelte durch die Luft und sauste auf sie hernieder.

Darius sagte: »Es gibt aber weite Teile des Reichs der Mitte, die dem Kaiser noch ergeben sind.«

Er saß mit zwölf von An Lushans Generälen und Obersten beisammen und aß geröstetes Lamm und trank Wein der Gegend aus Fässern. Ein niedrig brennendes Feuer nahm der Nachtluft die Kühle. Nachdem sie stundenlang getrunken und Geschichten erzählt hatten, hatten die Offiziere Darius als ihresgleichen akzeptiert. Seine Meinung über sie – daß sie alle Verräter waren, die auf der Stelle zu sterben verdienten – behielt er für sich.

Jetzt waren sie dazu übergegangen, über die Erfolgsaussichten der Rebellion zu sprechen.

»Nach morgen wird es nicht mehr darauf ankommen, wem die Leute ergeben sind«, sagte ein Offizier. »Wir nehmen entweder den Kaiser gefangen, oder er wird tot sein. Die Armee wird der Herrscher über das Reich sein.«

»Was wißt Ihr von Prinz Su Chi?« fragte Darius. Es war an der Zeit, diesen Verrätern Kopfschmerzen zu bereiten. »Wir haben nichts von ihm gehört, seit wir Lingnan verlassen haben.«

Ein rundgesichtiger Oberst machte unter einer roten Filzmütze eine besorgte Miene. »Su Chi durchstreift die Nordprovinzen mit einer Armee von Uyghuren. Sie sind so zahlreich wie Sandkörner in der Wüste und lieben es zu kämpfen. Wie wir hören, hat er Loyang zurückerobert und Juchou und Tangchou eingenommen. Im Augenblick weiß niemand, wo sie sich befinden oder wann sie aufkreuzen werden. Die Khitan, die sich uns angeschlossen haben, haben Angst vor ihnen und machen sich Sorgen, sie könnten von ihrem Land abgeschnitten werden.«

Darius hörte nur mit einem Ohr hin. Er konzentrierte sich auf die aufragende, massive Silhouette von Ans Gur in der Ferne.

Es waren jetzt schon Stunden her, seit er sie mit An Lushan alleingelassen hatte. Aus dem Gur war nichts zu hören; kein Lichtschein drang durch die Filz- und Seidenwände. Wenn sein und Meilings Plan funktioniert hatte, mußte sich Ans Leiche schon seit Stunden der Starre nähern.

Wie hatte er Meiling nur in einen solchen Abgrund von Gefahr stürzen können? Kein normaler Mann würde so etwas der Frau antun, die er liebte.

Aber ich bin kein normaler Mann, und sie ist keine normale Frau. Ich bin ein Qinzha wie sie auch.

Seine Ausbildung hatte ihn seit der Kindheit gelehrt, sich nicht an sein Leben zu klammern und auch nicht an das eines geliebten Menschen. Um frei zu sein, ging der Qinzha mit niemand eine Bindung ein und band sich an nichts. Das war das Ideal. Aus diesem Grund hatte der Orden seinen Angehörigen die Ehe verboten, denn sie bot zu viele Versuchungen, sich ans Leben zu klammern. Ma Tsu hatte noch nicht erklärt, weshalb die Äbte in seinem und Meilings Fall die uralten Regeln aufgehoben hatten.

Vielleicht war es keine gute Idee gewesen. Er war fast außer sich vor Sorge. Sein Bedürfnis, sie lebendig und atmend wiederzusehen, ließ seine Brust- und Bauchmuskeln so straff werden, bis sie hart waren wie Eisen.

Wenn sie im Lager des Kaisers einfach auf An Lushan gewartet hätten, wäre Meiling höchstwahrscheinlich sofort umgebracht worden. Nein, sagte sich Darius, ich habe das Notwendige und Richtige getan. Das hielt sein pochendes Herz trotzdem nicht davon ab, ihm fast die Rippen zu brechen. Es war eine Qual für ihn, Stunde um Stunde nur dazusitzen und zu trinken, Konversation zu machen und so zu tun, als könnte er sich in Gesellschaft dieser Marionetten entspannen.

Harte Lederstiefel knirschten über den Erdboden neben ihm. Er blickte hoch und sah lange, dünne, in purpurne Seide gehüllte Beine. Dann sah er in ein Gesicht mit scharfgeschnittenem Kinn, breiten Wangenknochen und tief in den Höhlen liegenden Augen unter einer vorstehenden Stirn. Khalil.

»Habe noch Rechnung zu begleichen, Perser. Ihr Freunde getötet.«

»Jederzeit.« Während die meisten Männer sich anspannen, bevor sie sich in einen Kampf stürzen, ließ Darius den Körper erschlaffen wie eine dösende Katze. Mit seiner Qinzha-Ausbildung war er in diesem Zustand äußerst gefährlich. Er fühlte sich versucht, Khalil zu verhöhnen und ihm zu sagen, dieser werde nicht schwerer zu töten sein als seine beiden Freunde, kam aber zu dem Schluß, daß es reine Energieverschwendung wäre. Er spürte kein besonderes Bedürfnis, gegen Khalil zu kämpfen.

»Jetzt nicht«, entgegnete dieser. »Ihr habt Befehlshaber Dame gebracht. Ihr steht hoch. Ich komme wieder, wenn Euch vergessen. Wenn Ihr mich vergessen habt.«

Darius bemerkte, daß die am Feuer sitzenden Männer vollkommen still und reglos dasaßen. Sie fürchteten sich offensichtlich alle vor Khalil.

»Ich glaube nicht, daß ich Euch nur einen Moment vergessen könnte, Khalil.«

»Gut. Dann fürchten. Erwische Euch, wenn unvorbereitet. Töte Euch. Verstümmele Euch auch. Verstümmele Körper. Mache Beutel aus Eiern, schenken Huren in Changan.«

»Ich mag Überraschungen«, sagte Darius mit einem Lächeln.

Khalil wandte sich ohne ein weiteres Wort ab und verschmolz mit der Nacht.

Die um das Feuer sitzenden Offiziere ließen unisono einen langen Seufzer hören. »Den möchte ich nicht zum Feind haben«, sagte einer. »Als wir in Changan waren, bekam er mit drei Männern Streit. Ich glaube, er hat sie bewußt provoziert.«

»Wahrscheinlich langweilte er sich«, warf ein anderer ein. »Es genügt ihm nicht, zu plündern und Frauen zu vergewaltigen.« Ein unbehagliches Kichern machte sich am Feuer breit.

Der erste Offizier wandte sich an Darius. »Er hat alle drei aufgefordert, ihn gleichzeitig anzugreifen. Einen tötete er auf der Stelle, den zweiten blendete er, und den dritten verkrüppelte er, indem er ihm die Fersensehne durchschnitt. Alles schnell wie ein Blitz. Die beiden Männer, die er nicht getötet hatte, ließ er frei. Er ließ sie in den Straßen Changans herumwandern.«

»Hatten sie keine Freunde, die sich um sie kümmerten?«

»Nachdem klar war, daß Khalil den Tod der beiden Männer wünschte, hatte jeder Angst, ihnen zu helfen. Den lahmen Mann hat er auf einem Karren zum kaiserlichen Park gebracht, in dem der Befehlshaber jetzt sein Vieh grasen läßt. Er erschreckte die Tiere, die sofort durchgingen, und kippte den armen Burschen den Kühen vor die Hufe. Den geblendeten Mann stieß er in eine Jauchegrube, in der er ertrank.«

»Man hätte ihn bestrafen müssen«, sagte Darius. »So behandelt man keine Offiziersbrüder.«

Darüber lachten alle Anwesenden. »Offiziersbrüder! Das ist nicht die kaiserliche Armee«, sagte der Mann, der die Geschichte erzählt hatte. »Es ist An Lushans Armee, und Khalil ist der Stellvertreter des Befehlshabers.«

Die Geschichte widerte Darius an, doch es war auch ermutigend zu hören, wie korrupt und undiszipliniert An Lushans Armee war.

Darius beherrschte seine Furcht und seine Ungeduld und brachte es irgendwie fertig, noch eine weitere Stunde in dieser Gesellschaft zu verbringen. Nach und nach wurde die Gruppe kleiner, da ein Offizier nach dem anderen zu seinem Bett torkelte. Manche hatten Frauen, die sie abholten, ihnen beim Aufstehen halfen und mit ihnen weggingen. Ein Oberst übergab sich, nachdem er auf die Beine gekommen war.

Darius lauschte den Geräuschen, die ihn umgaben. Nächtliche Stille hüllte das Lager ein. Nur noch vier Offiziere saßen mit ihm am Feuer. Darius fragte sich, wer von ihnen die Aufgabe erhalten hatte, ihn im Auge zu behalten. Er stand auf und streckte sich, torkelte bewußt, so daß er fast ins Feuer fiel. »Ich platze gleich«, sagte er mit einem Gähnen. »Ich habe zu lange gewartet.«

»Wo schlaft Ihr heute nacht?« fragte ihn ein General. »Ich habe in meinem Gur noch Platz. Höchste Zeit, daß wir alle ins Bett gehen. Morgen früh steht uns eine Schlacht bevor.«

»Ich muß irgendwo Wasser lassen«, sagte Darius, »dann gehen wir zu Eurem Zelt.«

»Lui wird sich wahrscheinlich dem kleinen Trupp des Kaisers anschließen«, sagte der General. »Und dann werden wir gegen eine Armee kämpfen müssen, die nur halb so groß ist wie unsere und nicht ein Zehntel unserer Stärke hat.« Er brüllte vor Lachen, aber Darius fragte sich, wie betrunken der Mann tatsächlich war.

Darius ging in die Dunkelheit und fand eine Stelle, an der er sich zwischen einem Zelt und der Palisade, welche die Quartiere der hohen Offiziere umgab, erleichtern konnte. Er überlegte kurz, ob er einfach verschwinden und seinen vermeintlichen Gastgeber am Feuer sitzen lassen sollte, kam aber zu dem Schluß, daß das nur Verdacht erregen würde. Also ging er zum General zurück.

General Mo hatte ein kleines, einfaches Zelt ganz für sich und gab Darius eine Decke, in die er sich hüllen konnte. Darius wartete eine Weile, bis er Mos gleichmäßigen Atem hörte, dann stand er leise auf.

»Wohin geht Ihr?« fragte eine Stimme aus der Dunkelheit. Der General hatte also noch kein Auge zugetan.

»Kann es nicht glauben«, sagte Darius und ging leise auf den General zu. »Ich bin doch gerade erst draußen gewesen, muß aber schon wieder.«

»Nun, zufällig muß ich auch raus«, sagte der General. »Kommt schon, wir können uns gegenseitig stützen.«

»Richtig«, erwiderte Darius. Der General war aufgestanden, Darius legte ihm den Arm um die Schulter und fuhr dann mit den Fingerspitzen schnell an die Kehle des Mannes.

»Was macht Ihr da?« Mo versuchte sich frei zu machen, doch Darius fand schnell die Halsarterien des Generals und kniff zu.

»Jetzt werdet Ihr schlafen«, sagte Darius, als er den Mann behutsam zu Boden gleiten ließ. Er hätte ihn genauso leicht töten können, doch die Qinzha töteten nur ungern, wenn es nicht notwendig war. Die leichte Beschädigung der Blutgefäße würde den General bis morgen vormittag bewußtlos machen.

Ans Quartier war nur einen Steinwurf entfernt. Darius hoffte, die Leute dort gelassen vorzufinden und einen leichten Zugang zum Gur des Befehlshabers zu haben. Doch um das große, auf Rädern stehende Zelt hatte man inzwischen frische Fackeln entzündet, um die ganze Umgebung zu erleuchten, und zwei Wachposten flankierten den Eingang.

Darius begann zu singen. Er torkelte in dem von Fackeln erleuchteten Kreis um das Befehlszelt herum und begann laut ein Gedicht von Li Bo zu singen, das das Birnengartenorchester vertont hatte:

Der Östliche Ozean eine Wüste grauen Wassers,
Die hohen blauen Hügel von Lingnan.
Die roten Lippen und tanzenden Finger
Der bezaubernden Frauen von Yin.

Er sang aus vollem Hals, eine wahre Schande für die schönen Verse Li Bos. Er mußte sich vergewissern, daß Meiling ihn hörte – falls sie noch lebte. Er klammerte sich an einen einzigen hoffnungsvollen Gedanken: Falls An die Täuschung durchschaut hatte, hätte er schon längst nach Darius gesucht.

Wie erwartet rannten die beiden Wachposten die Treppe zur Plattform hinunter und ergriffen ihn an den Armen. Er ließ sich von ihnen festnehmen und stand schwankend zwischen ihnen.

»Es ist der Perser«, sagte einer der Wachposten.

»Ich bin nicht mehr Perser als Ihr!« rief Darius in der Hoffnung, daß Meiling ihn hörte.

»Mund halten!« rief einer der Posten. »Der Befehlshaber hat zwei Frauen bei sich. Er wird Euch und uns umbringen, wenn Ihr ihn stört.«

Zwei Frauen?

»Wenn er zwei Frauen bei sich hat«, lallte Darius, »warum gibt er mir dann nicht eine ab?« Er ging ein paar taumelnde Schritte weiter und zog die beiden Posten näher an die Plattform heran. Er hoffte inständig, Meilings Stimme zu hören.

»Hört, ich weiß, daß Ihr General seid«, sagte der Wachposten zu seiner Rechten, »aber wenn Ihr Euch mit Eurem Gesang und Eurem Gebrüll nicht woandershin begebt, werde ich Euch unsanft behandeln müssen. Wenn der Befehlshaber jetzt herauskommt, wird von uns nicht mal mehr Schweinefutter übrigbleiben.«

»General Darius, seid Ihr da draußen?« Die leise Stimme war der süßeste Laut, den Darius je vernommen hatte.

»Ich bin hier, meine Dame«, rief er mit seiner besten Betrunkenenstimme. »Hier bin ich.«

»Der Befehlshaber wünscht Euch zu sprechen, General Darius. Könnt Ihr ihn bitte in seinem Zelt besuchen?«

Darius riß sich von den Wachposten los, die ihren Griff gelockert hatten, und stolperte die Treppenstufen hinauf.

Was hatte das mit einer anderen Frau bedeutet? Im Licht des einzigen roten Lampions sah Darius, daß Meiling ruhig und unverletzt wirkte. Sie war allerdings merkwürdig gekleidet, denn sie hatte eine Männertunika über ihr blaues Reitkostüm gezogen.

Er sah sich im Zelt um und entdeckte eine zweite Frau, die auf dem Podium stand, auf dem er zuletzt An gesehen hatte. Die Vorhänge waren heruntergelassen, als schliefe der Mongole.

»Er ist hier«, sagte die Frau. Als er näher trat, erkannte er Schwarze Jade.

»Ist der Befehlshaber bei guter Gesundheit?« fragte er sie.

Sie grinste. Ihre weißen Zähne blitzten in dem roten Lichtschein. »Wenn er es ist, bin ich eine Närrin. Er ist so tot wie das Hammelfleisch von gestern.«

»Laßt mich ihn sehen.« Als erstes mußte er sich vergewissern, daß An tatsächlich tot war.

Schwarze Jade zog den Vorhang zur Seite, worauf alle drei zugleich das Podium bestiegen. Schwarze Jade hob den Lampion auf und hielt ihn hoch.

Darius starrte den langen, massiven Körper an, der bis zum Kinn zugedeckt war. Die Augen waren halb geöffnet, und der Unterkiefer hing schlaff herunter. Im Tod schienen die beiden Gesichtshälften besser zueinander zu passen als im Leben. Darius zog die Decke herunter. An trug immer noch das gelbe Gewand des Kaisers. Von einer Stichwunde tief unten auf der Brust war Blut über das Gewand gelaufen. Darius trat ein paar Schritte zurück, überrascht, daß die tief angesetzte, flache Wunde den riesigen An getötet hatte.

Meiling sagte: »Du kannst nicht sehen, wo Schwarze Jade ihn getroffen hat. Das war es, was ihn tötete. Ich habe nur das getan.« Sie zeigte auf die Brustwunde. »Die konnte ihn aber nicht aufhalten. Er nahm mir einfach das Messer aus der Hand und fing an, mich zu würgen. Ich wäre jetzt tot, wenn Schwarze Jade nicht eingegriffen hätte. Sie kam herein und stach ihn in den Rücken, und der Dolch ging direkt ins Herz. Selbst danach lebte er noch einen Augenblick.«

Darius seufzte. »Es ist nicht leicht, einen Mann zu töten.« An hätte also um ein Haar überlebt und beinahe Meiling umgebracht. Und eine Frau, die mit ihrem Plan überhaupt nichts zu tun gehabt hatte, hatte sie gerettet. Er erschauerte bei dem Gedanken, wie nahe sie einem Fehlschlag gewesen waren. Doch das Selbst hat seine eigenen Pläne. »Warum habt Ihr ihn getötet?« fragte er Schwarze Jade.

Schwarze Jade starrte ihn gebieterisch an. »Als ich nach Changan kam, kam mir keine Frau gleich. Ich war die Erste Dame im Bezirk der Betörenden Blüten, als er auftauchte und mich zu seiner Konkubine nahm. Ich wußte, daß er *sie* wollte, aber ich wußte auch, daß er sie nicht bekommen konnte. Er versprach mir, ich würde im Reich der Mitte die Erste Dame werden. Doch dann heiratete er Li Xi, weil er *ihr* damit näher zu kommen versuchte. Nachdem sie sich umbrachte, war ich wieder seine große Dame. Bis heute abend. Als *sie* auftauchte, wußte ich, daß ich erledigt bin.«

»Wie konntet Ihr das wissen?« fragte Darius.

Schwarze Jade straffte die Schultern und reckte das Kinn in die Höhe. »An hatte mir von seiner Liebe zur Kaiserin erzählt. Als ich glaubte, sie sei zu ihm gekommen, wußte ich, daß er mich nie wieder begehren würde. Khalil sagte, An werde mich wahrscheinlich ihm schenken. Ich will aber nicht wie ein altes Gewand herumgereicht werden, das langsam abgetragen und schäbig wird und das man schließlich wegwirft. Ich bin heute abend in der Absicht hergekommen, Rokshan und *sie* zu töten. Dann fand ich heraus, daß sie nicht die Kaiserin war, sondern gekommen war, um An zu töten.«

Ein Ausruf in einer Barbarensprache ließ Darius herumwirbeln. Er hatte das Gefühl, in Eiseskälte getaucht zu werden, als er Khalil und die beiden Wachposten an der Tür sah. Khalils Schlitzaugen waren geweitet.

»Teufel! Ihr ihn töten!«

Darius spürte, wie etwas in ihm vor Kampfeslust auflachte. Jetzt endlich würde Khalil ihm gehören.

Wie Darius sah, hatte Khalil die Situation schon erfaßt und machte sich bereit zu handeln. Die anderen starrten noch mit aufgerissenen Augen, verblüfft, den Eroberer des Reichs der Mitte tot zu sehen.

Darius erlaubte sich zu warten. Khalil glaubte, den Überraschungseffekt auf seiner Seite zu haben. Doch das würde ihm nichts nützen.

»Schwarze Jade«, sagte Darius. »An Lushans Waffen.«

Als hätte sie mit seinem Kopf gedacht, wirbelte die Tänzerin herum und eilte zu einer Kommode am Kopfende von Ans Bett. Einer der Wachposten zog sein Schwert und rannte hinterher.

Darius fing den Soldaten rechtzeitig ab und versetzte ihm einen schnellen Tritt gegen seinen Schwertarm, wobei seine Stiefelspitze die Innenseite des Arms direkt über dem Ellbogen traf. Dem Wachposten fiel das Schwert aus den plötzlich kraftlosen Fingern, und Darius sprang hinzu und ergriff es. In Sekundenschnelle hatte er es dem Soldaten in die Kehle gestoßen.

Schwarze Jade hatte sich inzwischen mit einem kurzen Speer bewaffnet und warf Meiling einen großen Krummsäbel zu.

Darius sah, daß die beiden Frauen wußten, wie knapp sie dem Tod entronnen waren. Sie bewegten sich gleichzeitig auf Khalil und den zweiten Wachposten zu, der sich aus dem Schlaftrakt des Gurs in den Hauptraum zurückzog.

»Schwarze Hexe!« knurrte Khalil Schwarze Jade an. »Ich mache Stiefel aus deiner Haut.«

Wenn sie es schaffen, den Rest des Lagers zu alarmieren, bedeutet es für uns das Ende. Darius umkreiste die beiden Männer und blockierte die Tür.

Khalil wirbelte herum und stürzte sich auf ihn, wobei er sein langes gerades Schwert in Herzhöhe hielt. Darius parierte Khalils Hieb mit dem Schwert, das er dem Wachposten abgenommen hatte, und einen Sekundenbruchteil später krümmte er sich vor betäubendem Schmerz, als Khalil ihm einen Tritt in den Unterleib versetzte.

Obwohl er vor Schmerzen fast gelähmt war, hielt Darius sein Schwert fest umklammert. Im Fallen trieb er die Schwertspitze in Khalils Schenkel, und der hagere Mongole schrie auf.

Ich wünschte, ich hätte etwas höher getroffen.

Khalil trat fest auf Darius' Handgelenk, so daß dieser das Schwert loslassen mußte. Mit seinem unverletzten Bein versetzte ihm Khalil einen Tritt gegen das Kinn.

Darius wurde zurückgeschleudert und trat, als er hinfiel, mit einem Bein gegen Khalils Fesseln, doch hatte er nicht die Kraft, den Menschen umzuwerfen.

Khalil stürzte sich auf Darius, wobei seine Schwertspitze auf Darius' Hals zielte. Darius rollte sich zur Seite, kam auf die Beine und ergriff Khalils Schwertarm. Khalil wand sich in Darius' Griff, und so standen sie kämpfend einander gegenüber.

Der Mongole zog Darius mit sich auf den Teppich herunter und entwand sich seinem Griff wie eine Schlange. In Sekundenschnelle hatte Khalil Darius die Knie zwischen die Schulterblätter gepreßt, legte ihm beide Hände unters Kinn und zog seinen Kopf nach hinten, wobei er ihn zur Seite riß, um ihm das Genick zu brechen.

Jetzt kam Darius die lebenslange Qinzha-Ausbildung zu Hilfe. Er spannte sämtliche Muskeln im Körper an und versuchte mit aller Kraft, Khalil Widerstand zu bieten. Dann entspannte er plötzlich den Körper und gab dem Druck am Hals nach. Das löste Khalils Griff nur kurz, aber Darius genügte es, um sich loszureißen.

Er drehte sich herum und stieß Khalil die Hand, die er so steif hielt wie eine Messerklinge, in die Kehle. Er fühlte, wie die Luftröhre unter seinen Fingern brach, und sah, wie Khalils Augen sich weiteten, als er nicht mehr atmen konnte.

Er nahm Khalil das Schwert aus der geschwächten Hand und erledigte ihn, indem er ihm die Kehle durchschnitt.

Er wälzte sich unter dem zusammenbrechenden Mongolen zur Seite und sah zu Meiling und Schwarzer Jade hin.

Meiling stand über zwei gestürzten Leibern. Sie hatte Ans große Klinge gegen den Hals des zweiten Wachpostens geschwungen. Sie hatte ihm fast den Kopf vom Rumpf abgetrennt, war aber nicht stark genug gewesen, den Kopf glatt abzuschneiden. Schwarze Jades Speer war durch den ledernen Brustpanzer des Soldaten gedrungen.

Schwarze Jade lag neben dem Soldaten auf dem Rücken und hielt beide Hände auf die Brust gedrückt. Blut rann ihr durch die Finger. Sie sah zu Darius und schüttelte leicht den Kopf.

Er lief zu ihr, hob ihren Kopf hoch und wiegte sie wie ein Kind.

Ihre Augen waren voller Schmerz und Trauer. »Ich möchte so nicht sterben, so weit weg von zu Hause«, sagte sie. »Ich wollte die weiten Ebenen wiedersehen und die Baobab-Bäume, einen Mann aus meinem Stamm heiraten und mit ihm Kinder haben.«

Meiling kauerte sich neben Schwarze Jade hin. »Du hast mir das Leben gerettet. Ich verdanke dir mein Leben.« Tränen strömten ihr über die Wangen.

Darius legte Schwarzer Jade die Hand auf die Stirn. Der Moment des Hinscheidens mußte geehrt werden. Obwohl er noch nicht wieder klar denken konnte, suchte er mühsam nach den Qinzha-Wörtern.

»Dein Körper und Geist sind Wasser, das aus einem Fluß stammt«, sagte er, als der Atem der schwarzen Frau immer mühsamer wurde. »Jetzt werden sie wieder hineingegossen, um weiterzuströmen. Und eines Tages werden sie stromabwärts wieder auftauchen. Du wirst nicht verloren sein. Du wirst für immer ein Teil des Stroms sein.«

Schwarze Jade schloß die Augen, zitterte, kämpfte einen Augenblick und blieb dann reglos liegen.

Darius und Meiling standen auf. Meiling lehnte sich gegen ihn. Ein leiser Schluchzer entrang sich ihrer Kehle.

Darius beugte sich zu ihr, sah ihr in die Augen und wischte ihr die Tränen von den Wangen. »Du hast dich gut geschlagen. Jetzt müssen wir von hier verschwinden.« Er nahm ihr den großen Krummsäbel aus der Hand und ging wieder zum Schlafraum zurück. Er hob den Säbel mit beiden Händen hoch in die Luft und ließ ihn dann auf An Lushans Hals heruntersausen. Ans Kopf rollte zur Seite, und Darius hob ihn an dem langen Haar hoch. »Der Stein«, sagte er energisch und streckte Meiling die Hand entgegen.

Ihr verblüffter Gesichtsausdruck brachte ihn zur Besinnung. Natürlich wußte sie nicht, was sie in all den Jahren bei sich getragen hatte. »Das Amulett«, sagte er etwas sanfter.

Meiling griff mit großen Augen unter ihre Offizierstunika. Darius sah, daß ihre Kleidung über der Taille zerfetzt war. Also hatte An versucht, sie zu vergewaltigen!

Meiling hielt Darius den Beutel hin.

Behutsam nahm er ihn ihr ab. Wenn er die Handlungen nicht in der vorgeschriebenen Reihenfolge vornahm, würde der Stein Macht gewinnen, statt sie zu verlieren. Der nächste, der ihn besaß, würde unbesiegbar sein.

Darius zog den Stein aus dem kleinen Seidenbeutel und hielt ihn ins Licht. Es war goldener Bernstein, in den so etwas wie ein kleiner Schädel eingebettet war. Tiefrote Adern schlangen sich um den Schädel wie kräftige Finger.

Der Stein war kühl und ruhig. So mußte er bleiben.

Darius drehte An Lushans Kopf um und hielt ihn in der linken Armbeuge. Mit drei schnellen Bewegungen tauchte er den Stein in Lushans Halsöffnung und rollte ihn dabei jedesmal herum, bis er mit Blut bedeckt war. Dann hielt er Ans Kopf auf Armeslänge von sich, wobei die immer noch offenen Augen nach Norden blickten. In der anderen Hand hielt er den Stein hoch, direkt vor Ans blicklose Augen. »Du bist blinder Stein«, sagte er zu dem Kopf, »und bist im Tode blind.« Er wiederholte den Zauberspruch dreimal, wobei er langsam und mit klarer Betonung sprach.

Nach dem dritten Mal wurde der goldene Stein plötzlich schwarz. Sein Gewicht verdreifachte sich, so daß Darius ihn fester halten mußte, damit er nicht herunterfiel. Vor dem Zelt war ein plötzlicher Windstoß zu hören, und in der Ferne vernahmen sie ein Wehklagen wie von einem sterbenden Menschen oder einem jagenden Wolf. Dann war alles still.

Darius warf den Stein quer durch den Raum. Jetzt war er wertlos. Er sah auf dem Fußboden einen Seidenschal liegen und wickelte den Kopf darin ein. Er reichte das Bündel schweigend der erstaunten Meiling, die ihn mit zitternden Händen entgegennahm.

Dann ging er schnell im Gur herum und kippte die Lampions um, damit das Öl herausfloß. Dann zündete er die Kerze des einen Lampions an, den An Lushan hatte brennen lassen, ging herum und setzte das verspritzte Öl in Brand. »Das sollte sie so lange ablenken, daß wir uns Pferde besorgen und verschwinden können«, sagte er.

Als er und Meiling von der Plattform auf den Erdboden sprangen, dachte er: Ich hätte nie geglaubt, daß wir es schaffen. Ich glaubte, wir würden dabei draufgehen. Das Selbst hat doch mehr Macht, als mir klar gewesen ist.

20

Die gelbe Schärpe

Wer beherrscht, was über die Vergangenheit geschrieben worden ist, beherrscht die Gegenwart und die Zukunft.

Aus der »Geheimen Geschichte der Tang« von Yang Kaizhi

Die Marmorstufen waren in einem steilen Winkel in den Hügelabhang eingesetzt. Guei Fei zwang sich, schnell hinaufzusteigen. Sie hatte Angst, aufgehalten zu werden, wenn jemand sie sah. Sie betete im stillen, daß der Priester, der sich um den Tempel der Guanyin kümmerte, schon bei der Arbeit auf seinen Feldern am Fuß des Hügels war.

Sie fürchtete sich aber auch davor, daß ihre Entschlossenheit sich auflösen würde wie Talnebel unter der heißen Sonne, wenn sie langsamer wurde oder stehenblieb, um nachzudenken oder die zarte Schönheit des Tagesanbruchs in sich aufzunehmen. Sie wußte, was ihr Geist beschlossen hatte. Sie wußte aber nicht, ob ihr Körper diesen Befehl auch ausführen konnte.

Doch es mußte sein. Und es mußte jetzt sein. Sie würde nur diese eine Chance haben. Der Tod stand unmittelbar bevor. Wenn sie ihren Willen nicht aufrechterhalten und ihre Hand nicht zwingen konnte – ihre eigene weiße Hand – zu handeln, würden andere an ihr und Longji handeln. Sie würden noch heute sterben. Sie würden durch die Hände der aufsässigen kaiserlichen Gardesoldaten sterben. Oder An würde sie gefangennehmen – was noch schlimmer wäre.

Sie kam am oberen Ende der Treppe an, blieb auf der steinernen Plattform stehen und sah hinunter. Eine kleine Gestalt am Fuß des Hügels bewegte sich langsam an Reihen hellgrüner Bohnenpflanzen entlang. Sie erkannte den Priester. Vermutlich versucht er, die Bohnen noch vor der Schlacht zu pflücken, dachte sie. Sie verspürte Erleichterung und Bedauern zugleich. Niemand würde sie von dem abhalten, was sie vorhatte.

Unten in dem Lager am Fluß bewegten sich Menschen unter den langen, nach Westen zeigenden Schatten der Zelte. In der Mitte des Lagers funkelte der goldene Phönix auf seiner blauen Standarte in den ersten Strahlen der aufgehenden Sonne. Mit der Ermordung Engers hatte die Garde ewige Schande über dieses Banner gebracht. Teurer Bruder!

Weiter westlich lag noch immer die Nacht auf den grünen, terrassierten Hügeln und den gefurchten Tälern Chiennans. An dem dunklen westlichen Horizont funkelte ein großer Halbmond aus Lagerfeuern wie Sternschnuppen. Das mußte General Luis Armee sein. Sie waren näher, als sie angenommen hatte. Die Armee würde aber immer noch fast einen ganzen Tag brauchen, bis sie Longjis Lager erreichte. Sie fragte sich, ob die Nachricht davon sie noch rechtzeitig erreichen und noch etwas zum Guten wenden würde.

Ich tue alles, was ich kann.

Die Sonne war am Himmel aufgestiegen und hing als roter Ball im Osten. Im Nordosten verdunkelte eine Wolke aus rötlichem Staub den Horizont. Es sah aus wie ein langer roter Fluß.

Der Große Weg ist ein glitzernder Strom.

Die aufgehende Sonne erleuchtete die Ränder der Staubwolke. Das konnte Ans Armee sein. Bedeutete der Staub, daß er schon vorrückte? Er war schon immer ein ungeduldiger Mann gewesen.

Wenn An vor Lui Longji erreichte, welchen Zweck hat dann dies? Wenigstens werde ich An dann entkommen sein.

Doch sie hoffte, daß General Lui gegen An marschierte, daß er gegen ihn kämpfte und ihn besiegte. Dann wäre Longji gerettet. Der Thron würde wieder ihm gehören. Das war es, was sie wollte. Dann hätte sich dies gelohnt.

Ich werde nicht die einzige sein, die heute stirbt, überlegte sie. Ich werde in Begleitung Tausender von Seelen in die andere Welt eingehen. Vielleicht werden sie auf der anderen Seite erkennen, daß sie sich in mir geirrt haben.

Oder vielleicht würden diese Tausende sie in der nächsten Welt umringen und ihr ihre Vorwürfe ins Gesicht schreien und ihr die Schuld an ihrem Tod geben. Bei diesem Gedanken erschauerte sie. Das durfte sie nicht denken. Es würde ihre Entschlossenheit schwächen, und jetzt brauchte sie mehr als je zuvor in ihrem Leben Mut.

Geh weiter in den Tempel. Du darfst es dir nicht noch einmal überlegen.

Sie wandte sich um und näherte sich der Tempeltür. Ein heller Balken aus Sonnenlicht erstreckte sich vom Eingang ins Innere des Tempels und erleuchtete den Altar und die Statue am hinteren Ende. Die getünchten Wände und die schmalen Fenster blieben im Dunkeln. Guanyins bleiches Gesicht trug den Ausdruck einer fürsorglichen Mutter. Ihre vier Arme waren ausgestreckt, um die Besucherin zu umarmen und deren Schmerz zu empfangen. Die Engel in ihrer Aura lächelten einladend.

An die Wand hinter Guanyin waren viele weitere Arme gemalt: die tausend Arme, mit denen sie der Menschheit ihr Mitgefühl verlieh. Es sah aus, als wüchsen die Arme aus der Statue.

Guei Fei ging langsam durch den Tempel, wobei ihre Seidenschuhe auf den Bodenfliesen leise kratzten. Sie hörte dieses Geräusch zum letzten Mal. Was war besser: zu wissen, daß das Ende nahe bevorstand, oder zu sterben, wenn man es nicht erwartete, wie Vater?

An den Wänden waren Bänke aufgereiht. Guei Fei sah nach oben und entdeckte, daß die Deckenbalken unter dem spitzen Dach des Tempels so niedrig waren, daß sie sie vom Fußboden aus fast mit den ausgestreckten Armen erreichen konnte. Sie zog eine Bank unter einen Balken und setzte sich.

Langsam löste sie die gelbe Schärpe von ihrer Taille. Es war die Schärpe, die Longji ihr vor vier Jahren geschenkt hatte, als sie erfuhr, daß sie nie Kinder haben würde. Als sie am Morgen beim ersten Vogelruf an seiner Seite aufgestanden war, hatte sie ihn angesehen und friedlich schlafend vorgefunden. Als sie sein glattes, ruhiges Gesicht betrachtete, hatte sie sich die Schärpe mit einem Knoten um den Leib geschlungen, der Liebende von Angesicht zu Angesicht hieß. Sie spürte, wie sich auch ihr Herz verknotete, als sie daran dachte, was er beim Aufwachen entdecken würde.

Jetzt löste sie den Knoten. Am Saum der Schärpe war das Gedicht, das er geschrieben hatte, von Li Xi mit ihren schönen Stichen gestickt. Sie hatte es schon so viele Male gelesen, daß es in ihr Gedächtnis eingebrannt war, doch jetzt las sie es noch einmal. Schöne Verse, die sie als ein Füllen priesen, als eine Blume. Schöne Verse, die mit den Worten endeten:

> Hügel, übereinandergetürmt,
> Bis sie den Himmel erreichen
> Und den Fußboden am Hof
> Des Jade-Kaisers durchstoßen.
>
> So hoch stelle ich dich
> In der Welt, die mir zur Herrschaft anvertraut ist.
> Mehr brauchst du nicht zu tun,
> Um die Erhabenste zu sein.

Was für ein schöner Schluß!

Eine Träne fiel auf die Schärpe und befleckte den weißen Satin, der den Goldfaden umgab.

Sie hatte sich entschlossen, es im gleichen Tempo zu tun wie irgendeine gewöhnliche Aufgabe, weder übereilt noch langsam und zögernd. Obwohl sie sich keineswegs zur Eile gedrängt fühlte. Doch verlängern durfte sie es auch nicht. Denn was war schon ein Augenblick mehr oder weniger in dieser oder der anderen Richtung? Sie hatte gelebt. Und jetzt war ihr Leben vollendet.

Sie bewegte die Bank, so daß sie nicht direkt unter dem Balken stand, sondern daneben. Dann kletterte sie hinauf. Es war leicht, das Ende der Schärpe über den Balken zu werfen und sie sicher festzubinden. Ein harter schneller Zug: Ja, sie saß fest.

Sie beschloß, das Gesicht nach außen zu wenden, der Welt zu, statt nach innen zum Altar des Tempels. Sie hatte immer nach vorn geblickt und nie zurück. So wollte sie es auch jetzt halten.

Sie verbeugte sich vor Guanyin.

Es tut mir leid, es in deinem Tempel zu tun. Es ist das einzige Gebäude in der Gegend, in dem ich sicher sein kann, daß mein Vorhaben nicht vereitelt wird. Ich bete darum, daß es keine Entweihung sein möge. Es ist für mich die einzige Möglichkeit, der Ermordung oder einer Vergewaltigung zu entgehen. Ich wünsche nicht, so zu sterben. Ich bitte dich in deiner allumfassenden Barmherzigkeit, mich zu empfangen.

Sie drehte sich um. Sie stand jetzt auf der Bank und blickte durch die Tür auf das Lager. Sie schlang sich die Schärpe um den Hals und fragte sich, welche Art Knoten wohl am besten wäre. Für verurteilte Verbrecher wurde ein besonderer Knoten benutzt, doch sie hatte keine Vorstellung, wie er aussah. Schließlich ging es um etwas, wonach man einen erfahrenen Menschen nicht um Rat fragen konnte. Sie stieß ein kleines Lachen aus.

Mein letztes Lachen.

Sie entschied sich für einen Schleifknoten. Sie fand es unangenehm und schwierig, die Schärpe unter dem Kinn zu verknoten, um den Knoten dann in den Nacken gleiten zu lassen und festzuziehen. Sie fragte sich, ob es weh tun würde.

Nein, es wird so sein, als würde ich den Atem anhalten und dann in Ohnmacht fallen. Es wird so sein, als nähme ich das weiße Pulver. Ich werde einfach hinübergleiten. Ich werde bewußtlos sein, bevor es weh tut.

Sie hoffte, damit recht zu haben.

Sie stand auf der Bank mit der Schärpe über dem Kopf und sah durch die Tempeltür hinaus auf den erwachenden Tag. Plötzlich wollte sie auf der Stelle innehalten.

Ich bin erst achtundzwanzig Jahre alt. Ich habe noch so viel Leben vor mir.

Die Sonne, die jetzt höher stand und heiß glühte, erfüllte den Tempeleingang mit einem blendenden Licht. Es würde ein warmer, heller Tag werden. Doch sie würde nichts davon wissen.

Sie konnte schnell die Schärpe vom Hals lösen, von der Bank herunterklettern und ins Lager zurückgehen. Sie konnte Chu Ling als Begleiter und Beschützer mitnehmen. Sie würden sich Pferde nehmen, und bevor jemand wußte, was geschah, würden sie über die grünen Felder und Hügel Chiennans nach Westen reiten und nie mehr gesehen werden.

Als sie dastand und sich ihre Flucht vorstellte, trieb ein karminroter Dunst am Feuerball der Sonne vorbei. Es war die Staubwolke, die sie im Osten gesehen hatte. An Lushan kam näher. Nur die Armee General Luis konnte den mongolischen Riesen daran hindern, das Reich zu zerstören. Nur Ans Niederlage würde Longjis Thron retten, nur sie konnte die Zivilisation vor dem Barbaren bewahren. Das mußte geschehen.

Eine kalte Erkenntnis kroch ihr unter die Haut. Nach Westen hin gab es kein Entkommen. Sie konnte nirgends Zuflucht finden. An wollte sie haben und würde sie so lange verfolgen, wie er lebte. Er war ihretwegen nach Chiennan gekommen. Er hatte seine gewaltige Armee nicht nur hergeführt, um Longji zu schlagen. Er hielt Changan und hatte Kuo Ting als Strohmann auf dem Kaiserthron eingesetzt. Er hätte in der Hauptstadt bleiben und Longji und dessen restliche Garde einfach ignorieren und seine Armee losschikken können, um das übrige Reich der Mitte zur Unterwerfung zu zwingen.

Sie erinnerte sich an seine Arme, die sie umschlungen hielten und so hart waren wie Stein. Sein Wille gegen ihren. Seine schwarzen Augen, die sie durchbohrten wie Messerklingen.

Er würde sie verfolgen, bis er sie hatte.

Nein! Dazu sage ich nein.

Jetzt!

Sie trat von der Bank herunter. Die Satinschärpe straffte sich um ihren Hals und riß ihren Kopf zurück. Die Sonne blendete sie und schien ins Ungeheure zu wachsen und ihr die Augen zu verbrennen. Sie hatte nicht daran gedacht, vorher noch Luft zu holen, und jetzt konnte sie nicht mehr atmen. Sie wartete auf die Bewußtlosigkeit und zwang die Hände, an den Seiten zu bleiben und nicht nach dem Band zu greifen, das ihr die Kehle zuschnürte, bemühte sich, nicht nach Luft zu ringen, versuchte, keine Angst zu haben.

Ihr Körper drehte sich langsam, wobei das heiße Sonnenlicht darauf fiel. Sie blickte jetzt ins Innere der Höhle und sah, wie ihr

Schatten das freundliche Gesicht der Guanyin verdunkelte. Mit letzter Kraft zwang sie ihre jetzt herumrudernden Arme nach unten.

Der Große Weg – ein glitzernder Strom –

Die Dunkelheit vertiefte sich, bis sie nicht mehr sehen konnte.

Schreie weckten Longji. Er richtete sich auf dem großen Bett auf. Etwas stimmte nicht. Irgendwo vor seinem Zelt schrie eine Frau.

Guei Fei sollte da sein. Wo war sie? Er versuchte aufzustehen, taumelte jedoch und fiel wieder aufs Bett.

Gao Lishi erschien mit blassem Gesicht und reichte Longji den Arm.

»Was ist los?« fragte Longji. »Ich möchte hinausgehen.«

»Ja, ja, Strahlender Kaiser«, murmelte Gao Lishi.

»Wo ist die Kaiserin?«

Gao Lishi gab keine Antwort. Longji erinnerte sich dunkel, daß er kurz vor Tagesanbruch etwas mit Guei Fei gemacht hatte. Sie sollte hier sein. Wie spät war es jetzt? Er sah alles verschwommen. Er konnte nicht sagen, ob es Tag war oder Nacht. Auch in seinem Kopf verschwamm alles. Er suchte in seinem Gedächtnis. Es kam ihm vor, als durchstöberte er ein Schiff unter Wasser. Da war etwas, etwas Wichtiges...

Ich habe Gift genommen. Kein Wunder, daß ich nicht denken kann.

Bin ich tot? Ist dies die nächste Welt? Warum sieht sie genauso aus wie die, die ich verlassen habe? Bin ich nicht tot?

Gao Lishi schob die Zeltöffnung zur Seite. Longji trat in das Sonnenlicht hinaus, das ihn vorübergehend blendete. Das Schreien war jetzt viel lauter. Er blickte über die offene Fläche vor seinem Zelt und sah eine Prozession auf sich zukommen.

Die schreiende Frau, deren pinkfarbenes Gewand zum Teil gelöst war und deren Haar offen um ihre Schultern fiel, war Yang Qen, Guei Feis Mutter. Sie lief hinter einem Mann her, den Longji als den Priester des Tempels der Guanyin auf dem nahegelegenen Hügel erkannte.

Das orangefarbene Gewand des Priesters flatterte im Wind, als er näher kam. Seine lose sitzenden Sandalen wirbelten Staub auf. Dabei waren Yang Qens unablässige Schreie zu hören. Das glattrasierte Gesicht des Priesters war ernst. Sein haarloser Schädel glänzte im Sonnenlicht.

Er trug den Körper einer Frau. An der Art, wie ihr Kopf über seinen Arm herabhing und wie der Arm mal hierhin, mal dorthin schwankte, als der Priester näher kam, konnte Longji erkennen, daß kein Leben mehr in dem Körper war.

Chu Ling eilte herbei, nahm die baumelnde Hand und legte sie der toten Frau ehrerbietig auf die Brust. Longji sah ein gelbes Satinband, das zusammengerollt auf der Brust der Frau lag. Chu Ling kehrte um und ging neben dem Priester her, und Longji sah, daß die Wangen des Eunuchen naß vor Tränen waren. Auf der anderen Seite ging Ma Tsu. Das gewohnte feine Lächeln des Qinzha-Abts war verschwunden; sein Gesicht war jetzt genauso ernst wie das des Priesters.

Und Yang Qen, die neben Ma Tsu herlief, schrie immer noch und warf die Arme zum Himmel hoch. Alle gingen auf den Kaiser zu. Hinter dem Priester folgten Hunderte und Aberhunderte von Gardesoldaten.

Longji verfluchte den Nebel, den Guei Feis weißes Pulver in seinem Gehirn zurückgelassen hatte und der sich noch immer nicht lichten wollte. Er verstand nicht, was hier vorging.

Sollte ich nicht tot sein? Wo ist Strahlender Edelstein? Haben wir nicht zusammen Gift genommen?

Die Prozession, die auf ihn zukam, hielt an, als General Chen zu dem Priester schritt. Er hob das rote Seidentuch vom Gesicht der toten Frau, doch dabei trat er so vor sie hin, daß Longji sie nicht erkennen konnte.

Chen trat zurück und ließ das Tuch wieder auf das Gesicht fallen. Er wandte sich ab, und Longji sah, daß er sich auf die Unterlippe biß. »Ich werde General Lui einen Kurier schicken«, murmelte er. Als er von dem Priester wegging, stürzte sich Chu Ling auf ihn, doch Ma Tsu packte Chu Ling, flüsterte ihm etwas zu und schob ihn zur Seite.

Der Priester ging weiter. Und jetzt sah Longji, daß der Leichnam, den er trug, in eine blaßblaue Seidenjacke und Hosen gekleidet war, die mit kleinen roten Quittenblüten bestickt waren.

Sie hatten sich angekleidet, bevor sie Gift nahmen, und Strahlender Edelstein hatte diese Jacke und diese Hosen angezogen.

Sein Herz blieb stehen. Er hielt sich die Hand auf die Brust. Als er vornüberstürzte, sah er, wie Ma Tsu auf ihn zulief.

Das Bewußtsein kam mit dem Geräusch leiser Stimmen wieder. Er lag auf einem Bett und roch den vertrauten Kiefernduft des Lagers, das er mit Guei Fei geteilt hatte, seit sie Guilin verlassen hatten.

Guei Fei!

Er richtete sich plötzlich auf, schlug die Augen auf, doch dann verdunkelte erneut eine Welle von Benommenheit alles. Er spürte Hände auf sich, die ihn behutsam niederdrückten.

»Langsam, Strahlender Kaiser, langsam. Laßt Euren Sinnen Zeit, wieder zu sich zu kommen.«

Er schlug die Augen auf und sah, wie Ma Tsu sich über ihn beugte. »Guei Fei ist tot?« flüsterte Longji.

»Sie ist tot«, bestätigte Ma Tsu. »Sie hat sich das Leben genommen.«

Irgendwo in der Ferne konnte er das Wehklagen Yang Qens hören. Über sich sah er, wie die Morgensonne das Seidendach des Zelts erleuchtete. Er richtete sich auf dem Ellbogen auf und stand langsam auf. Er fühlte einen eisernen Ball in seiner Brust, der langsam in ihm aufzusteigen und ihm die Kehle zu füllen schien und ihn ersticken ließ. Dann zerplatzte der Ball und wurde zu einem Schluchzen. Longjis Lippen bebten, und er zog die Knie hoch, preßte den Kopf darauf und ließ den Tränen freien Lauf. Es verging eine lange Zeit, bis er wieder sprechen konnte. »Ich verstehe nicht, was geschehen ist.«

Er stand auf und ging quer durch das Zelt zum Leichnam von Strahlendem Edelstein, der auf einigen Decken lag. Ein Kreis von Menschen kniete um sie herum: der Priester aus dem Tempel der Guanyin, Guei Feis Vetter Kaizhi, die Eunuchen Gao Lishi und Chu Ling sowie Guei Feis Mutter Yang Qen. Longji streckte die Hand aus und zog den roten Schal von ihrem Gesicht.

Ma Tsu ergriff seinen Arm. »Es ist besser für Euch, wenn Ihr es nicht seht. Sie hat sich erhängt.«

Ein Messer schien sich in ihm zu drehen. Er schüttelte jedoch die Hand des Abts ab und zog den Schal zur Seite.

Er sah das bleiche Gesicht, dessen Mund zu einem winzigen O geöffnet war. Der Hals war in einem seltsamen Winkel verrenkt. Die Gesichtszüge hatten etwas Vertrautes, waren aber dennoch fremd. Er hatte es noch nie gesehen. Es war nicht Guei Fei. Es war nicht –

Er fiel auf die Knie, faltete die Hände auf dem Schoß und schüttelte den Kopf. »Ich verstehe nicht«, sagte er erneut mit leiser, tonloser Stimme. »Wir wollten gemeinsam sterben. Sie hat mir Pulver aus ihrem Zelt gebracht und es mit dem Wein vermischt. Jetzt fällt es mir wieder ein. Sie hat nicht getrunken.«

Ma Tsu sagte: »Als Ihr – äh – vorhin vor Eurem Zelt hinfielt, Strahlender Kaiser, steckte ein Blatt Papier in Eurer Hand. Ich habe es aufgehoben.« Er hielt Longji das violette gefaltete Blatt hin, der es mit einer Hand an sich nahm, die dazu fast zu schwach war.

Qen sagte dumpf: »Ein weißes Pulver. Manchmal fiel es ihr schwer einzuschlafen. Ihr Vater hatte ihr von einem Alchimisten ein weißes Pulver gekauft. Nachdem sie Euch geheiratet hatte, nahm sie es nur noch selten. Doch gestern abend kam sie zu uns ins Zelt und nahm es aus einer Truhe.«

»Ein Schlafpulver? Sie gab es mir und nahm es selbst nicht. Aber warum?«

Ma Tsus breiter Finger tippte behutsam auf das Papier. »Vielleicht ist diese Nachricht von ihr.«

Qen sagte: »Ich habe dieses Blatt gestern abend gesehen. Als Guei Fei kam und das Pulver holte, setzte sie sich hin und schrieb etwas darauf. Sie faltete das Blatt zusammen und nahm es mit.«

Mit großer Anstrengung faltete Longji das Blatt auseinander. Er erkannte Guei Feis Handschrift sofort.

»Geliebter –

vergib mir, daß ich Dich getäuscht habe. Es ist das einzige Mal, daß ich es je getan habe. Es war für mich die einzige Möglichkeit sicherzustellen, daß ich sterbe und Du am Leben bleibst.

Ein Traum hat uns zusammengeführt. Ich und mein teurer Bruder träumten davon, auf wie vielfältige Weise das Reich besser verwaltet werden und sein Volk zu größerem Wohlstand gelangen könnte. Wir träumten von den Tagen der Weisen Kaiser. Und als ich Dir begegnete, entdeckte ich, daß dieser Traum auch Dich erfüllte.

Es mag sein, daß Enger und ich Fehler gemacht haben, die zu diesen schrecklichen Zeiten geführt haben. Wir kehren nun nicht zu den Tagen der Weisen Kaiser zurück, sondern in die schreckliche Zeit der Streitenden Reiche. Millionen werden sterben, Städte werden aufgegeben werden, Bauernhöfe werden brachliegen, und die Künste werden verkümmern. Doch Du weißt, daß wir all das nie beabsichtigt haben.

Nur Du kannst das Reich retten. Nur für Dich werden die Generäle zusammenkommen und gegen die Rebellen kämpfen, nur für Dich werden die Beamten sich zusammentun und das Reich verwalten. Du bist der Sohn des Himmels. Du hältst das Mandat des Himmels.

Du wolltest mit mir sterben. Aber, Geliebter, Du mußt leben. Dein Leben gehört nicht Dir. Du kannst es nicht aufgeben, wann Du es wünschst. Es gehört dem Himmel.

Mein Leben gehört auch dem Himmel. Und der Himmel hat darum gebeten. Wenn ich mein Leben aufgebe, werden sie nicht sagen, ich hätte das Reich zerstört. Sie werden sagen, ich hätte es gerettet.

Du mußt leben, mein Geliebter. Denk an die unzähligen Menschen, deren Leben davon abhängt, daß das Reich wieder geeint wird. Lebe, Geliebter, für das Reich und für mich. Nur wenn Du noch einmal den Drachenthron besteigst, hat mein Tod einen Sinn.

Die Buddhisten sagen, daß wir sterben, um immer von neuem eine Wiedergeburt zu erleben. Sollten Du und ich ein würdiges Leben geführt haben, bete ich dafür, daß unsere Belohnung darin besteht, daß wir als ein Bauer und dessen Frau wiedergeboren werden, damit wir nur einander gehören.

Dein Strahlender Edelstein.«

»O ihr Götter!« rief er aus und ließ den Brief auf den Teppich fallen. Unbeherrschbares Schluchzen überwältigte ihn. Er warf sich neben ihrem Leichnam zu Boden und überließ sich seiner Trauer, die seinen Körper packte wie ein Adler, der an einem kleinen Beutetier reißt.

Nach langer Zeit, als sämtliche Tränen in seinem Körper vergossen waren und er geschluchzt hatte, bis er keine Stimme mehr hatte, richtete er sich langsam auf. Es war dunkel im Zelt. In seiner Seele war es genauso dunkel. Das Licht, das ihre Liebe einmal gewesen war, die im Kern seines Wesens gestrahlt hatte, war ausgelöscht worden.

Ma Tsu kniete neben ihm und sah ihm in die Augen. Er schien darauf zu warten, daß Longji sprach.

»Ich verstehe, warum sie mich verlassen hat«, sagte er langsam. »Sie hat es getan, um meinen Thron zu retten. Aber ohne sie bedeutet mir der Thron nichts. Ich kann nicht weiterregieren. Ich möchte nicht in einer Welt leben, die dem Leben einer so weisen, so schönen, so tapferen Frau ein Ende machte. Ich möchte dorthin gehen, wohin sie gegangen ist.« Er warf einen Blick auf die reglose Gestalt auf den Decken und sah wieder mit brennenden Augen zur Seite.

Ma Tsu sagte: »Sie hat sich die allergrößte Mühe gegeben, Euch davon abzuhalten. Wenn Ihr ihr wahrhaft Ehre erweisen wollt, wollt Ihr dann nicht ihren Tod bewirken lassen, was sie sich wünschte?«

Longji seufzte und nahm Guei Feis Brief an sich, faltete ihn sorgfältig zusammen und ließ ihn unter seinen Kragen gleiten, damit er ihn an der Brust fühlen konnte. »Ich habe immer getan, was sie wollte«, sagte er.

Plötzlich ließ sich Yang Qens Stimme von der anderen Seite des Zelts her vernehmen. »Was habe ich Böses getan? Warum bestrafen die Götter mich so? Mein Mann wurde ermordet. Meinem Sohn hat man den Kopf abgeschlagen. Meiling ist verschwunden. Und jetzt Guei Fei. Warum muß ich erleben, daß jeder, den ich liebe, getötet wird? Hat denn niemand Erbarmen mit mir und tötet mich?«

Der Knabe Kaizhi legte der weinenden Frau die Arme um die Taille und sagte: »Du hast immer noch mich, Großtante.«

Longji kniete neben Yang Qen nieder und nahm sie in die Arme. »Und mich hast du auch noch, Mutter. Solange wir beide leben, werde ich für dich sorgen.«

Qen klammerte sich an ihn. »Oh, es hat keinen Sinn, es hat keinen Sinn«, rief sie immer und immer wieder.

Vielleicht hat sie recht, dachte Longji. Wir haben uns so sehr bemüht, das Reich zum Besseren zu verändern, aber was ist mit uns geschehen?

Er wollte sterben. Er wollte seine Seele für eine Wiedergeburt befreien, damit er Guei Fei in einem anderen Leben wiedersehen konnte. So wie sie gesagt hatte, würden sie wieder zusammenleben, aber einfach, als Bauern. Sie würden einander nachts umschlungen halten und einander am Tag helfen. Sie würden keine Träume haben, die über sie selbst hinausgingen. Sie würden Kinder haben, viele Kinder.

Die Tür zu diesem Leben war schmal. Es würde vielleicht Schmerz auf ihn warten. Aber konnte der Schmerz schlimmer sein als die Leere, diese nagende Trauer? Nur einige Augenblicke des Schmerzes und dann Erlösung...

Doch sie hatte einen Kaiser geliebt, einen Mann, der sich danach sehnte, die Pflichten seiner Stellung in einer Weise zu erfüllen, die allen zugute kam. Konnte sie einen feigen Selbstmörder lieben, der sich vor seinen Pflichten drückte? Würde sie auf ihn warten, wenn er durch diese schmale Tür ging, oder wäre sie dann schon verschwunden und unerreichbar geworden, vertrieben durch seine Schwäche angesichts von Schmerz? Würde sie sich für immer von ihm trennen, weil er ihr Opfer zum Gespött gemacht hatte?

Nein. Guei Fei durfte nicht umsonst gestorben sein. All ihre großartige Vitalität, all ihre Träume von einer besseren Welt durften nicht mit ihr sterben. Sie hatte zwar keine Kinder gehabt, aber von einem guten Leben für alle Kinder geträumt. Solange ihr Traum lebte, würde sie nie wirklich tot sein. Und folglich würde er dafür sorgen, daß sie ewig lebte.

Der Vorbeimarsch von Luis Armee würde Stunden dauern. Doch Longji, der in seinem gelben Staatsgewand auf dem goldenen Thron saß, würde bis zum letzten Augenblick ausharren. Der von vier Pfosten getragene Dachhimmel schützte seinen Kopf vor der Sonne. Sein Thron war so aufgestellt, daß er nach Süden blickte, kurz vor der niedrigen Terrassenmauer um den Tempel der Guanyin. Da dies der höchste Hügel der ganzen Region war, hatte er eine vorzügliche Sicht, die sich Dutzende von Li in allen Himmelsrichtungen erstreckte. Er war froh, den Schrein nicht ansehen zu müssen, denn immer wenn er ihn sah, krampfte sich sein Herz vor Trauer zusammen.

Unter ihm, neben dem Fluß, der sich nach Chengdu schlängelte, strömte ein Fluß aus Stahl nach Osten – General Lui Mon Lims Armee der Westregion. Aufblitzendes Sonnenlicht auf Helmen und Rüstungen blendete ihn immer wieder. An der Spitze ritten zehntausend Kavalleristen mit Federbüschen an den Helmen; die Köpfe ihrer Pferde waren mit Stahl bedeckt und mit Federn geschmückt. Als jede Einheit von hundert Mann vorbeiritt, zwanzig Reiter breit und fünf lang, hoben die Soldaten wie ein Mann ihre langen Kavallerieschwerter und salutierten vor dem Kaiser.

Als Longji nach Westen blickte, sah er, wie die Infanteriekolonnen hinter der Kavallerie vorrückten. Mit Speeren bewaffnete Männer wechselten mit Bogenschützen in Hundert-Mann-Einheiten ab. Obwohl sie noch fern waren, spürte Longji, wie die Erde unter ihren rhythmischen Schritten erzitterte. Vierzigtausend von ihnen würden ihn schon bald begrüßen und im Vorbeigehen ihre Speere und Armbrüste hochhalten.

Zwischen Luis Reitern und seiner Infanterie kamen die fünftausend verbliebenen Reiter der kaiserlichen Garde unter ihren blauen Standarten mit den goldenen Phönix-Vögeln. Als er sich erinnerte, wie sie den Tod der Yang gefordert hatten, überlief es Longji kalt, als er sie sah. Er stählte sich jedoch gegen diese Gefühle und beobachtete sie beim Vorbeireiten.

Meine Armee. Er hielt sich aufrecht in seinem Stuhl und starrte wie eine lebende Statue auf sie hinab. Sie würden härter kämpfen, weil sie ihn hier gesehen hatten. Wenn alles nach Recht und Gesetz zugegangen wäre, müßten Kaiser und Kaiserin jetzt hier Seite an Seite sitzen und ihre Armee betrachten, die in den Kampf zog. Doch die Kaiserin war tot.

Seine Seele war mit ihr gestorben. Und die Zukunft des Reichs der Mitte stand auf dem Spiel.

»Was für ein Anblick«, sagte er zu Ma Tsu. »Doch An hat doppelt so viele Männer. Und er ist vielleicht ein besserer General als Lui. Die Araber haben Lui geschlagen.«

»Jeder vierte von Luis Kavalleristen ist ein arabischer Söldner«, erwiderte Ma Tsu. »Viele von ihnen genau dieselben, die unsere Truppen am Talas-Fluß besiegt haben.«

»Wie ich annehme, ist das schon ein Trost«, sagte Longji. »Sind diese Araber wohl glücklich darüber, daß die Kaiserin sich getötet hat? Was meint Ihr? Glaubt Ihr, daß sie überhaupt wissen, wer sie gewesen ist?«

Ma Tsu zögerte eine Zeitlang mit der Antwort. Schließlich sagte er: »Nein, aber wenn Dame Yang dies beobachtet, wo immer sie sein mag, wird sie glücklich sein, daß sie hier sind.«

»Vielleicht wird der Himmel uns heute den Sieg schenken, selbst wenn die kaiserliche Armee zahlenmäßig unterlegen ist, weil wir diesen hohen Preis bezahlt haben. Doch der Preis war zu hoch.«

Ma Tsu sagte: »Sie hat den Preis nicht für zu hoch gehalten.« Seine Worte waren hart, doch seine Stimme war freundlich.

Longji blickte nach Osten. Am Horizont wurde ein riesiger Bogen von einer langen roten Wolke verdunkelt. Der Rest des Himmels war wolkenlos. Das mußte folglich Ans Armee sein, die auf dem Weg zur Schlacht mit Lui die rote Erde Chiennans aufwirbelte.

Dieser Anblick wäre Guei Feis letzter gewesen, wie Longji plötzlich aufging. Sie hatten ihren Leichnam mit dem Gesicht zu diesem Tal gefunden.

Tränen strömten ihm über die Wangen. Er versuchte, seinen Tränen Einhalt zu gebieten, an etwas anderes zu denken, im stillen Gedichte zu rezitieren, die Reihen der Soldaten zu zählen. Doch seine Trauer war so tief, daß sie ihn selbst dann durchströmte, als er an andere Dinge dachte.

Er versuchte sich daran zu erinnern, daß er die Statue eines

Kaisers war. Er mußte reglos bleiben. Er durfte die Hände nicht bewegen, um sich die Tränen abzuwischen. Er mußte still dasitzen, ein vollkommenes Standbild eines vollkommenen Herrschers. Er durfte sich nicht in einen Liebenden verwandeln, der sich seiner wilden Trauer hingab, dem man das Herz aus dem Leib gerissen hatte, das jetzt vor seinen Augen dort blutend und roh pochte.

Eine Hand mit einem Tuch tauchte vor seinen Augen auf. Ein Seitenblick sagte ihm, daß es der getreue Gao Lishi war.

Er lächelte durch seine Tränen hindurch. »Du bist immer für mich da, nicht wahr?«

Gao Lishi verbeugte sich. »Immer für Euch da, Strahlender Kaiser.«

Longji dachte an Chu Ling, den anderen treuen Eunuchen. Wie schlimm hatte ihr Tod ihn mitgenommen?

»Wo ist Chu Ling?« fragte er, wobei er starr geradeaus blickte und niemanden direkt ansprach.

Ma Tsu sagte: »Er hat von einem kaiserlichen Gardesoldaten Waffen und Rüstung gekauft und ist mit ihnen hinausgeritten, um gegen An zu kämpfen.«

»Ein Eunuch, der in die Schlacht zieht?«

»Man hat ihn erst recht spät im Leben geschnitten, und das macht einen Unterschied, wie Ihr wißt. Er ist ein beachtlicher Kämpfer. Es könnte sogar sein, daß er die Schlacht überlebt, was für ihn Anlaß zu großem Kummer wäre. Er hofft, im Kampf gegen An zu sterben. Der Dichter Li Bo hat das gleiche getan. Er hat sich von irgend jemandem Waffen besorgt und ist in den Kampf gezogen. Aus dem gleichen Grund – er liebte die Kaiserin.«

»Warum ist ihnen erlaubt zu sterben, mir aber nicht?«

»Jeder von uns muß seine Pflicht tun.«

»Ich tue dies nicht aus einem Pflichtgefühl heraus. Ich tue es für Guei Fei.«

Die Wolke, in der die Rebellenarmee vorrückte, hatte die Mauern und Türme von Chengdu passiert. Longji fragte sich, ob Ans Truppen so schnell vorrückten, daß die Schlacht vielleicht sogar hier im Anblick dieses Hügels stattfand.

Ich kann nicht anders, dachte er. Ich wünsche, daß unsere Seite gewinnt, aber das Hinschlachten jedes Mannes in meiner eigenen Armee, der Guei Feis Tod gefordert hat, würde mir Freude bereiten. An und diejenigen, die auf seiner Seite kämpfen, sind zumindest ehrliche Rebellen, keine Verräter, die ihren Souverän ermorden, während sie loyal zu sein vorgeben.

Er bemerkte zwei schnell vorrückende dunkle Flecke weit vor der Staubwolke. Wer konnte das sein? Kundschafter? Abgesandte, die den kaiserlichen Truppen die Kapitulation anboten? Er konnte in Ans Armee keine einzelnen Reiter unterscheiden, so daß diese Leute den Rebellen mehrere Stundenritte voraus sein mußten.

Als er sie beobachtete, wandte er den Blick gelegentlich der Infanterie zu, die am Fuß des Hügels vorbeimarschierte. Die beiden Reiter waren der eine unerwartete Teil des Bildes, das er vor sich sah. Er wünschte, daß Luis Männer sie nicht mit der Armbrust erledigten, bis er herausgefunden hatte, was sie wollten.

Nach einer Stunde bot ihm Gao Lishi Tee an. Sein Mund war trocken, und sein Gesicht fühlte sich schmutzig an von all dem Staub, den Tausende marschierender Männer aufwirbelten. Er trank zwei Tassen Tee und ließ sich von Gao Lishi dann das Gesicht mit einem feuchten Tuch abwischen.

Die vorderste Reihe von Luis Kavallerie war nur einen Li von den beiden Reitern entfernt. Sechs Männer ritten auf sie zu. Es waren wohl Boten von An, dessen war Longji sicher.

»Was haltet Ihr von den beiden?« fragte er Ma Tsu.

»Ich beobachte sie schon seit einiger Zeit«, erwiderte Ma Tsu. »Ich glaube einen von ihnen zu erkennen, aber ich wage nicht mehr zu sagen, bis ich meiner Sache sicher bin.« Longji hörte Ungewißheit, Erregung, Eifer in der Stimme des Abts – ein Tonfall, der der gewohnten unerschütterlichen Ruhe des Qinzha-Abts fremd war.

Luis Männer ritten in Kreisen um die Neuankömmlinge herum. Longji erinnerte sich, daß die kaiserlichen Gardesoldaten auch ihn so umringt und dabei »Tod den Yang!« gerufen hatten, als er von Luis Lager zurückkehrte. Damals hatte er erwartet, daß sie ihn jeden Moment töteten.

Hätten sie es doch nur getan!

Ma Tsu sagte: »Strahlender Kaiser, wollt Ihr mir erlauben, Euch zu verlassen und zu sehen, wer diese beiden Reiter sind?«

Longji hob eine Hand leicht vom Schoß. »Geht, Ma Tsu. Ich hätte dort unten gern jemanden, dem ich vertrauen kann, um sicherzugehen, daß die Soldaten nichts Dummes tun – und der mir ausführlich Bericht erstattet.«

Longji sah zu, wie Ma Tsus massige Gestalt die Treppenstufen des Tempelhügels mit der Geschwindigkeit eines Steins hinunterging, der einen Berghang hinunterrollt. Es schien nur ein kurzer Augenblick vergangen, da saß er schon zu Pferde und galoppierte an der Marschkolonne entlang.

Longji wandte seine Aufmerksamkeit jetzt den beiden Reitern zu. Sie waren bereits viel näher und deutlich zu erkennen. Luis Männer hatten eine Eskorte gebildet und ritten mit ihnen heran. Longji sah, daß einer von ihnen den roten Brustpanzer der kaiserlichen Garde trug und den mit einem weißen Federbusch geschmückten Helm eines hochrangigen Offiziers. Die zweite Person war eine schlanke Gestalt in Blau. Sein Herz machte einen Satz. Der zweite Reiter war eine Frau. Sie sah aus wie Guei Fei.

Er verschloß die Augen vor diesem Anblick, worauf die Erinnerung an Strahlenden Edelsteins Körper in seinem Zelt in ihm aufstieg. Ihre weiße Haut. Ihr kleiner Hals, der so verdreht war, wie es im Leben unmöglich war. Ihre kleine weiße Hand –

Nein: Dies war eine andere Frau. Die Welt war voller Frauen, von denen keine so war wie Guei Fei. Für den Rest seines Lebens würde er in der Ferne schlanke Frauen sehen und den heftigen Schmerz des Verlusts spüren. Für den Rest seines Lebens würde er in Augen blicken, die nicht ihre waren.

Er schlug die Augen wieder auf. Der erste Reiter, der Gardesoldat, hielt etwas hoch. Es baumelte an einem dunklen Seil, das er in der Hand hielt.

Der Kopf eines Menschen. Der Reiter hielt ihn an einem Zopf hoch.

Was immer da unten vorging, es löste unter den Soldaten ungeheure Erregung aus. Es hatte den Anschein, als hätte die gesamte Armee der Westregion ihre Formationen aufgelöst und drängte sich um die beiden Neuankömmlinge. Die Reihen schlossen sich so eng, daß Longji die Reiter aus den Augen verlor.

Doch er hatte genug gesehen. Er war sicher, daß die näher kommenden Reiter Darius und Meiling waren. Er sah Ma Tsu auf einem Pferd, der sich einen Weg durch die dichtgedrängten Kavalleristen bahnte und es trotz aller Hindernisse irgendwie schaffte, zu dem ankommenden Paar vorzudringen.

Brüllende Männerstimmen hallten zu ihm auf den Hügel. Die Soldaten riefen und jubelten. Chaotische Schreie vermischten sich mit rhythmischem Singsang: »Dar-i-us! Dar-i-us!«

Aus der Mitte des wogenden Meers von Reitern erhob sich plötzlich ein Speer. Auf der Speerspitze steckte der Kopf, den Darius in der Hand gehalten hatte. Er war jetzt näher, und die Sonne fiel voll darauf. Lange schwarze Zöpfe rahmten eine hohe Stirn und hohe Wangenknochen ein. Doch da war ein eigenartiger Schatten, der das Gesicht diagonal durchschnitt und die untere Hälfte verdunkelte. Dabei war nichts in der Nähe, was einen solchen Schatten werfen konnte.

Was für ein scheußlicher Anblick! Er erinnerte Longji an das, was ihn bei der Rückkehr aus Luis Lager erwartet hatte: Engers Kopf, den die kaiserliche Garde auf barbarische Weise auf einen Pfahl gesteckt hatte. Immer näher kam dieser hüpfende Kopf an der Spitze des Speers.

Ma Tsu hatte die Reihen der Reiter um Darius durchbrochen und umarmte ihn. Longji sah wieder zu dem Kopf hin.

»O ihr Götter!« Longji schnürte sich bei diesem Ausruf die Kehle zu. Eine Mischung aus Lachen und Schluchzen erstickte ihn fast. Dann lachte er, denn urplötzlich hatte er über seinen Feind triumphiert. Und er schluchzte, weil es zu spät war, zu spät, um Guei Fei zu retten.

Der Kopf auf der Speerspitze war der von An Lushan.

Darius und Meiling bewegten sich langsam mit der Menge der Kavalleristen auf den Tempelhügel zu.

Longji erhob sich. »Ich werde sie begrüßen.«

Gao Lishi klatschte in die Hände. Das war der Befehl, die Sänfte zu bringen.

Longji machte eine Handbewegung zu dem Eunuchen. »Nein. Ich werde gehen.«

Als Longji das untere Ende der marmornen Treppenstufen erreichte, hatten Darius und Meiling die jubelnden Soldaten hinter sich gelassen. Sie saßen ab und knieten vor Longji nieder. Die Soldaten in der Nähe taten das gleiche. Darius senkte den Speer und ließ den Kopf vor Longji von der Spitze zur Erde gleiten.

Der Kopf kippte zur Seite, die Augenlider waren zurückgezogen und die Augen nach hinten verdreht, so daß nur das Weiße zu sehen war. Der Mund mit den dunklen Lippen hing schlaff herunter und entblößte starke weiße Zähne. Die von Brandnarben entstellte untere Gesichtshälfte hatte die gleiche leuchtend purpurne Farbe wie im Leben, doch die obere Gesichtshälfte war ein schmutziges Grau.

Longji überkam so etwas wie Entrüstung. Bin ich etwa ein Barbaren-Khan, weil meine Soldaten mir die abgetrennten Köpfe von Feinden vor die Füße werfen?

Dann beruhigte er sich. Ja, seit dieser Mann mich aus Changan verjagt hat, bin ich tatsächlich ein Nomadenkaiser gewesen. Und dies ist die richtige Behandlung für einen solchen Mann.

Aber seine Nomadenkaiserin: Sie sollte hier sein und seinen Sieg miterleben. Nur einen Tag. Wenn Strahlender Edelstein doch nur, wenn sie doch nur einen weiteren Tag gelebt hätte. Sein Herz krampfte sich in ihm zusammen.

Darius und Meiling vollführten das Kotau. Er blickte auf sie hinunter, wie sie neben dem Kopf An Lushans knieten.

Darius sagte: »Strahlender Kaiser.«

Und Longji antwortete: »Strahlender General.« Er hörte, wie von den Soldaten, die sie umgaben, ein zustimmendes Murmeln aufstieg.

Meiling kniete aufrecht und blickte fragend zu Longji hoch. Sie wartete höflich darauf, daß er sie anredete, doch er wußte, was sie verzweifelt erfahren wollte.

Er schloß die Augen, jedoch nicht schnell genug, um die Tränen zurückzuhalten, die in ihm aufstiegen. Er spürte, wie sein Gesicht zitterte. Dann zerbrach die kaiserliche Maske.

Meiling sah es und wußte es sofort. Er hörte ihren Schrei. »O nein! Wir kommen zu spät! Zu spät!«

Longji ging um den Kopf seines Feindes herum und streckte Strahlenden Edelsteins Schwester die Arme entgegen. Er nahm ihre Hände und hob sie auf. Sie ließ sich schwer gegen ihn fallen, und er legte ihr einen Arm um die Schultern und stützte sie. »Komm, Meiling«, sagte er. »Ich bringe dich zu ihr.«

Vielleicht tue ich nicht genug, dachte Longji. Vielleicht sollte ich die Arme zum Himmel erheben und für den Sieg beten.

Er saß auf einem vergoldeten Sofa an der Ostseite der Terrasse im Tempel der Guanyin. Fünf Li entfernt markierte eine ungeheure Staubwolke die Stelle, an der General Luis Truppen und die kaiserliche Garde gegen die Rebellen kämpften. Direkt vor ihm vollführte General Chen in aller Eile das Kotau.

Immer noch kniend sagte er: »Strahlender Kaiser, die Schlacht wendet sich gegen uns.«

Genau so, wie er es befürchtet hatte. Vielleicht konnte er nicht genug tun. Vielleicht hatte er tatsächlich das Mandat des Himmels verloren. »Sagt mir, warum das so ist«, befahl er seinem General.

»Die Männer von Ans Armee kämpfen wie Tiger im Käfig. Ohne Verstärkung können wir nicht mehr lange standhalten. General Lui weicht zurück.«

Longji sagte: »Wir haben An getötet. Wie kommt es, daß seine Armee so gut kämpft?«

»Die Männer rufen den Namen seines Sohns, An Tairen«, erwiderte Chen. »Sie kämpfen wie die Wilden, die sie nun mal sind. Ihr solltet ein Pferd besteigen und Euch zurückziehen, Strahlender Kaiser. Wenn unsere Linien durchbrochen werden, wird der Feind hier sein, bevor Ihr entkommen könnt.«

Longjis Stimme hörte sich wie ein Reibeisen an. »Mich zurückziehen? Und mich von der kaiserlichen Garde beschützen lassen? Von Euch, die Ihr so gut für den Ersten Minister und die Kaiserin gesorgt habt?«

Chens Gesicht wurde fahl. »Unsere Ergebenheit *Euch* gegenüber ist nie ins Wanken geraten.«

Longji zeigte mit einem Finger auf Chen. »Die kaiserliche Garde hat mich im Stich gelassen und sich entehrt. Ich würde mich eher von einer Bande Vogelfreier beschützen lassen. Geht mir aus den Augen.«

Chen biß sich auf die Lippe, verbeugte sich und zog sich zurück.

Ma Tsu sagte: »Es war klug von Euch, Euch nicht in die Hände der Garde zu begeben. Aber es ist höchste Zeit, daß Ihr daran denkt, Euch zu retten.«

Longji entgegnete: »Wenn der Himmel wünscht, daß ich heute sterbe, möchte ich hier sterben, wo Guei Fei gestorben ist.«

Die Kampflinie schwang sich wie ein großer Halbmond über die niedrigen Hügel und Felder. Jetzt wurde Getreide niedergetrampelt, das ausgereicht hätte, ein Jahr lang eine Stadt zu ernähren. Die Rebellen waren in der Überzahl und wurden geschickt geführt. Er konnte ihre schwarzen Standarten an den Hörnern des Halbmonds sehen, die ständig vorrückten und die kaiserlichen Truppen in die Zange nahmen. Die gelbe kaiserliche Standarte hielt in der Mitte jedoch stand, dort, wo der Staub so dick war, daß man den Kampf nicht verfolgen konnte. Die Rebellen zwangen die kaiserlichen Truppen an den Seiten jedoch immer weiter zurück. Schon bald würden sie umzingelt sein.

Dann wird dieser Hügel bezwungen werden, dachte er. Dann werde ich Strahlendem Edelstein in den Tod folgen. Er spürte Erleichterung. Wenn er die Tür zum Tod so betrat, würde sie gewiß auf ihn warten. Er würde nicht als Feigling eintreten. Daß er als Versager eintrat, machte ihm nichts aus. Die Geschichte würde ohnehin von den Barbaren geschrieben werden, und die würden ihn nicht freundlich behandeln. Eines Tages, in einem anderen Leben, würde er von diesem besiegten Kaiser und dieser zum Untergang verdammten Kaiserin hören und um sie weinen.

Plötzlich sagte Ma Tsu: »Seht, im Norden.« Longji drehte sich um. Dort tauchte ein glitzernder Lichtschein auf. Er bewegte sich vorwärts, auf sie zu. »Das ist eine andere Armee.« Ma Tsu sprach mit gedämpfter Stimme. Offenbar war das etwas, was selbst der weise Abt nicht erwartet hatte.

Die Mittagssonne machte aus einer Masse von Helmen, Speeren

und gezogenen Schwertern einen Teppich aus Diamanten. Bewaffnete Männer strömten von Norden her über die grünen Felder Chiennans wie ein über die Ufer getretener Fluß: Die Armee bedeckte so viel Boden, daß sie Zehntausende von Männern umfassen mußte.

»Sie müssen beritten sein, sie kommen schnell näher«, sagte Longji. »Wer mögen sie sein?«

»Vielleicht der Rest von Ans Armee«, erwiderte Ma Tsu. »Als An in Chiennan einfiel, ließ er einen Teil seiner Truppen zurück, um seine Nachhut gegen die Uyghuren zu schützen. Diese Barbaren hatten Loyang eingenommen. Sie standen unter dem Befehl Su Chis. An muß sie um Hilfe gebeten haben, bevor er getötet wurde.«

Erregung überkam Longji, als ihm aufging, was da geschah. Er sprang auf. »Aber – alle zu Pferde? Keine Infanterie? Nur Nomaden aus dem Norden führen auf diese Weise Krieg.« Er packte Ma Tsus Schultern und schüttelte den kleineren Mann. »Das sind die Uyghuren!«

Plötzlich schien ihm das Leben wieder möglich zu sein.

Die vordersten Reihen der neuen Armee waren jetzt deutlich zu sehen. Staub wirbelte hinter ihnen auf. Er konnte Barbarenstandarten erkennen, Hörner, Felle und Schwänze von Tieren. Er hörte das Donnern von Kesselpauken und das Dröhnen von Hörnern. Als die Reiter über die Ebene ritten, ließen sie unzählige Pfeile auf die Rebellen hinabregnen.

Longji beobachtete, wie sich unter den Rebellen Besorgnis breit machte. Er lächelte unsicher und steif, doch die plötzlich aufkeimende Hoffnung verlangte nach Ausdruck.

Die Uyghurenarmee schlug zu wie eine bewaffnete Faust, und die Spitze der Rebellenflanke brach unter der Wucht des Angriffs zusammen. Die Kämpfe breiteten sich schnell nach Osten aus. Die Rebelleninfanterie versuchte, eine Frontlinie zu bilden, um die Nomadenreiter aufzuhalten. Doch die Uyghuren ließen ihre Pferde über die Fußsoldaten hinwegspringen und drangen immer tiefer in die Rebellenflanke vor. Die gelbe kaiserliche Standarte bewegte sich wieder vorwärts.

Die Kämpfe nahmen an Heftigkeit zu; der Staub wurde immer

dicker und wirbelte hoch, bildete große aufquellende Wolken, die wie ringende Riesen aussahen. Longji konnte nichts mehr von der Schlacht sehen. Die Boten, die den Hügel heraufgerannt kamen, konnten nur bestätigen, daß der Uyghuren-Khan Qutlugh und der Kaiserliche Thronfolger Su Chi in die Schlacht eingegriffen hätten. Sie konnten aber nicht voraussagen, wer siegen würde.

Gib uns den Sieg, betete Longji immer wieder. Zum ersten Mal spürte er den aufrichtigen Wunsch zu gewinnen. Wenn seine Streitkräfte jetzt siegten, würden es nicht die sein, die für den Tod von Strahlendem Edelstein verantwortlich waren, die den Sieg für sich beanspruchen konnten. Der Sieg wäre dann seinem eigenen Sohn zu verdanken, seinem Erben und Thronfolger.

Am späten Nachmittag nahmen die Schlachtformationen eine klare Gestalt an. Die kaiserlichen Streitkräfte hatten zwei Flügel gebildet. Die Rebellen waren ein zwischen ihnen gefangenes Dreieck, und die aufständischen Soldaten standen mit dem Rücken zum Fluß. Es würde nur noch eine Frage der Zeit sein, bis die Rebellen ins Wasser springen mußten.

Kurz vor Sonnenuntergang bemerkte Longji Reihen von Reitern, die am Südufer des Flusses entlangritten. Ihre Standarte bestand aus drei Reihen von Pferdeschwänzen, die an waagerechten Pfählen hingen. Es mußten Uyghuren sein. Und als sie ihre Position jenseits der Rebellennachhut einnahmen, war die Schlacht entschieden. Die Rebellenarmee brach zusammen.

Das langsam schrumpfende Dreieck zerbröckelte plötzlich. Kaiserliche Reiter und Uyghuren ritten unter die Rebellen und streckten sie mit Krummsäbeln nieder. Longji sah, wie Gruppen von Rebellen am Nordufer des Flusses nach Osten und Westen durchzubrechen versuchten, doch dort standen gegnerische Truppen.

»Sie hielten stand, solange es noch aussah, als könnten sie über den Fluß entkommen«, sagte Ma Tsu. »Sie versuchen erst jetzt zu entkommen, wo ihnen der Fluchtweg abgeschnitten ist. Männer im Kampf denken nicht allzu klar.«

Longji sprang auf und starrte auf den endgültigen Zusammenbruch der Rebellenarmee. »Wir haben gesiegt, Ma Tsu.« Er sprach langsam und kostete jedes Wort aus. »Das Reich ist gerettet.«

Die Rebellen zogen sich in den Fluß zurück. Da es der achte Monat war, war der Wasserstand am tiefsten, und nur in der Mitte mußten Soldaten und Pferde schwimmen. Doch die Flüchtenden wurden von beiden Ufern aus mit einem Hagel von Pfeilen überschüttet. Kurze Zeit später trieben mehr Tote im Fluß, als lebende Männer darin wateten. Lange dunkle Blutspuren durchzogen das braune Flußwasser.

Longji sank auf seine Couch. Er seufzte und faltete die Hände auf dem Schoß. Es war ein gutes Gefühl, eine ihm ergebene Armee über eine riesige Streitmacht von Rebellen siegen zu sehen, doch er fühlte dennoch ein steinernes Gewicht in seiner Brust. Das Reich, das gerettet worden war, war nicht das Reich, von dem er und Guei Fei geträumt hatten.

Er beobachtete, wie ein Trupp von Reitern in leuchtenden Umhängen auf den Hügel zuritten, bis sie in dem langen Schatten am Fuß des Bergs verschwanden. Kurze Zeit später drehte er sich um und sah, wie Su Chi sich ihm auf den Steinplatten der Terrasse näherte.

Longji hatte Su Chi vor mehr als zwei Jahren zum letzten Mal gesehen und erkannte seinen Sohn kaum. Su Chis Gesicht war so hart und dunkel wie getrocknetes Leder, und er hatte sich einen langen schwarzen Bart wachsen lassen. Als er herankam und sich zum Kotau zu Boden warf, sah Longji, daß der krummbeinige Reitergang seines Sohnes inzwischen viel ausgeprägter geworden war. Dann verbeugte sich Su Chi. Sein Helm war nach Barbarenart eine schwarze schmiedeeiserne Arbeit mit einem Dorn an der Spitze und kleinen, miteinander kämpfenden geschnitzten Gestalten, die am Rand des Helms angesetzt waren. Den Nacken schützte eine geschwungene Metallplatte, die an die Rückseite des Helms genietet war. Su Chi trug einen scharlachfarbenen Umhang, den er jetzt über die Schultern geworfen hatte.

Und dies soll der künftige Kaiser sein? An sah zivilisierter aus als er.

Qutlugh, der Uyghuren-Khan, den Longji zum letzten Mal vor Jahrzehnten gesehen hatte, als dieser in die Verbotene Stadt kam, um dem Kaiser zu huldigen, sah zehn Jahre älter aus als Su Chi. Er war ein großer, stämmiger Mann mit einem kleinen Schnurrbart und einem langen Bart. »Strahlender Kaiser«, grüßte er mit tiefer Stimme. Er nahm seinen Schwertgürtel ab und legte ihn sich um die Schultern. Mit dieser Geste bezeigten die nördlichen Nomaden ihre Unterwerfung. Er kniete nieder und stieß mit der Stirn gegen den Boden.

»Der Sohn des Himmels und das Volk des Reichs der Mitte schulden Euch unermeßlichen Dank«, sagte Longji. »Su Chi, an diesem Tag hast du dich als wahres Geschenk der Götter erwiesen, nicht nur für mich, sondern für alle unsere Untertanen. Khan Qutlugh, möge die Freundschaft zwischen der tapferen Nation der Uyghuren und dem Reich der Mitte ewig währen.«

Und ich habe einmal geglaubt, Su Chi habe so viel Zeit mit diesem Mann verbracht, weil er ein Narr sei, dem außer der Jagd und dem Trinken mit Barbaren alles gleichgültig sei.

»Tausend Jahre für Euch, Strahlender Kaiser, Kaiserlicher Vater«, sagte Qutlugh mit rauher Stimme.

Su Chi kniete aufrecht. »Kaiserlicher Vater, das Reich der Mitte ist für Euch mit Hilfe des Himmels und der Macht des Schwerts wiederhergestellt worden.«

Und mit der Macht des Stiletts und des Dolchs, dachte Longji, als er sich an Meilings Bericht über Ans Tod erinnerte. »Su Chi, du hast am Fuß dieses Hügels den Kopf Ans auf einem Pfahl stecken sehen. Wenn er heute noch am Leben gewesen wäre, hätten wir sie nicht schlagen können.«

Su Chis Augen funkelten. »Ja, Vater. Ein wundervoller Anblick. Ist er früh in der Schlacht gefallen?«

»Nein. Eine außergewöhnlich tapfere Person begab sich gestern abend in sein Lager, tötete ihn in seinem Zelt und brachte seinen Kopf her. Wir verdanken unseren heutigen Sieg Yang Meiling.«

Su Chis Augen weiteten sich vor Staunen. »Yang Meiling. Dann macht das all den Schaden wieder wett, den die Yang angerichtet haben.«

Longji umschloß mit weißen Knöcheln die Armlehnen des Throns. »Su Chi, du hast mich oft in Zorn versetzt. Ich habe aber nie in meiner Entscheidung geschwankt, dich als Erben zu benennen. Für mich ist es nach diesem Tag undenkbar, mich anders zu besinnen.«

Su Chi lächelte und hielt die Hand hoch. »Ja, Vater. Du hast mir in allem die Treue gehalten. Und heute habe ich dein Vertrauen rechtfertigen können.«

Longji hielt eine Hand hoch, um ihn zum Schweigen zu bringen. »Aber, mein Sohn, ich sage dir jetzt, daß ich dich enterben werde, wenn du in meiner Gegenwart je wieder ein Wort gegen irgendeinen Angehörigen der Familie Yang äußerst. Dann werde ich den ersten Bauern, dem ich begegne, zu meinem Erben machen. Dann soll das Reich fallen, dann soll es ewig Bürgerkrieg geben. Du wirst in meiner Gegenwart den Namen Yang nie wieder entehren.«

Su Chis breiter Mund öffnete sich, und sein Gesicht wurde rot. »Vater, was Yang Meiling getan hat, war großartig, und ihr gebührt dafür alle Ehre, aber ...«

Longji richtete einen Finger auf seinen Sohn. »Hör auf damit! Du weißt nicht, was geschehen ist. General Lui und die kaiserliche Garde haben den Tod meiner – meiner teuren Frau gefordert. Und sie ist in diesen Tempel gegangen und hat sich dort erhängt, um mich zu retten.«

Dann entrang sich ein Schrei seiner Kehle; er konnte ihn nicht zurückhalten. Er bedeckte das Gesicht mit den Händen und versuchte die Tränen zurückzuhalten. Sehnsucht erfüllte seine Brust wie ein Felsen aus dem Himmel.

Als er die Hände vom Gesicht nahm und die Augen wieder aufschlug, knieten Su Chi und Qutlugh noch immer vor ihm. Ihre starrenden Augen waren weiß in beschatteten Gesichtern. Die Sonne war inzwischen untergegangen. Zwielicht lag über dem Feld unter ihnen, doch die Geräusche von Metall auf Metall und die Schreie tötender und sterbender Männer drangen Longji noch immer ans Ohr.

Er seufzte. »Geh jetzt, Su Chi. Sobald wir eine angemessene Zeremonie arrangieren können, werde ich dem Drachenthron entsagen.«

Su Chi sprach plötzlich und schnell, als befürchte er, nicht zu

Ende sprechen zu können. »Ich – Kaiserlicher Vater – was Yang Guei Fei angeht, habe ich mich geirrt.«

Longji starrte in die dichter werdende Dunkelheit. Er sagte nichts, bis die beiden Männer, die ihn gerettet hatten, sich unter Verbeugungen zurückzogen. Er saß da wie ein Standbild, aber wie ein Standbild mit einer großen Masse von schwarzem Erz im Herzen.

Nach einem Moment wischte Gao Lishi Longji die Tränen vom Gesicht.

In der Stunde des Hundes ging Meiling mit ihrem jungen Vetter Yang Kaizhi am Fluß spazieren. Das Glühen der Lagerfeuer von General Luis Armee und der Uyghuren wies ihnen den Weg. Darius hatte gesagt, eintausend kaiserliche Soldaten verfolgten immer noch die wenigen überlebenden Rebellen, aber die meisten feierten inzwischen ihren Sieg und versorgten ihre Verwundeten. Die Rufe jubelnder Männer, die Schreie von Soldaten, die schreckliche Schmerzen litten, der Gesang trinkender Männer, all das drang aus der Ferne an Meilings Ohren.

»Kannst du ein Gesicht sehen?« fragte sie Kaizhi und zeigte auf den Vollmond am Himmel.

»Ich sehe Zeichnungen. Großvater sagte, es sei eine Maus. Was siehst du?«

»Ich sehe eine Dame. Eine Dame mit einer Pi-Pa.« Sie bemühte sich, ihre Stimme heiter klingen zu lassen, doch sie schien in die Trauer heruntergezogen zu werden wie eine Frau, die in einem braunen Fluß versinkt.

Kaizhi nahm ihre Hand und drückte sie. »Du bist vielleicht nur eine Dame«, sagte er weich, »aber trotzdem ein großer Krieger. Du hast den Mann getötet, der Großvater umgebracht hat.«

»Nicht wirklich. Wir waren zu dritt. Das Wichtigste, was ich getan habe, war, daß ich uns ermöglichte, in Ans Zelt zu kommen. Ich werde dir genau erzählen, wie es gewesen ist, denn du bist der jüngste in unserer Familie, und ich wünsche, daß du alles weißt. Ich möchte, daß du in Erinnerung behältst, was deine Base Guei Fei und dein Vetter Enger für das Reich der Mitte zu tun versuchten.

Und ich will, daß du dich an deinen Großvater erinnerst, meinen Onkel.«

Der Junge sah sie mit großen Augen an. Seine Haut war so glatt und klar. In dem schwachen Lichtschein sah er Guei Fei sehr ähnlich. Sie fragte sich, ob in dieser Nacht irgendwo im Reich der Mitte ein Kind geboren worden war, in dessen Körper Guei Feis Geist eingetreten war.

Wo bist du jetzt, Schwester, und erinnerst du dich an etwas aus deinem Leben hier unter dem Himmel?

»Ich könnte Großvater nie vergessen«, sagte er. »Nicht mal wenn ich zehntausend Jahre alt werde.«

»Ich bin erst siebenundzwanzig, und doch gibt es Dinge, an die ich mich zu erinnern versuche, es aber nicht kann. Kannst du schreiben?«

Kaizhi erwiderte: »O ja! In der Schule in Zhashui hat jeder lesen und schreiben gelernt.«

Die Schule. Guei Feis Idee. Wegen dieser Schule waren Hunderte von Menschen über das ganze Reich der Mitte verstreut worden wie die Samen einer fremdartigen Pflanze, die vielleicht neue Früchte trug. Gewöhnliche Menschen, die normalerweise nicht diese Fertigkeiten besaßen, die der hochgeschätzte Besitz von wohlhabenden Leuten gewesen waren, die es sich leisten konnten, ihren Söhnen Bildung angedeihen zu lassen. Die Menschen von Zhashui würden ihren Kindern lesen und schreiben beibringen. Dichter, Künstler, Priester und Generäle würden an unerwarteten Orten auftauchen. Vielleicht sogar Anführer von Aufständen. Doch nicht von Rebellionen wie der von An, die das Reich der Mitte in das Barbarentum hinabziehen würden. Vielmehr Aufstände, welche die Tage zurückbringen würden, von denen Guei Fei und Enger immer gesprochen hatten – die Tage der Weisen Kaiser.

»Gut. Ich bin froh zu hören, daß du schreiben kannst. Du mußt aber weiter lernen. Jedes Wort, das du kennst, gibt dir mehr Macht. Ich werde dir Papier und Tinte besorgen, und du mußt alles aufschreiben, woran du dich erinnerst, und alles, was ich dir erzählen kann. Denn ich glaube, daß die meisten Geschichten künftig von Menschen geschrieben werden, die Base Guei Fei haßten und in den Tod getrieben haben. Sie werden sagen, sie sei töricht und extravagant gewesen. Sie werden sagen, sie habe den Kaiser in die Irre geführt, An an die Macht gebracht und seine Rebellion verursacht. Du mußt die Wahrheit schreiben. Ich werde dir dabei helfen. Ich werde dir alles erzählen, was ich weiß.«

»Warum ich?« Die zarte Haut von Kaizhis Stirn legte sich in Falten. »Was ist denn so Besonderes an mir?«

Sie nahm seine kleinen Schultern in die Hände. »Weil du Yang Hengs Enkel bist. Weil Guei Fei es dir ermöglicht hat, schreiben zu lernen. Du bist es ihr schuldig.«

Kaizhi sagte: »Ich würde gern die Geschichte unserer Familie und besonders von Base Yang Guei Fei schreiben. Ich möchte aber nicht in der Kaiserstadt leben, Mandarin sein und in einem dunklen kleinen Büro arbeiten. Ich möchte in einer Stadt wie Zhashui leben und mir dort als Papiermacher meinen Lebensunterhalt verdienen wie Großvater.« Er blickte sie ein wenig trotzig an.

Sie tätschelte ihm die Hand. »Nun, du mußt tun, was du tun möchtest. So sind wir Yang eben.«

Wie sehr das zutraf! Wir haben nie getan, was von uns erwartet wurde, sondern jeder von uns ist einem Weg gefolgt, den nur wir sehen konnten – Heng, Enger, Guei Fei. Und ich – eine weibliche Qinzha, ein Kriegermönch. Und jetzt besteht Kaizhi darauf, Büchermacher zu werden wie sein Großvater.

Kaizhi sagte: »Ich möchte über Zhashui schreiben. Es gab im Reich kein anderes Dorf wie Zhashui.«

»Ja, aber wenn du darüber schreibst, wird vielleicht ein mächtiger Mann einen Ort wie ihn erschaffen.«

»Großvater sagte, die Menschen sollten ihr eigenes Zhashui erschaffen und nicht darauf warten, daß eine mächtige Person wie Base Guei Fei es für sie tut.«

Meiling lächelte. »Dein Großvater hat viel von den Menschen erwartet, nicht wahr?«

»Er sagte, je mehr man von den Menschen erwartet, um so mehr tun sie.«

Das stimmt. So hat Darius einen Krieger aus mir gemacht. So habe ich gelernt, wie die Qinzha zu denken und zu handeln.

»Und je mehr du von dir selbst erwartest, um so mehr wirst du tun. Schreibe die Gedanken deines Großvaters auf. Vielen mächtigen Menschen wird das Buch nicht gefallen, das du schreiben wirst, doch du wirst den Mut aufbringen, ihnen standzuhalten.«

So sind wir Yang eben.

Als Darius das Zelt des Abts betrat, hielt Ma Tsu den Kopf von An Lushan auf Armeslänge von sich, wobei seine Finger das schwarze Haar an den Schläfen umklammert hielten.

Der Abt sah nicht auf. Er fuhr fort, den Kopf zu untersuchen, wobei sein Blick langsam um ihn herumwanderte. Nach einigen Augenblicken sah er zu Darius hoch und nickte zu einem Kissen hin, ohne den Kopf wegzulegen.

Darius hockte sich vor den Qinzha.

»Sieh hier, wie die Haut sich nicht wirklich selbst heilen konnte«, sagte Ma Tsu und zeigte mit dem Daumen auf den unteren Teil vom Kopf des Mongolen. »Wenn ein solcher Schaden angerichtet ist, ist dies das Beste, was das Leben erreichen kann.«

Darius blickte auf die Stelle, die Ma Tsu ihm gezeigt hatte. Tatsächlich hatte das Fleisch dort nichts von der Farbe des oberen, unversehrten Teils des Kopfes. Und es hatte eine ungewöhnlich glatte Struktur, die der Haut selbst beim noch lebenden Mann ein Aussehen verliehen hatte, als wäre sie schon tot.

»Wir können nur hoffen, daß sich auf unserem Reich keine solche Narbe bildet.« Ma Tsu legte den Kopf auf ein Kissen neben sich, Darius genau gegenüber. Mein Abt sticht zwar nicht mehr mit dem Dolch zu und versetzt mir auch keine Schläge mit der flachen Hand mehr, dachte Darius, doch er hält seine Untergebenen auf andere Weise in Spannung. Er zwang sich, dem toten Mann ohne ein Wimpernzucken in die Augen zu blicken. »Aber ich fürchte, daß die Ereignisse, deren Zeugen wir geworden sind, das Ende des Reichs bedeuten, wie wir es gekannt haben.«

Darius verlagerte sein Gewicht. Es gefiel ihm nicht, welchen Verlauf dieser Vortrag nahm. Würde das Reich fallen – und das nach allem, was sie getan hatten?

Er wartete einige Augenblicke, während Ma Tsu ihn aufmerksam musterte. Er hatte nicht den Drang, etwas in Frage zu stellen und sich vorzutasten, wie er ihn den größten Teil seines Lebens verspürt hatte. Das Selbst war am Werk, wie er jetzt wußte. Er würde warten, bis das Selbst durch den Abt handelte.

»Das Reich«, schloß Ma Tsu, »ist erledigt.«

Wieder saß er still da wie ein Felsblock. Und wieder sagte Darius nichts.

»Unser Orden hat mehr als zehn Jahre dafür gekämpft, hier Stabilität sicherzustellen«, fuhr Ma Tsu fort. »Doch das Leben ist Veränderung, ein stetes Fließen. Dieses Reich hat sich aus der Herrschaft der Stabilität ins Chaos bewegt. Das Chaos hat begonnen.«

Darius spürte, wie Fragen in ihm brannten. Bedeutete dies, daß ihre Arbeit umsonst gewesen war? Er holte einmal tief Luft und spürte, wie sein Geist, der Fragen stellen wollte, schläfrig wurde.

Der Abt fuhr fort: »Alles ist von An Lushan verändert worden. Die heilige Autorität des Kaisers – das Mandat des Himmels – hängt davon ab, daß sich alle bedingungslos dem Willen des Kaisers unterwerfen. Doch die Generäle haben gelernt, daß sie dem Sohn des Himmels ihren Willen aufzwingen können. Jetzt, wo sie gelernt haben, daß sie sich nicht unterwerfen müssen, wird es weitere Rebellionen geben.«

Außerhalb des Zelts hörte Darius die betrunkenen Rufe von Männern, die ihren Sieg feierten. Sieg, dachte er, sie nennen es Sieg. Es hätten ebensogut An Lushans Männer sein können, die den Sturz des Reiches feierten. Den Sturz des Kaisers. Schließlich sprach er: »Was wünscht der Orden von mir? Was soll ich tun? Gibt es für mich Arbeit in einem anderen Reich?«

Ma Tsu schüttelte ernst den Kopf. »Nein. Du hast recht mit deiner Annahme, daß die Qinzha den direkten Kontakt mit dem Reich beenden werden. Doch weit im Osten gibt es viel zu tun, in einem Land, das die Sonne begrüßt, bevor sie über den Inseln im Meer jenseits des Reichs der Mitte aufgeht. Ich werde bald dorthin reisen.«

Darius neigte den Kopf. Er würde seinen Lehrer vermissen. Doch welchen Auftrag hatte Ma Tsu für ihn?

»Für dich wird es jedoch hier Arbeit geben«, fuhr Ma Tsu fort. »Wir müssen die Dinge auch hier weiterhin im Auge behalten. Wir haben entschieden, daß zwei Qinzha dafür ausreichen.«

Offenbar er selbst und Chu Ling. Ma Tsu würde Meiling zweifellos noch längst nicht als vollständig ausgebildet betrachten, ihren Diensten in den letzten wenigen Jahren zum Trotz.

»Chu Ling hat schon eine Aufgabe im Osten erhalten.« Ma Tsu hatte wohl seine Gedanken gelesen. Dann würde vielleicht bald ein neuer Mönch kommen.

Der Abt saß stumm da. Seine Augen waren halb geschlossen, als wäre er in Meditation versunken. Als er sie aufschlug, waren sie von einer Wärme erfüllt, wie sie Darius noch nie gesehen hatte. »Deine Meiling wird mit dir hier bleiben«, sagte der Abt. »Ihre Initiation ist für den nächsten Monat vorbereitet.«

Darius strahlte. »Ich danke dir, oh, ich danke dir«, stieß er hervor.

Auch Ma Tsu lächelte breit. »Es gibt in den Qinzha-Regeln nichts, was besagt, daß man nicht glücklich sein darf«, sagte er. Mit einer Stimme, die so schwer und süß war wie Honig, fügte er dann hinzu: »Ich wünsche euch beiden das Glück, das ich nie erlebt habe. Heiterkeit des Herzens kenne ich. Glück kann ich mir nur vorstellen. Mögest du auch den Anteil meiner Seele haben.«

Darius streckte dem Abt die Hand hin. Ma Tsu nahm sie und drückte sie einmal fest. Dann verließ das Lächeln das Gesicht des Abts.

»Du hast mir noch nicht erzählt«, sagte er kühl, »ob du den Stein aus der Steppe vorschriftsmäßig beseitigt hast.«

Longji hatte nie geglaubt, daß ein Sohn des Himmels wirklich Freunde haben konnte, doch diese zwei, Darius und Ma Tsu, boten ihm gewiß eine Freundschaft, wie sie nur wenige gekannt hatten.

Und deshalb erfüllte es ihn mit Trauer, was Ma Tsu nun sagte.

»Da Ihr plant, in wenigen Jahren abzudanken, Strahlender Kaiser, werdet Ihr Euren Ratgeber ohne Titel nicht mehr brauchen. Folglich möchte ich Euch mit Eurer Erlaubnis verlassen. Der Orden besitzt ein sehr schönes Kloster in der Provinz Huainan mit Blick auf den Großen Östlichen Ozean. Tag und Nacht schlagen die Wellen gegen die Felsen darunter. Sie beruhigen einen Mann und wiegen ihn in den Schlaf. Ein Mann meines Alters schläft schlecht und muß in den Schlaf gewiegt werden. Ich werde dort warten, bis man mich bittet, andere Pflichten zu übernehmen.«

Longji, Ma Tsu und Darius saßen im Zelt des Kaisers. Das Licht der Lampions flackerte an den gelben Zeltwänden. Sie tranken Rotwein aus Porzellankrügen und lauschten den Freudenschreien im Lager um sie herum. Es war die Stunde der Ratte, die Mitte der Nacht, doch nach dieser Schlacht würden die feiernden Krieger erst dann einschlafen, wenn die Ströme von Wein, die sie tranken, sie in Bewußtlosigkeit sinken ließen.

Darius sagte: »Ich bin überzeugt, daß die einschläfernde Wirkung eines Klosters am Meer deinem Schlaf gut tun wird.« Hörte Longji da einen spöttischen Unterton in der Bemerkung des Offiziers?

Seine zwei Freunde saßen Seite an Seite und blickten ihn mit ihren klugen Gesichtern an. Longji hatte das Gefühl, als wäre im Kopf plötzlich eine Lampe angezündet worden. »Darius – Ihr seid auch ein Qinzha!« rief er aus. »In dieser ganzen Zeit habe ich nicht einen, sondern zwei von Euch an meiner Seite gehabt.«

Ma Tsu lächelte. »Und damit seid Ihr zweimal so gut beschützt worden.«

Darius sagte: »Mehr als zweimal. Chu Ling ist auch einer von uns. Er hatte die besondere Aufgabe, Dame Yang zu beschützen. Und seit kurzem gibt es noch andere.« Sein Gesicht verschloß sich bei dieser letzten Bemerkung plötzlich, und Longji wußte, daß er nicht fragen durfte.

»Chu Ling – was ist aus ihm geworden?« fragte Longji.

Ma Tsu schüttelte den Kopf und gab keine Antwort.

Longji seufzte. Er wußte, daß er zu diesem Thema nichts mehr hören würde. »Ich werde ihn vermissen. Er war zu Strahlendem Edelstein so liebenswürdig. Ich hätte aber schon lange den Verdacht haben müssen, daß er ein Qinzha war, nämlich als ich von seiner bemerkenswerten Flucht vor Dame Fus Männern erfuhr. Darius, jetzt verstehe ich auch, weshalb es Euch und Meiling möglich war, An zu töten. Aber warum habt Ihr das in der ganzen Zeit geheimgehalten?«

»Der Orden schützt sich, indem er im verborgenen arbeitet«, entgegnete Ma Tsu. »Mehr als einen Qinzha-Mönch offen in der Nähe des Himmelssohns zu haben würde Neid und Mißtrauen wecken.«

Direkt vor dem Zelt ertönten Rufe. Einen Augenblick wurde es Longji kalt im Magen. Wurde weiterrebelliert, war da jemand gekommen, der seinen Kopf wollte? Doch als er lauschte, erkannte er, daß es nur eine lärmende Person war, welche die Wachposten vom Zelt des Kaisers fernzuhalten versuchten.

»Kaiserlicher Vater, ich flehe Euch an, mich zu Euch kommen zu lassen!« Die Stimme war die von Li Bo. Sie war so laut, daß Longji erkannte, wie sehr der Dichter der Trunkenheit anheimgefallen war.

»Darius, sagt ihnen, daß es in Ordnung ist. Laßt ihn ein.«

Li Bos schwarze Mütze mit dem pfauenblauen Knopf eines Mandarins dritten Grades saß ihm schief auf dem Kopf. Sein schulterlanges Haar war strähnig, sein Bart verfilzt. Seine rotgeränderten Augen blickten so grimmig wie die auf Bildern des buddhistischen Heiligen Bodhidharma. Seine Wangen waren naß vor Tränen. Er gab immer wieder seltsame, brüllende Laute von sich, und Longji glaubte, daß er vielleicht erstickte. Dann ging ihm auf, daß die Geräusche Schluchzer waren.

Li Bo hielt eine Schriftrolle in einer Hand. Er taumelte immer noch schluchzend im Zelt herum, fand auf einem Tisch einen langstieligen grünen Weinbecher und goß aus einem der Krüge, die Gao Lishi ins Zelt gebracht hatte, etwas Wein hinein. Er winkte mit dem Weinbecher und vergoß ein paar Tropfen auf den mit Teppichen belegten Fußboden des Zelts. »Kaiserlicher Vater, meine Herren, Ihr müßt mit mir auf ihr Andenken trinken!«

Darius sagte: »Mann, besitzt Ihr keinen Anstand? Der Sohn des Himmels ist in Trauer, und Ihr kommt betrunken hier herein und ruft...«

Longji spürte Schwere in der Brust. Es stimmte, daß Li Bos Tränen auch seine wieder strömen ließen. Doch ihm tat der Dichter mehr leid als er sich selbst. »Nein, Darius«, sagte er. »Li Bo hat Strahlenden Edelstein verehrt und trauert jetzt um sie. Wir werden tun, worum er uns bittet.« Damit hob er seinen Weinbecher.

Nachdem sie alle getrunken hatten, sprach Li Bo etwas ruhiger: »Ich habe soeben diese armseligen Worte geschrieben.« Er entrollte die Schriftrolle. Das Licht der Lampions leuchtete durch das Papier, und Longji konnte hier und da dunkle Tintenkleckse sehen.

Li Bo ließ noch einen schmerzerfüllten Schluchzer hören und begann:

Sie war die schönste Dame im ganzen Land,
Ihre Gedanken funkelten wie Tautropfen,
Wie strahlende Edelsteine,
Sie war die fleischgewordene Guanyin.

Longji dachte an den Tempel, worauf die Tränen wieder zu fließen begannen.

Hunde und schmutzige Affen,
Ihre Feinde lungerten in ihrem Schatten,
Trieben sie dazu, ihr Leben aufzugeben.
Welch ein ewiges Unrecht!

Das war mehr, als Longji ertragen konnte. Vielleicht hatte Darius recht gehabt; er hätte nicht zulassen sollen, daß der Dichter den zerbrechlichen, erschöpften Seelenfrieden störte, den er nach einem Tag tiefer Trauer um Guei Fei gefunden hatte. Er verschloß die Ohren vor dem Rest des Gedichts, saß nur da, starrte Li Bo an und beruhigte sich.

Plötzlich ließ Li Bo die Schriftrolle zurollen, und Longji glaubte schon, der Dichter sei fertig, doch es folgte noch ein Vers. Li Bo rezitierte ihn aus dem Gedächtnis:

Die Götter gaben ihr eine Vision:
Glück, Wohlstand, Freiheit.
Die Götter werden sich immer an das ewige

Unrecht erinnern.
Hier unter dem Himmel werden wir immer an
Ihre Vision denken.

»O Himmel!« rief Longji aus. Sein Herz war wieder offen, und der Schmerz strömte hinein wie flutendes Wasser. Auch seine Augen waren wieder überschwemmt; die Tränen flossen in Strömen, ein Übermaß an Tränen, ewigen Tränen.

Es war zu früh für Seelenfrieden. Er stand auf und nahm den kleinen Dichter in die Arme. »Ihr habt vollkommen geschrieben. Genau wie ich es hätte tun wollen, wenn ich Eure Begabung besäße.«

Alle Höflichkeitsregeln vergessend, umarmte Li Bo Longji. Dann taumelte er zu einer Couch in der Ecke des Zelts, legte sich dort hin und weinte. Dabei hatte er aber nicht vergessen, seinen Weinbecher mitzunehmen.

Longji prophezeite: »Dieses Gedicht wird noch in tausend Generationen gelesen und rezitiert werden.«

Darius fügte hinzu: »Es ist gut, daß unser größter Dichter so geschrieben hat. Alles, was uns von ihr geblieben ist, ist eine Erinnerung. Und diese Erinnerung wird schon bald nicht denen gehören, die sie gekannt haben, sondern denen, die über sie schreiben.«

Alles, was uns von ihr geblieben ist, ist eine Erinnerung. Diese Worte durchbohrten Longji wie ein Speer. Er dachte an den teuren Leib, der in der Erde auf dem Hügel über dem Lager ruhte.

Ma Tsu sagte: »Sie werden schreiben, wofür man sie bezahlt. Das haben Historiker schon immer getan.«

»Sie werden sie verleumden!« rief Li Bo aus. »Man sollte ihnen die Finger abhacken.«

Longji dachte an den riesigen Haufen abgetrennter Rebellenköpfe, den die Uyghuren in der Mitte ihres Lagers aufgeschichtet hatten – ein bestürzender Anblick, den er sich aus Höflichkeit ansehen und über den er zustimmend lächeln mußte. Würde das ihr Denkmal sein? Denn ohne ihr Opfer befänden sich diese Köpfe noch auf den Körpern, und diese Körper würden das Reich der Mitte Stück für Stück verschlingen. Er sagte: »Sie werden über die

Jahre seit unserer Heirat schreiben, es sei nicht die Zeit meiner, sondern ihrer Herrschaft gewesen.«

Ma Tsu widersprach: »Ihr solltet Euch nicht zu gering einschätzen, Strahlender Kaiser. In der Zeit Eurer Herrschaft hat das Reich der Mitte eine Blütezeit erlebt, wie sie keine andere Nation auf der Erde je gekannt hat.«

»Das war nur die Fassung für Strahlenden Edelstein.«

»Als Ihr sie zur Kaiserin erhobt, hätte sie sich vielleicht damit zufriedengeben können, nur die mächtigste Frau des Reiches zu sein. Sie hätte sich damit begnügen können, ihre Launen zu befriedigen, und nichts bewirkt. Viele Kaiserinnen haben so gehandelt. Doch sie hatte Träume.«

Und auch er hatte Träume gehabt, Träume, die er vergessen hatte, bis er ihr begegnete. Longji erinnerte sich an seine Traurigkeit, an das Gefühl von Vergeblichkeit, in dem er versunken gewesen war, als Guei Fei in sein Leben trat. Ich liebte sie, weil sie die Träume träumte, die ich als junger Mann gehabt hatte. Sie brachte sie ins Leben zurück. Sie brachte *mich* ins Leben zurück.

»Eine von ihren Launen beherrschte Kaiserin«, klagte Li Bo. »Das ist die Art von Lüge, welche die bezahlten Historiker über sie verbreiten werden.«

»Eure poetische Wahrheit muß denkwürdiger sein als ihre historischen Lügen«, sagte Ma Tsu. »Sie zog es vor, etwas weit Schwierigeres zu versuchen, als einfach an der Macht festzuhalten und sie auszuüben. Sie versuchte die Welt zum Besseren zu verändern.«

»Wer ist schuld daran, daß ihr das nicht vergönnt war?« fragte Longji. »An? Die Reichen und Mächtigen, die sich ihr widersetzten? Yang Enger? Sie selbst?«

Bin ich schuld daran? Hätte ich sie weiser leiten können?

»Sie hat nicht versagt«, erwiderte Ma Tsu. »Schon der Versuch, das zu erreichen, was sie erreichen wollte, war edel.«

Longji spürte, wie ihm wieder die Tränen auf den Augenlidern brannten. Er hatte heute schon oft geweint. Diesmal wollte er allein weinen. Er stand von dem Bett auf, das er mit Guei Fei geteilt hatte, seit sie Changan verlassen hatten.

In der Dunkelheit vor dem Zelt stach ihm der Geruch von brennendem Holz und bratendem Fleisch in die Nase. Überall um ihn herum in der von Feuern erleuchteten Dunkelheit ertönten die Rufe von Männern, von Qutlughs Nomadenreitern, Luis Soldaten, der kaiserlichen Garde.

Longji stand mit dem Rücken zum Lager, blickte auf den Fluß hinaus und hörte laute Uyghuren-Stimmen, die ihre gutturalen Lieder sangen. Dank der glücklichen Freundschaft Su Chis mit Qutlugh waren die Barbaren aus dem Norden diesmal als Retter ins Reich der Mitte gekommen. Doch jetzt, wo die Autorität des Kaisers die Mächte nicht zusammenhalten konnte, aus denen das Reich der Mitte bestand, würden Mächte von außerhalb ihre Chance wittern, das reichste Land unter dem Himmel zu plündern. Noch nach Jahrhunderten würden wie in der Vergangenheit andere Wellen berittener Krieger die Große Mauer überqueren, aber nicht um einem Sohn des Himmels zu Hilfe zu eilen, sondern um ihn zu stürzen.

Vielleicht würden sie keinen Erfolg damit haben. Doch solche Invasionen würden das Reich ruinieren, selbst wenn sie fehlschlugen. Das Volk des Reichs der Mitte würde sich nicht der Aufklärung und des Überflusses erfreuen können, die Guei Fei für die Menschen gewünscht hatte, wenn es sich gegen solche Feinde verteidigen mußte. Es würde Kriege geben, und diese Kriege würden für die Millionen des Reiches Armut und Unwissenheit bedeuten.

Doch wir sind ein mächtiges Volk. Guei Fei hat immer gesagt, wir könnten unserem Volk vertrauen. Irgendwie würden Weisheit und Schönheit des Reichs der Mitte überleben.

Er wünschte, Strahlender Edelstein wäre bei ihm und spräche mit ihm. Sie würde ihm sagen, wie sie das Reich sah, das aus diesem Aufstand erwachsen würde, würde ihm sagen, daß es heller leuchten werde als alles, was er sich vorstellen könne. Sie würde ihm mit bewegenden Worten die Möglichkeit neuer Erfindungen schildern, die den Menschen helfen konnten. Sie würde ihm eine Schulter bieten, an die er sich in dem Ringen um die unbekannte Zukunft lehnen konnte.

Doch jetzt ruhte sie nach den ungeheuren Mühen eines kurzen Lebens auf diesem Hügel neben dem Tempel der Guanyin.

Mit ihr waren die Samen begraben, die sie eingepflanzt hatte. Sie würden keimen und Früchte tragen, selbst wenn diese Reife tausend Jahre erforderte. Sie hatte keine Kinder, doch all die Menschen, die ihr zugehört und ihre Botschaft verstanden hatten, waren ihre Kinder. Eines Tages würden sie sie kennen und lieben, ihre Kaiserliche Mutter.

Er setzte sich mit gekreuzten Beinen hin, und seine Tränen strömten so schnell wie der große Fluß.

Hier unter dem Himmel werden wir immer an sie denken.